Item Ludeken Bl[...] ... et
item vor xvj sol [...] solutum est.

Summa xiiij mrk viij sol vj d

Item Henrik [...]kampen j brukk
et item vor xvj sol persolutum est

Summa xiiij mrk viij sol vj den

Item Ludeken [...]dinghe j brukk et item
vor xvj sol item ij item [...] vor xvj sol
persolutum est ~~[...] mrk xvj sol~~

Summa ~~xxxiiij mrk~~ j sol

Item Ludeken Sterneberghe xvj item [...]
et [...] betalen vor xvj marc
persolutum est

Item eren Ludeken Thalen j brukk [...]
et item vor xvj sol persolutum est

Summa xxxiiij mrk j sol

Item Berndt [...]beken j brukk et item
vor xvj sol persolutum x mrk persolutum est

Summa xxxiiij mrk j sol

KONRAD HANSEN

Simons Bericht

KONRAD HANSEN

Simons Bericht

EINE NORDISCHE ODYSSEE

Lebensgeschichte
des Simon Gronewech aus Lübeck,
von ihm selbst erzählt
im Jahre seines Todes 1402.

EICHBORN.

Umschlaggestaltung: Christina Hucke
unter Verwendung des Gemäldes »Nach dem Sturm« von D.H.A. Melbye
Lektorat: Palma Müller-Scherf
Satz: Fuldaer Verlagsanstalt GmbH, Fulda
Druck und Bindung: Wiener Verlag, Himberg
ISBN 3-8218-568-4

Verlagsverzeichnis schickt gern:
Eichborn Verlag, Kaiserstraße 66, D-60329 Frankfurt am Main
http://www.eichborn.de

Meiner Muse

Schippen un hanneln,
Ebbe un Floot,
help di sülbens,
denn helpt di Godt.

Hansischer Kaufmannsspruch

Erstes Kapitel

Ein Todgeweihter grüßt dich, Bruder Anselmus. Setz dich zu mir und laß es dir schmecken. Nimm von den Krebsen, nimm vom Kapaun, koste die Feigen und erquicke dich am Wein, es ist reichlich für uns beide da.

Man sagt, du seist von weit her gekommen, um bei Meister Detmar vom Orden der Minderbrüder in die Lehre zu gehen. Er selbst nennt dich seinen besten Schüler. Es heißt, du verstündest dich auf die Kunst, Unglaubliches in glaubhafte Worte zu kleiden. Man rühmt die Geläufigkeit, mit der du die Feder führst, man bewundert deine anmutige Schrift. Ferner sollst du eine Eigenschaft besitzen, die der Erzähllust förderlicher ist als lauter Beifall. Du seist, sagt man, ein so aufmerksamer wie geduldiger Zuhörer. All das gefällt mir, deshalb habe ich dich ausgewählt festzuhalten, was ich zu berichten weiß. Fangen wir also an.

Der erste Satz soll lauten: *Dies ist die Lebensgeschichte des Simon Gronewech aus Lübeck, von ihm selbst erzählt im Jahre seines Todes vierzehnhundertzwei.* Die weiteren Sätze magst du nach Gutdünken formen, doch diesen will ich so und nicht anders geschrieben sehn, kein Wort mehr und keines weniger.

Merk ihn dir gut, Bruder Anselmus. Und wenn du ihn niederschreibst, setz ihn für sich allein auf das erste Blatt, in großen verzierten Lettern. Und heb den Namen ein wenig hervor, damit er ins Auge springe und die Gedanken sogleich auf jenen Simon Gronewech lenke, der durch die Hand des Henkers ums Leben kam.

Ich weiß nicht, wieviel Zeit mir bleibt, meine Geschichte zu erzählen. Gestern ließ mich der Vorsprake vertraulich wissen, die Richteherren seien sich uneins, ob man mich hängen oder köpfen soll. Unter den Befürwortern des Kopfabschlagens, fügte er hinzu, befänden sich nicht minder streitbare Herren als unter jenen, die mich baumeln sehen möchten. Gibt mir dies Hoffnung auf eine hinreichend verlängerte Galgenfrist, so erfüllt mich eine weitere Nachricht mit Besorgnis: Meister Rosenfeld soll sich bereits in der Stadt befinden. Man habe ihn, sagt der Vorsprake, aus Hamburg kommen lassen, damit er den unlängst verblichenen Peter Molne vertrete. Erinnere dich, daß es Rosenfeld war, der Störtebeker und Magister Wigbold auf dem Grasbrook das Haupt abschlug und ein knappes Jahr später Godeke Michels. Sollte es nicht meiner Eitelkeit schmeicheln, daß der Rat mich durch das gleiche Richtschwert in den Tod schicken will?

Einer hat von jeher kommen sehn, daß es mit mir ein böses Ende nehmen würde. Er wäre zutiefst befriedigt, wenn er wüßte, daß seine Voraussagen sich erfüllt haben. Denn nichts verschaffte ihm größere Genugtuung, als recht zu behalten. Ich spreche von meinem Vater, dem Kaufmann und Ratsherrn Hinrich Gronewech.

Obgleich er erst sechsunddreißig Jahre zählte, als ich geboren wurde, hat sich mir das Bild eines alten, starrsinnigen Mannes eingeprägt. Ich sehe ein Gesicht vor mir, dessen ledrige Haut von tiefen Furchen durchzogen ist, schmale Lippen, ein von fusseligem Barthaar umrahmtes Kinn, und ich sehe zwei blaßgraue Augen, die voller Abscheu und Verachtung auf mich gerichtet sind. Von Haß zu reden wäre unbillig. Solch leidenschaftlicher Gefühle war Hinrich Gronewech nicht fähig.

Unter den Kaufleuten genoß mein Vater den Ruf, ein Muster an Rechtschaffenheit zu sein. Er schloß kein Geschäft ab, bei dem er sich, seines Vorteils halber, unredlicher Mittel hätte bedienen müssen. Man sollte denken, daß diese Eigenschaft dem Kaufmann so hinderlich sei wie einem Schiffer die Seekrankheit, doch ihm brachte sie Wohlstand. Als er die Sechzig überschritten hatte, besaß er drei Häuser, zwei Speicher am Hafen, vier eigene Schiffe und Anteile an sechs weiteren. Er hätte schon bald nach seinem vierzigsten Jahr im Rat sitzen können, wäre es ihm nicht widersinnig erschienen, für einen Profit, der sich nicht in Mark und Schilling niederschlägt, seine Geschäfte zu vernachlässigen. Als man ihm schließlich das Amt eines Weinherren aufdrängte, nahm er es unter der Bedingung an, daß man ihn während der Zeit, da er im Ratskeller wirkte, auf Rechnung der Stadt beköstige. Du kannst daraus entnehmen, daß er trotz stetig wachsenden Wohlstands eine Krämerseele blieb. Sein größtes Vergnügen war es, abends auf den Pfennig genau auszurechnen, wieviel er am Tage verdient hatte. Dann sah man ihn zuweilen auf eine fast spitzbübische Art lächeln.

Über meine Mutter weiß ich nicht viel mehr zu sagen, als daß sie eine stille, kränkliche Frau war. In jungen Jahren soll sie eine Schönheit gewesen sein, doch in meiner Erinnerung waren ihre Züge von Entbehrung gezeichnet, einer Entbehrung, so will es mir heute scheinen, die nicht vom Mangel an irdischen Gütern herrührte. Nur manchmal und seltsamerweise immer dann, wenn Onkel Bertram unser Haus betrat, gewann ihr Gesicht etwas vom einstigen Liebreiz zurück. Sie hatte vor mir meine Schwestern Mechthild und Margarete zur Welt gebracht, nach mir Katherine. Bei der Geburt ihres fünften Kindes starb sie. Damals war ich neun Jahre alt.

Nach allem, was ich dir bis jetzt von meinem Vater erzählt habe, wird es dich wundern, daß er, kurz nachdem er mich gezeugt hatte, eine unserer Mägde schwängerte. Sie hieß Mette Löding und galt, bis ihr schwellender Bauch dies augenfällig widerlegte, als ein tugendsames Mädchen. Wie es dazu kam, daß mein sittenstrenger Vater der Magd ein Kind machte, ist mir rätselhaft. Mit meinen älteren Schwestern neige ich zu der Ansicht, daß es mehr zufällig, gleichsam im Vorübergehen geschah. Aber wie dem auch sei: Mette gebar einige Monate nach meiner Geburt einen Sohn, den sie Detlef nannte. Von ihm, meinem Halbbruder, wird noch viel zu berichten sein. Rückblickend denke ich, daß mein Leben, hätte es ihn nicht gegeben, anders verlaufen wäre.

Meine Kindheit verbrachte ich in einem alten Haus in der Beckergrube. Mein Vater hatte es für billiges Geld von einem Englandfahrer erworben, der sein Vermögen in Brügge beim Würfelspiel verloren hatte. Das Haus lag nur wenige Schritte vom Hafen entfernt und war von der Diele bis unters Dach mit Waren vollgestopft. Wir lebten zwischen Wollballen, Kornsäcken, Salztonnen, Wein- und Heringsfässern. Als Bett diente mir einen Winter lang ein Haufen Zobelfelle, die einen so abscheulichen Geruch verströmten, daß ich bald selbst wie ein Zobel stank. Kurzum, ich wuchs in einem Speicher auf, umgeben von Gütern aus aller Herren Länder. Ich atmete ihre verschiedenartigen Gerüche, ich kannte die Hausmarke eines jeden Kaufmanns, mit dem mein Vater Handel trieb. Das war meine Welt, Bruder Anselmus. Zu jener Zeit erschien es mir undenkbar, daß ich etwas anderes als ein Kaufmann werden könnte.

Später habe ich oft darüber nachgedacht, wann in meinem Vater die Ahnung aufstieg, daß ich nicht dazu berufen sei, in seine Fußtapfen zu treten. Er muß es schon sehr frühzeitig geahnt haben, lange bevor ich ihm, wenn auch gegen meinen Willen, den Beweis lieferte. Ich mag mich irren, aber ich glaube, es war ein vergleichsweise harmloser Vorfall, der seinen Zweifel weckte: Er ertappte mich dabei, als ich mit einem gleichaltrigen Mädchen aus der Nachbarschaft etwas tat, das wir Kinder *Oorswiesen* nannten. Wir hatten uns im Abtritt eingeschlossen und unsere Geschlechtsteile entblößt. Beim Oorswiesen geschah nichts weiter, als daß man einander anschaute, mitunter auch an jenen Stellen betastete, durch die sich der eigene Körper vom anderen unterschied. Mein Vater, durch einen Knecht herbeigerufen, riß die Tür mit solcher Gewalt auf, daß sie aus den Angeln sprang. Sein Gesicht war weiß vor Zorn und Empörung. Als er unsere Blöße sah, wandte er sich voll Ekel ab und befahl dem Knecht, mich ins Haus zu schaffen. Dort rief er die Familie zusammen, um mich vor aller Augen zu bestrafen. Er tauchte eine Weidengerte in Wasser und sagte mit mühsam erzwungener Ruhe, es sei die heilige Pflicht des

Vaters, den Sohn zu züchtigen, damit dieser das Erlaubte vom Verbotenen zu unterscheiden lerne.

Es war das erste Mal, daß er mich schlug. Er verlangte nicht, daß ich ihm den Rücken zukehrte. Ihm war es gleich, wo mich die Schläge trafen. Die dünne geschmeidige Gerte zerschnitt die Haut meiner Hände, meines Gesichts. Ich spürte, wie Blut über mein Gesicht rann, und leckte es von den Lippen. Ich hörte ihn vor Anstrengung stöhnen, sah, wie er schwitzte, doch zu meiner eigenen Verwunderung empfand ich keinen Schmerz. Mir war, als schlüge er einen anderen. Er nahm es für Trotz, daß ich weder jammerte noch zurückwich, und dies machte ihn rasend. Aber wie so oft in meinem Leben entging ich dem Schlimmsten, weil ein Schutzengel, diesmal in Gestalt meines Onkels Bertram, in das Geschehen eingriff.

Der würdige Domherr drückte meinen Vater auf einen Stuhl nieder und entwand ihm die Gerte.

»Laß es dabei bewenden, lieber Bruder«, sagte Onkel Bertram. »Du läufst Gefahr, dich in einen Zustand sündhafter Erregung zu steigern, wenn du in dieser Weise fortfährst. Halt also ein und erzähl mir, was er verbrochen hat.«

Es dauerte eine Weile, bis mein Vater wieder so weit zu Atem gekommen war, daß er mit allen Anzeichen des Abscheus berichten konnte, was vorgefallen war.

Der Domherr gab mir sein seidenes Schnupftuch und sagte: »Wisch dir das Blut ab, Simon. Du bist im Begriff, den Märtyrer zu spielen.« Und zu meinem Vater gewandt: »Du solltest es von einer höheren Warte aus betrachten, Hinrich. Wie willst du einem Menschen begreiflich machen, was Gut und Böse ist, wenn er den Unterschied zwischen Mann und Frau nicht kennt? Denn kommt nicht ein gerüttelt Maß an Bösem wie auch an Gutem aus jenem Unterschied?«

»Das ist pfäffisches Gerede, Bertram«, sagte mein Vater. »Wenn ich dieses Mal Nachsicht übe, wer sagt mir, daß er es beim nächsten Mal nicht noch ein Stückchen weitertreibt?«

»Er wird es weitertreiben, lieber Bruder«, erwiderte der Domherr munter. »Er wird es um eben jenes Stückchen weitertreiben, das ihn zum Sünder macht. Und wie so viele andere Sünder wird unsere heilige Mutter Kirche auch ihn in ihre Arme schließen, Amen.«

Onkel Bertram war eine anerkannte Autorität in Fragen der Moral. Hatte er das Amen gesprochen, war es nicht ratsam, weiterhin auf einer abweichenden Meinung zu beharren. Mein Vater wußte am besten, wie jäh die Sanftmut des Gottesmannes in Zorn umschlagen konnte. So beschränkte er sich auf die Drohung, daß er alles daransetzen werde, aus mir einen ordentlichen Menschen zu machen. Vermutlich dämmerte ihm jedoch schon damals, daß seinen Bemühungen kein Erfolg beschieden sein würde.

Bei Onkel Bertram hingegen hatte ich stets das Gefühl, daß er an mir einen Narren gefressen habe. Ich wähle diesen Ausdruck, weil es gerade das Unbeständige, Verspielte, Leichtfertige, Vernunftwidrige – kurz, das Narrenhafte war, das ihm an mir zu gefallen schien. Der ehrwürdige Herr Dompropst mag mir verzeihen, wenn ich behaupte, daß wir aus dem gleichen Holz geschnitzt sind – nur mit dem Unterschied, daß ich ein roher Klotz geblieben bin, während er zum Kunstwerk geraten ist. Doch damit vorerst genug von Onkel Bertram. Du wirst ihm noch einige Male begegnen, in meiner Geschichte und wahrscheinlich auch in eigener Person. Er hat mich wissen lassen, daß er mich in meiner Zelle zu besuchen gedenkt.

Um auf meinen Vater zurückzukommen: Er war, ich sagte es bereits, ein Kaufmann, der Rechtschaffenheit in geschäftlichen Erfolg umzumünzen verstand. Aber es war nicht der Handel mit so weit entfernten Orten wie Nowgorod oder Bourgneuf allein, der ihm Gewinn brachte. Hinter unserem Haus, wo früher einmal der Garten gewesen war, standen dicht an dicht die winzigen Buden der *armen Leute*, wie wir sie nannten. Nach meiner Erinnerung müssen es Hunderte von Menschen jeden Alters und Geschlechts gewesen sein, die dort auf engstem Raum zusammengepfercht waren. Diesen erbärmlichen Bretterverschlägen in den Hinterhöfen seiner Häuser verdankte mein Vater einen Teil seines Wohlstands. Mit unnachsichtiger Härte trieb er den Mietzins ein, wobei er sich für den Fall, daß jemand die Zahlung verweigerte und demzufolge auf die Straße gesetzt werden mußte, von dem stiernackigen Hundeschläger Heyno Metz begleiten ließ.

Dieser Mann, ein stadtbekannter Säufer und Raufbold, war der Vater eines Menschen, der mich über weite Strecken meines Lebens begleiten sollte. Nach zwölf mehr oder minder wohlgeratenen Kindern kam Heynos Frau mit einem Wesen nieder, bei dessen Anblick sich Heyno zu der Behauptung verstieg, der Leibhaftige selbst müsse seiner Frau beigewohnt haben. Daniel wurde als Krüppel geboren und wuchs zu einem abstoßenden Monstrum heran. Auf einem kugelförmigen Rumpf saß schief ein riesiger Kopf; seine Arme hingen bis zu den Kniekehlen hinab und endeten in sichelförmigen Krallen; sein rechtes Bein war nach außen gebogen, das linke nach innen. Nur seine Füße wiesen keinerlei Mißbildung auf, und du wirst gleich hören, wie gut er sie zu gebrauchen wußte.

Daniel mußte schon in jungen Jahren erfahren, daß ein Krüppel, statt Mitleid zu erregen, bei vielen Menschen entgegengesetzte Empfindungen weckt. Eines Tages kam ich dazu, als ihn eine Horde zerlumpter Kinder nach einer Verfolgungsjagd durch Gänge und Hinterhöfe in eine Sackgasse getrieben und ihm die Kleider vom Körper gerissen hatte, damit er sich ihnen in seiner ganzen Häßlichkeit zeige. Daniel hatte sich an eine Hauswand gekauert und bewarf seine Verfolger mit Steinen, wozu er sich mit erstaunlicher Geschicklichkeit seiner Füße bediente. Da ich nicht das Zeug zum Helden habe, vergewisserte ich mich zunächst, daß ich bei dem Unterfangen, Daniel aus seiner mißlichen Lage zu befreien, nicht selbst Gefahr lief, Prügel zu beziehen. Doch die Kinder waren allesamt jünger als ich, so daß ich Mut faßte und sie mit drohenden Gebärden verscheuchte. Ich muß gestehen, daß es mich Überwindung kostete, das nackte, keuchende, vor Wut zitternde Menschenbündel am Arm zu packen und auf die Füße zu stellen. So standen wir einander zum ersten Mal gegenüber. Er war einen Kopf kleiner als ich und sah mich daher mit schräg nach oben gewandtem Blick an. Mir war, als läse ich Dankbarkeit in seinen Augen, aber dann sagte er mit barscher Stimme: »Mir ist kalt!«

Ich legte ihm meinen Rock um die Schultern. Er hob den linken Fuß und knöpfte den Rock mit den Zehen zu. Ein Wort des Dankes hörte ich nicht von ihm. Aber seit jenem Tag folgte er mir wie ein Schatten. Anfangs war mir seine hündische Anhänglichkeit lästig. Ich versuchte, ihm begreiflich zu machen, daß mir an seiner Begleitung nichts gelegen war, ich jagte ihn fort, wenn ich ihn in einer dunklen Nische unseres Torwegs schlafend fand. Dann trollte er sich mit grämlicher Miene und stieß halblaute Verwünschungen aus, doch kaum daß ich mich zum Gehen gewandt hatte, hörte ich hinter mir seine schlurfenden Schritte. Bald sah ich ein, daß er sich weder durch Drohungen noch durch Schläge abschütteln ließ, und es dauerte nicht lange, bis ich mich daran gewöhnt hatte, Daniel Metz in meiner Nähe zu wissen. Später bin ich dem Schicksal noch manches Mal dankbar gewesen, daß es mir ihn zum Gefährten gab.

In dem Jahr, als meine Mutter starb, meldete mein Vater mich auf Anraten seines Bruders in der Lateinschule an. Aus dieser Schule war eine Reihe berühmter Gelehrter und Geistlicher hervorgegangen, und auch Onkel Bertram hatte sie besucht. Ich lernte lesen und schreiben, mehr dem Zwang als der Neigung gehorchend. Das Lateinische hingegen eignete ich mir mühelos an; es flog mir nur so zu, wie man zu sagen pflegt. Öfter, als ihnen lieb war, verwickelte ich meine Lehrer in lateinische Dispute. Sie legten mir nahe, meinen Eifer auf andere Dinge zu richten als auf das Studium einer toten und für den Kaufmann gänzlich nutzlosen Sprache. Sie ahnten nicht, daß ebendies mich beflügelte. Ich ahnte es damals übrigens selbst noch nicht. Alles in allem bescheinigten mir meine Lehrer außer mäßigem Fleiß ein unbotmäßiges Betragen. Wenn ich den Berichten meiner Mitschüler glauben darf, war ich imstande, die geistlichen Herren mit teuflischen Grimassen in Angst und Schrecken zu versetzen. Da die Wirkung solcher Kunststücke jedoch bei häufiger Wiederholung verpufft, ging ich dazu über, das Mienenspiel, die Stimmen und Gebärden einiger Lehrer nachzuahmen. Wie trefflich mir dies gelungen ist, magst du daraus ersehen, daß ich anderthalb Jahre später gezwungen war, auf die Stadtschule überzuwechseln. Dort fand ich mich unter den Söhnen der großen Kaufmannsfamilien wieder, der Warendorps, Pleskows, Coesfelds, Attendorns, Kerkrings und wie sie alle heißen.

Wir waren ein wilder Haufen, Bruder Anselmus. Nachts schlichen wir vermummt durch die Straßen, schlugen uns mit der Stadtwache und den Jungs aus den Gängen, störten mit Gejohle die Sitzungen des ehrwürdigen Rats, schworen uns unter dem Galgen Treue bis ans Grab. Es galt als ausgemacht, daß jeder von uns, sobald er zum Mann herangereift war, unter der Freibeuterflagge segeln würde. Doch heute lenken sie die Geschicke unserer Stadt und sitzen über mich, den Seeräuber wider Willen, zu Gericht.

Daß man mich nach einem weiteren Jahr auch von der Stadtschule verwies, hing damit zusammen, daß ich, der keinen großen Namen trug, mich durch andere Dinge hervortun zu müssen glaubte. Ich erbot mich also, auf den Turm der Marienkirche zu steigen und von dort am frühen Morgen in alle vier Himmelsrichtungen den *Jodute*-Ruf ertönen zu lassen. Mit diesem Ruf wird bei uns von alters her den Bürgern verkündet, daß sich Feinde der Stadt nähern. Der Vorschlag fand die einhellige Zustimmung meiner Mitschüler, und zum ersten Mal las ich Respekt in ihren Mienen. Muß ich erwähnen, daß mich schon bald das Gefühl beschlich, den Mund zu voll genommen zu haben? Als ich dann die steilen Treppen emporstieg, erwog ich allen Ernstes, vom Turm zu springen, anstatt *Jodute* zu rufen. Der Blick aus schwindelnder Höhe hinunter auf die Stadt nahm mir allen Mut. Ich weiß nicht, wie oft ich mich abwechselnd einen Maulhelden und einen Feigling schimpfte, in jener Nacht dort oben auf dem Turm. Um es kurz zu machen: Beim ersten Morgengrauen entschied ich mich, dem Schicksal seinen Lauf zu lassen. Mit einer Stimme, so laut, daß ich selbst erschrak, rief ich viermal »Jodute!«

Es war, als hielte die Stadt den Atem an. Als fragte sie sich, aus tiefem Schlaf gerissen, ob sie den Ruf noch im Traum oder schon wachen Sinnes vernommen habe. Doch wenige Augenblicke später stürzten die ersten aus den Häusern hervor und liefen zum Markt. Kurz darauf begannen die Glocken zu läuten, und bald wimmelten die Straßen und Gassen von Menschen.

Dank der Fürsprache meines Onkels kam ich glimpflich davon. Dem Domherren gelang es, die Richteherren milde zu stimmen, indem er darauf verwies, daß ihre eigenen Söhne und die anderer einflußreicher Ratsherren von meinem Vorhaben gewußt und es gebilligt hatten. Daraufhin erinnerten sich die hohen Herren, daß sie selbst einmal jung gewesen waren, und entschieden, es habe sich um einen Dummejungenstreich gehandelt. Man ließ mir vom Büttel zehn Stockhiebe verabreichen und übergab mich meinem Vater mit der Mahnung, künftig besser auf mich achtzugeben. Hinrich Gronewech nahm die Nachricht von meiner Missetat wie auch den obrigkeitlichen Rüffel mit stumpfem Gleichmut hin. Es schien, als sträubte sich sein Verstand, das Unglück, das ihm mit mir widerfahren war, in seinem ganzen Ausmaß zu begreifen. Er sperrte mich für einige Wochen in den hintersten Winkel unseres Kellers, und ich glaube, er tat es weniger in der Absicht, mich zu strafen, als aus dem Wunsch, daß ihm mein Anblick erspart bleibe. Dem Gesinde befahl er, mir Grütze und Wasser vorzusetzen, doch Detlef, mein Halbbruder, brachte mir Brot, Wurst und Käse. Er war es auch, der mich aus dem dunklen feuchten Loch wieder ans Tageslicht holte. Eines Morgens nahm er mich bei der Hand und ging mit mir geradewegs in die Schreibkammer meines Vaters. Dort sagte er vier Worte, die mir später immer wieder in den Sinn kamen, wenn mich Haß auf den Bastard ergriff. Er sagte: »Simon hat genug gebüßt.«

In seinen Büchern blätternd, fragte mein Vater: »Wer nimmt da als erster das Wort, nachdem er schon ohne meine Erlaubnis die Schreibkammer betreten hat?«

»Detlef Löding, Herr.«

Nun traf mich, kalt und leer, der Blick meines Vaters. Er glitt von meinem Gesicht über die schmutzigen Lumpen bis zu den nackten Füßen hinunter. Dann wandte er sich Detlef zu, und mir schien, als kehrte das Leben in seine Augen zurück.

»Er hat dem Namen Gronewech Schande gemacht«, sagte mein Vater. »Wie kannst du ermessen, daß er genug gebüßt hat?«

Detlef erwiderte darauf nichts, aber aus der Art, wie er dem Blick meines Vaters standhielt, war abzulesen, daß er nicht um Haaresbreite von seiner Meinung abzurücken bereit war. Eine Zeitlang fiel kein Wort. Die beiden sahen einander unverwandt an, und ich empfand Bewunderung für den jüngeren Halbbruder, der es wagte, Hinrich Gronewech die Stirn zu bieten. Und das Unerwartete geschah: Mein Vater gab nach. Er, der sonst keinen Widerspruch duldete, senkte als erster den Blick und sagte: »Er soll sich waschen. Deine Mutter soll ihm das Haar schneiden. Ich werde einen Lehrer für ihn suchen, und du wirst am Unterricht teilnehmen.« Dann entließ er uns mit einer unwilligen Geste.

Mit diesem Ereignis trat Detlef in mein Leben. Bislang war er für mich nur der Sohn der Magd Mette Löding gewesen. Ich hatte ihm nicht mehr Beachtung geschenkt als den anderen Menschen, die im Haus und in den Lagerräumen ihre Arbeit versahen. Er half seiner Mutter in der Küche, schleppte Feuerholz herbei, putzte das Gemüse, säuberte Pfannen und Töpfe. Gewiß, mein Vater hatte ihn gezeugt, aber mir wäre nie in den Sinn gekommen, in ihm den Bruder zu sehen. Doch jetzt wurde mir mit einem Mal bewußt, daß wir denselben Vater hatten. Und es waren nicht Detlefs Kühnheit und sein trotziges Beharren allein, die mich zu der Erkenntnis brachten, sondern ebensosehr die Nachgiebigkeit unseres Vaters. Könnte es sein, daß sich schon damals in meine Bewunderung für Detlefs Mut der Verdacht mischte, er habe nicht ganz selbstlos gehandelt?

Als Lehrer holte mein Vater einen Sproß der Familie Perceval ins Haus, die einstmals eine der angesehensten in unserer Stadt gewesen war. Er war ein dürrer, schlaksiger Mann unbestimmbaren Alters. Es gab Tage, da man ihn für einen verlebten Jüngling halten konnte, an anderen ähnelte er einem von mancherlei Schicksalsschlägen gebeutelten Greis. Er bestand darauf, daß wir ihn mit Magister Perceval anredeten, obwohl gemunkelt wurde, er habe die Sieben Künste im Wirtshaus studiert.

Magister Perceval hegte eine tiefe Verachtung für die Art, wie in den Schulen Wissen vermittelt wurde. Nichts, verkündete er bereits am ersten Tag, ermüde den menschlichen Geist mehr, als sich eine Stunde lang mit Algebra und eine weitere mit lateinischen Konjugationen zu beschäftigen. So wechselte er vom Kreuz des Südens unvermittelt zu den *Tristien* des Ovid, streifte nach einer gerafften Wiedergabe griechischer Mythen kurz den Verlauf des Krieges gegen den dänischen König Waldemar und begab sich alsbald in einen Exkurs über die Lebensgewohnheiten heidnischer Nomadenstämme. All dies veranschaulichte Magister Perceval durch kleine, ungemein spannende Geschichten, die er indessen, da sich ihm schon während des Erzählens ein neues Thema aufdrängte, selten zu Ende brachte. Gleichwohl behaupte ich, daß ich ohne seine Geschichten nicht einen Bruchteil dessen begriffen hätte, was er mit der ihm eigenen Sprunghaftigkeit an Wissenswertem vor uns ausbreitete. Selbst mein Vater zeigte sich von Magister Percevals erzählerischem Talent beeindruckt. Doch als Kaufmann war er es gewohnt, den Preis einer Leistung nach ihrem Nutzen zu bemessen. Daher legte er dem Magister nahe, sich fortan praktischeren Themen zuzuwenden und dafür zu sorgen, daß Detlef lesen und schreiben lerne. Dieses Ansinnen bewirkte, daß der Magister zwei Tage in eine Art Wachschlaf verfiel und sich erst am dritten mit unverhohlenem Widerwillen im greisenhaft zerknitterten Gesicht herbeiließ, den Wunsch seines Brotherrn zu erfüllen. Detlef bekam also seinen Lese- und Schreibunterricht. Damit ich mich nicht langweilte, brachte Magister Perceval mir währenddessen das Flötenspiel bei. Ich lernte rasch, dem kaum fingerlangen Instrument Töne zu entlocken, und je geläufiger sie sich zu

Melodien zusammenfügten, desto vergnügter wurde mein Lehrer. Ich vermute indes, daß ihn weniger meine raschen Fortschritte im Flötenspiel erfreuten als der Gedanke, mich etwas gelehrt zu haben, dessen Nützlichkeit jeder vernünftige Kaufmann in Zweifel ziehen mußte.

Sichtlich verbittert und in strengem Ton stellte mein Vater den Magister zur Rede. Allein die Achtung vor dem Namen Perceval halte ihn davon ab, unserem Lehrer die Tür zu weisen. Doch sei es nicht seine Art, für etwas zu zahlen, das er nicht verlangt habe. Deshalb müsse Magister Perceval sich für eine Weile mit zwei Dritteln des vereinbarten Lohns begnügen, sofern er es nicht vorziehe, sich eine andere Stelle zu suchen. Wir sahen, wie Magister Perceval sich verfärbte, wie eine ungesunde Röte auf seine Wangen trat. Er holte tief Atem und schloß die Augen, als sammle er sich für einen großen Auftritt. Doch nichts dergleichen geschah. Der Magister ließ die angestaute Luft durch die Nase entströmen, öffnete die Augen und sagte, indem er auf seine Fingernägel blickte: »Gebt mir wenigstens Wein zum Essen, Euer Bier schmeckt mir nicht.«

»Den Wein sollt Ihr haben«, entgegnete mein Vater, den es zu erstaunen schien, daß Magister Perceval die Kürzung seines Lohns ohne Widerspruch hinnahm. »Doch nur unter der Bedingung, daß Ihr die Knaben nicht noch weiteren Firlefanz lehrt.«

»Barbarisch sind die Menschen und meines Gesanges nicht wert«, sagte Magister Perceval, als mein Vater gegangen war. »Welcher Krämer könnte je begreifen, daß die ganze Schönheit dieser Welt in einem Tautropfen steckt, daß es sich für einen einzigen gelungenen Satz lohnt, gelebt zu haben. Es ist ein hartes Los, als Sehender unter Blinden zu wandeln.« So sprach der Magister, und du ersiehst schon aus diesen Worten, daß ihm der Kaufmannsgeist seiner Vorfahren vollständig abhanden gekommen war.

Ein Vierteljahr später drohte mein Vater ihm, seinen Lohn abermals um ein Drittel zu kürzen, weil Magister Perceval vor unseren Augen einen Schweinskopf zerlegt und uns die Stelle gezeigt hatte, wo bei einem Menschen die Seele wohnt. Ob es die Gleichsetzung von Mensch und Schwein war, die meinen Vater empörte, oder die Tatsache, daß Magister Percevals wissenschaftlichem Eifer unsere fruchtbarste Sau zum Opfer gefallen war, vermag ich nicht zu sagen. Doch diesmal bot der Magister meinem Vater offen Widerpart. Vom Zorn des zu Unrecht Gerügten ergriffen, schwang er sich zu den Höhen rhetorischer Kunst empor, und ich war so hingerissen von seinen Worten, daß ich ihm um ein Haar Beifall gespendet hätte, als er meinen Vater schließlich einen stumpfsinnigen Pfennigfuchser nannte. So kam es, daß sich zum ersten Mal in der Geschichte unserer Stadt ein Gronewech an einem Perceval vergriff: Mein Vater packte den dürren Magister und beförderte ihn mit einem Fußtritt auf die Straße. Seitdem habe ich Magister Perceval nicht wiedergesehen.

Für Detlef und mich brach eine harte Zeit an. Mein Vater teilte uns den Lehrjungen zu und wies den ältesten seiner Kaufgesellen an, uns in strenge Zucht zu nehmen. Dieser, ein grämlicher Hagestolz namens Johann Hoyer, litt an Schlaflosigkeit, und weil ihm die Wonnen des Schlafes versagt blieben, gönnte er sie auch anderen nicht. Schon vor dem ersten Hahnenschrei jagte er uns aus den Betten und goß uns im Hof einen Eimer kalten Wassers über den Kopf. Kurz darauf sah man uns zur Frühmesse eilen, wo ein gähnender Priester das Kreuz über uns schlug. Nach der Morgensuppe trieb Johann Hoyer uns an die Arbeit. Wir krochen durch dunkle Lagerräume, stapelten Säcke aufeinander, rollten Fässer von einem Platz zum anderen, zählten Tuchballen und Felle. Nachdem wir das Mittagessen eingenommen und uns eine kurze Ruhepause gegönnt hatten, begaben wir uns hinunter zum Lagerhaus am Hafen und taten dort bis zur Abenddämmerung das gleiche. Wir verrichteten die Arbeit von Knechten, ohne wie diese dafür entlohnt zu werden, und Johann Hoyer wurde nicht müde, uns einzubleuen, daß nur der ein guter Kaufmann werde, der das Handwerk von der Pike auf gelernt habe. Vielleicht wären mir seine Worte beherzigenswerter erschienen, hätte er sich nicht selbst als Beispiel angeführt. Wollte ich ein zweiter Johann Hoyer werden? So trug der Kaufgeselle erheblich dazu bei, daß mich die Arbeit anzuwidern begann. Mir schien, eine Lateinstunde in der Domschule sei erlebnisreicher gewesen als ein ganzer Tag im Speicher. Ich sehnte mich nach Magister Percevals unvollendeten Geschichten. Ich fing an, mit offenen Augen zu träumen.

Kennst du das Gefühl, das man Fernweh nennt, Bruder Anselmus? Diese ziellose Sehnsucht, die den Menschen mit einer Macht ergreift wie sonst nur die Liebe? Ich erinnere mich noch gut an das erste Mal, als ich den Drang verspürte, hinter die Kimm zu schauen. Ich stand an einer der Luken des Speichers und blickte auf den Hafen hinunter. Ich sah, wie sich ein Holk aus dem Pulk der an den Pfählen vertäuten Schiffe löste, wie sein Bugsteven langsam herumschwenkte und der Wind das eben noch schlaffe Segel bauchig spannte. Die Achterleine klatschte ins Wasser, und während ein Mann am Heck sie mit gleichmäßigen Bewegungen einholte, glitt der Holk zwischen Schuten, Fischerbooten und den plumpen Kähnen der Ballastböter hindurch aus dem Hafen. Von diesem Tag an war ich für die Arbeit im Speicher verloren. Ich ertappte mich bei dem Wunsch, ein schicksalhaftes Ereignis möge dem eintönigen Dasein ein Ende setzen. Eine Zeitlang richtete sich meine Hoffnung darauf, daß mein Vater, nachdem er zwei seiner Schiffe durch einen Sturm verloren hatte, das Geschäft aufgeben und sich zur Ruhe setzen würde. Doch statt dessen heiratete er die reiche Witwe Reymburga Luneborch und ließ von ihrem Geld zwei neue Schiffe von je hundert Last bauen.

Nach dem Abendessen, wenn mein Vater im Haus der Schonenfahrer mit anderen Kaufleuten beim Bier saß und Johann Hoyer in seiner Kammer eine Mütze voll Schlaf zu nehmen versuchte, zog es mich immer wieder zum Hafen hinunter. Während über der Stadt schon abendliche Stille lag, herrschte dort ein lärmendes Treiben. Mir war, als tauchte ich, nur einen Steinwurf vom Haus meines Vaters entfernt, in eine andere Welt ein. Ihre Boten waren die Seeleute, fremdartige Wesen, die unseren vertrauten Wörtern einen seltsamen Klang gaben, deren Gesichter von den Abenteuern und Schrecken ferner Meere zeugten. Ich saß neben ihnen auf der Kaimauer, sie ließen mich von ihrem Bier kosten, und sie lachten, als sie hörten, daß es mein sehnlichster Wunsch sei, mit ihnen auf das Meer hinauszufahren. »Hebbt ji hört«, sagten sie zueinander, »de Söhn vun Hinrich Gronewech will mit uns to Schippe gahn.« Und wieder lachten sie und hieben mir ihre Pranken auf die Schulter und sagten, sie seien in meinem Alter schon in Ländern gewesen, wo die Weiber ihre Brüste auf dem Rücken trügen.

Ihre Geschichten waren von anderer Art als die des Magisters Perceval. Sie richteten in meinem Kopf Verwirrung an, so daß mir schier Unglaubliches als wahr erschien. Da gab es also Menschen, die auf ihren Händen liefen und ihre ungewöhnlich großen Füße als Sonnenschirme benutzten. Andere aßen mit den Augen und tranken mit den Ohren. In einem Land am Ende der Welt schlüpften die Menschen aus Eiern und besaßen, weil sie diese nicht zur Fortpflanzung benötigten, weder männliche noch weibliche Geschlechtsteile. Ich sehe dich schmunzeln, Bruder Anselmus. Aber wie konnte ein Halbwüchsiger, der von der Welt nicht mehr gesehen hatte als die Straßen und den Hafen seiner Vaterstadt, wie konnte er in Zweifel ziehen, was weitgereiste Männer mit ernsthaften Mienen zu erzählen wußten? Mach dich im übrigen darauf gefaßt, daß ich von Erlebnissen berichten werde, die dir noch unglaubwürdiger vorkommen mögen als die Erzählungen der Seeleute. Doch sei versichert, Bruder Anselmus: Ich habe nicht vor, meine Zeit mit erfundenen Geschichten zu vergeuden.

Eines Abends wurde ein Mann an Land gebracht, bei dessen Anblick die Seeleute verstummten. Der Mann war an Händen und Füßen gefesselt, sein Gesicht war blutverschmiert, quer über seine nackte Brust zog sich eine klaffende Wunde. »De Deuker haal mi, wenn dat nich Claas Howfoote is«, sagte der Seemann, der mir am nächsten saß.

Von ihm erfuhr ich, daß Claas Howfoote den Schiffen der wendischen Städte aufzulauern pflegte, wenn diese durch den Sund fuhren. Da Claas ein schlauer Bursche sei, habe er seine Beute mit den Dänen geteilt und dafür deren Schutz genossen.

Soweit ich zurückdenken kann, hatte ich von ihnen erzählen hören, von diesen Bestien in Menschengestalt, die der Kaufmann in einem Atemzug mit Stürmen, Untiefen und betrügerischen Schiffern nennt. Jetzt sah ich einen Seeräuber leibhaftig an mir vorübergehen, kettenrasselnd und gesenkten Hauptes. Zu meiner Verwunderung flößte er mir keinerlei Abscheu ein, ich fand, er sah wie ein gewöhnlicher Sterblicher aus, ja ich gebe zu, daß der erste Seeräuber, den ich zu Gesicht bekam, eine Enttäuschung für mich war. Als ich später unter seinesgleichen lebte, habe ich mich gefragt, was ich denn erwartet hatte. Ein Ungeheuer? Glaub mir, Bruder Anselmus, Ungeheuer sind unter Seeräubern nicht zahlreicher vertreten als unter anderen Menschen.

Die Richteherren brauchten nicht lange, das Urteil zu fällen. Schon am nächsten Morgen wurde Claas Howfoote zum Richtplatz geführt. Ich hatte mich während der Frühmesse aus der Kirche geschlichen und dem Menschenstrom angeschlossen, der sich durch das Burgtor ins Freie ergoß. Obwohl es noch früh am Tag war, hatten sich Tausende aufgemacht, der Hinrichtung beizuwohnen. Rings um die Richtstätte war ein Seil gezogen, und innerhalb des Kreises standen Meister Hans, seine Knechte, der Priester, die beiden Richteherren und Claas Howfoote. Man hatte sein Gesicht gewaschen und ihm ein sackartiges Gewand übergestreift, so daß er mehr einem Bettelmönch als einem Seeräuber glich. Einer der Richteherren trat vor und zählte die Schandtaten auf, die Claas zur Last gelegt wurden. Der Freibeuter hörte aufmerksam zu und bestätigte die meisten Anklagepunkte mit einem Kopfnicken. Hin und wieder zog er jedoch die Stirn kraus und biß sich auf die Lippen, als könne er sich dieses Mordes oder jenes Überfalls beim besten Willen nicht erinnern. Doch die Liste war ohnedies lang genug, das Todesurteil zu rechtfertigen, und dies schien auch Claas einzusehen, denn als der Richteherr ihm mitteilte, man werde ihn rädern und anschließend enthaupten, nickte er abermals.

Das Volk begann zu murren. Ein Verbrecher, der die Strafe klaglos auf sich nimmt und sie allem Anschein nach auch noch gutheißt, war nicht nach seinem Geschmack. Claas Howfoote schien den Unwillen der Schaulustigen zu spüren, denn als der Priester sich zu ihm beugte, um ihm die Beichte abzunehmen, legte der Seeräuber ihm seine aneinandergeketteten Hände flach auf die Brust und stieß ihn so heftig von sich, daß der Priester rücklings über den Richtblock fiel. Die Menge dankte es ihm mit Händeklatschen und anfeuernden Rufen, und Claas faßte nun, als habe er ihn zum nächsten Opfer erwählt, einen der Richteherren ins Auge. Doch der Henker gab seinen Knechten ein Zeichen. Sie rissen Claas das Gewand vom Leib, so daß er nur noch mit einem Lendenschurz bekleidet war, legten ihn auf das Rad und fesselten ihn an die Speichen.

»Zuerst kommen die Beine dran«, sagte eine heisere Stimme hinter mir. Ich wandte mich nach dem Sprecher um und erblickte einen Jungen meines Alters. Er hatte wasserhelle, beinahe farblose Augen. Möwenaugen. Seine Kleider waren abgetragen und an vielen Stellen geflickt. Ein Gassenjunge, einer von Hunderten, die sich bettelnd und stehlend durchs Leben schlugen.

Der Henker hob die Axt. Sie hatte auf der einen Seite eine halbkreisförmige Schneide und war auf der anderen wie ein Hammer geformt. Mit dem stumpfen Ende zerschmetterte er Claas Howfootes Schienbeine. Ich sah, wie die Haut aufsprang und ein Brei aus Blut und Knochensplittern hervorquoll. Die Menge wartete mit angehaltenem Atem, daß der Seeräuber zu schreien begann. Doch Claas bewies den Leuten, daß er immer noch für eine Überraschung gut war, er sang. Es war ein seltsames Lied, das sich seiner Brust entrang. Es handelte teils von den Mädchen auf Bornholm, teils von den Königen aus dem Morgenland, von Liebeslust, Weihrauch und Myrrhe. Er sang noch, als Meister Hans ihm beide Beine oberhalb des Knies abhieb, doch als die Axtklinge ihm den rechten Arm von der Schulter trennte, ging sein Gesang in ein Röcheln über.

»Warum singst du nicht weiter, Claas Howfoote?« hörte ich den Jungen hinter mir rufen.

Nachdem der Henker auch Claas' linken Arm abgeschlagen hatte, trugen die Knechte den Rumpf zum Richtblock. Der Henker legte die Axt beiseite und griff nach dem Schwert. Er ließ seinen Daumen die Schneide entlanggleiten, deutete mit einem leichten Wiegen des Kopfes an, daß sie gern ein wenig schärfer hätte sein dürfen, und wandte sich halb von Claas ab, um dem Schwert aus der Drehung seines Körpers heraus größeren Schwung zu geben. Meister Hans wußte, daß jetzt aller Augen auf ihn gerichtet waren. Er schien es zu genießen, im Mittelpunkt zu stehen, und um diesem Augenblick, einem der wenigen Höhepunkte im Leben eines Scharfrichters, etwas Dauer zu verleihen, führte er die Schwertklinge einige Male probeweise an Claas' Hinterkopf, trat dann einen halben Schritt zurück, verlagerte sein Gewicht auf das rechte Bein, während er das linke ein wenig anwinkelte, und holte mit gestreckten Armen zum Schlag aus.

»Das wird ein sauberer Hieb«, sagte der Junge mit den Möwenaugen.

Die Klinge fuhr durch Claas' leicht vorgewölbten Nacken, als ob er aus Wachs sei, und blieb im Richtblock stecken. Der Rumpf, nun des Kopfes ledig, plumpste zu Boden. Der Henker packte das Haupt des Seeräubers bei den Haaren und zeigte es dem Volk. Ein beifälliges Gemurmel war zu hören; einige Leute warfen Münzen über das Seil. Es war etwas von jener Befriedigung zu spüren, die der Anblick einer meisterlich ausgeführten Handwerksarbeit verschafft.

»Muß es nicht eine wahre Lust sein, von Meister Hans geköpft zu werden?« sagte die heisere Stimme hinter mir.

Ich drehte mich um und begegnete diesem seltsam gläsernen Blick des Jungen. Einer seiner Mundwinkel war etwas emporgezogen, als wolle er mich zum Lachen verlocken.

»Wer bist du?« fragte ich.

Statt mir seinen Namen zu nennen, sagte er: »Du bist blaß, Simon Gronewech. Ist es das erste Mal, daß du einen Kopf rollen siehst?«

Plötzlich zwängte sich Daniel Metz zwischen uns. »Gib's ihm zurück, Caspar Went«, fuhr er den Jungen mit schriller Stimme an, »gib's ihm zurück!« Dieser ließ seine Augen zwischen dem Krüppel und mir hin- und herwandern, dann, während etwas über sein Gesicht huschte, das entfernt einem Lächeln ähnelte, drückte er mir einen Rosenkranz in die Hand. Im nächsten Augenblick war er in der Menge verschwunden.

Es war mein Rosenkranz, Bruder Anselmus. Ich hatte ihn von meiner Mutter bekommen, als sie ihm Sterben lag, und trug ihn seitdem immer bei mir. Wie er es fertiggebracht hatte, mir das kostbare Stück unbemerkt aus der Tasche zu ziehen, war mir ein Rätsel. Später sollte er mich noch oft durch seine Fingerfertigkeit in Erstaunen setzen. Caspar Went war, wenn du mir die beiden Wörter miteinander in Verbindung zu bringen erlaubst, ein begnadeter Taschendieb. Ich müßte wohl besser sagen: Er war unter anderem ein begnadeter Taschendieb. Damit will ich es vorerst genug sein lassen; du wirst ihm in meiner Geschichte noch des öfteren begegnen.

Als ich um die Mittagszeit nach Haus kam, schlug mir eine gespannte Stille entgegen. Mein Vater, schon vor Stunden durch Johann Hoyer von meinem Verschwinden unterrichtet, starrte auf seinen Teller und überließ es meiner Stiefmutter, mich mit Blicken zu tadeln. Reymburga, die jetzt den Platz meiner Mutter am Tisch einnahm, war eine große hagere Frau. Auf einem langen Hals, den sie zur Hälfte hinter einem Spitzenkragen verbarg, saß ein unglaublich kleiner Kopf. Sie ähnelte einer Statue, bei deren Erschaffung der Künstler in Höhe des Halses die Lust verloren und es daher für den Rest bei einer Andeutung belassen hatte. Ihr Kopf sei, erzählten die Mägde hinter der vorgehaltenen Hand, völlig kahl. Ob das stimmte, weiß ich nicht, da ich sie nie ohne Haube sah. Manchmal versuchte ich, mir vorzustellen, wie mein Vater an ihr sein fleischliches Verlangen stillte. Es wollte mir nicht gelingen. Reymburga behandelte ihn mit der gleichen Teilnahmslosigkeit wie jeden anderen im Hause. Nur Mette Löding war ihr ein Dorn im Auge. Sie drängte meinen Vater, Mette vor die Tür zu setzen, und er fügte sich ihrem Willen, indem er der Magd bei seinem Bruder, dem Domherren, eine Stellung als Haushälterin verschaffte.

Es blieb an jenem Tage bei Reymburgas strengem Blick. Eine milde Strafe, magst du denken. Doch das Schweigen meines Vaters, die Art, wie er mich übersah, verletzten mich tiefer, als es Schläge vermocht hätten. Wenn er in den Speicher kam, schien er mich nicht wahrzunehmen. Um so ausführlicher beschäftigte er sich mit Detlef. Anfangs dachte ich, er habe Detlef gegenüber ein schlechtes Gewissen, weil er seine Mutter fortgeschickt hatte, aber bald wurde mir klar, daß er mich damit kränken wollte. Ich sah, wie sich mein Vater, Gebrechlichkeit vorschützend, auf Detlefs Schulter stützte, wenn sie die Treppen emporstiegen. Ich hörte, wie er ihm von seinem Plan erzählte, gemeinsam mit den Brüdern Rapesulver in Bordeaux eine Niederlassung zu gründen. Ich spürte, wie sich Haß in mir zu regen begann, und da du in die Abgründe der Seele zu blicken gewohnt bist, Bruder Anselmus, wirst du verstehen, daß sich der Haß nicht auf meinen Vater, sondern auf den Halbbruder richtete. Dabei gab mir Detlef keinen Grund; statt sich über die Zuneigung meines Vaters zu freuen, schien es ihn zu bedrücken, daß sie nur ihm allein zuteil wurde. Er wurde nicht müde, die Aufmerksamkeit unseres Erzeugers auf mich zu lenken, ja er wagte, ihm vorzuhalten, daß mein Vergehen es nicht rechtfertige, mich mit Mißachtung zu strafen. Doch mit dem Haß verhält es sich ähnlich wie mit der Liebe, Bruder Anselmus. Wie diese durch Zurückweisung oftmals stärker wird, so schürt jenen nichts so sehr wie der Edelmut des Gehaßten. Damals begann ich, ihn insgeheim den Bastard zu nennen. Bastarde, wußte ich aus Magister Percevals Geschichten, sind geborene Bösewichter. Weshalb sollte Detlef eine Ausnahme sein?

Während des Lebensabschnitts, über den ich bisher berichtet habe, geschah draußen in der Welt so manches, von dem ich nur gerüchtweise und auf Umwegen erfuhr. Die wendischen Städte waren ein zweites Mal gegen den dänischen König Waldemar in den Krieg gezogen und hatten ihn in einer Seeschlacht vernichtend geschlagen. Die Handelswege nach Osten und Norden waren damit wieder frei, doch nach Ansicht meines Vaters war auch ein gewonnener Krieg ein schlechtes Geschäft. Dasselbe Ergebnis, meinte er, hätte durch zähe Verhandlungen erreicht werden können, und es empörte ihn, daß ihm der gleiche Anteil an den Kriegskosten aufgebürdet wurde wie den großen Fernhändlern. Er ging so weit, den Ratsherren zu unterstellen, sie wollten auf diese Weise den nicht im Rat vertretenen Kaufleuten das Wasser abgraben. Jemand muß dies dem Rat hinterbracht haben, denn einer der vier Bürgermeister bestellte meinen Vater zu sich. Nach diesem Gespräch äußerte er sich zurückhaltender, gab jedoch zu verstehen, daß er, falls man ihn in den Rat wählen sollte, das Amt um keinen Preis annehmen werde. Wie du gehört hast, ließ er sich später umstimmen. Ich vermute, daß es nicht zuletzt Frau Reymburga war, die den Sinneswandel bewirkte.

Jutteke

»Du mußt große Gönner haben, Simon Gronewech«, sagt der Kerkermeister. »So was wie die hat die Zelle noch nicht gesehn.«

»Verschwinde!« sagt sie. Der Kerkermeister zieht grinsend die schwere Tür hinter sich zu.

Sie ist jung, sechzehn oder siebzehn, keinesfalls älter. Ein hübsches Luder mit gepudertem Gesicht und bläulich umschatteten Augen. Keine von denen, die es in dunklen Gängen treiben.

»Die Prötteltasch schickt mich«, sagt sie. »Sie läßt dir ausrichten, du kriegst es umsonst.«

»Wie heißt du?«

»Jutteke.« Sie deutet auf Bruder Anselmus: »Soll er dabeisein?«

»Wir wollen Bruder Anselmus nicht auf sündhafte Gedanken bringen.«

»Dann schmeiß den Pfaffen raus.« Sie knöpft ihr Mieder auf. Unter dem Leinenhemd quellen zwei pralle Brüste hervor. Begehrlich heftet sich ihr Blick auf die Speisen. »Du lebst nicht schlecht.«

»Hast du Hunger, Jutteke? Möchtest du etwas essen?«

»Hinterher«, antwortet sie und streift das Kleid über ihre Hüften. Der Mönch schaut angestrengt auf einen Flecken an der Wand.

»Mir ist nicht nach Liebe, Jutteke. Mein Johannes, fürchte ich, würde mir den Dienst versagen.«

»Laß mich nur machen«, sagt die Dirne. »Ich wär mein Geld nicht wert, wenn ich nicht wüßte, was da zu tun ist.«

»Setz dich statt dessen an den Tisch, iß und trink und erzähl mir von der Prötteltasch.«

»Wirst du ihr sagen, daß es nicht an mir gelegen hat? Daß ich wollte, aber du nicht?«

»Ich glaube nicht, daß wir uns in diesem Leben noch einmal begegnen werden.«

»Doch, sie will dich besuchen«, entgegnet Jutteke, während sie sich schon über den Kapaun hermacht. »Die Prötteltasch mag dich, du hast bei ihr einen Stein im Brett.« Sie beißt so herzhaft in den Schenkel, daß ihr das Fett auf den Busen trieft.

»Sie muß schon sehr alt sein. Ich hätte nicht gedacht, daß sie noch lebt.«

»Die Prötteltasch ist nicht totzukriegen, die lebt ewig«, sagt Jutteke, füllt ein Glas mit tiefrotem Burgunder und trinkt es in einem Zug leer. »Sie hat schon meine Mutter auf die Straße geschickt, und wenn es das Unglück will, verdient sie auch noch an meiner Tochter. Aber wie kommt es, daß das alte Aas dich so gut leiden kann?«

»Sagt sie das?«

»Sie sagt, du bist der einzige, dem sie eine Träne nachweint. Das will schon was heißen bei der Prötteltasch. Ich kenne keinen, der sie jemals weinen sah. Ihre Augen, sagt man, sind so trocken wie ihre Fud.« Sie schleckt die fettigen Finger ab und stopft sich eine Feige in den Mund. »Warst du ihr Geliebter?«

»Die Prötteltasch hat nie einen Geliebten gehabt, Jutteke. Sie nahm sich einen Mann, wenn sie einen brauchte, und nachdem es getan war, jagte sie ihn fort.«

Jutteke greift sich mit beiden Händen an den Bauch und rülpst. Bruder Anselmus' Gesicht ist starr wie eine Maske. Durch seine schmalen Finger gleitet der Rosenkranz, seine Lippen formen unhörbare Worte.

»Ist es wahr, daß du mit einer Prinzessin verheiratet warst?« fragt die junge Hure. »Daß du reicher warst als alle Kaufleute dieser Stadt? Daß du in goldfarbene Seide gekleidet warst und Edelsteine an den Schuhen getragen hast? Sag mir, ob es wahr ist.«

»Es ist so wahr, wie Märchen wahr sind, Jutteke.«

»Ich hab nie mehr Geld gehabt als sechs Pfennige, und von denen mußte ich fünf der Prötteltasch geben. Einmal sagte ich ihr, ich hätte nur drei bekommen, aber sie merkte, daß ich log, und wurde sehr böse. Sieh her!« Sie hebt das Kinn. Auf der weißen Haut ihres Halses zeichnet sich ein dünner roter Strich ab. »Um ein Haar hätte sie mir die Kehle durchgeschnitten, aber da fiel ihr gerade noch rechtzeitig ein, daß sie an einer toten Hure nichts verdienen kann. Sie sollten die Prötteltasch neben dir aufhängen oder, besser noch, in einem Kessel sieden, das gäb 'ne fette Brühe.«

»Bist du satt?«

»So satt war ich schon lange nicht mehr«, antwortet sie. »Willst du's nicht doch mit mir machen?«

»Ich habe nicht mehr viel Zeit, Jutteke. Geh und sag der Prötteltasch, ihr Besuch käme mir ungelegen.«

»So blöd bin ich nicht und verderb's mir deinetwegen mit der Alten«, sagt Jutteke. »Außerdem läßt die sich nicht abwimmeln. Die Prötteltasch würde dich sogar in der Hölle besuchen.«

Sie klopft gegen die Tür. Der Kerkermeister grinst lüstern durch den Türspalt. »Hat sie's dir gut besorgt?«

»Für sechs Pfennige zeig ich's dir, daß du die Engel singen hörst« sagt Jutteke.

Zweites Kapitel

Im selben Jahr als mein Vater in den Rat gewählt wurde, kaufte er ein geräumiges Haus am Koberg. Über der Tür ließ er ein Wappen anbringen, auf dem drei silberne Fische auf blauem Grund zu sehen waren. Der mittlere Fisch war mit dem Kopf nach unten abgebildet, während die beiden anderen in die Höhe strebten. Ich fragte meinen Vater, wie dies zu deuten sei, doch er meinte, es sei müßig, nach Erklärungen zu suchen; das Wappen habe er von einem Onkel übernommen, der Heringshändler in Schonen gewesen war. Später kam mir manchmal der Gedanke, das Wappen mit den drei Fischen, von denen der mittlere anscheinend gegen den Strom schwimmt, stelle ein Sinnbild meines eigenen Schicksals dar.

Als Ratsherr blieb meinem Vater weniger Zeit für das Geschäft. Er tat sich mit dem erst seit kurzem in unserer Stadt ansässigen Kaufmann Balthasar Mulich zusammen und gab ihm Vollmacht, Verträge im Salz- und Getreidehandel abzuschließen. Klein, von kugeliger Gestalt und dennoch wieselflink, war Balthasar Mulich schon äußerlich das Gegenteil meines Vaters. Seine Vorfahren stammten aus einem Land an der Donaumündung, hatten vor einem halben Jahrhundert in Nürnberg das Bürgerrecht erworben und es dort dank ihres skrupellosen Geschäftssinns zu Wohlstand gebracht. Man erinnerte sich, daß Balthasar Mulich vor fünf oder sechs Jahren vom Rat gerügt worden war, weil er, was er indessen heftig bestritt, den Dänenkönig mit Armbrusten beliefert haben sollte. In Kreisen der ehrbaren Kaufmannschaft galt er als ein windiger Geschäftsmann; es hieß, wer Balthasar Mulich Vertrauen schenke, habe es nicht besser verdient, als für seine Dummheit bestraft zu werden. Was mochte meinen Vater bewogen haben, sich diesen Mann zum Partner zu nehmen? Wollte er den anderen Kaufleuten beweisen, daß er, Hinrich Gronewech, als einziger imstande sei, aus der Partnerschaft mit Balthasar Mulich Nutzen zu ziehen? Anfangs schien es immerhin, als hätte mein Vater keine schlechte Wahl getroffen, denn Balthasar Mulich handelte mit den hartgesottenen Lüneburgern Preise aus, daß jene sich die Haare rauften. Doch es dauerte nicht lange, bis es zum Streit kam. Ich höre die Stimme meines Vaters noch aus der Schreibkammer dringen; es war von Unterschleif die Rede, von Betrug und Ehrlosigkeit. Mulich begegnete den Vorwürfen mit Schweigen. Als er die Schreibkammer verließ, zwinkerte er mir im Vorübergehen verschwörerisch zu. Seit jenem Tag suchte er mich für sich einzunehmen, indem er mir Aufgaben zuwies, die, so meinte er, dem rechtmäßigen Sohn und Nachfolger Hinrich Gronewechs angemessener seien als die Arbeit eines Lehrjungen. Einmal bot er mir sogar an, sein Teilhaber zu werden, falls es zum offenen Bruch mit meinem Vater kommen sollte. Du denkst vielleicht, ich hätte Argwohn schöpfen sollen. Doch halt mir zugute, daß ich ein Knabe von fünfzehn Jahren war, Bruder Anselmus. Gibt es ein Alter, in dem man sich mehr nach Anerkennung sehnt als in diesem Lebensabschnitt zwischen Kind und Mann?

Die Aufsicht über Detlef und mich übertrug unser Vater meiner Stiefmutter und dem Kaufgesellen Johann Hoyer. Doch Reymburga sorgte sich in zunehmendem Maße um ihr Seelenheil und verbrachte demzufolge die meiste Zeit im Beichtstuhl oder in den Hospizen der Armen und Siechen, und Johann Hoyer zeigte infolge ständiger Schlaflosigkeit deutliche Anzeichen geistiger Umnachtung. Mithin waren wir auf uns selbst gestellt. Ich versuchte, Detlef begreiflich zu machen, daß kein Hahn danach krähen würde, wenn wir die Arbeit Arbeit sein ließen und uns vergnüglicheren Beschäftigungen zuwendeten. Doch es gelang mir nicht, ihn zu überzeugen, daß es die Gunst der Umstände zu nutzen gelte. So kam es, daß Detlef weiterhin brav seine Arbeit im Speicher tat, während ich mich in Gesellschaft halbwüchsiger Kaufmannssöhne in der Stadt herumtrieb.

Seit ich die Bürger durch den *Jodute*-Ruf erschreckt hatte, war mein Ansehen unter den Altersgenossen derart gestiegen, daß man mich in den Geheimbund *Der Pott* aufnahm. Dieser setzte sich vornehmlich aus den Söhnen der großen Familien zusammen und war nach einem Wirtshaus benannt, in dessen Hinterzimmer sich die Mitglieder zu versammeln pflegten. Zu Beginn jeder Sitzung wurden die *Elf Gebote* verlesen, die den zehn christlichen darin glichen, daß sie mit »Du sollst« begannen, ansonsten aber mit jenen nichts gemein hatten. Um dir Einzelheiten zu ersparen, will ich nur erwähnen, daß sie zu verschiedenen Formen der Unzucht aufforderten, darunter solchen, die ich bis dahin nicht einmal vom Hörensagen kannte. Jedes Mitglied war verpflichtet, eines der elf Gebote auszuwählen und bei der nächsten Zusammenkunft einen feierlichen Eid zu schwören, daß es erfüllt worden sei. Ich hielt das Ganze für ein Spiel, und daher entschied ich mich, ohne lange zu überlegen, für das dritte Gebot, das den Beischlaf mit einer verheirateten Frau vorsah.

Die anderen verhehlten ihre Enttäuschung nicht, daß ich mir etwas so Alltägliches ausgesucht hatte. »Hast du eine im Auge?« fragte Jost Stalbuk, der im *Pott* das Amt des Ältermannes bekleidete. Ich mußte gestehen, daß dies nicht der Fall war.

»Dann«, sagte Jost frohlockend, »wird der Ältestenrat die Wahl für dich treffen.« Zum Ältestenrat gehörten alle Mitglieder, die älter als siebzehn waren, und nachdem diese sich für eine Weile zur Beratung zurückgezogen hatten, gab Jost bekannt, daß man sich auf Papedönes Frau geeinigt habe.

»Wer ist Papedöne?« fragte ich.

Noch heute überläuft mich ein Schauer, wenn ich den Namen ausspreche. Papedöne lebte in einer windschiefen Hütte an der Wakenitz. Er verdiente sein Brot als Fährmann, und man sagte ihm nach, daß er den heidnischen Göttern opfere, wofür diese ihm die Gabe verliehen hätten, Krankheiten zu heilen. Er war, obwohl schon ein alter Mann, mit einer blutjungen Frau verheiratet. Sie hieß Telse und war als mannstoll verschrien. Und doch wäre mir niemals in den Sinn gekommen, mit ihr das dritte Gebot zu erfüllen, hätte ich Papedöne gekannt.

»Du brauchst dich bei ihr nicht groß ins Zeug zu legen, sie macht es mit jedem«, versicherte Jost.

Am nächsten Morgen führte er mich auf den Markt und zeigte mir Telse. Sie verkaufte Aale, schwarze, glitschige Ungetüme, die sie selbst in ihren Reusen fing. Sie hatte hellblaue Augen, in denen ich ein irrlichterndes Funkeln gewahrte, ein rundes, rosig angehauchtes Gesicht und wuscheliges schwarzes Haar. Obwohl sie einen groben, mehrfach geflickten Leinenkittel trug und darüber eine speckige Lederschürze und obwohl ihre Arme von Aalfett glänzten und ihre schlammverkrusteten Füße in plumpen Holzpantinen steckten, versetzte mich ihr Anblick in zittrige Erregung.

Telse war nicht schön. Verglichen mit einigen Frauen, die mir später begegnen sollten, war sie eher unansehnlich. Und dennoch: Ich sah sie und war ihr auch schon verfallen. Jede Faser meines Körpers gierte danach, sich mit ihrem Körper zu vereinigen. Ich hätte mein Leben dafür gegeben, Telse zu besitzen. Und fast wäre es dazu gekommen.

»Mein Freund Simon würde dir gern einen Aal abkaufen, aber diese sind ihm zu fett«, sagte Jost. »Hast du keine dünneren?«

Sie richtete ihren Blick auf mich, vermied es jedoch, mir in die Augen zu sehen. »Die kleinen Aale bewahre ich daheim in einem Korb auf, weil ich sie um Mitternacht wieder aussetzen will«, entgegnete sie. »Der junge Herr kann sich einen holen, wenn er mag.«

»Wann soll er kommen?« fragte Jost.

»Gegen Abend, wenn ich den Räucherofen anheize«, sagte Telse. »Man kann den Rauch von weitem sehn.«

Ich erinnere mich, daß es ein diesiger, naßkalter Tag war. Über den Wiesen an der Wakenitz lagerten rötlich schimmernde Nebelschwaden. Jost Stalbuk begleitete mich ein Stück Weges. Als die Umrisse von Papedönes Hütte aus dem Dunst hervortraten, blieb er stehen.

»Hast du ein Messer bei dir?« fragte er.

Ich verneinte.

Jost zog ein beidseitig geschliffenes, spitz zulaufendes Messer aus dem Gürtel und gab es mir. »Vor der Stadt treibt sich allerlei Gesindel herum«, kam er meiner Frage zuvor. »Da kann einem ein Messer manchmal gute Dienste tun.«

Ich sah ihm an, daß er log. »Ist es wegen Papedöne?« fragte ich geradeheraus.

»Du mußt auf der Hut sein«, entgegnete er, klopfte mir auf die Schulter und stapfte davon.

Glaub mir, Bruder Anselmus, wäre es nicht um Telse gegangen, hätte mich nicht eine unwiderstehliche Begierde nach ihrem Körper gepackt, ich wäre auf der Stelle umgekehrt. Aber ich war nicht mehr Herr meiner Sinne, ich fühlte mich von einem Sog ergriffen, der mich willenlos in Telses Arme trieb. Ich kann mich nicht mehr erinnern, ob ich das vereinbarte Zeichen abwartete, ich weiß nur, daß ich unversehens vor Telse stand.

Sie hielt einen Aal mit drei Fingern kurz hinter dem Kopf gepackt, so daß er ihr, sosehr er sich auch wand, nicht entschlüpfen konnte.

»Wünscht der junge Herr, daß ich ihn töte?« fragte sie.

Ich muß genickt oder ihr auf andere, wortlose Weise zugestimmt haben, denn sie zog eine Nadel aus ihrem Haar und stieß sie dem Aal in den Kopf. Seine schlängelnden Bewegungen gingen in ein Zittern über, dann erschlaffte das Tier.

»Das ist der kleinste, den ich habe«, sagte Telse, während sie den Aal in Huflattichblätter wickelte. Erst jetzt bemerkte ich, daß sie ein dünnes, fadenscheiniges Kleid trug und Dotterblumen in ihr Haar geflochten hatte. Sie ähnelte einer drallen Nixe, einer mit allen Merkmalen irdischer Weiblichkeit versehenen Wasserfrau. Ich spürte, wie mich unter dem Blick ihrer glitzernden Augen ein Schwindel ergriff, ich hörte mich sinnloses Zeug reden, und ehe ich mich versah, lagen wir eng aneinandergepreßt auf einem Strohsack. Es war dunkel in der

Hütte, nur durch die Ritzen in der Wand fiel schummriges Licht. Telse rührte sich nicht, aber ihr Atem ging, als ob sie schnell gelaufen sei. Ich wußte, sie wartete darauf, daß ich sie nahm. Doch während ich noch darüber nachsann, wie ich es anstellen sollte, ohne mich meiner Unerfahrenheit schämen zu müssen, kam Papedöne herein.

Er tastete sich zum Tisch und zündete eine Tranlampe an. Sein schwerer Körper war in einen Mantel aus Seehundfell gehüllt, auf seinem Kopf saß ein triefender Schlapphut.

»Gießt in Strömen«, sagte er mit rauher Stimme. »Der verdammte Regen verdirbt mir's Geschäft.« Er legte Hut und Mantel ab und setzte sich an den Tisch. Der Schein der Lampe hob seinen kantigen Schädel aus dem Dunkel hervor. Er war mit struppigem grauem Haar bedeckt, das unter den breiten Wangenknochen in einen verfilzten Bart überging. Eine Weile war es totenstill in der Hütte. Aus Angst, mich zu verraten, wagte ich nicht zu atmen, und mir schien, als hielte auch Telse den Atem an. Dann war ein Schmatzen zu hören. Papedöne verschlang ein Stück Speck.

»Ich bin der Fährmann Papedöne«, sagte er kauend. »Ich hab schon viele übern Fluß gebracht, aber nicht alle sind drüben angekommen. Nach altem Gesetz obliegt es dem Fergen, Recht zu sprechen auf der Fähre und der Lände diesseits und jenseits des Wassers. Ehebrecher werden mit dem Tode bestraft.«

Ich fühlte, wie sich Telses Lippen auf meine Ohrmuschel legten. »Du mußt ihn töten, sonst bringt er dich um«, flüsterte sie.

»Wer ist es?« fragte Papedöne, während er den Speck hinunterwürgte.

»Ein junger Herr aus der Stadt«, antwortete Telse laut.

»Simon Gronewech, der Sohn des Kaufmanns und Ratsherrn Hinrich Gronewech«, setzte ich hinzu, bemüht, meiner Stimme einen festen Klang zu geben.

»Das Gesetz macht keinen Unterschied, ob einer reich ist oder arm, Ehebruch ist Ehebruch«, entgegnete Papedöne.

»Du hast ein Messer, stich ihn ab, bevor er dir den Garaus macht«, wisperte Telse in mein Ohr.

»Laß dir von ihr nichts einreden«, sagte der Alte. »Wir arbeiten Hand in Hand. Sie braucht einen Mann, und ich spreche Recht. Eins ergibt sich aus dem andern.«

»Er lügt!« rief Telse. »Er ist ein Mörder, er murkst die Leute ab, weil es ihm Spaß macht!«

»Was glaubst du, warum ihre Aale so fett sind?« fuhr Papedöne ungerührt fort.

Ich fühlte, wie mir die Angst die Kehle zuschnürte. »Wir haben nichts getan«, brachte ich stammelnd hervor. »Es ist nichts geschehen, dessentwegen du mich des Ehebruchs bezichtigen könntest.«

»Steig in meinen Kahn, Simon Gronewech«, sagte Papedöne und griff nach seinem Mantel. »Während ich dich übersetze, will ich mit mir zu Rate gehen.«

»Tu's jetzt«, flüsterte Telse. »Wenn du erst in seinem Kahn sitzt, ist es zu spät!«

»Sie ist eine Hexe, wußtest du das nicht?« fragte Papedöne.

»Worauf wartest du noch!« schrie Telse.

Was jetzt geschah, kann ich nicht im einzelnen schildern, denn es ging so schnell vor sich, daß es schon vorbei war, bevor ich einen klaren Gedanken fassen konnte. Papedöne hielt mich mit beiden Armen umschlungen und drückte mich mit solcher Gewalt gegen seine Brust, daß mir schwarz vor Augen wurde. Dann lag ich rücklings auf dem Tisch, während er wie von Sinnen auf mich eindrosch. Dann hörte ich einen dumpfen Schmerzlaut; er ließ von mir ab, und im gleichen Augenblick fühlte ich, wie mir jemand das Messer in die Hand schob. Dann sah ich den Messerknauf aus seiner Brust ragen. Er brach röchelnd in die Knie, fegte mit dem Arm die Tranlampe vom Tisch und starrte mich aus glasigen Augen an.

Erst jetzt wurde mir bewußt, daß die Tür weit offen stand. Und wie eine Erscheinung aus der Geisterwelt schälte sich aus dem milchigen Licht eine absonderliche Gestalt. Sie kratzte sich mit einem Fuß am Ohr, bevor sie Papedöne mit einem kräftigen Tritt zu Boden warf. Es war, wie du schon erraten haben wirst, Daniel Metz.

Er zog dem Fährmann das Messer aus der Brust und wischte es an dessen Beinkleidern ab.

»Der ist hin«, sagte Daniel befriedigt. »Aber bilde dir nicht ein, daß du es allein geschafft hättest.« Er deutete auf Papedönes blutigen, wie von Schnabelhieben zerfetzten Nacken.

»Ihr müßt ihn verscharren, sonst geht er um«, ließ sich nun Telse vernehmen.

»Wirf ihn in den Fluß«, sagte Daniel. »Ob die Würmer ihn fressen oder die Aale, gefressen wird er so oder so.«

Das sei nicht von der Hand zu weisen, räumte Telse ein. »Aber was sage ich, wenn jemand nach Papedöne fragt?«

»Er war in dem Alter, wo einer auch schon mal ohne fremdes Zutun den Löffel weglegt«, gab der Krüppel zu bedenken. Und mir riet er, schleunigst zu verschwinden, weil es mancherlei Widrigkeiten nach sich ziehen könne, bei einer Leiche ertappt zu werden.

»Ihr müßt mir helfen, ihn zum Fluß hinunterzuschaffen«, sagte Telse. »Für mich allein ist er zu schwer.«

So schleiften wir Papedöne zu dritt durch den strömenden Regen zum Ufer hinab. Dort beschwerten wir seine Glieder mit Steinen und schoben ihn ins Wasser. Doch es zeigte sich, daß wir die Steine nicht fest genug verschnürt hatten, denn kurze Zeit später tauchte er ein Stück flußabwärts wieder auf.

»Es zieht ihn zur Stadt«, stellte Daniel nachdenklich fest. »Jetzt müssen wir uns sputen!«

Ich wandte mich zu Telse um. Der Regen hatte ihr Kleid durchnäßt, so daß es wie eine zweite Haut an ihrem Körper klebte. Ich sah ihre vollen Brüste, ihre Hüften, das gewölbte Dreieck zwischen Bauch und Schenkeln. Dazu der verführerische Blick durch die nassen Haarsträhnen, dieses rätselhafte Funkeln in ihren Augen! Ich scheue mich nicht zu gestehen, daß ich sie aufs neue begehrt hätte, wäre mir nicht ein Bild in den Sinn gekommen, das ich seitdem immer wieder vor Augen habe, wenn ich an Telse denke. Es ist der Blick in einen Korb voll fetter, schleimiger, ineinander verschlungener Aale.

Benommen wie einer, der soeben aus einem schrecklichen Traum erwacht ist, hastete ich hinter Daniel her durch die sumpfigen Wiesen. Hin und wieder schlug er Purzelbäume, wobei er mit grämlicher Miene zu verstehen gab, daß er dies nicht aus Übermut tat, sondern im Bestreben, schneller vorwärts zu kommen.

»Wer hat mir das Messer in die Hand gedrückt?« fragte ich, um mir über den Hergang des Geschehens klarzuwerden.

»Ich war es nicht«, keuchte Daniel.

Wir liefen unterhalb der Stadtmauer entlang zum Tor, durch das mit einbrechender Dunkelheit ein Strom von Bauern und Marktfrauen die Stadt verließ. In dem Getümmel kamen wir unbemerkt an den Wachen vorbei und schlüpften in eine Seitenstraße, in der es so finster war, daß man die Hand kaum vor Augen sehen konnte. Ich roch den Gestank der Gosse, watete bis zu den Knöcheln in zähem Schlamm, hörte zeternde Weiberstimmen, Kindergeschrei, das Johlen Betrunkener.

»Wo sind wir hier?« fragte ich Daniel, den ich, obgleich ich ihn nicht sehen konnte, in meiner Nähe wußte.

Mit halblauter Stimme setzte mir der Krüppel auseinander, daß ich mich versteckt halten müsse, bis Gras über die Sache gewachsen sei. Der Ferge sei den Stadtoberen wegen seines durch ein Gesetz aus Urväterzeiten begründeten Richteramtes schon lange ein Ärgernis gewesen. Daher werde die Untersuchung im Sande verlaufen, sofern man des Täters nicht unverzüglich habhaft werden könne.

»Ich bringe dich zur Prötteltasch, da bist du in Sicherheit«, beschloß Daniel und zerrte mich hinter sich her durch die Finsternis. Ich fragte ihn, wer die Prötteltasch sei und weshalb er glaube, daß sie sich meiner annehmen werde, doch er gab mir statt einer Antwort die barsche Empfehlung, das Maul zu halten.

Weißt du, Bruder Anselmus, daß es in unserer Stadt der Kirchen und Klöster, der Bürgerhäuser und Speicher noch eine andere gibt, ein Labyrinth aus kaum mannsbreiten Gassen und Hinterhöfen, aus dunklen Gängen, die in andere, noch dunklere Gänge münden, aus Höhlen und verfallenen Gewölben? Bist du jemals in dieser Stadt in der Stadt gewesen, wo es nach Armut, Verwesung und Tod riecht? Verzeih die Frage, Bruder Anselmus. Was hättest du, ein Schüler des gelehrten Lesemeisters Detmar, ein Mann von Bildung und guter Herkunft, in dieser Unterwelt zu suchen? Ich kenne angesehene Bürger, die ihr ganzes Leben in unserer Stadt verbracht und nicht ein einziges Mal den Fuß in dieses unheimliche Gewirr von Gassen und Gängen gesetzt haben. Man sprach vom Gängeviertel wie von einem ekligen Geschwür, einem übelriechenden Sumpf. Es hieß, daß dort Gesetzlosigkeit herrschte. Doch dem kann ich nicht beipflichten; wie in den Vierteln der Handwerker und Kaufleute galt auch in den Gängen das Recht des Stärkeren.

Nie hätte ich mich, noch dazu bei völliger Dunkelheit, allein in diesem Labyrinth zurechtgefunden. Aber Daniel schien jeden Winkel zu kennen und überdies die Sinnesorgane einer Fledermaus zu besitzen. Mit schlafwandlerischer Sicherheit führte er mich zu einer Fachwerkbude, aus deren Fenster spärliches Licht in die Gosse fiel.

»Warte hier«, sagte Daniel und verschwand durch eine Tür, die so niedrig war, daß selbst er den Kopf einziehen mußte. Ich hörte, wie er mit einer Frau sprach. Es regnete stärker noch als zuvor; kaltes Wasser, in dem mancherlei Unrat schwamm, umspülte meine Füße. Ein Schwein beschnüffelte mich, und ganz in der Nähe stöhnte jemand in immer schneller aufeinanderfolgenden Atemstößen.

Nach einer Weile erschien der Krüppel in der Tür und winkte mich herein. »Die Prötteltasch will dich sehen«, wisperte er mir zu. »Du hast Glück, sie ist bei guter Laune.«

Ich kam in ein Zimmer, in dem große Leinentücher von der Decke hingen. Sie waren indes nicht zum Trocknen aufgehängt, sondern dienten dazu, den Raum zu unterteilen. Ein eigenartiges Duftgemisch stieg mir in die Nase; es roch nach Rosenwasser, Gewürzen und den Ausdünstungen erhitzter Körper. Daniel lüpfte eines der Laken und deutete auf eine nackte Frau, die einen Spiegel in der Hand hielt.

»Was meinst du, Bübchen«, sagte sie, »bin ich zu fett?«

Da sie mich nicht ansah, zögerte ich zu antworten. Außerdem war sie tatsächlich fett, und ich war mir nicht sicher, ob sie die Wahrheit hören wollte.

»Hast du noch nie ein nacktes Weib gesehen?« fragte sie, während sie den Spiegel so hielt, daß sie ihr Gesäß betrachten konnte. »Oder was sonst verschlägt dir die Sprache?«

»Rede mit ihr und laß sie merken, daß du was Besseres bist«, zischte der Krüppel.

»Ich würde Euch, wenn ich mir die Freiheit nehmen darf, wohlgeformt nennen«, sagte ich.

Du mußt zugeben, daß dies für einen Fünfzehnjährigen keine üble Antwort war. Und dasselbe schien auch die nackte Frau zu denken, denn sie setzte sich auf einen Stuhl, zog mich auf ihren Schoß und küßte mich.

»Sieh an, was mir da ins Haus geschneit ist«, sagte sie. »Ich mag es, wenn man vornehm zu mir spricht. Weißt du, wer ich bin?«

»Ich nehme an, Ihr seid Frau Prötteltasch«, antwortete ich, während mir leise Zweifel kamen, ob solch artige Redeweise auch dann angebracht sei, wenn man bei einer nackten Frau auf dem Schoß sitzt.

»Frau Prötteltasch heißt mein Arsch, ich bin *die* Prötteltasch«, versetzte sie unwirsch. »Also du hast Papedöne kaltgemacht?«

Ich erzählte, was geschehen war, und sie blickte mich währenddessen aus zusammengekniffenen Augen an, als lauere sie darauf, mich bei einer Lüge zu ertappen. Dann brach sie in lautes Lachen aus und rief: »Mädchen, schaut euch das Bübchen an, das den alten Papedöne um die Ecke gebracht hat!«

Mit einem Mal tauchten überall zwischen den Laken die Gesichter junger Weiber auf, einige rot und pausbäckig, andere von krankhafter Blässe überzogen. Ich stieg vom Schoß der Prötteltasch und verbeugte mich, um zumindest einen Rest von Würde zu wahren, mal in dieser, mal in jener Richtung. Die Wirkung war jedoch eine andere, als ich erhofft hatte, denn nun wollten sich auch die Mädchen vor Lachen ausschütten, und als sie sahen, daß ich vor Scham rot wurde, wuchs ihr Gelächter zu einem gellenden Kreischen an. Doch dann hob die Prötteltasch die Hand, worauf der Lärm rasch verebbte, und sagte in die Stille hinein: »Die Telse kommt in meinen Stall, die hat das Zeug zur Hure.«

Als die Prötteltasch mich unter ihre Fittiche nahm, hatte sie bereits ein bewegtes Leben hinter sich. Sie stammte aus Köln, wo sie als Tochter eines Fronknechts ihre Kindheit damit verbracht hatte, den Inhalt der Abortgruben in großen Kübeln aus der Stadt zu bringen. Mit zwölf Jahren legte sie den roten Rock an und fand, wenn man ihr glauben darf, besonders unter den Herren des Domkapitels regen Zuspruch. Während eines Konzils in Hildesheim, zu dem man sie mitgenommen hatte, wurde einem Domherren sein goldenes Kruzifix gestohlen, und weil sie kommen sah, daß man ihr den Diebstahl anlasten würde, machte sich die Prötteltasch klammheimlich davon. Das Kruzifix besitzt sie meines Wissens heute noch. Im Lüneburgischen schloß sie sich einem Landsknechtshaufen an, der von den Lübeckern angeworben worden war, um einigen Raubrittern das Handwerk zu legen. So kam sie in unsere Stadt.

Wiederum war es vor allem die hohe Geistlichkeit, der die Prötteltasch ihre Dienste erwies. Selbst der Bischof, hieß es, habe sie einmal pro Woche in seinen Privatgemächern empfangen und sei hernach den ganzen Tag über in gehobener Stimmung gewesen. Vermutlich stammt aus jener Zeit ihre Vorliebe für gesittete Umgangsformen, wobei ich allerdings erwähnen muß, daß sie selbst sich nicht die geringste Mühe gab, ihre Herkunft zu verleugnen. Du hättest sie hören müssen, wenn sie, was nicht selten vorkam, in Wut geriet. Dann fluchte sie und warf mit Schimpfwörtern um sich, daß es einen Schinderknecht hätte grausen können.

Eines Tages, erzählte mir die Prötteltasch in ihrer anschaulichen Art, sei sie es leid gewesen, für jeden die Beine zu spreizen, und habe Meister Hans das Jawort gegeben. Er versah neben seinen vielfältigen Aufgaben als Scharfrichter das Amt des Hurenweibels, hatte also die Aufsicht über alle Dirnen der Stadt, sofern sie ihrem Gewerbe nicht im geheimen nachgingen. Darüber hinaus besaß er im Sniggengang ein Frauenhaus, das er auf eigene Rechnung betrieb. Es war die nämliche Fachwerkbude, in die es mich an jenem Abend verschlagen hatte. Ich war, was du schon aus meiner Schilderung entnommen haben dürftest, in ein Bordell geraten.

Zu meiner Erleichterung sehe ich, daß du es mit Gleichmut aufnimmst, wenn ich von derlei Dingen berichte, Bruder Anselmus. Das macht mir Mut, in meiner Lebensgeschichte fortzufahren, ohne all jenes auszusparen, das nach landläufiger Meinung nicht für keusche Ohren bestimmt ist. Wie könnte ich sonst auch meinem Vorsatz treu bleiben, dir die Wahrheit zu erzählen?

Die Prötteltasch war dafür bekannt, daß sie alles aus kühler Berechnung tat. Deshalb sagte man ihr auch nach, daß sie Meister Hans nur geheiratet hatte, um von der Hure zur Puffmutter aufzusteigen. Indem sie die Dirnen erbarmungslos zur Arbeit antrieb und ihren Verdienst, bis auf einen kärglichen Rest, für sich beanspruchte, gelang es ihr im Laufe weniger Jahre, so viel Geld anzuhäufen, daß sie den ganzen Sniggengang samt zweier angrenzender Hinterhöfe kaufen konnte. Wiederum einige Jahre später gehörten ihr die meisten Buden im Gängeviertel, dazu ein Haus in der Hundestraße, das bislang als Waisenhaus gedient hatte. Die Prötteltasch quartierte die Kinder kurzerhand in einen feuchten, nahezu lichtlosen Keller um und eröffnete in dem Haus ein weiteres Bordell. Zu jener Zeit begann man, sie die *Königin des Gängeviertels* zu nennen, und sie sah sich nicht ungern mit dem Titel geschmückt. Mag dir dies schon erstaunlich erscheinen, Bruder Anselmus, so warte ab. Über die Prötteltasch wird noch Erstaunlicheres zu berichten sein.

Was nun aber, könntest du fragen, lag der stets auf ihren Vorteil bedachten Prötteltasch an mir? Weshalb gewährte sie mir Unterschlupf, obwohl ich nichts besaß außer dem, was ich am Leibe trug? Womit hatte ich, ein Taugenichts aus gutem Hause, der zudem noch einen Mord auf dem Gewissen hatte, mir ihr Wohlwollen verdient?

Ich habe dafür keine andere Erklärung als die, daß die Prötteltasch nicht so bar jeglichen Gefühls war, wie man es ihr unterstellte. Vielleicht rührte es sie, daß der Sohn eines reichen Kaufmanns und Ratsherren ausgerechnet bei ihr Schutz suchte. Ich halte es nicht einmal für ausgeschlossen, daß ich in ihr, der Kinder ein Greuel waren, mütterliche Gefühle weckte. Wie auch immer: Sie nahm mich auf und gab mir in ihrer ruppigen Art zu verstehen, daß sie mir zugetan war.

Da ihr Haus kaum Platz genug bot für die Dirnen, die dort hinter den Laken ihre Freier empfingen, mußte ich das Bett mit ihrem Mann teilen. Meister Hans, der eigentlich Peter Molne hieß, aber wie alle Henker nur *Meister Hans* genannt wurde, kam meist erst gegen Morgen nach Haus, so daß ich das Bett bis dahin für mich allein hatte. Dann war jedoch an Schlaf nicht mehr zu denken, weil Meister Hans, kaum daß er sich auf den Strohsack hatte fallen lassen, unbändig zu lachen begann. Ich habe nie erfahren, worüber er lachte, denn wenn ich ihn fragte und er zu einer Erläuterung ansetzte, reizte ihn diese wieder derart zum Lachen, daß er kein verständliches Wort mehr hervorbrachte.

Tagsüber war er dagegen bei weitem nicht so gut aufgelegt. Wenn er um die Mittagsstunde erwachte, richtete sich sein Unmut zuerst auf die Hühner, die gemeinsam mit uns die Kammer bewohnten und durch lautes Gackern kundtaten, daß sie das Geschäft des Eierlegens besorgt hatten. Er scheuchte sie mit einem Reisigbesen aus dem Fenster und warf die Eier hinterher. Der nächste, der sein Mißfallen erregte, war ich. Er tat, als kennte er mich nicht, und fragte, was ich in seinem Bett zu suchen hätte. Ich antwortete ihm jedesmal mit gleicher Ausführlichkeit, woraufhin er der Prötteltasch Prügel androhte, weil sie ihm einen flüchtigen Mörder als Bettgenossen zugeteilt hatte. Letzteres unterließ er jedoch, denn bei einem Schlagabtausch mit seiner Frau hätte er unweigerlich den kürzeren gezogen. Im Grunde war Meister Hans ein friedfertiger Mensch, und wenn er nachmittags zu Übungszwecken einige Schweine geköpft hatte, zeigte er sich wieder umgänglich. Dann kam es gelegentlich sogar vor, daß er mir den *Bidenhänder*, das gewaltige Richtschwert, in die Hand drückte und mich mit gutmütigem Spott bedachte, weil ich ihn nicht zu heben, geschweige denn einen Streich damit zu führen vermochte. Nein, er war kein übler Mensch, der Meister Hans.

Nachdem er mich eine Weile widerwillig in seinem Bett geduldet hatte, faßte er Vertrauen zu mir. Nun erfuhr ich, daß er seines blutigen Gewerbes zutiefst überdrüssig war und sich nichts sehnlicher wünschte, als seinen Beruf an den Nagel zu hängen. Weil er jedoch als ehemaliger Henker keine andere Arbeit gefunden hätte und demzufolge allein von den Einkünften der Prötteltasch hätte leben müssen, sah er sich gezwungen, weiterhin Menschen zu köpfen, aufs Rad zu flechten oder am Hals aufzuhängen, bis sie sich ausgestrampelt hatten. Denn mehr noch als sein Beruf war ihm der Gedanke zuwider, seiner Frau auf der Tasche zu liegen, was, versicherte er mir, einer völligen Unterwerfung gleichgekommen wäre. So hatte Meister Hans sich in seiner Verzweiflung dem Trunk ergeben. Da ich um all dies wußte, schien mir fortan sein nächtliches Gelächter jeglicher Heiterkeit zu entbehren.

Inzwischen hatte man Papedönes Leiche im Uferschilf gefunden. Wie Daniel vorhergesagt hatte, legte der Rat bei der Suche nach dem Täter keinen großen Eifer an den Tag. Doch als Telse beim peinlichen Verhör meinen Namen preisgab, forderten einige ebenfalls im Rat vertretene Widersacher meines Vaters eine sorgfältige Untersuchung des Falles. So wurde auch Jost Stalbuk vernommen, der bis zum Anlegen der Daumenschrauben tapfer schwieg, dann jedoch zugab, daß er mich an jenem Abend bis vor Papedönes Hütte geführt hatte. Daraufhin, erzählte Daniel, hätten die Wetteherren ihre Schergen ausgeschickt, um mich aufzugreifen und vor Gericht zu bringen. Sie hätten das Haus meines Vaters vom Keller bis zum Dachboden durchsucht, ebenso die Speicher und selbst die Buden der armen Leute im Hinterhof. Es sei damit zu rechnen, meinte Daniel, daß sie über kurz oder lang auch das Gängeviertel durchstöbern würden, doch hätte ich, solange die Prötteltasch ihre Hand über mich halte, nichts zu befürchten.

Einige Tage später standen tatsächlich zwei bis an die Zähne bewaffnete Büttel vor dem Sniggengang. Während sie noch beratschlagten, öffneten sich wie auf ein verabredetes Zeichen plötzlich die Türen, und überall wurden die Dreckeimer in die Gosse entleert. Als die Häscher die stinkende Brühe auf sich zuströmen sahen, zogen sie sich schimpfend zurück.

»Siehst du, Bübchen«, sagte die Prötteltasch, »am Sniggengang endet die Macht des hochwohllöblichen Rates.«

So war es, Bruder Anselmus. Die Ratsherren und an ihrer Spitze die vier auf Lebenszeit gewählten Bürgermeister beherrschten die Stadt mit einer Fülle von Gesetzen und Verordnungen, selbst die Ritter in der Umgegend beugten sich wohl oder übel dem Recht der Kaufleute. Nur im Gängeviertel, das innerhalb der Stadtmauern und an manchen Stellen nur wenige Schritte von den Patrizierhäusern entfernt lag, wurden ihre Gesetze mißachtet, wurde Gesetzesbrechern Unterschlupf gewährt. Ich hörte einmal einen Ratsherrn sagen, man könne ein Drittel aller Bewohner des Gängeviertels unbesehen am nächsten Galgen aufknüpfen, ohne daß es einen Unschuldigen träfe, und mag dies auch übertrieben sein, so muß ich doch zugeben, daß ich selten so vielen Missetätern zur gleichen Zeit begegnet bin wie im Sniggengang und seinen unzähligen Seitenarmen. Mit anderen Worten: Ich befand mich, wenn ich denn wahrhaftig zum Mörder geworden war, unter meinesgleichen. Man sollte annehmen, daß ich mich in solcher Gesellschaft unbehaglich gefühlt hätte. Weit gefehlt, Bruder Anselmus. Wähnst du dich selbst mit Schuld beladen, hat der Gedanke, daß du im Wirtshaus zwischen einem Dieb und einem Totschläger sitzt, etwas Wohltuendes. Das Verbrechen, wage ich zu behaupten, verbindet die Menschen mehr als das gemeinsame Streben nach tugendhaftem Lebenswandel.

Ein hervorstechender Wesenszug der Prötteltasch war, daß sie in Gegensätzen dachte und zwischen diesen keine fließenden Übergänge kannte. Für sie gab es nur gute oder böse Menschen, und es erscheint mir erwähnenswert, daß sie selbst sich zu den bösen rechnete. Weiterhin unterschied sie die Menschen nach solchen, die ihr gefielen, und anderen, die sie nicht leiden konnte, wobei letztere deutlich in der Überzahl waren. Hatte sie jedoch an einem Gefallen gefunden, vereinnahmte sie ihn mit Haut und Haaren. Jetzt war ich es, der ihre besitzergreifende Art zu spüren bekam.

Eines Morgens rief sie mich an ihr Bett und teilte mir mit, daß sie beschlossen habe, einen Mann aus mir zu machen. Damit ich nicht herumrätseln mußte, wie es gemeint war, fragte sie im gleichen Atemzug, ob ich jemals einer Frau beigewohnt hätte.

Teils aus Verlegenheit, teils um Zeit zu gewinnen, gab ich vor, daß mir nicht ganz klar sei, worauf sie hinauswolle.

Nun hob sie die Decke, ließ mich zwischen ihre prallen Schenkel blicken und sagte: »Wie nennst du das Ding, das ich zwischen den Beinen habe?«

Verwirrt antwortete ich, daß mir als ehemaligem Lateinschüler das Wort *Vagina* geläufig sei.

»Bei uns heißt es Fud«, belehrte sie mich. »Aber ich glaube, wir meinen dasselbe. Hast du also schon mal deinen Schwanz in eine Fud gesteckt?«

Um nicht wie ein grüner Junge dazustehen, ließ ich durchblicken, daß ich mich an fünf oder sechs Beiwohnungen erinnern könne.

Doch sie versetzte mir einen derben Knuff und sagte: »Gib nicht an, Bübchen. Der Prötteltasch kannst du nichts weismachen. Und wenn es das erste Mal ist, sollst du es auch gleich richtig lernen. Dazu brauchen wir eine alte Stute, denn auf alten Stuten lernt man am besten reiten.«

Schau mich nicht so entgeistert an, Bruder Anselmus. Mit der alten Stute meinte die Prötteltasch eine ihrer Dirnen, die schon bei Jahren war, deshalb aber als die kundigste unter ihnen galt. Sie hieß Grete, hatte nur noch ein Auge, weil ihr das andere von einem trunkenen Freier ausgeschlagen worden war, und pflegte ihren Körper mit Wiesenkräutern einzureiben, bevor sie sich zu einem Mann legte. Der würzige Duft, wußte sie aus Erfahrung, ließ die Männer offenen Auges von Frauen träumen, mit deren Schönheit sie nicht wetteifern konnte. Derlei Trugbilder blieben mir indes versagt. Doch sie lehrte mich das Handwerk der Liebe mit solcher Sorgfalt, daß ich später nur wenig Neues dazulernte. Ihre Lektionen begannen mit sanften, beinahe keuschen Berührungen und endeten in einem Sinnentaumel, der, wenn ich daran zurückdenke, auch nach so vielen Jahren noch lustvolle Empfindungen in mir weckt. Kurz: Grete war eine Lehrerin, wie ich mir keine bessere hätte wünschen können, und ich war ein Schüler, der an Eifer und Wißbegier seinesgleichen suchte. Ach, Bruder Anselmus, wie sehr bedaure ich die Menschen, die ihre Triebe nach Art der Kaninchen befriedigen, anstatt die Liebe zur Kunst zu machen! Doch genug davon, ich sehe einen Schatten des Unmuts über deine Stirn huschen.

Von Daniel Metz hörte ich, daß Telse sich auf ein Danziger Schiff geschlichen und dem Schiffer einen Beutel voll Silbermünzen versprochen habe, wenn er sie mitnehme. Dem Schiffer sei es jedoch verdächtig vorgekommen, daß eine einfache Frau so viel Geld besaß; er habe also den Hafenmeister verständigt, und dieser habe Telse den Gerichtsdienern übergeben. Beim Verhör habe Telse zugegeben, daß das Silber Papedöne gehört hätte, jedoch leugne sie hartnäckig, daß sie ihren Mann ermordet habe, um in den Besitz des Geldes zu gelangen. »Du bist jetzt fein heraus«, schloß der Krüppel. »Daß Telse ihn abgemurkst hat, gefällt den Herren allemal besser, als daß du es getan hast, und wenn sie wollen, daß sie es war, wird sie es über kurz oder lang auch gestehen.«

Du magst es verwerflich finden, daß ich die Nachricht mit Erleichterung vernahm. Dennoch war mir nicht wohl bei dem Gedanken, daß sie für ein Verbrechen, das wir möglicherweise gemeinsam begangen hatten, allein büßen sollte. Ich wandte mich an die Prötteltasch und fragte sie, was ich tun könne, um Telse vor dem Schlimmsten zu bewahren.

»Nichts«, entgegnete sie kurz und bündig. »Außer du gehst hin und sagst, daß du ihn umgebracht hast.«

»Damit wäre ihr wahrscheinlich geholfen«, antwortete ich. »Doch dann würden sie mich aufs Schafott bringen.«

»So ist es, Bübchen«, sagte die Pröttelltasch und tätschelte mir die Wange. »Wer so töricht ist, für einen anderen den Kopf hinzuhalten, hat nichts Besseres verdient, als daß er ihn verliert.«

In einer der folgenden Nächte unterbrach sich Meister Hans plötzlich in einem seiner hemmungslosen Lachanfälle, blickte mich unter geschwollenen Augenlidern an und sagte: »Sie hat dir den Mord in die Schuhe geschoben. Als ich sie mit der Zange zwickte, hat sie gesagt, daß du es warst.«

Ich wußte sogleich, vom wem er sprach. »Glaubst du ihr?« fragte ich erschrocken.

»Was ich glaube, fällt nicht ins Gewicht«, erwiderte er. »Letztlich zählt nur das Geständnis.«

Wir schwiegen eine Weile, jeder mit seinen eigenen Gedanken beschäftigt.

»Ich müßte dich den Richteherren vorführen, wenn nötig mit Gewalt. Dazu wäre ich von Amts wegen verpflichtet«, fuhr Meister Hans fort. »Doch was brächte es mir außer Ärger und Verdruß. Meine Frau würde mir das Leben zur Hölle machen, wenn dir etwas zustieße.« Wieder versank er für eine Weile in Schweigen. Dann sagte er: »Ich werde aus dir nicht schlau, Simon. Was treibt dich von daheim fort, wo du es gut hast und in absehbarer Zeit Herr sein könntest über ein Handelshaus und Speicher, über Schiffe und Niederlassungen in weit entfernten Ländern? Warum verscherzt du dir durch Leichtsinn und allerlei Unfug dein Glück? Welcher Mensch, sofern er nur einen Funken Verstand besitzt, würde unter Huren und Halunken leben, wenn er mit Ratsherren und ehrbaren Frauen verkehren könnte? Erkläre es mir, wenn du kannst, Simon Gronewech.«

Mir ist entfallen, was ich darauf geantwortet habe. Wahrscheinlich bin ich die Antwort schuldig geblieben. Denn wie hätte ich Meister Hans damals etwas erklären können, über das ich mir bis auf diesen Tag den Kopf zerbreche? Manches Mal glaubte ich, einer Antwort nahe zu sein, so etwa, als Magister Wigbold eines Nachts zum Himmel hinaufdeutete und sagte, die Bahnen der Sterne seien dem gleichen Gesetz unterworfen wie das Leben der Menschen und alles vollziehe sich wie von Anfang an bestimmt. Doch schien er sich dessen nicht sicher zu sein, denn bei anderer Gelegenheit sprach er von der Schuld, die wir auf uns geladen hätten und für die wir in der tiefsten Hölle schmoren müßten. Wie kann der Mensch Schuld auf sich laden, wäre es ihm nicht anheimgestellt, sich für das Gute oder das Böse zu entscheiden? Aber lassen wir es damit genug sein. Meine Erzählung würde mehr Zeit beanspruchen, als mir zu Verfügung steht, wollte ich sie allzusehr mit meinen Gedanken befrachten.

Eines Tages kam ich auf meinen Streifzügen durch das Gängeviertel an einer zerborstenen Tür vorüber, durch die mich zwei wasserhelle Augen anstarrten. Ich blieb stehen und überlegte, wo ich diese Augen schon einmal gesehen hatte.

»Sieh da, der Prötteltasch ihr Schoßhündchen«, sagte eine heisere Stimme. »Oder dem Henker sein Beischläfer, was ist dir lieber?«

»Caspar Went!« entfuhr es mir.

»Ebender«, sagte er und stieß die Tür auf. Mir schien, daß er, seit wir uns auf dem Richtplatz begegnet waren, zum Mann herangereift war. Auf seinem Kinn sproß gelblicher Flaum, und das Hemd spannte sich über seinen knochigen Schultern. Er war schäbig gekleidet, nur seine Schuhe stachen ins Auge, weil sie aus feinem Leder gearbeitet und mit glänzenden Schnallen versehen waren.

Caspar folgte meinem Blick. »So gut wie neu«, sagte er. »Der Ratsschreiber hat sie höchstens zwei- oder dreimal getragen, bevor sie ihm abhanden kamen. Sie würden gut zu deinem Rock passen. Schenkst du ihn mir?«

»Laß mich zufrieden, ich will mit dir nichts zu tun haben«, entgegnete ich und wandte mich zum Gehen. Doch ehe ich mich versah, hatte er mir den Rock abgestreift und war mit ihm verschwunden. Ohne lange zu überlegen, setzte ich ihm nach. Aber unmittelbar hinter der Tür befand sich eine steile Treppe. So trat ich ins Leere und stürzte, mich mehrfach überschlagend, in die Dunkelheit hinab. Mir war, als verstummte ein vielstimmiges Gemurmel. Ich fiel auf etwas Weiches, das durch meinen Aufprall ins Wanken geriet und sich durch empörtes Grunzen als ein Schwein zu erkennen gab. Nach einem Augenblick der Stille begann es um mich herum zu tuscheln, hier und da flackerte Licht auf.

Nun sah ich, daß ich auf dem schlüpfrigen Boden eines Kellers lag, umgeben von gespenstisch anmutenden Gestalten. Ihre eingefallenen Gesichter waren von einer kalkigen Blässe, ihre Augen in dunklen Höhlen verborgen. Eine Weile starrten sie mich reglos an, und auch ich wagte mich nicht zu rühren, aus Angst, sie könnten sich durch eine unbedachte Bewegung aufgefordert sehen, über mich herzufallen. Doch dann vernahm ich aus dem Hintergrund Caspar Wents Stimme: »Rührt ihn nicht an! Der junge Herr steht unter meinem Schutz.« Darauf wichen die Lemuren ins Dunkel zurück.

Ich war in einen jener Gotteskeller geraten, wo man die Ärmsten der Armen unterbringt. Sie hausten dort in einem unterirdischen Gewölbe, das von glimmenden Herdfeuern und einigen Tranlampen notdürftig erhellt wurde und sich nach den Seiten hin in undurchdringliche Finsternis verlor.

Während ich mich aufrichtete, bemerkte ich, daß neben mir eine

Frau lag. Ihre Augen waren weit geöffnet, die Zunge hing ihr seitwärts aus dem Mund, eine Schlinge umspannte ihren dürren Hals. Ich beugte mich über sie, um zu horchen, ob sie atmete.

»Da ist nichts mehr zu wollen, die hat sich eigenhändig das Licht ausgepustet«, hörte ich Caspar sagen. Er winkte eine alte Frau herbei. Sie war klein und verhutzelt und hatte sich einen Kornsack um den Leib gewickelt; ihr Gesicht starrte vor Dreck. »Das ist mein Freund Simon Gronewech, Mutter«, stellte er mich vor. »Er hat mir seinen Rock geschenkt, was sagst du dazu?«

»Der Junge putzt sich gern heraus«, sagte Caspars Mutter, als entschuldige dies den Diebstahl.

»Komm mit, ich geb dir was dafür«, sagte Caspar und zog mich in eine Ecke. Er schob einen flachen Stein beiseite und holte aus der darunter befindlichen Grube einen kleinen Kasten hervor, der wie eine Truhe geformt und mit kupfernen Beschlägen versehen war. Während er sich nach allen Seiten umblickte, öffnete er den Kasten einen Spaltbreit. »Greif hinein«, flüsterte er. »Was du zu fassen kriegst, gehört dir.«

Ich steckte meine Hand durch den Spalt, fühlte kaltes Metall und merkte, wie sich mein Zeigefinger bis zum Knöchel in etwas Rundes schob. Es war ein schmaler Goldring mit einem rötlich funkelnden Stein.

»Hast du ein Glück«, sagte Caspar. »Der Ring ist fünf solcher Röcke wert.«

»Warum tauscht du ihn dann nicht gegen fünf Röcke ein, statt mir meinen zu stehlen?«

Eine Weile blickte er mich mit seinen Möwenaugen unverwandt an. Dann sagte er: »Soviel ich weiß, hast du das Zeug zum Possenreißer. Wir würden ein gutes Gespann abgeben, ich und du.«

»Ich denke nicht daran, mit einem Dieb gemeinsame Sache zu machen«, entgegnete ich scharf.

»Was unterscheidet einen Dieb von einem Kaufmann?« fragte Caspar. Er schien sich durch meine Worte nicht gekränkt zu fühlen.

»Leben sie nicht beide davon, anderen Leuten das Geld aus der Tasche zu ziehen? Nur läuft ein kleiner Dieb allzuleicht Gefahr, daß man ihm sein wichtigstes Werkzeug abhackt. Deshalb habe ich mir vorgenommen, ein großer Dieb zu werden.«

»Als solchem würde man dir statt der Hand den Kopf abhacken«, gab ich zu bedenken.

»Das wäre immerhin höchst ehrenhaft und würde mich mit Bürgermeistern und Rittern auf eine Stufe stellen. Ein hübscher Aufstieg für einen, der aus diesem Rattenloch stammt, meinst du nicht?«

Gegen meinen Willen mußte ich lächeln, und er sah darin ein Zeichen, daß ich mich für seinen Vorschlag zu erwärmen begann. »Also paß auf«, fuhr er fort. »Ich habe gehört, daß der Kaiser demnächst unsere Stadt besucht. Da werden wir uns unters Volk mischen und es miteinander versuchen.« Und als ich noch überlegte, ob es nicht mehr als leichtsinnig sei, einem Dieb zur Hand zu gehen, während man mich als Mörder suchte, setzte er, meine Gedanken erratend, schnell hinzu: »Hab keine Angst, daß man dich erkennen könnte, Simon. In der Gröpelgrube wohnt ein alter Gaukler, Tetzel heißt er, der weiß, wie man's macht, daß dich deine eigene Mutter nicht wiedererkennt.«

Ob er ahnte, daß dies einer meiner geheimsten Wünsche war: in eine fremde Haut zu schlüpfen, dem Äußeren nach ein anderer zu sein und dabei doch ich selbst zu bleiben? Kurzum, der Wunsch, mich zu verwandeln, war zu mächtig, als daß ich ihm hätte widerstehen können. Ich steckte den Ring ein und gab damit zu erkennen, daß er mich zum Komplizen gewonnen hatte.

Caspar lächelte: »Auf gute Partnerschaft, Simon Gronewech. Du wirst sehen, ich bin besser als mein Ruf.«

Er war nicht beliebt bei den Bewohnern des Gängeviertels. Man mißtraute ihm wegen seiner maßlosen Selbstsucht. Caspar Went, hieß es, sei imstande, jeden zu verraten, wenn es dem eigenen Nutzen diene. Auch die Prötteltasch war nicht gut auf ihn zu sprechen. Sie riet mir, vor ihm auf der Hut zu sein; Caspar sei im Unterschied zu ihr, die das Leben böse gemacht habe, ein geborener Bösewicht. »Sieh dir seine Augen an«, sagte sie. »Er hat den bösen Blick.«

In den folgenden Tagen wich Caspar nicht von meiner Seite. Jemand mußte ihm erzählt haben, daß Magister Perceval mich das Flötenspiel gelehrt hatte, denn er verschaffte sich eine Flöte und bat mich, ihm etwas vorzuspielen. Sie war aus einem Knochen gefertigt und um einiges länger als jene, auf der ich gelernt hatte, doch nach einigen stümperhaften Versuchen brachte ich eine leidliche Melodie zustande. Caspar schüttelte jedoch den Kopf und verlangte, den Hund zu sehen, der sich mit dieser Musik hinter dem Ofen hervorlocken lasse. Aber wenn es zum Musikanten auch nicht reiche, so berechtige mein Talent zum Grimassenschneiden doch zu der Hoffnung, daß ich ihm in der Rolle eines Veitstänzers nützlich sein könne. Denn ein solcher erzeuge gerade in einfachen Gemütern jene Mischung aus Anteilnahme und Schadenfreude, die ungeteilte Aufmerksamkeit gewährleiste. Auch in dieser Hinsicht könne mir Tetzel manch guten Rat geben; niemand beherrsche das Mienenspiel und die Gebärden eines vom Veitstanz Befallenen besser als er.

Der Gaukler wohnte in einer Bude, die außer ihm eine Sau mit acht Ferkeln, eine größere Anzahl Katzen und zwei Hunde beherbergte. Er aß mit den Tieren aus einem hölzernen Trog, wobei er die menschliche Würde dadurch wahrte, daß er den Brei aus Kleie, altem Brot und Wasser mit einem Löffel zu sich nahm. Tetzel selbst gab sein Alter mit achtundsechzig Jahren an, doch wenn er Geschichten aus seinem Leben erzählte, wollte er Augenzeuge von Ereignissen gewesen sein, die mehr als achtzig Jahre zurücklagen. Er hatte ungewöhnlich große Hände mit Fingern, die ständig in Bewegung waren; es sah aus, als spielten sie miteinander, ohne daß ihr Besitzer davon wußte. Das Erstaunlichste an Tetzel war jedoch sein Gesicht, oder besser gesagt: seine Gesichter. Er konnte seinen Gesichtsausdruck von einem Augenblick zum nächsten so sehr verändern, daß man einen anderen Menschen vor sich zu sehen glaubte. Versteh mich recht,

Bruder Anselmus, er schnitt keine Grimassen, er tauschte, während man ihm dabei zusah und vergeblich herauszufinden suchte, wie er es machte, ein Gesicht gegen das andere aus. Und keines ähnelte dem vorigen; ihm standen so viele Gesichter zu Gebote, daß er sich nicht zu wiederholen brauchte. Daher weiß ich nicht zu sagen, wie Tetzel wirklich aussah.

Caspar trug dem Gaukler unser Begehr mit schmeichlerischen Worten vor, während dieser in seltsam verkrümmter Haltung am Boden hockte. Tetzel zwängte seinen Kopf in die Kniebeuge und musterte mich.

»Was kannst du?« fragte er.

»Simon versteht sich aufs Fratzenschneiden«, antwortete Caspar an meiner Stelle.

»Laß sehn«, sagte der Gaukler.

Zum Glück ahnte ich in jenem Augenblick noch nicht, daß ich einem Meister gegenüberstand. Sonst hätte ich nicht den Mut aufgebracht, ihm einige der Grimassen vorzuführen, mit denen ich bei meinen Altersgenossen Beifall geerntet hatte.

»Zu etwas Großem wirst du es nicht bringen«, sagte Tetzel. »Aber du bist nicht so unbegabt, daß die Mühe an dir verschwendet wäre.« Mit einem plötzlichen Ruck schnellte er hoch, packte mit einer Hand einen Dachbalken und blieb dort wie eine Fledermaus hängen. »Nicht übel für einen alten Mann, wie?« fragte er, während sein Gesicht die Züge eines fröhlichen Galgenvogels annahm.

Im Vergleich zu Magister Perceval war der Gaukler Tetzel ein überaus strenger Lehrmeister. Er duldete keine Halbheiten und probte mit mir bis zum Überdruß das Augenrollen des Veitstänzers, das Zucken seiner Gesichtsmuskeln oder die schleudernden Bewegungen seiner Gliedmaßen. Mit der täuschend echten Wiedergabe, belehrte er mich, sei es jedoch allein nicht getan. Der Gaukler müsse mit der Person, die er darstellen wolle, gleichsam verschmelzen, damit er an den Ursprung der körperlichen Ausdrucksformen gelange und die Nachahmung ins Schöpferische auszuweiten imstande sei. Zugleich aber müsse der Gaukler einen kühlen Kopf behalten und sich stets der Tatsache bewußt sein, daß er sich nur zum Schein in einen anderen verwandelt habe. Denn dies bewahre ihn vor Übertreibung, die ein Feind jeglicher Kunst sei, und verbürge somit letztlich den Erfolg.

Wer war dieser Mann, der mich die Kunst lehrte, als ein anderer zu erscheinen? Aus seinen Geschichten ging hervor, daß er die Märkte des ganzen Abendlandes bereist hatte. Noch Jahre später begegnete ich Menschen, die ihn als den größten aller Gaukler rühmten. In Polen erinnerte man sich Tetzels als des Hofnarren, der anstelle des schwachsinnigen Königs die Staatsgeschäfte geführt hatte. Wie kam es aber, daß er jetzt in dieser erbärmlichen Bude hauste, offensichtlich von aller Welt vergessen? Wenn ich das Gespräch darauf lenkte, berief er sich auf sein Alter und zählte mit der Miene eines vom Tode gezeichneten Greises seine Gebrechen auf. Doch schon im nächsten Augenblick strafte er seine Worte Lügen, indem er die absonderlichsten Verrenkungen vollführte oder sich scheinbar schwerelos von einem Balken zum anderen hangelte. Um es kurz zu machen: Ich vermute, Tetzel war ein Opfer seiner Verwandlungskunst geworden. Er hatte so viele Menschen verkörpert, so oft das Gesicht gewechselt, daß er schließlich selbst nicht mehr wußte, wer er war.

Nachdem wir eine Woche emsig geprobt hatten, meinte der Gaukler, daß ich nun unbedenklich als Veitstänzer auftreten könne. Sodann rieb er mein Gesicht mit einer Mixtur aus Wurzelsud, Ruß und reichlich Salbe ein und knetete es wie einen Brotteig. Als er mir darauf eine Spiegelscherbe vor die Augen hielt, blickte mich aus ihr ein Fremder an.

»Muß ich jetzt für alle Zeit mit diesem Gesicht herumlaufen?« fragte ich verstört.

Tetzel lächelte mit einem Mundwinkel. »Ich kann dir auch ein anderes machen, wenn dir dieses nicht gefällt. Aber keine Angst, du brauchst es nur in warmer Milch zu waschen, dann hast du dein altes Gesicht wieder.«

Was macht den Menschen aus, Bruder Anselmus? Was ist der Kern seines Wesens? Ist es sein Verstand, ist es sein Herz oder womöglich jenes rätselhafte Etwas, das man Seele nennt? Ich sage dir, es ist sein Gesicht. Verändere sein Gesicht, und du veränderst den ganzen Menschen. Ich spreche aus Erfahrung. Als ich Tetzels Bude mit dem Gesicht eines anderen verließ, spürte ich, wie ich unwillkürlich eine andere Körperhaltung annahm, wie ich mich anders bewegte, wie meine Stimme einen anderen Klang bekam. Mit einem Wort: Simon Gronewech gab es nicht mehr; statt seiner ging ein Fremder durch die Gassen. Die Leute beäugten mich argwöhnisch, drehten sich nach mir um. Vor dem Haus der Prötteltasch bot sich mir eine ihrer Dirnen an, indem sie ihren Daumen zwischen Zeige- und Mittelfinger schob. Ich fragte sie, wo die Prötteltasch zu finden sei.

»Du siehst nicht danach aus, als ob du sie bezahlen könntest«, sagte die Dirne. »Aber wenn du's versuchen willst, sie ist da drinnen.«

Die Prötteltasch saß in der Küche und stocherte mißmutig in ihren Zähnen. Sie musterte mich eine Weile schweigend, dann sagte sie: »Scher dich zum Teufel, hier gibt's nichts umsonst.«

»Wohnt bei Euch ein gewisser Simon Gronewech?« fragte ich.

»Ich habe ein Bordell und kein Gasthaus, bei mir wohnt niemand länger, als er zum Vögeln braucht«, erwiderte sie. »Was willst du denn von diesem Wieheißternochgleich?«

»Er soll den Fährmann Papedöne umgebracht haben.«

»Ach Gott, und was weiter?«

»Dem Vernehmen nach hält er sich bei Euch versteckt.«

»Verschwinde, oder ich schneid dir die Eier ab«, sagte die Prötteltasch und nahm ein Brotmesser vom Tisch.

»Ich werde Euch wieder aufsuchen, wenn Ihr bei besserer Laune seid«, sagte ich, schon im Gehen begriffen. Doch bevor ich die Tür öffnen konnte, stand die Prötteltasch hinter mir und drückte mir die Spitze des Messers in den Rücken.

»Laß dich hier nie wieder blicken, wenn dir dein Leben lieb ist«, hörte ich sie sagen. Dann riß sie die Tür auf und versetzte mir einen Stoß, daß ich mich unversehens in der Gosse wiederfand.

Kannst du nachempfinden, daß mich dieser Rausschmiß glücklich machte, Bruder Anselmus? Nichts gegen Beifall und lauten Jubel, doch als höchste Anerkennung gilt unter Gauklern, wenn ihre Kunst Gefühle des Abscheus und der Wut in den Zuschauern wachruft und sich diese in Handgreiflichkeiten entladen. Auch Tetzel erinnerte sich besonders gern jener Auftritte, bei denen er in der Rolle des Bösewichts windelweich geprügelt worden war.

Mit Caspar Went erging es mir ähnlich wie mit der Prötteltasch. Er sah mich mißtrauisch an und zuckte die Achseln, als ich ihn nach Simon Gronewech fragte. Erst nachdem ich ihm den Ring gezeigt hatte, hellte sich seine Miene auf.

»Der alte Gaukler versteht sein Handwerk«, staunte er. »Hast du dir gemerkt, wie er's gemacht hat?«

»Ich habe genug mitbekommen, daß ich seiner Unterweisung nicht mehr bedarf«, log ich selbstgefällig. Denn Tetzel hatte mir zwar die Zusammensetzung des Wundermittels verraten, nicht aber den Namen der Wurzel, aus welcher er den Sud gewonnen hatte.

»Dann vergiß es nicht. Womöglich brauche ich eines Tages auch ein anderes Gesicht«, sagte Caspar, während er mich, als traue er seinen Augen immer noch nicht so recht, aus verschiedenen Blickwinkeln betrachtete.

Über den Besuch des Kaisers wirst du alles Wissenswerte in den Chroniken, nicht zuletzt in der deines Lehrers Detmar, verzeichnet finden. Ich kann mich also darauf beschränken, meine eigenen Eindrücke zu schildern. Bereits Tage zuvor strömten Menschen von nah und fern in unsere Stadt. Die ersten kamen noch in den Gasthäusern oder bei Verwandten unter, der nächste Schub fand notdürftige Unterkunft in leerstehenden Schuppen und Ställen, und als auch dort kein Platz mehr zu finden war, ließen sie sich, obwohl es schon Herbst war und ein kühler Wind durch die Straßen fegte, unter freiem Himmel nieder. Am Tag vor der Ankunft des Kaisers befahl der Rat, die Tore zu schließen, weil zu befürchten stand, daß dem hohen Gast wegen des Gedränges nicht der gebührende Empfang bereitet werden könnte. Ferner wurde angeordnet, daß die Straßen, durch die der Kaiser mit seinem Gefolge ziehen würde, nur von Bürgern gesäumt werden dürften, die einen guten Leumund besaßen. Ob dahinter die Sorge um das Leben des Kaisers stand oder der Wunsch, ihm den Anblick zerlumpter Hungerleider zu ersparen, weiß ich nicht. Vermutlich beides.

Es zeigte sich jedoch, daß dem Druck der Menge kein Hindernis standhalten konnte. Denn kaum ertönten die Fanfaren von allen Türmen der Stadt, kaum wurden die ersten Hochrufe ausgebracht, als das Volk aus den Seitengassen hervorbrach und sich, alles niederwalzend, auf die Straße ergoß. Ich wurde von dem Sog mitgerissen, stürzte zu Boden und sah mich schon von unzähligen Füßen zertrampelt, als mich jemand am Arm packte und aus dem Getümmel schleifte. Kurz darauf lag ich in einem Hauseingang und sah Daniel Metz' wutverzerrtes Gesicht über mir.

»Jetzt hab ich dir schon zum zweiten Mal aus der Patsche geholfen, Simon Gronewech«, hörte ich ihn keifen. »Wir sind quitt!«

Frag mich nicht, woran er mich erkannt hatte. Der Krüppel war jedenfalls der einzige, der sich nicht täuschen ließ. Vielleicht hatte ihm die Natur zum Ausgleich für seine Mißgestalt einen sechsten Sinn geschenkt.

Auf der Straße hatten die Stadtsoldaten inzwischen mit ihren Hellebarden eine Schneise durch das Menschengewimmel geschlagen. Für wenige Augenblicke sah ich Kaiser Karl, den vierten seines Namens, über den Köpfen der Menge dahinschweben. Ein gefrorenes Lächeln lag auf seinem bleichen Antlitz. Dann zogen die blitzenden Helme seiner Ritter vorüber; es seien dreihundertneunundneunzig an der Zahl, hörte ich jemand sagen. Das Volk, eben noch die Quelle ohrenbetäubenden Lärms, wurde mucksmäuschenstill. Der Anblick kaiserlichen Pomps schien den Leuten die Sprache zu verschlagen.

Plötzlich war mir, als berühre etwas meinen Nacken. Ich drehte mich um und begegnete Caspar Wents gläsernem Blick. Er forderte mich mit einem Kopfnicken auf, mit meiner Vorstellung zu beginnen. Ich verschaffte mir mit den Ellbogen ein wenig Platz und verfiel in jene eigentümliche Starre, die dem Veitstanz vorauszugehen pflegt. Aus den Augenwinkeln sah ich, wie die Umstehenden zurückwichen, wie sich ein Kreis erwartungsvoller Gesichter um mich bildete.

Wenn ich an diesen Auftritt zurückdenke, den ersten, mit dem ich mein Talent zum Gaukler unter Beweis stellte, wage ich in aller Bescheidenheit zu behaupten, daß Tetzel trotz mancher Unzulänglichkeit meiner Darbietung mit mir zufrieden gewesen wäre. Als ich schließlich völlig entkräftet, aber immer noch schreiend und an allen Gliedern zuckend auf dem Straßenpflaster lag, spürte ich, daß mir sogar Schaum vor den Mund trat – ein Kunststück, das mich der alte Gaukler, soweit ich mich erinnere, nicht gelehrt hatte.

Verständlicherweise war bei einer Vorstellung dieser Art nicht mit Beifall zu rechnen, desgleichen nicht mit Schlägen, sofern das Publikum nicht dahinterkam, daß es sich um ein Gauklerstück gehandelt hatte. Andererseits mußte ich um mein Leben fürchten, wenn ich einfach liegenblieb, da die Menge jetzt wieder in Bewegung kam und zum Rathaus drängte. Zum Glück nahmen sich zwei Barmherzige Schwestern meiner an. Sie brachten mich in ein Spital, wo sie mich auf ein Strohlager betteten und mir warmes Bier zu trinken gaben. Das Bier schmeckte abscheulich, aber ich fühlte, wie mich eine wohlige Müdigkeit überkam. Als ich mich, weil ich stets in dieser Lage einzuschlafen pflege, auf die linke Seite wälzte, nahm ich etwas wahr, das meinen Herzschlag stocken ließ: Neben mir lag mein Vater.

Er bot einen jämmerlichen Anblick. Die Haut auf der mir zugewandten Gesichtshälfte war abgeschürft, das Auge in einer faustgroßen Schwellung versunken. Um den oberen Teil seines Kopfes hatte man einen Verband geschlungen, auf dem sich Blutflecken abzeichneten. Er war mit einem pelzverbrämten Mantel aus feinem Tuch bekleidet; auch dieser zeigte die Spuren roher Gewalt. Zuerst dachte ich, er sei tot, doch dann sah ich, daß seine Lippen sich blähten und wieder erschlafften, wenn der Atem entwichen war. Kurz darauf hörte ich ihn mit brüchiger Stimme um ein Glas Wasser bitten.

Eine Nonne richtete ihn ein wenig auf und gab ihm zu trinken. Während er das Wasser schlürfte, drehte er den Kopf zur Seite und blickte mich einäugig an. Beinahe hätte ich mein Mitleid bekundet und ihn gefragt, was ihm widerfahren sei, doch gerade noch rechtzeitig fiel mir ein, daß ich für ihn ja ein Fremder war. Seine Miene veränderte sich nicht im geringsten, als sein Blick mich streifte. Nicht einmal mein Vater erkannte mich.

»Habt ihr meinem Sohn Bescheid gegeben?« fragte er die Barmherzige Schwester. In meiner Brust krampfte sich etwas zusammen, als mir aufging, daß er nicht mich, sondern Detlef meinte.

Die Mutter Oberin habe eine der Schwestern losgeschickt, aber diese sei unverrichteter Dinge zurückgekehrt, weil in den Straßen ein unbeschreibliches Gedränge herrsche, erwiderte die Nonne. Statt dessen habe man den Domherren vom Mißgeschick seines Bruders unterrichtet, und dieser sei bereits unterwegs, um nach ihm zu sehen.

Sie hatte kaum geendet, als Onkel Bertram sich schon mit ausgreifenden Schritten dem Krankenlager näherte. Er hatte seinen Feiertagsornat angelegt und war offenbar soeben erst dem Badezuber entstiegen, denn ihn umschwebte ein frühlingshafter Duft. Einige der Siechen fielen vor ihm auf die Knie und wollten ihm die Hand küssen, doch dieser Berührung entzog sich der Domherr, indem er hastig über ihren Köpfen das Kreuz schlug.

»Was, um Gottes willen, ist dir geschehen?« fragte Onkel Bertram, als er an das Bett meines Vaters trat.

»Ich werde vom Rat eine Entschädigung dafür verlangen, daß er mutwillig das Leben und die Gesundheit eines Ratsherren aufs Spiel setzt«, jammerte mein Vater. »Hier«, fuhr er auf sein geschwollenes Auge deutend fort, »traf mich der Steigbügel eines kaiserlichen Ritters. Wer weiß, ob ich auf dem Auge jemals wieder werde sehen können. Was, glaubst du, kann ich für ein Auge in Rechnung stellen?«

»Es freut mich zu hören, daß dir trotz grober Mißhandlung nicht der Geschäftssinn abhanden gekommen ist, lieber Bruder«, sagte Onkel Bertram, und ein spöttisches Lächeln verdrängte den Ausdruck der Besorgnis. »Das läßt mich hoffen, daß du bald wieder auf die Beine kommst. Wenn es dir recht ist, werde ich dich in mein Haus bringen lassen, dort bist du bei Mette Löding in guter Obhut.«

Dieser Vorschlag schien meinem Vater der Erwägung wert, denn er versank in nachdenkliches Schweigen, bevor er wieder in weinerlichem Ton zu sprechen anhob: »Findest du es gerecht, Bruder, daß ich, der dem Kaiser als lebender Schutzschild diente und dabei fast zu Tode gekommen wäre, nun nicht einmal der Ehre teilhaftig werde, ihm von Angesicht zu Angesicht gegenüberzustehen? Und wenn du mit mir der Meinung bist, daß dies weder recht noch billig ist, könntest du dich dann nicht beim Rat für eine angemessene Vergütung verwenden?«

»Ich werde«, sagte der Domherr, indem er einen härteren Ton anschlug, »nichts dergleichen tun, lieber Bruder. Denn da es ein gottgefälliges Werk ist, das Leben eines Menschen, noch dazu des Kaisers, zu schützen, wird dich auch Gott dafür belohnen, wenn es sein Wille ist. Amen.«

»Für solchen Gotteslohn bin ich nicht Ratmann geworden«, wagte mein Vater mürrisch einzuwenden, obwohl der Domherr bereits das Amen gesprochen hatte. Doch dieser schien in Gedanken schon bei dem festlichen Ereignis zu sein, an dem teilzunehmen mein Vater nun verhindert war, und gab mit einer segnenden Gebärde zu verstehen, daß das Gespräch beendet sei. Aber dann, schon zum Gehen gewandt, fragte er: »Hast du etwas von Simon gehört?«

Die unerwartete Erwähnung meines Namens bewirkte, daß ich ruckartig den Kopf hob. Onkel Bertram sah zu mir herüber, und ich glaubte förmlich zu spüren, wie sein Blick mein Gesicht abtastete.

»Wie sollte ich nicht?« entgegnete mein Vater. »Die ganze Stadt spricht davon, daß er in eine Bluttat verwickelt sein soll. Ich hoffe, du bist nicht gekommen, mir weitere Hiobsbotschaften zu überbringen.«

Der Blick des Domherren ließ von mir ab und richtete sich wieder auf meinen Vater. »Mir ist zugetragen worden, daß er sich im Gängeviertel versteckt hält«, sagte er. »Es heißt, er wohne dort in einem Freudenhaus und sei der Schützling einer Frau von zweifelhaftem Ruf. Kein passender Umgang für deinen Sohn, oder wie denkst du darüber?«

»Es ist mir gleichgültig«, sagte mein Vater. »Er hat Schande über mich und mein Haus gebracht, ich will nichts mehr von ihm wissen.«

»So spricht kein Christ, und so spricht kein Vater«, versetzte Onkel Bertram streng. »Es ist deine Pflicht, ihn aus dem Sündenpfuhl zu holen und auf den rechten Weg zurückzuführen. Im übrigen wird man gegen Simon keine Anklage erheben, weil die Frau des Fährmannes inzwischen den Mord gestanden hat.«

»Aus freien Stücken?«

Onkel Bertram zog verwundert die Brauen hoch, was meinem Vater als Antwort zu genügen schien, denn er fuhr fort: »Du weißt, was von solchen Geständnissen zu halten ist, jeder weiß es. Daher wird an mir für den Rest meines Lebens der Makel haften, der Vater eines Mörders zu sein.«

»Deine Selbstgerechtigkeit widert mich an«, sagte der Domherr, indem er vergeblich seinen Zorn zu zügeln suchte. »Was immer Simon verbrochen haben mag, er ist genug damit bestraft, dich zum Vater zu haben.« Mit diesen Worten schritt er davon.

Bald darauf betrat die Oberin in Begleitung zweier Nonnen den Krankensaal. Während die Schwestern meinen Vater forttrugen, wandte sich die Oberin zu mir und sagte: »Der Domherr vermutet, du kenntest Simon Gronewech und wüßtest, wo er sich aufhält. Falls es so ist, bittet er dich, jenem Simon mitzuteilen, was du gehört hast.« Sie reichte mir eine Silbermünze und setzte hinzu: »Dies zum Dank für deine Gefälligkeit.« Ich versprach, mein möglichstes zu tun, wobei es mir nur mit Mühe gelang, ein Grinsen zu verbergen.

Am Abend stahl ich mich aus dem Spital und kehrte, da die Straßen noch immer vollgestopft mit Menschen waren, auf Umwegen ins Gängeviertel zurück. Als ich am Eingang des Gotteskellers vorüberkam, drang der Lärm eines Saufgelages an mein Ohr, und während ich lauschend stehenblieb, war mir, als schäle sich aus dem Geschrei Caspar Wents Stimme. So stieg ich die Treppe hinab und tauchte in beißende Rauchschwaden ein. Was ich erblickte, rief in mir das beklemmende Gefühl wach, unversehens in die Hölle geraten zu sein. Auf zahlreichen Feuerstellen dampften rußgeschwärzte Kessel, und zwischen diesen tanzten, torkelten, wälzten sich ausgemergelte Gestalten, die sich ihrer Lumpen ganz oder teilweise entledigt hatten. Inmitten der infernalischen Orgie thronte Caspar Went. Er hielt in der einen Hand eine Schweinsrippe, in der anderen einen Becher und hatte seinen Kopf mit gleißendem Flitter bekränzt. Als er mich erblickte, öffneten sich seine Lippen, ohne daß daraus ein Lächeln wurde. Mit der Rippe winkte er mich näher.

»Knie nieder und küsse meinen Fuß, ich bin der heilige Caspar«, rief er mit schwerer Zunge. »Ich habe die Toten zum Leben erweckt. Sieh, wie fröhlich sie sind, wie sie tanzen und rammeln!« Eine zum Skelett abgemagerte Frau warf sich vor ihm zu Boden und schleckte seine Zehen. Caspar nahm die Huldigung mit wollüstigem Kichern entgegen. »Bin ich nicht ein guter Mensch, Simon? Ich mäste sie, ich tränke sie, sie sollen es noch einmal gut haben, bevor sie abkratzen. Doch wenn ich's recht bedenke«, fügte er verschmitzt hinzu, »bist du der Wohltäter, lieber Freund.« Er beugte sich vor, nahm den Kranz ab und setzte ihn mir auf. »Es ist nämlich dein Anteil, den sie verfressen und versaufen.« Er heftete seine Möwenaugen auf mein Gesicht, um von ihm abzulesen, wie ich die Mitteilung aufnahm, und als er dort nichts sah, das ihm Aufschluß über meine Empfindungen gab, fragte er heuchlerisch: »Meinst du nicht auch, daß sie es nötiger haben als du?«

»Gib mir eine Schüssel warmer Milch, mehr verlange ich nicht.«

Eine Weile starrte er mich mit offenem Mund an und schien zu überlegen, ob ich ihn zum besten halten oder auf eine besonders ausgeklügelte Weise hereinlegen wollte. »Das ist alles?« fragte er dann. »Du hast deine Sache gut gemacht, die Leute haben vor lauter Gaffen gar nicht gemerkt, wie ich sie gefilzt habe. Und nun kommst du und verlangst nicht mehr als eine Schüssel Milch?« Er trank den Becher leer, ließ ihn wieder füllen und sagte: »Sieh zu, daß du meine Alte findest, sie hat eine Ziege.«

Caspars Mutter lag unter einem Mann, der kein Lebenszeichen von sich gab. Ich wälzte ihn mit aller Kraft zur Seite, worauf sie erwartungsvoll die Beine spreizte. Ihrem unsteten Blick entnahm ich, daß sie betrunken war. So laut ich auf sie einsprach, ihr in die Ohren schrie: meine Worte drangen nicht in ihr benebeltes Hirn. Doch dann sah ich die Ziege, und obwohl ich darin nicht geübt war, gelang es mir, sie zu melken. Die Milch fing ich in einem Eimer auf, und als dieser zur Hälfte gefüllt war, tunkte ich mein Gesicht hinein.

Es war wie eine Häutung, Bruder Anselmus. Ich glaubte zu spüren, wie meine Gesichtshaut erstarrte und sich Stück für Stück löste. Mir war, als fiele das fremde Gesicht wie eine Maske von mir ab, und ich brauchte keinen Spiegel, um zu wissen, daß darunter wieder mein eigenes Gesicht zum Vorschein kam. Doch seltsam: Statt darüber erleichtert zu sein, fühlte ich mich nackt, einer schützenden Hülle beraubt. Mit dem Gesicht des Simon Gronewech kehrte die Angst in mich zurück.

Ohne noch ein Wort mit Caspar zu wechseln, entfloh ich dem höllischen Treiben. Vor dem Haus der Prötteltasch stand eine Wache mit blankgezogenen Schwertern; an ihren Harnischen erkannte ich, daß es Knechte der kaiserlichen Ritter waren. Sie verwehrten mir den Eintritt und forderten mich auf, meiner Wege zu gehen. So schlich ich mich durch die Hintertür ins Haus. Als ich die Treppe hinaufstieg, sah ich, daß die Prötteltasch es mit zwei Männern zugleich trieb. Du magst daraus entnehmen, wie groß der Andrang war. Denn die Prötteltasch ließ sich zu jener Zeit nur noch selten herbei, die Freier persönlich zu bedienen.

Meister Hans lag angekleidet und von schläfrig seufzenden Hühnern umgeben auf dem Bett. Er hatte die Augen weit geöffnet, nahm mich jedoch erst wahr, als ich mich über ihn beugte.

»Weißt du«, fragte er mit tonloser Stimme, »daß manche beim Hängen einen Steifen kriegen und einige sogar nach dem Ausstrampeln noch ihren Samen verspritzen?«

»Das höre ich zum ersten Mal«, erwiderte ich.

»Mag sich der Verstand auch damit abgefunden haben, daß ein für allemal Schluß ist, der Körper redet seine eigene Sprache«, fuhr er fort. »Indem er mir zeigt, wieviel Leben noch in ihm steckt, spricht er mich schuldig. Wie oft, sagt mir das steife Glied, hätte ich noch in einem Weib Lust empfinden können, hättest du nicht meinen Besitzer am Halse aufgeknüpft.«

»Du bist der Henker, Meister Hans, es ist dein Beruf, Missetätern den Garaus zu machen, du vollstreckt nur das Urteil, das andere gefällt haben«, versuchte ich ihn zu trösten.

»Das sage ich mir auch, das habe ich mir schon hundertmal gesagt, aber es hilft nichts«, entgegnete er niedergeschlagen. »Bei Frauen ist es der Blick, der mich schuldig spricht. Was las ich nicht alles aus Telses Augen, bevor ich den Sack über ihrem Kopf zuschnürte. Wie viele Hoffnungen machte ich zunichte, als ich den Sack ins Wasser warf. Ich sage dir, Simon, es hätte nicht viel gefehlt, und ich wäre ihr nachgesprungen.«

»Hat sie gestanden, daß sie Papedöne allein umgebracht hat?«

»Bei der Folter gibt es eine Schwelle; wenn die überschritten ist, gesteht der Mensch alles«, sagte Meister Hans. »Die Richteherren haben mir mitgeteilt, wie das Geständnis lauten soll, der Rest war Handwerk. Ja, du kannst beruhigt sein, sie hat es allein getan.« Er stierte eine Zeitlang trübsinnig vor sich hin, dann sagte er: »Ich könnte den Rittern dort unten mit dem Richtschwert auf den Leib rücken. Es würde ein hübsches Gemetzel geben, bis sie mich erledigt haben. Doch ist der Aufwand nicht zu groß, nur damit ein einfacher Mann wie ich den Tod finden kann?«

»Du solltest besser einen trinken gehn.« Ich gab ihm das Silberstück, das ich von der Oberin erhalten hatte. »Davon kannst du dich zu Tode saufen, wenn du willst.«

Meister Hans betrachtete das Geldstück von allen Seiten, schob es zwischen die Zähne, spuckte es auf seine flache Hand und rief, während seine Zornesader zu schwellen begann: »Die verdammten Hühner, dieses vermaledeite Federvieh!« Mit einem gewaltigen Satz sprang er aus dem Bett, raffte die Decke mitsamt den Hühnern zu einem Bündel zusammen und warf es aus dem Fenster. Dann sagte er: »Geh nach Haus, Simon Gronewech. Durch Telses Geständnis bist du von aller Schuld freigesprochen. Du kannst ohne Gefahr wieder unter deinesgleichen leben. Für diesen Sumpf bist du nicht geschaffen; er würde dich verschlingen, sobald die Prötteltasch dich fallenläßt.«

Zwei Tage später stand ich vor dem Haus meines Vaters am Koberg. Eine Magd öffnete mir. Ihr Gesicht verfärbte sich, als sie mich erkannte. Vermutlich erschrak sie, weil sie einen Mörder vor sich zu sehen glaubte. Ich fragte, ob mein Vater daheim sei. Sie nickte mit sorgenvoller Miene. Dem Herren ginge es nicht gut, er weigere sich zu essen und wünsche niemanden außer Detlef zu sehen. Als sie den Namen nannte, erwachte mein Trotz. Ich stieß die Magd beiseite und durchmaß forschen Schrittes die Diele. Auf der Treppe begegnete ich Detlef.

Er kam mir verändert vor. Sein Gesicht strahlte Entschlossenheit und Selbstvertrauen aus. Ich weiß nicht, ob er sich dessen bewußt war: In seiner Haltung, seinem Auftreten lag etwas, das mich demütigte. Es war, als hätten wir unsere Rollen vertauscht. Ich fühlte mich auf den Platz des Bastards verwiesen, während er den des rechtmäßigen Sohnes eingenommen hatte. Muß ich noch erwähnen, daß seine Kleidung aus feinem Tuch gefertigt, sein Wams mit Silberknöpfen verziert war, um dir begreiflich zu machen, weshalb der Haß wieder in mir aufloderte?

»Wo ist mein Vater?« fragte ich schroff.

»Ich führe dich zu ihm«, sagte Detlef.

Er saß, über die Geschäftsbücher gebeugt, in der Schreibkammer, den Körper in Decken gehüllt, auf dem Kopf eine Zipfelmütze. Die Schwellung an seinem Auge war zurückgegangen, dafür hatte die rechte Hälfte seines Gesichts eine tiefblaue, von grünen und roten Flecken durchsetzte Färbung angenommen.

»Hat Rapesulver den Stockfisch endlich bezahlt?« fragte er, als wir die Schreibkammer betraten.

»Noch nicht, aber er hat angeboten, daß wir dafür acht Faß von dem Wein bekommen, den er aus Frankreich erwartet«, antwortete Detlef.

»Acht Faß?« sagte mein Vater stirnrunzelnd. »Schneiden wir dabei nicht schlecht ab?«

»Wir sind uns bei zehn Faß handelseinig geworden.«

»Gut, mein Sohn«, sagte Hinrich Gronewech, während sich auf der unversehrten Seite seines Gesichts ein zufriedenes Lächeln ausbreitete.

Da ich meinen Vater vergnügt sah, dachte ich, es sei nun an der Zeit, mich bemerkbar zu machen. Also sagte ich, daß ich mich freue, ihn in leidlich guter Verfassung vorzufinden. Schon im nächsten Augenblick wurde mir bewußt, daß ich einen Fehler begangen hatte. Denn da er nicht ahnte, daß ich ihn in einem weit übleren Zustand gesehen hatte, wie konnte er aus meinen Worten etwas anderes als Spott heraushören? Ich wandte mich hilfesuchend an Detlef, doch er schüttelte verständnislos den Kopf.

Mein Vater schlug die Hände vors Gesicht und ließ ein Stöhnen hören, das von Gram und schmerzlicher Enttäuschung zeugte. Dann sagte er: »Ich habe mir angewöhnt, bei dir immer mit dem Schlimmsten zu rechnen, und dennoch könnte ich jetzt vor Scham in die Erde versinken. Statt mich auf Knien um Verzeihung zu bitten, machst du dich über mich lustig! Ist dir denn nichts heilig?«

Du denkst vielleicht, ich hätte das Mißverständnis aufklären sollen. Doch was hätte ich dafür alles preisgeben müssen, Bruder Anselmus? Und hätte dies meinen Vater nicht womöglich noch mehr in Zorn gebracht als die unbeabsichtigte Kränkung? So tat ich, was ich für das klügste hielt: Ich schwieg.

»Simon redet manchmal unbedacht daher, aber ich glaube nicht, daß er dich verletzen wollte, Vater«, ließ sich nach einer Weile mein Halbbruder vernehmen. »Sag ihm, was du beschlossen hast für den Fall, daß er Reue zeigt und dich um Verzeihung bittet.« Darauf versetzte er mir einen Knuff in den Rücken, und ich kniete mich vor meinen Vater hin und bat ihn, mir zu vergeben.

Damit war er jedoch nicht zufrieden. »Leere Worte«, murrte er. »Weder spricht Reue aus ihnen, noch scheinst du dir darüber im klaren zu sein, was du mir alles angetan hast.«

»Vater hat beschlossen, dich nach Schonen zu schicken«, sagte Detlef, ohne den Einwänden Rechnung zu tragen. »Wenn du dich dort auf den Heringsplätzen bewährst, will er dir nicht länger zürnen. Ist es so, Vater?«

Mein Vater nickte. Für einen, der Hinrich Gronewech kannte, lag in dem Nicken eine ungewöhnliche Fügsamkeit.

Der Vorsprake

Er schüttelt einen Schwall glitzernder Tropfen von seinem Mantel. »Ihr seid hier immerhin im Trocknen«, sagt Jakob Brömse und lacht hüstelnd, damit ihm der Scherz nicht als billiger Trost ausgelegt werde. Er leitet Gespräche gern mit einer launigen Bemerkung ein. Ein fröhlicher Mensch erweckt Vertrauen.

»Wie weit seid Ihr in Eurem Lebensbericht?« fragt er, dem Mönch über die Schulter blickend.

»Morgen werde ich Bruder Anselmus erzählen, was ich als Sechzehnjähriger in Schonen erlebte – falls Meister Rosenfeld mir nicht einen Strich durch die Rechnung macht.«

»Es besteht kein Anlaß, dies zu befürchten«, sagt Jakob Brömse. »Aller Voraussicht nach wird das Urteil erst nächste Woche vollstreckt werden. Aber nagelt mich nicht darauf fest, ich bin nur Euer Vorsprake.« Er nimmt einen Zettel zur Hand, den Bruder Anselmus mit krakeligen Schriftzeichen bedeckt hat, wendet ihn hin und her und legt ihn wieder auf den Tisch zurück. »Bislang hat man sich weder über die Art der Hinrichtung geeinigt noch darüber, wo sie stattfinden soll.« Er tippt auf den Zettel und fragt den Mönch: »Sind das kalligraphische Übungen?«

Bruder Anselmus schüttelt kaum merklich den Kopf.

»Wenn Ihr erlaubt, würde ich gern einen Blick in Euren Bericht werfen«, fährt Jakob Brömse fort. »Vielleicht finde ich darin etwas, dessen ich mich zu Eurer Entlastung bedienen kann.«

»Den Bericht wird niemand lesen, bevor er abgeschlossen ist, und spätestens dann dürfte auch der Tag meiner Hinrichtung gekommen sein. Außerdem erzähle ich die Geschichte meines Lebens nicht, um mich zu rechtfertigen oder meine Unschuld zu beteuern.«

»Wozu dann?« Um der Frage etwas von ihrer Schärfe zu nehmen, schickt er ein Lächeln hinterher.

»Ich möchte einen Beweis hinterlassen, daß ich gelebt habe.«

»Eine gescheite Antwort, wenn ich mir auch nicht sicher bin, ob die Ratsherren sich damit zufrieden geben werden«, sagt Jakob Brömse. »Neben dem bereits Erwähnten herrscht nämlich auch Uneinigkeit darüber, ob man Euch das Vorrecht einräumen sollte, ein Schriftstück zu verfassen, in das Einsicht zu nehmen Ihr dem Gericht verwehrt. Ich verrate Euch wahrscheinlich kein Geheimnis, wenn ich hinzufüge, daß Ihr dieses Privileg, wie auch so manches andere, dem Herrn Bürgermeister, Eurem Bruder, verdankt.«

»Ich werde mich ihm dafür durch häufige und rühmliche Erwähnung erkenntlich zeigen.«

»Ebendas ist das Punctum saliens. Denn seht: Während Ihr Euren Herrn Bruder in einem guten Licht erscheinen laßt, könntet Ihr anderen die Ehre abschneiden. Ihr wärt mithin gut beraten, mir Einblick in das Manuskript zu gewähren. Mein Wort, daß niemand verleumdet oder in entwürdigendem Zusammenhang genannt wird, würde sich für Euch günstig auswirken.«

»Indem man mich köpft statt hängt?«

Der Vorsprake mag es nicht, wenn man seine Ratschläge ins Lächerliche zieht. Er hebt mißbilligend eine seiner Brauen und sagt: »Ihr erinnert Euch vielleicht, daß ein gewisser Jochim Lützow, anno dreizehnhundertvierunddreißig des dreifachen Mordes und der Wegelagerei angeklagt, in die Verbannung geschickt wurde, obwohl er rechtmäßig hätte enthauptet werden müssen. Ihr mögt daraus ersehen, wieviel vom Wohlwollen der Richteherren abhängt sowie jener, die ein Wörtchen mitzureden haben. Im übrigen wäre schon viel gewonnen, wenn man Euch auf dem Markt durch das Schwert hinrichtet, statt Euch draußen vor dem Burgtor am Galgen aufzuknüpfen.«

»Worin läge der Unterschied, Jakob Brömse?«

»Ihr wißt so gut wie ich, daß es hierbei um nichts Geringeres geht als um Eure Ehre. Mithin wäre es der Überlegung wert, ob Ihr wie ein gewöhnlicher Strauchdieb enden wollt oder wie der glücklose Bürgermeister Johann Wittenborg.«

»Es bleibt dabei: Soweit es in meiner Macht steht, werdet weder Ihr noch sonst jemand den Bericht zu lesen bekommen. Aber wenn Ihr Euch gut mit Bruder Anselmus stellt, wird er Euch vielleicht zu gegebener Zeit eine Abschrift anfertigen.«

»Die Macht, von der Ihr sprecht, liegt nicht bei Euch, sondern bei Eurem Bruder Detlef, dem Herrn Bürgermeister«, sagt Jakob Brömse. »Dies zur Richtigstellung. Ohne seine Fürsprache müßtet Ihr Eure Lebensgeschichte den Wänden erzählen, sofern man Euch nicht schon längst dem Henker übergeben hätte. Doch bedenkt, daß Euer Herr Bruder nicht der einzige ist, der in unserer Stadt das Sagen hat, und erinnert Euch des weiteren an die alte Kaufmannsregel, daß man wertvolle Fracht besser auf zwei Schiffe verteilen soll. Und erlaubt mir schließlich, Euch zu fragen, weshalb man besagten Jochim Lützow wohl mit dem Leben davonkommen ließ?«

»Weil er ein Ritter war und der Rat sich vermutlich nicht mit seinen Standesgenossen anlegen wollte.«

Jakob Brömse wischt das Argument mit einer Handbewegung beiseite. »Wenn Ihr es nicht wißt, will ich es Euch sagen: Jochim Lützow besaß eine halbe Tagesreise flußaufwärts ausgedehnte Ländereien mit reichen Dörfern. Diese hat er, während das Gericht noch beriet, unter der Hand einigen sorgsam ausgewählten Ratsherren übereignet.«

»Hat die Geschichte eine Moral, Jakob Brömse? Außer der sattsam bekannten, daß es zweierlei Recht gibt: das der Reichen und jenes der Armen?«

»Die Conclusio überlasse ich Euch«, sagt der Vorsprake und schafft es mühelos, seinen Gesichtsausdruck zwischen Ernst und Pfiffigkeit in der Schwebe zu halten. »Aber man hört viel von einem Piratenschatz reden, über dessen Verbleib niemand so gut Bescheid wüßte wie Ihr. Glaubt mir, Simon Gronewech: Geraubtes Gold ist auf den Pfennig soviel wert wie redlich verdientes. Schließ mich in dein Nachtgebet ein, Bruder Anselmus.«

Der Mönch preßt die Lippen zusammen, als fürchte er, ihm könne ein unbedachtes Wort entschlüpfen.

Drittes Kapitel

Ich kenne Kaufleute, die von Falsterbo schwärmen, als sei es ein Hort der Kurzweil und irdischen Freuden. Seitdem ich selbst dort war, ist mir schon manches Mal der Gedanke gekommen, es müsse zwei Orte dieses Namens geben, denn meine Erinnerungen an Falsterbo sind von anderer Art.

Du könntest mir entgegenhalten, daß es weniger die Orte selbst sind, die die Erinnerungen prägen, als vielmehr die Umstände, unter denen man sie erlebt. Nun gut, ich gebe zu, daß die Umstände nicht dazu angetan waren, mir Falsterbo rückblickend in einem verklärenden Licht erscheinen zu lassen.

Schon die drei oder vier Tage dauernde Reise dorthin verbrachte ich in einem Zustand, den ich nur andeutungsweise beschreiben kann. Ich hatte das Gefühl, mein Inneres sei nach außen gekehrt, ich fiel von einer Ohnmacht in die andere, und wenn ich zwischendurch bei Sinnen war, verspürte ich einen starken Drang, mich selbst zu entleiben. Man sagt, die Seekrankheit trete in verschiedenen Formen auf. Ich bin sicher, daß mich die schlimmste befallen hatte. Dabei gab es keinen erkennbaren Grund. Ich schäme mich fast zu gestehen, daß die See allenfalls sanft bewegt war. Zum Glück war der Schiffer ein Verwandter meiner Mutter. Er erklärte der Mannschaft, ich hätte verdorbenen Fisch gegessen. So blieb ich zumindest von Hänseleien verschont.

Das Schiff, eine seegängige Schute mit hochgezogenem Schanzkleid, hatte leere Heringsfässer geladen. Sie verströmten einen Geruch, der meiner Genesung keinesfalls förderlich war. Doch hatte ich, als wir vor Falsterbo Anker warfen, immerhin wieder so weit Kräfte gesammelt, daß ich ohne fremde Hilfe an Land waten konnte.

Der Ort bot einen trostlosen Anblick. Er lag auf einer spitz zulaufenden Halbinsel, die, soweit das Auge reichte, von unzähligen ineinander verschachtelten Holzhütten übersät war. Die meisten waren kaum mannshoch und nicht geräumiger als die Buden im Gängeviertel, und dennoch barg jede außer Waren und Gerätschaften noch ein halbes Dutzend Menschen. Es waren Handwerker, Böttcher vor allem, die in diesen Verschlägen hausten, in der Mehrzahl jedoch Kaufleute aus den wendischen Städten, aus Dänemark und den großen Handelsplätzen des Westens. Jede Stadt besaß ihre eigene Vitte, ein durch Zäune oder schmale Gänge abgegrenztes Gelände, auf dem sich die Wohnbuden und Lagerschuppen, mitunter auch eine winzige Kirche befanden. Die weitaus größte Vitte war die der Lübecker Schonenfahrer; sie umschloß die Danziger Vitte und lag dem Holm am nächsten, wo die Fischer ihren Fang zum Verkauf anboten. Etwas außerhalb der Vitten, nahe am Meer, thronte Falsterbohus, die Burg des dänischen Statthalters, düster und klotzig über der auf engem Raum zusammengedrängten Siedlung.

Wenn der erste Eindruck von Falsterbo auch keine frohen Erwartungen in mir zu wecken vermochte, empfand ich es doch als Wohltat, wieder festen Boden unter den Füßen zu haben. Der Schiffer führte mich in die Lübecker Vitte und stellte mich dem Ältermann vor. Dieser schien über meinen liederlichen Lebenswandel unterrichtet zu sein, denn er nahm sich viel Zeit, mir die Statuten zu erläutern, nach denen sich jeder ohne Ansehen der Person innerhalb und außerhalb der Vitte zu richten hatte. Ich erinnere mich, daß sie neben einer Reihe von Pflichten vor allem Verbote und die bei Zuwiderhandlung drohenden Strafen umfaßten. Es war eine furchterregende Liste, die jedoch zugleich eine Ahnung davon vermittelte, was Falsterbo den fremden Kaufleuten an Zerstreuung bot.

Der Ältermann teilte mich dem Kaufmann Sivert Wibbeking als Gehilfen zu. Wibbeking war einer der größten Heringshändler jener Zeit, seine Geschäftsverbindungen reichten bis nach England und Italien. Ich bin selten einem Kaufmann begegnet, der mit seiner Handelsware so verwachsen war wie Sivert Wibbeking. Er redete von nichts anderem als vom Hering, er roch wie ein Hering, und er ließ es sich nicht nur gern gefallen, sondern fühlte sich geschmeichelt, daß man ihn den *Hering* nannte.

In seiner Hütte war kein Platz mehr für mich, denn dort wohnten außer Wibbeking bereits zwei weitere Kaufleute, sechs Gehilfen und ein Knecht. So kam ich im Schüttraum unter, wo tagsüber die Fische ausgenommen, gesalzen und in Fässer verpackt wurden. Frühmorgens, meist noch vor Sonnenaufgang, mußte ich mein Strohlager auf den Salztonnen räumen, damit ich den Leggefrauen bei ihrer Arbeit nicht im Wege war.

Wie soll ich dir den Gestank beschreiben, in dem ich die Stunden vom Dunkelwerden bis zur Morgendämmerung verbrachte? Es half nichts, daß ich mir die Nase zuhielt, er drang durch die Poren, erregte in mir eine Übelkeit, daß ich alles wieder von mir gab, was ich den Tag über zu mir genommen hatte. Du wirst es wahrscheinlich nicht gutheißen, wenn ich zur Veranschaulichung sage, ich hätte mir die Seele aus dem Leib gekotzt. Verzeih, Bruder Anselmus, aber so war mir.

Man konnte dem Gestank in Falsterbo nicht entgehen. Besonders an warmen und windstillen Tagen war er allgegenwärtig. In den Wohnbuden stank es ebenso wie in den Lagerschuppen und Gassen, selbst die Menschen stanken nach Fisch. Sagte ich schon, daß es um die Fünftausend waren, die dort drei bis vier Monate in kaum vorstellbarer Enge verbrachten: Kaufleute, Handwerker, Fischer, Arbeiterinnen, Huren? Sie alle trugen den Gestank mit sich herum und vermischten ihn mit den Ausdünstungen ihrer schmutzigen Körper. Weshalb sollten sie sich auch waschen, da sie ohnehin im Gestank zu leben gezwungen waren?

Es dauerte Wochen, bis ich mich an den widerlichen Geruch gewöhnt hatte. Später konnte ich mich sogar in die Nähe der Plätze wagen, wo der *Grum*, so nannte man den Abfall, zu Fischöl verarbeitet wurde, also gleichsam an die Quelle des übelsten aller Gerüche, ohne daß ich Ekel verspürte. Ich will damit nicht sagen, daß ich nichts mehr roch. Aber ich nahm den Gestank nicht mehr als Gestank wahr. Sollte es sich, denke ich seitdem, vielleicht so verhalten, daß es für die Sinneswahrnehmungen keine absoluten Maßstäbe gibt? Daß es, mit anderen Worten, auf einer nach Zeit und Ort wechselnden Übereinkunft beruht, was unser Auge als schön oder häßlich, unser Ohr als schrill oder wohltönend, unsere Nase als Duft oder Gestank empfindet? Doch davon, wenn es sich ergibt, mehr an anderer Stelle.

Sivert Wibbeking überließ es seinem Knecht, mich einzuweisen, weil er schon bei der ersten Unterredung erkannt hatte, daß mit mir kein ersprießliches Gespräch über den Hering zu führen war. Der Knecht hieß Claus und hatte, was zu wiederholen er nicht müde wurde, bereits sechsunddreißig Sommer in Schonen verbracht, davon die ersten zwölf noch in Skanör, den Rest in Falsterbo. Er sprach die Mundart der Einheimischen und liebte es, den Eindruck zu erwecken, als sei er seiner Muttersprache nur noch unzureichend mächtig.

Claus begann die Einweisung, indem er mit mir in das erstbeste Wirtshaus ging und mich dort mit dem Brauch bekannt machte, daß jeder neue Gehilfe ihm einen Krug Bier zu spendieren habe. Als er diesen und zwei weitere geleert hatte, die ich gleichfalls, aber ohne weitere Begründung, aus der eigenen Tasche bezahlen mußte, gestand er mir, daß er Wibbeking aus tiefster Seele hasse und schon mehrfach mit dem Gedanken gespielt habe, ihn im Schlaf zu erdolchen. Denn der *Hering* sei ein Leuteschinder, ein Blutsauger, kurz, ein Mann, für den jeder, der nicht der erlauchten Bruderschaft der Schonenfahrer angehöre, zum menschlichen Abschaum zähle.

Nachdem er seinem Herzen auf diese Weise Luft gemacht hatte, führte er mich auf den Turm der Stadtkirche, damit ich eine Vorstellung von der Lage und dem Umfang der einzelnen Vitten gewänne. Die Lübecker seien wie so oft die ersten gewesen und hätten demzufolge den größten und am günstigsten gelegenen Platz in Beschlag genommen, während sich die Rostocker, Greifswalder, Stralsunder,

Stettiner und noch etliche mehr einen schmalen Streifen zwischen dem alten Falsterbo und der Lübecker Vitte hätten teilen müssen. Innerhalb der Vitten gelte das Recht der jeweiligen Städte, doch wenn sich jemand eines schweren Verbrechens schuldig gemacht habe, obliege es dem dänischen Vogt, das Urteil zu fällen. Dieser, ein Ritter namens Schack, sei dafür bekannt, daß er sein Richteramt als lästig empfinde und schwierige Urteilsfindungen zuweilen dadurch beende, daß er den Kläger kurzerhand neben dem Beklagten aufknüpfe. »Falls es dich also gelüsten sollte, jemanden um die Ecke zu bringen«, fuhr Claus in seinem Kauderwelsch fort, »dann laß es einen anderen für dich tun. Es kostet dich nicht mehr als zehn Schillinge; fünf für den Mord und fünf weitere fürs Stillschweigen.«

Hierauf wandte er sich der Heide zu, die sich in nordöstlicher Richtung bis zum Horizont dehnte, und erzählte, daß die Halbinsel in seinem ersten Schonensommer, vor sechsunddreißig Jahren also, noch dicht bewaldet gewesen sei. Mit jedem Jahr habe er den Wald spärlicher vorgefunden, die Bäume seien zu Heringsfässern, Wohnhütten, Schuppen und Brennholz verarbeitet worden, und so habe sich der Wald allmählich in eine vom Wind kahlgeschorene Steppe verwandelt. Ähnlich verhalte es sich mit dem Hering. Als junger Mann habe er den Hering mit Eimern aus dem Wasser geschöpft, mit bloßen Händen habe man ihn greifen können, ja er erinnere sich, daß man in Vollmondnächten trockenen Fußes von den auf Reede liegenden Schiffen an den Strand gelangen konnte, so sehr habe es in Ufernähe von Heringen gewimmelt. Wer dies mit eigenen Augen gesehen habe, könne schwer verstehen, daß man heute immer noch vom Hering als dem Reichtum des Meeres rede. Die Zeiten des Reichtums seien ein für allemal vorbei. In noch einmal sechsunddreißig Jahren würden die großen Heringsplätze Skanör und Falsterbo längst verödet sein. »Nur schade«, schloß der alte Knecht, »daß ich das nicht mehr erleben werde. Denn wenn es mir schon nicht vergönnt ist, Wibbeking ins Jenseits zu befördern, wäre es mir doch immerhin ein Trost, ihn am Bettelstab zu sehen.«

»Was hindert dich, auf die Weise zu verfahren, zu der du mir geraten hast?« fragte ich spaßeshalber.

»Um zehn Schillinge zusammenzukratzen, müßte ich ein halbes Jahr auf Bier und Weiber verzichten«, antwortete er. »So viel ist es mir auch wieder nicht wert.«

Nach den Statuten sei der Umgang mit Frauen ausdrücklich verboten, hielt ich ihm entgegen. Soweit ich mich an die Ausführungen des Ältermannes erinnere, drohe bereits bei einmaligem Verstoß die Ausweisung.

»Wer kümmert sich schon um Statuten«, sagte Claus. »Wenn Statuten einen Sinn haben, ist es der, Lust auf das Verbotene zu machen. Als ich hierherkam, vor nunmehr sechsunddreißig Jahren, wurden einem die Ohren abgeschnitten, wenn man mit einer Frau erwischt wurde. Glaubst du, das hätte mir das Vögeln verleidet?«

Das alte Falsterbo, einst ein armseliges Fischernest, war durch die Kaufleute und ihren Troß zu blühendem Wohlstand gelangt. Fast jedes zweite Haus war entweder eine Kneipe oder ein Bordell. Damit die Frauen und Töchter der Einheimischen von Nachstellungen verschont blieben, wurden ganze Schiffsladungen Dirnen aus Rostock, Stralsund und Danzig herangeschafft. Die Ankunft dieser Hurenschiffe war ein Ereignis, das sich niemand entgehen ließ. Meistens gingen sie unterhalb von Falsterbohus vor Anker, und dann sah man Hunderte von aufgeputzten und kreischenden Weibern mit hochgeschürzten Röcken ans Ufer waten. Von Kaufleuten hörte ich, daß an Huren noch weit besser zu verdienen sei als am Hering, doch zu ihrem Leidwesen ließ es ihre Standesehre nicht zu, sich an dem Geschäft zu beteiligen. So scheffelten die Bordellwirte in den Städten jenseits des Meeres, die Schiffseigner und die Einwohner von Falsterbo das Geld, während die Dirnen den üblichen Hungerlohn bekamen. Später erhielt die Prötteltasch vom königlichen Statthalter das Privileg, die Heringsplätze in Schonen mit Huren zu beliefern. Es soll sie, erzählt man sich, einen Ballen chinesischer Seide gekostet haben.

Wie so mancher andere war auch ich mit der Erwartung nach Schonen gekommen, dort einen kühlen und regnerischen Sommer zu verbringen. Doch bereits Anfang Juni war es ungewöhnlich warm, und von Mittsommer an herrschte eine glühende Hitze. Der Fischgestank wurde unerträglich; Wolken von Schmeißfliegen fielen über die Karren her, mit denen die Heringe von den Buden der Fischer in die Schütträume gebracht wurden. Die Leggefrauen standen bis zu den Knöcheln in dem von Maden wimmelnden Grum, ihre Arme und Gesichter waren schwarz von Fliegen. Es waren starke und zähe Frauen, seit ihrer Kindheit an harte Arbeit gewöhnt, aber die Hitze vertrugen sie nicht, einige brachen zusammen und wurden ins Freie geschleppt. Dort sah ich sie, wie gestrandete Fische nach Luft schnappend, im Schatten der Buden liegen. Die anderen kamen mit der Arbeit in Rückstand, vor den Schütträumen stapelten sich Kisten voller Heringe, die Knechte trieben die Leggefrauen mit Schlägen zur Eile an. Dies war der Tropfen, der das Faß zum Überlaufen brachte. Eines Tages packten die Frauen in der Danziger Vitte einen Knecht und drückten seinen Kopf so lange in den Grum, bis er erstickt war.

Der Vorfall wurde dem königlichen Vogt gemeldet, und Ritter Schack erschien an der Spitze einer fröhlichen Jagdgesellschaft in den Vitten. Er ließ die Ältermänner herbeiholen, und als diese sich vor ihm aufgereiht hatten, sagte er in holprigem Dänisch: »Ich stand im Begriff, einen Zwölfender zu erlegen. Wißt ihr, was es für einen Jäger bedeutet, wenn ihm ein Zwölfender durch die Lappen geht? Oder anders gefragt: Was könnte so wichtig sein, daß mir deswegen ein Hirsch entwischt?«

Der Ältermann der Lübecker Vitte trat einen Schritt vor und erzählte, was geschehen war.

»So, es geht um einen Knecht, noch dazu um einen eurer Knechte«, sagte der Ritter ungehalten. »Hättet ihr die Angelegenheit nicht unter euch regeln können?«

»In einem Fall wie diesem steht es allein Euch zu, das Urteil zu fällen, Herr«, antwortete der Ältermann.

»Nun gut, ich werde das Weiberpack von meinen Leuten zur Strecke bringen lassen«, entschied der Vogt. Er wedelte mit der Hand, worauf die Jäger ihre Bögen spannten.

»Alle, Euer Wohlgeboren?« fragte der Ältermann bestürzt.

»Ich bin, wie Ihr wißt, kein Freund langwieriger Verhöre«, erwiderte Ritter Schack. »Statt ihr zu dienen, erschweren sie die Wahrheitsfindung, denn letztlich will es keiner gewesen sein. Laßt mich also tun, was ich für Rechtens erachte, und regt euch nicht auf, wenn außer den Schuldigen auch ein paar Unschuldige dran glauben müssen.«

Unter den Kaufleuten entstand Unruhe, und es wurden Stimmen laut, die den Vogt um Milde baten. Einer trat neben den Ältermann und sagte: »Bedenkt, daß es unser Schaden ist, wenn die Fische unverarbeitet bleiben. Bevor wir neue Leggefrauen beschafft haben, werden mehrere Schiffsladungen Hering vergammelt sein.« Der Sprecher war ein junger Mann, kaum älter als ich, und es erregte Erstaunen, daß er anstelle des Ältermannes das Wort ergriff.

»Was ihr dabei verliert, kümmert mich einen Dreck«, entgegnete der Vogt. »Ich vertrete das Gesetz und werde dafür sorgen, daß ihm Genüge getan wird.«

»Den königlichen Statthalter würde es wahrscheinlich verdrießen, Euch so reden zu hören«, sagte der junge Mann. »Denn Ihr überseht, daß auf verdorbenen Fisch keine Abgaben zu zahlen sind. Soll ich Euch vorrechnen, wieviel gutes Geld dem *Gaelkaer* von Schonen entgehen wird, bis wir die Arbeit wieder aufnehmen können?«

Der Ritter fächelte sich mit dem Handschuh Luft zu und fragte den Ältermann: »Wer ist dieser Grünschnabel, der so dreist mit mir zu reden wagt?«

»Hinrich Paternostermaker, Sohn eines Lübecker Kaufmannes, Euer Wohlgeboren«, antwortete der Ältermann.

»Es mangelt dir an Respekt vor der Obrigkeit, Hinrich Paternostermaker«, sagte der Vogt. »Doch ich gebe zu, daß deine Worte bedenkenswert sind. Andererseits ärgert es mich, für nichts und wieder nichts eine Jagd abzubrechen, verstehst du?«

»Das verstehe ich sehr wohl«, sagte der Jüngling. »Könnte Euch vielleicht ein Fäßchen französischen Weines in bessere Laune versetzen?«

»Ich bin nicht sicher, ob eines dafür reichen wird«, entgegnete der Vogt. Bald darauf war ein Fäßchen schweren Bordeaux-Weines geleert, ein zweites angezapft, und Ritter Schack saß trunken in einem eilends herbeigeschafften Lehnstuhl. Während er Jagdgeschichten zum besten gab und schlüpfrige Lieder sang, kamen die Ältermänner überein, daß der andauernden Hitze wegen künftig nachts gearbeitet werden sollte. Dadurch verlor ich meinen Schlafplatz im Schüttraum, aber ich hatte mir ohnehin angewöhnt, die hellen Sommernächte im Freien zu verbringen. Meist lag ich am Strand, zwischen einem mit Binsen bewachsenen Sumpfstreifen und den windschiefen Buden der dänischen Fischer.

Unvergeßliche Nächte, Bruder Anselmus. Wenn die Sonne ins Meer tauchte, brach eine nur wenige Stunden währende Dämmerung an, eine leichte, kaum wahrnehmbare Trübung des Lichts. Die Farbe des Himmels wechselte von feurigem Rot in ein lichtes Grün über, die Frösche verstummten, bald auch die Seevögel, und dann war nur noch das träge Schwappen der Wellen zu hören. Hin und wieder strich ein Windhauch über mich hin, wohltuend kühl und voll fremdartiger Düfte. Ich genoß es, allein zu sein, ungestört meinen Gedanken nachhängen zu können. Sie trugen mich weit fort vom Lärm, vom Gestank, von der Enge der Vitten. Ich sah fremde Länder und Städte, ich wandelte in Gebäuden meiner Phantasie, nicht ahnend, daß es in manchen Fällen Prophezeiungen waren, Vorwegnahmen künftiger Erlebnisse.

In einer jener Nächte geschah etwas Seltsames. Hinter der Kimm kam ein Schiff hervor und näherte sich auf geradem Kurs der Küste. Da es nahezu windstill war, dauerte es lange, bis ich erkennen konnte, daß es ein Holk mit Stevenruder und hohem Achterkastell war. An Bord rührte sich nichts, nur das Segel zerrte zuweilen kraftlos an den Schoten. Es war ein unheimliches Bild, wie das Schiff, schwarz vor dem rötlich angehauchten Meer, auf mich zuschwebte. Ein Traum, dachte ich, das muß sein Traum sein, und ich schloß die Augen in der Erwartung, daß sich das Schiff bei nochmaligem Hinsehen in nichts aufgelöst haben würde. Doch statt sich zu verflüchtigen, nahm es weiter an Umfang zu, glitt mit unverminderter Fahrt an den Ankerplätzen vorbei und lief auf der Sandbank unterhalb der Fischerbuden auf. Dort neigte es sich langsam zur Seite und entblößte seinen dick mit Muscheln und Algen bewachsenen Rumpf.

Üblicherweise war auf einem der Türme von Falsterbohus zu jeder Tages- und Nachtzeit eine Wache postiert. Doch weder diese noch sonst jemand schien die Strandung bemerkt zu haben. Ich blieb allein mit dem Schiff, das mir das Meer gleichsam vor die Füße geworfen hatte. Ein unwiderstehlicher Drang überkam mich, an Bord des Holks zu gehen und nachzuschauen, was er an Ladung barg. Vermutlich steckt in jedem Küstenbewohner ein Strandräuber. Weshalb sollte ich eine Ausnahme sein?

Ich ging zu einer Stelle am Strand, von wo ich das Deck überblicken konnte. Hinter dem halb ins Wasser eingetauchten Schanzkleid türmte sich Gerümpel und verknäueltes Tauwerk. Von der Mannschaft keine Spur. Eine Weile beunruhigte mich der Gedanke, sie könnte sich verborgen halten und über mich herfallen, sobald ich an Bord gelangt war. Doch dann sah ich, daß die Ruderpinne festgezurrt war, was nichts anderes bedeuten konnte, als daß man das Schiff sich selbst überlassen hatte. Nun faßte ich Mut, kletterte über die Reling und kroch auf allen vieren zur Ladeluke.

Ich wünschte, ich hätte sie nicht geöffnet, Bruder Anselmus. Auf dem Boden des Laderaums lagen sechs oder sieben Männer. Man hatte sie an Händen und Füßen an die Planken genagelt. Zu Tode erschrocken über den grausigen Anblick, wollte ich die Luke fallen lassen, als ich erkannte, daß einer von ihnen Caspar Went war.

Er starrte mich mit weit aufgerissenen Augen an. Sein Blick krallte sich an mir fest, und als ich mich zur Seite neigte, damit mehr Licht in den Laderaum falle, bemerkte ich, daß er mir folgte. Unfähig zu sprechen oder sich zu rühren, gab mir Caspar Went mit den Augen zu verstehen, daß noch Leben in ihm sei. So tat ich, was ich später noch oft bereuen sollte: Ich kletterte in den Schiffsbauch hinunter, lockerte mit dem Knauf meines Messers die Nägel und zog sie ihm aus dem Fleisch. Er stöhnte auf wie jemand, der sich einer schweren Last entledigt, und verlor die Besinnung.

Dann hörte ich Gepolter an Deck und Stimmen. Es waren dänische Fischer, die das Schiff plündern wollten. Mit ihrer Hilfe schaffte ich Caspar Went von Bord. Sein Atem ging sehr schwach, und sein Gesicht hatte die wächserne Blässe eines Toten. Alsbald begann er jedoch an allen Gliedern zu zucken und wild um sich zu schlagen, und während ich schon dachte, der Todeskampf habe eingesetzt, hörte ich ihn tuscheln: »Sieh nach, ob er noch da ist – in meiner Hosentasche.«

Mir schien, daß er im Fiebertraum sprach, doch ich tat, was er verlangte, und holte einen kleinen Ring aus seiner Tasche hervor. Es war ein Ohrring, wie ihn Seeleute zu tragen pflegen, nur daß dieser aus purem Gold gefertigt war. Caspar schlug die Augen auf, und als er den Ohrring sah, verzerrten sich seine aufgesprungenen Lippen zu einem Grinsen.

»Den hab ich Godeke Michels gestohlen«, flüsterte er. »Kannst du mich verstehen, Simon? Es ist Godeke Michels' Ohrring.«

Ich hatte den Namen schon des öfteren gehört. Godeke Michels galt als der gerissenste Seeräuber zwischen Rügen und dem Kattegat. Er scheute zwar nicht den offenen Kampf, zog es aber vor, sich seinen Opfern als friedlicher Kauffahrer zu nähern und sie so lange über seine wahren Absichten im ungewissen zu lassen, bis ihnen keine Zeit mehr blieb, sich zur Wehr zu setzen. Nach Claas Howfootes Tod hatte Godeke Michels die Seeräuber in der westlichen Ostsee um sich geschart. Anders als jener teilte er seine Beute jedoch nicht mit den Dänen, sondern mit dem Herzog von

Mecklenburg, der ihm dafür Unterschlupf in seinen Häfen gewährte.

Ich schleppte Caspar in den Schatten einer Fischerbude und lief in das Dorf, um Claus zu wecken. Er wohnte bei einer Einheimischen, einer Witwe, die ein kleines Haus nahe der Burg besaß. Claus wünschte mir die Pest an den Hals, weil ich ihn zu so früher Stunde aus dem Schlaf gerissen hatte, doch als ich ihm von dem gestrandeten Schiff erzählte, schlüpfte er in die Hose und eilte mit mir zum Strand hinunter. Beim Anblick des Schiffes entfuhr ihm ein Jubelschrei.

»Das ist dem Hering seins!« rief er. »Es hatte Salz geladen, bestes Lüneburger Salz! Wibbeking wird sich vor Wut in den Hintern beißen, wenn er davon erfährt! Haben sie wirklich nichts übriggelassen?«

Ich versicherte ihm, bis auf die Leichen sei der Laderaum völlig leer, und führte ihn zu Caspar Went. Er hatte sich auf die Seite gerollt. Wo er gelegen hatte, war der Sand mit Blut gefleckt.

Der Knecht hob eines von Caspars Lidern hoch. »Dem ist nicht mehr zu helfen, der ist so gut wie tot«, brummelte er. Als habe er dies vernommen und wolle Claus Lügen strafen, warf sich Caspar mit einem jähen Ruck herum.

»Wir bringen ihn in die Lübecker Vitte«, entschied ich. »Da er der einzige Überlebende ist, wird Wibbeking alles tun, ihn am Leben zu erhalten – und sei es nur, um herauszubekommen, was mit seinem Schiff geschehen ist.«

Wie Claus vorausgesagt hatte, geriet Wibbeking außer sich, als der Knecht ihm mit geheuchelter Anteilnahme berichtete, eines seiner Schiffe läge, seiner Ladung beraubt und von der Mannschaft verlassen, unten am Strand. Um ein Haar hätte er den Überbringer der schlechten Nachricht verprügelt, wäre das Auge des Zürnenden nicht auf den leblos daliegenden Caspar Went gefallen.

»Wen, zum Teufel, habt ihr mir da ins Haus geschleppt?« stieß er hervor.

»Er war an Bord Eures Schiffes, Herr«, sagte ich. »Mithin muß er Augenzeuge des Überfalls gewesen sein.«

»Ich kenne ihn nicht«, sagte der Kaufmann näher tretend. »Wer ist das?«

»Mir ist, als hätte ich ihn schon einmal gesehen«, antwortete ich und tat, als überlegte ich, wo und wann das gewesen sein könnte. Bislang hatte ich angenommen, daß Caspar zur Besatzung gehört hatte. Aber konnte er nicht ebensogut mit den Seeräubern an Bord gekommen sein? Wie auch immer, ich redete mich damit heraus, daß ich ihm hin und wieder auf der Straße begegnet sei.

Wibbeking gab Caspar in die Obhut des Stralsunders Baders. Dieser pflegte die Kranken bis zum Hals in eine Heringstonne voll kochendheißen Schlamms zu stecken. Es hieß, daß die Prozedur unweigerlich zur Gesundung führe, wenn man sie nur die ersten zwei oder drei Tage überstände. Ich weiß nicht, ob ich es ein Wunder nennen soll oder ob es ein Werk des Teufels war, daß Caspar die Frist überlebte. Am fünften Tag zog ihn der Bader aus dem Schlamm und ließ ihn am Feuer trocknen, bis die schwärzliche Kruste von seinen Gliedern platzte. Bald darauf erlangte Caspar das Bewußtsein wieder und begann, mit normaler Stimme zu sprechen.

»Hast du ihnen von Godeke Michels' Ohrring erzählt?« fragte er, als wir für einen Augenblick allein waren.

»Warum sollte ich?«

»Dann behalte es auch weiterhin für dich. Niemand braucht zu wissen, daß Godeke Michels das Schiff überfallen hat.«

Ich kam nicht mehr dazu, ihn zu fragen, ob er mit den Seeräubern gemeinsame Sache gemacht habe, denn nun erschien Wibbeking in Begleitung des Ältermannes und forderte Caspar auf, der Reihe nach zu berichten, was sich auf See zugetragen hatte. Als erstes bat er, ihm zu sagen, wie er heiße.

Ohne Zögern nannte Caspar einen anderen Namen als jenen, unter dem ich ihn kennengelernt hatte. Des weiteren gab er an, der Sohn eines Handwerkers zu sein. Von jeher sei es sein Wunsch gewesen, Seemann zu werden, doch sein Vater habe trotz beharrlichen Bittens die Zustimmung verweigert. Daher habe er sich eines Nachts an Bord jenes Schiffes geschlichen, auf dem ich ihn gefunden und aus den Klauen des Todes befreit habe. Nach einigen Tagen auf See sei er das Versteckspiel leid gewesen und habe sich dem Schiffer gestellt, der ihm daraufhin die übliche Zahl von Stockhieben habe verabreichen lassen. Anschließend sei er der Decksmannschaft zugeteilt worden und habe sich, was vom Schiffer wohlwollend vermerkt worden sei, durch besonderen Fleiß hervorgetan.

Der Kaufmann konnte seine Ungeduld nicht länger bezähmen. »Komm nun zu dem Vorfall, der mich die Ladung und die gesamte Mannschaft kostete«, sagte er. »Wo befandet ihr euch, als es geschah?«

»Ich wollte, ich hätte mehr Übung darin, mir die Landmarken einzuprägen, Herr«, erwiderte Caspar Went. »Es mag südlich von Falster gewesen sein, vielleicht auch östlich davon, jedenfalls sah ich, als das fremde Schiff gesichtet wurde, in der Ferne eine große Insel.«

»Hatte das Schiff eine Flagge gesetzt, womöglich die von Wismar, Rostock oder Greifswald?« fragte Wibbeking.

»Bedenkt, Herr, daß alles sehr schnell ging, da blieb keine Zeit, auf Einzelheiten zu achten. Das Schiff lief geradewegs auf uns zu, und als es nahe herangekommen war, änderte es plötzlich seinen Kurs und legte sich längsseits. Ehe wir uns versahen, waren wir von einer Horde bis an die Zähne bewaffneter Seeräuber umringt. Der Anführer stellte uns vor die Wahl: Entweder wir schlössen uns ihnen an, oder wir würden als menschlicher Ballast nach Falsterbo geschickt. Bis auf sieben von uns, darunter ich, entschieden sich alle für das erstere. Wie man mit denen verfuhr, die sich weigerten, zu den Räubern überzulaufen, habt Ihr mit eigenen Augen gesehen, falls Ihr Euch die Mühe gemacht habt, einen Blick in den Laderaum Eures Holks zu werfen.«

»Wer Recht und Gesetz höher stellt als das eigene Leben, verdient Anerkennung«, sagte der Ältermann. »Komm, sobald du genesen bist, zu mir, ich will dir einen Dukaten geben.«

»Ich tat's nicht für Geld«, antwortete Caspar Went, während er, als suche ihn die Erinnerung an entsetzliche Qualen heim, die Lider zusammenpreßte.

»Wer war der Anführer?« bohrte Wibbeking nach. »Sag mir seinen Namen, und ich lege auf den Dukaten noch einen drauf! War es Godeke Michels?«

»Wie sieht er aus?« fragte Caspar.

»Man sagt, er sei ein vierschrötiger Kerl, nicht viel höher als breit, und sein Gesicht sei derart mit Narben übersät, daß es einem alten Hauklotz ähnle. Als auffallendstes Merkmal wird jedoch sein Haar genannt. Er soll es zu Zöpfen geflochten und sich wie einen Turban um den Kopf geschlungen haben.«

»Dann kann es nie und nimmer Godeke Michels gewesen sein«, sagte Caspar Went bestimmt. »Ich erinnere mich sehr gut an den Anführer, denn er ließ es sich nicht nehmen, uns eigenhändig Nägel durch Hände und Füße zu treiben. Er war lang und dürr, hatte eine Glatze und sprach so, als müsse er jedes einzelne Wort ganz hinten aus dem Rachen holen.«

»Ein Holländer!« rief Wibbeking. »Ich wette um ein Faß besten Schonenherings, daß er ein Holländer war! Nicht nur, daß sie sich auf unseren Heringsplätzen breitmachen, jetzt überfallen sie auch noch unsere Schiffe!«

»Es wäre nicht klug, einen solchen Verdacht laut zu äußern, ohne Beweise in der Hand zu haben«, sagte der Ältermann. »Wer Handel mit den Ländern des Westens treibt, sollte es tunlichst nicht mit den Holländern verderben.«

Wibbeking versank für eine Weile in nachdenkliches Schweigen und wandte sich dann wieder an Caspar: »Du kannst für mich arbeiten, wenn du wieder bei Kräften bist. Bis dahin wird sich Simon Gronewech deiner annehmen.« Er drückte mir einige Münzen in die Hand und ließ uns allein.

Ich wartete, daß Caspar etwas sagen würde, doch er schien nicht geneigt, nach der erlogenen Geschichte noch die wahre zu erzählen. Auch später gab er sich einsilbig, wenn die Rede auf den Überfall kam. Aus dem wenigen, das ich ihm entlocken konnte, ging hervor, daß die Besatzung des Holks von den Seeräubern getötet worden war – mit Ausnahme jener, die im Laderaum ein qualvolles Ende fanden. Caspar hingegen schien mit den Räubern auf freundschaftlichem Fuß gestanden zu haben, bevor er mit Godeke Michels in Streit geriet und dieser ihn neben den sechs anderen an die Planken nageln ließ.

Seit dem Tag, an dem ich Caspar Went das Leben rettete, verfolgt mich der Gedanke, daß ich es nicht aus freien Stücken tat. Dieser Blick, mit dem er mich festhielt: War es womöglich der Leibhaftige selbst, der mir durch Caspars Augen seinen Willen aufzwang? Wollte er nicht, daß Caspar im Laderaum verreckte, weil er ihn brauchte, weil er ihn dazu ausersehen hatte, andere ins Unglück zu stürzen? Spekulationen, gewiß. Aber stimmt es nicht nachdenklich, daß er die Torturen überlebte, an denen sechs andere starben? Oder daß er binnen weniger Tage von den schweren Verletzungen genesen war? Nur seinen linken Fuß zog er seither ein wenig nach. Ich kann nicht umhin, darin einen Fingerzeig zu sehen.

Wibbeking brachte uns bei einem Fischer unter, der in seiner Scheune eine größere Zahl junger Männer beherbergte. Die meisten kamen aus den wendischen Städten, aber es waren auch Dänen, Engländer und Holländer darunter. Tagsüber arbeiteten alle in den Vitten, doch nach Feierabend ging es hoch her in dem roh zusammengezimmerten Gebäude. Wir tranken Branntwein aus hölzernen Bechern, sangen Lieder in verschiedenerlei Sprachen, und wenn die Stimmung ihren Höhepunkt erreicht hatte, zog es uns unwiderstehlich in die Freudenhäuser des alten Falsterbo.

In einem der Bordelle traf ich jenen Hinrich Paternostermaker wieder, der Ritter Schack die Stirn geboten hatte. Er hatte sich in eine Hure verliebt, sie hieß Stine und kam aus Stralsund. Hinrich gab ihr alles Geld, das er verdiente, und verlangte dafür, daß sie sich mit keinem anderen einließ. Stine gelobte ihm Treue bis ans Grab, was einen Mann, der Weiberworte zu wägen versteht, allein schon hätte stutzig machen sollen. Doch Hinrich Paternostermaker war ein über die Maßen gutgläubiger Mensch. Dies verdient im Hinblick auf spätere Ereignisse festgehalten zu werden. Denn unter allen Eigenschaften, die einer besitzen muß, um die Macht an sich zu reißen, ist kaum eine entbehrlicher als die Gutgläubigkeit.

Wie nicht anders zu erwarten, ging Stine über Tag weiterhin ihrem Gewerbe nach; es hieß sogar, sie erfreue sich seit dem Treuegelöbnis größeren Zuspruchs als zuvor. Ich bin geneigt, das Gerücht für wahr zu halten, da manche Männer kein größeres Vergnügen kennen, als anderen Männern Hörner aufzusetzen. Obwohl Hinrich aus mehr oder weniger versteckten Anspielungen hätte entnehmen können, daß seine Geliebte es mit der Treue nicht genau nahm, schöpfte er lange Zeit keinen Argwohn. Doch eines Tages sah ich, wie Caspar Went ihm etwas ins Ohr flüsterte, worauf Hinrich ein zehnpfündiges Gewicht von der Waagschale riß und aus dem Haus stürzte. Man erzählt, daß der Mann, der bei Stine lag, eine Warnung erhalten habe und unbekleidet aus dem Fenster gesprungen sei. Hinrich habe den Flüchtenden jedoch mit einem gezielten Wurf zur Strecke gebracht; das schwere Gewicht habe ihm den Schädel zertrümmert.

So war Hinrich Paternostermaker aus Eifersucht zum Mörder geworden. Von Ritter Schack hatte er keine Gnade zu erwarten, und dies um so weniger, als sein Opfer ein Kaufmann aus Vordingborg war, mithin ein Landsmann des dänischen Vogts. Es galt also, Hinrich außer Landes zu schaffen, bevor seine Tat ruchbar wurde. Er selbst war außerstande, einen klaren Gedanken zu fassen; mir schien, daß ihm nicht einmal bewußt war, in welcher Gefahr er schwebte. Da an jenem Tag ein starker Nordwind wehte, brachten wir ihn an den Strand der Fischer von Warnemünde, setzten ihn in ein Boot und heißten das Segel. Bald darauf war es im Seedunst verschwunden.

Der Vogt nahm den Vorfall zum Anlaß, seinem Groll auf die ausländischen Kaufleute Luft zu verschaffen. In seinen Augen waren die Kaufleute Parasiten, die sich vom Fleiß anderer nährten. Hatte er sie jemals fischen, Heringe ausnehmen, salzen, in Fässer packen sehen? Sie säten nicht, sie ernteten nicht, und dennoch schwammen sie im Geld. Und mit dem Geld beschafften sie sich Privilegien, modelten sie die Gesetze zu ihren Gunsten um, erkauften sie sich das Recht, einem Mann von Adel von gleich zu gleich gegenüberzutreten. Kurzum, Ritter Schack sah den lange ersehnten Augenblick gekommen, sein Mütchen an den selbstherrlichen Händlern zu kühlen.

Mit einem Haufen schwedischer Landsknechte besetzte er die Vitten. Der Ritter hatte seine Rüstung angelegt und saß auf einem gleichfalls gepanzerten Rappen. Ohne daß es einer Aufforderung bedurfte, stellten sich die Ältermänner in einer Reihe vor ihm auf.

»Ich will«, sprach es dumpf aus dem Helm, »binnen einer Stunde den Mann haben, der meinen Landsmann meuchlings ermordete. Habt ihr ihn bis dahin nicht herbeigeschafft, werde ich eure Hütten in Schutt und Asche legen lassen.«

Die Kaufleute und ihre Gehilfen machten sich sogleich auf die Suche in den Vitten, während die Landsknechte das alte Falsterbo durchkämmten. Währenddessen saß Ritter Schack in der prallen Sonne auf seinem Pferd wie ein unheilverkündendes Standbild. Einer der Ältermänner bot ihm ein Glas Wein an, doch der Ritter würdigte ihn keines Blickes. Im Verlauf der festgesetzten Frist wurden mehrere Heringstonnen mit doppeltem Boden gefunden, das Skelett eines Säuglings und ein geheimes Waffenlager, Hinrich Paternostermaker jedoch blieb verständlicherweise unauffindbar. Der Vogt befahl, einen Schüttraum der Danziger Vitte in Brand zu setzen. Daraufhin warf sich der Danziger Ältermann vor ihm auf die Knie und flehte ihn in Gottes Namen an, nicht alle für die verwerfliche Tat eines einzelnen büßen zu lassen. Die Ältermänner der anderen Vitten folgten seinem Beispiel, und es schien den Ritter etwas milder zu stimmen, die würdigsten Vertreter der Kaufmannschaft vor sich im Staub knien zu sehen. Er nahm den Helm ab und sagte: »Nach dem Gesetz meines Landes hat einer, der einen Mörder versteckt, die gleiche Strafe verdient wie jener. Ich hätte nicht übel Lust, eure Köpfe rollen zu sehen.

Doch wäre vorab zu klären, ob ihr Herren oder nichtsnutziges Pack seid. An nichtsnutzigem Pack macht sich ein Ritter nicht die Hände schmutzig.«

Die Ältermänner begriffen rasch, was er von ihnen erwartete. So erhob sich als erster der Danziger und sagte: »Wir sind es nicht wert, daß Ihr Euch an unserem Blut die Hände beschmutzt, Euer Wohlgeboren.«

»Seid ihr demnach keine Herren?«

Der Ältermann schüttelte den Kopf.

»Was seid ihr dann?«

»Nichtsnutziges Pack«, murmelte der Ältermann.

»Sprich vernehmlicher«, sagte der Vogt. »Ein ehrliches Wort verdient es, von allen gehört zu werden.«

»Wir sind nichtsnutziges Pack, Euer Wohlgeboren«, wiederholte der Ältermann mit erhobener Stimme.

»Sieh mal, dasselbe denke ich auch«, sagte der Vogt. »Da du dich also dem nichtsnutzigen Pack zurechnest, darfst du dich trollen.« Der Danziger eilte gesenkten Blicks an seinen Standesgenossen vorüber und verschwand in seinem Kontor. »Wie aber steht es mit euch?« wandte sich Ritter Schack nun an die übrigen Ältermänner. »Soll ich euren Mienen entnehmen, daß ihr wie Herren behandelt zu werden wünscht?« Er zog sein Schwert und richtete dessen Spitze auf den Lübecker Ältermann: »Ich höre.«

»Wir sind nichtsnutziges Pack«, sagte der Lübecker.

»Lauter!«

»Wir sind nichtsnutziges Pack!« schrie der Ältermann, von jähem Zorn ergriffen.

»So ist es gut«, sagte Ritter Schack. »Kommen wir nun zum Geschäftlichen. Allein die Landsknechte haben mich ein Vermögen gekostet. Wie gedenkt ihr die Sache zu regeln, damit mir nach Abzug aller Kosten die Genugtuung bleibt, meine Pflicht nicht umsonst getan zu haben?«

Nach kurzer Beratung boten ihm die Ältermänner flandrisches

Leinen im Wert von zweihundert Mark Silber an. Der Vogt hingegen verlangte dreihundert bar auf die Hand, und als er das Geld erhalten hatte, gab er seinem Pferd die Sporen.

Du wirst dem Ritter Schack in meiner Geschichte nicht wiederbegegnen, deshalb sei hier angemerkt, daß die Kaufleute von Falsterbo ihm die Demütigung nicht vergaßen. Als Königin Margarete Jahre später Stockholm belagerte, schickte sie den Ritter als Unterhändler in die Stadt, die damals von hansischen Kaufleuten beherrscht wurde. Kurz nachdem er zurückgekehrt war, erkrankte Margarete. Die Ärzte vermuteten, man habe sie zu vergiften versucht, und da sie mit Schack, während er ihr Bericht erstattete, Bier getrunken hatte, richtete sich der Verdacht auf ihn. Ritter Schack beteuerte seine Unschuld, und schwor, als man in seinem Wams ein Fläschchen mit Gift fand, bei allen Heiligen, er habe es nie zuvor gesehen, geschweige denn in Händen gehabt. Doch es half ihm nichts; die Königin ließ ihn ohne weitere Untersuchung enthaupten. Ich brauche wohl nicht zu erwähnen, daß der Ritter einer von den Kaufleuten eingefädelten Intrige zum Opfer gefallen war.

Gegen Ende des Sommers trat ein Ereignis ein, das wiederum, und diesmal in weit stärkerem Maß, jenes Gefühl in mir weckte, das ich an anderer Stelle Fernweh genannt habe. Eines Tages um die Mittagsstunde wurden vom Turm der Burg fünf Schiffe gesichtet, die in weiten Schlägen gegen den Wind aufkreuzten. Sie waren flach gebaut mit weit vorspringenden Rammen und führten dreieckig geformte Segel. Ein alter Seemann erinnerte sich, Schiffe dieser Art schon einmal gesehen zu haben, und brachte stammelnd das Wort *Sarazenen* hervor.

Soviel ich weiß, war noch keiner der Kaufleute mit den räuberischen Mauren in Berührung gekommen, doch das Wort genügte, sie in Aufregung zu versetzen. Nach den Statuten hatte im Falle drohender Gefahr der Lübecker Ältermann die Befehlsgewalt über die Angehörigen sämtlicher Vitten, und dieser berief sogleich eine Versammlung aller waffenfähigen Männer ein. Seiner besonnenen Rede war es zu danken, daß man beschloß, sich einen möglichen Handelspartner nicht zum Feind zu machen, indem man ihm feindselig entgegentrat, gleichwohl aber gegen einen Angriff gewappnet zu sein.

Die fünf Schiffe gingen jenseits der Sandbänke vor Anker; braunhäutige Männer holten die Segel ein. Nach einer Weile – unterdessen hatte sich halb Falsterbo am Ufer versammelt – wurde von einem der Schiffe ein Boot zu Wasser gelassen. In ihm saßen zwei Ruderer und zwei weitere Männer; der eine trug ein seidenes Gewand, der andere einen Mantel aus ungefärbter Wolle. Das Boot legte unterhalb der Fischerbuden an, und der Mann im Wollmantel ging als einziger an Land. Wir sahen jetzt, daß er schon alt war und von hellerer Hautfarbe als die anderen.

Er streckte die Arme aus und kehrte die Handflächen nach oben. Die Geste bedeutet, daß man in friedlicher Absicht kommt, und wird nach meiner Erfahrung von allen Völkern verstanden. Dann fragte er in unserer Sprache: »Welcher von euch ist befugt, für alle zu sprechen?«

Man holte den Ältermann der Lübecker Vitte herbei, der das Geschehen bislang vom Fenster seiner Schreibstube aus beobachtet hatte. Ich erinnere mich jetzt wieder seines Namens, er hieß Gerken und war ein Verwandter des Bürgermeisters Jacob Pleskow.

»Gelobt sei Jesus Christus«, sagte der Fremde, während er sich vor dem Ältermann verbeugte.

»In Ewigkeit, amen«, erwiderte Gerken. »Ihr seid Christ?«

»Ich bin auf den Namen Raphael getauft«, versetzte der Alte. »Jene dort«, er deutete zu den Schiffen hinüber, »nennen mich Yussuf den Einsiedler.«

»Trifft unsere Vermutung zu, daß es Sarazenen sind?«

»Es sind Untertanen des Sultans Abu Abdallah von Granada. Mit den Sarazenen haben sie nur gemein, daß sie zu Allah beten und Mohammed als seinen Propheten verehren.«

»Was habt Ihr, ein Christ, bei den Muselmännern zu suchen?«

»Ich bin ihr Gefangener«, antwortete Raphael, ohne daß ihn dies zu bekümmern schien. »Da ich aber der einzige bin, der Eure Sprache spricht, haben sie mich zu Euch gesandt. Der Befehlshaber der Schiffe, dessen Sohn Mahmud dort im Boot sitzt, möchte Euch ein Geschenk machen.«

»Ein Geschenk?« fragte Gerken mißtrauisch. Ein Kaufmann, mußt du wissen, wittert sogleich Unrat, wenn er etwas umsonst bekommt.

»Er möchte Euch zwei Sklavinnen schenken«, sagte Raphael. »Sie sind noch jung, zwölf oder dreizehn, aber schon mannbar und gut anzusehen. Ich rate Euch, das Geschenk nicht abzulehnen, damit würdet Ihr Ibrahim, so heißt der Befehlshaber, sehr erzürnen.«

»Der Handel mit Sklaven ist uns untersagt«, entgegnete der Ältermann. »Wir sind Fremde in diesem Land und haben uns nach seinen Gesetzen zu richten.«

»Ibrahim schenkt sie Euch nicht, damit Ihr sie verkauft. Er überläßt sie Euch, der Ihr der Würdigste seid, damit Ihr Eure Freude an ihnen habt.«

»Im Vertrauen und von Christ zu Christ«, sagte Gerken, indem er Raphael beiseite zog. »Was steckt dahinter? Kein vernünftiger Mensch gibt freiwillig etwas her, ohne etwas dafür wiederzubekommen.«

»So denkt Ihr, Herr. Ibrahim denkt anders. Er ist fast zwei Jahre über die Meere gefahren, hat unbeschadet Stürme überstanden, hat hier und dort Handel getrieben, stets mit gutem Gewinn, hat sich erfolgreich der Seeräuber erwehrt, hat, wenn es sich ergab, gelegentlich auch selbst ein Schiff in Besitz genommen, kurz: Ihn erfüllt, da er sich nun am Ende der Welt wähnt, tiefe Dankbarkeit. Und dieser drängt es ihn mit Geschenken sichtbaren Ausdruck zu verleihen.«

»Wieviel Männer sind auf den Schiffen?« fragte der Ältermann, der damit zu erkennen gab, daß sein Argwohn noch nicht zerstreut war.

»Alles in allem hundertzwanzig.«

»Ich könnte im Handumdrehen sechshundert kampferprobte

Männer aufbieten. Rechne ich die Wachmannschaft auf Falsterbohus hinzu, komme ich auf sechshundertfünfzig.«

»Das entspricht Ibrahims Schätzung«, lächelte Raphael. »Darf ich Mahmud bitten, seinem Vater auszurichten, daß Ihr Euch glücklich schätzt, zum erlauchten Kreis derer zu zählen, die der Befehlshaber eines Geschenkes für würdig erachtet?«

»Meinetwegen«, antwortete Gerken. »Aber weshalb redet Ihr auf einmal so blumig daher? Genügt nicht ein schlichtes Ja?«

»Ibrahim würde es als unhöflich empfinden. Soll er sich mit einem schlichten Ja begnügen, wo die Sprache reich ist an wohlklingenden Umschreibungen?« Darauf ging er zu Mahmud und redete arabisch mit ihm. Dieser schien erfreut, seinem Vater eine gute Botschaft überbringen zu können; er verneigte sich vor dem Ältermann, indem er zugleich eine Hand an die Brust legte, und ließ sich zu den Schiffen rudern. Raphael hingegen blieb am Ufer zurück.

»Wir pflegen einen Gefangenen besser zu bewachen«, sagte Gerken. »Müssen jene nicht befürchten, daß Ihr Euch unter unseren Schutz oder den des königlichen Statthalters begebt?«

»Sie vertrauen mir«, entgegnete Raphael. »Ich bin schon so lange ihr Gefangener, daß sie mich als einen der Ihren ansehen.«

»Aber sie haben Euch nicht gezwungen, zu ihrem Glauben überzutreten?«

»Sie erwarten nur, daß man ihre Bräuche achtet. Deshalb habe ich mir angewöhnt, den Allmächtigen *Allah* zu nennen und ihn auf die gleiche Weise anzubeten wie sie. Es ist dies ein Gebot der Höflichkeit, vergleichbar jenem, daß man ein Geschenk unter keinen Umständen zurückweisen darf. Ich sehe, der Befehlshaber hat sich entschlossen, Euch die Sklavinnen persönlich zu überbringen. Bereitet ihm einen ehrenvollen Empfang, Herr. Und sprecht ihn nicht an, bevor er das Wort an Euch gerichtet hat. Ibrahim ist ein großer Mann in Andalusien und wünscht, als ein solcher behandelt zu werden.«

»Wir sind erfahren im Umgang mit hochgestellten Persönlichkeiten«, sagte der Ältermann. »Ich bin allerdings nicht sicher, ob Ibrahim als ein Ehrenmann zu betrachten ist, da er, wie ich Euren Worten entnehme, keine klare Grenze zwischen Handel und Seeraub zieht.«

»Er kommt aus einer Welt, wo es diese Grenze nicht gibt«, erwiderte Raphael und ging dem Befehlshaber der Schiffe entgegen, dessen Boot gerade anlegte.

Zwei Seeleute hoben den Armstuhl, in dem Ibrahim saß, aus dem Boot und trugen ihn an Land. Auf einen Wink von Raphael setzten sie ihn vor dem Ältermann ab. Ich erinnere mich, daß der Befehlshaber einen dunkelbraunen, mit goldener Borte gesäumten Burnus trug sowie einen gleichfarbenen, von Edelsteinen glitzernden Turban. Deutlicher hat sich mir sein Gesicht eingeprägt. Das Gesicht eines Raubvogels, Bruder Anselmus. Mehr noch als die mächtige schnabelförmige Nase, die mit ihrem unteren Ende beinahe die Lippen berührte, waren es Ibrahims Augen, die den Vergleich mit einem Raubvogel aufdrängten. Seine kalten, wachsamen Augen. Ohne dabei den Kopf zu bewegen, ließ er sie von einem zum anderen gleiten. Ich verspürte eine leichte Benommenheit, als sein Blick sich für die Dauer eines Herzschlags auf mich richtete. Ibrahim besaß die Fähigkeit, andere mit seinem Blick zu lähmen.

Unterdessen waren weitere Boote gelandet, und am Meeresufer versammelte sich eine Schar farbenfroh gekleideter Mauren. Sie wahrte jedoch Abstand zum Befehlshaber, der gesondert in seinem Armstuhl vor der ehrfürchtig schweigenden Menge saß. Nach einer Weile gab er mit einem Nicken zu verstehen, daß der Empfang bis jetzt zu seiner Zufriedenheit verlaufen sei, und winkte Raphael zu sich. Dieser lauschte andächtig den Worten seines Herrn und sprach dann zum Ältermann: »Der Befehlshaber läßt Euch übermitteln, daß er ein Großneffe des Sultans Abu Abdallah ist und gleich diesem in direkter Linie vom Propheten abstammt. Entsprechend lang sind sein Name und die Zahl seiner Titel, mit denen er üblicherweise angeredet wird. Da es jedoch viel Zeit und Geduld erfordert, sich alle zu merken, erlaubt er Euch, ihn mit dem Titel *Emir* anzureden.«

»Hat der Emir damit das erste Wort gesprochen, so daß ich nun etwas sagen darf?« fragte Gerken beflissen.

»Ihr dürft«, antwortete Raphael.

Der Ältermann hob nun zu einer längeren Rede an, die Raphael, schräg hinter dem Befehlshaber stehend, ins Arabische übersetzte. Gerken war kein mitreißender Redner. Nachdem er den Emir in Falsterbo willkommen geheißen hatte, verlor er sich in einer langatmigen Beschreibung der Handelsniederlassung, ihrer Geschichte und rechtlichen Grundlagen. Es war eine Rede von der Art, wie man sie häufig auf Ratsversammlungen zu hören bekommt und die dort selbst den Verfechtern einer gegenteiligen Meinung zu erquickendem Schlummer verhilft. Schließlich verstummte der Ältermann, von der eigenen Rede ermüdet, und verneigte sich vor dem Befehlshaber.

Ibrahim nickte abermals und ließ die Sklavinnen herbeiholen. Sie waren, obwohl noch sehr jung, schon füllig, was, wie ich später erfahren sollte, daher kommt, daß man ihnen vornehmlich süßes Naschwerk zu essen gibt. Trotzdem waren sie, darin mußte ich Raphael zustimmen, ausnehmend hübsch. Nie zuvor hatte ich so große, tiefschwarze Augen gesehen.

»Diese beiden stammen aus dem Harem meines Herrn«, sagte Raphael. »Er hat geruht, sie höchstselbst zu entjungfern, was ihren Wert um ein Vielfaches steigert. Eigentlich wollte er sie nur einem König schenken, zum Dank für seine Gastfreundschaft. Da Euer Rang aber dem eines Fürsten vergleichbar ist und Ihr den Emir freundlich aufgenommen habt, schenkt er sie Euch.«

Es dauerte eine Weile, bis der Ältermann sich eine Antwort zurechtgelegt hatte. Dann sagte er: »Sprecht dem Emir meinen Dank für das großzügige Geschenk aus. Weil ich jedoch schon beweibt bin, noch dazu mit einer Frau aus gutem Hause, bitte ich den Emir um Nachsicht, wenn ich die Sklavinnen nicht als ein persönliches Geschenk betrachte, sondern sie meinerseits an würdige Männer verschenke.«

»Das wird er nicht gern hören«, sagte Raphael, und in der Tat verfinsterte sich Ibrahims Gesicht, als er erfuhr, was Gerken geantwortet hatte. Er redete heftig auf den Dolmetscher ein, zupfte ihn gar am schütteren Bart, und als er geendet hatte, wandte sich Raphael mit betroffener Miene an den Ältermann: »Der Befehlshaber erwägt abzureisen, ohne Euch zu zeigen, was er an kostbaren Waren mit sich führt. Laßt es nicht dahin kommen, daß er den Entschluß faßt, denn danach ist er nicht mehr umzustimmen.«

»Was können wir tun?« fragte Gerken, während bei den Umstehenden Zweifel an seinem Verhandlungsgeschick laut wurden.

Raphael wiegte nachdenklich den Kopf, bevor er antwortete: »Vielleicht könnte den Befehlshaber ein Geschenk besänftigen. Es sollte den Wert der Sklavinnen jedoch um einiges übersteigen, damit er nicht den Eindruck gewinnt, es handle sich um ein Geschäft.«

»Ich stifte drei Fässer frisch eingelegter Heringe!« rief Wibbeking

Dies schien nun auch Raphael zu verstimmen. »Ihr wollt einem Nachfahren des Propheten Heringe schenken?« fragte er entrüstet. »Überlegt Euch gut, ob ich es meinem Herrn übermitteln soll; es würde seine Abreise vermutlich beschleunigen.«

»In Christi Namen, übersetzt es ihm nicht!« beschwor ihn der Ältermann. »Bittet den Emir um etwas Geduld; wir wollen nicht, daß er uns für kleinlich hält.« Daraufhin eilten Gerken und einige weitere Kaufleute in die Vitten und kehrten mit allerlei Fellen zurück, die sie beim Tauschhandel erworben hatten.

Ibrahims Miene hellte sich auf, als er die Felle sah. Mit geübtem Blick wählte er die wertvollsten aus, und je höher die Stapel zu beiden Seiten des Armstuhls wuchsen, desto heiterer wurde sein Raubvogelgesicht.

»Wie Ihr seht, findet der Befehlshaber Gefallen an Eurem Geschenk«, sagte Raphael. »Er läßt fragen, ob Ihr noch mehr davon habt.«

»Falls der Emir mit uns ins Geschäft kommen will, könnten wir möglicherweise noch einige Felle auftreiben«, erwiderte Gerken vorsichtig.

»Mein Herr ist kein Kaufmann wie Ihr; er handelt zu seinem Vergnügen«, sagte Raphael. »Gewährt ihm für einige Tage Gastrecht, damit er das Vergnügen in Ruhe auskosten kann. Ihr werdet es nicht bereuen.«

Die Kaufleute stimmten dem Vorschlag zu, doch tauchte sogleich die Frage auf, wo man Ibrahim und sein Gefolge unterbringen sollte. Weder in Falsterbo noch innerhalb der Vitten war ein Haus zu finden, das dem Emir als angemessene Unterkunft hätte dienen können. Aber Raphael empfahl ihnen, sich deswegen keine Sorgen zu machen; der Befehlshaber pflege, wenn er sich an Land aufhalte, alter Sitte gemäß in einem Zelt zu wohnen.

So wurde unweit der dänischen Kirche ein Zelt errichtet, von dem selbst weitgereiste Kaufleute sagten, ein prächtigeres hätten sie noch nicht gesehen. Es hatte die Form einer abgeflachten Pyramide und bestand aus einem glänzenden Stoff, der, je nach dem Blickwinkel, aus dem man ihn betrachtete, von sattrotem Purpur in ein lichtes Blau hinüberspielte. Es war ein seltsames, märchenhaftes Gebilde, das da funkelnd und leicht vom Meerwind bewegt vor dem eintönigen Grau der Buden stand. Wie sein Bewohner schien es, um Raphaels Worte aufzugreifen, aus einer anderen Welt zu stammen. Nie hätte ich mir damals träumen lassen, daß ich selbst etliche Jahre später in einem Zelt wie diesem wohnen würde.

Am nächsten Tag ließ Ibrahim vor dem Zelt seine Waren ausbreiten. Da sah man Edelsteine in allen Farben des Regenbogens, Beutel mit Pfeffer, Zimt, Ingwer, Nelken, Koriander, Schnitzereien aus Elfenbein, reichverzierten Goldschmuck, kleine Amphoren mit duftenden Ölen, kunstvoll geschmiedete Dolche und Säbel. Einige von Ibrahims Dienern, riesige Kerle von schwarzer Hautfarbe, hinderten die Neugierigen daran, dem erlesenen Handelsgut allzu nahe zu kommen, während der Befehlshaber selbst im Schatten seines Zeltes saß, reglos und wachsam.

Die Verhandlungen mit den Kaufleuten ließ er Raphael führen. Mir fiel jedoch auf, daß der Alte mit seinem Herrn ständig Blicke tauschte und hin und wieder einen Wink von ihm erhielt. Raphael gab bekannt, daß dem Befehlshaber vor allem an Pelzen gelegen sei, insbesondere an Zobel, Hermelin und Eichhörnchen, doch verschmähe er auch Bernstein nicht. Nun begann ein Feilschen, das sich über mehrere Tage hinzog und bei dem, wenn mich nicht alles täuscht, der scheinbar unbeteiligte Ibrahim einen guten Schnitt machte. Denn während er die Kaufleute in dem Glauben ließ, er habe seinen gesamten Warenbestand vor ihnen ausgebreitet, schleppten diese immer weitere Säcke voller Pelze herbei, was zur Folge hatte, daß das Überangebot die Preise drückte. Die Aussicht auf künftigen Gewinn half den Kaufleuten jedoch darüber hinweg, daß sie im Augenblick den kürzeren gezogen hatten. Daheim würden sie beim Verkauf der orientalischen Kostbarkeiten ein Vielfaches dessen herausschlagen, was sie beim Kauf zugesetzt hatten.

Nachdem der Handel zur beiderseitigen Zufriedenheit abgeschlossen war, ließ Ibrahim die Kaufleute wissen, daß er sich noch einige Tage zu erholen gedenke, bevor er die weite und beschwerliche Rückreise antrete. Während dieser Zeit, die er in Gesellschaft seines Sohnes Mahmud, seiner Diener und einiger ausgewählter Huren in seinem Zelt verbrachte, lernte ich Raphael näher kennen. Er überraschte mich dabei, wie ich einer selbstgeschnitzten Flöte aus Weidenholz die ersten Töne zu entlocken versuchte. Die stümperhaft gespielte Weise erinnerte ihn an ein Lied, das er als Kind gesungen hatte. Mit greisenhafter Stimme sang er es mir vor, und ich bemühte mich, ihn, so gut es ging, zu begleiten. Diese Erinnerung rief weitere in ihm wach, und so erfuhr ich, auf welch verschlungenen Wegen er zu den Mauren gelangt war.

Raphael stammte aus Aachen und hatte dort die Priesterweihe empfangen. Wegen einiger ketzerischer Äußerungen über das Dogma der unbefleckten Empfängnis fiel er beim Bischof in Ungnade und floh nach England, wo er vom Pferdeknecht eines reichen Kaufmanns zu dessen Teilhaber aufstieg. Der Kaufmann hätte ihn gern zu seinem

Schwiegersohn gemacht, doch statt in die Tochter verliebte sich Raphael in die Frau seines Gönners. Sie erwiderte seine Liebe zwar nicht, war ihres Gatten aber dermaßen überdrüssig, daß sie beschloß, gemeinsam mit Raphael das Weite zu suchen. Damit es ihnen nicht am Nötigsten mangle, nahm sie aus der Schatulle ihres Mannes ein Bündel Schuldscheine mit, die sie jenseits der Meerenge einzulösen gedachte. Dies erwies sich jedoch als ein verhängnisvoller Fehler, denn daß ihm die Frau fortgelaufen war, verdroß den Kaufmann bei weitem nicht so sehr wie der Verlust der Schuldscheine. Er setzte also seine Geschäftspartner davon in Kenntnis, daß seine Frau früher oder später bei ihnen auftauchen würde, und legte ihnen eindringlich nahe, sie mitsamt ihrem Kumpan dem Gericht zu überstellen. So kam es, daß Raphael die folgenden zwei Jahre im Kerker von Brügge verbrachte. Während dieser Zeit wurde er von Mithäftlingen in allerlei Künsten unterwiesen, darunter auch jener, von der gleich noch die Rede sein wird.

Im Kerker, erzählte Raphael, in der beklemmenden Enge einer Zelle, die er mit zehn anderen habe teilen müssen, sei der Entschluß in ihm gereift, sein Glück in der Ferne zu suchen. Nachdem er die Freiheit wiedererlangt hatte, bereiste er teils als Händler, teils als Beichtvater eines spanischen Granden die Länder zwischen Nubien und den eisbedeckten Inseln des Nordens. Auf diesen Reisen, die sich über einen Zeitraum von zehn oder zwölf Jahren erstreckten, lud er, seinen Worten zufolge, manche Todsünde auf sein Haupt. Um Buße zu tun, pilgerte er daher nach Santiago de Compostela. Er sollte sein Ziel indes nicht erreichen, denn unterwegs wurde er von maurischen Wegelagerern überfallen und nach Granada verschleppt. Daß sie ihn nicht umbrachten, schrieb Raphael einer jener Künste zu, die er im Kerker erlernt hatte: Er konnte, wenn er lange genug den Atem anhielt, seinem Gesicht eine grüne Färbung verleihen. Die Mauren sahen darin ein Zeichen, daß er ein Heiliger sei.

Wiederum ein gutes Jahrzehnt verbrachte er am Hof des Sultans von Granada. Ein Menschenleben reiche nicht aus, sich an den

Schönheiten der Alhambra satt zu sehen, schwärmte Raphael, jenes weitläufigen, in herrliche Gärten gebetteten Palastes, in dem der Sultan residierte. Er wurde den Astrologen, Wahrsagern und Wunderheilern zugeteilt, durfte die Alhambra jedoch nicht verlassen, weil die Wesire des Sultans den Verdacht hegten, er sei ein Spion der Spanier. Der Herrscher litt unter einer Schwäche, die von Männern im allgemeinen und Haremsbesitzern im besonderen als sehr peinlich empfunden wird. Raphael konnte dem Übel durch Handauflegen und zweisprachig gemurmelte Gebete abhelfen, woraufhin der Sultan ihn zu seinem Leibarzt ernannte und ihm noch weitere ehrenvolle Aufgaben übertrug, so die des Obersten Bartscherers und des Morgendlichen Berichterstatters. Dadurch machte er sich die Wesire zu Feinden, und diese zwangen einen spanischen Überläufer unter Androhung schlimmster Foltern, den Verdacht zu bestätigen, daß Raphael insgeheim mit den Gegnern des Sultans zusammenarbeite.

Nun half es ihm nicht mehr, daß er sich grünlich verfärbte; er wurde zum Tode verurteilt und machte sich schon bereit, seinen letzten Gang anzutreten, als der Herrscher ihn zu lebenslanger Kerkerhaft begnadigte. Er wurde in den Gewölben unter dem Palast eingesperrt, einem Ort, der nach Raphaels Worten der Hölle so ähnlich war wie die Alhambra dem Paradies. Sieben Jahre – ihn dünkten sie eine Ewigkeit – verbrachte er dort unten in völliger Dunkelheit, bevor ihm ein barmherziger Wärter zur Flucht verhalf. Halbblind, von Krankheit und langer Entbehrung gezeichnet, floh er in die Berge. Dort nahm ihn ein uralter Einsiedler bei sich auf, der vorgab, Raphael schon erwartet zu haben. Bald darauf starb er, und da Raphael nicht wußte, ob er ein Christ oder ein Moslem war, schmückte er sein Grab am Kopfende mit einem Kreuz und am Fußende mit einem in Stein gehauenen Turban.

Hier, in der höhlenartigen Klause, von der aus er über ein weites grünes Tal auf Granada und die wolkengleich über der Stadt schwebende Alhambra blickte, sei ihm bewußt geworden, daß Glück etwas überaus Flüchtiges sei, dessen man um so weniger habhaft werden könne, je eifriger man es suche. Manchmal, in sternklaren Nächten oder abends, wenn er, sein karges Mahl verzehrend, am Feuer saß, habe sich von einem Punkt in seinem Inneren her ein Gefühl schwerelosen Wohlbehagens in ihm ausgebreitet, eine stille Heiterkeit. In solchen Augenblicken, sagte Raphael, habe er sich dem Glück näher gefühlt als jemals zuvor in seinem Leben.

An dieser Stelle unterbrach Raphael seine Erzählung, denn unterdessen war es Nacht geworden, und der Alte meinte, sich seiner Geschwätzigkeit schämen zu müssen.

»Habt Ihr nie daran gedacht, Euer Leben dort zu beschließen, wo es seinen Anfang nahm?« fragte ich.

»Mit der Stadt, in der ich geboren bin, verbindet mich nicht mehr als ein paar schemenhafte Erinnerungen«, erwiderte Raphael. »Mein sehnlichster Wunsch wäre, den Rest meiner Tage in der Klause zu verbringen und, wenn es Allah gefällt, mit Blick auf Granada zu sterben. Ich fürchte jedoch, daß es mir nicht vergönnt sein wird, denn der Befehlshaber will seinen Großonkel entthronen und hat mir die Aufgabe zugedacht, ihn zu vergiften.«

»Seid Ihr fähig, einen Mord zu begehen?«

»Es wäre nicht der erste. Zeig mir den Mann, der so alt geworden ist wie ich, ohne einen Mord auf dem Gewissen zu haben.«

»Aber warum tut er's nicht selbst?«

»Dafür liebt er Abu Abdallah zu sehr. Er würde es nicht über sich bringen, seinen Großonkel selbst zu töten. Außerdem kann er, falls der Anschlag mißglückt, seine Hände in Unschuld waschen und behaupten, ich hätte den Sultan im Auftrag der Spanier zu ermorden versucht.«

»Und was geschähe dann mit Euch?«

»Meuchelmörder und Verräter pflegt der Sultan seinen Raubkatzen vorzuwerfen. Übrigens eine vergleichsweise barmherzige Todesart, denn Tiere töten erst, bevor sie ihr Opfer zerfleischen.«

»Es scheint Euch aber nicht zu ängstigen. Steht dahinter die Zuversicht, daß Ibrahims Vorhaben gelingen wird?«

»Für mich liefe es auf dasselbe hinaus, junger Freund. Der Befehlshaber würde mich vermutlich zu seinem Ratgeber ernennen. Doch der Weg vom Ratgeber zum Verräter ist so kurz wie der vom Verräter in den Raubtierkäfig.«

»Wenn Euch also in jedem Fall der Tod droht, weshalb bleibt Ihr dann nicht hier und stellt Euch unter den Schutz der Kaufleute?«

»Ich bin ein alter Mann, Simon. Soll ich meine letzten Jahre unter Menschen verbringen, die mir fremd geworden sind? Aus ihren Worten weht mich Kälte an; ihr Tun und Treiben ist von bloßer Zweckmäßigkeit bestimmt. Bliebe ich bei euch, würde ich wahrscheinlich etwas Zeit gewinnen, aber leben möchte ich hier nicht mehr.« Nach diesen Worten ging er zu Ibrahims Zelt, legte sich neben den Eingang und zog sich die Kapuze seines Mantels über den Kopf.

An den folgenden Tagen führte ich ihn durch die Vitten, wo die Kaufleute ihn ehrerbietig grüßten und einige ihn, halb im Scherz, als Teilhaber zu gewinnen suchten. Ein anderes Mal begleitete ich Raphael in die Kirche der Lübecker Schonenfahrer. Er warf sich vor dem Altar flach auf den Boden und begann, in seltsam hüpfenden Tönen zu singen. Die Wörter verstand ich nicht, ich hörte nur, daß es kein Latein war. Später erklärte er mir, daß es Amharisch gewesen sei, die Sprache der koptischen Christen. »Sie leben tief im Inneren Afrikas und führen ihren Ursprung auf den heiligen Markus zurück.«

»Wart Ihr jemals dort?« fragte ich.

»Einige Jahre verbrachte ich in einem koptischen Kloster am Rand der Großen Wüste«, entgegnete Raphael. »Dort begegnete ich Mönchen, die mehr von der Welt wußten als ich, obwohl sie das Kloster nie verlassen hatten. Vielleicht wäre aus mir ein Weiser geworden, hätte es mich nicht wieder fortgetrieben.«

»Was trieb Euch fort, Raphael?«

»Es läßt sich schwer in Worte fassen«, antwortete der Alte. »Eine unstillbare Neugier, der Wunsch, den Fuß auf unberührten Boden zu setzen, die Erwartung, daß sich jenseits des Blickfeldes eine andere Welt voller Wunder und Geheimnisse auftut.«

Als ich ihn dies sagen hörte, konnte ich nicht umhin, ihm zu gestehen, daß ich diesen Drang auch in mir verspüre.

»Ich weiß«, sagte Raphael. »Aus deinen Augen blickt mich der alte Ahasver an.«

Am Tag seiner Abreise ließ Ibrahim kleine Beutel mit Spezereien an die Ältermänner verteilen. Er selbst erbat sich Empfehlungsschreiben an die Kontore in Brügge und London. Ferner lud er die Kaufleute ein, ihn in Granada zu besuchen, womit er sich beiläufig als künftiger Herrscher zu erkennen gab. Dann wurde das Zelt abgebaut, und als auch die Mauren in ihren bunten Gewändern den Ort verlassen hatten, war es, als ob alle Farbe aus einem Bild gewichen sei; zurück blieb ein trostloses Einerlei.

Mit seinem Geschenk, ich spreche von den beiden Sklavinnen, hatte Ibrahim indessen dafür gesorgt, daß in den Vitten nicht sogleich wieder die übliche Langeweile um sich griff. Zunächst beanspruchte jede Vitte eine Sklavin für sich. Da diesem Verlangen schon aus rechnerischen Gründen nicht stattgegeben werden konnte, erinnerte sich Gerken seines Versprechens, die Sklavinnen an würdige Männer weiterzuverschenken. Wie aber sollte er unter den Kaufleuten die zwei Würdigsten auswählen, ohne alle anderen vor den Kopf zu stoßen? Wahrscheinlich hätte es Ibrahim diebisches Vergnügen bereitet, wie sich die Kaufleute wegen seines Geschenks entzweiten, wie sie beim Streit über die Frage, welcher von ihnen der Würdigste sei, alle Würde fahren ließen. Selbst Wibbeking, dem man nachsagte, er schlafe lieber in einem Heringsfaß als im Bett bei einer Frau, verwies darauf, daß sich Würde am Reichtum und an der Zahl öffentlicher Ämter ablesen lasse und er demzufolge vor allen anderen Anspruch auf eine Sklavin habe. Du kannst dir ausmalen, in welch arge Bedrängnis der Ältermann geriet. Er zog sich in sein Kontor zurück, war für niemanden zu sprechen, es hieß sogar, er trage sich mit dem Gedanken, sein

Amt niederzulegen. Doch wenige Tage später gab er überraschend bekannt, er werde eine Sklavin dem dänischen Burgvogt schenken und die andere dem Bischof von Lund. Mit diesem Schachzug setzte Gerken dem Zank ein Ende und bewahrte sich den Ruf, ein ausnehmend kluger Mann zu sein.

Ich vermute allerdings, daß der Einfall von Caspar Went stammte. Wie sonst wäre zu erklären, daß der Ältermann nicht einen angesehenen Kaufmann mit der Aufgabe betraute, die Sklavin nach Lund zu bringen, sondern Caspar und mich, zwei aus einer nach Hunderten zählenden Schar von Gehilfen? Meine Fragen beantwortete Caspar mit einem vielsagenden Grinsen.

Früh am Morgen brachen wir auf, versehen mit einem versiegelten Schreiben an den Bischof und reichlich Proviant, da unser Weg größtenteils durch unbewohnte Gegenden führen würde. Die Sklavin saß auf einem zweirädrigen Pferdekarren; Caspar und ich gingen nebenher. Wir hielten uns nahe an der Küste, denn auf der kahlen Ebene waren wir vor Überfällen sicherer als im Wald. Der Ältermann hatte uns eingeschärft, vor Landstreichern auf der Hut zu sein; es seien allesamt verkappte Räuber.

Der Karren tanzte auf dem felsigen Untergrund wie ein Boot in kabbeliger See; es konnte einen Hund jammern mit anzusehen, wie die Sklavin unter den Strapazen litt. Ihr braunes Gesicht hatte die Farbe geronnener Milch angenommen, hin und wieder übergab sie sich. Ich bat Caspar, eine Rast einzulegen oder ihr zu erlauben, ein Stück zu gehen, doch er winkte ab. Tüchtig durchgeschüttelt zu werden, meinte er, halte die Lebensgeister wach und sei allemal erträglicher als wundgelaufene Füße.

Gegen Abend gelangten wir zu einer verfallenen Scheune. Während ich am Strand Feuerholz sammelte, hörte ich die Sklavin schreien. Ich eilte zurück, aber die Scheunentür war von innen versperrt, und als ich sie endlich mit einer Latte aufgebrochen hatte, sah ich, wie Caspar sich von der halb entblößten Sklavin wälzte. Er stand auf, zog sich die Hose hoch und sagte: »Jetzt bin ich der Lochschwager vom Bischof.«

Mehr noch als die schändliche Tat war es dieser kaltschnäuzige, mit einem Unterton des Triumphes dahingesprochene Satz, der mich in Wut versetzte. Ich schlug ihm meine Faust ins Gesicht. Er packte sie mit beiden Händen und warf mich mit einem plötzlichen Ruck zu Boden. Dann setzte er mir einen Fuß auf den Hals und zischte: »Tu das nie wieder, Simon Gronewech. Das nächste Mal mach ich dich kalt!« In der Nacht war die Sklavin ihm abermals zu Willen. Diesmal gab sie keinen Laut von sich, nur sein schnelles Atmen war zu hören.

Lund war zu jener Zeit nicht viel größer als Falsterbo, doch im Unterschied zu dem Handelsposten war es von einer Mauer umgeben und besaß eine stattliche Zahl an Kirchen, darunter den alles überragenden Dom. Gleich daneben befand sich das Haus des Bischofs, ein breites Gebäude mit einem Tor in der Mitte. Auf unser Klopfen öffnete ein Knecht einen der Torflügel und führte uns an Pferdeställen vorbei in den Hof, wo mehrere Leute Korn droschen. Der Knecht deutete auf einen hochgewachsenen Mann, der eifriger als die anderen den Dreschflegel schwang: »Wartet, bis der Herr Bischof euch ein Zeichen gibt; er liebt es nicht, bei der Arbeit gestört zu werden.«

Nach einer Weile erklang vom Turm des Doms ein Glockenton. Der Bischof legte den Dreschflegel beiseite und winkte uns herbei. Er trug die grobe Kleidung eines Bauern, sein Hemd war durchgeschwitzt, das Haar verklebt von Staub und Schweiß. Er schneuzte sich mit Daumen und Zeigefinger und schnippte den Qualster fort. Offensichtlich gefiel er sich in der Rolle eines Bauern.

»Keine gute Ernte dieses Jahr«, sagte der Bischof. »Seht, was die Arbeit eines halben Tages erbracht hat, es ist zum Gotterbarmen!« Dann trat er zu unserem Pferd, griff ihm ins Maul, betastete seine Flanken, musterte es von allen Seiten mit fachmännischer Miene und fragte: »Wollt ihr den Gaul verkaufen?«

»Das ist nicht der Grund unseres Kommens, Herr«, sagte Caspar Went und reichte ihm das Schreiben des Ältermannes. Der Bischof erbrach das Siegel, rief einen jungen Mann in staubiger Kutte herbei und hieß ihn, das Schriftstück vorzulesen. Es war darin in ermüdender Langatmigkeit von den guten Beziehungen zwischen dem Herrn Bischof und der Kaufmannschaft von Falsterbo die Rede, vom segensreichen Wirken des Herrn Bischof sowie der Ehre, die er den Schonenfahrern damit erweise, ein Geschenk in Gestalt einer maurischen Sklavin anzunehmen. Der hochwürdigste Herr, schloß Gerken, sei bekanntermaßen ein Liebhaber des weiblichen Geschlechts und wisse demzufolge besser als andere die Vorzüge eines solchen Geschenks zu schätzen.

Auf einen Wink des Bischofs halfen wir der Sklavin vom Karren. Sie stand unsicher auf den Beinen, und aus ihren großen schwarzen Augen sprach Angst.

»Wie heißt sie?« fragte der Bischof.

»Aischa«, antwortete Caspar. An der Art, wie sie den Blick senkte, sah ich, daß es wirklich ihr Name war.

Der Bischof ließ seine Hände von den Schultern abwärts über ihren Körper gleiten. »Sie steht gut im Futter«, sagte er. »Ist sie überall so braun wie im Gesicht?«

»Das ist zu vermuten, Herr Bischof«, entgegnete Caspar, der schneller als ich begriffen hatte, daß der Bischof ihn aufs Glatteis führen wollte.

»Sie soll heute Nacht mein Lager teilen«, entschied der Oberhirte. »Gelingt es ihr, mir Befriedigung zu verschaffen, behalte ich sie. Andernfalls gebe ich sie dem Ältermann zurück. Für unnütze Esser ist kein Platz auf meinem Hof.«

Die Nacht verbrachten wir auf dem Heuboden. Unter den schweren Dachbalken staute sich die Hitze des Tages; die Luft war stickig und voll ätzenden Staubs, so daß mich ein quälender Hustenreiz am Schlafen hinderte. Im Dämmerlicht des frühen Morgens sah ich, wie Caspar Went sich von seinem Lager erhob und die Leiter hinabstieg. Ich kann nicht sagen, was meine Neugier erregte, aber als ich die Tür des Pferdestalls knarren hörte, schlich ich ihm nach.

Er ging zum Brunnen in der Mitte des Hofplatzes und zog sich aus. Dann schöpfte er mit einem Eimer Wasser aus dem Brunnen, goß es sich über den Kopf und begann, seinen Körper mit Sand abzureiben. Anfangs tat er es bedächtig, mit hingebungsvoller Sorgfalt, doch allmählich wurden seine Bewegungen fahriger und gingen in ein verbissenes Scheuern über, das mehr von Ekel als dem Bedürfnis nach Sauberkeit zeugte. Es war, als sei er nicht mehr Herr über sich, als habe ihn ein dunkler Trieb in Raserei versetzt. Währenddessen gab er Laute von sich, die ebensogut von Schmerz wie von Lust herrühren konnten. Schließlich kauerte er sich am Brunnenrand nieder und versank im Schatten, nur sein Kopf ragte bleich ins heller werdende Licht.

Mein Gefühl riet mir zu verschwinden, bevor Caspar mich entdeckte. Daher begab ich mich eilig auf den Heuboden zurück und stellte mich schlafend. Bald darauf hörte ich, wie er sich neben mich legte. Aber er mußte gemerkt haben, daß ich wach war, denn plötzlich sagte er: »Wenn der Bischof sie nicht nimmt, verkaufen wir sie der Prötteltasch.«

»Was wird der Ältermann dazu sagen?« fragte ich, indem ich meiner Stimme einen schläfrigen Ton zu verleihen suchte.

»Der ist froh, wenn er sie nicht wiedersieht«, antwortete Caspar Went. »Und das gleiche gilt für uns. Du bist als Kaufmannsgehilfe so wenig zu gebrauchen wie ich.«

Ich mußte ihm recht geben. In dieser Ansicht würde sich wahrscheinlich auch mein Vater bestärkt sehen, wenn er erfuhr, daß ich meinem Brotherrn davongelaufen war. Doch noch trennte uns ein Meer voneinander. Was konnte sich alles ereignen, bevor ich die Türme von Lübeck wiedersah? Ich beschloß also, dem Schicksal seinen Lauf zu lassen, genauer gesagt: meine Entscheidung von der des Bischofs abhängig zu machen.

Nach der Frühmesse ließ er uns zu sich rufen. Er saß über einen

Teller dampfender Grütze gebeugt und blickte nicht auf, als wir eintraten. Erst nachdem er den letzten Rest Grütze aus dem Teller geschrappt hatte, geruhte er, uns wahrzunehmen.

»Diese Heiden treiben es auf merkwürdige Art«, sagte er, während er sich die Mundwinkel schleckte. »Vor lauter Tändelei kommen sie nicht zum Eigentlichen. Das Getue mag bei Männern angebracht sein, die ihre Tage im Müßiggang verbringen; hierzulande kopuliert man, wie man seine Notdurft verrichtet: mit leidlichem Behagen, aber ohne Zeit zu verlieren, sei es für die Arbeit, sei es für den Schlaf. Sagt dem Ältermann meinen Dank für die gute Absicht, doch wäre mir ein kräftiger Ochse lieber gewesen als ein Weib, das mir einen Teil der Nachtruhe raubt, bevor es sich nach herkömmlicher Art beschlafen läßt.«

»Ist das Euer letztes Wort, hochwürdigster Herr, oder wollt Ihr noch eine weitere Nacht darauf verwenden, Euch die Sklavin gefügig zu machen?« fragte Caspar.

»Nein, nehmt sie wieder mit, mir tut es um die eine Nacht schon leid«, erwiderte der Bischof. Er gab uns zwei Silbermünzen und ging auf den Hof hinaus, wo wir ihn alsbald den Dreschflegel schwingen sahen.

Bevor wir die Stadt verließen, kleidete sich Caspar bei einem Trödler von Kopf bis Fuß neu ein. Er wählte einen blauen Rock und gelbe Hosen, dazu einen Hut aus purpurfarbenem Samt. Die Kleidung zeugte nicht gerade von erlesenem Geschmack, erregte jedoch allgemein Aufsehen. So zogen wir denn los: Caspar vorneweg, wobei er durch einen sonderbaren Stelzschritt sein Hinken zu verbergen suchte, dahinter ich, das Pferd am Zügel führend, und schließlich die Sklavin, die, um die Stöße des holprigen Pflasters besser abzufangen, in gekrümmter Haltung auf dem Karren hockte.

Eine Zeitlang folgten wir einer Straße, die sich von der Stadt in westlicher Richtung durch sumpfiges Gelände wand, dann bogen wir nach Norden ab und gelangten zu einem kleinen Hafen. An einer hölzernen Brücke lagen einige Fischerkähne und eine Schute, etwa so groß wie jene, mit der ich nach Falsterbo gekommen war.

»Das ist unser Schiff«, sagte Caspar Went. »Sieh nach, ob der Schiffer an Bord ist.«

»Geh selbst, ich bin nicht dein Knecht«, erwiderte ich gnatzig.

»Um so leichter sollte es dir fallen, dich dafür auszugeben. Wir spielen ein Spiel mit verteilten Rollen, wie damals beim Kaiserbesuch. Sag ihm, Hans von Weddemunkel wünsche mit ihm zu reden.«

»Nachdem du dich so herausgeputzt hast, tut's ein bürgerlicher Name wohl nicht mehr?« spottete ich. »Ein Herr von Weddemunkel dürfte dem Schiffer allerdings genauso unbekannt sein wie mir.«

»Das denke ich nicht«, entgegnete Caspar. »Ich hoffe nur, daß er ihm noch nicht begegnet ist.«

Der Schiffer saß auf dem Achterdeck und döste vor sich hin. Er war ein Vertreter jenes Menschenschlags, von dem es heißt, daß er für das Landleben zu faul und für die Seefahrt zu träge sei. Ich erwähne dies, um deutlich zu machen, welch überraschende Wirkung der Name Hans von Weddemunkel auf ihn ausübte. Denn kaum hatte ich ihn ausgesprochen, als er auch schon hochschnellte und aus zusammengekniffenen Augen aufs Meer hinausspähte.

»Wo is hei?« fragte er mit bebendem Unterkiefer.

Ich deutete in die entgegengesetzte Richtung, und der Schiffer ließ einen Seufzer der Erleichterung hören, als er den vermeintlichen Hans von Weddemunkel allein und unbewaffnet am Ufer stehen sah.

»Wat will hei?«

»Das wird er dir selbst sagen«, antwortete ich und geleitete ihn zu Caspar Went, der uns, breitbeinig dastehend, die Arme vor der Brust gekreuzt, erwartete.

»Gehört dir das Schiff?« fragte Caspar.

Der Schiffer nickte, den Blick auf seine nackten Zehen geheftet. In der behäbigen Sprache der Küstenbewohner setzte er hinzu, daß es jedoch alt und leck sei, gerade noch gut genug, bei ruhiger See eine Ladung Pökelfleisch nach Kopenhagen zu bringen.

»Statt des Pökelfleisches wirst du uns drei an Bord nehmen«, sagte Caspar Went und drückte das Kinn des Schiffers mit dem Zeigefinger hoch, so daß dieser ihm in die Augen zu sehen gezwungen war. »Du weißt, wen du vor dir hast, also erspare dir weitere Ausflüchte und mach deinen Kahn seeklar.«

Nachdem Caspar das Pferd samt Karren beim Krämer gegen ein Fäßchen Bier eingetauscht hatte, gingen wir an Bord. Auf einen Pfiff des Schiffers tauchten aus dem Laderaum zwei verschlafene Burschen auf. Sie machten sich lustlos an die Arbeit, doch als der Schiffer in seine unverständlichen Flüche den Namen Hans von Weddemunkel mengte, gerieten sie unversehens in Eifer. Im Handumdrehen war das Segel aufgezogen, und die Schute setzte sich ächzend in Bewegung.

»Wo schall de Reis hengahn, na Köbenhaun?« fragte der Schiffer.

»Geh auf Südkurs«, beschied ihn Caspar knapp.

Der Schiffer wandte ein, daß es leichtsinnig sei, sich mit der altersschwachen Schute auf die offene See hinauszuwagen, zumal sie unbeladen sei und daher zu hoch im Wasser liege. Doch Caspar ließ ihn stehen und stieg mit mir auf die Back.

»Wer ist der Mann, für den du dich ausgegeben hast?« fragte ich leise.

»Es genügt nicht, sich für einen anderen auszugeben, man muß ihn zu verkörpern wissen«, antwortete Caspar Went. »Und wie du bemerkt hast, ist den Leuten nicht der geringste Zweifel gekommen, daß ich Hans von Weddemunkel bin.« Dieser, fuhr er fort, sei einer von Godeke Michels' Hauptleuten, ein berüchtigter Raufbold und Totschläger, doch mache er sich mit dem Gesindel auf den Freibeuterschiffen nicht gemein, sondern betone durch Redeweise und Verhalten, daß er von besserer Herkunft sei. So pflege er nach jedem Kampf ein Bad zu nehmen, die Kleidung zu wechseln und seine Fingernägel von Blut zu säubern. Als ich ihn dies sagen hörte, begann ich zu ahnen, weshalb Caspar Went in die Rolle des Seeräubers Hans von Weddemunkel geschlüpft war.

Kurz nach Sonnenuntergang kam Dunst auf, der sich, je weiter wir in ihn eindrangen, zu wäßrigem Nebel verdichtete. Der Schiffer ließ das Segel einholen, weil er vermutete, daß wir uns in Küstennähe befanden, wo es Untiefen gab und gefährliche Klippen. Einmal glaubten wir, Hundegebell zu hören, ein andermal schreckte uns ein scharrendes Geräusch auf; es war ein mit Möwenkot gesprenkelter Stein, der an der Bordwand entlangschrammte. Der Schiffer und die beiden Burschen klammerten sich an die Wanten; offenbar erwarteten sie, daß das Schiff jeden Augenblick auf Grund laufen würde. Und so geschah es: Plötzlich durchfuhr ein solcher Ruck das Schiff, daß wir auf das Deck stürzten und uns unversehens in einem Haufen Gerümpel an der Back wiederfanden.

Es war mein erster Schiffbruch. Ein harmloser im Vergleich zu jenem, den ich noch erleben sollte. Aber seither rechne ich Schiffe zu den Lebewesen. Sie sterben wie diese, sie hauchen ihr Leben aus wie Mensch und Tier. Ich sehe dir an, daß du an meinen Worten zweifelst. Wie, fragst du dich, kann ein Ding, zusammengefügt aus Holz, Eisen und Tauwerk, sterben? Ich weiß keine bessere Antwort als die, daß es gelebt hat, Bruder Anselmus.

Was immer den Schiffer überkam, ob es Wut war oder Schmerz: er begann zu schreien. Es waren langgezogene, in den Ohren gellende Laute, die er hervorstieß, ein nicht enden wollender Fluch, vielleicht auch eine von maßlosem Leid kündende Totenklage. Die Burschen packten ihn, zwängten ihm einen Tampen zwischen die Zähne und schafften ihn in den Laderaum hinunter.

Als wir durch das milchigtrübe Wasser an Land wateten, tauchte vor uns eine Wand aus zerklüftetem weißem Gestein auf. Wie hoch sie war, konnten wir nicht erkennen; ihr oberer Teil war in Nebel gehüllt. Wir gingen an ihr entlang, bis wir zu einer Schlucht kamen. Durch diese kletterten wir über Felstrümmer und Baumstämme zu einer höhlenartigen Mulde empor. Hier verbrachten wir den Rest der Nacht. Caspar fiel sogleich in tiefen Schlaf, während Aischa und ich uns fröstelnd aneinanderdrängten. Ich spürte, wie ihr Körper unter Kälteschauern erbebte, und als ich ihr meinen Mantel um die

Schultern legte, sah sie mich mit ihren großen schwarzen Augen an und flüsterte mir Worte von betörendem Wohlklang ins Ohr. Dann nahm sie meine Hand und legte sie auf ihre nackte Brust. Ich will nicht verhehlen, daß es mich erregte, ihre Brustwarze zwischen meinen Fingern zu fühlen, doch ich wußte, daß die Geste nicht als Aufforderung zu weiteren Liebkosungen zu verstehen war. So saßen wir eng aneinandergeschmiegt, bis der Nebel zu schaumigen Schwaden gerann und allmählich die Sicht auf das im Morgenlicht schimmernde Meer freigab.

»Sieh da, ein Liebespaar!« rief Caspar Went und war mit einem Satz auf den Beinen. »Hast du sie gebürstet?«

»Ich bin nicht wie du«, antwortete ich.

»Wie gut, wie gut«, sagte er. »Denn wärst du wie ich, hättest du mich im Schiffsbauch verrecken lassen.«

In schwindelerregender Höhe über abschüssige Hänge emporklimmend, wobei uns oft nur Grasbüschel dürftigen Halt boten, gelangten wir auf den Rand der Kreidefelsen. Unsere Kleider hingen in Fetzen, an Armen und Beinen klebte ein Brei aus kalkigem Staub und Blut. Wir müssen einen furchterregenden Anblick geboten haben, denn der erste Mensch, der uns sah, ein Bauer, ließ die Sense fallen und lief davon. In einem Bach spülten wir den gröbsten Schmutz ab. Caspar wurde nicht müde, den erbärmlichen Zustand seiner Kleidung zu beklagen; niemand, meinte er, würde ihm jetzt noch abnehmen, daß er Hans von Weddemunkel sei. Vermutlich werde man uns für Landstreicher halten oder, schlimmer noch, für Schiffbrüchige.

»Wir sind Schiffbrüchige«, warf ich ein. »Was ist daran schlimm?«

»Darauf will ich dir zweierlei antworten«, sagte Caspar Went. »Zum einen sollte man mit der Wahrheit geizen, solange einem noch eine Lüge einfällt. Zum andern haben die Küstenbewohner die Angewohnheit, Schiffbrüchige totzuschlagen, bevor sie Mitleid erregen können.«

Es war einer der letzten warmen Sommertage; über den Feldern flirrte die Luft. In der Ferne sahen wir einzelne in Bauminseln verborgene Höfe. Caspar führte uns jedoch in weitem Bogen um sie herum und schlug die Richtung nach dem Wald ein, der sich über die ganze Breite des Horizonts erstreckte. Um die Mittagsstunde erreichten wir ihn. Er bestand aus riesigen Buchen, zwischen denen mannshoher Farn wuchs. Ich weiß nicht, wie viele Tage wir in diesem Wald umherirrten. Wir gingen von Dunkelheit zu Dunkelheit, wir schliefen auf dem moosigen Boden, wir aßen Beeren, die den Bauch aufblähten, ohne den Hunger zu stillen, wir taumelten, von gleißendem Licht geblendet, über Lichtungen, um uns erneut im grünen Dämmer zu verlieren. Allmählich kam mir der Verdacht, daß wir im Kreis gingen, doch Caspar behauptete großspurig, er würde sich selbst bei völliger Finsternis zurechtfinden. Schließlich stießen wir auf einen Weg, was Caspar als Beweis für seinen untrüglichen Ortssinn wertete. Der Weg war ziemlich breit und wies frische Hufspuren auf. Wir folgten ihm ein Stück, bis wir hinter einer Biegung unversehens einem Reitertrupp gegenüberstanden.

Es waren drei bis an die Zähne bewaffnete Männer, zwei von ihnen kaum älter als ich, der dritte ein graubärtiger Hüne. Dieser hielt ein weiteres Pferd am Zügel; auf ihm lag ein Mann, dem man Hände und Füße unter dem Bauch des Pferdes zusammengebunden hatte. Nachdem er uns von oben bis unten gemustert hatte, befahl der Graubart seinen Begleitern, das Gebüsch beiderseits des Weges zu durchsuchen. Als sie ihm meldeten, daß dort niemand auf der Lauer läge, sagte er: »Welcher vernünftige Mensch streift waffenlos durch einen Wald, in dem es von räuberischem Gesindel wimmelt?«

»Eure Frage enthält bereits die Antwort, Euer Wohlgeboren«, antwortete Caspar Went beflissen. »Uns Gauklern sagt man mancherlei nach, nur nicht, daß wir vernünftig seien.« Dann griff er in meine Tasche, zog die Weidenholzflöte hervor und sagte: »Spiel etwas, das die Herren freundlicher stimmt.«

Damals beherrschte ich das Instrument noch nicht so gut, daß ich ihm auf Anhieb die gewünschte Melodie entlocken konnte. Doch nach einigen mißglückten Versuchen hörte ich mich zu meiner Überraschung das Lied spielen, das Claas Howfoote auf dem Richtplatz gesungen hatte. Nach den ersten Tönen fiel Caspar Went ein, indem er die Mädchen von Bornholm besang und gleichzeitig den dumpfen Klang einer Trommel nachahmte.

»Ihr macht eure Sache nicht schlecht«, sagte der Graubart. »Aber was ist mit der braunhäutigen Frau? Mit welchen Gauklerkünsten kann sie aufwarten?«

»Dies ist Aischa, eine Königstochter aus dem Morgenland, Euer Wohlgeboren«, antwortete Caspar. »Sie versteht sich auf die Kunst, Herren wie Euch auf höchst angenehme Weise die Zeit zu vertreiben.«

»Laßt uns die drei mit ins Wirtshaus nehmen, Meister, das könnte ein vergnügter Abend werden«, sagte einer der jungen Reiter.

»Du wirst heute abend das Vergnügen haben, den Gefangenen zu bewachen«, entgegnete der Graubart. Dann wandte er sich an uns und sagte: »Wenn ihr den gleichen Weg habt, könnt ihr euch uns anschließen. Ich bin der Büttel von Stege, und dieser da,« er deutete auf den Gefangenen, »ist der Seeräuber Jan Velhove. Wir bringen ihn nach Stege, damit er geköpft werde, falls er bis dahin noch lebt.«

Unterwegs erfuhren wir, daß Jan Velhove sich, als Bauersfrau verkleidet, in ein Nonnenkloster eingeschlichen hatte, um seinen Spießgesellen die Tore zu öffnen. Die Nonnen hatten ihn jedoch erkannt und so gründlich durchgebleut, daß er bis zu diesem Augenblick noch nicht die Besinnung wiedererlangt hatte.

Das Wirtshaus lag außerhalb des Waldes an einer Wegkreuzung. Es bestand aus einem bis zum Erdboden hinabreichenden Strohdach, das so zerzaust war wie das Haar der Wirtin. Die beiden jungen Reiter hoben den Gefangenen vom Pferd und trugen ihn in die Gaststube. In der Mitte des Raums dampfte ein Kessel über glimmendem Holz. Als die Wirtin das Feuer schürte, wurde ich gewahr, daß in einer Ecke vier Männer saßen. Sie blickten nicht auf, als wir hereinkamen, und sie schenkten auch dem Gefangenen keine Beachtung. Die Knechte des Büttels fesselten ihn an eine Bank. Jan Velhove war übel zugerichtet, sein Gesicht war zu einer unförmigen Masse aufgequollen und zur Hälfte mit verkrustetem Blut bedeckt. Aber ich bemerkte, daß sich eines seiner Augen einen Spaltbreit öffnete und sein Blick zu den schweigsamen Männern hinüberglitt.

»Wer sind die Leute?« fragte der Büttel.

»Hier kann jeder reinkomm', der für Essen und Trinken bezahlt«, antwortete die Wirtin. »Sie helfen den Bauern bei'er Ernte, mehr weiß ich nich.« Sie tischte schimmeliges Brot auf und Speck, aus dem die Maden hervorlugten, doch bevor der Büttel seinem Ärger Luft machen konnte, hatten Caspar und ich schon alles verschlungen.

»Weißt du nicht, wer ich bin?« schrie der Büttel erbost. »Gib uns etwas Ordentliches zu essen, oder ich laß dich am nächsten Baum aufknüpfen, du Schlampe!«

»Is nix mehr«, antwortete die Wirtin ungerührt. »Alles, was da war, ham die beiden grade aufgefressen. Aber im Kessel ist genug Bier, daß ihr euch die Hucke voll saufen könnt.«

Das Bier war siedendheiß und schmeckte, mit Verlaub gesagt, nach Pisse. Doch es versetzte uns in aufgeräumte Stimmung; selbst der Büttel gab zu erkennen, daß er sich trotz seines knurrenden Magens behaglich zu fühlen begann. »Trinkt einen Becher Bier mit uns, ich bezahle«, rief er zu den Männern hinüber. Sie rührten sich nicht.

»Darf ich dem Gefangenen etwas zu trinken geben, Meister?« fragte Caspar Went.

»Ich bin kein Unmensch«, sagte der Büttel. »Warum soll er's nicht gut haben, solange ihm der Kopf noch auf den Schultern sitzt?«

Caspar schöpfte einen Becher Bier aus dem Kessel und brachte ihn dem Gefangenen. Jan Velhove ergriff den Becher mit zittriger Hand, aber er war zu schwach, ihn zu halten. Während Caspar ihm das Bier einflößte, beugte er sich tief über ihn; mir schien, daß er dem Gefangenen etwas ins Ohr flüsterte.

»Was ist jetzt mit der Königstochter aus dem Morgenland, Meister?« fragte einer der Knechte. »Wollen wir um sie würfeln, oder wollt Ihr sie für Euch allein haben?«

»Ihr denkt immer nur ans Rammeln«, erwiderte der Büttel. »Mir ist mehr nach Musik und Gauklerkunst.«

»Zu Euren Diensten, Meister«, sagte Caspar und gab mir einen Wink, worauf ich einen Hochzeitstanz zu spielen begann. Er wiegte sich geschmeidig in den Hüften, schlug unvermittelt einen Purzelbaum und landete zum Erstaunen der Zuschauer auf dem Tisch. »Die Wirtin hat Euch belogen, Meister«, verkündete er von der Höhe herab. »Denn seht, was ich gefunden habe.« Er langte hinter den Dachbalken, und als seine Hand zurückkehrte, hielt er vier Eier zwischen den Fingern. Dann warf er ein Ei nach dem anderen fort, und es schien, daß sie sich während des Fluges in Luft auflösten, denn kein einziges Mal war das Geräusch zerberstender Schalen zu hören. »Nun laßt uns sehen, ob ihr nicht selbst Eier legen könnt«, sagte Caspar, ging in die Hocke und zog dem Büttel, seinen Knechten und schließlich auch Aischa jeweils ein Ei aus der Nase, wobei letzteres, du magst es glauben oder nicht, von brauner Farbe war. Dann legte er die Eier in seinen Hut, setzte ihn auf und bat den Büttel, ihm kräftig auf den Kopf zu schlagen. Als dies geschehen war, nahm Caspar den Hut ab und zeigte ihn herum. Er war leer.

»Alles schön und gut«, sagte der Büttel. »Aber was nützen uns Eier, die sich sogleich wieder verflüchtigen? Warum zauberst du nicht einen Schinken herbei, an dem wir uns satt essen können?«

»Dürfen es auch zwei sein, Meister?« fragte Caspar. »Zwei saftige Schinken, gut abgehangen und fest im Biß?« Damit lüpfte er den Rock der Wirtin und entblößte ihren üppigen Steiß. Sie kreischte auf und warf ein armdickes Holzscheit nach ihm. Caspar fing den Kloben auf, wirbelte herum und schleuderte ihn dem Büttel mitten ins lachende Gesicht. Der sackte seitwärts von der Bank, und während er noch benommen vor sich hin starrte, war Caspar schon über ihm und zerschmetterte mit zwei wuchtigen Hieben seinen Schädel.

»Was denkst du, Vetter?« fragte der eine Knecht fassungslos den anderen. »Ist das ein Gauklertrick, oder hat er ihn tatsächlich abgemurkst?«

»Sieht mir ganz danach aus, daß er den Meister erschlagen hat«, antwortete der andere. Sie sprangen auf und griffen nach ihren Waffen.

»Nun liegt es bei euch, ob Jan Velhove einen Kopf kürzer gemacht wird«, rief Caspar Went den Männern in der Ecke zu. »Godeke Michels würde es euch sehr verübeln, denn Jan ist einer seiner besten Leute.«

»Hört nicht auf den Gaukler«, brüllte einer der Knechte, »er will nur seinen eigenen Kopf retten!« Von zwei Seiten zugleich drangen sie auf Caspar ein, aber er entwischte ihnen, riß den Kessel vom Haken und drohte, sie mit der heißen Brühe zu überschütten. Doch nun standen die vier Männer langsam auf. Ich sah, daß sie kurze Äxte in den Händen hielten. »Nehmt Jan Velhove und verschwindet«, sagte einer von ihnen. »Das übrige erledigen wir.«

In fliegender Hast löste Caspar die Fesseln und schleppte Jan Velhove hinaus. Wir hatten ihn gerade auf eines der Pferde gelegt, als in der Gaststube ein ungeheurer Lärm losbrach. »Jetzt nichts wie weg«, rief Caspar. »Wer weiß, wie das ausgeht.« Noch über eine weite Strecke Weges hörten wir den Kampflärm, durchsetzt vom schrillen Keifen der Wirtin.

Mit Einbruch der Dämmerung kamen wir an ein sumpfiges Noor. Am jenseitigen Ufer lag eine kleine Stadt. Wir bahnten uns einen Weg durch das Schilf und fanden unter den tief herabhängenden Zweigen einer Weide einen Lagerplatz für die Nacht.

Jan Velhove hatte bislang kein Wort gesprochen. Doch als wir ihn vom Pferd hoben und vorsichtig auf den Boden legten, öffnete er die blutverkrusteten Lippen und murmelte: »Bist du der, von dem es heißt, er habe Godeke Michels' Ohrring gestohlen?«

»Hier ist er«, antwortete Caspar, indem er sich den Ohrring über den kleinen Finger schob. »Glaubst du, er wird es mir nachsehen, wenn er erfährt, daß ich dir das Leben gerettet habe?«

»Bei Godeke weiß man nie, woran man ist«, sagte Jan Velhove. »Er steht in dem Ruf, unberechenbar zu sein. Aber ich werde ein gutes Wort für dich einlegen, falls ich ihm jemals wieder unter die Augen kommen sollte.«

»Ich habe deinetwegen einen Mann umgebracht, noch dazu einen Diener der Obrigkeit, vergiß das nicht«, schärfte Caspar ihm ein.

Noch am selben Abend tötete er das Pferd. Wir aßen das rohe Fleisch, weil Jan Velhove befürchtete, der Schein des Feuers könnte unser Versteck verraten. Das Fleisch war zäh und schmeckte süßlich, doch wir würgten es hinunter. Allein die Sklavin wehrte sich mit Händen und Füßen dagegen, auch nur einen Bissen zu sich zu nehmen.

»Die Stadt dort drüben ist Stege«, hörte ich Jan Velhove in der Nacht zu Caspar sagen. »In der Straße, die zum Hafen hinunterführt, wohnt ein Korbflechter namens Oluf. Bitte ihn um Frauenkleider, er wird sie dir geben, ohne Fragen zu stellen.«

»Du scheinst eine Vorliebe dafür zu haben, dich als Frau zu verkleiden«, entgegnete Caspar.

»Damit habe ich, abgesehen vom letzten Mal, schon manchen hinters Licht geführt«, sagte Jan Velhove. »Das Bild, das man sich gemeinhin von einem Seeräuber macht, läßt sich schwerlich mit der Vorstellung verknüpfen, er könnte in Weiberröcken daherkommen.«

Caspar Went blieb zwei Tage fort. Während dieser Zeit kam Jan Velhove wieder zu Kräften. Die Schwellung ging zurück, aber ich kann nicht behaupten, daß er jetzt vertrauenerweckender aussah. Ich habe selten einen Menschen getroffen, dem der Schurke deutlicher ins Gesicht geschrieben stand als bei Jan Velhove. Er stammte aus Le Havre und verlieh seinem Vornamen nach Art der Franzosen einen näselnden Klang. Nach seinen Worten war er gemeinsam mit seiner Schwester von portugiesischen Piraten verschleppt und an einen holländischen Salzhändler verkauft worden, der sie an Kindes Statt annahm. Jan Velhove sah sich bereits in den Fußtapfen seines Pflegevaters, als dieser von der Pest dahingerafft wurde. Auf Umwegen gelangten Jan Velhove und seine Schwester, inzwischen fast erwachsen, nach Dänemark. Dort habe seine Schwester einen reichen Bauern geheiratet, während er selbst sich nach einem ausgedehnten Zechgelage an Bord eines Seeräuberschiffes wiedergefunden habe. Es sei von Wichmann befehligt worden, dessen Namen sogar Godeke Michels mit Ehrfurcht zu nennen pflege. Denn wie er seien alle Seeräuber, die man heute zu den Großen zähle, durch Wichmanns harte Schule gegangen.

»Ich kenne sie allesamt«, fuhr Jan Velhove fort: »Heinrich von Pommern, Hans von Weddemunkel, Boniface, Plukkerade, Hans von Geldern, Klaus Störtebeker, Heinrich Corte, Wilmer Pilgrimson und wie sie auch heißen. Aber der bedeutendste unter ihnen ist Godeke Michels, und es erfüllt mich mit Stolz, daß ich dabei war, als er Santiago de Compostela überfiel und die Zunge des Märtyrers Vicentius raubte.«

»Es heißt, die Reliquie diene ihm als Orakel«, sagte ich.

»Das kann ich bezeugen«, erwiderte Jan Velhove. »Godeke würde sich nie auf etwas einlassen, wenn ihm die Zunge keinen Erfolg verheißt.«

»Spricht sie zu ihm?«

»Wer sein halbes Leben unter Seeräubern verbracht hat, weiß von erstaunlicheren Dingen zu berichten. Ich habe mit eigenen Augen gesehen, wie Johann von Derlow, nachdem ihm bereits der Kopf abgeschlagen worden war, seinen Gegner mit einem gezielten Hieb zur Strecke brachte. Was ist dagegen eine abgeschnittene Zunge, die zu reden vermag?«

Jan Velhove war ein gesprächiger Mensch, und wenn es mir auch manchmal so vorkam, als trüge er der verblüffenden Wirkung zuliebe etwas dick auf, wurde ich nicht müde, ihn mit Fragen zu bedrängen. So verging die Zeit wie im Fluge, bis Caspar Went mit einem Sack voller Frauenkleider zurückkehrte. In der Stadt, erzählte er, herrsche große Aufregung, nachdem man erfahren habe, daß der Büttel und seine Knechte ermordet worden seien. Der Stadthauptmann habe seinen Schergen befohlen, Jan Velhove aufzugreifen und ihn, tot oder lebendig, nach Stege zu bringen. Überdies sei eine Belohnung auf den Kopf des Seeräubers ausgesetzt worden; man spräche von drei Golddukaten.

»Daran seht ihr, wie berühmt ich bin«, sagte Jan Velhove. »Denn für den Ruhm eines Seeräubers gibt es keinen verläßlicheren Gradmesser als das Kopfgeld.« Er breitete die Kleidungsstücke vor sich aus und entschied sich für ein einfaches Kleid, einen dunklen Umhang und eine Haube, wie sie Bäuerinnen beim Kirchgang zu tragen pflegen.

»Na, wie gefalle ich den Herren?« fragte er mit weiblicher Stimme, während er, die Hüften schwenkend, vor uns auf und ab schritt.

»Du könntest einen ahnungslosen Mann in arge Versuchung bringen«, sagte Caspar Went. »Aber wohin jetzt?«

»Zur Stadt«, antwortete Jan Velhove ohne Zögern. »Die Erfahrung lehrt, daß man nirgends sicherer ist als in der Höhle des Löwen.«

So kamen wir nach Stege, einem Ort, über den es nicht viele Worte zu verlieren lohnt. Für einige Tage fanden wir in einer Kaschemme am Hafen Unterschlupf. Währenddessen schickte Jan Velhove Caspar zu verschiedenen Leuten, um sie daran zu erinnern, daß sie ihm einen Gefallen schuldeten. Eines Nachts brachte uns ein Mann an Bord eines Holks, der gleich darauf ablegte. Der Schiffer bedeutete uns wortlos, in den Laderaum hinabzusteigen. Dort waren wir zwischen Butter- und Schmalzfässern eingezwängt, in steter Gefahr, von ihnen erdrückt zu werden, wenn das Schiff in schwere See kam.

Jan Velhove vertrieb uns die Zeit, indem er Geschichten aus dem Seeräuberleben zum besten gab. Es waren grausige Geschichten, die aus dem Dunkel des Laderaums an mein Ohr drangen, noch dazu von einem erzählt, der alles selbst erlebt haben wollte. Sie riefen widersprüchliche Empfindungen in mir wach, ich schwankte zwischen Entsetzen und Bewunderung, zwischen Abscheu und unbezähmbarer

Neugier. Caspar hingegen unterbrach den Erzähler oft mit Fragen, die darauf schließen ließen, daß er am Wahrheitsgehalt der Geschichten zweifelte. Früher als ich hatte er erkannt, daß Jan Velhove ein Aufschneider war.

Da wir in ständiger Dunkelheit saßen, kann ich nicht sagen, wie lange wir schon auf See waren, als eines Tages die Ladeluke aufgerissen wurde und ein mächtiger Kopf sich in unser Blickfeld schob.

»Welcher von euch ist Jan Velhove?« fragte eine rauhe Stimme.

»Das bin ich, Klaus«, antwortete Jan Velhove kleinlaut, nahm die Haube ab und blinzelte ins Licht.

»Zieh den Plunder aus, wenn du nicht von der ganzen Mannschaft durchgevögelt werden willst«, sagte der Mann. Jan Velhove streifte eilig die Kleider ab bis auf einen Schurz, der sein Gemächte verbarg, und kletterte an Deck.

»Was ist mit mir?« schrie Caspar Went. »Ich habe Jan Velhove das Leben gerettet!«

»Dafür schenke ich dir deines«, antwortete der Mann und ließ die Luke fallen.

Caspar Went verfluchte den Mann bis ins siebente Glied und erging sich in üblen Schmähreden. Vermutlich wären ihm die Worte im Hals steckengeblieben, hätte er gewußt, daß der Mann Klaus Störtebeker war.

Katherine

Ihr rötlichblondes Haar ist von grauen Strähnen durchwoben; von den Augen ziehen sich Faltenbündel fächerförmig über das hagere Gesicht. Am Kragen ihres hochgeschlossenen Kleides glitzert eine Brosche, sonst trägt sie keinen Schmuck. Katherine war stets darauf bedacht, ihr Äußeres der Umgebung anzupassen. Für den Besuch im Kerker hat sie ein graues Kleid mit schmalen weißen Spitzen gewählt.

»Es war nicht einfach, die Besuchserlaubnis zu erhalten. Ein Schreiber verwies mich an den nächsten. Schließlich wurde es mir zu bunt; ich sagte ihnen, daß ich eine geborene Gronewech sei und unverzüglich zum Herrn Bürgermeister vorgelassen zu werden wünsche. Zwei Stunden mußte ich dann noch warten, bis er mich empfing. Er ist ein vielbeschäftigter Mann, unser Bruder. Im Vorraum warteten Gesandtschaften aus Venedig und Bergen sowie der dir wohlbekannte Jost Stalbuk. Der Rat hat ihm das Amt eines Richteherren übertragen, wußtest du das?«

»Ich habe davon gehört.«

»Er erzählte von euren gemeinsamen Jungenstreichen, ja er geriet darüber so ins Fabulieren, daß er den Gesandten aus Venedig den Vortritt ließ, damit er die Geschichten zu Ende erzählen konnte. Er bat mich, dir Grüße auszurichten. Und noch etwas, Simon.« Sie tupft sich die Wangen unterhalb der Augen ab, als wolle sie ihren Tränen den Weg ebnen. »Ich soll dir sagen, daß er alles tun wird, dir einen ehrenvollen –.« Die Stimme versagt ihr, sie zieht die Mundwinkel nach unten, ihr Kinn beginnt zu zittern.

Bruder Anselmus spitzt umständlich die Feder. Ist es ein versteckter Wink, dem bevorstehenden Gefühlsausbruch mit Gelassenheit zu begegnen?

Doch Katherine hat sich schon wieder in der Gewalt. Sie räuspert sich, schluckt, zeigt ein gequältes Lächeln. »Du wirkst sehr gefaßt, Simon. Hast du keine Angst vor dem, was dich erwartet?«

»Laß uns von etwas anderem reden. Wie geht es unseren Schwestern?«

»Mechthild ist dank der Fürsprache unseres Bruders im Heiligen-Geist-Hospital untergekommen; von Margarete habe ich, seitdem sie ins Kloster Preetz übersiedelt ist, nichts mehr gehört.«

»Und wie steht es mit dir? Hast du, was du zum Leben brauchst?«

»Ich will nicht klagen, obwohl ich reichlich Grund hätte«, antwortet sie. »Ich habe Haus und Geschäft verkauft. Inzwischen ist von dem Geld nicht mehr viel übrig.«

»Hast du nicht daran gedacht, noch einmal zu heiraten?«

»Sprich nicht davon, es macht mich rasend!« Und schon springt aus ihren Augen der blanke Zorn. »Wenn es das Schicksal nicht anders gewollt hätte, säße jetzt die Frau des Johann Bardewick vor dir. Er hat im Norwegenhandel ein Vermögen verdient. In Lübeck gibt es nur eine Handvoll Kaufleute, die reicher sind als er. Dieser Mann hat um meine Hand angehalten, um die Hand einer Witwe, die nicht viel mehr in die Ehe bringt als einen Haufen abgetragener Kleider. Es war schon alles besprochen, alles geregelt, und dann –.« Sie ballt die Hand, bis die Knöchel weiß hervortreten, und preßt sie gegen ihre Lippen.

»Was geschah dann, Katherine?«

»Kannst du es dir nicht denken?

»Sag es mir. Was stand der Heirat im Weg?«

»Du!« Sie stößt das Wort wie einen Fluch hervor. »Du hast mir alles zunichte gemacht! Als die Nachricht kam, daß man dich ergriffen habe und in Lübeck vor Gericht stellen werde, zog sich Johann Bardewick von mir zurück. Er ließ mir mitteilen, daß es dem Ansehen seiner Familie schade, mit einem zum Tode verurteilten Seeräuber verwandt zu sein.«

»Weshalb hielt er dann erst um deine Hand an? Wußte er zu jener

Zeit noch nicht, daß er einen Schwager von solch zweifelhaftem Ruf bekommen würde?«

»Wie sollte er nicht? Die ganze Stadt hatte gerüchtweise von deinen Missetaten gehört. Aber es macht einen großen Unterschied, ob jemand in der Ferne sein Unwesen treibt oder hier bei uns vor aller Augen hingerichtet wird.« Sie starrt auf ihre knochigen Hände, von ihren Wimpern perlen Tränen.

»Ich verstehe: Der ehrbare Johann Bardewick nimmt es mir übel, daß ich mich habe erwischen lassen.«

»Du hast kein Recht, ihn zu verspotten!« schreit sie. »Einem Mann wie Johann Bardewick kannst du nicht das Wasser reichen! Er hat etwas aus seinem Leben gemacht, während du deines verpfuscht hast! Und nicht nur das. Du hast uns Schande gebracht, deinem Vater, deinen Schwestern, uns allen!« Sie steht auf, zupft die Spitzen zurecht, glättet ihr Kleid. »Sag dem Kerkermeister, er soll mich hinauslassen.«

»Du brauchst ihn nur zu rufen. Er hat sein Ohr am Schlüsselloch.«

»Ich bin gekommen, Abschied zu nehmen. Ich gehe weg von hier. Eine meiner Töchter hat nach Stralsund geheiratet. Sie nimmt mich bei sich auf. Ich möchte den Rest meines Lebens an einem Ort verbringen, wo niemand weiß, daß ich deine Schwester bin.«

Nun klopft sie an die Tür.

Viertes Kapitel

In Wismar endete unsere Seereise, ohne daß wir auch nur einen Fitzel Meer gesehen hatten. Von dort gelangten wir auf dem Landweg nach Lübeck. Caspar Went tauchte mit der Sklavin im Gängeviertel unter; ich bin Aischa seitdem nicht wieder begegnet, weder unter den Dirnen der Prötteltasch noch in einem anderen Frauenhaus. Man erzählte jedoch, daß Caspar des öfteren in Begleitung einer dunkelhäutigen Schönheit gesehen worden sei.

Mein erster Weg führte mich in den *Pott*, wo ich die Mitglieder unseres alten Geheimbundes nahezu vollzählig versammelt fand. Sie empfingen mich mit großem Hallo und ernannten mich auf der Stelle zum Ältermann. Dieselbe Ehre, sagten sie, sei auch Hinrich Paternostermaker *in absentia* zuteil geworden; er halte sich an der Travemündung versteckt, bis die Bruderschaft der Schonenfahrer darüber entschieden habe, ob man ihn wegen Mordes vor Gericht stellen solle. Auf welche Weise ich mich aus Falsterbo abgesetzt hatte, war hingegen noch nicht in Lübeck bekanntgeworden. Daher beschloß ich, meinen Vater aufzusuchen, bevor es ihm hinterbracht werden würde.

Wie soll ich dir mein Erstaunen beschreiben, als ich das Kontor betrat und Detlef auf dem Stuhl des Handelsherren sitzen sah. Nachdem er mich herzlich begrüßt hatte, sagte er, unser Vater sei zu einer Reise nach Frankfurt und Brügge aufgebrochen, von der man ihn erst in einem halben Jahr zurückerwarte. Ich vernahm die Nachricht mit Erleichterung und bemerkte in scherzhaftem Ton, daß es mit Vaters Rückkehr nicht eile; bei uns beiden sei das Handelshaus Gronwech in guten Händen.

Darauf erwiderte er mit unbewegter Miene: »Vater hat bestimmt, daß du, falls du es wünschst, eine angemessene Aufgabe bekommen sollst. Die Führung der Geschäfte hat er mir übertragen, Simon.«

Die Worte trafen mich wie ein Schlag ins Gesicht. Hätte ein Unterton von Triumph in ihnen mitgeschwungen, wäre ihnen eine Spur Häme beigemischt gewesen, sie hätten mich nicht so gekränkt wie diese nüchterne Mitteilung. Er fühlte sich im Recht, der Bastard. Er saß nicht nur auf dem Stuhl des Handelsherren, weil mein Vater es verfügt hatte; er saß dort, weil er überzeugt war, daß es der ihm gemäße Platz sei.

»Hör zu, Detlef Löding«, sagte ich mit einer Stimme, die kalt klingen sollte und doch vor Erregung zitterte. »Ich bin der rechtmäßige Sohn und Erbe Hinrich Gronewechs. Eines Tages wird das Handelshaus mir gehören. Und du verlangst, daß ich mich deinen Weisungen füge?«

»Ich verlange es nicht, es steht dir frei«, antwortete er.

»Welchen Posten hast du mir denn zugedacht?« fragte ich spöttisch. »Den eines Handlangers im Lagerhaus? Oder möchtest du, daß ich mich in der Schreibstube nützlich mache?«

»Du könntest für uns nach Lüneburg gehen und dich dort im Salzhandel betätigen. Von Balthasar Mulich haben wir uns getrennt; er hat zu sehr in die eigene Tasche gewirtschaftet.«

»Ich verstehe sehr gut, daß du mich loswerden willst«, versetzte ich. »Aber ich gehe nicht nach Lüneburg. Ich bleibe hier, damit du tagtäglich daran erinnert wirst, daß du mir mein Recht streitig machst.« Später hörte ich, daß Detlef seine ganze Überredungskunst hatte aufbieten müssen, um die Zustimmung meines Vaters zu erlangen. Doch Hinrich Gronewech hatte ihn gewarnt: Es werde nicht gutgehen mit uns beiden.

Detlef übertrug mir die Aufsicht über das Beladen der Schiffe und die Speicher am Hafen. Dort ließ ich mich zweimal am Tag sehen: das eine Mal am Vormittag, wenn ich mich auf dem Weg vom Koberg zum *Pott* befand, das zweite Mal abends, um den Arbeitern in beschwingter Stimmung einen guten Feierabend zu wünschen. Ich hatte das Gefühl, daß die Leute mich mochten. Lagerarbeiter und

Schauerleute haben ihren eigenen Stolz; sie können es nicht leiden, wenn ihnen jemand auf die Finger guckt. Daher steigerte es meine Beliebtheit noch, als ich beschloß, auf meinen morgendlichen Besuch zu verzichten und dafür den abendlichen ein wenig auszudehnen. Hin und wieder ließ ich ein Fäßchen Bier anzapfen und vernahm mit stillem Vergnügen, wie sie Vergleiche anstellten zwischen Detlef und mir. Überflüssig zu erwähnen, daß mein Halbbruder schlecht dabei abschnitt.

Dies geschah nicht etwa heimlich. Ich wußte, daß es Detlef zugetragen wurde. Ich wollte ihn herausfordern. Ich wollte, daß es zwischen uns zum offenen Zerwürfnis käme. Aber ich hatte ihn unterschätzt. Er ließ mich gewähren. Eines Tages verloren wir eines unserer Schiffe, weil die Ladung schlecht verstaut war; Detlef überging es mit Schweigen. Allmählich keimte in mir der Verdacht auf, daß er mich bloßstellen wollte. Ich selbst sollte den Beweis liefern, daß ich zur Führung eines Handelsunternehmens ungeeignet sei. Ein teuflischer Plan, den ich, koste es, was es wolle, durchkreuzen mußte. Also erschien ich fortan frühmorgens als erster im Speicher und verließ ihn kurz vor Mitternacht als letzter. Ich zählte die Ballen und Fässer, machte Stichproben, führte persönlich die Ladelisten, überwachte mit Argusaugen, wie die Fracht in den Laderäumen verstaut wurde, trieb die Leute zur Arbeit an. Kein Fäßchen Bier mehr, keine Vertraulichkeiten. Die Arbeiter begannen, mich scheel anzusehen, das Wort vom *Leuteschinder* machte die Runde, und als ich einmal vor die Tür trat, zerbarst neben mir ein Kornfaß, das zwar leer war, aber schwer genug, einen Ochsen zu erschlagen. Da keine Aussicht bestand, den Schuldigen zu ermitteln, verlangte ich vom Vorarbeiter, daß er den Schaden ersetze, und als er sich weigerte, entließ ich ihn. Dummerweise war er der einzige, der sich bei den widerborstigen Schauerleuten Respekt zu verschaffen wußte. Nun handelte jeder nach eigenem Ermessen, die Arbeit kam ins Stocken, mehrere Lastträger fielen ins Wasser, weil sie jenen, die schwerbeladen an Bord drängten, den Weg versperrten, und es wurden Stimmen laut, die mir eine ordentliche Tracht Prügel androhten, damit ich wieder zu Verstand käme.

In diesem Augenblick trat Detlef auf den Plan. Er wandte sich an die Arbeiter und sagte, ohne die Stimme zu erheben: »Geht an die Arbeit, Leute. Es ist noch zu früh am Tag, um Feierabend zu machen.«

»Steck din Broder int Kontor, Herr!« rief einer der Schauerleute. »För düss Arbeit is hei nich to bruken.«

»Ich bin nicht deiner Ansicht, Kule Steen«, erwiderte Detlef ruhig. »Aber ich werde mit meinem Bruder reden, ob er nicht eine Aufgabe übernehmen will, die seinen Fähigkeiten angemessener ist.«

Klug gesprochen, nicht wahr? Detlef besaß die Gabe, einen Streit zu schlichten, indem er beide Seiten davor bewahrte, das Gesicht zu verlieren. Der geborene Diplomat.

Nach dem Abendessen bat er mich, ihm ins Kontor zu folgen. Dort legte er mir wortlos ein Schriftstück vor, das mich als Agenten des Handelshauses Hinrich Gronewech auswies und mir die Vollmacht erteilte, Verträge mit den Lüneburger Salzhändlern abzuschließen.

»Was soll das?« fragte ich unwirsch. »Ich habe dir gesagt, daß ich nicht nach Lüneburg gehen werde, und dabei bleibt es!«

»Du brauchst deinen Wohnsitz nicht in Lüneburg zu nehmen, Simon«, entgegnete er. »Es genügt, wenn du unseren dortigen Geschäftspartnern alle zwei oder drei Monate deine Aufwartung machst.«

»Und was tu ich in der Zwischenzeit?«

»Ich habe keine Sorge, daß du dich langweilen wirst«, sagte er. »Dein Gehalt wird so bemessen sein, daß du unserem Namen hier wie dort keine Schande machst.«

Detlef kannte meine Schwächen, und daher wußte er, daß ich auf diesen Köder anbeißen würde. Eine gutbezahlte Stellung ohne festgelegte Arbeitszeit, dann und wann eine Reise nach Lüneburg, über Geschäfte plaudern bei Rotspon und Bier, den Töchtern der reichen

Salzherren die Köpfe verdrehen, was konnte ich mir Besseres wünschen? Kurz und gut, ich nahm sein Angebot an.

Als erstes machte ich mich auf die Suche nach Hinrich Paternostermaker, denn ich wollte nicht das Wagnis eingehen, allein durch das von Raubrittern beherrschte Gebiet zwischen Trave und Elbe zu reisen. Hinrich war mir als ein unerschrockener Mann im Gedächtnis geblieben. Außerdem war er redegewandt, und nach allem, was man hörte, schätzten die Lüneburger Salzherren eine gewählte Ausdrucksweise.

Ich fand ihn in einer Schilfhütte an der Pötenitzer Wiek. Zum Glück erkannte er mich sofort wieder, sonst wäre es mir wahrscheinlich übel ergangen. Denn kaum hatte ich mich durch das Schlupfloch in die Hütte gezwängt, als ich eine kalte Messerschneide an meinem Kehlkopf spürte.

»Du bist sehr unvorsichtig, Simon Gronewech«, hörte ich Hinrich sagen. »Wer seinen Kopf ungebeten in fremder Leute Häuser steckt, läuft Gefahr, daß ihm die Gurgel durchgeschnitten wird.«

Kaum daß sich meine Augen an die Dunkelheit gewöhnt hatten, nahm ich etwas wahr, das mich erneut in Schrecken versetzte: Auf dem Boden der Hütte lag, alle viere von sich gestreckt, eine Frau. Ihre Kleider waren zerrissen, die Innenseiten ihrer Schenkel mit Blut beschmiert.

Ich starrte Hinrich Paternostermaker entgeistert an, und er erwiderte meinen Blick, ohne daß sich in seinem Gesicht ein Muskel regte. Wie brachte er es fertig, eine derart gleichmütige Miene aufzusetzen? Oder war er wahnsinnig geworden? Daß er sie ermordet hatte, stand für mich außer Zweifel. Das Messer wies ihm die Schuld zu. Die ganze Zeit, während wir einander anschauten, hielt er das Messer in der Hand.

Schließlich sagte er: »Was hältst du von der Geschichte, daß ich sie im Wald gefunden und hierhergebracht habe, damit sie zu allem, was ihr widerfahren ist, nicht auch noch von den Wölfen gefressen wird?«

»Du wirst Mühe haben, einen Richter zu finden, der dir das glaubt«, antwortete ich.

Er deutete auf die Frau: »Sie kann es bezeugen.«

»Lebt sie denn noch?«

»Sie schläft«, erwiderte Hinrich. »Als sie begriffen hatte, daß sie sich hier in Sicherheit befindet, ist sie sogleich eingeschlafen.«

Ich kroch näher an die Frau heran. Sie war jung, vielleicht zwei oder drei Jahre älter als ich, und obgleich ihr Gesicht von blutigen Schrammen verunstaltet war, vermittelte es den Eindruck herber Schönheit.

»Was ist mit ihr geschehen?« fragte ich.

»Soviel ich verstanden habe, ist sie im Wald von zwei Männern überfallen worden – «

»Drei, es waren drei«, sagte das Mädchen, als spräche es im Schlaf. Dann setzte sie sich plötzlich auf und durchbohrte mich mit Blicken. Ich wich unwillkürlich zurück. Wenn sie auch schön war: mit den Spuren roher Gewalt im Gesicht bot sie einen erschreckenden Anblick.

»Wer ist das?« stieß sie hervor.

»Ein Freund«, sagte Hinrich.

Ich nannte ihr meinen Namen und gab mit einer halben Verbeugung zu erkennen, daß vor ihr ein Mann von Stand hockte.

»Bring mir Wasser«, sagte sie zu Hinrich. »Und dann geht hinaus, ich will mich waschen.«

Während wir am Ufer der Trave auf und ab schritten, erzählte ich Hinrich, daß ich ihn als Reisebegleiter zu gewinnen hoffte. Er schien nicht abgeneigt, meinte jedoch, solange die Mordanklage über seinem Haupt schwebe, sei es riskant, sich in eine Stadt zu begeben, die mit Lübeck enge Geschäftsbeziehungen unterhalte. Wahrscheinlich würden die Lüneburger ihn ergreifen und an die Lübecker ausliefern.

»Bislang ist keine Anklage gegen dich erhoben worden«, sagte ich.

»Die Lübecker sind rasch mit der Schlinge bei der Hand, wenn man ihnen allzu aufdringlich seinen Hals hinhält«, erwiderte Hinrich.

Vielleicht wäre es mir gelungen, ihn umzustimmen, doch zum einen mangelt es mir an Beharrlichkeit, zum anderen verspürte ich bei dem Gedanken, mit den Lüneburgern um Salzpreise zu feilschen, auf einmal eine unüberwindliche Unlust.

Das Mädchen kam aus der Hütte und rief uns zu sich. Sie hatte sich das Blut abgewaschen, sonst hatte sich an ihrem Aussehen wenig verändert.

»Hab Dank für alles«, sagte sie zu Hinrich. »Ich werde es dir nie vergessen, daß du dich meiner angenommen hast.« Damit wandte sie sich zum Gehen.

»Warte!« rief Hinrich. »Du kannst dich nicht allein auf den Weg machen.«

»Gib mir dein Messer«, sagte sie.

»Das würde dir nichts nutzen, wenn du es mit mehr als einem zu tun bekommst«, antwortete Hinrich.

»Er hat recht«, sagte ich. »Wir werden Euch begleiten.«

Sie blickte mich abschätzig an. Irgend etwas an mir schien ihr zu mißfallen. Ich war nicht so hochgewachsen und breitschultrig wie Hinrich, war es das? Oder glaubte sie, ich sei nicht Manns genug, mein Leben für sie in die Waagschale zu werfen? Zum Zeichen meiner Entschlossenheit zückte ich das Schwert. Da huschte ein Lächeln über ihr zerschundenes Gesicht.

»Gut denn«, sagte sie. »Aber ihr dürft keinem erzählen, was mir widerfahren ist. Versprecht es bei allem, was euch heilig ist.«

»Verzeih«, sagte Hinrich. »Wer das nicht auf den ersten Blick erkennt, müßte mit Blindheit geschlagen sein.«

»Niemand soll wissen, daß sie mich gefickt haben, die Schweine!« schrie sie mit einer Stimme, die mir durch Mark und Bein ging. Dann eilte sie davon, und wir folgten ihr.

Eine ungewöhnliche Frau, Bruder Anselmus. Ein Mensch ohne Mitte, zusammengefügt aus Gegensätzen. Mir war in ihrer Gegenwart immer etwas unbehaglich zumute, selbst später noch, als sie Vertrauen zu mir gefaßt hatte, mich gar ihren Freund nannte. Aber ich will den Ereignissen nicht vorgreifen.

Anfangs gab sie sich schweigsam, während wir auf der Salzstraße nach Süden wanderten. Mir schien, daß sie sich nicht aus dem Bann des schrecklichen Erlebnisses zu lösen vermochte. Doch nach und nach gelang es Hinrich mit seiner einfühlsamen Art, sie zum Reden zu bringen. So erfuhren wir, daß sie Hildrun hieß und die jüngste Tochter des Ritters Cord von Godendorp war. Auf dem Heimweg von einem Besuch bei den Scharpenbergs waren ihr auf dem Waldweg drei Männer entgegengekommen. Einer von ihnen, erzählte Hildrun, ein blonder Hüne und seiner Redeweise nach von besserer Herkunft, habe ein Gespräch mit ihr anzuknüpfen versucht. Als sie jedoch ihrem Pferd die Sporen gegeben habe, hätten die beiden anderen sie gepackt und zu Boden geworfen. Dann hätten sich alle drei an ihr vergangen. Sie habe sich nach Kräften gewehrt, habe den Strolchen die Gesichter zerkratzt und ganze Büschel Haare ausgerupft, und als der blonde Hüne ermattet auf sie gesunken sei, habe sie ihm eine seiner Brustwarzen abgebissen. Daraufhin habe er zu toben begonnen und wie von Sinnen auf sie eingeschlagen. An mehr erinnere sie sich nicht; erst in der Schilfhütte habe sie das Bewußtsein wiedererlangt.

»Würdet Ihr sie wiedererkennen?« fragte Hinrich.

»Selbst mit geschlossenen Augen«, antwortete Hildrun. »Ich würde sie an ihrem Geruch erkennen, an der Stimme, ja an der Art, wie sie atmen.«

»Für den Fall, daß wir ihnen begegnen sollten, wäre es gut zu wissen, wie sie aussehen«, warf ich ein.

»Es genügt, wenn ich es weiß«, sagte sie.

Gegen Abend gelangten wir zur Burg der Ritter von Godendorp. Vermutlich ruft dir das Wort *Burg* ein stattliches, wehrhaftes Gebäude vor Augen, ein steinernes Zeugnis von Reichtum und Macht. Verscheuch das Bild aus deinem Sinn, Bruder Anselmus, und stell dir statt dessen einen Bauernhof mittlerer Größe vor, gleichermaßen im Verfall begriffen wie die ihn umgebende Mauer. Vor dem roten Abendhimmel nahm sich das Ganze wie eine Ansammlung schwarzer Ruinen aus.

Hildrun führte uns über den Hof, auf dem sich Schweine, Hunde, Hühner und Gänse tummelten. Abseits der Scheunen und Stallungen lag ein Haus. Es besaß drei Stockwerke, war jedoch nur im Erdgeschoß bewohnt; oben gloste das Abendrot durch leere Fensterhöhlen. Als wir das Haus betraten, fanden wir uns unvermittelt einer größeren Tischgesellschaft gegenüber. Am Kopfende der Tafel saß ein fülliger Mann im Schlafrock. Er hatte eine ungewöhnlich große Nase, und als ich mich am Tisch umblickte, fiel mir auf, daß dieser Körperteil bei der Mehrzahl der Anwesenden gleichermaßen stark entwickelt war. Offensichtlich ein erbliches Merkmal derer von Godendorp.

»Du siehst arg mitgenommen aus, Tochter«, sagte der Mann am Kopfende, der, wie du schon erraten haben wirst, der Ritter Cord von Godendorp war. »Hast du dich mit deinen Kusinen geprügelt?«

»Ich bin in einen Hornissenschwarm geraten«, antwortete Hildrun. »Der verdammte Gaul hat mich abgeworfen und ein gutes Stück durch den Wald hinter sich hergeschleift.«

»Und wer sind die beiden?«

»Zwei junge Herren aus Lübeck. Sie kamen zufällig vorbei und erboten sich, mich nach Haus zu geleiten.« Sie nannte unsere Namen, und ich brachte eine recht artige Verbeugung zustande.

»Setzt euch und eßt mit uns, ich habe ein Wildschwein erlegt«, sagte der Ritter.

Die Familie Godendorp bestand außer dem Hausherrn aus den beiden Junkern Gottschalk und Jochim, fünf Töchtern, einer Schwiegertochter und einer nicht genau bestimmbaren Zahl von Kindern, die allesamt der älteste Sohn gezeugt haben sollte. Der Augenschein sprach dafür, denn an Junker Gottschalk war alles gewaltig: die Körpermaße, die Stimme, die Kraft und der Dünkel. Er war ständig in Händel verwickelt, weil er sich schon in seiner Ehre verletzt fühlte, wenn ein Standesgenosse ihn nicht als erster grüßte. Jochim hingegen war ein zartgliedriger Jüngling, weltgewandt und den Künsten zugetan, der Musik vor allem, aber auch der Poesie. Er nannte sich den letzten Minnesänger. Die Töchter einzeln zu beschreiben erübrigt sich, denn abgesehen von Hildrun ähnelten sie einander derart, daß man sich des Eindrucks nicht erwehren konnte, der Schöpfer habe viermal das gleiche Muster verwendet. Sie waren, wie man in Lübeck sagt, *gut bei Schick*, also wohlgerundet dort, wo der Mann gemeinhin Rundungen schätzt, doch ließen ihre Körperformen bereits die Matrone erahnen.

Die Mutter der beiden Söhne und fünf Töchter war schon vor Jahren gestorben, und Ritter Cord hatte sich alsbald neu verehelicht. Die Stiefmutter war jedoch bei den vier älteren Töchtern auf Ablehnung gestoßen, und wenn du die Walküren gesehen hättest, brauchte ich nicht hinzuzufügen, daß die Stiefmutter von vornherein auf verlorenem Posten stand. Eines Tages räumte sie das Feld, so daß der Ritter, noch im besten Mannesalter, sich abermals unbeweibt sah. Wenn man dem Gesinde Glauben schenken darf, hielt sich der alte Godendorp an seinen Töchtern schadlos, die, je mehr die Hoffnung dahinschwand, noch einen Mann zu bekommen, um so bereitwilliger in des Vaters Bett schlüpften. Wie gesagt, ich gebe wieder, was mir die Knechte und Mägde erzählten. Immerhin würde es erklären, daß die Anzahl der Kinder größer war als die Jahre, die Gottschalks junge Frau zählte.

Der Burgherr lud uns ein, über Nacht zu bleiben. Draußen im Wald, meinte er, könnten wir leicht Räubern in die Hände fallen. Seine Worte erregten lärmende Heiterkeit.

Man brachte uns in einer Kammer unter, in der es von Mäusen und Spinnen wimmelte; ein Haufen muffig riechenden Strohs diente uns als Lager.

»Weshalb hat sie ihren Leuten nicht die Wahrheit erzählt?« fragte ich Hinrich. »Wie ich die Godendorps einschätze, hätten sie alles daran gesetzt, die Schurken zu fangen und sich für die Schandtat an ihnen zu rächen.«

»Sie will es selbst tun«, antwortete Hinrich. Ich weiß nicht, woher er die Gewißheit nahm. Aber er sagte es mit solcher Bestimmtheit, daß ich keinen Zweifel zu äußern wagte.

Ein Unwetter zwang uns, die Gastfreundschaft der Godendorps noch einige Tage in Anspruch zu nehmen. Während der Sturm durch die leeren Räume der oberen Stockwerke heulte und das Wasser in Sturzbächen an den Wänden hinunterlief, kauerten wir mit der gesamten Familie am Kamin. Die Godendorps gehörten nicht zu den Menschen, die sich von schlechtem Wetter die Laune verderben lassen. Alle sprachen eifrig dem selbstgebrauten Bier zu, und Junker Jochim gab einige seiner Lieder zum besten, die, wie ich dem Johlen seiner Schwestern entnahm, voll schlüpfriger Anspielungen steckten. Bei dem Trubel war niemandem aufgefallen, daß Hildrun den Raum verlassen hatte. Ihr Fehlen wurde erst bemerkt, als Junker Gottschalk zu wissen begehrte, wo ihr Pferd geblieben sei. Der alte Godendorp befahl einem Diener, sie hereinzuholen, doch dieser meldete, man habe das Fräulein, mit einem Schwert und einem Wurfspieß bewaffnet, vom Hof reiten sehn.

Im Nu war Junker Gottschalk auf den Beinen und rief nach seinen Reitknechten.

»Du bleibst, Gottschalk«, sagte der Burgherr. »Wenn es sie nach deiner Gesellschaft verlangt, hätte sie dich darum gebeten.«

»Aber was hat sie vor, wozu die Waffen?« brüllte der Junker, was weniger auf seine Erregung zurückzuführen war als darauf, daß ihm jeder Ton unwillkürlich zum Gebrüll geriet.

»Vielleicht will sie zum Zeitvertreib Bauern jagen«, vermutete eine der Schwestern.

»Das wäre mir ganz recht«, sagte Ritter Cord. »Das Pack vermehrt sich wie die Wühlmäuse; daher kann es nicht schaden, wenn ab und zu unter ihm aufgeräumt wird.« Zum besseren Verständnis sei erwähnt, daß die Edelleute zu ihrem Vergnügen regelrechte Treibjagden auf ihre Leibeigenen veranstalteten; sie pflegten es *Bauernjagen* zu nennen.

Am nächsten Tag machten sich Gottschalk und Jochim auf die Suche nach ihrer Schwester. Sie kehrten unverrichteter Dinge zurück, was den Alten indessen nicht zu betrüben schien. Denn als Hildrun geboren wurde, hatte ein Sterndeuter geweissagt, sie würde in ihrem Leben zwar manches Mal in Gefahr schweben, aber unversehrt bleiben und ein hohes Alter erreichen. Wenn Cord von Godendorp überhaupt an etwas außer sich selbst glaubte, dann waren es die Sterne.

Nachdem es tagelang wie aus Eimern vom Himmel geschüttet hatte, besserte sich das Wetter. Wir waren gerade dabei, uns von den Godendorps zu verabschieden, als ein Mann auf den Hof gestürzt kam und berichtete, einige Meilen entfernt seien zwei Fuhrwerke im Schlamm steckengeblieben.

Der Ritter fragte, was sie geladen hätten.

»Weinfässer«, keuchte der Mann.

»Meine Rüstung, mein Schwert!« brüllte Junker Gottschalk.

»Ihr Lübecker versteht etwas von Wein«, sagte der Ritter zu Hinrich und mir. »Kommt mit und nehmt eine Probe, damit wir wissen, ob es sich um ihn zu raufen lohnt.«

Er ließ für uns zwei Pferde satteln, und bald darauf ritten wir, von einem Haufen bewaffneter Knechte gefolgt, über die Felder. Hinrich hielt sich etwas zurück; es schien, daß ihm die Sache nicht ganz geheuer war.

Die Wagen steckten bis zu den Radnaben im Morast. Die Fuhrknechte hatten einen entladen und alle Pferde davorgespannt; sie schlugen mit Peitschen auf die Tiere ein, stemmten sich mit aller Kraft in die Speichen, doch es half nichts, der Wagen rührte sich nicht von der Stelle. Um das andere Fuhrwerk hatte sich ein Trupp abenteuerlich gekleideter Männer geschart. Allem Anschein nach waren es Landsknechte, die man als Begleitmannschaft angeworben hatte.

Der Ritter befahl seinen Knechten, sich verborgen zu halten, und ritt mit seinen Söhnen zur Straße hinunter. Wir folgten in einigem

Abstand, denn inzwischen waren auch mir Bedenken gekommen, ob es klug sei, mich an diesem Unternehmen zu beteiligen.

»Welcher von euch steht mir Rede und Antwort?« fragte der Ritter.

Ein kleiner Mann, bis zu den Schultern mit Schlamm bespritzt, kam hinter dem Wagen hervor und sagte: »Solange es friedlich zugeht, könnt Ihr Euch an mich wenden. Andernfalls bekämt Ihr es mit ihm zu tun.« Er deutete auf einen Landsknecht, der als Zeichen seiner Hauptmannswürde einen Harnisch trug.

»Wie heißt du?«

»Lüder Keding, Herr. Ich bin Kaufgeselle des Herrn Melchior Weinsberg zu Köln und habe den Auftrag, diese Ladung nach Lübeck zu bringen.«

»Laß uns beide vorerst miteinander reden, Lüder Keding«, sagte der Ritter. »Weißt du, daß du dich auf meinem Grund und Boden befindest?«

»Das mag schon sein«, antwortete der Kaufgeselle. »Der Weg überquert die Besitzungen so mancher adeliger und geistlicher Herren, doch ist es jedermann erlaubt, ihn zu befahren.«

»Dann fahr«, sagte der Ritter. »Fahr mit deinen Wagen weiter, und diese Unterhaltung soll damit beendet sein.«

»Packt euch!« brüllte Junker Gottschalk.

Der Kaufgeselle blickte auf die Fuhrwerke, die schweißbedeckten Pferde, den aufgewühlten Schlamm und zuckte hilflos die Achseln.

Cord von Godendorp winkte uns herbei und sagte: »Gib den beiden jungen Herren von dem Wein zu trinken, Lüder Keding. Sie lechzen nach einem guten Tropfen.«

»Ich darf die Fässer nicht anschlagen, bevor sie in den Besitz des Käufers gelangt sind, Herr«, entgegnete der Kaufgeselle. Als er aber sah, daß Junker Gottschalk Miene machte, mit der Schwertspitze ein Loch in eines der Fässer zu bohren, sprang er eilig hinzu, zog den Zapfen und fing den roten Strahl in einem Becher auf.

»Bordeaux«, sagte Hinrich, nachdem er den Wein gekostet hatte.

»Gut abgelagert, wenn auch durch den Transport ein wenig verschreckt.« Er reichte den Becher an mich weiter, und ich gab ein nicht minder fachmännisches Urteil ab, indem ich das Alter des Weins auf drei bis vier Jahre schätzte und sein Bukett als das eines besonders edlen Tropfens rühmte. Dies war nicht völlig ins Blaue hineingeraten, denn bei den Sitzungen des Geheimbundes wurde neuerdings immer erst ein Fäßchen aus den väterlichen Weinkellern verkostet, bevor man sich dem gemeinen Bier zuwandte.

»Es sollte dir bekannt sein, Lüder Keding«, hob der Ritter wieder an, »daß es ein altes Gesetz gibt, wonach eine Wagenladung, wenn sie zu Bruch geht, jenem gehört, auf dessen Grund und Boden dies geschieht.«

»Meine Wagenladung ist nicht zu Bruch gegangen, Herr!« rief der Kaufgeselle. »Wir haben uns festgefahren, das ist alles. Mit Gottes Hilfe werden wir unseren Weg binnen kurzem fortsetzen können.«

»Falls Gott euch keine Schaufeln gibt, werdet ihr die Wagen mit den Händen ausgraben müssen«, erwiderte der Ritter. »Ich habe indessen nicht die Absicht, so lange zu warten. Laß alles stehen und liegen und richte deinem Herrn aus, Ritter Cord von Godendorp habe sich genommen, was ihm von Rechts wegen zustünde.«

Ich sah, wie der Hauptmann den Landsknechten im Flüsterton Befehle gab und diese sich unauffällig verteilten. Der Hauptmann selbst nahm einen Bidenhänder vom Wagen und sah sich nach einem ebenbürtigen Gegner um. Sein Blick blieb an Junker Gottschalk haften.

»Steig ab, Großnase«, sagte der Hauptmann. »Oder muß ich deinem Gaul erst die Beine abschlagen?«

In Gottschalks gepanzerter Brust rumorte es unheilverkündend. Doch war zuvörderst die Frage zu klären, ob der Kampf nach den unter Rittern üblichen Regeln ausgetragen werden mußte. So fragte er den Hauptmann mühsam beherrscht nach seinem Namen.

»Ich bin der Herzog von Brabant«, erwiderte der Hauptmann und blinzelte den Landsknechten zu, worauf einige von ihnen zu lachen begannen. Im nächsten Augenblick hatte Junker Gottschalk den

Hauptmann über den Haufen geritten und ihm den Kopf gespalten. Dabei brüllte er, daß die Vögel aus den Bäumen stoben.

»Gute Arbeit, Gottschalk«, lobte der alte Ritter. »Den Rest können die Knechte besorgen, wenn es nötig sein sollte.« Auf ein Zeichen von ihm kamen die Knechte aus ihren Verstecken hervor, und den Söldnern schwand die Kampfeslust beim Anblick der Sensen und Forken, der Äxte und Morgensterne sichtlich dahin.

»Auf ein Wort, Euer Wohlgeboren«, sagte einer von ihnen. »Es ist vereinbart, daß wir unseren Sold erst in Lübeck erhalten. Könnt Ihr uns nicht auf die eine oder andere Weise entschädigen, da zu befürchten steht, daß wir keinen roten Heller bekommen werden?«

»Was wäre die eine Weise, was die andere, mein Sohn?« fragte der Ritter leutselig.

»Gebt uns etwas von der Beute ab, der Einfachheit halber in klingender Münze«, schlug der Landsknecht vor. »Oder nehmt uns in Eure Dienste, wir sind samt und sonders kampferprobte Männer.«

»Dort geht es nach Lübeck, dort nach Köln«, sagte der Ritter, indem er sich die Mühe machte, jeweils die Richtung zu zeigen. »Entscheidet euch, bevor ich eine dritte Möglichkeit ins Auge fasse, die euch nicht gefallen dürfte.«

Nach kurzer Beratung schulterten die Landsknechte ihre Waffen und trotteten in südlicher Richtung davon.

»Was ist mit dir, Lüder Keding?« fragte der Ritter. »Willst du dich ihnen nicht anschließen?«

»Nein, das will ich nicht«, erwiderte der Kaufgeselle trotzig. »Ich werde nach Lübeck gehen und berichten, was hier vorgefallen ist.«

Um offen zu sein, ich hoffte insgeheim, daß diese mutigen Worte ihn das Leben kosten würden. Denn würde der Kaufgeselle, nach den näheren Umständen des Überfalls befragt, nicht auch von den beiden städtisch gekleideten Weinkennern berichten und eine Beschreibung liefern, aus der zu entnehmen war, daß es sich um Hinrich Paternostermaker und Simon Gronewech handelte? Wir blickten einander an, und ich las von Hinrichs Gesicht ab, daß er dasselbe dachte. Doch der Ritter wähnte sich im Recht und ließ den Kaufgesellen und die Fuhrknechte laufen. Uns aber lud er ein, gemeinsam mit ihm das Faß zu leeren, von dem wir gekostet hatten.

Darüber gingen einige Tage hin, die wir entweder im Rausch oder in bleiernem Schlaf verbrachten. Ich glaube mich zu erinnern, daß der Ritter in unserem Beisein eine seiner Töchter beschlief, aber es kann auch sein, daß ich es geträumt habe. Bordeaux, Bruder Anselmus, zumal der schwere rote, erzeugt ausschweifende Träume. Einmal erwachte ich benäßt vom klebrigen Saft meiner Lenden. Seither habe ich dem roten Bordeaux nur noch selten zugesprochen – bis ich die ersten Anzeichen des Alters spürte und er mir statt wollüstiger Träume Wärme schenkte.

Eines Morgens wurde ich durch eine Stimme geweckt, die unverkennbar die Balthasar Mulichs war. Sie kam aus dem Nebenzimmer, wo der Ritter nach durchzechter Nacht sein Frühstück einzunehmen pflegte. Mulich redete laut und nachdrücklich, als spräche er zu einem verstockten Kind. Es ging um den Wein. Nach Mulichs Ansicht handelte es sich um einen jungen Wein, von dem niemand voraussagen könne, wie er sich entwickeln würde. Dem widersprach der Burgherr: Er habe den Wein von zwei Fachleuten verkosten lassen, und diese hätten ihn in den höchsten Tönen gelobt.

»Vergebt mir, Euer Wohlgeboren, wenn ich mich erdreiste, dies für eine Finte zu halten, mit der Ihr den Preis in die Höhe treiben wollt«, hörte ich Mulich sagen. »Fachleute dieser Art finden sich in Köln oder Lübeck, um nur die nächstgelegenen Städte zu nennen, aber wohl kaum in Eurer Umgebung.«

»Du bist auf dem Holzweg, Mulich«, entgegnete Cord von Godendorp. »Sie kommen aus Lübeck und sind seit etlichen Tagen meine Gäste.«

»Darf man ihre Namen erfahren?«

»Ich habe ein schlechtes Gedächtnis für Namen. Du kannst sie dir ansehen, sie schlafen nebenan.«

Gleich darauf wurde die Tür geöffnet, und in einem Lichtschwall näherte sich mir Balthasar Mulichs kugelige Gestalt. Ich schmiegte mein Gesicht in die Armbeuge, damit er mich nicht erkennen konnte. Doch Mulich griff mir ins Haar und zog meinen Kopf herum.

»Sieh da, der Sprößling des ehrenwerten Herrn Gronewech«, sagte er in einem Ton, in dem sich Ärger und Erstaunen mischten.

»Du kennst ihn also«, ließ sich aus dem Hintergrund der Ritter vernehmen.

»O ja, doch, doch«, erwiderte Mulich. »Um so überraschter bin ich, ihm als Weinkenner wiederzubegegnen. Wenn mich nicht alles täuscht, betätigte er sich vor kurzem noch im Heringshandel.« Dann wandte er sich Hinrich zu und sagte: »Auch dieser junge Herr hat sich, soviel ich weiß, bislang auf anderen Gebieten als dem der Weinverkostung hervorgetan. So heißt es, er habe im Weitwurf bemerkenswerte Treffsicherheit bewiesen. Ich kann also nicht umhin, Euer Wohlgeboren, das fachmännische Urteil dieser beiden Herren in Zweifel zu ziehen.«

Zum Glück befand sich der Ritter noch in jenem Zustand der Trunkenheit, der abfällige Reden über die Saufkumpane, zumal aus dem Mund eines nüchternen Mannes, als Kränkung erscheinen läßt.

»Kein Wort mehr, Balthasar Mulich!« herrschte er den Kaufmann an. »Du zahlst, was ich verlange, oder wir haben die längste Zeit Geschäfte gemacht.« Und zu mir sagte er: »Steh auf und frühstücke mit mir, mein Sohn. Mit vollem Bauch säuft es sich besser.«

So setzten wir uns zu dritt an den Tisch im Nebenzimmer und verzehrten eine Speise aus Grütze und Schweineschmalz, von der Ritter Cord behauptete, sie überziehe die Magenwände mit einer undurchdringlichen Fettschicht. Dies habe zur Folge, daß man zwar häufiger als sonst sein Wasser lassen müsse, doch nie und nimmer betrunken würde. Wenn es wahr ist, daß Hausmittel um so besser wirken, je scheußlicher sie schmecken, bot dieser Brei hinreichend Gewähr, das Faß in würdiger Haltung leer zu trinken.

Währenddessen erfuhr ich, welcher Art von Geschäften sich Balthasar Mulich inzwischen zugewandt hatte: Er kaufte den Raubrittern die Beute für einen Bruchteil ihres Wertes ab und brachte sie, nachdem er die Hausmarken der Eigentümer entfernt hatte, an verschiedenen Orten auf den Markt. Es war, wie du dir denken kannst, ein überaus einträgliches Geschäft. Selbstredend blieb den anderen Kaufleuten nicht verborgen, daß Balthasar Mulich binnen kurzer Zeit zu Wohlstand gelangte. Einige äußerten die Vermutung, daß er mit den Raubrittern unter einer Decke stecke. Doch Mulich begegnete den Verdächtigungen, indem er gelegentlich auch die eigenen Wagen von den Rittern plündern ließ. Nach einem dieser fingierten Überfälle wurde er sogar beim Rat vorstellig und erbot sich, erhebliche Geldmittel beizusteuern, damit den Raubrittern das Handwerk gelegt werde.

Mulich hatte so ausgiebig von seinen Geschäften geplaudert, daß der Ritter darüber eingeschlafen war. »Laß uns vor die Tür gehen, ein bißchen frische Luft kann dir nicht schaden«, flüsterte Mulich, nahm meinen Arm und führte mich auf den Hof hinaus. Dort waren die Weinfässer inzwischen auf seine Wagen verladen worden.

»Du bist so schweigsam, Simon«, sagte Balthasar Mulich. »Liegt es an deinem schweren Kopf, oder willst du mir damit zu verstehen geben, daß du meine Geschäfte nicht gutheißt?«

»Ihr seid sehr offen zu mir«, entgegnete ich. »Befürchtet Ihr nicht, ich könnte Euch verpfeifen?«

»Ich müßte lügen, wenn ich das verneinen wollte«, sagte Mulich. »Da du aber schon ein halber Mitwisser bist, weshalb sollte ich nicht einen ganzen aus dir machen? Andererseits kenne ich dich gut genug, um zu wissen, daß du nicht so engstirnig bist wie dein Vater. Also rundheraus gefragt: Womit kann ich mir dein Stillschweigen erkaufen?«

Ich wollte großmütig abwinken, doch plötzlich schoß mir ein Gedanke durch das vom Wein umnebelte Hirn. »Wieviel ist es Euch wert?« fragte ich.

»Das gefällt mir«, schmunzelte er. »Ein Handel, der beide Seiten zufriedenstellt, wiegt mehr als ein Versprechen. Was schwebt dir vor, Simon?«

»Ich kann Euch genau beschreiben, was mir vorschwebt«, antwortete ich kühn. »Es hat einen Rumpf aus Eichenplanken, einen Mast und ein Segel.«

Balthasar Mulich runzelte flüchtig die Stirn, bevor sich ein Lächeln über sein feistes Gesicht ausbreitete: »Ein Schiff? Muß es gleich ein Schiff sein? Man kann dir wahrlich nicht nachsagen, daß du kleinlich dächtest, mein lieber Simon.« Er klopfte mir auf die Schulter, als ob mir ein halbwegs guter Scherz gelungen sei, ging ein paar Schritte beiseite und fragte: »Gesetzt den Fall, ich überlasse dir ein Schiff, was willst du damit anfangen? Du hast keine Mannschaft, du hast keine Ladung.«

»Ich bin sicher, daß Ihr mir auch dazu verhelfen werdet«, erwiderte ich mit dem Wagemut eines Spielers, der alles auf eine Karte setzt.

»Du kannst dich glücklich schätzen, daß ich dich mag, Simon«, sagte Mulich nach kurzem Überlegen. »Sonst würde mir womöglich etwas einfallen, wie ich billiger davonkommen könnte.« Dabei las ich etwas in seinem Blick, das ich erst im nachhinein zu deuten vermochte: In diesem Augenblick hatte Balthasar Mulich beschlossen, sich des Mitwissers auf eine andere, kostspieligere Weise zu entledigen.

Der Dompropst

»Es zerreißt mir das Herz, dich unter solchen Umständen wiederzusehen, lieber Neffe«, sagt er, während Bruder Anselmus sich über seine Hand beugt und den Ring küßt. »Ich wage kaum, mich nach deinem seelischen Befinden zu erkundigen, da ich fürchte, deine Antwort könnte meinen Schmerz ins Unerträgliche steigern.«

»Du kannst beruhigt sein, Onkel Bertram. Ich habe dem Tod so oft ins Auge geblickt, daß er mich nicht mehr zu schrecken vermag.«

»Ein mannhaftes Wort, wenn es mir auch etwas zu forsch dahergesprochen klingt«, sagt Onkel Bertram und setzt sich in den Stuhl, den der Kerkermeister eilig herbeigeschafft hat. Die Seidenrobe spannt sich über seinem Bauch. Er legt beide Hände auf den Silberknauf seines Handstocks und atmet schwer. »Ich bin ein kranker alter Mann, Simon. Wer weiß, ob der Allmächtige mich nicht früher zu sich ruft als dich.«

»Glaubst du, daß es ihn nach meiner Gesellschaft verlangt?«

»Ja, das glaube ich«, entgegnet der Dompropst. »Gott liebt die Narren, weil ein einziger Narr unterhaltsamer ist als ein Dutzend Frömmler.« Ein Zwinkern umspielt seine vom Alter getrübten Augen. Er greift nach einem Glas und setzt es an die wie zum Kuß gespitzten Lippen. »Ich hoffe, es freut dich zu hören, daß die Mehrzahl der Ratsherren einer Hinrichtung auf dem Markt nicht mehr ablehnend gegenübersteht«, sagt er zwischen zwei Schlucken. »Nur Hermann Clendenst sträubt sich noch.«

»Um die Wahrheit zu sagen: Es ist mir gleichgültig, Onkel Bertram.«

»Das sieht dir ähnlich. Du weißt die Ehre nicht zu schätzen. Es ist eine Ehre, auf dem Markt hingerichtet zu werden!«

»Mag sein. Dann bliebe noch die Frage, womit ich sie verdient habe.«

»Du bist zwar ein Taugenichts, ein Gaukler, ein Seeräuber und, nur der Vollständigkeit halber sei es erwähnt, ein Ketzer, aber du bist auch der Bruder des Bürgermeisters und der Neffe des Dompropstes.« Er schlürft den Wein mit geschlossenen Augen, ganz dem Genuß hingegeben. »Ein unvergeßliches Spektakel wird sich mit dem Namen Gronewech verknüpfen. Man wird es in einem Atemzug mit Störtebekers Hinrichtung auf dem Grasbrook in Hamburg nennen. Was für ein großartiger Abgang, verglichen mit der Totenmesse, die der Bischof für mich lesen wird!«

»Wirst du dort sein, Onkel Bertram?«

»O nein, bei allen Heiligen, das ertrüge ich nicht!« sagt der Dompropst. »Es würde mir das Herz brechen, dich auf dem Schafott zu sehen, Simon.« Er tupft sich mit einem Seidentuch die Augen ab. »Es sei denn, es wäre dein ausdrücklicher Wunsch.«

»Ich habe nur einen Wunsch: daß mir noch so viel Zeit bleibt, Bruder Anselmus meine Lebensgeschichte zu erzählen.«

»Deine Sorge, daß die Zeit knapp werden könnte, ist nicht unbegründet, lieber Neffe. Mir ist zugetragen worden, dein Vorsprake dränge auf Beschleunigung des Verfahrens. Ich habe Detlef geraten, Jakob Brömse durch einen vertrauenswürdigeren Vorsprake zu ersetzen, doch davon will er nichts wissen. Er ist ein überaus redlicher Mann, der Herr Bürgermeister. Wäre er nicht der Sohn meines Bruders und meiner treuen Haushälterin Mette Löding, ich würde ihn verbohrt nennen. Du kannst von Glück sagen, daß du in mir einen Fürsprecher hast, der nicht gar so redlich ist wie Detlef, aber dafür um einiges gewitzter.« Er kichert vor sich hin, als erinnere er sich eines lustigen Streichs. »Ich habe einen bekannten Exorzisten beauftragt, ein Gutachten zu verfassen, in dem deine ziellose Unrast und dein gleichermaßen vernunft- wie gesetzwidriges Handeln als Beweise dafür angeführt werden, daß du vom Teufel besessen bist. Dieses Schriftstück habe ich dem Bischof zugespielt, der sogleich den Rat ersucht hat, mit deiner Hinrichtung zu warten, bis man dir den Teufel ausgetrieben hat.«

»Hältst du das für einen guten Einfall?«

»Er gewährt dir Aufschub, lieber Neffe. Wie du weißt, herrscht zwischen Domkapitel und Rat kein gutes Einvernehmen. Daher wird man das Ersuchen des Bischofs zwar ablehnen, aber ohne ihn vor den Kopf zu stoßen, das heißt nach längerer Beratung.«

»Verzeih, daß ich für einen Augenblick an deiner Klugheit zweifelte, Onkel Bertram.«

»Ich wollte, ich könnte mehr für dich tun«, seufzt der Dompropst, während er das Kinn auf seine Hände legt. »Ich wünschte, man hätte dich in Hamburg gelassen. Die Hamburger kleben nicht so am Buchstaben des Gesetzes wie die Lübecker; sie sind eher bereit, ein Auge zuzudrücken, wenn ihnen daraus ein Vorteil erwächst. Du hättest eine Zeitlang im Kerker verbracht und wärst hernach gegen eine Bürgschaft auf freien Fuß gesetzt worden. Dies hätte nur die stillschweigende Billigung deines Bruders erfordert. Doch was tut er statt dessen? Er läßt dich nach Lübeck überstellen, wohl wissend, daß dies deinen sicheren Tod bedeutet. Ach, wie widert sie mich an, seine vielgerühmte Gradlinigkeit!«

»Es liegt in seinem Wesen, daß er stets den geraden Weg geht, Onkel Bertram. Du mußt zugeben, daß er damit weit gekommen ist.«

»Ich bin nicht ganz sicher, ob er seinen Aufstieg allein dieser Eigenschaft verdankt, aber erstaunlich ist es allemal«, sagt der Dompropst. »Die selige Mette Löding hätte sich nicht träumen lassen, daß ihr Sohn eines Tages das höchste Amt in dieser Stadt bekleiden würde.«

»Lebt sie nicht mehr?«

»Mette ist vor zwei Jahren am Schlagfluß gestorben. Von den Menschen meines Alters lebt kaum noch einer. Wenn ich durch die Stadt gehe, treten mir überall die Schatten Verstorbener in den Weg. Manchmal rede ich mit ihnen. Neulich traf ich Berend Schimmelpfennig vor dem Heiligen-Geist-Hospital; wir sprachen von alten Zeiten. Die Leute denken, das Alter habe meinen Geist verwirrt. Sollen sie. Vielleicht haben sie recht. Aber sieh, was ich dir mitgebracht habe.« Er zieht ein goldenes Amulett aus dem Ärmel. »Nimm dies anstelle geistlichen Trostes, nach dem es einen Heiden wie dich ohnehin nicht verlangt. Das Amulett gehörte einer Frau, die ich mehr geliebt habe als alles andere.«

»Mehr als alles andere, Ehrwürden?«

»Mehr sogar als IHN, von dem ich mir Vergebung dafür erhoffe«, antwortet der Dompropst. »Sie hat das Amulett auf ihrem Herzen getragen, und obwohl sie schon lange tot ist, meine ich noch die Wärme ihrer Brüste zu spüren, wenn ich es in Händen halte.«

»Warum schenkst du mir etwas, das dir so viel bedeutet?«

»Weil du sie auch geliebt hast«, sagt der Dompropst. »Sie war deine Mutter.«

»Du hast meine Mutter geliebt, Onkel Bertram?«

»Ich dachte, ich sollte es dir sagen, bevor wir beide den Weg allen Fleisches gehen, Simon. Ich habe mit der Sünde gelebt, ohne sie je als Last zu empfinden. Um so unerträglicher war mir der Gedanke, daß sie meinem Bruder gehörte.«

»Onkel Bertram –«

»Nein, nichts weiter! Das ist die ganze Geschichte!« faucht er. »Es gibt keinen Grund, irgendwelche Mutmaßungen anzustellen, amen!« Er streckt beide Hände aus; der Mönch ergreift sie und zieht den Dompropst aus dem Stuhl empor. »Ich rechne auf deine Verschwiegenheit, Bruder Anselmus«, sagt er. »Versprichst du mir, alles, was du hier gehört hast, in deinem Herzen zu bewahren?«

Der Mönch neigt den Kopf.

»Wir werden einander bald wiederbegegnen, Simon«, sagt Onkel Bertram. »Ich sehe uns schon zu Füßen des Allmächtigen sitzen. Dann mag ER entscheiden, welcher von uns beiden der größere Narr ist.«

Fünftes Kapitel

Die nächsten Tage verbrachten wir wieder in Hinrichs Schilfhütte an der Travemündung. Dem Ritter waren, nachdem wir das Weinfaß endlich geleert und den letzten Rausch ausgeschlafen hatten, doch Bedenken gekommen, ob wir ein standesgemäßer Umgang seien. So hatte er uns in seiner unverblümten Art vor die Wahl gestellt, uns entweder in die Gesindestube oder zum Teufel zu scheren.

Wir vertrieben uns die Zeit, indem wir angelten oder den Kaninchen nachstellten, die das sandige Gelände in solchen Mengen bevölkerten, daß man nur mit dem Knüppel um sich zu schlagen brauchte, um eines von ihnen zu erlegen. Abends saßen wir vor der Hütte am Feuer und erzählten, was wir seit unserem Zusammentreffen in Falsterbo erlebt hatten. Einmal, erinnere ich mich, sprachen wir auch über unsere Zukunftspläne. Hinrich Paternostermaker zeigte keine Neigung, in die Fußtapfen seines Vaters zu treten, er fühlte sich zu Höherem berufen. Den Weg nach oben, zu öffentlichen Ämtern oder in den Rat, sah Hinrich jedoch durch die Angehörigen der großen Familien versperrt. Bei der Besetzung eines Ratsamtes würden nicht die Fähigkeiten des Bewerbers in Betracht gezogen, sondern allein der Name. Dies führe dazu, daß das Schicksal der Stadt in den Händen einiger weniger liege, deren einziges Bestreben darauf gerichtet sei, sich auf Kosten anderer zu bereichern.

Ich gab zu bedenken, daß dies schon immer so gewesen sei und die Stadt, alles in allem, recht gut dabei gefahren sei. Dem widersprach Hinrich jedoch auf das heftigste. Die Glanzzeiten Lübecks seien vorbei, von allgemeinem Wohlstand könne nicht mehr die Rede sein, nach den kleinen Leuten drohten auch die Handwerker zu verarmen, und es sei nur noch eine Frage der Zeit, bis jene, die im Überfluß schwelgten und sich in ihrem Größenwahn wie Fürsten gebärdeten, einer unermeßlich großen Zahl von Besitzlosen gegenüberstünden.

Allmählich dämmerte es mir, daß er sich den Zugang zu den höchsten Ämtern erzwingen wollte, indem er den Appetit der Masse auf die Fleischtöpfe der Reichen weckte. Um Gewißheit zu erlangen, fragte ich ihn, ob er womöglich einen Umsturz plane.

»Niemand verzichtet freiwillig auf seine Pfründen«, erwiderte er. »Man muß den Herren das Messer auf die Brust setzen, damit sie Platz machen.«

»Für ein solches Unternehmen brauchst du andere Bundesgenossen als einen Haufen Hungerleider«, warf ich ein.

»Wie wär's mit dir, Simon?«

»Da bist du an den Falschen geraten«, lachte ich und eröffnete ihm, daß ich im Begriff stünde, in den Fernhandel einzusteigen. Diesem Vorhaben sei nichts weniger dienlich, als sich mit der Obrigkeit zu überwerfen.

»Du fühlst dich zum Kaufmann berufen?« fragte er, wobei es um seine Mundwinkel verräterisch zuckte.

»Solange ich denken kann«, antwortete ich bestimmt. »Bislang habe ich nur noch keine Gelegenheit gehabt, meine Fähigkeiten unter Beweis zu stellen.«

»Wer sich im Fernhandel eine goldene Nase verdienen will, muß zuvor eine Menge Geld hineinstecken«, sagte Hinrich. »Nach allem, was du mir über das Verhältnis zu deinem Vater erzählt hast, ist wohl kaum damit zu rechnen, daß er es dir gibt. Und welcher Kaufmann würde einem jungen unerfahrenen Mann die erforderlichen Mittel zur Verfügung stellen, wenn der eigene Vater sie ihm verweigert?«

»Laß das meine Sorge sein«, erwiderte ich. Balthasar Mulich zu erwähnen erschien mir nicht ratsam – einmal seines schlechten Rufes wegen, zum anderen, weil ich keineswegs sicher war, daß er mir ein Schiff samt Mannschaft und Ladung beschaffen würde. Er hatte versprochen, mir Bescheid zu geben, wenn es soweit sei. Aber was bedeutete das? Konnte es nicht auch heißen, daß er mich hinhalten wollte, bis sich eine Möglichkeit bot, mich klammheimlich aus dem Weg zu räumen? Ich beschloß, noch eine Woche zu warten. Hatte er bis dahin nichts von sich hören lassen, wollte ich ihn aufsuchen und zur Rede stellen.

Doch Mulich kam mir zuvor. Eines Nachts wurden wir durch scharrende Geräusche geweckt. Als wir aus dem Schlupfloch lugten, sahen wir an der Feuerstelle einen Mann sitzen, der emsig in der Glut stocherte. Obwohl er uns den Rücken zukehrte, schien er wahrzunehmen, daß Hinrich sich von hinten an ihn heranschlich, denn plötzlich sagte er: »Steck das Messer weg, Hinrich Paternostermaker, ich bin schneller als du.«

Die Stimme kannte ich. Und als er sich umwandte, bemerkte ich, daß er ein Messer wurfbereit zwischen den Zehen hielt. Es war Daniel Metz.

»Was hast du hier zu suchen?« fragte Hinrich.

»Jemand möchte, daß du zu ihm kommst«, wandte sich Daniel an mich.

Ich wußte sofort, daß Balthasar Mulich ihn geschickt hatte. »Wo ist er?« fragte ich.

»Ich bringe dich hin«, antwortete Daniel. »Am besten, wir brechen gleich auf.« Und zu Hinrich sagte er: »Du kannst dich unbesorgt in Lübeck sehen lassen. Die Dänen haben einen Schonenfahrer umgebracht, damit ist die Sache erledigt.«

Zum Abschied schenkte Hinrich mir eine kleine Waage. »Sie soll dir Glück bringen«, sagte er.

Wir gingen nach Osten. Trotz seiner verkrüppelten Glieder bewegte sich Daniel mit einer geradezu atemberaubenden Geschwindigkeit. Bei Sonnenaufgang war ich bereits dermaßen erschöpft, daß ich ihn eine Rast einzulegen bat. Doch er schimpfte mich einen Schwächling und zerrte mich wie einen störrischen Esel hinter sich her.

Nach zwei Tagen sah ich die Türme von Wismar aus dem Nebel auftauchen, was indes nicht wörtlich zu verstehen ist, sondern eher als

Zeichen meines stark verminderten Wahrnehmungsvermögens. Ich beschwor ihn, die nächstbeste Wirtschaft anzusteuern, damit ich mich von den Strapazen des Gewaltmarsches erholen könne, auch plagte mich entsetzlicher Durst, doch schenkte Daniel meinen Bitten kein Gehör. Er schleifte mich zum Hafen, über eine Laufplanke auf ein Schiff und ließ mich wie einen Sack auf das Deck fallen.

»Hier ist er«, rief der Krüppel.

»Willkommen, Simon«, hörte ich Balthasar Mulich sagen. »Steh auf und schau dich um. Dies ist das Schiff, das ich dir zugedacht habe.«

Ich kroch zum Mast und zog mich an ihm hoch. Wider Erwarten sah das Schiff ganz ordentlich aus. Das Schanzkleid war frisch gestrichen, die Decksplanken schienen erst vor kurzem erneuert worden zu sein, und der Mast, den ich mit beiden Armen umklammert hielt, war aus gutem Holz gefertigt.

»Ich sehe, der junge Herr hat sich bereits mit den Insignien seines Standes geschmückt«, sagte Mulich. Ich verstand nicht sogleich, was er meinte, aber dann entnahm ich seinem Blick, daß er auf die Waage und das Schwert anspielte, die ich nebeneinander am Gürtel trug.

»Wo ist die Mannschaft?« fragte ich.

»Geduld, mein Freund«, entgegnete Mulich schmunzelnd. »Vor Ende Februar wirst du nicht in See stechen können, und bis dahin bleibt uns genügend Zeit, zwei Dutzend Leute anzuheuern. Was du aber vor allem brauchst, ist ein erfahrener Steuermann.«

»Es war abgemacht, daß Ihr Euch darum kümmert«, sagte ich dreist, denn von einer solchen Vereinbarung war nicht die Rede gewesen.

»Kein Schiffer überläßt die Wahl des Steuermanns einem anderen«, antwortete Mulich. »Du wirst dich also selbst auf die Suche machen müssen.« Dann gab er Daniel eine Silbermünze und sagte: »Geh jetzt, ich brauche dich nicht mehr.«

Doch der Krüppel schüttelte den unförmigen Kopf und kauerte sich hinter einen Haufen säuberlich aufgeschossenen Tauwerks.

»Er kann nicht an Bord bleiben«, sagte Mulich leise zu mir. »Seeleute sind ein abergläubisches Volk. Krüppel gelten bei ihnen als Unglücksbringer. Jag ihn fort, wenn du keine Scherereien bekommen willst!«

»Ich bin Euch dankbar, daß Ihr mich mit ihm zusammengebracht habt«, entgegnete ich. »Einen besseren Reisebegleiter könnte ich mir nicht wünschen.«

»Ich habe dich gewarnt«, brummte er und watschelte auf seinen kurzen Beinen davon.

Bei genauerer Betrachtung erwies sich, daß der erste Eindruck nicht getrogen hatte: Das Schiff war, von einigen Lecks im vorderen Laderaum abgesehen, in einem guten Zustand. Es maß in der Länge siebzig, in der Breite dreiundzwanzig Fuß, und seine Tragfähigkeit schätzte ich, je nach Art der Ladung, auf sechzig bis achtzig Last. Am Heck befand sich ein hufeisenförmiges Kastell, das außer Verschlägen für verschiedenerlei Gerät die Kajüte des Schiffers und des Steuermanns barg. Diese war, für sich genommen, winzig, doch im Vergleich zu dem Roof erschien sie nachgerade weiträumig, wenn man in Betracht zog, daß jenes der gesamten Mannschaft als Unterkunft dienen mußte. Kurzum, das Schiff übertraf meine Erwartungen, und mich erfüllte Stolz bei dem Gedanken, daß es unter meinem Befehl über die Meere segeln würde.

In Wismar lebte es sich nicht schlechter als in Lübeck – vorausgesetzt, man verfügte über genügend Geld. Da ich selbst keinen Pfennig mehr besaß, ließ ich mich – zu meiner Schande muß ich es gestehen – von Daniel Metz aushalten. Woher er das Geld hatte, weiß ich nicht. Mir fiel nur auf, daß er, wenn seine Barschaft zur Neige ging, für kurze Zeit verschwand und arg zerzaust, aber mit vollen Taschen zurückkehrte.

Abend für Abend zogen wir durch die Spelunken am Hafen, um einen Steuermann aufzustöbern. An Leuten, die sich dafür ausgaben, mangelte es nicht. Jeder wußte von weiten Reisen und einträglichen

Geschäften zu berichten, von Stürmen, denen er mannhaft getrotzt hatte, von glücklicher Heimkehr. Mochten sich ihre Geschichten auch auffallend ähneln, mochten ihre roten Nasen und glasigen Augen auch zu Bedenken Anlaß geben: Ich wäre mit dem einen oder anderen handelseinig geworden, hätte mich Daniel nicht jedesmal ins Bein gekniffen, bevor es zum besiegelnden Handschlag kam.

Immerhin brachten uns die feuchtfröhlichen Verhandlungen auf die richtige Spur. Eines frühen Morgens, als wir uns in der Kajüte schlafen legten, sagte Daniel unvermittelt: »Frithjof Karlsson!«

Ich gab ihm durch ein Grunzen zu verstehen, daß ich nicht mehr zu einem Gespräch aufgelegt sei, doch er zischte mir ins Ohr: »Die meisten behaupten, sie hätten ihr Handwerk bei Frithjof Karlsson gelernt. Sie sagen, er sei von allen Steuerleuten der beste, und das will bei diesen Maulhelden schon was heißen.«

Wir fanden heraus, daß Frithjof Karlsson auf der Wismar vorgelagerten Insel Poel einen Hof gekauft hatte, um dort seinen Lebensabend zu verbringen. Er stammte, hieß es, von den Ålandinseln, sei aber schon als junger Mann nach Wismar gekommen und hätte es im Laufe weniger Jahre vom Jungknecht zum Steuermann gebracht.

Am nächsten Tag ließen wir uns von einem Fischer auf die Insel übersetzen. Karlssons Hof lag außerhalb des Kirchdorfs auf einem von alten Buchen gesäumten Hügel. Das rote Wohnhaus mit den weißen Fenstern und Türrahmen sah so freundlich und einladend aus, daß ich auf alles andere als einen garstigen Empfang gefaßt war. Doch kaum hatten wir an die Tür geklopft, als oben ein Fenster geöffnet wurde und eine Frauenstimme uns riet, schleunigst das Weite zu suchen, falls wir es nicht mit den Hunden zu tun bekommen wollten.

»Gute Frau«, sagte ich, »wir sind weder Bettler noch Hausierer, wir wollen mit Frithjof Karlsson sprechen.«

»Er schläft«, erwiderte sie und schlug das Fenster zu.

»Was jetzt?« fragte ich Daniel.

Statt zu antworten, setzte er sich auf die Türschwelle. Nach einer Weile hörten wir polternde Schritte näher kommen, die Tür wurde aufgerissen, und eine Frau mittleren Alters mit krebsrotem Gesicht und wogendem Busen trat auf die Schwelle. Sie trug eine Schürze; ihre Füße steckten in klobigen Holzpantinen.

»Er schläft!« keifte sie in einer Lautstärke, die vermuten ließ, daß Karlsson entweder einen ungewöhnlich festen Schlaf hatte oder taub war.

»Es macht uns nichts aus zu warten, bis er ausgeschlafen hat«, sagte ich höflich und nannte ihr meinen Namen, dem ich bei dieser Gelegenheit zum ersten Mal den *Schiffer* voranstellte.

Sie musterte mich von Kopf bis Fuß, ohne daß der Unmut aus ihren Zügen wich. »Was wollt Ihr von ihm?«

»Ich bin es nicht gewohnt, mein Begehr dem Gesinde vorzutragen, gute Frau«, antwortete ich in dem näselnden Ton, der unter den Mitgliedern des Geheimbundes als vornehm galt.

»Laß sie hereinkommen, Grete«, rief jemand mit schläfriger Stimme.

Frithjof Karlsson saß, in ein Schaffell gehüllt, auf dem Bettrand. Ich erschrak, als ich sah, wie alt er war. Im Gegensatz zum greisenhaften Körper hatte sich sein wettergegerbtes Gesicht jedoch eine fast jugendliche Frische bewahrt. Und dann erst seine Augen, Bruder Anselmus! Du hättest seine Augen sehen müssen, um zu verstehen, daß ich trotz seines Alters entschlossen war, Frithjof Karlsson als Steuermann anzuheuern. Wieviel Erfahrung sprach aus diesen Augen, wieviel Klugheit und Mut – aber auch ein gerüttelt Maß an Eigensinn.

»Dehnt die Unterhaltung nicht zu lange aus, Karlsson braucht seine Ruhe«, sagte die Frau, setzte sich an das Fußende des Bettes und gab durch ihre Haltung zu erkennen, daß sie sich für die Dauer des Gesprächs nicht von der Stelle zu rühren gedachte.

»Ich bin mit einem Gronewech nach Livland gefahren«, sagte Karlsson. »Soviel ich mich erinnere, hieß er Sivert.«

»Tymmo«, berichtigte die Frau.

»Ja, Tymmo Gronewech«, sagte Karlsson. »Bist du mit ihm verwandt, junger Mann?«

»Er war ein Vetter meines Vaters«, sagte ich. »Er ist vor zehn oder zwölf Jahren gestorben.«

»Dabei war er jünger als ich«, sagte Karlsson. »Willst du den Herren nichts anbieten?« fragte er die Frau.

»Nicht bevor ich weiß, was der junge Herr von Karlsson will«, entgegnete sie.

»Sie hat kein Benehmen«, seufzte der Alte. »Das kommt dabei heraus, wenn man seine Magd heiratet. Was also führt dich zu mir, junger Mann?«

»Ich möchte Euch als Steuermann in meinen Dienst nehmen«, antwortete ich kurz und bündig.

Die Frau erstarrte, während Karlsson die Hände über dem Kopf zusammenschlug. »Gütiger Himmel!« rief er aus. »Ich bin ein kranker alter Mann, ich habe das Reißen in sämtlichen Gliedern, meine Finger sind von Gicht verkrüppelt, ich kann mein Wasser nicht lassen, ohne mich vor Schmerz zu krümmen, nachts pocht es in meinem Kopf, als ob er zerspringen wollte – was, bei allen Heiligen, könnte dir ein solcher Steuermann nützen?«

»Laßt ihn in Ruhe!« schrie die Frau. »Karlsson wird nie mehr den Fuß auf ein Schiff setzen, das hat er mir hoch und heilig versprochen!«

»Halt's Maul, Frau«, sagte Karlsson. »Ich bin zwar ein Wrack, aber immer noch imstande, für mich selbst zu sprechen. – Wie bist du überhaupt auf mich gekommen?«

»Weil Ihr der Beste seid«, antwortete Daniel. Ich glaube, es waren diese Worte, die dem Gespräch eine andere Wendung gaben.

»Ja, man sagte von mir, ich hätte die ganze Kunst im Kopf«, pflichtete ihm der Alte selbstgefällig bei. »Zwischen Nowgorod und Trondheim kenne ich jede Landmarke, selbst auf der offenen See weiß ich mich zurechtzufinden. Wo soll die Reise denn hingehen, Simon Gronewech?«

»Karlsson«, sagte die Frau mit mühsam gebändigter Erregung, »du bist zu alt dafür, du gehst dem Ende entgegen. Alles, was du noch vom Leben erhoffen kannst, ist, in Ruhe deinen Erinnerungen nachzuhängen.«

»Wo soll die Reise hingehen?« wiederholte Karlsson, diesmal mit einem drohenden Unterton, der wachsenden Verdruß über die Einwürfe seiner Frau verriet.

»Mit einer Ladung Getreide von Danzig nach Bergen, von dort mit Fisch nach England oder Flandern und mit Tuchen zurück nach Lübeck.«

»Der übliche Dreieckshandel«, nickte Karlsson. »Recht lohnend, wenn man es geschickt anstellt. Ich habe die Fahrt so oft gemacht, daß sie mich schon zu langweilen begann.«

»Ich wäre ein schlechter Kaufmann, ließe ich mich nicht zu dem einen oder anderen Umweg verlocken«, räumte ich schnell ein.

»Laß dich um Gottes willen nicht beschwatzen«, flehte die Frau. »Du hast alles von der Welt gesehen, wozu noch einmal hinausfahren? Was gäbe es für dich noch zu erleben nach den fünfzig Jahren, die du auf dem Meer verbracht hast?«

»Einmal bin ich mit einem Hamburger Schiff so weit nach Norden gefahren, daß ich die Nebelinseln am Horizont sah«, entsann sich Karlsson. »Der Wind zwang uns umzukehren. Seither beschäftigt mich die Frage, ob es sie wirklich gibt oder ob sie, wie manche behaupten, nur ein Trugbild sind.«

Plötzlich sprang die Frau auf und riß Karlsson das Schaffell von den Schultern. »Seht ihn Euch an!« schrie sie. »Wollt Ihr diesem Tattergreis Euer Schiff anvertrauen? Wollt Ihr seine Hosen waschen, wenn er sich bepinkelt hat? Wollt Ihr ihm auf den Stuhl helfen und den Arsch abwischen?« Dann warf sie sich vor ihm auf die Knie und umschlang seine mageren Beine. »Bleib bei mir, Karlsson«, bettelte sie. »Du kommst da draußen um, es wird dein Tod sein!«

Mehr noch als ihre harschen Worte schien es Karlsson zu erbosen, daß sie ihn vor unseren Augen entblößt hatte. Er stieß sie so heftig von sich, daß sie rücklings zu Boden fiel, stieg über sie hinweg und schlang das Bettuch um seine Hüften. »Hol dir ein Weib ins Haus, und sie macht dich zum Kind«, grollte er. Und zu mir sagte er: »Ich bin Euer Mann, Schiffer. Ihr sollt sehen, daß ich zu Besserem zu gebrauchen bin, als diesem Weib den Säugling zu ersetzen.«

Die Frau erhob sich, trat vor Karlsson hin und schlug ihm ins Gesicht. »Dummer alter Sack«, sagte sie beinahe zärtlich. Dann ging sie aus dem Zimmer.

»Man muß ihr zugute halten, daß sie zwanzig Jahre gewartet hat, bis ich sie zur Frau nahm«, sagte der Alte. »Ich werde ihr den Hof vermachen.« Nun begann er, sich ächzend anzukleiden. Er zog eine lange Wollhose an, darüber eine zweite aus steifem Segeltuch, ferner zwei Hemden, ein Wams, ein Paar Stiefel aus Seehundsfell und schließlich einen langen Mantel, den er, dem abscheulichen Geruch nach zu urteilen, mit Tran eingefettet hatte.

Ich deutete vorsichtig an, daß die Abreise erst für Ende Februar geplant sei und ich es daher für ein wenig verfrüht hielte, schon jetzt seefeste Kleidung anzulegen. Doch Karlsson entgegnete, er pflege einen Entschluß unverzüglich in die Tat umzusetzen, da sonst Gefahr bestünde, daß man wankelmütig würde. Weiterer Erläuterungen bedurfte es nicht; ich verstand, was er meinte.

»Und warum wollt Ihr bis zum Februar warten?« fragte er.

»Man sagte mir, für eine Reise nach Bergen sei es im Herbst zu gefährlich.«

»Zeigt mir Euer Schiff«, sagte er. »Ich will sehen, ob es stark genug ist, einen ordentlichen Sturm abzuwettern.«

Wir gingen vom Hof, ohne daß Karlsson von seiner Frau Abschied nahm. Ich glaube, er blickte sich nicht einmal um.

Abends waren wir schon wieder in Wismar. Die Leute hielten in ihrer Arbeit inne, als wir mit Karlsson am Kai entlanggingen; einige lüpften gar ihre Mützen. Der Alte vermerkte es mit knurrigem Behagen.

Zu meiner Enttäuschung gefiel ihm das Schiff nicht. Obwohl er nichts sagte, sah ich es seiner Miene an. Er kroch in jeden Winkel, klopfte die Planken Zoll für Zoll ab, ging mit geschlossenen Augen und geblähten Nasenflügeln auf dem Deck umher, als söge er den Duft des Schiffes ein: In seinen Zügen verstärkte sich mehr und mehr der Ausdruck des Unbehagens.

Schließlich konnte ich nicht länger an mich halten. »Was stimmt Euch so verdrießlich, Frithjof Karlsson?« fragte ich. »Seid Ihr zu der Ansicht gelangt, daß das Schiff nicht für die Herbstfahrt geeignet ist?«

»Das ist es nicht, was mir Sorgen macht.«

»Was sonst?«

»Ich weiß nicht recht, wie ich es Euch begreiflich machen soll«, sagte Karlsson. »Das Schiff erzählt keine Geschichte.«

»Vielleicht hat es noch nichts erlebt«, wandte ich ein.

»Auch dann hätte es etwas zu erzählen«, erwiderte Karlsson. »Es würde von dem Baum erzählen, aus dem es gemacht ist, von den vielen Jahren seines Wachstums, bis er groß und kräftig war, von den Stürmen, die ihn zausten, von dem Getier, das ihn bewohnte, von den Menschen, die man an seinen Ästen aufknüpfte, um nur einiges zu erwähnen. Dieses Schiff ist stumm.«

»Aber was will das besagen?« fragte ich.

»Daß es kein gutes Schiff ist«, antwortete der Alte. Mehr war aus ihm nicht herauszubringen. Ich tröstete mich damit, daß Karlsson, wie die meisten alten Fahrensleute, ein *Spökenkieker* sei. Immerhin schien er seinen Bedenken nicht so viel Gewicht beizumessen, daß er von einer Fahrt nach Bergen abriet.

Balthasar Mulich gab sich bestürzt, als ich ihm mitteilte, daß ich, sobald die Mannschaft angeheuert sei, nach Danzig zu segeln gedächte, um dort eine Ladung Getreide an Bord zu nehmen.

»Das ist sowohl unvernünftig als auch gegen die Gepflogenheit«, sagte er. »Die Kaufleute sehen es nicht gern, wenn einer von ihnen im Winter Geschäfte macht, während sie selbst, aus Sorge um Schiff und Ladung, zu Hause bleiben.«

»Es erstaunt mich, daß ausgerechnet Ihr mir nahelegt, die Regeln zu beachten«, gab ich schnippisch zurück.

»Nun, dann wollen wir über das Geschäftliche reden«, sagte Mulich. Er beanspruchte die Hälfte des Gewinns für sich und überließ es mir, die andere nach eigenem Ermessen aufzuteilen. Der Besatzung, Steuermann und Bootsmann ausgenommen, empfahl er, anstelle baren Geldes einen Teil des Schiffsraums für eigene Waren zur Verfügung zu stellen. Dies habe sich im Fernhandel bewährt, da auf diese Weise jeder seines Glückes Schmied sei und die Gewinne häufig ein Mehrfaches dessen betrügen, was üblicherweise an Heuer gezahlt würde. Das leuchtete mir ein, und so ließ ich von meinem Vorsatz ab, seinen Anteil auf ein Drittel herunterzuhandeln.

»Mir ist zu Ohren gekommen, daß du den alten Karlsson als Steuermann verpflichtet hast«, fuhr Mulich fort. »Weshalb hast du mich nicht gefragt, bevor du eine solch wichtige Entscheidung trafst?«

»Hättet Ihr mir denn abgeraten?«

»In der Tat, das hätte ich«, antwortete er. »Außer dem Krüppel nimmst du auch noch einen Mann an Bord, um den sich merkwürdige Geschichten ranken. Man sagt, er sichte Inseln, wo es keine gibt.«

»Erspart Euch die Mühe, ihn in ein schlechtes Licht zu setzen, Balthasar Mulich«, entgegnete ich von oben herab. »Was immer man sich über ihn erzählen mag: Ich bin stolz, daß es mir gelungen ist, Frithjof Karlsson als Steuermann anzuheuern.«

»Du bist unbelehrbar, Simon«, sagte Mulich und schüttelte den Kopf, als ob an mir Hopfen und Malz verloren sei. »Insofern gleichst du doch wieder deinem Vater.« Dann nahm er eine übertrieben ehrerbietige Haltung ein und fragte: »Wann möchtet Ihr die Mannschaft sehen, Schiffer?«

»Morgen früh«, sagte ich.

Die ersten kamen kurz nach Mittag, der Rest fand sich bis zum Abend ein. Ich benutze nicht gern das Wort vom menschlichen Abschaum, Bruder Anselmus: für diese Leute fällt mir indes keine treffendere Bezeichnung ein. Einigen war ich bereits in den Spelunken begegnet, die anderen mußte Mulich in den Gassen und Hinterhöfen aufgelesen, womöglich gar aus den Arbeitshäusern geholt haben. Nie zuvor hatte ich eine solche Ansammlung von Galgenvögeln gesehen. Doch Karlsson schien sich daran nicht zu stören. Er nahm einen nach dem anderen in Augenschein und fragte, ob ein Bootsmann unter ihnen sei.

»Hier«, sagte einer, der sich vor Trunkenheit kaum noch auf den Beinen halten konnte.

»Geh in den *Schwan* und richte dem Wirt aus, daß Frithjof Karlsson ihn braucht«, trug der Steuermann Daniel auf. Dann wandte er sich an mich und sagte, ohne seine Stimme auch nur im mindesten zu senken: »Ein übles Pack, Schiffer. Aber Broder Meyenschin würde sogar aus einer Horde Affen ordentliche Seeleute machen.« Bald darauf stieg ein grobschlächtiger Mann an Bord. Er trug eine bis zum Boden reichende Lederschürze; an seinem Gürtel baumelte ein armlanger Ochsenziemer. Als die Leuten ihn sahen, trat augenblicklich Schweigen ein.

»Dies ist Broder Meyenschin, Schiffer«, stellte Karlsson ihn vor. »Er ist viele Jahre mit mir zur See gefahren. Heuert ihn als Bootsmann an, Ihr werdet es nicht bereuen.«

»Wärst du denn dazu bereit?« fragte ich Broder Meyenschin.

»Karlsson braucht mich, also bin ich zur Stelle«, antwortete er. Was auch davon zu halten war, daß er sein Wirtshaus Knall auf Fall im Stich ließ: der Mann gefiel mir. Ich streckte ihm die Hand hin, und er schlug ein. Alsdann trat er vor die Mannschaft.

»Zwingt mich nicht, mehr zu reden, als nötig ist«, sagte er. »Andernfalls spricht er zu euch.« Er zeigte auf den Schlagstock und fuhr fort: »Der hat schon mehr Rücken gebleut, als ihr alle zusammen an Jahren zählt.« Dies sagte er mit solch grimmigem Vergnügen, daß selbst mich ein leichtes Unbehagen beschlich.

Da ein leeres Schiff schon bei mäßigem Wind zum Spielball der Wellen wird, nahmen wir größere Mengen Ballast an Bord. Er bestand teils aus Sand, teils aus kopfgroßen Steinen. Die Arbeit ist bei

Seeleuten nicht beliebt, daher überläßt man sie gern den Ballastbötern. Doch Meyenschin beantwortete die zaghaften Beschwerden, indem er den Ochsenziemer vom Gürtel löste.

Nach einer windstillen Nacht kam leichter Südwind auf. Ich ließ das Segel setzen, und während es schon flatternd an der Rahe emporstieg, erschien Balthasar Mulich. Er war in Begleitung eines Jünglings, der eine lange schwarze Kutte trug.

»Ich möchte, daß Ihr den jungen Herrn mitnehmt«, rief Mulich.

»Wozu?« fragte ich. »Meine Mannschaft ist vollzählig.«

»Er fährt als Gast mit Euch«, antwortete Mulich. »Alles Weitere wird er Euch selbst erzählen.«

Als der Jüngling über das Schanzkleid setzte, bemerkte ich, daß er unter seiner Kutte ein Schwert verbarg. Ich bat ihn, in der Kajüte auf mich zu warten; im Augenblick hätte ich keine Zeit für ihn.

Ein unbeschreibliches Gefühl durchströmte mich, während der Streifen Wassers zwischen Bordwand und Kai allmählich breiter wurde. Es war zwar nicht mein eigenes Schiff, und wenn man Karlsson glauben wollte, war es kein gutes Schiff, aber ich allein bestimmte, wohin es von jetzt an seinen Bug richten würde. Zum ersten Mal in meinem Leben spürte ich, was es heißt, Macht zu besitzen, und ich bin noch heute der Ansicht, daß dieses berauschende Gefühl dem Herrscher eines riesigen Reiches in nicht größerem Maß zuteil wird als dem Schiffer einer Kogge. Ach, Bruder Anselmus, hätten doch Gefühle nicht die Eigenart, sich so leicht zu verflüchtigen!

Der Jüngling hatte sich auf meiner Koje ausgestreckt und die Kapuze so weit über sein Gesicht gezogen, daß ich nur sein bartloses Kinn sehen konnte.

»Sind wir schon auf See?« fragte er mit gepreßter Stimme.

»Noch nicht, aber wir befinden uns jetzt in freiem Fahrwasser«, erwiderte ich. »Nun sagt mir, wer Ihr seid und wie lange Ihr an Bord zu bleiben gedenkt.«

Er setzte sich auf und streifte mit einem Ruck die Kapuze vom

Kopf. Vor mir saß Hildrun, die Tochter des Ritters von Godendorp. Sie hatte sich das Haar kurz geschoren, und die Schrammen in ihrem Gesicht waren verheilt, aber ich hätte ohnehin nur ihre Augen zu sehen brauchen, um zu wissen, daß sie es war.

Meine verdutzte Miene reizte sie zum Lachen. »Mach den Mund zu, Simon Gronewech«, sagte sie. »Ich bin kein Gespenst.«

»Wißt Ihr nicht, daß eine Frau an Bord unter Seeleuten als das schlimmste aller bösen Vorzeichen gilt?« fragte ich, um Fassung ringend.

»Mulich sagte mir, du hieltest nichts von solchem Aberglauben«, entgegnete sie. »Überdies weiß es bis jetzt niemand außer dir.«

»Ich werde sofort beidrehen lassen und Euch an Land setzen«, sagte ich und ging entschlossen zur Tür. Doch bevor ich den Türknauf packen konnte, fühlte ich etwas Spitzes zwischen meinen Schulterblättern: »Keinen Schritt weiter, Simon!«

Aus dem Klang ihrer Stimme war unschwer zu entnehmen, daß sie es ernst meinte. Also drehte ich mich um und sagte: »Es ist nur eine Frage der Zeit, bis die Leute dahinterkommen.«

»Morgen kannst du mich, wo immer du willst, an Land setzen«, sagte Hildrun. »Bis dahin ist es getan.«

»Was habt Ihr denn vor?«

»Einer von ihnen ist hier an Bord. Ich habe ihn in einer Garküche am Hafen aufgespürt und bin ihm nachgegangen. Jetzt kann er mir nicht mehr entwischen.«

»Ihr wollt ihn doch nicht etwa umbringen?«

»Sie haben mir Gewalt angetan, dafür müssen sie sterben«, sagte Hildrun. Nun erzählte sie, daß sie den Männern durch ein weiteres Verbrechen auf die Spur gekommen sei: In einem Weiler unweit des Waldes, in dem sie sich an ihr vergangen hatten, seien die Strolche mit einem Bauern in Streit geraten und hätten ihn erschlagen. Aus den Berichten der Dorfbewohner war hervorgegangen, daß es sich um entlaufene Sträflinge handelte, von denen einer ein Bastard des Herzogs von Mecklenburg sei. Weiterhin habe sie in Erfahrung gebracht, daß die Männer in nördlicher Richtung zur Küste marschiert seien, um sich auf einem der Kriegsschiffe des Herzogs als Söldner zu verdingen. Weder in Stralsund noch in Rostock habe sie die drei jedoch ausfindig machen können, und so sei sie nach Wismar geritten, wo sie jenem begegnet sei, der sich nun an Bord meines Schiffes befinde.

»Sagt mir, wer es ist«, bat ich sie. »Ich werde ihn in Eisen legen und in Danzig vor Gericht stellen lassen.«

Sie musterte mich mit einem Blick, der mir Hinrichs Worte ins Gedächtnis rief. »Sie will es selbst tun«, hatte er gesagt. Ich sah ein, daß ich sie nicht umstimmen konnte. Daher ersuchte ich sie, meine Kajüte nur zu verlassen, wenn es unbedingt erforderlich sei, und sich dann so zu verhüllen, daß niemand Verdacht schöpfe.

»Laß die Tür einen Spaltbreit offen«, sagte Hildrun.

»Weshalb?«

»Damit ich ihn sehen kann.«

Das Schiff machte gute Fahrt, da wir den ganzen Tag über mit achterlichem Wind segeln konnten. Abends sahen wir das Leuchtfeuer bei St. Niklas auf Hiddensee. Von dort ging Karlsson auf Ostkurs, so daß das Land hinter der Kimm versank und wir uns bald nur noch von Meer umgeben sahen.

Ich schlief schlecht in jener Nacht. Schauerliche Gestalten geisterten durch meine Träume und erschreckten mich so sehr, daß ich des öfteren schreiend erwachte. Hildrun schlief in meiner Koje, ich auf einem Strohsack davor. Jedesmal wenn ich hochschreckte, lag sie, von Kopf bis Fuß unter der Kutte verborgen, neben mir. Ihr gleichmäßiger Atem war der einer Schlafenden. Aber wie sie es auch angestellt haben mag: Als ich, um meine Notdurft zu verrichten, aus der Kajüte trat, sah ich einen Mann an der Rahe hängen.

Das Tau war um seine Füße geschlungen, so daß sein Kopf, den Bewegungen des Schiffes folgend, über die Decksplanken schleifte. Sein nackter Körper war von Blut überströmt. Es quoll aus einer klaffenden Wunde zwischen den Beinen hervor.

»Er hat ihm Eier und Schwanz abgeschnitten«, flüsterte der Rudergänger, der zu dieser frühen Stunde als einziger außer mir an Deck war.

»Wer?« fragte ich.

»Weiß nich«, antwortete er. »Hab ihn nich gesehn. Er hat mir die Augen mit 'nem Tuch verbunden und gesagt, ich soll das Maul halten, sonst geht's mir wie dem da.« Das Tuch, ein Stück von Hildruns schwarzer Kutte, hing noch um seinen Hals.

Ich kappte das Tau und befahl dem Maat, den Toten über Bord zu werfen.

»Ich glaub, das war 'n Geist«, sagte er, als dies geschehen war. »Was glaubt Ihr, Schiffer?«

»Falls es einer war, tätest du gut daran, es für dich zu behalten. Mit Geistern ist nicht zu spaßen«, erwiderte ich. »Mach jetzt das Deck sauber, ich übernehme so lange das Ruder.«

Bald darauf gesellte sich Karlsson zu mir. Er sah das abgeschnittene Tau von Reling zu Reling pendeln, sah die Blutflecken auf dem Deck, den eifrig schrubbenden Maat, aber er sagte nichts.

»Ein Mann ist ermordet worden«, brach ich das Schweigen.

»Wo ist er?« fragte Karlsson.

Ich deutete auf das Meer hinaus.

»Wir müssen aufpassen, daß es nicht um sich greift«, sagte der Steuermann. »Wenn das Pack erst Blut geleckt hat, bekommt es Lust am Töten. Wollt Ihr, daß Meyenschin die Leute in die Zange nimmt?«

»Es war keiner von denen«, sagte ich.

Karlsson blickte zum Flüger empor. »Ich kenne eine Stelle nicht weit von hier, wo man jemand an Land setzen könnte«, sagte er. »Er würde sich allerdings nasse Füße holen.«

»Das muß er in Kauf nehmen«, sagte ich.

Als ich in die Kajüte kam, sah ich, daß eine Schüssel mit rosafarbenem Wasser gefüllt war. Hildrun kauerte, die Arme um ihre Beine geschlungen und das Kinn auf die Knie gestützt, in der Koje.

»Jetzt sind es noch zwei«, sagte sie.

»Ihr seid keine Frau, Ihr seid eine Bestie!« fuhr ich sie an. »Warum habt Ihr den Mann so grausam verstümmelt? Hätte es nicht genügt, ihn zu töten?«

»Als sie ihren Saft in mich spritzten, habe ich mir geschworen, ihnen das Glied abzuhacken, mit dem sie mich geschändet haben«, erwiderte Hildrun. »Sie nur zu töten würde mir keine Genugtuung verschaffen.«

»Ich will Euch vom Schiff haben, bevor noch mehr Unheil geschieht«, sagte ich. »Wir halten auf die Küste zu; sobald wir vor Anker liegen, werdet Ihr von Bord gehen.«

»Sehr wohl, Schiffer«, antwortete sie, und als sie nun lächelte, erschien es mir vollends unbegreiflich, daß eine so schöne Frau solch grausiger Taten fähig sein konnte.

Ich sehe sie noch, die Kutte bis zu den Hüften hochgerafft, ans Ufer waten. Es war ein kahler Küstenstreifen; nirgends Anzeichen menschlicher Besiedlung, nur Heide und Gestrüpp, ganz in der Ferne ein bewaldeter Höhenzug. Sie kletterte einen niedrigen Hang empor und verschwand. Damals ahnte ich nicht, daß sich unsere Wege noch einmal kreuzen sollten.

Bis zur Tagesmitte frischte der Wind kräftig auf. Das Schiff holte weit nach Backbord über, und aus dem Schiffsbauch drang ein dumpfes Dröhnen.

»Was ist das, Karlsson?« fragte ich leise.

»Die Seeleute sagen, der Klabautermann schlüge die Trommel«, antwortete er, während ein verschmitztes Grinsen über sein Gesicht ging. »Aber beunruhigt Euch nicht, es sind nur ein paar Ballaststeine, die sich aus den Halterungen gelöst haben.«

Meine Befürchtung, der hohe Seegang könnte in mir wieder jene Übelkeit hervorrufen, die mich auf der Reise nach Falsterbo befallen hatte, erwies sich glücklicherweise als unbegründet. Nicht auszudenken, wie tief ich in der Achtung der Mannschaft gesunken wäre, hätte ich ihr den Anblick eines seekranken Schiffers geboten!

Am darauffolgenden Tag liefen wir in den Hafen von Danzig ein. Der Pfahlmeister wies uns einen Liegeplatz am Fuß der mächtigen Burg an, die erst vor wenigen Jahrzehnten von den Ordensrittern erbaut worden war. Ich begab mich sogleich zu Mulichs Geschäftspartner, einem Angehörigen der weitverzweigten Nürnberger Kaufmannsfamilie Hagenauer.

Nikolaus Hagenauer war mit Balthasar Mulich um einige Ecken verwandt, doch im Unterschied zu diesem haftete Nikolaus Hagenauer nichts Verschlagenes an. Mit seiner würdevollen Haltung, seiner ernsten Miene und abgewogenen Redeweise verkörperte er geradezu das Ideal eines ehrbaren Kaufmanns. Ich fühlte mich an meinen Vater erinnert, als ich ihn hinter einem mit Geschäftsbüchern überladenen Tisch in seiner Schreibstube sitzen sah, und als habe er meine Gedanken erraten, empfing er mich mit den Worten: »Euer Vater ist ein sehr geachteter und wohlhabender Mann, Simon Gronewech. Schreibt es vor allem diesem Umstand zu, daß ich mich an dem Geschäft beteilige. Denn ich denke doch, daß Euer Vater zugleich Euer Bürge ist?«

»Nein, Herr, das ist er nicht. Ich handle in eigener Verantwortung«, antwortete ich.

»Soso, in eigener Verantwortung«, sagte er. »Dann muß ich meinen Vetter Balthasar mißverstanden haben. Er deutete an, wir könnten uns, wenn Euch, was Gott verhüten möge, etwas zustoßen sollte, an Eurem Herrn Vater schadlos halten.«

»Mein Vater hat mit alledem nichts zu tun«, erwiderte ich. »Und daß Ihr beteiligt seid, höre ich zum ersten Mal. Ich bin mit Balthasar Mulich im Geschäft, mit niemandem sonst.«

»Verfügt Ihr über eine Barschaft von zwanzig Mark?« fragte er unvermittelt.

»Ihr beliebt zu scherzen, Nikolaus Hagenauer«, sagte ich, obwohl in seiner Miene nichts darauf hindeutete.

Er gab mir einen prall gefüllten Lederbeutel und sagte: »Da sind zwanzig Mark, damit Ihr sie auf Verlangen vorzeigen könnt. Wir gehen in den Artushof, dort gibt es ein gutes Bier.«

Der Artushof war ein stattliches Gebäude mit reichgeschmückter Fassade. In ihm fanden sich die Danziger Kaufleute mit ihren Standesgenossen von nah und fern in geselliger Runde zusammen. Der Zutritt war jedoch an bestimmte Bedingungen geknüpft, wie etwa jene, daß der Besucher mindestens zwanzig Mark besitzen mußte, daß er keine Reisen in verbotenes Gebiet unternommen oder Waren dorthin geschickt hatte und nicht mit einer Frau von zweifelhaftem Ruf verheiratet war. Überdies war man zur Einhaltung einer Vielzahl strenger Regeln verpflichtet. So war es bei Geldstrafe untersagt, mit Krügen und Schüsseln zu werfen, das Messer zu zücken, einen anderen Gast vorsätzlich betrunken zu machen und schändliche Reden über die Obrigkeit oder die Frauen Anwesender zu führen. Ich erspare es mir, noch weitere Vorschriften aufzuzählen, da weder diese noch die bereits genannten von den Gästen beachtet wurden. Vermutlich war den Gastgebern in Wahrheit auch nicht an der Einhaltung der Regeln, sondern an deren Übertretung gelegen. Denn der Reichtum des Artushofes und der gleichnamigen Bruderschaft beruhte nicht zuletzt auf den Bußgeldern, die von den Ältermännern unnachsichtig eingetrieben wurden.

Mir knöpften sie zwei Schillinge ab, weil ich gegen die Regel verstieß, daß ein Lübecker Kaufmann auf der lübischen Bank und ein Schiffer auf der Schifferbank Platz zu nehmen hatte. Meinen Einwand, daß ich nicht an zwei Tischen zugleich sitzen könne, ließen sie nicht gelten. Also zahlte ich das Bußgeld aus Hagenauers Beutel. Er nahm es mit Gleichmut hin, ja er versicherte mir, daß es schier unmöglich sei, sich im Artushof nicht irgendeiner Regelverletzung schuldig zu machen.

Wir hatten schon einige Krüge Bier geleert, als er wieder auf das Geschäftliche zu sprechen kam. »Ihr seid ein mutiger junger Mann, Simon Gronewech«, sagte er. »Im Herbst nach Norwegen zu fahren ist ein gefährliches Unternehmen; schon mancher ist dabei ums Leben gekommen. Glückt es jedoch, unbeschadet nach Bergen zu gelangen, läßt sich im Getreidehandel ein beträchtlicher Gewinn erzielen, denn im Winter herrscht dort regelmäßig Hungersnot. Dennoch sträubt sich in mir alles dagegen, Euch eine ganze Schiffsladung Getreide anzuvertrauen, ohne im Falle des Verlustes eine angemessene Entschädigung erwarten zu können.«

»Balthasar Mulich sagte mir, Ihr schuldetet ihm einen Betrag, der den Wert einer Ladung Getreide um ein Mehrfaches übersteige«, entgegnete ich. »Daher verstehe ich nicht, weshalb Ihr von mir Sicherheiten verlangt.«

»Vetter Balthasar redet gern so, wie es ihm in den Kram paßt«, antwortete Hagenauer. »Ob ich Euch das Getreide liefere oder nicht, hängt allein von mir ab. Bringt Euren Herrn Vater dazu, für Euch Bürgschaft zu leisten, dann steht unserem Geschäft nichts mehr im Wege.«

Allmählich begann mich seine Sturheit zu ärgern. Ich gab ihm zu verstehen, daß mir nichts ferner läge, als meinen Vater um eine Bürgschaft anzugehen. Außerdem befände er sich auf Reisen, so daß es Monate dauern würde, bis ich ein von ihm unterzeichnetes Schriftstück vorlegen könne.

»Eure Unterschrift würde mir genügen, Simon«, sagte der Kaufmann. »Immerhin seid Ihr sein Sohn und rechtmäßiger Erbe.«

»Schlagt Euch das aus dem Kopf«, erwiderte ich. »Wenn mir Erfolg beschieden sein wird, woran ich im übrigen nicht zweifle, will ich ihn keinem anderen zu verdanken haben als mir selbst.«

»Stolze Worte«, nickte Hagenauer beifällig. »Gesetzt also den Fall, ich gäbe Euch das Getreide, weil ich Euch ganz einfach vertraue – würdet Ihr mir dann einen Gefallen tun?«

Ich hätte dies ohne weiteres bejaht, wäre mir nicht aufgefallen, daß er zum ersten Mal während unseres Gesprächs die Stimme senkte und vorsichtig um sich blickte. »Worum geht es?« fragte ich hinhaltend.

»Unter den Getreidetonnen werden sich zehn befinden, die nicht meine Hausmarke tragen. Diese übergebt Ihr auf Anholt einem Schiffer namens Pedersen. Das ist alles. Anholt liegt auf Eurem Kurs;

Ihr werdet dort wahrscheinlich ohnehin Frischwasser an Bord nehmen.«

Du kannst mir zu Recht vorhalten, daß ich allzu gutgläubig sei, Bruder Anselmus. Doch diesmal roch ich den Braten, und wie von ungefähr kamen mir Mulichs dunkle Geschäfte in den Sinn. »Vermute ich richtig, daß die zehn Fässer kein Getreide enthalten?«

»Zuviel zu wissen ist mitunter schädlicher als zuwenig zu wissen«, murmelte er in seinen Krug hinein.

»Wenn meine Neugier erst einmal geweckt ist, ist sie schwer zu zügeln«, gab ich unverblümt zurück. »Wer könnte mich daran hindern, die Fässer unterwegs zu öffnen?«

Er seufzte tief auf und blickte abermals verstohlen in die Runde, bevor er sich entschloß, mir reinen Wein einzuschenken: »Die Herren da oben auf der Burg sind eine schwierige Kundschaft. Kaum habe ich ihnen Rüstungen aus Nürnberg und Schwerter aus Antwerpen beschafft, wollen sie solche aus Florenz und Toledo haben. Ihre Rüstkammern sind voll von abgelegten Waffen. Nun frage ich Euch, Simon: Tut es einem Kaufmann nicht in der Seele weh, das teure Gerät dem Verfall preiszugeben? Daher habe ich den Herren Rittern vorgeschlagen, das zuvor Erworbene wieder zu verkaufen, damit es andernorts Verwendung finde.«

»Ihr habt mehr Kaufmannsgeist im kleinen Finger als andere im Kopf, Nikolaus Hagenauer«, sagte ich. »Aber ist einem ehrbaren Kaufmann der Handel mit Waffen nicht verboten?«

»Mehr als die Hälfte derer, die Ihr in diesem Raum versammelt seht, säßen hier nicht, hätten sie stets nach den Gesetzen gehandelt«, tuschelte er. Dann schob er seine Rechte über den Tisch. »Eine Schiffsladung Getreide, Simon Gronewech. Übermorgen könnt Ihr auslaufen.«

»Für wen sind die zehn Fässer bestimmt?«

»Ich habe Euch seinen Namen bereits genannt.«

»Kein gewöhnlicher Schiffer könnte diese Waren aus der eigenen Tasche bezahlen«, entgegnete ich halsstarrig.

»Eine Ladung besten Getreides anstelle einer Antwort«, sagte Hagenauer und kehrte mir die Handfläche zu.

Ich schlug ein.

Am nächsten Tag nahmen wir die Getreideladung an Bord, und in der Morgendämmerung des darauffolgenden Tages befanden wir uns bereits in Höhe der Halbinsel, die wie ein langer dünner Finger auf die Weichselmündung deutet. Die Kogge lag beängstigend tief im Wasser. Wenn sie sich, von einer Bö erfaßt, nach Lee neigte, drohten die Wellen das Schanzkleid zu überfluten. Was sollte erst werden, falls wir in einen Sturm gerieten?

»Haben wir das Schiff überladen?« fragte ich Karlsson in der Hoffnung, er würde meine Sorgen zerstreuen.

»Sieht so aus«, entgegnete er. »Es benimmt sich wie eine Jungfer, die auf ihre alten Tage schwanger geworden ist.«

»Wir werden Anholt anlaufen und dort zehn Fässer ausladen«, sagte ich. »Vielleicht liegt das Schiff dann besser.«

»Wie Ihr meint, Schiffer«, antwortete der Steuermann.

Vor der Einfahrt in den Öresund kreuzte ein Stralsunder Kriegsschiff unseren Kurs. Ein Mann in blitzender Rüstung hieß uns, beizudrehen und das Segel einzuholen. Bald schrammte Bordwand gegen Bordwand, und der Mann sprang, von einer Handvoll bewaffneter Seeleute gefolgt, auf unser Deck herüber.

»Wer ist euer Schiffer?« fragte er meine Leute, die sich wie Haufen verschrecker Hühner auf der Back zusammendrängten.

»Das bin ich«, sagte ich um einiges forscher, als es der Lage angemessen war. Doch es verstimmte mich, daß er in mir, obwohl ich in aller Eile meinen neuen Mantel angelegt und das Schwert gegürtet hatte, nicht sogleich den Schiffer erkannte.

Er trat vor mich hin, und da er um einiges größer war, spiegelte sich mein Gesicht fratzenhaft entstellt in seinem Brustharnisch. »Euer Name?«

»Simon Gronewech, Kaufmann und Schiffer aus Lübeck. Und wer seid Ihr?«

»Führt Ihr Waffen an Bord?«

Ich klopfte gegen den Knauf meines Schwertes: »Nur solche, die wir zu unserer Verteidigung brauchen.«

»Was habt Ihr geladen?«

»Getreide für Bergen.«

»Ihr wißt so gut wie ich, daß die Bergenfahrt in dieser Jahreszeit eingestellt wird.«

»Es gibt kein Gesetz, das sie verbietet.«

»Ich habe Befehl, jedes Schiff zu durchsuchen, bevor es den Sund passiert«, sagte er.

»Bootsmann, laß die Ladeluken öffnen«, rief ich Meyenschin zu. Bei dieser Gelegenheit sei erwähnt, daß ich die zehn Fässer in den Verschlägen beiderseits meiner Kajüte untergebracht hatte, damit sie leichter entladen werden konnten. Der Mann in der Rüstung winkte jedoch ab und nahm mich beiseite.

»Ihr erspart Euch eine Menge Unannehmlichkeiten, wenn Ihr mir sagt, wo Ihr die Waffen versteckt habt«, flüsterte er. »Ich gebe Euch mein Wort, daß Euch kein Härchen gekrümmt wird.«

Hatte er womöglich einen Wink von Leuten bekommen, die mich im vertraulichen Gespräch mit Hagenauer gesehen hatten und jenem das Geschäft mißgönnten? Oder wollte er mich übertölpeln? Ich nahm auf gut Glück das letztere an und beschloß, es ihm mit gleicher Münze heimzuzahlen. Also sagte ich, gleichfalls meine Stimme dämpfend: »Sie befinden sich ganz unten im Laderaum, Herr. Tausend Schwerter, zweihundert Armbruste, dreißig komplette Rüstungen und, fast hätte ich sie vergessen, zwei Steinschleudern. Mit einem Wort, ich habe genug Waffen an Bord, ein kleines Heer auszurüsten.«

Ihm schoß das Blut ins Gesicht. Selbst seine Augäpfel färbten sich rot. »Du Hundsfott!« schrie er. »Du armseliger Wurm, du verlogener Pfeffersack! Wer bist du, daß du es wagst, dich über einen Ritter Bassewitz lustig zu machen!« Er packte mich am Hals und würgte mich, bis mir die Sinne zu schwinden begannen. »Komm mir nie wieder unter die Augen!« hörte ich ihn brüllen. »Das nächste Mal schlitze ich dich auf!«

Jahre später sollte ich dem Ritter Bassewitz tatsächlich noch einmal begegnen. Zum Glück erkannte ich ihn schneller wieder als er mich, sonst hätte er seine Drohung vermutlich wahr gemacht. Doch getreu meinem Vorsatz, der Reihe nach zu erzählen, will ich es bei dieser Anmerkung bewenden lassen.

Der Öresund ist ein schwieriges Fahrwasser. Widrige Winde zwangen uns, ständig zwischen der dänischen Küste und der von Schonen zu kreuzen. Oftmals sahen wir abends die gleichen Landmarken wieder, die wir bereits am Morgen gesichtet hatten. Doch querab von Kopenhagen wurden wir von einer nordwärts gerichteten Strömung erfaßt. Sie trieb uns auf die offene See hinaus. Später drehte der Wind auf Ost und brachte uns in einer guten Tagesreise nach Anholt.

Ein öder Flecken Erde, Bruder Anselmus. Hinter einem schmalen Streifen bebauten Landes im Westteil der Insel dehnt sich die *Wüste*, wie sie die Einheimischen nennen, eine Heidelandschaft mit sturmgepeitschtem Gestrüpp. In dem winzigen Dorf lebte ein knappes Dutzend Familien, das sich notdürftig von Ackerbau und Fischfang ernährte. Auf seinen zahllosen Reisen hatte Karlsson die Insel schon oft angelaufen; seinerzeit, erzählte er, habe er jeden Bewohner beim Namen gekannt. Manche von ihnen hätten aus schierer Not Strandräuberei betrieben, indem sie vorbeifahrende Schiffe mit irreführenden Leuchtfeuern auf die Sandbänke lockten.

Den Anholtern war ein Schiffer namens Pedersen nicht bekannt. Nur ein alter Fischer glaubte sich zu erinnern, daß ein Pedersen vor vielen Jahren in dem Haus neben der Kirche gewohnt hätte. Falls ich mit ihm verabredet sei und es ihn noch gäbe, würde er sich vermutlich bei mir melden.

So geschah es, und zwar schon in der nächsten Nacht. Ich wurde durch lautes Poltern aus dem Schlaf gerissen, und als ich aus der Kajüte blickte, sah ich auf dem Deck eine Anzahl schattenhafter Gestalten.

Eine von ihnen trat einen Schritt vor und fragte: »Von Danzig, Schiffer?«

»In Danzig habe ich meine Ladung an Bord genommen«, antwortete ich. Nun bemerkte ich, daß neben meinem Schiff ein anderes lag, eine Schnigge, soviel ich im Dunkel erkennen konnte.

Der Mann kam noch einen Schritt näher: »Wie viele sind es?«

»Zehn«, erwiderte ich.

»Es ist Pedersen«, sagte er. Offenbar war es in dieser Gegend Brauch, von sich selbst in der dritten Person zu sprechen.

»Kommt mit in die Kajüte«, sagte ich.

Im Schein der Tranlampe sah ich, daß Pedersen ein alter, glatzköpfiger Mann war. Sein abgeschabter Mantel verströmte einen ähnlich widerlichen Geruch wie der Karlssons. Ich weckte den Steuermann und fragte: »Kennt Ihr den Mann?«

Karlsson setzte sich auf, musterte ihn flüchtig und ließ sich wieder in seine Koje fallen. »Ich dachte, du wärst längst verreckt, Pedersen«, brummelte er.

»Dasselbe hab ich von dir gedacht, Frithjof«, antwortete der Mann.

»Wißt Ihr, was die Fässer enthalten?« fragte ich Pedersen.

»Man hat seine Vermutungen«, wich er aus. »Doch was geht's uns an, Schiffer? Ihr habt die Fässer hergebracht, und ich bringe sie weiter, dafür werden wir bezahlt.«

»Wo bringt Ihr sie hin, Pedersen?«

Er spitzte die blutleeren Lippen und pfiff das Lied, mit dem der Seeräuber Claas Howfoote Abschied vom Leben genommen hatte.

»Holt die Fässer aus den Verschlägen und verschwindet«, sagte ich. Pedersen warf noch einen Blick auf Karlsson, bevor er hinausging. Kurz darauf hörte ich, wie die Fässer über das Deck gerollt wurden. Dann war es still.

Von Anholt gelangten wir mit günstigem Wind in anderthalb Tagen nach Norwegen hinüber. Während der Fahrt an der Küste entlang herrschte ein für die Jahreszeit ungewöhnlich gutes Wetter. Es war, als wollte die Westsee den alten Steuermann Lügen strafen, der mich auf Stürme und haushohen Wellengang vorbereitet hatte. Ich sah ihn ein ums andere Mal den Kopf schütteln, ja mir schien, daß er angesichts des sanftmütigen Meeres an seinen Erfahrungen zu zweifeln begann. Später wünschte ich mir, die Westsee hätte mir gleich auf dieser ersten großen Reise ihr wahres Gesicht gezeigt, hätte sich als das Ungeheuer entpuppt, vor dem Karlsson mich gewarnt hatte. Vielleicht wäre ich dann nicht so leichtsinnig gewesen, es mit einem weit größeren und wilderen Meer aufzunehmen.

Eine fremdartige Welt entfaltete sich vor meinen Augen, als wir uns durch den Schärengürtel schlängelten, der Bergen vor der See abschirmt. Schroffe Felswände, von denen das Geschrei unzähliger Seevögel widerhallte, düstere Schluchten zwischen riesigen Granitblöcken, ein ins Meer gestreuter Trümmerhaufen von zyklopischen Ausmaßen. Hier fand Karlsson endlich Gelegenheit, eine Probe seiner Kunst zu geben. Leicht nach vorn gebeugt, aus zusammengekniffenen Augen nach Landmarken spähend, steuerte er das Schiff hart an den Steilwänden entlang. Manchmal kam er ihnen so nahe, daß die Mastspitze den überhängenden Fels streifte, dann wieder riß er das Ruder herum, um einem im Wasser verborgenen Stein auszuweichen. Währenddessen bewegte er die Lippen, als riefe er sich im Selbstgespräch die auf früheren Reisen gesammelten Kenntnisse ins Gedächtnis zurück. Es können aber auch Zaubersprüche gewesen sein. Gleichviel, plötzlich rückten die Felswände auseinander und gaben den Blick auf Bergen frei.

Die Stadt selbst kam mir vertraut vor, sie hätte an der Ostsee oder in Dänemark liegen können. Doch eingebettet in die zerklüftete Bergwelt, nahm sie sich unwirklich aus – wie ein Trugbild, das im nächsten Augenblick zerstieben konnte.

Als wir am Kai festmachten, sagte Karlsson mit Blick auf die eilig herbeiströmenden Menschen: »Wenn ich Euch einen Rat geben darf,

Schiffer: Macht Euer Geschäft nicht mit dem erstbesten. In Bergen muß man sich Zeit lassen.«

Binnen kurzem hatte sich am Ufer eine nach Hunderten zählende Menge versammelt. Die Leute, vorwiegend solche niederen Standes, betrachteten mich mit ehrfürchtigem Schweigen. Da sie offensichtlich von mir das erste Wort erwarteten, fragte ich, wo der Ältermann des Bergener Kontors wohne. Sogleich erboten sich mehrere, mich zu ihm zu führen.

Thomas Witik saß mit seinen Gehilfen in der Schötstube beim Mittagsmahl. Er gab mir unwirsch zu verstehen, daß er es nicht schätze, beim Essen gestört zu werden. Doch als ich meinen Namen nannte, fiel ihm vor Staunen der Löffel aus der Hand.

»Ich traue meinen Ohren nicht!« rief er. »Was ist in meinen Freund Hinrich Gronewech gefahren, daß er seinen Sohn im Spätherbst nach Bergen schickt?«

»Mich schickt niemand, Herr«, antwortete ich. »Ich bin selbständiger Kaufmann und in eigenen Geschäften unterwegs.«

Er lud mich ein, am Mittagsmahl teilzunehmen. Währenddessen erzählte ich ihm, daß ich mit einer Ladung Getreide nach Bergen gekommen sei, um sie hier gegen Stockfisch einzutauschen.

»Ich weiß nicht, ob ich dich loben oder tadeln soll, Simon«, sagte Witik. »Du bist ein großes Wagnis eingegangen. In all den Jahren, die ich hier schon lebe, hat noch kein Schiff so spät im Jahr Bergen angelaufen.«

Nach dem Essen ging der Ältermann mit mir in die Schreibstube. »Der Winter kommt diesmal ungewöhnlich spät, aber schon bald wird er uns in Eis und Schnee begraben«, sagte er. »Vor Pfingsten wirst du nicht weiterfahren können, Simon. Ich rate dir, den Handel erst im Frühjahr abzuschließen, denn bis dahin pflegen sich die Getreidepreise mindestens zu verdoppeln.«

»Können wir nicht miteinander ins Geschäft kommen?« fragte ich, weil sein Amt eine gewisse Gewähr bot, daß ich es mit einem ehrlichen Mann zu tun hatte.

»Das würden mir die anderen Kaufleute sehr verübeln«, entgegnete er. »Hier kennt jeder jeden, und daher weiß man auch, daß ich mit deinem Vater von Kindesbeinen an befreundet bin. Als Ältermann kann ich es mir nicht erlauben, daraus meinen Vorteil zu ziehen. Aber du darfst dir bei mir Rat und Unterstützung holen, wann immer du es wünschst.«

Thomas Witik war in dem Alter, da der Mensch weit zurückliegende Erlebnisse in einem verklärenden Licht zu sehen beginnt. So mochte es ihm auch mit der Freundschaft zu meinem Vater ergehen. Denn um ehrlich zu sein, Bruder Anselmus: Mir fiel es schwer zu glauben, daß mein Vater jemals einen Freund gehabt hatte. Doch wie dem auch sei, ich wurde zum Nutznießer dieser Freundschaft. Witik brachte meine Ladung in einem seiner Speicher unter, damit das Getreide während der Wintermonate trocken lagere, er ließ mein Schiff auf die Brabank setzen, wo es auf seine Kosten von Algenbewuchs und Muscheln gesäubert und frisch kalfatert wurde, er sorgte dafür, daß meine Besatzung in einer Herberge preiswerte Unterkunft fand, und mich selbst nahm er als Gast und Tischgenossen in sein Haus auf. Ich bin selten einem so großzügigen und uneigennützigen Menschen wie Thomas Witik begegnet. Und da es ihm ein Herzensbedürfnis zu sein schien, dem Sohn seines Freundes Gutes zu erweisen, plagten mich keinerlei Skrupel.

Witik war einer von sechs Älterleuten, die für die etwa zweitausend Südmänner in Bergen die Obrigkeit darstellten. Als *Südmänner* bezeichneten die Norweger die Kaufleute und Handwerker aus den wendischen Städten, aus Hamburg und Bremen, die sich hier im hohen Norden für einige Jahre oder auch für immer niedergelassen hatten. Vor den Kaufleuten waren schon die Handwerker in Bergen ansässig geworden, Bäcker, Schuster, Kürschner, Goldschmiede, Tuchscherer und Schneider. Da die Schuster unter ihnen seit jeher in der Mehrzahl waren, nannte man die Handwerker allesamt *Schomaker.* Sie wohnten an der Südseite der Bucht, die Kaufleute auf der *Deutschen Brücke* an der Ostseite, und die rund sechstausend Norweger *über Strand*, also gegenüber der Deutschen Brücke auf der Westseite.

Das Kaufmannsviertel bestand aus einer Anzahl langgestreckter *Höfe*, deren Schmalseiten zum Hafen hin ausgerichtet waren. Auf den Höfen standen mehrstöckige Gebäude aus geteertem Rundholz, die den Kaufleuten als Speicher und Wohnung dienten. Stattliche Bauten, dazu geschaffen, Winterstürmen zu trotzen und Jahrhunderte zu überdauern, unverkennbar dem Nützlichkeitsdenken des Kaufmanns entsprungen, aber zugleich Sinnbilder des Wohlstands und der Macht.

Die Kaufleute, allen voran die Lübecker, beherrschten die Stadt, ja es wäre keine Übertreibung zu behaupten, daß sie das ganze Land beherrschten. Die Norweger waren schon vor Jahren dazu übergegangen, Stockfisch gegen Getreide einzutauschen, statt es selbst auf ihren kargen Böden anzubauen. Dadurch hatten sie sich auf Gedeih und Verderb den Kaufleuten ausgeliefert. Beschnitt man ihre Privilegien oder weigerte man sich, ihnen neue einzuräumen, drosselten die Kaufleute die Getreideeinfuhren und warteten, bis der König durch die auf dem Fuße folgende Hungersnot zum Nachgeben gezwungen wurde. Ein schändliches Spiel, falls man es überhaupt so nennen darf, da Gewinner und Verlierer von vornherein feststanden. Wohlgemerkt, Bruder Anselmus, so denke ich heute. Damals sah ich es mit den Augen des Kaufmanns, dem nichts erwünschter ist, als daß Mangel herrsche, wo er seine Waren ausbreitet.

Das Leben auf der Deutschen Brücke war durch eine Reihe strenger Statuten geregelt, über deren Einhaltung die Ältermänner und achtzehn Geschworene wachten. So bedurfte es schon einer besonderen Begründung, wollte sich ein Bewohner der Deutschen Brücke in das Viertel der Handwerker oder *über Strand* in den Wohnbezirk der Norweger begeben. Des weiteren war verboten, die Ehefrau aus der Heimat mitzubringen oder sich an Ort und Stelle mit einer Einheimischen zu verheiraten. Mit anderen Worten: Auf der Deutschen Brücke lebte eine reine Männergesellschaft unter Bedingungen, die jenen in einem Kloster durchaus vergleichbar waren. Man rechtfertigte dies damit, daß Frauen in einer überwiegend aus Männern bestehenden Gemeinschaft unweigerlich Unfrieden stifteten. Über die Folgen erzwungener geschlechtlicher Enthaltsamkeit hatten sich die Verfasser der Statuten offenbar keine Gedanken gemacht.

Wie Thomas Witik vorausgesagt hatte, ließ der Winter nicht lange auf sich warten. Zwei oder drei Tage nach unserer Ankunft überzog sich das Wasser im Fjord mit einer Eisschicht, und wiederum einige Tage später war sie schon so fest, daß sie einen Pferdeschlitten tragen konnte. Dann begann es zu schneien. Ich mag den Schnee, Bruder Anselmus. Als Kind konnte ich stundenlang am Fenster sitzen und dem quirligen Tanz der Schneeflocken zuschauen. Dieser Schnee brach jedoch mit der Gewalt einer Grundsee über die Stadt herein. Im Nu waren die schmalen Straßen zwischen den Höfen unter Schneewehen begraben. Auf den Dächern türmten sich Wächten und wuchsen mit denen der gegenüberliegenden Häuser zusammen, so daß nicht einmal mehr das spärliche Tageslicht in die Gassen dringen konnte. Ich malte mir schaudernd aus, was geschehen wäre, hätte uns der Winter schon auf hoher See überrascht.

Thomas Witik war ein vielbeschäftigter Mann. Nach der Morgenmesse in der Marienkirche widmete er sich bis zum Mittag seinen Geschäften. Den Rest des Tages verbrachte er im Schütting des Svensgården, wo sich die Älterleute und Geschworenen zu versammeln pflegten. Oftmals kehrte er spätabends mit sorgenvoller Miene heim und sprach andeutungsweise von schweren Verstößen gegen die Statuten und höchst unerfreulichen Auseinandersetzungen mit jüngeren Kaufleuten. Da ihm somit wenig Zeit blieb, sich um mich zu kümmern, brachte er mich mit einem Mann zusammen, der, meinte er, ein höchst erbaulicher Umgang sei.

Hans Unverfehrt war ein häufiger und gerngesehener Gast in Witiks Haus. Er galt als ein überaus frommer Mann, was er durch demütiges Auftreten und salbungsvolle Redeweise zu unterstreichen wußte. Beim sonntäglichen Mittagsmahl überließ Witik es ihm, das Tischgebet zu sprechen. Ich erinnere mich, daß die Suppe oft kalt wurde, bis Hans Unverfehrt die Versuchungen aufgezählt hatte, vor denen er Gott die Versammelten zu bewahren bat. Da er jedoch besonders die fleischlichen Sünden mit einer beinahe schwelgerischen Anschaulichkeit behandelte, wurde ihm seine weitschweifige Fürbitte von niemandem verargt.

Ich habe immer ein Gespür dafür gehabt, ob sich jemand seinem Wesen gemäß verhält oder eine Rolle spielt. So erging es mir auch mit Hans Unverfehrt: Ich erkannte in ihm sogleich den Scharlatan. Und er wußte, daß ich ihn durchschaute.

»Thomas Witik ist ein sittenstrenger Mann«, sagte er, als wir allein in der Schötstube am Kamin saßen. »Er sieht es gern, daß ich ihn und seine Leute zu gottgefälligem Lebenswandel anhalte. Bedenkt, junger Mann, daß wir in Bergen und insbesondere auf der Deutschen Brücke in einem wahren Sündenpfuhl leben. Mit Statuten allein kann dem sündhaften Treiben nicht Einhalt geboten werden, dazu bedarf es außerdem noch ermahnender Worte.«

»Wie nehmen es die Pfarrer auf, daß Ihr ihnen ins Handwerk pfuscht?« fragte ich.

»Ach, die Pfaffen«, antwortete er geringschätzig. »Wir haben hier derzeit zwei. Der eine säuft, der andere schläft mit seinem Meßdiener. Früher gab es noch einen dritten. Dieser hielt sich für den Messias. Weil er es vom Altar herab verkündete, wurde er in den Kerker geworfen. Wahrscheinlich wäre er dort verschimmelt, hätte sich nicht ein barmherziger Mensch seiner erinnert und einen Gnadenerlaß erwirkt. Jetzt glaubt er zwar immer noch, daß er der Verheißene sei, aber er hält sich von der Kirche fern.« Letzteres sagte er mit einem kaum wahrnehmbaren Augenzwinkern.

»Sprecht Ihr womöglich von Euch selbst?«

»Du hast es erraten«, erwiderte er, nahm meinen Kopf in beide Hände und küßte mich auf die Stirn. »Halleluja, ich bin der Messias!«

Hans Unverfehrt spielte den Messias gewissermaßen auf zwei Bühnen. Die eine waren die Schötstuben der ehrbaren Handelsherren, wo er vor einer zerknirscht dreinblickenden Zuhörerschaft wider die Sittenverderbnis predigte, die andere die Gemeinschaftsräume der jungen Kaufleute und Gehilfen. Dort erregten seine erbaulichen Reden tosende Heiterkeit. Im Grunde sagte er hier wie dort das gleiche, doch zeichnet es den Gaukler aus, daß er schon durch eine geringfügige Änderung des Tonfalls und der Gestik entgegengesetzte Wirkungen erzielen kann. Und Hans Unverfehrt war ein großartiger Gaukler. Kurzum, Witik hätte keinen besseren finden können, mir die Langeweile zu vertreiben.

Bald traten wir gemeinsam auf, indem ich das Erscheinen des Messias mit feierlichem Flötenspiel ankündigte und während seiner Predigt die genüßlich geschilderten Höllenqualen mit schrillen Tönen untermalte. Da mein Spiel jedoch in Hans Unverfehrts donnernder Rede unterging, verlagerte ich meine Mitwirkung mehr und mehr aufs Pantomimische, was nun wiederum derartige Begeisterungsstürme auslöste, daß Hans sich kaum noch Gehör verschaffen konnte. Zu der ausgelassenen Stimmung trug neben unseren Darbietungen auch der Fusel bei, den die jungen Leute unterderhand von den Norwegern bezogen. Es hieß, er sei aus Beeren und gegorener Baumrinde gebrannt. Ein teuflischer Trank, Bruder Anselmus. Ich habe erlebt, daß einige bereits nach zwei oder drei Gläsern in blindwütige Raserei gerieten; andere rissen sich die Kleider vom Leib und tanzten nackt auf den Tischen. Fast immer endeten die Abende in einer Rauferei. Häufig kam es auch vor, daß die jungen Männer in die Häuser der Norweger eindrangen und dort alles kurz und klein schlugen. Nach solchen Übergriffen bedurfte es langwieriger Verhandlungen, um den königlichen Vogt und seine Landsleute davon abzuhalten, Vergeltung zu üben.

Unter den jungen Kaufleuten waren zwei, Hermann Clendenst und Arent von Wickede, die ich von den Sitzungen des Geheimbundes her kannte. Beide entstammten alten Lübecker Familien und waren zur Ausbildung nach Bergen geschickt worden. Sie boten an, sich dafür zu verwenden, daß ich in die Gemeinschaft der Kontorischen aufgenommen würde. Dies, versicherten sie mir, sei nicht nur eine hohe Ehre, sondern auch von größtem Nutzen, denn wer dieser erlauchten Bruderschaft angehöre, könne stets auf die Unterstützung ihrer über alle Handelsplätze verteilten Mitglieder rechnen. Jeder Neue müsse sich indes einer Anzahl harter Proben unterziehen, die im einzelnen zu beschreiben ihnen ihre Schweigepflicht verbiete. Nun, ich dachte mir, da die beiden diese Proben bestanden hatten, würde es auch mir wohl gelingen.

Man nannte die Proben *Bergener Spiele*, was die Vermutung nahelegt, es handle sich um Wettkämpfe jener Art, bei denen Kraft, Geschicklichkeit, womöglich auch komödiantisches Talent gefragt sind. Weit gefehlt, Bruder Anselmus. *Bergener Spiele* war die schönfärberische Umschreibung für eine Reihe grausamer Torturen. Es begann damit, daß man ein Loch in das Eis hackte und mich mehrfach kopfüber ins Wasser tauchte. Halb erfroren wurde ich in einen Lagerraum geschleppt. Dort bleute man mich mit Lederriemen und Knüppeln durch, wobei die Zuschauer laut sangen, um meine Schmerzensschreie zu übertönen. Noch schlimmer war die sogenannte Rauchprobe: Man zog mich, in eine Ochsenhaut gewickelt, zur Rauchöffnung im Dach empor und ließ mich dort hängen, während auf dem Feuer unter mir Wolle, Teer und Kot verbrannt wurden. Ich war nahe am Ersticken, mußte aber gleichwohl eine Reihe törichter Fragen beantworten, wie beispielsweise jene, weshalb auf einem Weiberarsch keine Pilze wüchsen. In dieser Weise ging es Abend für Abend weiter. Wie qualvoll die Proben waren, magst du daran ermessen, daß ich es als eine Wohltat empfand, als meine Peiniger mich schließlich auf den Boden des Versammlungsraums legten und einer nach dem anderen seinen Darm auf mich entleerte.

Ich habe mich hernach gefragt, weshalb ich so viel erdulden mußte, um in eine Gemeinschaft von Säufern, Spielern und Raufbolden aufgenommen zu werden. Vermutlich geschah dies allein zur Zerstreuung derer, die diese unmenschlichen Proben bereits über sich hatten ergehen lassen müssen. Aber ich gehörte nun dazu, ja, in Würdigung meines mannhaften Verhaltens wurde ich sogar zum Schöffen gewählt. Dem Schöffen oblag es nicht, wie man annehmen könnte, Streit innerhalb der Gemeinschaft zu schlichten, sondern diese gegenüber den Älterleuten und Geschworenen zu vertreten. So sah ich mich des öfteren gezwungen, vor den Augen der gestrengen Obrigkeit auf der Anklagebank Platz zu nehmen. Sehr zum Erstaunen übrigens meines Gastgebers Thomas Witik, der mich in der Obhut des frommen Hans Unverfehrt wähnte.

Es war eine heikle Aufgabe, etwas rechtfertigen zu müssen, das ich selbst nicht billigte. Dennoch entledigte ich mich ihrer zur Zufriedenheit aller. Dank meiner Fürsprache fielen die Urteile des Ältestenrates glimpflicher aus als bisher, und die Obrigkeit ließ durchblicken, daß sie sich glücklich schätze, in mir einen verständigen Gesprächspartner zu haben.

Manchmal versuche ich, mir vorzustellen, was aus mir geworden wäre, hätte ich an bestimmten Stationen meines Lebensweges dem Verstand gehorcht, statt mich der launischen Fortuna anheimzugeben. Nehmen wir zum Beispiel Bergen: Ich genoß das Vertrauen einflußreicher Handelsherren; sie betrachteten mich, obwohl ich auf der Gegenseite stand, insgeheim als einen Verbündeten. Ihre Empfehlung hätte mir den Weg zu hohen Ämtern geebnet. Ich hätte ihnen nur den Beweis liefern müssen, daß ich im Zweifel für sie Partei ergreifen würde. Doch mir war es nicht gegeben, über den Tag hinauszudenken. Ich verscherzte mir das Wohlwollen der Obrigkeit. Laß dir erzählen, wie es dazu kam.

Am Rande der Norwegersiedlung wohnte eine Witwe namens Solveig mit zwei halbwüchsigen Töchtern. Sie stand in dem Ruf, ihren Körper für ein Pfund Weizenmehl zu verkaufen. Hermann Clendenst und Arent von Wickede wollten sie schon hin und wieder besucht haben, und wenn man ihnen glauben durfte, verfügte Solveig in Liebesdingen über einen bemerkenswerten Einfallsreichtum. Eines Nachts hatten sie die Gesellschaft mit ihren lüsternen Reden in solche Erregung versetzt, daß ein Dutzend Heißsporne beschloß, die Dienste der Witwe unverzüglich in Anspruch zu nehmen. Was mich bewog, mit ihnen zu gehen, weiß ich nicht mehr. Möglicherweise war es die Absicht, mäßigend auf meine Kumpane einzuwirken.

Wir kämpften uns durch den Schneesturm Schritt für Schritt über das blanke Eis des Fjords. Bei den Norwegern schien alles zu schlafen, auch in Solveigs Hütte brannte kein Licht. Arent klopfte an die Tür, und als sich nichts regte, schlugen wir mit unseren Stöcken gegen die Wand. Nun wurde es hell hinter den verhängten Fenstern. Ich hörte Tuscheln, hastige Schritte, dann tat sich die Tür einen Spaltbreit auf. Ein blasses Gesicht, zerzaustes Haar, verschattete Augen, ein Mund, der sich erfolglos an einem Lächeln versuchte. Mich durchzuckte der Gedanke, daß noch Zeit sei umzukehren.

»Laß uns rein, Solveig«, rief Arent. »Wir frieren uns den Schwanz ab.«

»Es geht jetzt nicht«, flüsterte sie. »Ihr habt meine Töchter geweckt. Ich will nicht, daß sie es sehen.«

»Willst du uns weismachen, sie wüßten nicht, was ihre Mutter treibt?« fragte Hermann Clendenst. Er stieß die Tür auf und ging hinein. Die Hütte barg nur einen einzigen Raum. An den Wänden befanden sich Alkoven mit geschlossenen Vorhängen. Es roch nach feuchten Kleidern und Frauen. Die Witwe war älter, als ich sie mir nach der Beschreibung vorgestellt hatte. Unter ihrem Nachthemd zeichnete sich ein hagerer Körper ab.

»Heute bekommst du Geld statt Weizenmehl«, sagte Hermann und warf eine Münze auf den Tisch.

»Ich will nicht«, sagte die Witwe.

Arent riß den Vorhang eines der Alkoven auf. Über die bis ans Kinn geraffte Bettdecke starrten uns vor Angst geweitete Augen an.

»Machen wir's mit den Töchtern, wenn die Mutter nicht will«, schlug einer vor.

»Rührt sie nicht an«, stammelte Solveig. »Ihr könnt mich haben, aber tut das um Gottes willen nicht meinen Töchtern an!« Sie legte sich auf einen Strohsack und streifte ihr Hemd bis zu den Hüften hoch.

Was jetzt geschah, will ich nicht im einzelnen schildern – weniger aus Rücksicht auf dein keusches Gemüt als aus Scham. Ja, ich schäme mich, mehr noch: Mich ekelt vor mir selbst, daß ich tatenlos zusah, wie die Mädchen geschändet wurden. Ich habe ihre gellenden Schreie noch im Ohr; ihre schmerzverzerrten Gesichter haben mich bis in meine Träume hinein verfolgt.

Zwei hielten derweil die rasende Solveig fest. Sie kratzte, biß, schlug mit Armen und Beinen um sich. Schließlich gelang es ihr, die beiden abzuschütteln. Barfüßig und nur mit dem Hemd bekleidet stürzte sie in die Nacht hinaus. Im gleichen Augenblick wußte ich, was sie vorhatte: Sie wollte uns ihre Landsleute auf den Hals hetzen! Meiner Eingebung verdankten wir es, daß wir mit heiler Haut davonkamen.

Bereits am nächsten Morgen befahl der norwegische Vogt die Älterleute des Bergener Kontors zu sich auf Schloß Bergenhus. Die Älterleute beriefen in aller Eile eine Versammlung ein, zu der auch ich geladen wurde. Die Kunde von der nächtlichen Missetat war noch nicht zu ihnen gedrungen, daher fragten sie mich, ob ich wüßte, was vorgefallen sei. Mein Bericht versetzte sie in große Bestürzung. Keiner konnte sich eines solch schweren Verbrechens entsinnen, und man war sich einig, daß der königliche Vogt es nicht dabei bewenden lassen würde, das Bergener Kontor gehörig zu schröpfen; dieses Mal werde er das Todesurteil verhängen.

»Wer waren die Anstifter?« fragte einer der Älterleute.

Nach mehrfachem Drängen nannte ich Hermann Clendenst und Arent von Wickede. Die Namen lösten tiefes Schweigen aus. Dann bat mich der Ältermann, die Namen der anderen zu nennen, und als ich sie aufgezählt hatte, machte ein Wispern die Runde.

»Ihr tragt einen ehrenwerten Namen, Simon Gronewech«, fuhr

der Ältermann fort. »Aber er genießt bei weitem nicht das gleiche Ansehen wie die Namen Clendenst und Wickede. Wie denkt Ihr darüber, daß die Söhne zweier hochgeachteter Lübecker Geschlechter unter dem Beil eines norwegischen Henkers enden könnten?«

»Dies würde niemand mehr bedauern als ich, Herr«, antwortete ich.

»Es geht mir weniger um Euer Mitgefühl als um die Schande für unsere Stadt«, sagte der Ältermann. »Überlegt Euch also gut, ob ausgerechnet diese beiden Namen genannt werden sollten, falls der Vogt nach den Anstiftern fragt.«

Die Ältermänner schienen mein Schweigen als Zustimmung zu deuten. Andernfalls hätten sie mich wohl kaum ersucht, sie auf ihrem Canossagang zu begleiten.

Der Vogt ließ uns geraume Zeit in einer ungeheizten Halle warten, bevor er uns empfing. Er saß auf einem Hochsitz, dessen Pfosten in zwei zähnefletschenden Drachenköpfen endeten. Jarl Haakon war ein Nachfahre des Wikingerkönigs Olav Tryggvason und galt als ein enger Vertrauter des norwegischen Herrschers. Zum Zeichen seiner Würde trug er einen Mantel aus Eisbärfell und eine kegelförmige Pelzmütze. Anstelle der üblichen Begrüßungsworte befahl er einem Knappen, die Witwe hereinzuholen.

Solveigs Gesicht war kreidebleich, ihre Augen rotgerändert. Der Vogt forderte sie auf zu berichten, was vergangene Nacht vorgefallen war, und Solveig erzählte es mit tonloser Stimme. Ihr Bericht klang seltsam unbeteiligt; es war, als spräche sie von einem Ereignis, dem sie lediglich als Augenzeugin beigewohnt hatte. Doch gerade dies verlieh ihren Worten eine über jeden Zweifel erhabene Glaubwürdigkeit.

»Wie ich euch Südmänner kenne, wiegt ihr euch in der Hoffnung, die Sache ließe sich mit Geld aus der Welt schaffen«, hob der Vogt an. »Ihr irrt euch, hohe Herren! Dieses schändliche Verbrechen erfordert eine härtere Strafe. Ich verlange, daß ihr mir die Missetäter ausliefert, damit sie nach den Gesetzen meines Landes verurteilt werden.«

»Wir verstehen Eure Empörung nicht nur, wir teilen sie, Jarl Haakon«, entgegnete Albert Bocholt, der von den Ältermännern zu ihrem Sprecher bestimmt worden war. »Daher pflichten wir Euch im großen und ganzen bei. Doch solltet Ihr Euch nicht nur von Eurem Gerechtigkeitssinn leiten lassen, sondern ebensosehr von Eurer Weisheit.«

»Wollt Ihr mir drohen?« knurrte der Vogt.

»Nichts liegt uns ferner, Herr«, antwortete der Ältermann. »Wir bitten Euch nur zu bedenken, daß Ihr nicht alle für die Tat einiger weniger zur Rechenschaft ziehen könnt. Dies würde die Handelsbeziehungen zwischen Eurem Land und den von uns vertretenen Städten aufs schwerste belasten.«

»Also doch eine Drohung«, sagte Jarl Haakon. »Wißt Ihr, wer die Rädelsführer waren?«

»Noch nicht, Herr«, erwiderte Albert Bocholt. »Aber wenn Ihr uns einige Tage Zeit gebt, werden wir sie ermitteln.«

»Die Frau kennt sie«, sagte der Vogt.

»Der da auch«, sagte Solveig, indem sie auf mich deutete. »Er war dabei.«

»Komm her!« sagte der Vogt zu mir. Ich trat einen Schritt vor. Jarl Haakons Augen verengten sich zu schmalen Schlitzen, während er mich betrachtete. »Hat er mitgemacht?« fragte er die Witwe, ohne den Blick von mir zu wenden.

Solveig schüttelte den Kopf. »Aber ich weiß genau, daß er dabei war«, antwortete sie.

»Hör mir gut zu, junger Mann«, sagte der Vogt. »Du bist der Hölle näher, als du glaubst. Sie liegt zwei Treppen tiefer im Keller dieser Burg. Dort haust ein Unhold namens Hallvard; er verfügt über eine ganze Sammlung ausgeklügelter Folterwerkzeuge. Möchtest du, daß Hallvard dich zum Reden bringt, oder willst du mir freiwillig die Namen der Rädelsführer nennen?«

Ich blickte mich nach den Ältermännern um. In ihren Mienen las ich Zuversicht, Ermunterung, Vertrauen.

»Es ehrt dich, daß du deine Freunde nicht verraten willst, Simon«, ließ sich Thomas Witik vernehmen. »Aber wir Älterleute sind Zeugen, daß Jarl Haakon dich unter Androhung der Folter gezwungen hat, ihre Namen zu nennen. Sag ihm also, wer die Anstifter waren.«

Was immer in diesem Augenblick in mir vorging, ob mein Trotz erwachte oder mich die Lust überkam, den scheinheiligen Biedermännern ein Schnippchen zu schlagen, ich sagte: »Arent von Wickede und Hermann Clendenst.«

»Du mußt dich irren, Simon«, murmelte Thomas Witik.

»Ihr solltet dieser Aussage keine Bedeutung beimessen, Herr«, setzte Albert Bocholt hinzu. »Es wäre nicht das erste Mal, daß Söhne großer Familien von Leuten geringeren Standes aus schierer Mißgunst verleumdet werden.«

»Schickt die beiden her, ich werde sie der Frau gegenüberstellen«, sagte der Vogt. »Falls sie in ihnen die Rädelsführer wiedererkennt, will ich die beiden nach norwegischem Gesetz bestrafen.«

»Bei allem Respekt, Jarl Haakon, ich hätte Euch für klüger gehalten!« rief der Ältermann. »Genügt Euch das Wort einer Hure und eines Jünglings von fragwürdigem Ruf, um Euch mit der mächtigsten Stadt des Hansebundes anzulegen?«

»Die Gelegenheit wäre denkbar günstig«, entgegnete der Vogt. »Meine Landsleute ertragen den Hunger leichter, wenn sie wissen, wofür sie darben. Dieses Mal werdet ihr uns nicht in die Knie zwingen. Überdies könnte mein königlicher Vetter geneigt sein, sich nach Handelspartnern umzuschauen, die nicht gar so selbstherrlich auftreten.«

Seine Worte verfehlten ihre Wirkung nicht. »Verzeiht meine unbedachten Äußerungen, Herr«, lenkte Albert Bocholt ein. »Wir verstehen durchaus, daß es in diesem Fall mit einer Wiedergutmachung der üblichen Art nicht getan ist. Doch die Schuldigen zu ermitteln ist unsere Sache, sie zu richten Eure, Jarl Haakon.«

»So kommen wir uns schon näher«, sagte der Vogt. »Bringt mir die Übeltäter, und wenn es nicht jene sind, deren Namen hier genannt wurden, soll es mir auch recht sein.« Damit entließ er uns.

Die Älterleute würdigten mich keines Blickes mehr. Noch am selben Tag ließ Thomas Witik mir ausrichten, daß ich mir eine andere Bleibe suchen möge. Eine Zeitlang gewährte mir Hans Unverfehrt Unterschlupf. Er riet mir dringend davon ab, mich im Versammlungsraum der Kontorischen blicken zu lassen. Dort sei ich meines Lebens nicht sicher, da man mich für einen Verräter halte. Es ging das Gerücht, ich hätte zwei Kaufgehilfen angeschwärzt, um meine Freunde Hermann Clendenst und Arent von Wickede zu schützen. Die beiden Kaufgehilfen waren dem Vogt vorgeführt worden, und dieser hatte sie, nachdem Hallvard ihnen mittels der Eisernen Jungfrau ein Geständnis entlockt hatte, auf dem Platz vor der norwegischen Kirche hinrichten lassen. Hermann Clendenst und Arent von Wickede wurden wegen ihrer Teilnahme an dem Notzuchtverbrechen gerügt und im Frühjahr außer Landes geschafft.

Hans Unverfehrt teilte seine Kammer unter dem Dach eines Speichers mit einem Mann, den er seinen Jünger nannte. Dieser betete Hans geradezu an, er lag mit verzückter Miene und gefalteten Händen vor ihm auf den Knien, ich sah ihn sogar mehrfach des Messias schorfige Füße küssen. Doch nicht wegen seines absonderlichen Gebarens erwähne ich den Jünger, sondern weil er von Island stammte und keinen Bissen zu sich nahm, ohne zuvor seiner hungernden Landsleute zu gedenken. Er sagte, im Vergleich zu den Isländern lebten die Norweger in einem Schlaraffenland, ja er behauptete allen Ernstes, die Not auf seiner Heimatinsel sei so groß, daß man dort einen Scheffel Korn mit Gold aufzuwiegen pflege. Wenn mir dies auch nicht sehr glaubhaft erschien, tauchte die ferne Insel im Nordmeer seitdem immer häufiger in meinen Gedanken auf.

Um die Jahreswende kam Daniel Metz zu mir und bat mich, nach Frithjof Karlsson zu sehen. Dieser sei schwer erkrankt und würde, wenn man seinen Worten glauben wolle, alsbald das Zeitliche segnen.

Wie große Teile der Stadt war auch die Herberge, in der meine Mannschaft wohnte, unter einer mächtigen Schneedecke begraben. Nur ein rußgeschwärztes Loch in der Kuppe des Hügels aus Eis und Schnee verriet, daß unter ihm Menschen hausten. Durch einen kaum mannshohen Tunnel tappten wir zur Tür der Herberge. Als wir sie öffneten, schlug uns stickiger Rauch entgegen. Die Männer lagerten auf Stroh und ungegerbten Fellen rings um eine Feuerstelle; auf ihren Galgenvogelgesichtern tanzte der Widerschein der Flammen. Mir war, als starrten sie mich haßerfüllt, ja mordlüstern an.

»Wie ist das werte Befinden, Schiffer?« fragte einer. »Ist es Euch gut ergangen, nachdem Ihr uns in diesem stinkenden Loch abgeladen habt?«

»Sieh ihn dir doch an«, sagte ein anderer. »Er strotzt geradezu vor Gesundheit, er hat sich einen Wanst angefressen und wird auch sonst keinen Mangel gelitten haben.«

»Zwei von uns sind zur Hölle gefahren«, ließ sich ein dritter vernehmen. »Sie halten Euch da unten einen Kessel frei, Schiffer.«

»Wo ist der Steuermann?« fragte ich den Krüppel.

Daniel führte mich in einen Nebenraum. Inmitten allerlei Gerümpels lag Frithjof Karlsson auf einer roh zusammengezimmerten Pritsche.

»Habe ich Euch nicht gesagt, daß er kommen wird?« flüsterte Broder Meyenschin, der bei ihm saß und eine Kerze über das Gesicht des Alten hielt.

Der Steuermann war bis zum Hals in den Mantel aus Seehundsfell gehüllt; seine eingefallenen Wangen waren von fiebriger Röte überhaucht. »Ein Greis taugt nicht zum Steuermann, Simon Gronewech«, sagte er, wobei er sich jedes Wort mühsam entringen mußte. »Ich war schon altersschwach, als Ihr mich in Eure Dienste nahmt, deshalb verlange ich keine Heuer für die Fahrt nach Bergen. Ich bitte Euch nur um eines, Schiffer: Laßt meinen Leichnam ins Meer werfen und enthaltet Euch jeglichen Gebets, denn ich bin zeitlebens ein Heide gewesen.«

»Wenn es soweit ist, werde ich Euren Wunsch gern erfüllen, Frithjof Karlsson«, entgegnete ich. »Doch bis dahin will ich mein Schiff keinem anderen anvertrauen als Euch.«

»Broder Meyenschin hat das Zeug zu einem guten Steuermann«, sagte der Alte. »Er hat bei mir gelernt.«

»Hat Broder Meyenschin jemals das Nordmeer befahren?«

»Ich bin nie nördlicher als Bergen gewesen«, antwortete der Bootsmann. »In den Gewässern weiter nach Westen und Norden kenne ich mich nicht aus.«

»Spracht ihr eben vom Nordmeer, Schiffer?« fragte Karlsson leise. »Tragt Ihr Euch mit der Absicht, nach Norden zu fahren?«

»Nach allem, was ich gehört habe, könnte ich das Getreide nirgendwo mit größerem Gewinn verkaufen als auf Island«, erwiderte ich.

»Island«, murmelte der Alte. »So weit nach Norden bin ich nie gekommen.«

»Immerhin habt Ihr die Nebelinseln gesichtet. Und diese liegen, wenn ich Euch recht verstanden habe, auf halbem Wege dorthin«, warf ich ein.

»Nur wenige glauben, daß es sie wirklich gibt. Doch ich habe sie mit eigenen Augen gesehen, das schwöre ich bei Njörd und allen Unholden, mit denen er die See bevölkert hat«, grummelte Karlsson vor sich hin. »Unter tausend Inseln würde ich sie wiedererkennen.«

Wer weiß, ob ich jemals nach Island gelangt wäre, hätte ich nicht an jenem Tag die Nebelinseln erwähnt. Das Wort *Nebelinseln* holte Frithjof Karlsson ins Leben zurück. Mit einer Stimme, die zunehmend klarer wurde, begann er zu reden. Er sprach davon, wie das Schiff für die Nordfahrt ausgerüstet werden müßte, ob es klüger wäre, die Mannschaft einzuweihen oder sie über das Ziel der Reise im unklaren zu lassen. Schließlich bekannte er, daß es sein sehnlichster Wunsch sei, nicht zu sterben, bevor er seinen Fuß auf die Nebelinseln gesetzt habe.

»Ich bin froh, Euch so reden zu hören, Frithjof Karlsson«, sagte ich. »Aber zuvor müßt Ihr Eure Gesundheit wiedererlangen. Ich werde einen Bader kommen lassen.«

»Dann holt auch gleich einen Leichenwäscher«, rief Karlsson. »Ich wäre nie so alt geworden, hätte sich jemals ein Bader an mir zu schaffen gemacht!«

»Überlaß ihn mir«, sagte Daniel Metz.

»Verstehst du dich auf die Kunst, einen Kranken zu heilen?« fragte ich.

»Wer mir nicht unter den Händen wegstirbt, hat gute Aussicht, noch einige Jahre älter zu werden«, grinste der Krüppel.

Zu meiner Überraschung willigte Karlsson ein. Was Daniel mit ihm anstellte, weiß ich nicht. Besser gesagt: Ich wollte es nicht wissen. Denn in mir regte sich der Verdacht, daß der Krüppel seine mangelhaften Kenntnisse in der Heilkunst durch allerlei Hokuspokus wettmachen würde. Doch wie auch immer: Frithjof Karlsson genas. Zunächst noch auf Broder Meyenschin gestützt, bald auch ohne fremde Hilfe sah ich ihn durch die Herberge staksen. Damit er wieder zu Kräften gelange, ließ ich ihm Speisen aus der Küche des Svensgården bringen. Er aß indes nur einige Happen, das meiste verteilte er an die Mannschaft. Dies, hörte ich ihn sagen, habe der Schiffer so angeordnet. Danach blickten mich die Leute etwas freundlicher an.

Den Rest des Winters verbrachte ich im Hause des Bremer Kaufmanns Johann Schütte. Die Bremer wurden von ihren Standesgenossen aus den wendischen Städten als *Krämer* bespöttelt, schon deshalb widersetzte sich Schütte der stillschweigenden Übereinkunft, mich mit Mißachtung zu strafen. Der eigentliche Grund für seine Gastfreundschaft aber war, daß er mit mir ins Geschäft zu kommen hoffte. Johann Schütte war ein gewiefter Händler. Er wollte mich glauben machen, daß er auf jeglichen Gewinn verzichte, ja sogar einen Verlust hinzunehmen bereit sei, falls es ihm gelänge, die aufgeblasenen

Osterlinge aus dem Feld zu schlagen. Wäre es nicht mein fester Entschluß gewesen, die Getreideladung auf Island zu verkaufen, ich hätte seinen verlockenden Angeboten schwerlich widerstanden. So aber hielt ich ihn mit halben Zusagen hin, feilschte ich mit ihm allein in der Absicht, den Winter unter seinem Dach zu verbringen. Erst als Ende April Tauwetter einsetzte, gestand ich ihm, daß ich ihn an der Nase herumgeführt hatte. Johann Schütte erwies sich als ein guter Verlierer. Statt mir die Tür zu weisen, beschämte er mich durch seine Großzügigkeit: Er bot mir an, bis zum Tage der Abreise sein Gast zu sein.

Der Koch

Bratenduft breitet sich in der Zelle aus; er muß ihn in den Kleidern tragen. Während sein feistes Gesicht um den Ausdruck des Kummers ringt, deutet er eine Verbeugung an. Sie wäre wahrscheinlich tiefer ausgefallen, drohte sein Schmerbauch nicht aus dem Wams zu platzen.

»Erinnert Ihr Euch an mich, Herr?« fragt er mit fiepsiger Stimme. »Ich hatte die Ehre, das Hochzeitsmahl Eures Herrn Bruders zu kochen.«

»Dann bist du der Koch des Ratskellers.«

»Nunmehr Küchenmeister, Herr. In Würdigung meiner Verdienste um das leibliche Wohl der hohen Herren ernannte mich der Rat zum Küchenmeister. Seither koche ich nicht mehr selbst, es sei denn, Euer Bruder, der hochachtbare Herr Bürgermeister, wünscht es. Ebendies ist der Fall und zugleich der Grund meines Kommens. Euer Herr Bruder hat mir aufgetragen, Euch ein Mahl zu bereiten.«

»Wie du siehst, bin ich mit allem versorgt. Ich habe selten besser und reichlicher gegessen als in diesem Kerker.«

Der Koch beäugt die Speisen auf dem Tisch mit abschätziger Miene. »Darum geht es nicht, Herr. Es handelt sich, rundheraus gesagt, um Euer letztes Mahl.«

»Du meinst die Henkersmahlzeit.«

»Ich mag das Wort nicht«, sagt der Koch. »Es bringt die Sinnenfreude und den Tod in eine allzu enge Verbindung. Wer kann denn noch in Genüssen schwelgen, wenn jeder Bissen die Gedanken auf den Henker lenkt? Nein, laßt uns nicht von Henkersmahlzeit reden, Herr. Wie Euch den Appetit, so verdürbe es mir die Freude an der Arbeit.«

»Hat der Bürgermeister gesagt, wann mir das letzte Mahl aufgetischt werden soll?«

»Euer Herr Bruder hieß mich, unverzüglich die nötigen Vorkehrungen zu treffen, was alles in allem vier bis fünf Tage beanspruchen dürfte. Doch erlaubt mir nun, die Speisen aufzuzählen, die ich Euch nach sorgfältiger Sichtung meiner Vorräte empfehlen kann. Da wären zunächst, um Zunge und Magen mit Herzhaftem zu laben, gebratener Schinken, Rindfleisch, Hammelkeule, Suppenfleisch, verschiedenerlei Wurst, Sauerkohl und Pasteten aus Lammfleisch. Sodann, in einer großen Schüssel: Hasenbraten, Rehrücken, Wildschwein, dazu Kaninchen, Kapaune, Hühner, Schnepfen, Krammetsvögel, Wachteln und Enten. Ferner, womit wir schon beim dritten Gang wären: eine Schüssel mit dreierlei Gebackenem, dazu Krebse, junge Hechte, Karpfen und Lampreten. Und zum Nachtisch, wenn es Euch genehm ist: Schöffenkuchen, Nürnberger Küchlein, Äpfel, Birnen, Nüsse, Kastanien, Mandeln, Datteln und Marzipan. – Habe ich etwas vergessen, Herr? Vermißt Ihr eine Lieblingsspeise? Oder wie sonst soll ich Eure verdrießliche Miene deuten?«

»Willst du dem Henker ins Handwerk pfuschen, indem du mich zu Tode mästest, Küchenmeister?«

»Das Mahl entspricht nach der Speisenfolge jenem, welches ich an hohen Feiertagen für die Bürgermeister und Ratsherren herzurichten pflege«, sagt der Koch. »Bislang sind mir keine Klagen zu Ohren gekommen, daß es des Guten zuviel gewesen sei. Überdies weiß ich aus Erfahrung, daß manche kurz vor ihrem Ende von einem wahren Heißhunger befallen wurden. Den Aufrührer Lambert van dem Haghene sah ich die Schüsseln ausschlecken, bevor man ihn anno 1384 zum Richtblock führte. Ich will indessen nicht verschweigen, daß sein letztes Mahl um einiges dürftiger war als jenes, das ich Euch auf Geheiß Eures Bruders, des höchst ehrenwerten Herrn Bürgermeisters, zu bereiten gedenke.«

»Richte dem Bürgermeister aus, die Aufzählung der Speisen hätte genügt, mich bis ans Ende meiner Tage zu sättigen. Das Mahl selbst mag er ins Heiligen-Geist-Hospital bringen lassen.«

Dem Koch stockt der Atem. Aus seiner Stirn sprießen Schweißperlen. Er schaut Bruder Anselmus an, als erhoffe er sich von ihm ein klärendes Wort. Doch der Mönch hüllt sich wie üblich in Schweigen.

»Verstehe ich Euch recht, Herr?« stammelt der Koch. »Ein Mahl, das ich persönlich zubereitet habe, soll den Armen zugute kommen, ohne daß Ihr von ihm gekostet habt?«

»Das ist mein Wunsch.«

»Ich bin einfacher Leute Sohn«, sagt der Koch. »Es hat zwanzig Jahre harter Arbeit gebraucht, bis mich der Hohe Rat zum Küchenmeister machte. Heute gelte ich als ein Meister der Kochkunst, ja ich habe mich aus berufenem Mund einen Zauberer am Kochtopf nennen hören. Soll ich mir nun, da ich auf der Höhe meines Ruhms bin, nachsagen lassen, ein zum Tode verurteilter Seeräuber hätte meine Speisen verschmäht? Ich bitte Euch, Herr: Zeigt wenigstens guten Willen!«

»Du verlangst, daß ich um deines Ruhmes willen zu all meinen Sünden auch die der Völlerei noch auf mich lade?«

»Seid dieserhalb unbesorgt, Herr«, sagt der Koch. »Sie zählt, wie der Mönch Euch bestätigen kann, zu den läßlichen Sünden.«

Bruder Anselmus faltet die Hände über seinem Bäuchlein und seufzt.

Sechstes Kapitel

Als die Küste von Norwegen an einem der ersten Maitage unseren Blicken entschwand und die gewaltige Dünung des Nordmeers das Schiff erfaßte, kamen mir doch Zweifel, ob ich gut daran getan hatte, meinen ursprünglichen Plan fallenzulassen. Noch war es nicht zu spät umzudrehen oder einen der englischen Häfen anzulaufen. Doch Karlsson steuerte das Schiff unbeirrt nach Westen, wo, weit draußen auf dem Meer, die Nebelinseln liegen mußten. Tag und Nacht stand er selbst am Ruder, fortwährend unverständliche Worte murmelnd. Ich glaube, er rief die Meeresgötter um Beistand an, und diese erhörten ihn. Denn oft war der Himmel tagelang unter einer dichten Wolkendecke verborgen, und wenn sie dann aufriß, erkannte ich am Stand der Sonne oder der Gestirne, daß der Steuermann nicht im geringsten vom Kurs abgewichen war.

Wie nicht anders zu erwarten, machte es die Mannschaft stutzig, daß wir nach Westen statt nach Süden segelten, und daher verlangte sie Auskunft über das Ziel unserer Reise. Besonders einer, den die Leute anscheinend zu ihrem Sprecher bestimmt hatten, ein zungenfertiger Spitzbube namens Menno, bedrängte mich mit hartnäckigen Fragen. Als ich ihm die Antwort verweigerte, weil ich inzwischen erfahren hatte, daß Island unter Seeleuten als Hort alles Bösen gilt, erzählte er der Mannschaft eine Geschichte, die sie erst recht in Schrecken versetzte.

Das Nordmeer, sagte er, dehne sich sehr weit nach Westen aus, doch täusche sich, wer es für endlos halte. Denn jenseits zweier Steinsäulen, die schwarz und ebenmäßig geformt aus dem Meer emporragten, ein unübersehbares Warnzeichen für den Seefahrer, begännen die Wasser westwärts zu fließen, gemächlich zunächst, dann schneller und schneller und schließlich mit der Kraft eines reißenden

Stroms. Von fern sei ein Rauschen zu hören, das sich bald zu ungeheurem Donnern steigere. Und schon neige sich der Bug des Schiffes einem Abgrund entgegen, wie ihn tiefer kein menschliches Auge je gesehen habe. Dies, schloß Menno mit bebender Stimme, sei das Ende der Welt.

Seine Worte lösten unter den Leuten begreiflicherweise Unruhe aus. Einer kletterte gar am Mast empor, um nach den steinernen Säulen Ausschau zu halten.

»Wollt Ihr uns«, hob Menno wieder an, »der Gefahr aussetzen, in den Abgrund hinabgerissen zu werden, Schiffer?«

»Du hast die Geschichte so anschaulich erzählt, daß ich Lust hätte zu erkunden, ob sie auch wahr ist«, antwortete ich. Unvermittelt sah ich mich von einer Anzahl mordgieriger Fratzen umringt.

»Sag dem Alten, er soll beidrehen«, brüllte ein rothaariger Kerl, der mir bislang dadurch aufgefallen war, daß er im Stehen schlafen konnte. »Sonst gehst du über Bord!«

Da mir Heldenmut nicht in die Wiege gelegt worden ist, versuchte ich, Karlssons Aufmerksamkeit durch Gebärden und lautes Rufen auf mich zu lenken. Doch der Steuermann hatte sich während der Tage und Nächte am Ruder in ein salzverkrustetes, verbissen westwärts starrendes Standbild verwandelt, unempfänglich für alles, was um ihn herum geschah. Da fuhr dem Rotschopf ein Messer unterhalb des Kehlkopfes in den Hals. Er schielte verwundert auf den Knauf hinab, wankte und fiel um. Die anderen wichen erschrocken zurück, die Augen auf die Tür meiner Kajüte geheftet. Dort kauerte, halb im Schatten verborgen, der Krüppel. Er hatte sich seiner Schuhe entledigt und einen Fuß an die Schulter gehoben. Zwischen den Zehen steckte ein Messer.

Nun trieb Broder Meyenschin die Leute mit dem Ochsenziemer auseinander, packte Menno, fesseltete ihn bäuchlings an den Mast und riß ihm die Kleider vom Leib.

»Wie viele Hiebe befehlt Ihr, Schiffer?« fragte er.

»Wie viele überlebt er?«

»So, wie der gebaut ist, kann er zwölf vertragen, ohne daß er draufgeht«, antwortete der Bootsmann.

»Dann gib ihm zehn«, sagte ich.

Beim dritten Schlag platzte die Haut an Mennos Rücken auf, nach dem sechsten trat zwischen den Hautfetzen das rohe Fleisch hervor. Ich wandte mich ab, da mir übel zu werden drohte. In den Seeleuten hingegen schien die Mißhandlung ihres Wortführers andere Empfindungen auszulösen, sie schauten gebannt zu, auf eine widerwärtige, ja wollüstige Weise erregt.

»Laß es damit gut sein, Bootsmann«, rief ich.

»Es waren erst acht«, wandte Broder Meyenschin ein. »Was sollen die Leute von Euch halten, wenn Ihr ihm zwei Hiebe erlaßt?« Und dann sagte er etwas, das mir jeglicher Vernunft zu spotten schien: »Sie werden Euch dafür verachten, Schiffer.« Aber er hatte recht. Dieses Lumpenpack sah Mitgefühl für eine Schwäche an.

An einem der nächsten Tage bemerkten wir am Horizont ein merkwürdiges Gebilde. Anfangs ähnelte es einer Felsküste, dann nahm es die Form einer auf dem Wasser schwebenden Wolke an. Das Gebilde wuchs stetig an Umfang und Höhe, so daß mir schien, es nähere sich uns geschwind. Ich stieg zu Karlsson auf das Achterdeck und fragte: »Seht Ihr das, Steuermann?«

»Das sind sie«, flüsterte Frithjof Karlsson. »Es ist der Nebel, von dem sie ihren Namen haben.«

Wenige Augenblicke später sah ich nichts mehr, das weiter als eine Armlänge von mir entfernt war. Selbst Karlsson konnte ich nur noch schemenhaft erkennen.

»Drei Faden«, hörte ich den Bootsmann rufen, »eben waren es noch fünf.«

»Sie müssen genau vor uns liegen, Schiffer«, sagte Karlsson.

Plötzlich klaffte der Nebel auseinander. Schräg über dem Mast sah ich eine schwarze Felsspitze. Doch wie ein Spuk, der sich nur für die Dauer eines Herzschlags zeigt, verbarg sie sich gleich wieder hinter undurchdringlichen Schwaden. Kurz darauf streifte der Rumpf mit markerschütterndem Rasseln eine Kieselbank. Das Schiff legte sich quer und prallte backbords gegen eine Felswand. Broder Meyenschin wickelte sich ein Tau um die Hüften und sprang über Bord. Ich sah, wie seine Gestalt im Nebel zerfloß; es kam mir vor, als überschritte er die Grenze zu einer anderen Welt. Doch dann straffte sich das Tau, und das Schiff glitt, an der Felswand entlangschurrend, in eine von Treibholz gesäumte Bucht. Statt der Geräusche des Meeres umfing uns jetzt eine beklemmende Stille. Während sonst die Küstenfelsen im Nordmeer vom Geschrei der Seevögel widerhallen: Hier war kein Laut zu hören. Mehr noch als der alles verhüllende Nebel rief die Stille in mir das Gefühl hervor, an einem verwunschenen Ort zu sein.

Frithjof Karlsson legte mir die Hand auf die Schulter. »Ich danke Euch, Schiffer«, sagte er leise. »Ihr habt mir vertraut, und jetzt seht Ihr, daß es die Nebelinseln wirklich gibt.« Seine Augen füllten sich mit Tränen, und sein Kinn begann zu zittern.

Nachdem wir das Schiff in einen windgeschützten Winkel geschleppt hatten, stiegen Karlsson und ich auf einer in den Stein gehauenen Treppe zu einer Geröllhalde empor. Hier oben war der Nebel nicht von gleichmäßiger Dichte; stellenweise ähnelte er einem fadenscheinigen Gewebe, dann wieder ballte er sich zu Klumpen von menschenähnlicher Gestalt zusammen. Einmal glaubte ich, einen knollennasigen Troll zu sehen, das andere Mal ein altes Weib, das auf einem Stein hockte und mit dem Finger auf mich deutete. Mag dies auch meiner Einbildungskraft zuzuschreiben sein, so könnte ich beschwören, daß ich jenseits eines von Menschenhand aufgeschichteten Steinwalls einen Mann stehen sah, der etwas tat, das ihn als körperliches Wesen kennzeichnete: Er schlug sein Wasser ab.

Weiter gemächlich ansteigend, kamen wir auf moosigen Grund. Zwischen den saftiggrünen Bulten wuchsen kleine sternförmige Blumen. Das Moos schluckte das Geräusch unserer Schritte, so daß uns wieder völlige Stille umgab. Dann geschah etwas Seltsames: Vor meinen Augen bildete sich im Nebel ein trichterförmiges Loch, und durch dieses blickte ich in ein anmutiges Tal hinab, hinter dem sich dunkelgraue, von hellen Streifen durchzogene Bergkegel erhoben. Zwischen ihnen funkelte das im Sonnenlicht gleißende Meer, und über allem wölbte sich ein wolkenloser Himmel. Es war ein Bild, so schön und unwirklich zugleich, daß es mir den Atem verschlug.

Karlsson packte mich am Arm. »Schaut hin, Schiffer«, keuchte er. »Schaut gut hin, prägt Euch alles ein, Ihr seid mein Zeuge!« Dafür blieb indessen nicht viel Zeit. Denn schon begann das Bild sich zu trüben und verschwamm zu farblosem Grau.

»Ihr habt dasselbe gesehen wie ich, Karlsson«, sagte ich. »Wozu braucht ein erfahrener Mann wie Ihr einen Zeugen?«

»Ich werde nicht zurückkehren«, antwortete er.

Anscheinend hatten wir uns eben noch auf einem Höhenrücken befunden, denn nun ging es durch stachliges Gestrüpp steil bergab. Mehrmals mußten wir einen Umweg machen, weil uns der kalte Hauch eines Abgrunds anwehte. Nach mühsamem Abstieg gelangten wir auf eine frisch gemähte Wiese. Karlsson sah sich lächelnd nach mir um. Ich erriet unschwer seine Gedanken: Gab es einen besseren Beweis für die Existenz der Nebelinseln, als daß sie von Menschen bewohnt waren? Ich nickte ihm zu, und wie um meine letzten Zweifel zu zerstreuen, lichtete sich der Nebel und gab die Sicht auf eine kreisrunde Bucht frei.

Sie war der Schauplatz eines grausigen Gemetzels. Wohin ich blickte, sah ich peitschende Schwanzflossen, blitzende Klingen, blutige Gischt. Von Booten aus, deren Form der Mondsichel entlehnt zu sein schien, stießen Männer an Stangen befestigte Messer in bläulich schimmernde Walrücken. Der Eingang der Bucht war durch eine Reihe aneinandergeketteter Boote gesperrt, so daß es für die Wale kein Entrinnen gab. In anderen Booten saßen Frauen, die mit den Ruderblättern auf das Wasser schlugen und die Wale ihren Schlächtern in die Arme trieben. Das Wasser in der Bucht hatte sich vom

Blut der Tiere rot gefärbt, und blutgetränkt war auch der Strand, wo die Kadaver mit langen Messern, Äxten und Sägen zerlegt wurden. Ich war von dem Anblick so gefangengenommen, daß mir erst nach und nach bewußt wurde, wie lautlos das alles vor sich ging. Mein erster Gedanke war, ich könnte unversehens ertaubt sein. Wie sonst war zu erklären, daß kein Lärm, kein Geschrei, nicht einmal das Klatschen der riesigen Schwanzflossen zu vernehmen war? Doch da hörte ich den Steuermann sagen: »Sie betreiben den Walfang nach Art der Fallensteller. Da ihre Boote nicht dazu geschaffen sind, mit ihnen weit aufs Meer hinauszufahren, warten sie, bis die Wale sich in diese Bucht verirren. Dies geschieht jedoch nicht häufiger als jedes dritte Jahr.«

»Woher wißt Ihr das?« fragte ich.

»Es ist mir erzählt worden«, erwiderte der Alte. »Wir sind nicht die ersten, die den Fuß auf diese Inseln gesetzt haben, Schiffer. Aber denen, die vor uns hier waren, ging es wie mir: Man hat ihnen nicht geglaubt.«

Einem beiderseits von Steinwällen gesäumten Weg folgend, gingen wir zum Strand hinunter. Ein Mann, der einen großen Speckwürfel auf der Schulter trug, kam uns entgegen. Karlsson sprach ihn an, wobei er sich altertümlicher Worte bediente. Der Mann gab durch nichts zu erkennen, daß er uns bemerkt hatte. Er ging weiter, ohne seinen Schritt zu verzögern.

»Die Bewohner der Nebelinseln werden als scheu und unzugänglich beschrieben«, versuchte Karlsson das Verhalten des Mannes zu erklären. »Vermutlich haben sie mit Fremden keine guten Erfahrungen gemacht.«

Am Strand herrschte ein geschäftiges Treiben. Die Menschen, ihrer Zahl nach die Einwohnerschaft eines größeren Dorfes, wateten durch den Brei aus Fett und Blut, sie kletterten auf die ihrer Speckschicht beraubten Kadaver, und einige krochen gar in das Innere, um sich dort womöglich einen Eindruck zu verschaffen, wie Jona im Bauch des großen Fisches zumute gewesen war. Nachdem die Wale zerlegt und der Speck vom eßbaren Fleisch gesondert war, bemächtigte sich der Menschen eine Munterkeit, wie man sie von ländlichen Schlachtfesten her kennt. Sie schwatzten miteinander, ergingen sich, was ich aus dem Lachen der Zuhörer schloß, in scherzhaften Reden, und wenn mich nicht alles täuscht, sang eine Schar junger Frauen ein Lied. Wohlgemerkt, Bruder Anselmus: Dies alles nahm ich mit den Augen wahr, nicht mit den Ohren. Denn trotz des fröhlichen Getümmels war es totenstill.

»Was hat das zu bedeuten, Frithjof Karlsson?« fragte ich. »Spielen die Leute uns eine Pantomime vor?«

»Ich weiß es nicht«, antwortete er sichtlich verstört. Er trat auf zwei ältere Männer zu, nannte seinen Namen und erzählte ihnen, daß sein Wunsch endlich in Erfüllung gegangen sei, die Nebelinseln zu betreten. Er beabsichtige jedoch nicht, für länger zu bleiben oder sich gar an ihrem Hab und Gut zu vergreifen.

Noch während er zu ihnen sprach, begannen die beiden Männer lautlos zu reden. An ihren Mienen las ich ab, daß sie einander Vertrauliches mitteilten, und die Unbefangenheit, mit der sie dies in Gegenwart eines Dritten, noch dazu eines Fremden taten, brachte mich auf den Gedanken, daß sie Karlsson nicht wahrnahmen. Zu dieser Erkenntnis schien der Steuermann indes noch nicht gelangt zu sein, denn als die Männer eine Pause einlegten, wiederholte er das eben Gesagte, diesmal mit erhobener Stimme und jener nachdrücklichen Redeweise, in der man zu Schwerhörigen spricht. Als auch dies nichts fruchtete, legte er eine Silbermünze in die Hand des einen Mannes.

Was nun geschah, würde ich selbst nicht für glaubhaft halten, hätte ich es nicht mit eigenen Augen gesehen: Die Münze fiel durch die Hand, ohne daß diese ihr merklichen Widerstand bot. Ich höre noch das Klirren, mit dem sie auf dem Boden aufschlug; es war das einzige Geräusch in dieser Stille.

Karlsson warf mir einen ratlosen Blick zu. Und während er mich ansah, versanken die beiden Männer, versank alles um uns herum im

Nebel. Karlsson hob die Münze auf und steckte sie in einen kleinen Beutel, in dem er Erinnerungsstücke aufzubewahren pflegte.

Ohne ein Wort zu wechseln, kletterten wir wieder zum Höhenrücken empor. Frithjof Karlsson hing seinen Gedanken nach, und offenbar kam er mit sich nicht ins reine, denn als wir nach langem Umherirren an die Treppe gelangten, sagte er: »Wie erklärt Ihr es Euch, daß wir die Menschen zwar sehen, aber nicht hören konnten, während sie uns gar nicht wahrzunehmen schienen?«

»Ich hatte gehofft, von Euch eine Erklärung zu bekommen, Frithjof Karlsson«, erwiderte ich. »Haben jene, die vor uns auf den Nebelinseln waren, nichts darüber berichtet?«

»Man erzählte mir lediglich, daß die Bewohner scheu seien und in einer altväterlich anmutenden Sprache redeten«, sagte der Steuermann. »Mir war so, als ob eine unsichtbare Wand uns von diesen Menschen trennte. Könnte es sein, daß sie einer anderen, längst vergangenen Welt angehören, Schiffer?«

»Ich bin geneigt, Euch recht zu geben«, antwortete ich. Und wenn ich diesen Gedanken weiterspann: War die Vermutung von der Hand zu weisen, daß auch die Insel selbst nicht von dieser Welt war? Doch davon sagte ich Karlsson nichts. Weshalb sollte ich ihm den Keim des Zweifels einpflanzen, zumal mein eigener Verstand sich dagegen sträubte, eine Insel aus festem Gestein für ein Hirngespinst zu halten?

Nachdem er alles gründlich überdacht hatte, entschied der Alte, die Menschen, denen wir auf der anderen Seite der Insel begegnet waren, seien Wiedergänger gewesen, also die vorübergehend in ihre früheren Körper zurückgeschlüpften Seelen Verstorbener. So unglaublich dies klingen mag: Es wird durch eine alte Geschichte bestätigt, die mir Jahre später ein Walfänger erzählte. Danach tauchten die Inseln von Zeit zu Zeit mitsamt ihren Bewohnern aus dem Meer auf und versänken nach einer Weile wieder, alles mit sich in die Tiefe nehmend außer dem Nebel, der gleichsam als leere Hülle auf der Wasserfläche zurückbleibe. Man mag zu alten Geschichten stehen, wie man will: Es lohnt sich, über sie nachzudenken, Bruder Anselmus. Denn wenn man auch nicht alles für bare Münze nehmen darf, enthalten sie doch oft den Schlüssel zur Wahrheit.

Die Mannschaft schien erleichtert, als sie uns aus dem Nebel hervorkommen sah. Außer dem Bootsmann und jenen, die das Schiff in die Bucht gezogen hatten, war keiner der Leute von Bord gegangen. Offensichtlich war ihnen der Ort nicht geheuer, und daher legten sie ungewohnten Eifer an den Tag, als ich befahl, das Schiff seeklar zu machen. Das Segel hing schlaff an der Rah, aber kaum daß das Schiff abermals mit schrillem Getöse über die Kieselbank geglitten war, nahm es Fahrt auf. Es war, als drückte uns der Nebel von den Inseln fort, und wenig später spie er uns aus wie einen Happen, der ihm nicht gemundet hatte.

Welch beglückendes Gefühl, wieder auf dem freien Meer zu sein, frische Seeluft zu atmen, den Wind in den Wanten singen zu hören! Ähnlich schien es die Mannschaft zu empfinden, zumal sie schnell herausgefunden hatte, daß die Reise von jetzt an nach Norden statt nach Westen ging. Da ich sie bei Laune sah, entschloß ich mich, den Leuten mitzuteilen, daß wir nach Island führen. Mit einem Schlag erstarb die Fröhlichkeit. Und wieder war es Menno, der sich zum Wortführer der Mannschaft machte. Er wandte sich indessen nicht an mich, sondern an Karlsson.

»Keiner von uns hätte seinen Fuß auf dieses Schiff gesetzt, wäre ihm gesagt worden, daß das Ziel der Reise Island ist«, rief er. »Was glaubt Ihr dort zu finden außer Dämonen und feuerspeienden Teufeln?«

»Frag den Schiffer«, sagte der Steuermann.

»Ich rede mit Euch, weil Ihr ein erfahrener Mann seid, Frithjof Karlsson«, fuhr Menno fort. »Ihr wißt, daß Island das Tor zur Hölle ist.«

»Erzähl es dem Schiffer«, sagte Karlsson.

»Der Schiffer ist ein grüner Junge, der noch nicht mal einen richtigen Sturm erlebt hat«, entgegnete Menno. »Wie soll er sich die Schrecken einer Insel aus Feuer und Eis ausmalen können?«

»Ich kenne diese Schauermärchen«, sagte ich. »Vermutlich sind sie von Kaufleuten in Umlauf gesetzt worden, damit sie ihr Schäfchen unbehelligt ins trockene bringen können. Denn nirgends kann man bessere Geschäfte machen als auf Island. Ich hoffe nur, daß ihr euer Handelsgut nicht schon in Bergen versilbert habt; die Isländer werden euch ein Vielfaches dafür geben.«

In aller Bescheidenheit sei angemerkt, daß diese Worte klug gewählt waren. Die Aussicht auf Gewinn ließ die von Menno beschworenen Schreckensbilder verblassen, und so sprach der Wortführer nur noch für sich und ein paar andere, die alles, was sie besaßen, gegen norwegischen Fusel eingetauscht hatten. Unter lauten Verwünschungen verkroch er sich im Roof.

Eines Morgens sah ich eine Reihe scharfgezackter Gipfel aus dem Frühdunst auftauchen. Wir näherten uns ihnen, bis ich die Schneefelder an ihren Flanken erkennen konnte, doch dann wurde das Schiff, obwohl eine steife achterliche Brise wehte, von einer starken Strömung ostwärts versetzt.

»Ich sagte Euch, daß es kein gutes Schiff ist«, knurrte der Steuermann. »Es läßt sich treiben, es hat keinen Mumm, den Kampf mit der Strömung aufzunehmen. Dieses Schiff besitzt so wenig Charakter wie der Mann, von dem Ihr es habt, Schiffer. Ich will nichts berufen, aber es könnte dahin kommen, daß wir Island sehen, ohne dort jemals zu landen.«

Mehrere Tage trieben wir in Sichtweite der Küste nach Osten. Eine unwirtliche Bergwelt zog an uns vorüber, die zwischen stumpfem Schwarz und flirrendem Weiß keine Abstufungen aufwies. Anscheinend folgte die Strömung dem Verlauf der Küste, denn weder kamen wir ihr näher, noch entfernten wir uns von ihr.

»Ihr steht mit Njörd doch auf gutem Fuß«, sagte ich zu Frithjof Karlsson. »Wollt Ihr ihn nicht bitten, daß er uns hilft, aus dieser vermaledeiten Strömung herauszukommen?«

»Njörd hat mir seine Gunst schon so oft geschenkt, daß er meinen könnte, das Maß sei voll«, antwortete der Alte. »In diesem Fall wäre es ein Fehler, ihn um einen weiteren Gefallen zu bitten, da er mich wahrscheinlich nicht erhören oder, schlimmer noch, seinen Ärger spüren lassen würde.«

»Heißt das, Ihr wollt seiner Hilfe künftig entraten, Steuermann?«

»Es käme auf den Grund an«, sagte Karlsson. »Nach Island zu gelangen wäre ein allzu nichtiger Anlaß, Njörds Mißfallen zu erregen.«

Jenseits einer der Küste vorgelagerten Insel, auf der ich die Ruinen einer Kapelle zu erkennen glaubte, wandte sich die Strömung unversehens dem Land zu. Gleichzeitig frischte der Wind auf, so daß wir uns kurze Zeit später vor der Mündung eines Fjords befanden. Mich ergriff ein Schauder, als sich der schwarze Schlund vor uns auftat. Die Felswände zu beiden Seiten waren in Höhe des Meeresspiegels mit Algen bewachsen, darüber ragten sie so glatt, daß kein lebendes Wesen an ihnen hätte Halt finden können, zu den Wolken empor. Das Gestein ähnelte an einigen Stellen geschliffenem Glas, an anderen versteinerten Schwämmen, aber hier wie dort war es von der gleichen Schwärze. Weiter im Inneren des Fjords wechselte die Farbe der Felsen in ein unterschiedlich getöntes Grau über, doch außer verkrusteten Flechten sah ich nirgends Anzeichen von Leben.

Anstelle des achterlichen Winds, der uns ein gutes Stück in den Fjord hineingetrieben hatte, wurde das Schiff nun von Fallböen gejagt. Daß es nicht an den Felswänden zerschellte, war allein Frithjof Karlsson zu verdanken. Er schien die Böen zu wittern, bevor sie sich auf uns warfen, und nutzte mit bewundernswertem Geschick ihre Kraft, das Schiff auf Kurs zu halten.

Ich könnte nicht sagen, wie lange wir brauchten, um an das Ende des Fjords zu gelangen. Während des kurzen Sommers unterscheidet sich auf Island die Nacht kaum vom Tag, daher herrschte auf dem Grund des Fjords eine gleichbleibende Dämmerung. Dennoch war es hell genug, daß ich die weißen Strähnen eines Wasserfalls erkennen konnte. Vor ihm in einer Senke wuchs schütteres Gras, und daneben stand eine windschiefe Hütte. In aller Eile zogen wir das Schiff auf den schwarzen körnigen Sand, denn Broder Meyenschin wollte bemerkt haben, daß Rauch aus dem Dach hervorquoll.

Wärst du jemals auf Island gewesen, würdest du es nicht verwunderlich finden, daß der erste Mensch, dem ich dort begegnete, ein Zauberer war. Er hieß Thorsteinn, besaß keine Haare und Zähne mehr und behauptete, zu der Zeit geboren zu sein, als der Dichter Snorri Sturluson ermordet wurde. Das war, wie ich später erfuhr, vor mehr als hundert Jahren geschehen.

Als wir seine Hütte betraten, saß Thorsteinn am Feuer und briet einen Fisch. Dieser Fisch, sagte er, habe ihm unser Kommen angekündigt, und da wir nun eingetroffen seien, wollten wir ihn gemeinsam essen. Er löste das rosafarbene Fleisch von den Gräten, reichte Karlsson, Daniel und mir je ein Stück und nahm sich selbst den Kopf. Während er diesen sorgfältig zerpflückte, jedes Knöchelchen ablutschte und die Augen mit der verzückten Miene des Feinschmeckers auf der Zunge zergehen ließ, erzählte er, daß er in diese Einöde verbannt worden sei, weil er die Töchter eines wohlhabenden Bauern in Schweine verwandelt habe. Er habe dies in der besten Absicht getan. Denn Schweine seien auf Island weitaus wertvoller als junge Mädchen, zumal jene, falls sie heirateten, noch mit einer Mitgift ausgestattet werden müßten. Doch die Frau des Bauern habe es verdrossen, die Früchte ihres Leibes sich grunzend im Dreck wälzen zu sehen. Daher habe sie ihren Mann gedrängt, Thorsteinn vor dem Thinggericht der böswilligen Hexerei anzuklagen. Seither, schloß Thorsteinn, lebe er hier am Ende des Fjords und lasse sich, bevor er sie verspeise, von den Fischen berichten, was draußen in der Welt vor sich gehe.

»Dann wißt Ihr auch, mit welcher Fracht wir nach Island kommen?« fragte ich.

Der Zauberer griff ins Feuer, holte ein brennendes Holzscheit daraus hervor und hielt es mir vor das Gesicht. »Laß dich anschauen, ich habe lange keinen lebenden Menschen mehr gesehen«, sagte er. Ich fühlte mich unbehaglich unter seinem forschenden Blick; mir war, als dringe er bis in meine Gedanken vor. »Wenn du es geschickt anstellst«, fuhr er fort, »wirst du Island als reicher Mann wieder verlassen. Selbst Skallagrimur bekommt nicht alle Tage Brot zu essen. Aber verkauf nicht ihm dein Getreide, verkauf es den Leuten im Norden, sie werden es mit Gold bezahlen.« Darauf wandte er sich Frithjof Karlsson zu und sagte etwas in einer Sprache, die mir nicht geläufig war. Der Steuermann nickte.

»Er meint, Ihr wärt gut beraten, einen Mann mitzunehmen, der zu den alten Göttern hält«, übersetzte Karlsson. »Die Leute im Norden mißtrauen den Christen.«

»Wie seid Ihr in den Fjord heruntergekommen?« fragte ich den Zauberer in der Hoffnung, von ihm zu erfahren, auf welchem Weg wir ihn in umgekehrter Richtung verlassen könnten.

»So schnell, wie ich nach unten kam, wirst du nicht nach oben gelangen, junger Mann«, sagte Thorsteinn. »Sie haben mich hinuntergeworfen, und das letzte Stück bin ich geflogen.«

»Geflogen?« fragte Daniel Metz.

»Als sie mich fallen ließen, war ich ein Mensch; als ich unten ankam, ein Rabe«, erläuterte der Zauberer mit ernsthafter Miene. Dann sagte er zu mir: »Laß den Krüppel hinaufklettern und euch ein Seil zuwerfen, außer ihm brächte es kein anderer zuwege.«

»Ihr spracht von einem Skallagrimur, wer ist das?« fragte ich.

»Er selbst würde antworten, daß er ein Bauer sei, der möglicherweise einige Pferde, Kühe und Schafe mehr als andere Bauern besitze, aber alles seiner Hände Arbeit verdanke«, entgegnete Thorsteinn. »Auf Island ziemt es sich nicht, mit seinem Besitz zu prahlen, ja es gilt die Regel, daß einer, je reicher er ist, desto bescheidener aufzutreten habe. In Wahrheit teilt Skallagrimur jedoch die Macht über Island mit fünf weiteren Männern, die gleich ihm die Oberhäupter weitverzweigter Sippen sind. Bei euch zulande würde man ihn einen Fürsten nennen.«

»Ist er ein umgänglicher Mann?«

»Skallagrimur ist so umgänglich wie die Askja, deren Krater an manchen Tagen ein stiller See ist, während er an anderen Feuer und Asche speit«, sagte der Zauberer. »Du kannst dem Goden ausrichten, Thorsteinn der Zauberer befinde sich bei guter Gesundheit. Es wird ihn wundern, da er einer von denen war, die mich in diesen Schlund hinabstürzten.«

»Wie konnte er das tun, da Ihr doch verbannt, nicht aber zum Tode verurteilt worden wart?« entrüstete sich Karlsson.

»Alter Mann«, sagte Thorsteinn nachsichtig, »worin äußert sich Macht deutlicher als darin, daß jener, der sie in Händen hat, ungestraft das Gesetz brechen darf?« Damit erhob er sich ächzend, wankte, auf Daniel gestützt, aus der Hütte und zeigte dem Krüppel, wo er an der Felswand emporklimmen könne. Er riet ihm, sich nahe am Wasserfall zu halten, da dort Sträucher wüchsen, an denen er notdürftigen Halt finden würde.

»Ihr habt uns gute Ratschläge gegeben, Thorsteinn«, sagte ich. »Was schulde ich Euch dafür?«

Abermals traf mich sein durchdringender Blick. »Du wirst«, sagte er, »eines Tages den Wunsch verspüren, dich den Menschen mitzuteilen, die nach dir leben. Laß sie wissen, daß der Zauberer Thorsteinn deinen Weg kreuzte, mehr verlange ich nicht.«

Wahrlich, so sagte er, Bruder Anselmus! Thorsteinn besaß offenbar auch die Gabe, in die Zukunft zu sehen. Ich versprach es ihm also, und heute erfülle ich mein Versprechen. Vergiß nicht zu erwähnen, daß er bereits über hundert Jahre zählte, als ich ihm begegnete, und nimm davon Abstand, deine Zweifel, wie ich es auf manchen Schriftstücken gesehen habe, in einer Fußnote niederzulegen. Zauberer haben drei Leben, sagt ein isländisches Sprichwort.

Skallagrimurs Hof lag am Fuß eines Berges, der den Namen *der Bewölkte* trug. Die Wände des Wohnhauses und der Stallungen bestanden aus Torfsoden, auf den Dächern wuchs Gras. Eine Frau hieß uns willkommen und führte Karlsson und mich, ohne zu fragen, wer wir seien, zu Skallagrimur.

Der Gode saß nackt in einem Becken, aus dem schweflig riechende Dampfschwaden quollen. In dem kleinen Raum war es unerträglich warm. Daher befolgten wir gern Skallagrimurs Rat, uns zu entkleiden und zu ihm in das Becken zu steigen. Es war bis zum Rand mit brühheißem Wasser gefüllt. Anfangs fürchtete ich, meine Haut würde sich wie bei einem gekochten Huhn von den Knochen lösen, doch bald begann ich mich äußerst behaglich zu fühlen.

»Ich will euch erzählen, wie es dazu kam, daß wir es hier so gemütlich haben«, sagte Skallagrimur. »Einst war dies der Raum, in dem der Bauer mit seiner Familie zu essen pflegte, und genau an der Stelle, wo wir jetzt sitzen, stand der Tisch. Einer meiner Vorfahren, auch er hieß Skallagrimur, saß also mit den Seinen beim Mahl, als der Tisch sich plötzlich wie von Geisterhand zu heben begann. Der Bauer schaute unter den Tisch und sah, daß aus dem Boden ein armdicker Wasserstrahl hervorschoß. Er sagte: ›Surtur will nicht, daß wir in diesem Raum länger essen, er will uns auf andere Weise erquicken.‹ So ließ er den Tisch hinausschaffen und dort, wo er bislang gestanden hatte, eine Grube ausheben. Daraufhin besänftigte sich der Strahl und sorgte fortan dafür, daß dieses Becken stets mit heißem Wasser gefüllt ist.«

Die Nacktheit, heißt es, verwische die Unterschiede zwischen Mensch und Mensch. Auf Skallagrimur traf dies nicht zu. Man hätte in ihm unter hundert nackten Männern den Gebieter erkannt. Lag es daran, daß er die Macht nicht an sich gerissen, sondern sie als Nachfahre Leif Erikssons, des Vinlandfahrers, geerbt hatte? Gleichviel, Skallagrimur war ein Mann, der sich allein kraft seiner Persönlichkeit Achtung zu verschaffen wußte. Sein Alter war schwer zu schätzen. Das schlohweiße Haar und die an Kinn und Wangen erschlaffende Gesichtshaut ließen vermuten, daß er an der Grenze zum Greisenalter stand, sein schlanker sehniger Körper hingegen hätte der eines Dreißigjährigen sein können. Er sprach, ohne die Stimme zu erheben, was indessen auch nicht nötig war, da jedermann verstummte, wenn er zu reden begann.

Ob er frei von Neugier war oder es die Regeln isländischer Gastfreundschaft geboten: Skallagrimur stellte keine Fragen, die den Zweck unserer Reise betrafen. So kam ich darauf zu sprechen, daß mein Schiff unten im Fjord liege und es mir Kopfzerbrechen bereite, wie ich die Kornfässer aus der Tiefe heraufholen könne.

Jetzt schien mir, daß Skallagrimur die Ohren spitzte. »Vor Jahren«, sagte er, »strandete am Eingang des Fjords ein Schiff. Die Mannschaft ertrank beim Versuch, sich ans Ufer zu retten. Somit ging das Schiff samt seiner Fracht in meinen Besitz über. Ich ließ das Wrack in den Fjord schleppen, und als ich sah, daß es Salz geladen hatte, befahl ich, eine Winde zu bauen, damit wir die schweren Fässer emporhieven konnten. Die Winde gibt es noch, sie steht zu deiner Verfügung.« Ich dachte, daß er mir als nächstes ein Angebot machen würde, doch darin täuschte ich mich. Der Gode stieg aus dem Becken, schlang sich ein Leinentuch um den Körper und sagte: »Kommt mit, ihr sollt einen Mann kennenlernen, der eine Krone besaß, ohne ein König zu sein.«

Versuch dir vorzustellen, welche Gefühle dich bewegen würden, trätest du unversehens Thomas von Aquin oder dem heiligen Franz gegenüber: So ähnlich war mir zumute, als Skallagrimur den Namen seines Gastes nannte. Es war Tidemann Lemberg, der berühmteste, ich könnte auch sagen: berüchtigtste Kaufmann seiner Zeit. Der Name war mir schon seit meiner Kindheit geläufig, denn wie kaum ein anderer spaltete er die Kaufmannschaft in zwei Lager. Für die einen war Tidemann Lemberg das Vorbild, dem nachzustreben Reichtum und Ansehen verhieß, während andere, darunter mein Vater, in ihm nur einen gerissenen Spekulanten sahen. Seit einigen Jahren war es still um ihn geworden; man nahm an, daß er gestorben sei. Um so erstaunter war ich, Tidemann Lemberg in guter körperlicher Verfassung vorzufinden.

Er hockte, mit einem Mantel aus grober Wolle bekleidet, am

Torffeuer und wärmte seine Hände. Auf dem massigen Kopf saß eine Wollmütze, die, da sie ihm zu klein war, nur die Spitze seines Schädels bedeckte. Sein Gesicht schien in der Mitte nicht ganz zusammengewachsen zu sein. Dieser Eindruck wurde durch eine tiefe Rille hervorgerufen, die von der Stirn über die Nase bis zum Kinn hinunterlief.

»Zwei neue Gesichter, wie erfreulich«, sagte er. »Wer seid ihr?«

Ich nannte ihm unsere Namen, wobei ich mich anzumerken bemüßigt fühlte, daß ich der Schiffer sei.

»Von Euch habe ich gehört, Frithjof Karlsson«, sagte Tidemann Lemberg. »Ich wollte, wir wären uns früher begegnet, dann hätte ich Euch in meinen Dienst genommen und wäre nach Westen gefahren, wo es Städte geben soll, deren Straßen mit Gold gepflastert sind. Statt dessen bin ich auf dieser gottverlassenen Insel gelandet, um als Skallagrimurs Gast das Ende meiner Tage zu erwarten.«

Der Hofherr klatschte in die Hände, worauf zwei Mägde das Essen auftrugen. Es bestand aus Stockfisch und einem schwärzlichen Brei, der aus Schrot, kleingehacktem Tang und Sauermilch zubereitet war. Der Stockfisch war unglaublich hart, schmeckte jedoch nicht übel, wenn man ihn mit Butter bestrich und mit dem eigenen Speichel wässerte. Der Brei hingegen übertraf an Fadheit alles, was ich bis dahin gegessen hatte. Dafür verursachte er Blähungen, die sich in knatternden Winden entluden. Tidemann Lemberg nahm dies zum Anlaß, von den erstaunlichen Furzkünsten des englischen Königs Eduard III. zu erzählen. Nach einem reichlichen Essen habe der König die Hosen heruntergelassen und mit einem einzigen Furz ein gutes Dutzend Kerzen ausgeblasen. In dieser Kunst sei der König nur noch von seinem Vater Eduard II. übertroffen worden, was möglicherweise erkläre, weshalb sich der Sohn des Vaters auf eine ungewöhnliche Weise entledigt habe: Hartnäckigen Gerüchten zufolge habe er ihm einen glühenden Spieß in den After gestoßen.

Welchen Umständen es zu verdanken war, daß ich Tidemann Lembergs nähere Bekanntschaft machte, will ich später erzählen. Laß mich zunächst davon berichten, wie ich mit Skallagrimur ins Geschäft kam.

Er war der Herrscher über ein Gebiet, das sich von der Küste bis weit ins Landesinnere erstreckte. Doch sein Land bestand aus kahlen Bergen, Gletschern und schwarzen Sandwüsten, durch die sich reißende Flüsse in stets wechselndem Verlauf ihren Weg zum Meer bahnten. Nur am Südhang des *Bewölkten* lag ein Streifen Grasland, und rings um den Hof gab es kleine Äcker, die, mit dem Kot von Mensch und Vieh, vornehmlich aber mit Tang gedüngt, eine kurzhalmige Getreideart anzubauen erlaubten. Mit einem Wort: Skallagrimur besaß nichts außer Stockfisch, das er für meine Ladung in Tausch hätte geben können. Und was lag mir an gedörrtem Fisch, da ich im Norden Gold zu bekommen hoffte?

Als ich ihm nun erzählte, daß ich mein Getreide den hungernden Menschen im Nordteil der Insel zu verkaufen gedächte, führte er mich vor die Tür und deutete nach Westen, wo ein heller Schimmer die ganze Breite des Gesichtsfeldes beherrschte.

»Was du dort siehst, ist der Widerschein des Vatnajökull, Simon Gronewech«, sagte er. »Weitgereiste Männer haben mir versichert, daß es auf der ganzen Welt keinen größeren Gletscher gäbe. Um in den Norden zu gelangen, wirst du einen Teil des Vatnajökull überqueren müssen, denn von seiner Ostflanke aus erstrecken sich über viele Meilen unwegsame Sümpfe. Ich weiß von keinem, der in die Sümpfe gegangen und aus ihnen zurückgekehrt ist. Hingegen kenne ich einige, die unversehrt über den Gletscher gekommen sind. Aber das sind Männer, die sich nicht jedem verdingen.«

Ich ahnte, worauf er hinauswollte, und so fragte ich: »Könnt Ihr nicht einen dieser Männer für mich anwerben? Es soll Euer Schade nicht sein, Skallagrimur.«

»Mit einem Führer ist es noch nicht getan«, entgegnete er. »Du brauchst Pferde für dich und deine Leute sowie andere, die schwere Lasten zu tragen gewohnt sind. Du brauchst Empfehlungsschreiben für den Goden der Nordleute, meinen heidnischen Vetter Ingolfur.

Wenn er nicht erführe, daß du unter meinem Schutz stehst, würde er euch alle erschlagen, um in den Besitz deiner Waren zu kommen. Und letztlich: Willst du den weiten und überaus beschwerlichen Weg ein zweites Mal machen, wo du dort oben nahe am Meer bist und es viel einfacher wäre, von dort die Weiterreise mit deinem Schiff anzutreten?«

»Aber wie soll das Schiff dort hinkommen, Skallagrimur?«

»Ich habe unter meinen Leuten einen, der die Gewässer um Island kennt wie kein anderer. Er könnte das Schiff mit einem Teil deiner Mannschaft in den Skjalfandi segeln und dich dort erwarten.«

Da er die Beschwernisse des Landweges so eindrucksvoll geschildert hatte, kam mir der Gedanke, das Schiff mitsamt seiner Ladung in jenen Nordfjord zu segeln. Ich fragte Skallagrimur also, wie teuer mich der Mann zu stehen käme, den er als Steuermann empfohlen hatte.

»Er kostet dich ein Faß Getreide«, antwortete er. »Für die Pferde, den Führer und die Empfehlungsschreiben verlange ich fünf. Aber ich gebe dir den Mann nur unter der Bedingung, daß du deine Waren auf dem Landweg in den Norden bringst. Denn aus welchem Grund sollte ich mich mit einem Faß zufriedengeben, wenn ich sechs bekommen kann?«

»Ich könnte auch ohne Eure Hilfe mit dem Schiff an mein Ziel gelangen«, sagte ich, empört über seine Unverschämtheit.

»Nur zu, junger Freund«, lächelte der Gode. »Die Gefahr, daß du dabei ums Leben kommst, ist nicht größer, als wenn du zu Fuß und ohne Führer den Vatnajökull überquerst.«

Ich beriet mich mit Karlsson. Er wußte vom Hörensagen, daß die Gewässer vor der Nordküste Islands selbst von den erfahrensten Steuerleuten wie die Pest gemieden würden. Eine hohe Dünung im Verein mit einer starken auflandigen Strömung treibe das Schiff bei schwachem oder ungünstigem Wind unweigerlich auf die Basaltklippen. In seinen Augen sei es ein tödliches Wagnis, auf eigene Faust weiter nach Norden zu segeln.

Danach ging ich wieder zu Skallagrimur und sagte ihm, ich sei bereit, den verlangten Preis zu zahlen, allerdings nicht ohne zu bemerken, daß dieses Geschäft einer Erpressung gleichkäme.

Der Gode zeigte sich darüber verärgert. »Ich bin in diesem Teil des Landes der Mächtigste, Simon Gronewech. Das will nicht viel heißen, da die Erde unfruchtbar ist und die Menschen gerade das Nötigste zum Leben haben. Doch hätte ich auch die Hälfte deiner Ladung fordern oder dich zwingen können, alles gegen Stockfisch einzutauschen. Statt dessen verschaffe ich dir Pferde und einen ortskundigen Führer, bitte meinen Vetter Ingolfur, dich nicht umzubringen, und sorge dafür, daß dein Schiff sicher in den Skjalfandi gelangt. Dies alles ist mit sechs Faß Getreide nicht zu teuer bezahlt. Also sprich nicht von Erpressung, wenn ich meiner Macht freiwillig Zügel anlege.«

An den folgenden Tagen hievten wir die Getreidefässer mit der Winde aus dem Fjord hoch, später auch die Mannschaft – bis auf jenen Teil, der das Schiff unter der Führung des einheimischen Steuermanns nach Norden segeln sollte. Dieser begab sich in Begleitung von sechs Kerlen an Bord, die in ihrer wetterfesten Kleidung unförmigen Trollen glichen. Als letzter schwebte Broder Meyenschin am schwankenden Seil aus der Tiefe empor. Er gab mir einen länglichen Gegenstand, der sich bei näherem Hinsehen als eine aus Walroßzahn geschnitzte Flöte entpuppte. »Von dem alten Mann da unten, Schiffer«, sagte Broder Meyenschin. »Er meint, Ihr wüßtet damit umzugehen.« Ich versuchte, auf ihr zu spielen, brachte aber nur einen einzigen Ton hervor.

Die Reisevorbereitungen zogen sich über mehrere Wochen hin, da die Pferde erst eingefangen oder von entfernt gelegenen Bauernhöfen geholt werden mußten. Außerdem erwies es sich als schwierig, einen Mann zu finden, der sich nicht nur in den Eiswüsten des Vatnajökull auskannte, sondern auch bereit war, uns zu den Nordleuten zu führen. Denn diese standen in dem Ruf, beim Anblick eines Fremden von unbezwingbarer Freßlust befallen zu werden. Während dieser Wochen bot sich nun ausreichend Gelegenheit, jenen Mann näher kennenzulernen, der sich selbst gern einen königlichen Kaufmann nannte.

Tidemann Lemberg besaß, als er nach Island kam, seinen eigenen Worten zufolge nicht mehr als das Zeug, das er am Leibe trug. Gleichwohl trat er wie ein großer Herr auf und äußerte gelegentlich Zweifel, ob Skallagrimur die Ehre zu schätzen wisse, daß er bei ihm Zuflucht gesucht hatte. Immerhin war er, was zu betonen er nicht müde wurde, der Freund eines Königs gewesen.

Die Geschichte vom Aufstieg und Fall des Tidemann Lemberg wäre es wert, so ausführlich wiedergegeben zu werden, wie er sie erzählte, wenn wir abends mit Skallagrimur und seiner Familie am Torffeuer saßen. Ich will mich indessen, damit mein eigener Bericht nicht zu kurz komme, auf das Wesentliche beschränken.

Bereits in jungen Jahren ließ sich Tidemann Lemberg mit einer Anzahl westfälischer Landsleute in England nieder und kam dort alsbald mit dem König ins Geschäft. Eduard III. war, wie das bei Königen nicht unüblich ist, in ständiger Geldnot. Daher verpfändete er die Zolleinahmen aus dem Wollhandel an die westfälischen Kaufleute, und kurze Zeit später übertrug er Tidemann Lemberg die Aufsicht über die gesamte englische Wollausfuhr. Der Kaufmann zeigte sich erkenntlich, indem er dem König beträchtliche Summen lieh, aber Eduard, schon von Natur aus zur Verschwendung neigend, hatte überdies noch einen Krieg mit Frankreich vom Zaun gebrochen, so daß sein Schuldenberg zu schwindelerregender Höhe anwuchs. Die vorsichtigen Kaufleute aus Köln und dem Rheinland verweigerten ihm weitere Kredite, da sie keine Hoffnung hatten, ihr Geld jemals wiederzubekommen. Nicht so Tidemann Lemberg. Er brachte durch großzügig gewährte Darlehen den gesamten englischen Kupfer- und Zinnhandel an sich. Außerdem überließ Eduard ihm für einen Kredit von 3000 Pfund die Einkünfte der Zinkgruben von Cornwall. Man sagt, daß Lemberg damit zum reichsten Mann Englands wurde. Er führte ein großes Haus, kleidete sich wie ein Herzog, und der König begann, ihn seinen Freund zu nennen.

Die Freundschaft trug reiche Früchte. So gewährte ihm Eduard als einzigem das Recht, den Hof mit all jenen Kostbarkeiten zu beliefern, die der Macht ihren äußeren Glanz verleihen, darunter erlesenem Pelzwerk wie Zobel und Hermelin, für das vor allem die Königin eine besondere Vorliebe hegte. Doch Tidemann Lemberg strebte nach Höherem. Ihm genügte es nicht, als Geldbeschaffer am Tisch des Königs geduldet zu werden, er wollte den Herzögen und Baronen gleichgestellt werden. Um dieses Ziel zu erreichen, wagte er einen hohen Einsatz.

Ich muß vorausschicken, daß Eduards Verschwendungssucht auch vor dem Kronschatz nicht haltgemacht hatte. Jahrhundertealte Kleinodien, ganze Truhen voller Juwelen, ja sogar die Kronen, seine eigene und die seiner Gemahlin, hatte der König versetzt. Die Krone der Könige von England war für einen Betrag von 50 000 Gulden dem Erzbischof von Trier verpfändet worden. Dies rief unter den Edlen des Landes Entrüstung hervor, während im Volk Spottlieder über den König ohne Krone umgingen. In seiner Not wandte sich Eduard an Tidemann Lemberg und bat ihn, die Krone auszulösen. Der Kaufmann erfüllte ihm den Wunsch, und die Krone kehrte nach England zurück. Nun, glaubte Tidemann Lemberg, sei seine Stunde gekommen. Er bot dem König an, ihm die 50 000 Gulden zu erlassen, wenn er ihn dafür zum Peer ernenne.

An dieser Stelle seiner Erzählung pflegte Tidemann Lemberg innezuhalten und zerknirscht einzuräumen, daß er den Fehler begangen habe, den Adelstitel mit einer Ware gleichzusetzen. Hätte er dem König die Krone übergeben, ohne die 50 000 Pfund zu erwähnen, der Ritterschlag wäre ihm sicher gewesen. Indem er jedoch die Krone zum Tausch gegen den Titel eines Peer anbot und überdies noch verlauten ließ, er werde sie, falls sich der König weigere, als Pfand behalten, habe er sich alles verscherzt. Auf Drängen der Herzöge und insbesondere des Kronprinzen habe der König gefordert, die Krone herauszugeben, wenn er nicht des Landes verwiesen werden wolle.

Seither, fuhr Tidemann Lemberg fort, habe sein Stern zu sinken begonnen. Zwar sei er auch weiterhin beim König ein und aus gegangen, habe ihm Geld beschafft und dafür Privilegien bekommen, aber als Eduard krank geworden sei und dem Kronprinzen einen Teil seiner Macht übertragen habe, hätten die englischen Kaufleute, von Anfang an seine ärgsten Widersacher, wieder an Einfluß gewonnen. Sie hätten dem Kronprinzen eingeflüstert, daß Tidemann Lemberg sich seinen Reichtum ergaunert habe, so daß es nicht mehr als recht und billig sei, ihn zu enteignen und sein Vermögen der Krone zuzuführen.

»Und was tat dieser Mann?« fragte Tidemann Lemberg seine Zuhörer, die, obwohl sie es längst wußten, der Antwort in atemloser Spannung harrten. »Kaum daß er als Richard II. auf den Thron gekommen war, ließ er mich zu sich rufen und eröffnete mir, daß sein Vater schwachsinnig gewesen sei. Eduards krankhafte Verschwendungssucht ausnutzend, ja nach Kräften fördernd, hätte ich Reichtümer angehäuft und mich gar erfrecht, die Krone in Besitz zu nehmen. Als Buße nannte er einen Betrag, den nur die englischen Kaufleute errechnet haben konnten, denn er entsprach auf das Pfund genau dem Wert meines Vermögens. Ist einer unter euch, der sich vorstellen kann, was es heißt, im Handumdrehen vom reichsten Mann Englands zum Bettler zu werden?« fragte er in die Runde.

Die Antwort war ein tiefes Schweigen. »Aber es sollte noch schlimmer kommen«, ermunterte Skallagrimur ihn zum Weiterreden.

»Es sollte wahrlich noch schlimmer kommen«, hob Tidemann Lemberg wieder an. »Richard war um einiges schlauer als sein Vater. Er wollte es mit den Hansestädten nicht verderben, indem er einen Bürger Dortmunds seines Eigentums beraubte. Daher zwang er mich, eine Urkunde zu unterzeichnen, nach der mein gesamter Besitz einschließlich aller Privilegien im Falle meines Ablebens dem König zufallen würde. Damit unterschrieb ich mein eigenes Todesurteil. Kurz darauf entging ich mit knapper Not einem Mordanschlag. Doch verdankte ich dies weniger meiner Vorsicht als meinem Geld. Denn Mordbuben sind käuflich, und so beließen sie es vorerst dabei, mir das Gesicht aufzuschlitzen. Wenn es noch Rettung für mich gab, lag sie in der Flucht. An Bord eines Lastkahns unter Fellen versteckt, gelang es mir, nach Hull zu entwischen. Von dort brachte mich ein dänischer Schiffer für den Rest meiner Barschaft nach Island. Und hier bin ich nun, ein kümmerlicher Schatten meiner eigenen großen Vergangenheit.«

Seine Zuhörer ergriff Rührung. Sie hatten Tidemann Lembergs Geschichte schon so oft gehört, daß sie sie mit seinen Worten hätten nacherzählen können, und dennoch ging sie ihnen jedesmal wieder ans Herz.

»Was hindert Euch, nach Dortmund heimzukehren und Euer Recht einzuklagen?« fragte ich Tidemann Lemberg. »Die Urkunde, die man Euch zu unterschreiben zwang, besagt doch im Umkehrschluß, daß Ihr, solange Ihr lebt, Eigentümer Eures Vermögens seid.«

»Ich will es dem Mangel an Lebenserfahrung zuschreiben, daß du so unbedarft daherredest«, entgegnete Tidemann Lemberg. »Zwischen Nowgorod und Antwerpen wäre ich vor Richards Schergen nirgends sicher, denn überall hat er einen mächtigen Bundesgenossen. Dies ist der Neid der ehrbaren Kaufleute, Simon Gronewech. Solange ich mich im Glanz des Erfolges sonnte, äußerte er sich darin, daß sie mich hinter der vorgehaltenen Hand unlauterer Machenschaften bezichtigten, aber wenn sie mich vor sich im Staube sähen, würde er sich in blanken Haß verwandeln. Du ahnst nicht, mit welcher Wonne sie mich dem König ans Messer liefern würden.«

»Hier bist du in Sicherheit«, sagte Skallagrimur. »Wir Isländer bringen keinen um, der gute Geschichten zu erzählen weiß.«

Ich bin vermutlich der letzte Fremde, der Tidemann Lemberg begegnet ist. Einige Jahre später traf ich einen Hamburger, der bei Skallagrimur gewesen war. Er erinnerte sich, daß man ihm von einem alten Mann berichtet hatte, den Skallagrimur, obwohl er kein Verwandter gewesen sei, neben seinen Ahnen am Fuß des *Bewölkten* habe bestatten lassen. Den Namen des Mannes hatte er nicht erfahren; ich nehme an, daß es Tidemann Lemberg war.

Unterdessen hatte Skallagrimur einen Führer gefunden, der selbst aus dem Norden stammte und die Mär von den kannibalischen Gelüsten der Nordleute als Geschwätz abtat. Schon sein Name stimmte mich zuversichtlich, denn er hieß Jökull, was nichts anderes als *Gletscher* bedeutet. Im Unterschied zu den meisten Isländern, die nicht sehr groß, von gedrungener Statur und oft dunkelhaarig sind, war Jökull ein rotblonder Hüne. Er führte dies darauf zurück, daß er, wie die Mehrzahl seiner Landsleute, von der Besatzung eines Wikingerschiffs abstammte, die sich im Nordteil der Insel mit der einheimischen Bevölkerung vermischt hatte.

»Jökull hat sein halbes Leben auf dem Gletscher verbracht; die Gründe mag er dir selbst erzählen«, sagte Skallagrimur. »Es heißt, daß er mit dem Vatnajökull zu reden verstünde.«

»Was ist daran Besonderes?« entgegnete Jökull. »Der Vatnajökull ist ein lebendiges Wesen, er spricht in einer Sprache, die ungleich reicher an Lauten ist als unsere. Man muß sie nur zu deuten wissen.«

Er war ein Mann, um den sich viele Geschichten rankten. Um sie alle erlebt zu haben, meinte er, müsse er dreimal so alt sein. Er habe es jedoch aufgegeben, sie nach wahren und erfundenen zu unterscheiden, denn die wahren könnten ebensogut erfunden sein wie die erfundenen wahr.

Bevor wir uns auf den Weg machten, wurde das Getreide in Säcke umgefüllt, damit die Pferde die Last besser tragen konnten. Es waren kleine stämmige Pferde mit zottigem Fell; ihre Namen waren isländischen Sagas entlehnt. Mein Pferd, ein eigensinniger Hengst, hieß Grettir.

Als ich mich von Skallagrimur verabschiedete, sagte ich, unten im Fjord lebe ein alter Mann, der nicht gut auf ihn zu sprechen sei.

»Thorsteinn wollte die Herrschaft an sich reißen und mißbrauchte seine Kraft, indem er Männer, die seiner Machtgier im Weg standen, in Steine verwandelte«, erwiderte der Gode. »So erging es meinem Vater, der sein Bruder war, und so wäre es mir ergangen, hätte ich Thorsteinn nicht in den Fjord hinabgeworfen.«

»Er hat seinen Bruder in einen Stein verwandelt?«

»Du kannst ihn dir anschauen; es ist der seltsam geformte Basaltbrocken am Hoftor«, antwortete Skallagrimur mit ernster Miene.

An einem klaren kalten Morgen brachen wir auf. Ich hatte die Nacht über wach gelegen; dunkle Vorahnungen ließen mich keine Ruhe finden. Aber die morgendliche Kühle und das gleißende Sonnenlicht verscheuchten die düsteren Gedanken. Wir zogen am südlichen Hang des *Bewölkten* zu einem flachen Bergsattel empor. Vor uns tat sich eine weite Ebene auf. Über ihr hingen gewaltige Säulen aus schwarzem Staub, schwankende, um sich selbst kreisende Türme, die an den Wolken zu kleben schienen und mit ihren Spitzen den Boden berührten. Wir wichen ihnen aus, aber zuweilen kam uns einer dieser riesigen Staubwirbel so nahe, daß ich seine saugende Kraft zu fühlen glaubte. Ich weiß nicht, wie viele Flüsse wir am ersten Tag durchquerten, nach dem zehnten gab ich es auf, sie zu zählen. Ihr Wasser war milchigtrüb, so daß ich nicht erkennen konnte, wo es seichte Stellen gab. Doch Grettir fand sie mit sicherem Gespür.

Von Westen her wehte uns ein eisiger Hauch an. Das sei der Atem des Vatnajökull, erläuterte unser Führer. Den Tag über verbarg sich der Gletscher hinter niedrig hängenden Wolken. Dann standen wir unversehens vor einer hoch aufragenden Eiswand. Oben schimmerte sie in einem bläulichen Weiß, weiter unten war sie von schwarzen Streifen durchzogen, und an ihrem Fuß türmte sich ein Wall aus klumpiger Asche.

Jökull gebot uns mit einer Handbewegung zu schweigen. Er lauscht dem Vatnajökull, dachte ich. Und tatsächlich drangen Geräusche aus dem Eis, die man mit etwas Phantasie für raunende Stimmen halten konnte. Nachdem er längere Zeit in der Haltung eines ehrfürchtig Lauschenden verharrt hatte, entschied Jökull, daß wir eine halbe Tagesreise weiter nördlich in den Gletscher einsteigen würden.

Vatnajökull. Das Wort löst noch heute widerstreitende Empfindungen in mir aus. Ich erinnere mich des Gletschers als eines tückischen Ungeheuers und zugleich als einer Gebirgslandschaft von märchenhafter Schönheit. Der Vatnajökull überfiel uns mit Gewittern und tobenden Stürmen, riß gähnende Abgründe auf, wo sich eben noch eine geschlossene Schneedecke befunden hatte, lockte uns an den Rand von Kratern, die mit siedendem Wasser gefüllt waren. Dann wieder bezauberte er mich durch die glitzernde Pracht seiner Eisnadeln, groß wie Kathedralen und erfüllt von azurblauem Licht. Einmal lagerten wir auf einer Wiese, die, rings von steilen Eiswänden umschlossen, so grün und saftig war wie die Weiden am Traveufer. Jökull riet uns jedoch, nicht zu lange an diesem Ort zu verweilen, denn unter uns befinde sich ein Vulkan, der ohne Vorwarnung auszubrechen pflege.

Es ist mir unbegreiflich, wie Jökull sich in dieser Eiswüste zurechtfand. Er kannte sich nicht nur auf der schrundigen Oberfläche des Vatnajökull aus, sondern auch in seinem Inneren. Manchmal führte er uns durch ein Labyrinth von Höhlen, die das Wasser heißer Quellen in das Eis gewaschen hatte. In einigen herrschte tiefe Finsternis, andere blendeten uns mit dem Funkeln unzähliger Kristalle. Die Sicherheit, mit der Jökull den Weg fand, war um so erstaunlicher, als der Gletscher, auch darin einem Lebewesen vergleichbar, in ständiger Veränderung begriffen war. Doch Jökull deutete an, daß der Wandel gewissen Gesetzmäßigkeiten unterliege, die sich ihm in mehr als zwanzig Jahren nach und nach erschlossen hätten.

Eines Tages konnte ich meine Neugier nicht länger bezähmen. Ich fragte ihn, was ihm an dieser unwirtlichen Gegend so anziehend erscheine, daß er hier einen großen Teil seines Lebens verbracht hatte.

»Ich habe einen Mann getötet«, antwortete Jökull. »Und weil ich seiner Sippe nicht das festgesetzte Bußgeld zahlen konnte, erklärte mich das Thinggericht auf die Dauer von zwanzig Jahren für vogelfrei. Wie manch anderer Geächtete verkroch ich mich in den Schluchten des Vatnajökull. Er hat mich harten Prüfungen unterworfen, aber schließlich sah er ein, daß er mich nicht kleinkriegen kann. Seither leben wir in leidlich gutem Einvernehmen, wobei er mich stets spüren läßt, daß er der Herr ist.«

»Bist du immer allein gewesen?« fragte ich.

»Auf dem Vatnajökull ist man nie allein«, entgegnete Jökull. »Es gibt hier viele Arten von Tieren, darunter die weisen Raben, die Ereignisse aus längst vergangenen Zeiten in ihrem Gedächtnis aufbewahren. Bisweilen begegnet man auch Menschen, Gesetzlosen oder solchen, die Gesetzlose jagen. Einmal traf ich eine Frau, ich nahm sie mit in meine Höhle, und dort hatten wir es für einige Jahre gut miteinander. Sie gebar zwei Mädchen, aber der Vatnajökull gönnte sie mir nicht, er verschlang die Kinder, und die Frau stürzte sich in eine Gletscherspalte. Später tat ich mich mit einem anderen Verbannten zusammen. Wir gingen gemeinsam auf Jagd und stiegen in den Bauch des Vatnajökull hinunter, bis dorthin, wo die Erde kocht. Auch diesen Gefährten brachte der Gletscher um. Von da an hielt ich mich von den Menschen fern, weil ich wußte, der Vatnajökull wollte es so.«

»Wenn man dich vom Vatnajökull reden hört, könnte man glauben, daß er ein gottähnliches Wesen sei«, sagte ich.

»Er ist mein Gott«, erwiderte Jökull.

Ich habe meine Mannschaft selten so schweigsam erlebt wie in den Tagen, da wir den Gletscher überquerten. Es war, als ob sie durch ein lautes Wort den Unwillen des Vatnajökull zu erregen fürchtete. Einer der Männer geriet mit seinem Pferd in einen von giftiggrünem Moos überwucherten Morast. Die anderen versuchten, ihn herauszuziehen. Als sie merkten, daß der zähe Schlamm ihn nicht wieder hergeben wollte, stopften sie ihm seine Mütze in den Mund, damit er nicht schreien konnte. Er war das einzige Opfer, das der Vatnajökull forderte. Ich erinnere mich, daß Jökull unbeteiligt zusah, wie der Mann im Morast versank.

Nach gefahrvollem Abstieg auf den Gletscherzungen des Vatnajökull gelangten wir in das Odadahraun, was soviel wie *Lavafeld der Missetäter* oder *Wüste der Verbannten* heißt. Es war eine Einöde von unbeschreiblicher Trostlosigkeit. Soweit das Auge reichte, war der Boden mit schwarzem Sand und erkalteter Lava bedeckt. Der glühende Auswurf der Vulkane schien alles Leben unter sich begraben zu haben.

»Man sagt, daß hier früher große Wälder waren«, riß mich Jökull aus meinen Gedanken. Er deutete auf eine Kette kegelförmiger Berge: »Von dort ist die Lava gekommen.«

»Wie lange ist das her?« fragte ich.

»Das weiß niemand«, antwortete er. »Aber sie haben seitdem nicht aufgehört, das Odadahraun mit Lava zu überschwemmen. Das letzte Mal geschah es vor acht Jahren.« Er hieß mich, meine Hand auf ein Stück zopfartig erstarrter Lava zu legen. Sie war noch warm.

»Könnten die Vulkane nicht erneut ausbrechen, und womöglich gerade dann, wenn wir uns mitten im Odadahraun befinden?« fragte ich beklommen.

Jökull lenkte meine Aufmerksamkeit auf einen mächtigen Berg, dessen Spitze von einem Wolkenkranz umgeben war. »Das ist Herdubreid, *die Breitschultrige*«, sagte er. »Nach dem alten Glauben war sie der Sitz der Götter. Meistens ist ihre Spitze wie jetzt hinter Wolken verborgen. Wenn du sie aber so klar siehst, daß du Odins Hochsitz Hlidskjalf erkennen kannst, solltest du dein Pferd zur Eile antreiben. Denn bald darauf beginnen jene dort, Feuer zu speien.« Ich hatte inzwischen gelernt, daß man bei Isländern nicht jedes Wort auf die Goldwaage legen darf. Dennoch behielt ich die Herdubreid im Auge, während wir das Odadahraun durchquerten. Zu meiner Beruhigung war ihr Gipfel die ganze Zeit über in Wolken gehüllt.

Wie sein Name besagt, war das Odadahraun seit der Landnahme vor nunmehr fünfhundert Jahren die Zufluchtsstätte für Menschen, die ihrer Verbrechen wegen von der Gemeinschaft ausgestoßen worden waren. Sie hausten in Erdlöchern und Lavahöhlen. Als Nahrung dienten ihnen Vögel, Hasen und Mäuse sowie manches, das hierzulande als unverdaulich gilt. Die meisten Verbannten mieden den Umgang mit ihren Leidensgenossen, aber einige hatten sich zusammengetan, um Reisenden aufzulauern und sie zu berauben. Obwohl ich das Gefühl hatte, daß wir ständig beobachtet wurden, kamen wir ungeschoren davon. Vermutlich hatten wir dies Jökull zu verdanken, den die Wegelagerer immer noch als einen der ihren betrachteten. Als ich ihn darauf ansprach, entgegnete er, von Räubern überfallen zu werden sei nicht das Schlimmste, das einem im Odadahraun widerfahren könne. Was er damit gemeint hatte, sollte mir wenige Tage später klarwerden.

Nach einem Morgen, dessen Licht wie mit Nadeln in die Augen stach, begann sich der Himmel im Süden zu verfinstern. Eine Wand von gleichmäßiger Schwärze wuchs aus der Wüste empor, und während sie zusehends an Höhe gewann, erstarb um uns her jeder Lufthauch. Jökull rief mich zu sich. Ich sah in seinen Zügen etwas, das ich bis dahin noch nicht wahrgenommen hatte. War es Angst? Er wies auf einen einsamen Krater, dessen Rand auf der uns zugewandten Seite aufgebrochen war. »Dort sind wir in Sicherheit«, sagte er. »Laß Grettir seinen Willen, er findet den Weg allein. Die anderen Pferde werden ihm folgen.« Und schon sprengte der Hengst mit mir davon.

Unterdessen hatte die schwarze Wand die Sonne verschluckt; über dem Odadahraun breitete sich eine rauchige Dämmerung aus. Ich spürte, wie Grettirs Körper vor Erregung bebte, aber die Furcht vor dem Unwetter machte ihn nicht kopfscheu: Statt den geraden Weg zum Krater einzuschlagen, schlängelte er sich auf einem kaum erkennbaren Pfad durch das zerklüftete Gelände. Als wir jedoch vor der Lücke im Kraterrand angelangt waren, blieb Grettir wie angewurzelt stehen und schüttelte heftig den Kopf, als wolle er mir zu verstehen geben, daß er unter keinen Umständen weitergehen werde. Also stieg ich allein durch das Loch in der Kraterwand, um einen Blick ins Innere zu werfen.

Was ich sah, ließ meinen Herzschlag stocken: Mir war, als schaute ich in den aufgerissenen Bauch eines Riesen. Die Lava war zu roten und purpurnen Gebilden erstarrt; sie ähnelten Eingeweiden, blutigem Gekröse. Aus Löchern in der inneren Kraterwand zischten schweflige Dämpfe hervor; der ganze Trichter war von einem zornigen Fauchen erfüllt. Nie habe ich mich der Hölle näher gefühlt als in diesem Augenblick, Bruder Anselmus.

Während ich noch meines Entsetzens Herr zu werden suchte, hörte ich Jökulls erregte Stimme. »Die Pferde wissen sich allein zu helfen, aber euch wird der Sand das Fleisch von den Knochen schaben, wenn ihr da draußen bleibt!« brüllte er. Ich sah, wie er meine Leute mit Schlägen in den Krater trieb, sah noch, wie sich ihre Augen vor Angst weiteten, als sie das versteinerte Gedärm erblickten, dann wurde es dunkel. Und mit der Finsternis brach ein Heulen über uns herein, als hätten die Verdammten im Orkus alle gleichzeitig zu kreischen begonnen. Ich legte mich flach auf den Boden und krallte meine Finger in das löchrige Gestein, um nicht von den entfesselten Naturgewalten fortgerissen zu werden. Ich spürte deutlich die Hitze unter der Lavakruste, aber der Gedanke, daß mich vielleicht nur eine Handbreit festen Bodens von der Glut trennte, erschreckte mich weniger als das blindwütige Rasen des Sandsturms. Er warf sich mit einer Wucht gegen die Kraterwand, daß der Boden unter mir zitterte, schleuderte Steine auf mich herab, peitschte mir Sand in Nase, Mund und Ohren. Ich glaubte zu ersticken, und als ich mich etwas aufrichtete, um Atem zu schöpfen, merkte ich, daß ich schon halb unter pulvriger Asche begraben war.

Plötzlich verstummte das Heulen des Sturms. Ihm folgte eine Stille, die sich erst nach und nach mit dem Zischen des Kraters füllte. Langsam wurde es wieder hell. Um mich herum sah ich Aschehaufen, aus denen bleiche Köpfe hervorlugten. Jökull war als erster auf den Beinen. Er klopfte sich den Staub ab und sagte: »Sehen wir nach den Pferden.«

Die Tiere hatten sich im Windschatten des Kraters, dicht an dicht gedrängt, auf den Boden gelegt. Etwas abseits lag ein Mann. Er war tot. An seiner Kleidung sah ich, daß er zu meiner Mannschaft gehörte. Aber ich konnte nicht erkennen, wer es war. Der Sandsturm hatte ihm die Haut vom Gesicht geschliffen.

»So wäre es uns allen ergangen, hätten wir in dem Krater nicht Zuflucht gefunden«, sagte Jökull. »Wir werden dort über Nacht bleiben, manchmal kehrt das Unwetter nach Stunden zurück.«

»Weißt du keinen angenehmeren Platz, wo wir die Nacht verbringen können?« fragte ich.

»Es ist ein alter Krater, ein Greis unter den Vulkanen«, antwortete Jökull. »Er faucht noch ein wenig, damit nicht in Vergessenheit gerate, wie stark er einst war.«

Am nächsten Tag kamen wir in einen Teil des Odadahraun, der sich im Vergleich zu dem Gebiet, das wir durchquert hatten, beinahe lieblich ausnahm. Die Lava war mit Kissen aus abgestorbenem Moos bedeckt, hier und dort wuchsen spärliche Grasbüschel, an geschützten Stellen gewahrte ich sogar kleine pelzige Blumen. Jökull führte uns zu einem Teich, in dessen Mitte das Wasser brodelnd aus der Tiefe emporstieg. Er sagte, daß die Verbannten gelegentlich hierherkämen, um zu baden. Für uns sei das Wasser jedoch zu heiß. In der Nähe befand sich ein Erdloch, das mit einem Pferdegerippe abgedeckt war. Hier habe Grettir gehaust, der sagenhafte Namensgeber meines Hengstes, erzählte Jökull. Er sei von den Gesetzlosen der berühmteste gewesen, ein Mann von großer Klugheit und ungeheurer Körperkraft. Letztere sei ihm zum Verhängnis geworden, denn Grettir habe allzugern der Versuchung nachgegeben, sie im Zweikampf zu erproben. Keiner seiner Gegner sei mit dem Leben davongekommen, doch schließlich habe die Zaubrerin Thurid ihn verhext, so daß Öngull ihn habe töten können. Von Grettirs Ende auf der Felsinsel Drangey berichtete Jökull so anschaulich, als ob er dabeigewesen sei.

»Wann ist das geschehen?« fragte ich.

»Neulich«, antwortete Jökull.

Von nun an folgten wir über mehrere Tage dem Lauf eines breiten Flusses. Seine Strömung war so stark, daß sie große Steine mit sich riß; zuweilen schwoll ihr Poltern zu ohrenbetäubendem Donnern an. Ich wage nicht, mir auszumalen, was aus uns geworden wäre, hätten wir den reißenden Strom durchqueren müssen. Doch zum Glück schwenkten wir nach Westen ab.

Ich fragte Jökull, wie lange es noch dauere, bis wir ins Land der Nordleute kämen.

»Wir sind schon da«, erwiderte er. »Hier herrscht Ingolfur, falls er noch nicht verhungert ist. Mach dich auf einen rauhen Empfang gefaßt, junger Herr.«

Seine Warnung kam zu spät, denn unmittelbar darauf traf mich ein Stein am Kopf. Ich fiel in ein bodenloses Dunkel. Als ich wieder zu mir kam, sah ich mich von gespenstischen Wesen umringt. Sie waren sehr groß, aber so unglaublich dürr, daß sie Skeletten ähnelten. Eines der Gerippe hielt Skallagrimurs Empfehlungsschreiben in der Hand. »Was schreibt mein Vetter?« fragte es.

»Er bittet dich, den jungen Herrn und seine Leute gut zu behandeln, Ingolfur«, hörte ich Jökull sagen.

»Ich habe keine große Neigung, ihm den Gefallen zu tun«, sagte der Mann. »Für so viel Korn lohnte es sich, mit Skallagrimur Streit anzufangen.«

Ich erhob mich und sagte zu jenem, den Jökull Ingolfur genannt hatte: »Ihr könnt das Getreide bekommen, ohne es mit Eurem Vetter zu verderben, Gode. Ich will es Euch verkaufen.«

»Was, glaubst du, könnten wir dir dafür geben?« fragte Ingolfur mißtrauisch. »Unsere Vorräte an Schaffleisch und Stockfisch sind seit langem aufgezehrt, nur Schwefel gibt es bei uns in unerschöpflicher Menge. Willst du dein Korn gegen Schwefel eintauschen, junger Mann?«

»Dafür hätte ich mich nicht auf den weiten und gefahrvollen Weg zu machen brauchen«, entgegnete ich. »Aber Euch, Ingolfur, will ich einen Sack Getreide schenken, damit Ihr seht, daß Ihr es nicht mit einem kleinen Händler zu tun habt.«

Mir schien, daß sich das ausgemergelte Gesicht des Goden ein wenig belebte. »Führ sie zu den Dimmuborgir«, sagte er zu Jökull. Darauf verschwanden die dürren Gestalten.

»Sehr klug von dir, ihm einen Sack Korn zu schenken«, sagte Jökull. »Ingolfur steht nun in deiner Schuld und wird es auf die eine oder andere Weise gutmachen wollen.«

Gegen Abend kamen wir an das Ufer eines großen Sees. In der unbewegten Wasserfläche spiegelten sich die abgeflachten Kegel der Vulkane, darunter der gewaltige Krater Hverfjall. Sein Ringwall umschloß eine Fläche, die einer Stadt von der Größe Lübecks ohne weiteres Platz geboten hätte. Am Fuß des Hverfjalls lagen die Dimmuborgir, die *dunklen Burgen.* Von fern ähnelten sie den Ruinen einer durch Feuersbrunst zerstörten Stadt. Aus der Nähe betrachtet erschienen mir die Dimmuborgir jedoch eher wie ein versteinerter Alptraum. Ich sah bucklige Unholde, hohläugige Lemuren, Nachtmahre mit abscheulich verzerrten Fratzen, die aufgerissenen Rachen urzeitlicher Tiere, alles schwarz und reglos und ins Riesenhafte vergrößert. Es war, als ob ein Stück der Unterwelt ans Tageslicht gestiegen sei und nur auf ein Zeichen warte, aus der Erstarrung zu erwachen.

»Laß deine Leute hier zurück«, sagte Jökull. »Der Gode liebt es nicht, wenn man ihn in großer Zahl aufsucht.« Ich befahl meiner Mannschaft, außerhalb der Dimmuborgir ein Lager aufzuschlagen, bestand indessen darauf, daß Frithjof Karlsson mich begleitete. Unterwegs gab Jökull mir den Rat, tunlichst zu verschweigen, daß ich getauft war. Denn wie alle Nordleute sei der Gode ein Anhänger des Donnergottes Thor.

Ingolfur wohnte unter einer kuppelförmig aufgeworfenen Lavaplatte. Durch einen Spalt in der Decke fiel spärliches Licht in die Höhle. Wie groß sie war, ließ sich nur erahnen; von weit her drang das Plätschern eines Baches an mein Ohr. Nach und nach schälten sich die Umrisse menschlicher Gestalten aus dem Dämmer. In einer von ihnen erkannte ich Ingolfur wieder. Er trug jetzt einen goldenen Stirnreif über den verschatteten Augenhöhlen. Bei den anderen konnte ich nicht ausmachen, ob es Männer oder Frauen waren. Sie waren allesamt bis auf die Knochen abgemagert; wirres Haar umrahmte die abgezehrten Gesichter. Sie starrten uns unverwandt an, ihre Münder waren halb geöffnet; es sah aus, als hätte sie unser Anblick in fassungsloses Staunen versetzt.

Ich nahm Jökull den Kornsack ab und legte ihn vor Ingolfur auf den Boden. Er zog ein Messer, schlitzte den Sack auf und griff mit beiden Händen in das Korn. Dann schob er sich ein paar Körner in den Mund und zerkaute sie andächtig.

»Dank dir, Feind der Midgardschlange«, sagte er ins Dunkel. »Und zürne mir nicht, weil ich uns von dir vergessen wähnte.«

Einer der Höhlenbewohner stieß einen Schrei aus und wollte sich auf das Korn stürzen, doch die anderen rissen ihn zurück.

»Es ist fast ein Menschenalter her, daß ich den Geschmack eines Weizenkorns auf der Zunge gespürt habe«, fuhr der Gode fort. »Damals kam ein Hamburger Schiff in den Skjalfandi, und der Kaufmann gab uns fünf Faß Getreide für eine Schiffsladung Stockfisch, Wolle und Schwefel. Aber dann bestimmte der norwegische König, daß außer seinen Landsleuten kein fremder Kaufmann mit Island Handel treiben dürfe, und den Norwegern liegt nichts an Stockfisch und Wolle. Seither kommen nur die Engländer hin und wieder nach Island, doch keiner von ihnen ist jemals zu uns in den Norden gelangt. Wie hast du es fertiggebracht, daß Skallagrimur dich mit all deinen Waren ziehen ließ, junger Mann?«

»Euer Vetter hat mich weder zurückzuhalten versucht noch mir von der Reise in den Norden abgeraten«, antwortete ich.

»Dann muß er gut an dir verdient haben«, sagte Ingolfur. »Skallagrimur läßt sich ungern ein Geschäft aus der Nase gehen, und darin unterscheidet er sich von den anderen Goden. Diese hätten dir nie erlaubt, uns dein Korn zum Verkauf anzubieten.«

»Weshalb nicht?«

»Sie wollen uns ausrotten«, erwiderte der Gode. »Denn solange wir leben, erinnern wir sie daran, daß sie Abtrünnige sind. Sie haben sich von den alten Göttern losgesagt, während wir ihnen nach wie vor die Treue halten.« Er streckte die Arme nach den Seiten aus und warf den Kopf in den Nacken. Nachdem er eine Weile in dieser Haltung verharrt hatte, fragte er: »Seid ihr Christen?«

»Von meinem Steuermann Frithjof Karlsson weiß ich, daß er den Meeresgott Njörd verehrt«, sagte ich, um Zeit zu gewinnen.

»Und wie steht es mit dir?«

Zum Glück blieb mir die Antwort erspart. Eine der schattenhaften Gestalten kroch an Ingolfur heran und tuschelte ihm etwas ins Ohr. Auf ihrer Brust blinkte ein kostbares Geschmeide.

»Sigridur fragt, ob sie dich anfassen darf, junger Mann«, sagte der Gode.

Sosehr sich mein Gefühl dagegen sträubte: Mein Verstand riet mir, ihr den Wunsch nicht abzuschlagen. Ich deutete also durch ein Kopfnicken Zustimmung an. Ihre dürren Finger liefen wie Spinnen von meinen Handgelenken bis zu den Schultern empor und am Rücken wieder hinunter. Dabei stierte sie mich fortwährend an. Die Haut hing ihr schlaff von den Wangen, ihre Lippen waren nach innen gestülpt, aber ihre Augen waren die eines jungen Mädchens.

»Ein Mensch«, hauchte sie. »Ich habe noch nie einen solch schönen Menschen gesehen.« Sie nahm das Geschmeide von ihrem Hals und legte es in meine Hände. Es war überaus kunstvoll gearbeitet und bestand, seinem Gewicht nach zu urteilen, aus purem Gold. »Hab Dank, daß ich dich berühren durfte«, sagte sie. Damit kroch sie ins Dunkel zurück.

»Der Hunger hat meiner Tochter Sigridur den Geist verwirrt«, sagte der Gode, als müsse er sich dafür entschuldigen, daß sie mich einen schönen Menschen genannt hatte. »Als sie geboren wurde, gab es schon lange kein Schaffleisch mehr zu essen, und keiner von uns besaß noch die Kraft, auf Fischfang zu gehen. Sigridur hat nie etwas anderes zu sich genommen als Wurzeln, Würmer und das Fleisch der Meeresschnecken.«

»Wünscht Ihr, daß ich Eurer Tochter den Schmuck zurückgebe?« fragte ich.

»Sigridur hat ihn dir geschenkt«, entgegnete Ingolfur im Ton einer Zurechtweisung.

Ich hob das Kleinod ins Licht und fragte, ob er noch mehr davon besäße.

»Unsere Vorfahren schmückten sich gern mit Gold und Silber«, sagte der Gode. »Vieles ist im Laufe der Jahrhunderte verlorengegangen, doch etwas besitzen wir noch. Sieh den Stirnreif, junger Mann. Er zierte einst das Haupt eines Wikingerkönigs. Und wie dieser Reif hält jedes Schmuckstück die Erinnerung an unsere Ahnen wach.«

»Gold kann man nicht essen«, sagte ich. »Aber man kann es gegen Eßbares eintauschen. Ihr müßt abwägen, was Euch wichtiger ist: Die Erinnerung an Eure Vorfahren wachzuhalten oder zu überleben.«

»Es gab eine Zeit, da hätte ich dich dafür getötet, daß du mich vor diese Wahl stellst«, sagte der Gode. »Doch der Hunger nagt nicht nur am Körper, er frißt auch den Stolz.« Er nahm den Stirnreif ab und legte ihn vor meine Füße: »Wieviel ist er dir wert?«

»Einen halben Sack Korn«, antwortete ich, ohne zu überlegen.

»Das ist mehr, als ich erwartet habe«, sagte Ingolfur.

Nun schleppten sich auch die anderen Höhlenbewohner herbei und streckten mir mit zitternden Händen allerlei Schmucksachen entgegen. Der Gode scheuchte sie zurück. »Ich werde alles einsammeln, was wir an Gold und Silber besitzen, und es dir morgen bringen«, sagte er zu mir. »Aber schick deine Leute fort, ich will mit dir allein sein.«

Er kam bereits kurz nach Sonnenaufgang, begleitet von zwei klapprigen Hünen, die eine Anzahl kleiner Bündel trugen. Ich weckte meine Leute und befahl ihnen, ihre eigenen Waren auf dem Boden auszubreiten und sich dann zu entfernen. Um ein Haar wäre es darüber abermals zur Meuterei gekommen. Mit rüden Worten äußerten sie Zweifel an meinem Verhandlungsgeschick, und einige unterstellten mir gar, daß ich ihr sorgsam gehütetes Handelsgut verschleudern wolle, damit ich selbst einen um so höheren Gewinn einstreichen könne. Erst als Frithjof Karlsson ihnen in seiner bedächtigen Art auseinandergesetzt hatte, daß ein für alle vorteilhafter Handel an ihrer Unbotmäßigkeit zu scheitern drohe, verzogen sie sich murrend hinter einen Hügel.

Ingolfur schritt zwischen den Kornsäcken auf und ab. Einige ließ er öffnen, um sich zu vergewissern, daß das Getreide nicht verdorben war. Den Waren der Mannschaft schenkte er hingegen kaum Beachtung, denn sie hatten bei aller Vielfalt den gemeinsamen Nachteil, daß sie nicht eßbar waren.

Auf einen Wink des Goden schnürten seine Begleiter die Bündel auf und schütteten ihren Inhalt in den schwarzen Sand. Ich glaubte zu träumen, Bruder Anselmus! Vor mir lag ein Schatz von unermeßlichem Wert. Ich sah Armreifen, Ringe, Fibeln, Schalenspangen, Halsketten, Kämme, Becher, Münzen, und dies in solcher Fülle, daß ich ein starkes Verlangen verspürte, in Jubel auszubrechen. Doch eingedenk der Kaufmannsregel, daß vorzeitiges Frohlocken den Erfolg verschreckt, bezähmte ich mich. Während mein Herz wie rasend klopfte, brachte ich es sogar fertig, gleichmütig zu fragen: »Ist das alles, Gode?«

Zu meiner Verblüffung stellte sich heraus, daß es ihm selbst zuwenig schien. Denn er zuckte die Achseln und sagte: »Mehr haben wir nicht. Du magst nun entscheiden, junger Mann: Entweder gibst du mir dafür das Korn, oder wir werden es dir mit Gewalt abnehmen.«

»Ihr habt es nicht mit einem Feigling zu tun, Herr«, entgegnete ich kühn. »Ich bin zwar kein Krieger, aber auch ein Kaufmann weiß sich seiner Haut zu wehren.«

»Du hast mir einen Sack Korn geschenkt, und ich will dir dafür einen guten Rat geben«, sagte der Gode. »Laß es nicht dahin kommen, daß du am eigenen Leibe erfahren mußt, wieviel Kraft trotz allem noch in uns steckt.«

Angesichts all der Kostbarkeiten hielt ich es nicht für ratsam, den Bogen zu überspannen. Um den Handel zu besiegeln, streckte ich ihm meine Rechte hin, aber er schlug nicht ein.

»Ich habe mir geschworen, keinem Christen die Hand zu reichen«, sagte Ingolfur. Er schob zwei seiner spindeldürren Finger in den Mund und pfiff. Im nächsten Augenblick schienen die Dimmuborgir lebendig zu werden. Eine Horde zerlumpter Gespenster flatterte in die Ebene, raffte die Kornsäcke an sich und versickerte wieder in dem düsteren Labyrinth. Mit ihr verschwand auch der Gode, und ich war allein, zu meinen Füßen der Schatz und neben mir das zu Häuflein aufgeschichtete Handelsgut meiner Leute. Der Anblick versetzte mich in tiefe Besorgnis. Was würde geschehen, wenn die Mannschaft erfuhr, daß Ingolfur ihre Waren verschmäht hatte, während ich durch den Verkauf des Getreides zu einem steinreichen Mann geworden war? Ich winkte Karlsson herbei.

Er warf einen flüchtigen Blick auf die glitzernde Pracht und sagte: »Sieht aus, als ob Ihr ein gutes Geschäft gemacht habt, Schiffer.«

»Aber wie werden es die Leute aufnehmen, daß sie leer ausgegangen sind?« fragte ich.

»Ihr müßt Euch von einem Teil der Sachen trennen, sonst haben wir die Hölle an Bord«, antwortete der Steuermann. »Es darf jedoch nicht wie ein Geschenk aussehen. Die Leute müssen glauben, daß Ihr es im Tausch gegen ihre Waren erworben habt.« Darauf warf er das Handelsgut der Mannschaft in einen Tümpel.

So verhalf mir der alte Karlsson zu der ungewohnten Rolle eines von allen respektierten Schiffers. Die Leute überschütteten mich mit Lob und Dankesworten, als sie anstelle ihrer Waren kostbare Schmuckstücke vorfanden. Keiner hatte zu hoffen gewagt, so viel für seinen Tand zu erhalten, und alle waren sich einig, daß ich hart darum gefeilscht haben mußte. Nachdem ich solcherart ihre Achtung wiedergewonnen hatte, fand ich mich nicht bemüßigt, sie eines Besseren zu belehren.

Von den Dimmuborgir zogen wir nordwärts und gelangten nach zwei Tagen an den Skjalfandi. Die breite Bucht war den Wogen des Nordmeers schutzlos preisgegeben, aber an der Ostseite gab es einen kleinen Ort, der Husavik hieß.

Zu meiner Freude sah ich zwischen Fischerbooten und halb versunkenen Wracks mein Schiff liegen. Es war über und über mit Salz verkrustet, doch allem Anschein nach hatte es die Fahrt unbeschadet überstanden. An Bord kam uns Menno entgegen. Den linken Arm trug er in einer Binde, und sein Kopf war mit einem blutgetränkten Lappen umwickelt.

»Was ist geschehen?« fragte ich.

Er musterte mich mit unstetem Blick, schien mich zunächst nicht zu erkennen, aber dann sagte er: »Ich hätte nicht gedacht, daß wir uns wiedersehen, Schiffer. Das waren keine Seeleute, das waren Berserker. Sie sind keinem Unwetter ausgewichen, je höher die See ging, desto besser gefiel es ihnen.«

»Wo sind die anderen?«

Menno deutete mit dem Kinn aufs Meer hinaus. »Irgendwo da draußen«, antwortete er. »Die hat allesamt der Teufel geholt.« Damit war meine Besatzung auf zwölf Mann zusammengeschrumpft. Für die Fahrt über die Ostsee mochte diese Zahl ausreichen, aber bei dem Gedanken, daß ich mich mit einer zwölfköpfigen Mannschaft auf die Rückreise begeben sollte, wurde mir beklommen zumute.

Skallagrimurs Leute traf ich nicht mehr an. Ein Fischer sagte, sie hätten sich gleich nach der Ankunft des Schiffes auf den Weg nach Süden gemacht. Auch Jökull gab mir zu verstehen, daß er nicht länger in Husavik zu bleiben gedenke. Ich wollte ihm eine silberne Schale schenken, doch er sagte: »Derlei Dinge bedeuten mir nichts, junger Herr. In den zwanzig Jahren meiner Verbannung habe ich gelernt, daß man um so freier ist, je weniger man besitzt.«

»Womit könnte ich dir sonst danken?« fragte ich.

»Mir schuldest du keinen Dank«, entgegnete er. »Danke dem Vatnajökull oder den Geistern des Odadahraun, daß sie uns am Leben ließen. Auf dem Gletscher und in der Wüste modern die Knochen unzähliger Menschen, die weniger Glück hatten als wir.«

»Wirst du auf dem gleichen Weg zurückkehren?«

»Auf Island kann man selten den Weg zurückgehen, auf dem man gekommen ist«, erwiderte Jökull. »Aber für den Heimweg gibt es keinen besseren Führer als das Pferd. Und Grettir ist von allen Pferden das klügste.«

Ich kraulte den kleinen Hengst hinter den Ohren, doch ihm stand der Sinn nicht nach Zärtlichkeiten; er schnappte nach mir und scharrte ungeduldig mit den Hufen. Vermutlich war er in Gedanken schon bei den heimischen Weiden und rossigen Stuten.

»Du kommst langsam in die Jahre, Jökull«, sagte ich. »Wie oft willst du es noch mit dem Vatnajökull aufnehmen?«

»Bis er mich unterkriegt«, antwortete er. Damit schwang er sich auf Grettir und ritt davon.

Über mehrere Tage hielt uns der steife Nordwind in Husavik fest. Wir nutzten die Zeit, indem wir das Schanzkleid versteiften und Fässer mit Stockfisch und Pökelfleisch an Bord nahmen. Ich bezahlte sie mit einigen Silbermünzen. Die Fischer wollten Münzen dieser Art noch nie gesehen haben, und ein paar besonders Gewitzte boten mir in der Hoffnung, noch mehr davon zu ergattern, ihre Frauen an. Nach den vielen Wochen erzwungener Keuschheit wäre ich nicht abgeneigt gewesen, hätten die Fischerweiber nicht gar so abscheulich gestunken. Zwar versicherten sie mir, der widerwärtige Geruch rühre nur daher, daß die Frauen ihre Kleider in Kuhharn wüschen, doch mein Ekel war stärker als die Fleischeslust. Du siehst, Bruder Anselmus, daß Gott sich zuweilen ungewöhnlicher Mittel bedient, uns an die Einhaltung seiner Gebote zu mahnen.

Eines Morgens rüttelte mich Frithjof Karlsson aus dem Schlaf. »Der Wind hat auf Südwest gedreht, Schiffer«, sagte er. »Wenn Ihr wollt, können wir auslaufen.«

Ich sprang aus der Koje und kleidete mich hastig an. Karlsson stand unschlüssig an der Tür. »Worauf wartet Ihr noch, Steuermann?« rief ich.

»Die Fischer sagen, nur ein Wahnsinniger würde mit einem Schiff wie dem unseren auf das Nordmeer hinausfahren.«

»Wir haben keine andere Wahl, Frithjof Karlsson.«

Er legte eine Hand auf meine Schulter und sah mich lange mit seinen gütigen Augen an. »Ihr seid noch zu jung zum Sterben, Schiffer«, sagte er. Dann befahl er dem Bootsmann, die Mannschaft zu wecken.

Wir brauchten zwei Tage, die zerklüftete Nordwestspitze Islands zu umsegeln. Der Wind war stark genug, das Schiff ungeachtet der hohen Dünung auf Westkurs zu halten. Am Morgen des dritten Tages war die Küste zu einem kaum fingerbreiten Streifen zusammengeschmolzen. Ich fragte Karlsson, ob es nicht allmählich an der Zeit sei, nach Süden zu steuern. Doch er deutete auf das träge flatternde Segel: »Bevor der Wind ganz einschläft, müssen wir so weit wie möglich von der Küste weg sein.«

Wie er vorausgesagt hatte, herrschte bald völlige Flaute. Das Schiff legte sich dwars zur Dünung, und als diese schwächer wurde, begann es sich zu drehen. Karlsson erklärte dies damit, daß unter uns gegenläufige Strömungen aufeinanderträfen und einen Strudel erzeugten. Dieser könnte mitunter so stark werden, daß sich auf der Wasseroberfläche ein Trichter bilde, der alles, was in seine Nähe komme, in die Tiefe hinabsauge. Bei den Lofoten im nördlichen Norwegen hätte man eine ganze Handelsflotte in einem solchen Trichter verschwinden sehen. »Strudel von derartiger Kraft entstehen allerdings meist in Küstennähe, selten auf dem offenen Meer«, setzte er beschwichtigend hinzu.

Doch das Meer barg andere Gefahren. Eines Nachts wurde ich durch ein eigenartiges Geräusch geweckt. Es klang wie ein von Seufzern untermaltes Zähneknirschen. Mein erster Gedanke war, ein Meeresungeheuer umkreise das Schiff, um herauszufinden, ob das hölzerne Gebäude zum Verzehr geeignet sei. Ich stürzte aus der Kajüte, und was ich nun sah, erschreckte mich nicht weniger als der aufgerissene Rachen eines Leviathans: Kaum einen Steinwurf entfernt wuchs ein riesiger Eisberg aus der Dämmerung hervor. Er schimmerte in einem grünlich getönten Weiß, als werde er von einem tief in seinem Inneren verborgenen Licht erhellt. Ich kann nicht sagen, ob wir uns ihm näherten oder er auf uns zukam, jedenfalls verringerte sich der Abstand zusehends. Inzwischen hatte sich die gesamte Mannschaft an Deck versammelt. Atemlos und fröstelnd unter dem kalten Hauch des Eisbergs lauschten wir den Geräuschen, die er hervorbrachte. Manchmal war ein Stöhnen zu hören oder ein langgezogener Klagelaut, dann wieder ein Knistern, das sich zu einem weit über das Meer hallenden Grollen steigerte.

Die Männer tuschelten erregt miteinander. Frithjof Karlsson gebot ihnen mit einer Gebärde zu schweigen. Und als ich ihn fragte, was wir tun könnten, um dem Eisberg auszuweichen, zischte er: »Seid um Himmels willen still, Schiffer!«

Plötzlich erschütterte ein gewaltiger Stoß das Schiff. Es neigte sich so stark nach Backbord, daß wir gegen das Schanzkleid geschleudert wurden. Dann holte es weit zur anderen Seite über und setzte sich schlingernd in Bewegung, während der Eisberg langsam am Heck vorüberglitt.

Karlsson half mir hoch und sagte: »Wir haben Glück gehabt, Schiffer. Er hat uns nur angestupst. Aber wehe uns, hätten wir ihn durch lautes Reden erschreckt! Ich habe von Eisbergen gehört, die auf einen Ruf hin auseinanderbrachen und das Schiff unter sich begruben.«

Ich dankte dem heiligen Nikolaus, daß wir so glimpflich davongekommen waren. Doch die Hoffnung, das Nordmeer würde es dabei bewenden lassen, erwies sich als trügerisch. Zwei Tage später schlug es zu.

Es begann damit, daß sich der Himmel schwefliggelb färbte. Kein Windhauch regte sich; eine stickige Schwüle trieb mir den Schweiß aus den Poren. Ich wollte den Mantel ablegen, doch Karlsson schüttelte nachdrücklich den Kopf. »Ihr werdet ihn bald brauchen, Schiffer«, sagte er leise.

Nach und nach verblaßte das Gelb des Himmels. Die Wolken ballten sich zu schwärzlichen Klumpen. Die ersten Böen preschten heran. Eine traf das Segel von vorn, so daß es wie ein hilflos mit den Flügeln schlagender Vogel am Mast klebte. Eine zweite hätte das Schiff beinahe zum Kentern gebracht. Karlsson schlang sich ein Tau um die Hüften und knotete es an der Ruderpinne fest.

»Glaubt Ihr, daß es so schlimm wird?« fragte ich den Steuermann. Er runzelte die Stirn, als suche er den Sinn meiner Frage zu ergründen.

Die Böen wurden heftiger. Aber sie überfielen das Schiff nicht mehr aus unterschiedlichen Richtungen, sondern bündelten sich zu einem peitschenden Sturm. Über die aufgerauhte See rasten strähnige Schleier. Hagelkörner prasselten gegen das Segel. Das Heulen des Windes wuchs zu einem schrillen Tosen an. Ein Donnerschlag ließ das Schiff bis zur Mastspitze hinauf erzittern. Karlsson stemmte sich mit dem ganzen Körper gegen die Ruderpinne. Er hatte den Mund weit aufgerissen, die Augen quollen aus seinem Kopf hervor. Ich war schon im Begriff, ihm zu Hilfe zu eilen, als ich sah, daß sich achtern eine See auftürmte, ein flaschengrün schimmerndes Gebirge. Ich fand gerade noch Zeit, mich am Mast festzuklammern, bevor uns das Ungetüm in die Höhe hob. Oben verharrte das Schiff für einen Augenblick. Ringsum das aufgewühlte Meer, Gischt stob von den Wellenkämmen, ein zerklüfteter, von Blitzen durchzuckter Himmel. Mehr nahm ich nicht wahr, denn nun schoß das Schiff in einen dunklen Abgrund hinunter. Mit einem Schlag erstarb das Toben der Elemente, ich hörte noch ein gleichmäßiges Rauschen, dann umfing mich eisige Kälte, Wasser gurgelte in meinen Ohren, und laut wie Trommelschlag pochte mein Herz. In solcher Lage, heißt es, ginge dem Menschen allerlei durch den Kopf, ja man sagt, das ganze Leben zöge an ihm vorüber. Nichts von alledem, Bruder Anselmus. Ich war nicht imstande, auch nur einen einzigen Gedanken zu fassen. Ich war wie betäubt vor Angst. Unversehens befanden wir uns wieder auf dem Gipfel eines Wellenbergs. Ich pumpte die Lungen voll Luft, sah noch, daß eine himmelhoch ragende See gegen das Schiff auflief, und schon versanken wir abermals in einem gläsernen Schlund.

Das Unwetter tobte die ganze Nacht hindurch. Wie oft habe ich Gott in dieser Nacht um Hilfe angefleht, wie oft ihn verflucht! Ich hätte dem Teufel meine Seele verschrieben, wäre mir dafür ein gnädiger Tod beschert worden. Aber es liegt in der Natur des Menschen, daß er gegen jedes Übermaß abstumpft – auch gegen das des Schreckens und der Qual. Anstelle der Angst bemächtigte sich meiner eine dumpfe Teilnahmslosigkeit. Mochte das Meer uns verschlucken, mochte es uns wieder ausspeien: mir war es gleich.

Im Morgengrauen fegte eine Sturzsee über das Deck. Ich hörte den Mast splittern und sah mich schon mit ihm über Bord gehen. Doch er brach eine Handbreit über meinem Kopf. Glück im Unglück, dachte ich, und in einer Aufwallung von Trotz beschloß ich, den Naturgewalten noch eine Weile die Stirn zu bieten. So harrte ich viele Stunden aus. Manchmal schwanden mir vor Erschöpfung die Sinne, aber mit jedem Brecher, der mich bis zur Brust in eiskaltes Wasser tauchte, erlangte ich das Bewußtsein wieder, kehrte der Wille zurück, mich mit aller Kraft am Maststumpf festzuklammern. Ich hielt ihn noch umarmt, als der Sturm sich schon gelegt hatte. Broder Meyenschin mußte mich gewaltsam von ihm lösen; meine Arme, wenngleich gefühllos von den Fingern bis zu den Schultergelenken, wollten den Stumpf nicht preisgeben.

Der Bootsmann legte mich auf das Deck. Langsam wich die Benommenheit von mir. Das Schiff bot ein Bild grauenhafter Verwüstung. Die Back war eingedrückt, das Schanzkleid weggerissen. Aus einem heillosen Durcheinander von Holztrümmern und zerfetztem Tauwerk, von Gerätschaften, Kleidungsstücken und leblosen Leibern ragte der zersplitterte Maststumpf hervor.

Jemand tupfte mir mit einer Handvoll nassen Wergs das Gesicht ab. »Ihr blutet, Schiffer«, hörte ich Broder Meyenschin sagen. Ich schob seine Hand fort und richtete mich auf. Der Platz, an dem Frithjof Karlsson gestanden hatte, war leer; ein Stück des Taues, das er sich um die Hüften geschlungen hatte, baumelte von der Ruderpinne herab.

»Was ist mit Karlsson geschehen?« rief ich erschrocken.

»Wir haben ihn in die Kajüte gebracht, es geht ihm nicht gut«, antwortete der Bootsmann.

Mir stockte das Herz, als ich Frithjof Karlsson in seiner Koje liegen sah, die Kinnlade heruntergeklappt, das Gesicht von wächserner Blässe überzogen. »Da ist nichts mehr zu machen«, sagte Daniel Metz, der neben ihm am Boden kauerte. »Diesmal kratzt er wirklich ab.«

Ich beugte mich über den Alten und sprach ihn leise mit Namen an. Seine Zunge kam aus dem Mund hervor, tastete die rissigen Lippen ab. Dann begann er, mit unendlicher Mühe einzelne Wörter zu formen, aber sie entstammten einer Sprache, die mir nicht geläufig war.

»Ich kann Euch nicht verstehen, Frithjof Karlsson«, sagte ich.

»Er will, daß wir ihn mit ein paar Ballaststeinen in seinen Mantel einnähen und ins Meer werfen«, übersetzte der Bootsmann.

Während er weiter Unverständliches lallte, nestelte sich Karlsson den Beutel mit den Erinnerungsstücken vom Hals und reichte ihn mir. »Ihr sollt den Beutel gut aufbewahren. Manche der Dinge, die er enthält, könnten Euch nützlich sein«, sagte Broder Meyenschin.

»Sprecht zu mir so, daß ich Euch verstehen kann, Frithjof Karlsson«, bat ich den Alten.

»Er ist schon in die Sprache seiner Kindheit zurückgekehrt«, sagte der Bootsmann.

In meiner Verzweiflung nahm ich Karlssons Kopf in beide Hände, hauchte ihm meinen Atem ein, preßte sein kaltes Gesicht gegen meine Brust, beschwor ihn im Namen Njörds und aller Heiligen, uns nicht allein zu lassen. »Du darfst nicht sterben, Karlsson!« schrie ich ihm ins Ohr. »Ohne dich sind wir verloren!«

Er strich mir mit steifen Fingern über die Wange. »Du bist mein Zeuge«, flüsterte er. Dann fiel sein Kopf in den Nacken, und der Adamsapfel trat spitz aus seinem Hals hervor.

Wie Karlsson es gewünscht hatte, nähte der Bootsmann den Leichnam mitsamt zwei schweren Steinen in den Mantel ein. Am nächsten Morgen, zur Stunde des Sonnenaufgangs, übergaben wir Frithjof Karlsson dem Meer.

Die Prötteltasch

»Glotz mich nicht so dämlich an, Bübchen«, grient sie. »Hinter all dem teuren Flitter steckt immer noch die alte Hure.« Sie richtet ihren pummeligen Zeigefinger auf den Mönch: »Was tut der Pfaffe hier?«

»Ich erzähle Bruder Anselmus die Geschichte meines Lebens.«

»Da wäre er besser zu mir gekommen, meine Lebensgeschichte ist erbaulicher.« Sie zieht das Seidenkleid nach vorn und läßt sich auf den Hocker plumpsen. »Ich habe etwas aus meinem Leben gemacht. Als ich jung war, habe ich in Scheiße gewühlt, jetzt küßt man mir die Hände.« Unter dem Brokatsaum ihres Kleides kommt, auf dem großen Zeh wippend, ein mit Silberfäden durchwirkter Pantoffel hervor.

»Eigentlich müßte ich dir böse sein, Bübchen«, sagt sie. »Ich borge dir die schönste meiner Huren aus, um dich ein wenig aufzuheitern, und du schickst sie unverrichteter Dinge fort. Hat sie sich nicht genug ins Zeug gelegt? War sie dir zu jung? Oder zu alt? Hättest du lieber eine Matrone gehabt oder ein Seelchen? Sag mir, was du wünschst, Bübchen! Du wirst die Prötteltasch nicht so leicht in Verlegenheit bringen. Ich besitze acht Frauenhäuser allein in dieser Stadt, drei in Hamburg und je zwei in Wismar und Lüneburg. Ich beliefere Schonen und ganz Dänemark mit Huren, ich habe dem Herzog von Mecklenburg ein halbes Dutzend schwarzhäutiger Kebsen beschafft. Was also willst du? Ich erfülle dir jeden Wunsch!«

Sie stockt. »Ich spreche von Weibern«, setzt sie kleinlaut hinzu. Betretenes Schweigen. Das Klirren ihres Goldschmucks bricht die Stille auf. »Ach, Bübchen«, seufzt sie, »was habe ich nicht alles versucht, dich vor dem Schlimmsten zu bewahren! Ich habe um Gnade gefleht, ich habe mit peinlichen Enthüllungen gedroht, habe das Domkapitel gegen den Rat ausgespielt – umsonst, alles umsonst! Sie wollen deinen Kopf.« Von ihren Augenwülsten tropfen Tränen und versickern in den gefältelten Spitzen auf ihrer Brust. »Diese verdammten Heuchler wollen deinen Kopf, Bübchen«, schnieft sie.

»So verlangt es das Gesetz.«

»Du redest wie einer von denen. Wie viele Männer hast du umgebracht, wie viele Frauen und Kinder abgeschlachtet?« Und plötzlich, mit einer Lautstärke, daß der Mönch vor Schreck zusammenfährt, keift sie: »Nein, lüg mich nicht an! Du bringst es nicht fertig, einer Fliege ein Bein auszureißen, Simon Gronewech! Du bist so wenig zum Seeräuber geschaffen wie ich zur Nonne!«

»Will er Euch was?« fragt der Kerkermeister durch den Türspalt.

»Verpiß dich, du Ratte!« blafft die Prötteltasch. Sie atmet keuchend, in ihren Mundwinkeln platzen Schaumbläschen. »Wenn schon Seeräuber, dann richtig«, fährt sie fort. »Für einen Seeräuber gehört es sich, daß er mordet, schändet und plündert. Man muß eine Sache ganz tun oder gar nicht. Erinnerst du dich, wie man Claas Howfoote die Liste seiner Verbrechen vorlas und er bei jeder Schandtat zufrieden nickte? So endet ein erfülltes Leben. Wer aber seinen Kopf auf den Richtblock legt und sich fragen muß, was er ausgefressen hat, hat sein Leben vertan, Bübchen.«

»Ich habe nie die Absicht gehabt, ein Seeräuber zu werden. Das Schicksal wollte es so.«

»Das Schicksal hat keinen Willen«, sagt die Prötteltasch. »Das Schicksal ist ein Gaul, dem man die Sporen geben muß, damit er trabt, wohin er traben soll. Sieh mich an, Bübchen. Hätte ich mich treiben lassen, säße ich in einem stinkenden Gotteskeller und verkaufte mich für einen Schluck Bier. Aber solange ich denken kann, war es mein Wille, aus dem Dreck herauszukommen, mit allen Mitteln und um jeden Preis. Heute schlafe ich in Brüsseler Spitzen, mein Schmuck stammt aus Venedig, keine Warendorp geht kostbarer gekleidet. In meinen Frauenhäusern geben sich die Ratsherren Vergnügungen hin, die ihnen im Ehebett versagt bleiben. Ich kenne ihre Schwächen und Begierden, ich weiß von ihren Machenschaften, ihren heimlichen Absprachen. Was tut's, wenn sie mich auf der Straße übersehen oder den Fußsteig wechseln, damit sie mir nicht ihren Gruß entbieten müssen? Um so teurer lasse ich mir meine Verschwiegenheit bezahlen.«

Durch das Kerkerfenster dringt das Geräusch rasch aufeinanderfolgender Hammerschläge. Die Prötteltasch fummelt verlegen an ihrer Halskrause. »Glaub mir, ich habe Himmel und Hölle in Bewegung gesetzt, Bübchen. Aber ich kann sie nicht davon abbringen, dich einen Kopf kürzer zu machen. Hörst du? Sie errichten schon das Schafott.« Sie zieht ein Fläschen mit einer milchigen Flüssigkeit aus dem Ärmel. »Das ist alles, was ich für dich tun kann. Vermisch es mit Wein und kipp es in einem Schluck hinunter. Trink es, bevor sie dich zum Schafott führen; du wirst es nicht lebend erreichen.«

»Was macht es für einen Unterschied, ob ich durch Gift ums Leben komme oder durch das Richtschwert?«

»Frag nicht so dumm!« faucht die Prötteltasch. »Das eine tust du selbst, das andere wird mit dir getan! Nimm dein Leben einmal in die eigene Hand, indem du selbst den Schlußpunkt setzt!« Sie schüttelt das Fläschchen; die Flüssigkeit gerinnt zu flockigem Grau. »Du wirst nichts spüren außer einer großen Müdigkeit. Du schläfst einfach ein und wachst nicht wieder auf.«

»Wie es scheint, habt Ihr schon anderen auf diese Art ins Jenseits hinübergeholfen.«

»Schlüge man mir den Kopf ab, ich wüßte wofür, Bübchen.« Ein lautloses Lachen läßt die Wamme unter ihrem Kinn erbeben. Sie zieht einen Ring vom kleinen Finger und wirft ihn Bruder Anselmus in den Schoß. »Verdamme mich nicht, Mönch«, sagt die Prötteltasch. »Ich habe gebüßt, bevor ich zu sündigen begann.«

Siebtes Kapitel

Eine Reihe von Tagen verbrachte ich abwechselnd in Schweiß gebadet und unter Kälteschauern fröstelnd in meiner Koje. Hernach fiel ich in einen totenähnlichen Schlaf. Das erste, das ich erwachend wahrnahm, war Broder Meyenschins Gesicht. Er berichtete, von den Überlebenden seien zwei ihren Verletzungen erlegen.

»Wie viele sind es jetzt noch?« fragte ich mit einer Stimme, die mir seltsam fremd vorkam.

»Sechs«, antwortete der Bootsmann. »Die übelsten Halunken sind mal wieder am Leben geblieben.«

»Wo ist Daniel Metz?«

Der Krüppel lag in Frithjof Karlssons Koje, am Fußende blinkte ein Messer. »Ich kenn das Pack«, murmelte er. »Die würden dir für weniger als eine Handvoll Gold die Kehle durchschneiden.«

Ich tastete nach dem Sack, in dem ich meinen Schatz verwahrte. Als ich seine harten Rundungen fühlte, fiel mir wieder ein, wie reich ich war. Der Gedanke gab mir neuen Lebensmut. Ich sah mich in einer mit Eichenholz getäfelten Schreibstube am Hafen sitzen; vor dem Fenster wiegten sich die Masten meiner Schiffe. Was auch geschehen war und noch geschehen mochte: Ich wähnte mich meinem Ziel näher als jemals zuvor.

Bei nüchterner Einschätzung unserer Lage kamen mir indessen Zweifel, ob das Schlimmste bereits überstanden sei. Durch die Luken war Wasser in den Laderaum eingedrungen und hatte die Ballaststeine aus den Halterungen gerissen. Sie waren auf die Backbordseite gerutscht, so daß das Schiff bei jeder größeren Welle zu kentern drohte. Der Stockfisch war durch das Wasser aufgetrieben und hatte die Dauben gesprengt; auch die Fässer mit Pökelfleisch waren bis auf drei zerborsten. Eines hatte der Bootsmann in die Kajüte geschafft, die beiden anderen hatte die Mannschaft aufgebrochen und ihren Inhalt verzehrt. Wenn du jemals Pökelfleisch gegessen hast, dürfte es dich nicht wundern, daß auch unser Vorrat an Frischwasser zur Neige ging.

Broder Meyenschin meinte, wir trieben nach Süden. Er räumte allerdings ein, daß er in der Sternenkunde nicht sonderlich bewandert sei. Unter der Mannschaft hingegen bestand Einmütigkeit, daß wir uns unaufhaltsam dem Ende der Welt näherten. Menno tat sein Bestes, ihre Angst zu schüren.

Eines Tages ersuchte er mich um ein Gespräch unter vier Augen. »Auf dem Schiff liegt ein böser Fluch«, sagte er. »Nach allem Unglück, das uns schon getroffen hat, werden wir entweder verhungern und verdursten oder in den Abgrund hinabstürzen.«

»Du weißt bestimmt auch Rat, wie es zu verhindern wäre«, entgegnete ich spöttisch.

»Das Unheil ist mit dem Krüppel an Bord gekommen«, fuhr Menno fort. »Sobald er nicht mehr unter uns ist, wird der Fluch von uns weichen.«

»Das ist törichter Aberglaube!« empörte ich mich. »Ich sollte dich dafür auspeitschen lassen, daß du solchen Unsinn verbreitest!«

Menno blieb auffallend ruhig. Er schien seiner Sache sicher zu sein. »Denkt darüber nach, Schiffer«, sagte er. »Wenn Ihr ihn nicht herausgebt, werden wir ihn uns holen. Aber wie ich Euch kenne, werdet Ihr es nicht zum Äußersten kommen lassen.« Als ich sein verächtliches Grinsen sah, verlor ich die Beherrschung: Ich schlug ihm die Faust ins Gesicht. Er taumelte und wurde kreidebleich.

»Nimm dich in acht, Jüngelchen«, knurrte er. »Das nächste Mal bist du hin, bevor du zuschlagen kannst.«

Daniel Metz kauerte mißmutig hinter der Tür. »Wärst du einen Schritt beiseite getreten, hätten wir es nur noch mit fünfen zu tun!« zischte er.

»Glaubst du, sie werden ihre Drohung wahrmachen?« fragte ich den Bootsmann.

»Mit Menno ist nicht zu spaßen«, antwortete Broder Meyenschin.

»Er hat schon zweimal wegen Meuterei im Kerker gesessen. Beim dritten Mal wird er gehängt, er hat also nichts zu verlieren.«

Etwas später sahen wir einen Mann über das Deck huschen; er raffte hastig Holz und Tauwerk zusammen und verschwand damit im Roof. Bald darauf quollen Rauchschwaden aus einer der Ladeluken hervor. Da es nahezu windstill war, breiteten sie sich träge über das Deck aus. Der Krüppel klemmte sich zwei Messer zwischen die Zehen, Broder Meyenschin nahm eine Zimmermannsaxt in die Hand, ich zog mein Schwert.

Dann hörten wir Mennos Stimme: »Wir kommen jetzt und holen ihn! Oder wollt Ihr ihn uns freiwillig ausliefern?«

Daniel sah mich an. Ich las an seinem Gesicht ab, was er dachte. Willst du, fragte er mich stumm, eines Krüppels wegen dein Leben aufs Spiel setzen?

»Kommt, wir erwarten euch!« brüllte ich.

Nach einer Weile vernahmen wir über uns das Geräusch von nackten Füßen. Unter wuchtigen Axthieben zersplitterte das Dach der Kajüte; durch den Spalt zwängte sich ein Fuß. Daniel Metz schnellte empor, packte ihn und riß einen Mann in die Kajüte herab. Bevor er sich zur Wehr setzen konnte, hatte der Krüppel ihn niedergemacht. Da ließ mich ein Schrei herumfahren: In Broder Meyenschins Schulter steckte eine armlange Harpune. Er stürzte auf das Deck hinaus. Ich hörte ihn keuchen, Eisen traf auf Eisen, die Planken erzitterten, der ganze Schiffsleib dröhnte vom Getöse eines Handgemenges. Dann wurde es mit einem Schlag ruhig.

»Meinst du, wir sollten nach ihm sehen?« fragte ich unschlüssig. Daniel schob die Tür einen Spaltbreit auf.

Sie hatten Broder Meyenschin an den Maststumpf gefesselt. Er blutete aus mehreren Wunden, aber allem Anschein nach lebte er noch. Hinter ihm, durch den Körper des Bootsmanns vor Daniels Wurfmessern geschützt, stand Menno.

»Was haltet Ihr von einem Tausch, Schiffer?« rief er. »Der Bootsmann gegen den Krüppel. Wägt gut ab, von wem Ihr größeren Nutzen habt. Aber entscheidet Euch rasch, sonst tauscht Ihr einen Krüppel für den anderen ein.« Damit nicht im ungewissen bleibe, wie es gemeint war, schnitt er dem Bootsmann einen Finger ab und warf ihn vor die Kajütentür.

»Broder Meyenschin ist ein guter Mann«, sagte Daniel. »Er kann dir bessere Dienste leisten als ich.«

»Kein Wort mehr«, sagte ich.

»Wäre ich an deiner Stelle, ich würde nicht lange überlegen«, fuhr er ungerührt fort. »Jeder ist sich selbst der Nächste.«

»Du sollst dein verdammtes Maul halten!« schrie ich.

»Die Bedenkzeit ist vorbei, Schiffer«, sagte Menno. Er ließ sich ein Beil reichen und zerschmetterte mit dem stumpfen Ende Broder Meyenschins Knie. Im gleichen Augenblick fuhr ihm eines von Daniels Messern in die Armbeuge. Menno sprang aufheulend hinter den Maststumpf zurück.

»Ich kaufe ihn euch ab!« rief ich. »Ich biete euch eine Pütz voll Gold für Broder Meyenschin.«

Vom Roof kam keine Antwort.

»Sie husten dir was«, sagte Daniel Metz. »Wenn ihre Rechnung aufgeht, fällt ihnen alles in die Hände.«

»Was sollen wir denn tun?« fragte ich verzweifelt.

»Sie müssen vom Roof in den Laderaum hinuntergelangt sein«, antwortete Daniel. »Auf dem umgekehrten Weg könnten wir ihnen einen unerwarteten Besuch abstatten.«

Ich wandte ein, daß dies mehr als waghalsig sei. Immerhin seien sie zu fünft und wahrscheinlich nicht schlechter bewaffnet als wir. Überdies widerstrebte es mir, meinen Schatz unbewacht zu lassen.

»Dasselbe denken sie auch«, entgegnete der Krüppel und kniff ein Auge zu. Er machte sich sogleich daran, die Bodenplanken aufzustemmen. Aus dem Laderaum schlug uns ein fauliger Geruch entgegen. Daniel bedeutete mir, das Schwert abzulegen, und gab mir statt dessen eines seiner Messer. Ich nahm es zwischen die Zähne, um die Hände frei zu haben, während wir durch den stockfinsteren Laderaum tappten. Das Wasser reichte mir bis an die Hüften; wenn das Schiff nach Backbord überholte, schwappte es mir zum Hals empor. Mit vorgestreckten Händen bahnte ich mir den Weg durch schwimmende Holzteile und breiige Fladen aus Pökelfleisch und aufgeweichtem Stockfisch. Plötzlich blieb Daniel stehen. Eine Handbreit über meinem Kopf gewahrte ich einen matten Lichtschein. Wir befanden uns direkt unter dem Roof. Das Loch in den Planken war mit Brettern abgedeckt. Auf ein Zeichen von Daniel verschränkte ich meine Hände vor dem Bauch; er schob einen Fuß hinein, legte eine seiner Klauen um meinen Nacken und zog sich an mir hoch. Ich sah noch, wie er vorsichtig die Bretter anhob, um ihr Gewicht zu prüfen. Dann stieß er sich mit einem gewaltigen Ruck von meinen Schultern ab.

Ob die Meuterer schliefen oder vor Schreck gelähmt waren: Sie leisteten keinen Widerstand. Als ich in das Roof hinaufgeklettert war, sah ich vier Männer in ihrem Blut liegen. Menno war nicht darunter.

»Er ist auf Deck«, flüsterte Daniel, während er seine Messer aus den Zehen löste.

Menno kehrte mir den Rücken zu. Er hatte ein Bein gegen den Maststumpf gestemmt und zog mit aller Kraft an einer Schlinge, die er dem Bootsmann um den Hals gelegt hatte. Ich richtete die Messerspitze auf Mennos Rücken. Daniel trat neben mich. Er nickte mir aufmunternd zu. Als er mich zögern sah, packte er meine Hand und stieß das Messer bis zum Heft in Mennos Rippen. Über unsere Hände ergoß sich ein Blutschwall. Menno ließ die Schlinge fahren, drehte sich um, musterte uns mit einem schiefen Lächeln. Dann brach er in die Knie und fiel auf die Seite. Eine Woge riß ihn mit sich fort.

Für Broder Meyenschin kam jede Hilfe zu spät. Die Schlinge hatte sich bis zum Nackenwirbel in seinen Hals geschnitten.

»Jetzt sind nur noch wir beiden übrig«, sagte der Krüppel, als wir uns in die Kojen legten. Er schlief sogleich ein, während ich, von den schrecklichen Geschehnissen aufgewühlt, bis zum Morgengrauen wach lag. Schließlich fand ich Trost bei dem Gedanken, daß sich unsere Lage nach so vielen Schicksalsschlägen nun zum Besseren wenden müsse.

Die Hoffnung schien sich zu erfüllen. Eines Morgens sichteten wir im Licht der aufgehenden Sonne Land. Der kräftig aufbrisende Westwind trieb uns rasch näher heran. Es war eine felsige Insel, der eine Reihe schräg aus dem Wasser ragender Klippen vorgelagert war. Auf dem Kamm einer hohen Welle raste das Schiff den Klippen entgegen, schoß, von Gischt umsprüht, durch das Gewirr schwarzer Felsnadeln und bohrte seinen Bug in einen schmalen Spalt zwischen zwei haushohen Gesteinsbrocken. Der Aufprall war so heftig, daß ich über die ganze Länge des Schiffes gegen die Back geschleudert wurde. Wie durch ein Wunder blieb ich unverletzt. Als ich mich aufraffte, sah ich, daß sich das Deck bogenförmig aufgeworfen hatte und etliche Planken unter dem ungeheuren Druck geborsten waren.

Daniel Metz kam mit grämlicher Miene aus der Kajüte. »Ich habe das Meer noch nie gemocht, jetzt hasse ich es«, murrte er. »Der Teufel soll mich holen, wenn ich meinen Fuß jemals wieder auf Schiffsplanken setze!«

»Sei froh, daß diese Planken uns bis hierher getragen haben«, erwiderte ich. Und meinen Schatz, fügte ich im stillen hinzu. Ich holte den Sack unter meiner Koje hervor und schleppte ihn an Deck.

»Willst du mit Gewalt ertrinken?« fragte der Krüppel.

Ich verstand nicht.

»Ebensogut könntest du dir einen Wackerstein ans Bein binden.«

Ich verstand noch immer nicht.

»Das letzte Stück müssen wir schwimmen!« schnaubte er mich an. Zur Verdeutlichung ruderte er mit Armen und Beinen.

Endlich begriff ich: Wenn ich lebend ans Ufer kommen wollte, mußte ich meinen Schatz zurücklassen. Kannst du dir vorstellen, wie mir zumute war, Bruder Anselmus? Welche Mühen hatte ich auf mich genommen, welchen Gefahren mich ausgesetzt, um in seinen Besitz zu gelangen! Statt mir zur Aufnahme in den Kreis der großen

Handelsherren zu verhelfen, war das Gold zu einer Last geworden, die mich unweigerlich auf den Meeresgrund hinabziehen würde. Niemals ist mir deutlicher als in jenem Augenblick bewußt geworden, wie wankelmütig das Schicksal ist. Ich war nahe daran, den Verstand zu verlieren. Ich vergoß Tränen der Wut, ich schimpfte Daniel einen Habenichts, der nicht imstande sei, den Wert eines solch ungeheuren Vermögens zu ermessen, ich warf ihm vor, daß er aus schierem Neid darauf dringe, den Schatz zurückzulassen, ja ich griff Mennos Worte auf und gab dem Krüppel die Schuld an meinem Unglück.

»Laß gut sein«, sagte er, während er die Messer am Gürtel festschnallte. »Spar dir die Puste für unterwegs auf.«

Inzwischen hatte der Wind weiter aufgefrischt. Schaumige Brecher überfluteten das Deck und ergossen sich gurgelnd in den Laderaum. Der Schiffsrumpf ächzte unter den Schlägen des Meeres, einzelne Planken lösten sich und trieben mit der Gischt davon. In aller Eile legte ich Ringe und Armreifen an, hängte mir Ketten um den Hals, füllte meine Taschen mit Goldmünzen. Ich wollte noch mehr an mich raffen, sehe mich noch nach Ingolfurs Stirnreif grapschen, aber Daniel stieß mich ins Wasser. Vermutlich rettete er mir dadurch ein weiteres Mal das Leben, denn schon das wenige, das ich am Leibe trug, wog so schwer, daß ich nur mit knapper Not das Ufer erreichte.

Wir warfen uns zu Tode erschöpft in den Sand. In unser Keuchen mischte sich das Geschrei der Seevögel, die hoch über uns die Felskuppen umschwärmten. Ich wünschte nichts sehnlicher, als so liegen zu bleiben. Doch bald umspülten die Wellen unsere Füße, die Flut lief auf. Am Muschelbesatz der Felsen erkannten wir, daß der Sandstreifen nur bei Ebbe trockenfiel. Daher kletterten wir an dem zernagten Gestein empor und gelangten zu einem verfallenen Turm. In seinen Mauerritzen wuchsen Gras und kleine Büsche, der Boden war mit Schafkot übersät.

»Wo es Schafe gibt, sind auch Menschen«, sagte ich. »Laß uns zu ihnen gehen, ich habe seit Wochen nichts Warmes mehr gegessen.«

Der Krüppel deutete auf meinen Schmuck. »Leg erst den Tand ab«, sagte er. »Das Gold könnte sie auf dumme Gedanken bringen.«

Wir brachen einen Stein heraus und versteckten die Überreste meines Schatzes in dem doppelwandigen Mauerwerk. Daniel legte seine Messer dazu, bis auf eines, das er an seinem Bein festschnürte. Dann stiegen wir zu einem Hügel empor, von dessen Kuppe wir die ganze Insel überblicken konnten.

Sie bestand zum großen Teil aus nacktem Fels; nur in windgeschützten Senken schimmerte zartes Grün. Im Süden des langgestreckten Eilands hoben sich die klobigen Umrisse einer Burg vom Himmel ab. Zu ihren Füßen lagen einzelne, von Steinwällen umgebene Hütten. Nach Osten hin sahen wir jenseits eines breiten Meeresstreifens hohe Berge aus dem Dunst hervortreten. Ob es sich um das Festland oder eine andere, weitaus größere Insel handelte, war nicht auszumachen.

Da der Norden der Insel anscheinend unbewohnt war, folgten wir einem Trampelpfad, der sich, dem Küstenverlauf folgend, nach Süden schlängelte. Die Hütten entschwanden unseren Blicken, aber die Burg blieb über die ganze Länge des Weges sichtbar.

Am Rand eines Hochmoores begegneten wir einem halbwüchsigen Knaben. Er stützte sich auf einen Hirtenstab und schien nicht im mindesten erstaunt, zwei Fremde zu sehen, von denen sich der eine zudem noch in absonderlichen Sprüngen vorwärts bewegte.

Ich sprach ihn höflich an, und er antwortete in einem unverständlichen Kauderwelsch. Als er jedoch merkte, daß ich ihn nicht verstand, wechselte er unvermittelt in Latein über. Ja, du hast recht gehört, Bruder Anselmus: Der Hirtenknabe sprach Latein! Meine Verblüffung auskostend, erzählte er, die Sprache habe ihn ein Eremit gelehrt, der einstmals ein berühmter Gelehrter gewesen sei, nun aber schon seit einem Menschenalter auf einer Klippe im Nordteil der Insel hause. So plauderten wir also, beiläufig Zitate einflechtend und unter sorgfältiger Beachtung grammatikalischer Regeln, in der Sprache Vergils miteinander.

Die Insel, erfuhr ich, hieß Lundy. Sie sei nach dem Seevogel benannt, der das Eiland früher in weit größeren Mengen bevölkert habe als heute und bei den Menschen nicht nur wegen seines bunten Gefieders, sondern auch als Leckerbissen beliebt sei. Das Land jenseits der Meerenge sei die Küste von Cornwall, bei günstigem Wind in einer halben Tagesreise zu erreichen.

Der Knabe, er hörte auf den Namen Cuchulinn, fragte, ob wir Hunger hätten. Als ich bejahte, ließ er eine Anzahl unterschiedlicher Pfiffe ertönen. Dies, erläuterte er, seien Anweisungen für seinen Hund, der auf der anderen Seite des Hochmoores die Schafherde bewache. Dann führte er uns zu einer Hütte, die, rings von mannshohen, aufrecht stehenden Steinen umgeben, am Hang eines Hügels lag.

Eine uralte Frau empfing uns. Sie hatte Vogelknochen in ihr Haar geflochten; auf ihren Wangen waren rätselhafte Zeichen eingeätzt. Cuchulinn stellte sie als seine Großmutter vor. Seit dem Tode ihres Mannes pflege sie vertrauten Umgang mit Geistern und wisse daraus manchen Vorteil zu ziehen.

Die Alte gab uns gekochtes Schaffleisch zu essen, dazu Brot und weißen Käse. Unterdessen erzählte Cuchulinn, daß die Insel sich seit über zweihundert Jahren im Besitz der Familie Marisco befinde; der letzte dieses Geschlechtes, Earl John Marisco, sei der Herr der Burg, die wir gesehen hatten.

»Ihr müßt ihm Eure Aufwartung machen, Herr«, sagte Cuchulinn. »Es ist seit alters her Gesetz, daß niemand die Insel ohne Erlaubnis der Mariscos betreten darf.«

Als sie den Namen Marisco vernahm, verzerrten sich die Züge der alten Frau. Sie schüttelte die Fäuste und stieß drohende Laute hervor.

»Was sagt sie?« fragte ich den Knaben.

»Meine Großmutter verflucht die Marisco-Sippe und besonders

John Marisco, weil er ihren Mann getötet hat«, antwortete Cuchulinn. »Mein Großvater war ein Druide; er hatte geweissagt, John Marisco werde einen Sohn bekommen, und als seine Frau eine Tochter gebar, brachte er ihn um.«

Ich deutete vorsichtig an, daß ich, falls uns jemand auf das Festland übersetzen würde, diesen angemessen zu belohnen imstande sei. Doch Cuchulinn entgegnete, der Earl sei längst über unsere Anwesenheit unterrichtet. Daher sei es ratsam, ihn aufzusuchen, bevor er seine Häscher nach uns ausschicke. »Und gebt ihm keinen Grund anzunehmen, daß Ihr mehr besitzt, als Ihr am Leibe tragt«, beschwor er mich. »Der Erhabene ist von maßloser Geldgier besessen!«

Cuchulinn geleitete uns bis vor das Burgtor. Dort nahm er meine Hände, drückte sie gegen seine Stirn und lief, ohne noch ein Wort zu sagen, davon. Am Tor war ein Klopfer in Form eines Schmiedehammers angebracht. Ich betätigte ihn mehrfach und jedesmal heftiger, ohne daß sich drinnen etwas rührte. Ich begann schon zu hoffen, daß der Earl uns nicht zu empfangen wünsche, als ein Mann des Weges kam, das Tor aufstieß und uns ein Zeichen gab, ihm zu folgen.

Im Innenhof lümmelten sich Knechte auf Strohballen; schlampig gekleidete Mägde teilten Schüsseln und Krüge aus. Der Mann deutete zu einem Fenster empor und sagte: »Geht nur hinauf, Sir John erwartet euch.«

Ich habe nie einen häßlicheren Menschen gesehen als John Marisco. Er ähnelte einer riesigen, bleichhäutigen, unglaublich fetten Kröte. Sein schwammiger Körper zerfloß gleichsam nach allen Seiten; an einigen Stellen wies er wulstige Ausbuchtungen auf, die sich bei genauerem Hinsehen als Arme und Beine entpuppten. An seinem oberen Ende verjüngte sich der Fleischberg ein wenig; zwei kugelig hervorquellende Augen und ein dicklippiger Mund ließen vermuten, daß dies der Kopf des Herren von Lundy war.

Er lag, in ein fleckiges Hemd gehüllt, auf einem Berg von Kissen, offensichtlich weder gewillt noch in der Lage, sich zu rühren. Sobald er den Mund öffnete, stopften Frauen ihn mit Fleisch und weichem Brot, gossen aus silbernen Humpen Bier hinein. War er gefüllt, schloß Sir John den Mund, und was er nicht mehr zu fassen vermochte, ergoß sich beiderseits seines Kopfes in die Kissen. Doch schon eilten andere Frauen mit feuchten Tüchern herbei und rieben ihm wie einem sabbernden Säugling das Gesicht ab.

Die Speisung, besser gesagt: die Fütterung des Earls nahm alle dermaßen in Anspruch, daß wir eine ganze Weile unbemerkt blieben. Erst als Sir John durch einen dröhnenden Rülpser kundtat, daß er gesättigt sei, fragte eine der Frauen nach unserem Begehr.

»Wir sind Schiffbrüchige«, antwortete ich. »Wie es der Brauch verlangt, wollen wir Seine Erhabenheit bitten, uns Gastrecht zu gewähren.«

»Ihr wärt besser ertrunken«, sagte die Frau und ließ uns, ohne dies näher zu erläutern, stehen.

Doch offenbar hatte das Wort *Schiffbrüchige* den Weg in John Mariscos Ohr gefunden. Mit einer Stimme, die aus einer unterirdischen Gruft zu kommen schien, sagte er: »Wenn mir etwas verhaßt ist, sind es unnütze Esser. Wie also gedenkt ihr euch nützlich zu machen?«

Die Frage traf mich unvorbereitet. Ich sei ein leidlich guter Flötenspieler, stammelte ich, und verstünde es, die Zuckungen eines vom Veitstanz Befallenen nachzuahmen, ferner spräche ich Latein. Zum Beweis deklamierte ich eine Strophe aus den *Tristien*. Daniel Metz hingegen hielt sich nicht mit Reden auf, sondern gab eines seiner Kunststücke zum besten: Er verschluckte ein Bratenmesser, um es gleich darauf wieder aus seinem Hosenbein hervorzuziehen.

»Gaukler!« stöhnte Sir John. »Hungerleider, elendes Gesindel! Hat man euch nicht gesagt, daß John Marisco nur jemanden aufnimmt, der für Kost und Unterkunft bezahlen kann oder ihm auf andere Weise Nutzen bringt?«

»Um Euch nicht zur Last zu fallen, werden wir mit Eurer gütigen Erlaubnis sobald als möglich aufs Festland übersetzen«, entgegnete ich.

»Das kostet euch zehn Schilling«, sagte Sir John. Etwas, das wie eine Hand aussah, kam aus den Kissen hervor und bot mir seine Innenseite dar.

Ich zeigte ihm die Flöte, die mir der Zauberer Thorsteinn geschenkt hatte. »Dies ist alles, was ich besitze, Euer Erhabenheit.« Du erinnerst dich, daß ich auf ihr beim ersten Mal nur einen einzigen Ton hervorgebracht hatte. Doch nun entströmte ihr, kaum daß ich sie an die Lippen gesetzt hatte, eine Folge lieblicher Töne. Mir war, als spielte die Flöte von selbst, denn die Melodie, die auf diese Weise entstand, hatte ich noch nie gehört.

»Die Töne kitzeln mein Ohr«, sagte Sir John beifällig. »Sie wecken Erinnerungen an die Zeit, als ich jung und etwas schlanker war. Damals nannte man mich einen schönen Mann.«

»Ihr seid noch immer ein schöner Mann, Sir John!« riefen die Frauen im Chor.

»Die Weiber lügen«, ächzte der Earl. »Aber ich bezahle sie dafür, daß sie mich belügen. Es ist mir zuwider, mit der Wahrheit zu leben.«

»Wir lieben Euch, Sir John«, sagten die Frauen. »Es gibt kein größeres Glück, als Euch zu Willen zu sein.«

»Früher trieb ich es mit dreien in einer Nacht«, sagte Sir John. »Mehr als die Hälfte der Bevölkerung von Lundy ist meinen Lenden entsprungen. Doch seit Jahren schon habe ich mein Gemächt nicht mehr gesehen, geschweige denn in Händen gehabt. Es ist irgendwo in den Schluchten meines Leibes verschwunden.«

»Sir John ist ein guter Liebhaber, ein großer Ficker ist Sir John!« riefen die Frauen.

»Ihre Lügen sind Labsal für mein zerquältes Gemüt«, sagte der Herr von Lundy. »Doch welchen Preis zahle ich dafür! Die Weiber fressen mir die Haare vom Kopf. Ich sehe den Tag kommen, da ich völlig verarmt der Wahrheit ins Auge blicken muß.« Mit dem Kopf winkte er mich näher. »Du trägst einen Beutel am Hals. Was ist darin?«

»Nichts von Belang, Euer Erhabenheit. Die Erinnerungsstücke eines alten Seemanns«, antwortete ich.

»Laß sehn«, sagte John Marisco.

Ich leerte den Beutel vor ihm aus. Er enthielt verschiedenartige Muscheln, ein Büschel Haare, einen Thorshammer, Samenkörner, den Schädel eines kleinen Nagetiers, ein Stück Schlangenhaut und einen Spielstein.

»Da ist noch etwas im Beutel«, sagte der Earl.

Es war die Silbermünze, die dem Mann auf den Nebelinseln durch die Hand gefallen war. Sir Johns Krötenaugen quollen noch ein Stück weiter aus dem Kopf hervor, als er sie sah.

»Nichts von Belang, äh?« knurrte er. »Dafür kaufe ich mir einen Sack schöner Lügen! Wer bist du, der du behauptest, eine Silbermünze sei für dich nicht von Belang?«

Nicht ahnend, welch folgenschweren Fehler ich damit beging, stellte ich mich vor, nannte Ziel und Zweck meiner Reise und berichtete in knappen Worten von ihrem Verlauf sowie unserer Strandung auf den Klippen vor Lundy.

»Womit haben die Isländer das Getreide bezahlt?« fragte Sir John.

»Ich habe es gegen Stockfisch und Schwefel eingetauscht«, erwiderte ich rasch.

»Nun, wir werden sehen«, sagte Sir John. »Falls du wirklich Stockfisch und Schwefel geladen hattest, müßte ein Großteil deiner Fracht inzwischen ans Ufer gespült worden sein. Wenn dem aber nicht so ist, bin ich genötigt, dich gründlicher zu befragen, junger Mann.«

»Was veranlaßt Euch, an meinen Worten zu zweifeln, Euer Erhabenheit?«

»Nur ein Trottel«, entgegnete der Earl, »fährt mit einer Ladung Getreide nach Island und kehrt mit Stockfisch und Schwefel heim.« Seine Lider senkten sich bis zur Hälfte über die Augäpfel. Für die Frauen war dies das Zeichen, daß Sir John zu ruhen wünschte. Sie machten sich an ihm zu schaffen und wälzten die formlose Masse aus

Fleisch und Fett auf eine Sänfte hinüber. Bevor sie ihn hinaustrugen, sagte der Earl, schon halb im Schlaf: »Für das Silberstück gebe ich euch das Turmzimmer, da habt ihr einen schönen Blick.«

So verbrachten wir die erste von unzähligen Nächten auf Lundy in luftiger Höhe. Durch die fensterlosen Ausgucklöcher pfiff der Wind; im Gebälk über uns lärmten grauköpfige Dohlen. Es war bitterkalt dort oben, es gab keinen Tisch und keinen Stuhl, geschweige denn ein Bett; ein Sack mit feuchtem Stroh diente uns als Lager.

Spät am Abend kam ein Knecht die Leiter herauf. Er brachte zwei Pferdedecken und einen Krug Bier. »Dies schickt euch ein Freund«, sagte er.

»Wie heißt er?« fragte ich.

»Unsereins kennt die Herren nicht beim Namen«, antwortete der Knecht. »Sie kommen und gehen, immer in Geschäften, immer in Eile. Allein Seine Erhabenheit weiß, wer sie sind.«

Um die Mittagsstunde des folgenden Tages ließ uns John Marisco zu sich rufen. Die Frauen hatten ihn gewaschen und gefüttert, so daß er wie eine rosige, riesenhaft aufgeblähte Made in den Kissen lag. Diesmal war er statt des Hemdes mit einem Brokatmantel bekleidet. Denn Sir John hielt hof. Rings um den Inselherren standen Männer, von denen die meisten nach arabischer Art gekleidet waren. Unter ihnen gewahrte ich ein bekanntes Gesicht. Es war der Seeräuber Jan Velhove, den Caspar Went und ich aus der Gefangenschaft befreit hatten. Als er sah, daß ich ihn wiedererkannte, hob er verstohlen den Zeigefinger an die Lippen.

»Das sind die beiden«, sagte Sir John. »Nun ratet mir, was ich mit ihnen machen soll.«

»Verkauft sie, Euer Erhabenheit«, sagte einer, der einen mit Perlen bestickten Turban trug. »Für den Krüppel gebe ich einen Dinar, für den Jüngling einen halben.«

»Ich gebe zwei Dinar für beide«, rief ein anderer.

»Ginge es nur um zwei Schiffbrüchige, wäre das ein guter Preis«, sagte der Earl. »Aber ich durchschaue euch Halunken. Ihr wollt mich hereinlegen. Haltet ihr mich für einen Tölpel?«

»Sir John ist kein Tölpel, er ist der Klügsten einer, unser Herr!« riefen die Frauen.

»Das Schiff hatte weder Stockfisch noch Schwefel geladen«, fuhr Sir John fort. »Folglich hat der junge Mann etwas anderes für sein Getreide bekommen, etwas, das ungleich wertvoller ist und überdies den Vorteil hat, daß es sich leicht verstecken läßt. Was könnte das wohl sein?« fragte er in die Runde.

»Gold!« schrien die Frauen wie aus einem Mund.

»Nehmen wir es mal an«, sagte John Marisco. »Nehmen wir an, er hätte Gold für sein Getreide bekommen und es irgendwo versteckt. Würde ich dann, gesetzt den Fall, ich verkaufte euch die beiden, nicht auch das Gold verkaufen?«

»Ihr ergeht Euch in Vermutungen, Euer Erhabenheit«, sagte der Mann mit dem Turban.

»Ja, gewiß«, entgegnete der Earl. »Aber Vermutungen können sich als zutreffend erweisen. Wollt ihr, daß mich Hohngelächter empfängt, wenn ich mich zu meinen Ahnen versammle? Soll ich mich zu Tode grämen, weil ich sie euch für ein Spottgeld verkauft habe? Ich will hundert für jeden haben.«

Einige der Männer brachen in Lachen aus ob solch unverschämter Forderung, andere gaben einander mit Gesten zu verstehen, daß Sir Johns Verstand offensichtlich getrübt sei. Dies versetzte den Earl in solche Erregung, daß er sich an seinem Speichel verschluckte und das Frühstück erbrach. Die Männer wandten sich angewidert ab, und während die Frauen sich über Sir John hermachten, ihn säuberten und aufs neue fütterten, zogen sie sich unter Verbeugungen zurück. Jan Velhove schloß sich ihnen nicht an; er gab mir ein Zeichen, ihm in einen anderen Raum zu folgen.

Dort nahm er mich in die Arme, nannte mich Freund und küßte mich auf beide Wangen. »Simon, Simon Gronewech«, näselte er. »Was führt einen ehrbaren Kaufmann wie dich nach Lundy?«

»Die See fragt den ehrbaren Kaufmann nicht, wo es ihm zu stranden beliebt«, entgegnete ich. »Aber was tust du hier, Jan Velhove?«

»Nun, ich treffe mich mit Geschäftsfreunden«, sagte er. »Unsere Geschäfte mögen nicht so honorig sein wie deine, aber dafür bringen sie eine Menge ein.« Nachdem er wegen seiner Vorliebe für Frauenkleider manch bittere Kränkung von den Seeräubern habe erdulden müssen, sei er mit einem gekaperten Schiff nach Westen gesegelt und dort in den Menschenhandel eingestiegen. Seither beliefere er die arabischen Sklavenhändler mit *weißer Ware*, wie er es nannte. Vor allem blondhaarige Frauen zwischen vierzehn und zwanzig Jahren fänden reißenden Absatz, desgleichen Jünglinge, sofern sie noch bartlos und zartgliedrig seien. Ein beliebter Umschlagplatz für die weiße Ware sei die Insel Lundy, wo sie von den Arabern in Empfang genommen würde und John Marisco für ein ansehnliches Entgelt den Marktfrieden gewährleiste.

»Vor einigen Tagen«, schloß Jan Velhove, »bin ich mit einer Ladung dänischer Weiber gekommen. Möchtest du, daß ich dir eine schenke? Ich habe nicht vergessen, daß ich dir Dank schulde, Simon.«

»Das erleichtert es mir, dich um einen Gefallen zu bitten«, sagte ich. »Bring uns aufs Festland hinüber, und zwar, wenn möglich, noch diesen Tag.«

Jan Velhove sah mich bestürzt an. »Du kannst alles von mir verlangen, nur das nicht«, sagte er. »Es wäre dasselbe, als wollte ich dem Fettwanst ein Goldstück stehlen. Für ihn seid ihr nichts anderes als Strandgut; er betrachtet euch als sein rechtmäßiges Eigentum. Hegte er nicht den Verdacht, ihr wärt nicht so mittellos, wie ihr zu sein vorgebt, hätte er euch soeben den Sklavenhändlern verkauft.«

»Was, glaubst du, wird mit uns geschehen?« fragte ich.

»Ich hörte dich nicht widersprechen, als Sir John die Vermutung äußerte, du hättest Gold für dein Getreide bekommen«, erwiderte der Seeräuber. »Wäre dem so, solltest du nicht zögern, dich freizukaufen. Es würde dir mancherlei Ungemach ersparen.«

»John Marisco ist im Irrtum«, sagte ich mit fester Stimme. »Meine

Ladung bestand aus Stockfisch und Schwefel. Überdies ist mein Schiff ein gutes Stück vor der Küste an den Klippen zerschellt. Kannst du mir verraten, wie ich mit einem Sack voll Gold ans Ufer hätte schwimmen können?«

»Wer redet denn von einem Sack voll Gold?« versetzte Jan Velhove. »Ein paar Münzen würden genügen, dir Sir Johns Wohlwollen zu erwerben. Er würde dich mit dem eigenen Schiff aufs Festland übersetzen lassen.«

»Ich habe kein Gold«, sagte ich, entschlossener denn je, den kärglichen Rest meines Schatzes um keinen Preis herzugeben. »Alles, was ich besaß, war eine Silbermünze, und diese hat er mir abgenommen.«

»Der Dicke glaubt aber, du hättest noch mehr«, seufzte Jan Velhove. »Und je hartnäckiger du es abstreitest, desto fester glaubt er daran. Tut mir leid um dich, Simon. Bei einem Sklavenhändler wärst du besser aufgehoben als hier auf Lundy.« Dann führte er mich in den Raum zurück, wo der Earl seine Gäste zu empfangen pflegte.

Inzwischen hatten die Frauen Sir John auf eine Schüssel gesetzt. Mit qualvoll verzerrter Miene und Lauten, als sei er dem Ersticken nahe, verrichtete er seine Notdurft. Die Frauen umringten ihn in gebückter Haltung und ahmten sein Stöhnen nach. Als sich ein übler Geruch zu verbreiten begann, jauchzten sie auf und riefen: »Gesundheit und ein langes Leben unserem Herrn! Möge ihm allzeit ein ersprießlicher Stuhlgang beschieden sein!« Darauf hoben sie ihn mit vereinten Kräften von der Schüssel, rollten ihn auf die Seite und wischten ihm das Hinterteil.

»Die Weiber bezahle ich für ihre Lügen und Lobhudeleien, das hat seine Ordnung«, grollte Sir John aus den Kissen hervor. »Wenn mich aber jemand unentgeltlich belügt, werde ich böse. Wo hältst du das Gold verborgen, junger Mann?«

»Hätte ich welches besessen, läge es jetzt auf dem Meeresgrund, Euer Erhabenheit«, entgegnete ich.

»Du kennst das Versteck«, wandte sich der Earl an Daniel. »Da es nicht dein Gold ist, fällt es dir womöglich leichter, mit der Wahrheit herauszurücken.«

»Ich weiß von nichts«, antwortete der Krüppel.

»Das sollte nicht euer letztes Wort sein«, sagte John Marisco. »Ihr könnt es euch überlegen. Ich habe Zeit. Grüßt Mary von mir.« Nach diesen Worten schleppten uns seine Knechte über eine Wendeltreppe in den Keller hinunter. Dort erwartete uns eine halb im Schatten verborgene Gestalt.

»Willkommen in der Unterwelt, ich bin Mary«, sagte sie mit tiefer Stimme. Auf ihrer Oberlippe sproß dunkler Flaum, die Augen waren von dichten Brauen überwölbt, ihr kantiges Kinn zeugte von Willenskraft und Härte. Ungeachtet ihres weiblichen Vornamens hätte ich Mary für einen Mann gehalten. Doch als sie nun ins Licht trat, sah ich unter einem knappsitzenden Wams ihre vollen Brüste. Sie weidete sich an meiner Verwirrung, bevor sie fortfuhr: »Wie geht es meinem Vater?« Und während ich noch darüber nachsann, wer dieses Mannweib gezeugt haben mochte, setzte sie hinzu: »Oder hat John Marisco sich inzwischen zu Tode gefressen?«

»Er läßt Euch grüßen«, stammelte ich.

»Wirklich?« sagte sie. »Ich dachte, er hätte mich ebenso vergessen wie jene dort.« Damit öffnete sie eine eisenbeschlagene Tür, nahm eine Tranfunzel in die eine Hand, eine Hundepeitsche in die andere und bedeutete uns voranzugehen.

Wir betraten ein kaum mannshohes Kellergewölbe, in dem sich zwischen mächtigen Stützpfeilern Berge von Unrat häuften. Mary knallte mit der Peitsche und rief: »Hier sind zwei Neue!« Für einen Augenblick erlag ich der Täuschung, der Unrat sei lebendig geworden, denn von allen Seiten krochen bis zur Unkenntlichkeit verdreckte Menschen herbei. Sie hockten sich im Halbkreis nieder und starrten uns aus entzündeten Lidern an. Es waren zumeist ältere Männer, darunter zwei, denen beide Beine fehlten.

»Ihr seid noch jung«, sagte einer. »Weshalb sperrt Sir John euch ein, statt euch zu verkaufen?«

»Mein Vater meint es gut mit mir«, antwortete Mary, während sie mich mit der Peitsche zwischen den Beinen kitzelte. »Alle paar Jahre gönnt er mir einen jungen Bock.«

Als Mary hinausgegangen war, begannen uns die Gefangenen mit Fragen zu bestürmen. Sie wollten wissen, wer wir seien, woher wir kämen, was uns auf dieses Eiland verschlagen hätte, wie es draußen in der Welt aussähe, ob Krieg sei oder Frieden. Male dir mein Entsetzen aus, als ich erfuhr, daß einige schon zwanzig Jahre in diesem Kerker verbracht hatten! Und allesamt versicherten, sie hätten sich keines Verbrechens schuldig gemacht. Um auf Lundy eingekerkert zu werden, genüge es, John Mariscos Mißfallen zu erregen oder ihn bei schlechter Laune anzutreffen, und wer einmal in diesem Kerker verschwunden sei, pflege bei Sir John bereits nach kurzer Zeit in Vergessenheit zu geraten.

»Trübe Aussichten, junger Mann«, kicherte ein Greis. »Du mußt dich darauf einstellen, dein Leben in diesem Loch zu verbringen. Und selbst als Leichnam kommst du nicht hinaus, denn wenn du tot bist, fressen dich die Ratten.«

Der Keller diente den Bewohnern der Burg als Abfallgrube. In der Decke befanden sich Schächte, durch die außer Fäkalien und allerlei Gerümpel auch die Küchenabfälle und Speisereste hinuntergekippt wurden. Letzteren verdankten es die Gefangenen, und mit ihnen ein ganzes Heer von Ratten, daß sie vor dem Hungertod bewahrt blieben.

In das Gewölbe mündeteten mehrere Stollen, die dunkel und bis zur halben Höhe mit Schutt gefüllt waren. Einer führte jedoch zu einem vergitterten Fenster, vor dem Tag für Tag ein großer Mann saß, auch er schon bei Jahren, aber um einiges jünger als seine Leidensgenossen. Ich wollte zu ihm gehen, um frische Luft zu atmen, doch der Greis hielt mich zurück.

»Das ist sein Platz«, flüsterte er. »Mary hat ihm erlaubt, dort zu sitzen, aber niemandem sonst.« Indem er den Daumen zwischen Zeige- und Mittelfinger schob, kam er meiner Frage zuvor, womit sich der

Mann den Fensterplatz verdient habe. »Er besorgt es ihr jeden Tag«, tuschelte der Alte. »Du wirst Mühe haben, ihn bei ihr auszustechen.«

Der Gestank war indessen so unerträglich, daß ich den Mann am Fenster bat, seinen Platz zumindest für ein paar Atemzüge mit mir zu teilen. Er blickte mich feindselig an und sagte: »Ich brauche die frische Luft nötiger als du. Wenn ich bei Mary war, pfeife ich auf dem letzten Loch.« Als ich seiner Aufforderung, mich fortzuscheren, nicht sogleich nachkam, versetzte er mir einen Fußtritt.

Mary, erzählte man, sei jenes von John Mariscos zahlreichen Kindern, dessentwegen der Druide ums Leben gekommen war. Der Mord habe Sir Johns Enttäuschung jedoch nicht zu lindern vermocht, und so habe als nächstes die Mutter dafür büßen müssen, daß sie statt des erhofften Knaben ein Mädchen zur Welt gebracht hatte. Mary habe mitansehen müssen, wie ihre Mutter erdrosselt wurde, und dies, glaubte man, habe bei ihr eine eigenartige Veränderung bewirkt: Während sie heranwuchs, habe sie, zunächst im Wesen, später auch im Aussehen, immer deutlicher männliche Züge angenommen. Wenn Sir Johns Wunsch damit auch teilweise in Erfüllung gegangen sei, habe ebendies den Earl mit Argwohn erfüllt. Mehr und mehr habe sich der Verdacht in ihm geregt, er nähre in Gestalt des Zwitterwesens eine Schlange an seinem Busen, und daher habe er Mary, um sie aus seiner Nähe zu verbannen, das Amt des Kerkermeisters übertragen. Dies sei so ungewöhnlich nicht, wie es einem Fremden erscheinen möge, denn die Frauen der Marisco-Sippe übten seit eh und je Tätigkeiten aus, die andernorts Männersache seien.

Die Gefangenen lebten in ständiger Furcht vor Marys launenhaftem Charakter. Zuweilen gebärdete sie sich leutselig, hielt den Eingekerkerten vor Augen, daß deren Los sich kaum von ihrem unterscheide, und ließ gar durchblicken, daß die unmenschliche Behandlung der Gefangenen ihr Gewissen belaste. Solche Anwandlungen von Mitgefühl waren indessen nur von kurzer Dauer und schlugen oft unvermittelt ins Gegenteil um. Nichts verschaffte ihr größere Befriedigung, als ihre Opfer zu demütigen, indem sie sie grundlos züchtigte oder zwang, ihr zu Willen zu sein. Letzteres, versicherte man mir, bleibe niemandem erspart – es sei denn, er wolle Torturen erleiden, gegen die ein erzwungener Beischlaf das weitaus geringere Übel sei.

An der Mehrzahl der Gefangenen zeigten sich bereits deutliche Anzeichen geistigen Verfalls. Manche erinnerten sich nur noch dunkel ihrer Herkunft, einige nicht einmal mehr ihres Namens. Ihr Sprachschatz war auf wenige Wörter zusammengeschrumpft; meistens genügten ihnen Laute zur Verständigung. In unablässiger Suche nach Eßbarem durchwühlten sie den Unrat oder kauerten unter den Schächten, aus denen sich der Abfall ergoß. Man sollte meinen, daß es um die Speisereste zum Streit, wenn nicht gar zu Tätlichkeiten unter den Gefangenen gekommen wäre. Doch sie teilten alles redlich miteinander, wobei auch die Kranken und Schwachen nicht leer ausgingen und selbst die Ratten angemessen bedacht wurden. Man hielt sie wie Haustiere und sorgte dafür, daß ihre Zahl nicht überhandnahm, indem man sie, sobald sie ein bestimmtes Alter erreicht hatten, tötete und roh verzehrte.

Wie in jeder Gemeinschaft, die sich gewissen Regeln unterwirft, gab es auch in dieser einige, die auf ihre Einhaltung achteten. Dies waren zwei Männer vorgeschrittenen Alters, von denen der eine Benedikt, der andere Llewellyn hieß. Beider erinnere ich mich mit großer Dankbarkeit, weil sie mich, jeder auf seine Weise, davor bewahrten, in Stumpfsinn zu verfallen.

Benedikt war ein Mönch wie du, Bruder Anselmus – nur daß er ein Zisterzienser oder, wie man die Angehörigen dieses Ordens auch zu nennen pflegt, ein Bernhardiner war. Benedikt führte die Aufsicht über die Ratten. Er bestimmte, welche geschlachtet werden sollten, und lenkte die wilden Triebe der jüngeren Tiere in friedfertige Bahnen. Die Art, wie er die Ratten zähmte, entbehrte nicht spielerischer Züge. So lehrte er sie, auf den Hinterbeinen zu tanzen oder Kobolz zu schlagen. Gelegentlich schickte er sie auch zur Jagd ins Freie hinaus, von wo sie nicht selten mit einem Küken oder einem jungen Kaninchen zurückkehrten.

Sein halbes Leben hatte Benedikt Wälder gerodet und Sümpfe trockengelegt, eine Arbeit, sagte er, die seinen Kopf freigehalten hätte für das, was zum Lebensinhalt seiner reiferen Jahre werden sollte. Schon frühzeitig war seinen Oberen aufgefallen, daß Benedikt, wohin man ihn auch schickte, binnen kurzem die Mundart der Einheimischen beherrschte. Als nun der Orden seine Tätigkeit auf die Länder des Ostens auszudehnen begann, sandte der Abt den damals vierzigjährigen Benedikt nach Nowgorod, damit er die Sprachen der slawischen Völker erlerne. Der Fürst von Nowgorod stand zu jener Zeit im Begriff, bei den benachbarten Stämmen auf Brautschau zu gehen. Da ihm aber deren Sprachen nicht geläufig waren und er sich nicht allein auf den Augenschein verlassen wollte, bat er den Zisterzienser-Orden, ihm den Mönch als Dolmetscher auszuleihen. Die Brautschau brachte zwar nicht den gewünschten Erfolg, doch der Fürst fand so viel Gefallen an Benedikt, daß er ihn in seine Dienste nahm. Im Jahr darauf kam Benedikt im Gefolge des Fürsten nach Konstantinopel. Dort entbrannte sein Herr in Liebe zur Frau des kaiserlichen Mundschenks und wurde von diesem meuchlings ermordet. Benedikt beschloß, auf dem Seeweg in sein Kloster zurückzukehren, aber widrige Winde zwangen das Schiff, Alexandria anzulaufen. Diese Stadt, schwärmte er, hätte nach der Zahl ihrer Sprachen mit Babylon wetteifern können. Eine der Sprachen zog ihn besonders an, sie entzückte ihn gleichermaßen mit ihrem Wohlklang wie der Schönheit ihres Schriftbildes. Es war, du wirst es vielleicht schon erraten haben, das Arabische. Benedikt gab sich nun seinem Studium hin, und da Arabisch in nichts den Sprachen ähnelte, die er zuvor erlernt hatte, vergingen fünf Jahre, bis er es in Wort und Schrift beherrschte.

Wiederum war es ein Fürst, ein Vetter des Sultans von Marrakesch, dem er für die folgenden Jahre als Dolmetscher diente. Auf der Überfahrt nach Sizilien wurde der Fürst jedoch von den eigenen Leuten gefangengesetzt und mitsamt seinem Dolmetscher an einen

Sklavenhändler verkauft. So gelangte Benedikt, mittlerweile ein betagter Mann, auf Umwegen nach Lundy. Dank seiner Sprachkenntnisse erwarb er sich Sir Johns Wertschätzung, doch als er sich erkühnte, den Earl zu gottgefälligem Lebenswandel anzuhalten, fand er sich bald darauf im Kerker wieder. Hier, schloß Benedikt, habe er nun schon etliche Jahre verbracht. Indem er sich jedoch der Ratten angenommen und von den Mitgefangenen eine Reihe weiterer Sprachen gelernt habe, seien sie wie im Fluge vergangen. Letzteres sei übrigens ein gutes Mittel, der Verblödung vorzubeugen. Ich griff den Hinweis dankbar auf und bat ihn, mich das Arabische zu lehren.

»Du suchst dir von allen Sprachen, die ich kenne, die schwierigste aus«, lächelte der Mönch. »Aber wenn du die Mühe nicht scheust, will ich dir ein guter Lehrer sein.«

Fortan unterrichtete er mich jeden Tag, von der Stunde des Sonnenaufgangs bis gegen Mittag. Anders als Magister Perceval gestattete sich Benedikt keine unterhaltsamen Abschweifungen. Doch er verstand es, meinen Ehrgeiz zu wecken. Oft war ich es, der ihn frühmorgens aus dem Schlaf rüttelte und ermahnte, daß es Zeit sei, mit dem Unterricht anzufangen. Mein Lerneifer und meine Ausdauer überraschten mich selbst. Wahrscheinlich müssen erst besondere Umstände eintreten, damit man bislang unbekannte Eigenschaften an sich entdeckt. Wie auch immer: Nach einem halben Jahr konnten wir uns bereits über alltägliche Dinge auf arabisch unterhalten. Benedikt meinte allerdings, man beherrsche eine Sprache erst, wenn man in ihr zu träumen beginne. So weit brachte ich es in den anderthalb Jahren meiner Kerkerhaft nicht; es wäre auch verwunderlich gewesen, da ein so sprachbegabter Mann wie Benedikt fünf Jahre dazu gebraucht hatte. Immerhin verschafften mir meine Kenntnisse des Arabischen Zugang zu einer Welt, die mir sonst verschlossen geblieben wäre. Du wirst, falls uns die Zeit bleibt, noch davon hören.

Daniel und ich richteten uns, so gut es ging, in einem der finsteren Stollen ein. Er endete an einer Mauer aus runden Felsblöcken. Durch die Ritzen drang zuweilen ein Hauch frischer Meerluft herein, so daß wir nicht ständig dem Gestank des Unrats ausgesetzt waren. Der Krüppel trug sich vom ersten Tag an mit Fluchtgedanken. Mit unermüdlichem Eifer schabte er die Erde aus den Ritzen, aber wenn auf diese Weise auch armtiefe Löcher entstanden, gelang es ihm trotz größter Anstrengung nicht, die Steine zu lockern. Daraufhin faßte er den Plan, Mary bei einem ihrer Rundgänge durch den Kerker in seine Gewalt zu bringen und ihr die Schlüssel abzunehmen. Als die anderen davon hörten, schilderten sie ihm, wie es jenen ergangen war, die Ähnliches versucht hatten: Mary hatte sie mit der bloßen Faust niedergeschlagen und für mehrere Wochen unter einem Schacht angekettet, durch den jeden Morgen die Nachtgeschirre der Burgbewohner entleert wurden. Im Unterschied zu seinen Vorgängern besaß Daniel jedoch ein Messer. Eines Nachts vertraute er mir an, daß er Mary töten wolle.

Aber sie war auf der Hut vor dem Krüppel. Sie vermied es, ihm den Rücken zuzukehren. Wenn er ihr zu nahe kam, scheuchte sie ihn mit der Peitsche zurück. Mich hingegen traf immer häufiger ihr lüsterner Blick. Llewellyn beruhigte mich, indem er sagte, solange der große Mann den Fensterplatz einnähme, hätte ich nichts zu befürchten. Doch Marys Günstling fiel zusehends vom Fleisch. Er saß da mit flatternden Händen und stumpfem Blick; seiner Brust entrangen sich schwere Seufzer. Eines Tages rief Mary nach einem jungen Bock. Die anderen klopften mir mitleidig auf die Schultern; der Greis beteuerte kichernd, daß ich nicht gefressen würde. Benedikt aber malte mir mit Asche ein Kreuz auf die Stirn.

Mary bemerkte es sofort, als ich ihre Kammer betrat. »Laß sehn, ob du auch eines auf dem Schwengel hast«, lachte sie dröhnend. Sie saß in einem mit heißem Wasser gefüllten Bottich. »Zieh dich aus, mein kleiner Bock«, sagte sie.

Ich legte also meine Kleider ab, und nachdem sie mich gründlich betrachtet hatte, hieß sie mich, ihr den Rücken zu schrubben. Er war breit wie der eines Mannes und an den Schulterblättern rötlich behaart. »Fester!« sagte Mary. »Es muß weh tun, wenn es mir Spaß machen soll.« Offenbar erregten sie meine Handreichungen, denn plötzlich griff sie nach mir und zog mich in den Bottich.

Was wir dort und später auf ihrem Lager miteinander trieben, hatte mit den üblichen Formen körperlicher Vereinigung wenig gemein. Selbst mich, der ich bei einer erfahrenen Hure in die Lehre gegangen war, setzten Marys ausgefallene Wünsche in Erstaunen. Alles in allem verlief die Beiwohnung jedoch glimpflicher, als ich befürchtet hatte.

»Du siehst, ich kann auch sanft sein«, sagte Mary. »Aber ich bin es nicht immer. Den Fensterplatz verdient man sich nicht mit kleinen Gefälligkeiten.« Und dann lachte sie auf eine Weise, daß es mich kalt überlief.

Hernach brachte sie mich in den Kerker zurück. Der Mann am Fenster stand auf, als er uns kommen sah, und wankte ins Dunkel.

»Der Platz gehört jetzt dir, mein kleiner Bock«, sagte Mary.

Ach, Bruder Anselmus, wie unbekümmert hätte ich die frische Luft genossen, wäre nicht zu erwarten gewesen, daß es mir über kurz oder lang wie ihm ergehen würde! Ich sah mich als einen Schatten meiner selbst am Fenster sitzen, entkräftet und ausgelaugt, ein Opfer allzu häufigen Liebesdienstes und abartiger Unzucht. Daniel las mir die Verzweiflung vom Gesicht ab. Er schob mir wortlos sein Messer in die Hand.

Ich hielt es im Ärmel verborgen, als Mary mich wieder zu sich rief. Sie lag nackt auf dem Bett, die Beine leicht gespreizt. »Komm her!« befahl sie.

»Sieh, was ich hier habe«, sagte ich und zeigte ihr das Messer.

Ihre Augen verdunkelten sich jäh, aber sie rührte sich nicht. »Willst du mich umbringen?« fragte sie. »Dann tu's!«

Ich spürte, wie ich am ganzen Körper zu zittern begann. Sie sah es und lachte. Da warf ich mich über sie. Das Messer schlitzte eine ihrer Brüste auf. Eine Weile lag sie starr. Dann stieß sie mich mit aller Kraft von sich, so daß ich emporschnellte und neben ihrem Lager auf den

Boden prallte. Ich dachte, daß es nun um mich geschehen sei, und da ich immer noch das Messer in der Hand hielt, erwog ich, es gegen mich selbst zu richten. Doch ihre Faust, mit der sie schon zum Schlag ausgeholt hatte, fiel kraftlos auf das Bett.

»Warum hast du mich nicht getötet?« fragte sie mit ungewohnt weicher Stimme. »Ich hätte mich nicht gewehrt. Für einen Augenblick habe ich mich danach gesehnt, von dir getötet zu werden.«

Bis heute kann ich mir nicht erklären, weshalb ich ihr das Messer nicht ein Stück tiefer in die Brust stieß. Vielleicht war es ihr stummes Einverständnis, das mich vor dem Mord zurückschrecken ließ, ich weiß es nicht. Mary drang indessen auf eine Antwort, und daher sagte ich, sie hätte mich durch ihre weiblichen Reize so verwirrt, daß ich nicht imstande gewesen sei, ihr etwas anzutun.

Es schien, als fiele alles Männliche von ihr ab. »Du findest mich begehrenswert?« fragte sie leise. Sie setzte sich auf und sah mich lange an. Ihr Blick wechselte fortwährend zwischen meinen Augen hin und her. Dann sagte sie: »Möchtest du mich wie eine Frau lieben?«

Sie gab sich mir hin, Bruder Anselmus. Mary unterwarf sich meinem Willen. Sie erwiderte meine Liebkosungen mit einer Scheu, als wohne sie zum ersten Mal einem Mann bei. Selbst im Liebesrausch ließ sie mich ihre Kraft nicht spüren.

»So könnte es mir gefallen, säße nicht der Haß in mir«, sagte sie hernach. »Ich ertrage es nicht, von einem Mann beherrscht zu werden. Locke nie wieder das Weib aus mir hervor, Simon. Beim nächsten Mal drehe ich dir den Hals um.« Darauf ließ sie ihr Wasser und wusch damit die Wunde aus.

Seitdem stillte sie nur noch selten ihr fleischliches Verlangen an mir. Statt dessen schüttete sie mir ihr Herz aus, und dies besonders dann, wenn sie von Schwermut heimgesucht wurde. In solchen Stunden beklagte sie die Sinnlosigkeit ihres Lebens. Ihre Vorfahren waren Seefahrer, Soldaten, Räuber, Kirchenfürsten gewesen, jeder hatte es auf seine Weise zu Berühmtheit gebracht. Sie hingegen, das einzige Kind

John Mariscos, das seinen Namen trug, war schon zu Lebzeiten der Vergessenheit anheimgefallen. Wer, außer den Burgbewohnern, wußte denn, daß sie das Amt des Kerkermeisters versah? Wer würde sie vermissen, wenn sie durch eigene oder fremde Hand zu Tode kam? Sie war ja schon begraben in diesen unterirdischen Gewölben. Sie war, so drückte sie es aus, lebendig begraben, ohne je gelebt zu haben.

Wenn sie schwieg, war es das Zeichen, daß sie tröstende Worte erwartete. So wies ich darauf hin, daß Sir John in absehbarer Zeit der Völlerei erliegen und ihr dann die Herrschaft über Lundy zufallen würde.

»Bis dahin hat mich der Haß zerstört«, murmelte sie. »Der Haß ist wie eine Blähung im Kopf. Wenn er sich keine Luft verschaffen kann, zerquetscht er den Verstand.«

»Unter uns Gefangenen stehst du nicht in dem Ruf, daß du deinem Haß keine Luft zu verschaffen wüßtest«, sagte ich kühn. »Aber wenn dir das nicht genügt, weshalb läßt du ihn nicht an dem aus, der ihn verursacht hat?«

»Du bist im Irrtum, wenn du glaubst, mein Haß gelte John Marisco«, sagte sie. »Ich hasse mich selbst! Ich hasse mich dafür, daß ich halb Mann bin und halb Frau und demzufolge weder das eine noch das andere.«

Nachdem sie mich solcherart ins Vertrauen gezogen hatte, fragte ich sie eines Tages, ob sie mir nicht zur Flucht verhelfen könnte. Da Sir John seine Gefangenen vergessen hätte, würde es ihm auch nicht auffallen, wenn einige fehlten.

»Er würde es nicht merken, wenn ihr allesamt das Weite suchtet«, gab Mary zu. »Nur wäre ich dann allein hier unten, und es mangelte mir an jeglicher Zerstreuung.«

»Ich würde dich nie darum bitten, uns alle entwischen zu lassen«, warf ich ein. »Nur den Krüppel und mich.«

»Euch beide kann ich am wenigsten entbehren«, sagte Mary. »Du bist im Begriff, mir ans Herz zu wachsen, und der Krüppel ist der einzige von euch, der mir gefährlich werden kann. Warum sollte ich mich um das Vergnügen bringen, mich mit ihm zu messen?«

»Wir könnten gemeinsam fliehen«, schlug ich vor. »Was hält dich hier, wo du, deinen eigenen Worten zufolge, lebendig begraben bist?«

»Ich bin nicht dafür geschaffen, unter Menschen zu sein«, antwortete Mary, ohne dies näher zu erläutern. Immerhin kannst du daraus ersehen, daß sie uns, ihre Gefangenen, offensichtlich einer anderen Spezies zurechnete.

Nach diesem Gespräch versank ich in tiefe Hoffnungslosigkeit. Ich sonderte mich von den anderen ab, wechselte kaum noch ein Wort mit ihnen, selbst den Fensterplatz nahm ich nur noch widerwillig ein. Denn erblickte ich von ihm aus nicht ein Stück der Welt, in die zurückzukehren mir nach menschlichem Ermessen für immer verwehrt war? Es waren dies, wie mir allerdings erst später bewußt wurde, die Vorboten des Stumpfsinns.

Daß ich von ihm verschont blieb, verdanke ich, wie gesagt, außer Benedikt dem bereits erwähnten Llewellyn. Mit seinen wundersamen Geschichten, von denen er behauptete, daß kein Wort erfunden sei, sondern alles auf eigenen Erlebnissen beruhe, gab Llewellyn meinem Geist neue Nahrung.

Llewellyn nannte sich selbst einen Nomaden, obwohl er nicht weit von Lundy, in den grünen Tälern von Wales, als Sohn eines Bauern zur Welt gekommen war und ihm demzufolge ein Hang zur Seßhaftigkeit hätte angeboren sein müssen. Er lief jedoch, kaum dem Kindesalter entwachsen, von zu Hause fort. Sein Ziel war die Stelle am Horizont, wo morgens die Sonne erschien, und wenn er auch häufig gezwungen war, eine andere Richtung einzuschlagen, strebte er beharrlich diesem Punkt entgegen. Als Grund gab er an, daß er nicht reiste, um irgendwo anzukommen und dort womöglich zu bleiben; er liebte es, unterwegs zu sein, und daher hatte er sich ein Ziel gewählt, das mit jedem Schritt einen Schritt von ihm fortrückte.

Der Vorteil eines unerreichbaren Zieles war nach Llewellyns Worten, daß man gemächlich reise, daß man sich in aller Ruhe umschauen und mit Land und Leuten Bekanntschaft schließen könne. Denn wozu solle man sich beeilen, da das Ziel kein Ort, sondern eine sich ins Unendliche erstreckende Linie sei?

So bewegte sich Llewellyn durch Länder, deren Namen mir noch geläufig waren, aber auch durch Gegenden, von denen ich nie etwas gehört hatte. Den größten Teil des Weges, erzählte Llewellyn, habe er zu Fuß zurückgelegt, weil diese Art der Fortbewegung die billigste sei und dem Menschen ein Höchstmaß an Wahrnehmungen ermögliche. Nur die Wüsten habe er auf dem Kamelrücken durchquert. Dort habe es über Wochen nichts zu sehen gegeben außer grauem oder braunem Sand. Aber gerade dort, wo er sich mangels äußerer Eindrücke in sich selbst versenkt habe, sei ihm die Erkenntnis zuteil geworden, daß er die Gabe des Zweiten Gesichts besaß. So habe er vorhergesehen, daß das Wasser eines Brunnens vergiftet war; er habe seine Begleiter gewarnt, von dem Wasser zu trinken, und als es einige dennoch taten, seien sie unter furchtbaren Qualen gestorben.

»Verfügst du immer noch über die Gabe?« unterbrach ich ihn.

»Als nächstes wirst du mich fragen, ob du dein Leben in diesem Kerker beschließen wirst«, schmunzelte Llewellyn. »Ich muß dir die Antwort schuldig bleiben, Simon. Denn die Fähigkeit, in die Zukunft zu blicken, ist nicht dem Willen unterworfen. Es kommt über mich, als träumte ich mit offenen Augen.«

»Einer von denen, die meine Warnung beherzigt hatten«, fuhr Llewellyn fort, »ein Händler namens Timur, war mir im weiteren Verlauf der Reise aus Dankbarkeit in mancherlei Hinsicht nützlich. Timur entstammte einem Volk, das ausschließlich vom Handel lebte und bei dem es Sitte war, Neugeborenen die Hände mit Honig einzureiben, damit das Geld später an ihnen haften bleibe. Er war inzwischen so reich, daß er den Handel zu seinem Vergnügen betrieb. Am liebsten handelte er mit Dingen, für die es keinen Bedarf gab, so daß er bei den Leuten erst den Wunsch wecken mußte, sie zu besitzen.

Auf unserer Reise führte er unter anderem einige tausend Fingerhüte mit sich. Sie waren irrtümlich nach Riga gelangt, wo man mit Fingerhüten ausreichend versehen war. Timur erwarb sie für ein Spottgeld, und als er später in die Länder jenseits des Steinernen Turms kam, machte er den Männern dort weis, daß die Fingerhüte im Abendland das Zeichen von Wohlstand und hoher Herkunft seien. Daraufhin wünschte jeder, der als vornehm gelten wollte, einen oder mehrere Fingerhüte zu tragen. So wurde Timur seine Fingerhüte reißend los, und zwar zu einem Preis, als bestünden sie aus purem Gold.«

Ich übergehe einen Teil seines Berichts, in dem Llewellyn erzählte, wie sie ein gewaltiges Gebirge überquerten und eine Wüste von unvorstellbarer Ausdehnung durchmaßen. Wenn ich mich recht erinnere, lautete ihr Name, in unsere Sprache übersetzt: *Die Wüste, in die man hineingeht, aus der man aber nicht wieder herauskommt*. Doch Llewellyn sprach den Reisenden Mut zu; er hatte schon mehrfach von einer weißen Stadt mit vielen schlanken Türmen geträumt, und eines Tages lag sie dann auch wirklich vor ihnen.

Die Stadt bestand zum großen Teil aus einem Palast, um den sich die Häuser der Hofleute und Bediensteten scharten. Im Palast wohnte ein Kleinkönig, der sich seinem Volk nun schon seit Jahren nicht mehr gezeigt hatte. Denn die Nennung seines Namens erweckte bei seinen Untertanen Heiterkeit, und wenn sie ihn sahen, brachen sie in Lachen aus. Damit verknüpfte sich eine Geschichte, die als *Des Koches Rache* von Mund zu Mund ging. Budomel, so hieß der Kleinkönig, pflegte sich Bewegung zu verschaffen, indem er seine Bediensteten, allen voran den Koch, jeden Morgen eigenhändig durchbleute. Nun war Budomel nicht nur ein Tyrann, sondern auch ein Liebhaber erlesener Speisen, und der Koch war ein vorzüglicher Koch. Wie kein anderer wußte er seinem Herrn Speisen zuzubereiten, die jenem mundeten und äußerst bekömmlich waren. Unter den Speisen war eine, die Budomel, weil sie ihm besonders gut schmeckte, zu seinem Leibgericht erhob. Er verlangte, daß es ihm jeden dritten Tag aufgetischt werde. Fragte der König jedoch nach seiner Zusammensetzung, berief sich der Koch auf sein Berufsgeheimnis. Damit gab sich Budomel aber nicht zufrieden, im Gegenteil: daß der Koch jegliche Auskunft verweigerte, reizte seine Neugier nur noch mehr. Als Budomel ihn schließlich von der täglichen Züchtigung zu verschonen versprach, falls der Koch ihm das Rezept verrate, ließ dieser durchblicken, daß ihm die Erfüllung des königlichen Wunsches eine weit härtere Strafe eintragen könne. Doch Budomel schwor beim Leben seiner Mutter, dem Koch werde kein Haar gekrümmt werden, und um jeden Zweifel an seinen Worten zu zerstreuen, rief er das Volk in den Palast, um vor aller Ohren seinen Schwur zu bekräftigen.

Damit war der Koch am Zuge, und so zählte er zunächst die Zutaten und Gewürze auf, die Budomels Leibgericht seinen unvergleichlichen Wohlgeschmack verliehen. Der Grundstoff sei jedoch menschlicher Kot, und zwar sein eigener, den er, wenn dieser nicht in ausreichender Menge zur Verfügung stehe, mit Ausscheidungen anderer Bediensteter zu strecken pflege.

Das tosende Gelächter, erzählte man sich, habe den Palast zum Beben gebracht und Budomel sei, nachdem er sich ausgiebig erbrochen habe, in Ohnmacht gefallen.

Weiter gemächlich ostwärts ziehend, mitunter auch mehrere Wochen an einem Handelsplatz verweilend, gelangten sie zu Völkerschaften, von denen Llewellyn Erstaunliches zu berichten wußte. Ich will nur zwei dieser Völker erwähnen, obgleich die übrigen es wegen der Fremdartigkeit ihrer Sitten und Lebensweisen nicht weniger verdient hätten.

Das eine Volk – man sollte wohl besser von einem Stamm sprechen, denn es umfaßte nur einige tausend Menschen – nannte sich selbst *Die auf ihren Weibern sitzen.* Im Unterschied zu anderen Völkern waren die Frauen hünenhaft und kräftig gebaut, während die Männer von gedrungenem, beinahe zwergenhaftem Wuchs waren. Zwar besaß das Volk zahlreiche Esel, auch etliche Pferde, aber wenn die Männer eine größere Strecke zurücklegen wollten, ließen sie sich von den Frauen huckepack nehmen. Auf die gleiche Weise zogen sie auch in die Schlacht: Sie kämpften auf ihren Frauen reitend, und Llewellyn sagte, daß kein Schlachtroß den riesigen Weibern an Ausdauer und Kraft gleichgekommen wäre.

Was er von dem zweiten Volk erzählte, war noch verwunderlicher. Dieses bewohnte einen fruchtbaren Landstrich, der sowohl Viehzucht als auch Ackerbau erlaubte. Es mangelte dem Volk also nicht an Eßbarem der herkömmlichen Art. Dennoch hatte es, und dies schon seit Urväterzeiten, eine besondere Vorliebe für Menschenfleisch entwickelt. Verglichen mit wilden Kannibalen, die andere Stämme überfallen und sich ihre Opfer einverleiben, betrieb dieses Volk die Menschenfresserei auf eine Weise, die man zivilisiert zu nennen versucht ist. Die zum Verzehr bestimmten Menschen – sie gehörten einer anderen, dunkelhäutigeren Rasse an – lebten in eigenen Dörfern, und sie lebten keineswegs schlecht, da das Volk saftiges und gut durchwachsenes Fleisch schätzte. Ähnlich wie bei der Viehhaltung wurde die Mehrzahl der Dorfbewohner geschlachtet, bevor ihr Fleisch zäh zu werden begann, während einige sorgfältig ausgewählte Männer und Frauen zum Zwecke der Fortpflanzung am Leben blieben. Als bedenkenswert erschien Llewellyn, daß den Dorfbewohnern keine Angst vor ihrem gewaltsamen Ende anzumerken war. Sie lebten in dem Glauben, der Sinn ihres Daseins liege darin, in der Blüte ihrer Jahre gegessen zu werden. So war es, glaubten sie, von den Göttern bestimmt. Das Volk sah es gleichfalls als gottgewollt an, daß seine Artgenossen ihm als Nahrung dienten. Denn wenn die Götter nicht gewollt hätten, daß die dunkelhäutigen Menschen gegessen wurden: weshalb hatten sie ihr Fleisch dann so schmackhaft gemacht? In diesem Zusammenhang merkte Llewellyn an, daß die Brüste und Handteller von Jungfrauen als Leckerbissen galten, wohingegen das Fleisch weißhäutiger Menschen als noch nicht reif angesehen und daher verschmäht wurde. Möglicherweise, meinte Llewellyn, seien sie aus diesem Grund der Gefahr entgangen, von ihren Gastgebern verspeist zu werden.

Zwei Jahre nachdem er sich Timurs Karawane angeschlossen hatte, kamen sie in eine Stadt, die Llewellyn als die schönste rühmte, die er jemals gesehen hatte. Sie glich einem Berg, der mit unzähligen Terrassen in den Himmel emporragte. Ganz oben lag, aus rosafarbenem Marmor erbaut, der Palast des Herrschers. Auch die Straßen, ja selbst die Hinterhöfe waren mit Marmor gepflastert. Auf den Straßenkreuzungen gab es Brunnen, die kühles, sauberes Wasser spendeten, und überall luden schattige Lauben zum Verweilen ein. Statt des sonst in Städten üblichen Geschreis herrschte eine wohltuende Stille; die Menschen sprachen leise miteinander, sogar die Straßenhändler priesen ihre Waren im Flüsterton an. Dies wurde damit erklärt, daß der Herrscher ein überaus scharfes Gehör habe und man ihn bei seinen Regierungsgeschäften nicht stören wolle. Timur jedoch, der mit den Verhältnissen am Hof vertraut war, gab Llewellyn zu verstehen, daß etwas anderes die Bewohner der Stadt veranlasse, sich jeglichen Lärms zu enthalten: die Angst, König Mingab zu wecken.

Besagter Mingab hatte das Land vor mehr als zweihundert Jahren durch eine Reihe erfolgreicher Feldzüge auf ein Vielfaches seiner ursprünglichen Größe ausgedehnt. Die unterworfenen Völkerschaften zwang er, Sklavendienste zu leisten, wodurch sein eigenes Volk zu Wohlstand gelangte und sich dem Nichtstun hingeben konnte. Man nannte diese Periode später das *Goldene Zeitalter.* Jene aber, denen diese Segnungen zuteil wurden, dankten es ihrem König schlecht. Statt sich an ihrem Reichtum zu erfreuen und die Wonnen des Müßiggangs zu genießen, bemächtigte sich ihrer eine aus Neid und Langeweile genährte Unzufriedenheit. Mingab erfuhr von verschwörerischen Zusammenkünften und Plünderungen seiner Waffenlager; alles deutete auf einen bevorstehenden Umsturz hin. Wie ein Vater, der die Seinen reich beschenkt hat und dafür Trotz und Unmut erntet, geriet er in großen Zorn. Um ihnen vor Augen zu führen, wie gut sie es bis dahin gehabt hatten, nahm er seine Untertanen in strenge Zucht. Er regelte ihr Leben durch eine Flut neuer Gesetze und zwang sie, einander zu bespitzeln, damit er von jeder Unbotmäßigkeit Kenntnis erlange. Das Goldene Zeitalter wurde durch ein Zeitalter der Angst abgelöst. Und dieses war so eng mit der Person des Königs verknüpft, daß *Mingab* in der Sprache seines Volks zu einem Wort wurde, das, je nach dem Zusammenhang, Zucht und Ordnung oder Gewaltherrschaft bedeuten konnte.

Eines Tages begann der König zu kränkeln, und seine Ratgeber sandten eine Botschaft an den chinesischen Kaiser, er möge ihnen die besten seiner Ärzte schicken. Die Heilkundigen stellten jedoch fest, daß Mingab bald das Zeitliche segnen werde, und kaum daß sie sich auf den Rückweg gemacht hatten, verschied der König. Aus Sorge, die Nachricht könnte das Land in Chaos stürzen, beschloß der Kronrat, Mingabs Tod geheimzuhalten und lediglich bekanntzugeben, der König habe sich einer Unpäßlichkeit wegen in die inneren Gemächer zurückgezogen. So blieb ihnen Zeit, sich nach einem Nachfolger umzuschauen. Doch weder die Söhne des Königs noch einer aus ihrem Kreis schienen den Ratgebern geeignet, in Mingabs Fußtapfen zu treten. Daher kamen sie überein, den endgültigen Schlaf des Königs für einen vorübergehenden auszugeben. Sie ließen Mingabs Körper einbalsamieren und setzten ihn, mit allen Insignien königlicher Würde versehen, auf den Thron. Dort gaben sie ihm die Haltung eines Schlummernden und sorgten für eine Beleuchtung, die durch wechselnde Lichtquellen ein mäßig bewegtes Mienenspiel vortäuschte. Alljährlich durfte eine Abordnung des Volks den König aus respektvoller Entfernung betrachten, während der Hohepriester feierlich verkündete, daß Mingab schlummere, gleichwohl aber alles wahrnehme, was in seinem Reich geschehe. Und wehe, man verstieße gegen Mingabs Gesetze! Dann würde der König aus dem Schlummer erwachen, und das Erwachen würde schrecklich sein!

Die Herrschaft übten seither Mingabs Nachkommen aus. Da der Stammvater jedoch ewiges Leben erlangt hatte, galten seine Nachfolger nur als Stellvertreter und führten den Titel *Einziger Sohn*. Zu den wichtigsten Aufgaben der Einzigen Söhne zählte, den Ahnherren zu besänftigen, falls dieser von Gesetzesverstößen oder hochverräterischen Umtrieben erfahren und erwachen sollte. Zum Glück hatten die Einzigen Söhne bislang dazu keinen Anlaß gehabt. Und das Volk tat mit peinlicher Beachtung der Gesetze und untadeligem Verhalten das Seine, damit der Schlummernde nicht zu erwachen genötigt sei.

Zu der Zeit, als Llewellyn in Mingabs Reich kam, wurde es von einem Einzigen Sohn regiert, der es in der Bespitzelung seiner Untertanen zu höchster Vollendung gebracht hatte. Daher sprach man in schönfärberischer Umschreibung von seinem scharfen Gehör. Es hieß, daß ihm so gut wie nichts verborgen bleibe und ein ganzes Heer von Schreibern nur damit beschäftigt sei, unbotmäßige Worte der Untertanen aufzuzeichnen. Selbstredend war dem Herrscher gleich nach ihrem Eintreffen gemeldet worden, daß sich eine Karawane aus fernen Ländern des Westens in der Stadt aufhalte, und anhand einer Liste, die flugs erstellt wurde, konnte er sich ein genaues Bild von jedem der Fremden verschaffen.

Die Bitte um eine Audienz beim Einzigen Sohn wurde von den höchsten Würdenträgern, nachdem Timur ihnen Geschenke hatte überreichen lassen, günstig aufgenommen. Es dauerte indessen fast einen Monat, bis der Herrscher sie empfing. Den Besuchern wurde eingeschärft, daß der Einzige Sohn nicht angesprochen werden dürfe; ferner habe man sein Gesicht zu verhüllen, damit dem Herrscher nicht fremder Atem in die Nase steige.

Man führte sie in einen Saal, der von gleißendem Licht erfüllt war. Gleichsam im Licht schwebend und dadurch dem Irdischen entrückt, gewahrten sie den Einzigen Sohn. Noch nach so vielen Jahren schwang Verwunderung in Llewellyns Worten mit, als er seinen Thron beschrieb: Er war aus den kunstvoll miteinander verschlungenen Leibern und Gliedmaßen lebender Menschen gebildet. Wie andere Herrscher ihre Untertanen mit Geschenken oder Vergünstigungen für ihre Dienste belohnen, zeichnete der Einzige Sohn die seinen damit aus, daß sie ihm als Thron dienen durften. War einem diese

Ehre zuteil geworden, berechtigte ihn dies, sich bis an sein Lebensende *Allerhöchster Stuhl* zu nennen.

Llewellyn schilderte den Einzigen Sohn als einen Mann mittleren Alters, der seinen Körper offensichtlich für so ansehnlich hielt, daß er jeglicher Kleidung entraten zu können glaubte. Als einzige Zier trug er eine Halskette aus Raubtierzähnen und zwischen den Beinen ein geschwungenes Horn, in dem er sein Gemächt verbarg.

Geraume Zeit standen die Besucher dem Einzigen Sohn gegenüber, ohne daß etwas anderes geschah, als daß sie einander anstarrten. Da der Herrscher nicht das Wort nahm, wagten auch seine Gäste nicht zu sprechen. Schließlich näherte sich ein Würdenträger den Fremden und fragte leise, ob sie den Einzigen Sohn gesehen hätten. Als sie dies bejahten, bedeutete ihnen der Würdenträger, daß die Audienz damit beendet sei. Doch Timur breitete ein Tuch auf dem Boden aus, das eine Anzahl linsengroßer Silberkugeln enthielt. Der Würdenträger las Neugier vom Gesicht des Herrschers ab und erkundigte sich, was es damit auf sich habe. Nun schüttelte Timur die Silberkugeln, worauf ein feines Klingeln ertönte. In dem Land, aus dem er stamme, erläuterte Timur dem Würdenträger, sei es unter den Vornehmsten Brauch, sich fünf, sieben oder gar zehn der kleinen Kugeln in das Glied einpflanzen zu lassen. Dabei würde die Haut nur ein wenig angeritzt, und nachdem die Wunden verheilt seien, weise das Glied im Zustand der Erregung eine Reihe kleiner Höcker auf. Diese versetzten als solche schon Frauen in Sinnentaumel, weit mehr aber noch dadurch, daß es bei jedem Stoß aufs lieblichste in ihnen läutete.

Auf Geheiß seines Herrn fragte der Würdenträger nach dem Preis der kleinen Schellen. Timur entgegnete jedoch, es läge ihm fern, dem Einzigen Sohn etwas zu verkaufen. Statt dessen bäte er um Erlaubnis, sie ihm zu schenken – zum Dank dafür, daß er das unvergleichliche Antlitz und die herrliche Gestalt des Einzigen Sohnes habe sehen dürfen. Damit bewies Timur, was für ein gewitzter Händler er war. Denn es hätte die Würde des Einzigen Sohnes verletzt, ein Geschenk anzunehmen, ohne sich dafür mit einem Gegengeschenk doppelten oder dreifachen Wertes erkenntlich zu zeigen. Daher ließ ihm der Herrscher mitteilen, er werde Timur drei *Bisharin* schenken, Kamele einer Rasse, die vom Sudan bis an die Grenzen Chinas als die edelste galt.

Für ihn selbst, erzählte Llewellyn, habe die Audienz ein weniger erfreuliches Ende genommen. Der Einzige Sohn sei plötzlich gesprächig geworden und habe Timur drei weitere Bisharin versprochen, falls er ihm jenen seiner Begleiter abtrete, dem man seherische Fähigkeiten nachsage. Zwar habe der Händler eingewandt, daß Llewellyn ein freier Mann und ihm überdies während der langen Reise zum Freund geworden sei, doch habe sich die Miene des Einzigen Sohnes daraufhin dermaßen verfinstert, daß die Hofleute Timur beschworen hätten, sich durch kleinliche Einwände nicht das Geschäft zu verderben. So habe in Timur letztlich der Händler gesiegt, und er, Llewellyn, sei gegen seinen Willen Oberster Wahrsager des Einzigen Sohnes geworden.

An die Jahre erzwungener Seßhaftigkeit erinnerte sich Llewellyn mit gemischten Gefühlen. Jeden Morgen, wenn er die Sonne aufgehen sah, wurde ihm bewußt, daß er trotz seines hohen Amtes und der damit verbundenen Annehmlichkeiten ein Gefangener war. Andererseits gewann er Einblicke in das Leben am Hofe eines orientalischen Herrschers, die einem gewöhnlichen Reisenden versagt geblieben wären. Nachdem er dem Einzigen Sohn dank seiner Gabe manchen guten Ratschlag erteilt hatte, bestand dieser darauf, daß Llewellyn ihn auf Schritt und Tritt begleite – und dies besonders dann, wenn der Herrscher die Nachbarvölker nach dem Vorbild seines schlummernden Ahnherren mit Krieg überzog. Im Tumult einer Schlacht nahm Llewellyn die Gelegenheit wahr, sich davonzustehlen. Damit er dem Einzigen Sohn nicht wieder in die Hände falle, wanderte er nun dem Sonnenuntergang entgegen. Von den zahllosen Erlebnissen, die ihm auf dem Rückweg zuteil wurden, will ich nur eines herausgreifen, weil sich in ihm Llewellyns Geschichte seltsamerweise mit meiner berührt.

Als er nach monatelanger Wanderung an das Ufer eines Meeres gelangte, wurde Llewellyn zum Zeugen eines Kampfes, den eine Frau gegen eine Handvoll schwerbewaffneter Männer austrug. In der Annahme, die Männer wollten der Frau Gewalt antun, bot er ihr seine Hilfe an, doch die Frau wies ihn mit barschen Worten zurück. Llewellyn sah denn auch bald ein, daß die Frau seiner Unterstützung nicht bedurfte. Sie setzte ihren Gegnern hart zu, und als zwei ihren Schwerthieben zum Opfer gefallen waren, schlug einer der Männer vor, die Waffen eine Weile ruhen zu lassen, damit man gemeinsam ergründen könne, was eigentlich der Grund der Auseinandersetzung sei. Die Frau richtete die Schwertspitze auf einen Mann und verlangte, daß man in ihr ausliefere, andernfalls müßten sie allesamt dran glauben. Die Männer fragten, was ihr Kamerad denn verbrochen habe, doch die Frau antwortete, es sei müßig, darüber zu reden, denn sie habe den Mann bereits verurteilt und sei entschlossen, das Urteil zu vollstrecken.

»Hildrun!« entfuhr es mir. »War es Hildrun, die Tochter des Ritters von Godendorp?«

»Wie sie hieß, habe ich nicht erfahren«, entgegnete Llewellyn. »Wenn man von ihr sprach, nannte man sie die *Meerkönigin*. Sie war schön, viel zu schön, als daß man den Geschichten von ihrer Gewalttätigkeit hätte Glauben schenken können. Aber ich habe mit eigenen Augen gesehen, welcher Grausamkeit sie fähig war. Als man ihr den Mann schließlich übergab, rief sie ihre Leute herbei und befahl ihnen, den Mann mit den Füßen nach oben an einen Baum zu hängen. Dann riß sie ihm die Kleider vom Leib und entmannte ihn mit einem einzigen Hieb.«

»Das kann nur Hildrun gewesen sein«, sagte ich. »Auf die gleiche Weise hat sie schon einmal einen Mann verstümmelt. Hat sie dir erzählt, was der Mann ihr angetan hatte?«

»Ich hörte sie nur zu ihren Leuten sagen, daß dies der zweite sei«, antwortete Llewellyn. »Aber woher kennst du das Satansweib?«

So war es nun an mir, Llewelyn eine Geschichte zu erzählen.

Doch wie es bei Menschen ist, die den Kopf voll eigener Geschichten haben, ließ seine Aufmerksamkeit zusehends nach, während ich von meinen Begegnungen mit Hildrun berichtete. Als Llewellyn gar einzunicken drohte, fragte ich ihn, was er sonst noch über die Meerkönigin zu erzählen wüßte. Sogleich wurde er wieder munter.

»Sie bot mir an, meine Reise an Bord ihres Schiffes fortzusetzen«, sagte Llewellyn. »Und ich willigte ein, weil ich darauf brannte, diese ungewöhnliche Frau näher kennenzulernen. Ihr Schiff war schmal gebaut und führte ein dreieckiges Segel; selbst bei schwacher Brise machte es gute Fahrt, doch wenn der Wind auffrischte, glitt es wie ein Messer durch die Wogen. Die Meerkönigin hatte das Schiff beim Kampf gegen sarazenische Seeräuber erbeutet und mit ihm auch einen Großteil der Besatzung übernommen. Daher bestand die Mannschaft vorwiegend aus Mohren. Von den Mohren weiß man, daß es ihnen gegen die Ehre geht, sich einer Frau unterzuordnen; diese gehorchten ihr jedoch aufs Wort, sie lasen ihr die Befehle gleichsam von den Augen ab.

Dank der Schnelligkeit ihres Schiffes stand die Meerkönigin in dem Ruf, allgegenwärtig zu sein. Nach einem Überfall auf eine Ansiedlung nahe Wisby wollte man ihr Schiff kurze Zeit später vor der schottischen Insel Skye gesehen haben. Sie tauchte unvermutet auf und verschwand ebenso rasch wieder, was mancherorts zu der Vermutung führte, man sei von einem Spuk heimgesucht worden. Über die Gründe ihrer Rastlosigkeit weiß ich nicht mehr, als mir gerüchtweise zu Ohren kam. Die Meerkönigin, hieß es, sei von Dämonen getrieben.«

»Es gibt eine einfachere Erklärung«, entgegnete ich. »Sie ist auf der Jagd, Llewellyn. Was sie treibt, ist allein das Verlangen, Rache zu nehmen. Irgendwann wird sie auch den dritten aufspüren und zur Strecke bringen.«

»Und du wirst dabeisein«, sagte Llewellyn mit tonloser Stimme.

Mir stockte der Herzschlag. »Ist das eine Prophezeiung?«

»Ich sehe es«, antwortete Llewellyn.

Wie der Ertrinkende nach einem Strohhalm greift, schöpfte ich Hoffnung aus seiner Weissagung. Da nicht anzunehmen war, daß Hildrun den dritten ihrer Vergewaltiger im Kerker auf Lundy finden würde, konnte das nur bedeuten, daß mir die Freiheit winkte. Es sollte indes noch ein halbes Jahr dauern, bis sich meine Hoffnung erfüllte. Während dieser Zeit starb Llewellyn. Wir überließen seinen Körper, wie es Brauch im Kerker war, den Ratten. Übrig blieben ein säuberlich abgenagtes Skelett und eine Fülle wunderbarer Geschichten. Ich glaube, daß Llewellyn den Tod schon nahen fühlte, als er mir seine Geschichten erzählte. Er hatte sie mir vermacht, Bruder Anselmus.

Unterdessen war mir beim Flötenspiel aufgefallen, daß bestimmte Töne auf Tiere, seien es Schafe, Kaninchen oder Dohlen, eine eigenartige Wirkung ausübten: Sie verharrten eine Weile reglos lauschend und näherten sich dann, wie von einer magischen Kraft angezogen, dem Kerkerfenster. Ähnlich verhielten sich die Menschen, die gelegentlich vorüberkamen – nur daß sie, sobald sie festgestellt hatten, daß die Töne aus dem Kerker drangen, ihren Weg fortsetzten. Doch eines Tages erschien Cuchulinn, der Hirtenknabe, vor dem Fenster und sagte etwas im Kauderwelsch der Einheimischen.

Ich zwängte mein Gesicht zwischen die Gitterstäbe, und er erkannte mich offenbar wieder, denn er wechselte sogleich in Latein über. »Mir war, als hätte mich jemand gerufen«, sagte er. »Wart Ihr das, Herr?«

»Wer immer dich gerufen hat, ich bin froh, daß du gekommen bist, Cuchulinn«, antwortete ich. »Kannst du uns etwas zu essen beschaffen?«

»Ich will meine Großmutter fragen, ob sie etwas übrig hat«, sagte er. Nach Einbruch der Dunkelheit brachte er Schaffleisch und weißen Käse, am nächsten Abend einen geräucherten, in der Mitte gespaltenen Hammelkopf. Danach blieb er tagelang fort, beglückte uns dann aber mit einem Armvoll köstlich duftender Aale. Guter Cuchulinn. Er wußte, in welche Gefahr er sich begab. Er setzte sein Leben aufs Spiel, uns mit menschenwürdiger Nahrung zu versorgen. Ich selbst verdanke ihm jedoch weitaus mehr.

Einmal erzählte er mir, er sei einem fremden Kaufmann begegnet, der ebenfalls des Lateinischen mächtig sei. Der Kaufmann stamme aus einer Stadt namens Lubeca und habe Lundy angelaufen, um John Marisco einige Fässer französischen Weins zu verkaufen.

Ich traute meinen Ohren nicht. Ein Kaufmann aus Lübeck auf dieser gottverlassenen Insel? Ich bat Cuchulinn, den Kaufmann zu beschreiben. Er sei offensichtlich ein sehr wohlhabender Mann, sagte der Hirtenknabe, denn er trüge einen Mantel aus kostbarem Pelz und Schuhe mit silbernen Schnallen. Überdies habe der Earl den fremden Kaufmann in den eigenen Gemächern untergebracht, eine Ehre, die John Marisco nur selten einem Besucher erweise. Wie der Kaufmann hieß, wußte Cuchulinn nicht. Doch wer er auch sein mochte: Wenn mich jemand aus dem Kerker herausholen konnte, war er es! Ich mußte ihm, koste es, was es wolle, eine Botschaft zukommen lassen.

Cuchulinn brachte mir eine Schiefertafel. Auf diese ritzte ich meinen Namen und fügte in lateinischer Sprache hinzu, daß ich im Keller der Burg schuldlos gefangengehalten werde.

»Gib dies dem Kaufmann«, bat ich Cuchulinn. »Mein Leben hängt davon ab, daß er es liest!« Der Knabe zögerte, er wandte ein, daß es den Einheimischen verboten sei, die Burg zu betreten; man würde ihn, falls er es dennoch versuche, in den Hundezwinger sperren.

»Zum Dank schenke ich dir die Flöte; sie übt einen merkwürdigen Zauber auf Tiere und Menschen aus«, sagte ich und reichte sie ihm durch die Gitterstäbe. Cuchulinn setzte sie an die Lippen, und als er ihr die ersten Töne entlockt hatte, verklärten sich seine Züge. Dann nahm er die Schiefertafel und verschwand. Ich habe ihn nicht wiedergesehen.

Am nächsten Morgen rief Mary mich zu sich. Sie hatte den Bottich mit dampfendem Wasser gefüllt. »Steig hinein und wasch dich«, brummte sie. Als ich im Bottich saß, schlang sie die Peitsche um meinen Hals. »Letzte Nacht träumte mir, du kamst aus meinem Schoß gekrochen«, fuhr sie fort. »Es war ein unbeschreibliches Lustgefühl, ich erwachte von meinem Stöhnen. Der Traum wirkt immer noch in mir nach, daher bringe ich es nicht über mich, dich zu ersäufen. Denn das wäre mit dir geschehen, hätte der Traum nicht mütterliche Gefühle in mir geweckt.«

»Was habe ich dir getan, daß du mich töten wolltest?«

»Ich muß dich hergeben«, antwortete sie. Dann reichte sie mir Kleider von der Art, wie sie selbst sie zu tragen pflegte. Sie rochen muffig und waren mir zu groß, aber du kannst dir nicht ausmalen, was für eine Wohltat es war, wieder saubere Kleidung zu tragen.

»Geh jetzt, geh schnell!« sagte Mary mit abgewandtem Gesicht. »Ich spüre, wie meine Zuneigung zu schwinden beginnt.«

John Marisco lag wie üblich in einen Berg weicher Kissen gebettet. Am Kamin stand, die Hände am Feuer wärmend, ein hagerer Mann. Sein graues Haar wellte sich auf einem Kragen aus Otternfell.

»Durch Zufall erfuhr ich, daß der Sohn eines meiner Geschäftspartner auf Lundy weilt«, sagte der Mann zum Feuer hin. »Ich träte ungern die Weiterreise an, bevor ich einige Worte mit Euch gewechselt habe, Simon Gronewech.« Darauf drehte er sich um. Ich entsann mich nicht, ihn schon einmal im Hause meines Vaters gesehen zu haben. Dennoch tat ich, als ob wir alte Bekannte seien: Ich eilte freudestrahlend auf ihn zu und umarmte ihn.

»Jakob Veckinchusen«, tuschelte er mir ins Ohr.

»Dieser Augenblick zählt für mich zu den glücklichsten meines Lebens, Jakob Veckinchusen!« rief ich.

»Das Glück verdankt Ihr zum größeren Teil Sir John«, entgegnete der Kaufmann. »Denn obwohl er Euch zürnt, erklärte er sich großzügigerweise bereit, eine Begegnung herbeizuführen. Womit, um alles in der Welt, habt Ihr den Unwillen Seiner Erhabenheit erregt?«

Ich entnahm seinen Worten, daß Sir John sich nicht mehr erinnerte, weshalb er mich in den Kerker geworfen hatte. Und der Earl bestätigte dies, indem er sagte: »Ich bedaure zutiefst, Euch mitteilen zu müssen, daß der junge Mann mich bestohlen hat, werter Freund.«

»Was muß ich hören? Der Sohn des Ratsherren Hinrich Gronewech ein Dieb?« donnerte der Kaufmann. Dann wandte er sich an John Marisco: »Wie hoch beziffert Ihr den Schaden, Sir John?«

»Wenn Ihr ihn ersetzen wollt, lieber Veckinchusen, soll es mit einem Pfund Silber abgegolten sein«, erwiderte der Earl. »Und für ein weiteres Pfund könnt Ihr ihn mitnehmen.« Er sank gähnend in die Kissen zurück. Aus dem Nebenraum schwärmten die Frauen herbei; sie rollten Sir John auf die Sänfte und trugen ihn hinaus.

Ich dankte dem Kaufmann überschwenglich, doch er winkte ab und gab unumwunden zu, daß er dabei auch den eigenen Vorteil im Auge gehabt habe. Er habe sein Handelshaus kürzlich von Dortmund nach Lübeck verlegt. Für einen auswärtigen Kaufmann sei es schwer, in Lübeck Fuß zu fassen. Nachdem er mich aber bei John Marisco ausgelöst habe, sei er gewiß, daß man ihm das Bürgerrecht nicht länger vorenthalten werde. Denn in Hinrich Gronewech habe er jetzt einen einflußreichen Fürsprecher im Rat.

Vor lauter Freude hätte ich beinahe Daniel Metz vergessen. »Ihr seid ein Mann von edler Gesinnung, Jakob Veckinchusen«, sagte ich. »Daher werdet Ihr verstehen, daß ich meines Lebens nicht mehr froh würde, ließe ich meinen Gefährten im Kerker zurück.«

»Kommt er aus guter Familie?«

»Er ist ein armer Hund und noch dazu ein Krüppel. Sir John würde für seine Freilassung nicht halb soviel verlangen, wie Ihr für meine gezahlt habt.«

Das Ansinnen verstimmte den Kaufmann. Er sei, entgegnete er, zwar nicht unvermögend, aber bei weitem nicht reich genug, den barmherzigen Samariter zu spielen.

»Sobald wir in Lübeck sind, werde ich Euch die Auslagen erstatten«, versprach ich ihm.

Jakob Veckinchusen zeigte ein gequältes Lächeln. »Nach allem, was mir zu Ohren gekommen ist, hätte ich guten Grund, Euch in Geldangelegenheiten nicht über den Weg zu trauen, junger Freund«, sagte er. »Ich hoffe jedoch, daß Ihr Euch mit zunehmendem Alter vom Bruder Leichtfuß zum ehrbaren Kaufmann wandeln werdet.«

Tags darauf kam Daniel Metz frei. Er starrte von Schmutz und kroch vor Schwäche auf allen vieren, so daß er einem aus schlammigen Tiefen aufgetauchten Krustentier ähnelte. Jakob Veckinchusen und seine Leute ergriff Entsetzen bei seinem Anblick; sie wollten nicht glauben, daß es sich um einen Menschen handle. Erst nachdem ich Daniel in einem Pfuhl von Kopf bis Fuß gewaschen hatte, verlor sich ihre Scheu.

Im Schutz der Dunkelheit schlichen wir zu dem verfallenen Turm. Das Wetter hatte ihm übel mitgespielt, ein Teil der seewärts gewandten Mauer war eingestürzt, aber unser Versteck schien unversehrt. Nie werde ich den Augenblick vergessen, als meine Finger das kalte Geschmeide berührten! Diese Genugtuung, daß nicht alles umsonst gewesen war! Ein Glücksgefühl durchströmte mich, während ich den Schmuck Stück für Stück aus dem Versteck hervorholte. Ein Armreif fiel zu Boden. Als ich mich nach ihm bückte, packte Daniel mein Kinn und zwang mich, ihn anzusehen.

»Sie wollte mich umbringen, aber ich war schneller«, knurrte er. »Jetzt liegt sie in dem Bottich. Wenn man im Wasser rührt, sieht es aus, als ob sie lächelt.«

Der Kerkermeister

Er entblößt sein Bein bis zum Knie. Knapp unter dem Gelenk ist ein mit zahlreichen Einkerbungen versehener Knüppel befestigt. »Eine Kerbe für jedes Jahr«, sagt er. »Achtzehn Jahre bin ich nun schon Kerkermeister – und immer noch ein armer Schlucker. Kaum daß es reicht, sechs hungrige Mäuler zu stopfen. Kürzlich ist mir die dritte Frau im Kindbett gestorben, weil ich kein Geld für die Hebamme hatte. Wie oft, wie oft habe ich mich meiner Redlichkeit wegen schon verflucht!« Aus wäßrigen Augen huscht sein Blick über den Tisch, heftet sich an den krossen Schweinebraten, taucht in die Schüssel mit rosig schimmernden Garnelen, streichelt die Krüge mit weißem und rotem Wein.

»Nehmt Euch, soviel Ihr wollt. Es wäre mehr als ungerecht, wenn ein redlicher Mann mit seiner Familie hungern müßte, während ich im Überfluß schwelge.«

»Vergelt's dir Gott, Simon Gronewech«, sagt der Kerkermeister. Er zieht einen fleckigen Beutel unter dem Wams hervor und füllt ihn mit bedachtsam ausgewählten Leckerbissen.

»An deiner Stelle würde ich mir nicht den Bauch vollschlagen«, fährt er fort. »In der Todesangst entleert sich für gewöhnlich der Darm. Kein schöner Anblick, wie du dir denken kannst. Wo bleibt die Würde, wenn man mit vollgeschissenen Hosen dasteht?« Sein Blick fällt auf eine Schale mit verschiedenerlei Backwerk. »Ich fürchte, der Kuchen verliert den Geschmack, wenn man ihn mit Fleisch und Fisch zusammentut.« Er schiebt sich ein handtellergroßes Kuchenstück in den Mund. Dann schnürt er den Beutel zu, woraufhin dunkle Fettplacken die schon verblaßten zu überwuchern beginnen.

»Dieser Tage wird Meister Rosenfeld dich besuchen. Ein sehr gewissenhafter Mann. Er köpft keinen, den er zuvor nicht gründlich in

Augenschein genommen hat. Man sagt, dein Herr Bruder hat ihn aus Hamburg kommen lassen, nachdem der alte Meister Hans sich selbst aufgehängt hat und der neue schon paarmal den zweiten Hieb führen mußte. Von Meister Rosenfeld dagegen weiß man, daß er drei Männer mit einem einzigen Schwertstreich enthaupten kann. Bei ihm bist du in guten Händen, Simon Gronewech. Bevor du Piep sagen kannst, hat er dir schon den Kopf vor die Füße gelegt.«

Bruder Anselmus schlägt seine Faust auf den Tisch. Der Kerkermeister zuckt erschrocken zusammen. »Was hat er? Hab ich was Falsches gesagt?«

»Bruder Anselmus will damit nur zu verstehen geben, daß unsere Zeit knapp bemessen ist.«

Der Kerkermeister bekundet eifrig nickend Zustimmung. »Wie du weißt, bin ich zu strengster Verschwiegenheit verpflichtet. Aber im Vertrauen: Über Tag und Stunde deiner Hinrichtung ist schon entschieden. Die Richteherren haben Meister Rosenfeld zugesichert, daß er spätestens in vier Tagen nach Hamburg zurückkehren kann. Mehr darf ich leider nicht sagen, und dies ist schon zuviel gesagt.« Er seufzt aus tiefer Brust, leidet augenfällig unter der Bürde seines Wissens. Unterdessen haben seine Augen ein neues Ziel gefunden.

»Meister Rosenfeld wohnt in Papedönes Hütte«, hebt der Kerkermeister wieder an. »Eine armselige Behausung für einen berühmten Mann. Aber er wollte es so, er hat alle Angebote ausgeschlagen, ihm eine bessere Unterkunft zu beschaffen. Er ist über die Maßen anspruchslos, das kann ich selbst bezeugen. Als ich beiläufig deine persönliche Habe erwähnte, sagte er, daß er von seinem Recht keinen Gebrauch machen will. Was du am Leibe trägst, wird also den Schinderknechten zufallen. Wäre das in deinem Sinne?«

»Es ist mir von Herzen gleichgültig, Kerkermeister.«

»Ein rohes und gemeines Pack, die Schinderknechte! Sie werden deine Stiefel im Wirtshaus versetzen, sie werden das Amulett mit Huren verjubeln, während es mir und meinen Lieben dazu verhelfen könnte, den kommenden Winter zu überstehen. Gleiches gilt für deinen schönen Mantel. Ich würde ihn nur an hohen Feiertagen tragen. Die Schinderknechte hingegen werden ihn in Stücke schneiden und diese, mit deinem Blut getränkt, als Andenken feilbieten.«

»Alles soll Euch gehören, wenn es soweit ist. Aber geht jetzt, Kerkermeister! Jedes Eurer Worte kostet meine Zeit.«

Seine Augen verengen sich. Zwischen borstigen Wimpern glimmt Habgier. »Auf dem Weg zum Schafott geht manches verloren«, sagt er kalt. »Was spricht dagegen, dein Versprechen gleich einzulösen? Wozu brauchst du die Flöte und das Amulett noch? Wozu den Mantel aus edlem Pelz? Ich geb dir meinen dafür, er wärmt dich ebensogut.«

Der Mönch springt jählings auf. An seinem Hals treten die Adern hervor, Zornesröte überflutet sein Gesicht. Der Kerkermeister weicht in geduckter Haltung zurück, hält mit einer Hand den Beutel umklammert, wedelt beschwichtigend mit der anderen. Und schon ist er an der Tür, schon kreischt sie in den Angeln.

»Ich komm wieder, Simon Gronewech«, spricht es aus dem dunklen Spalt. »Wenn der Pfaffe weg ist, komm ich wieder.«

Achtes Kapitel

In Gedanken hatte ich mir oft ausgemalt, wie meine Vaterstadt mich empfangen würde. Ich sah mich bestaunt, bewundert, umworben. Die Türen der großen Handelsherren würden sich mir öffnen, man würde mich an die Tafel bitten, aufmerksam meinem Bericht lauschen, und nach einigen Gläsern Rotspon würde von Geschäften die Rede sein, von Handelsfahrten in ferne Gegenden, die kundiger Führung und kaufmännischen Wagemuts bedürften. Man würde mich ermuntern, in Kürze wieder aufzubrechen, doch diesmal mit einem guten Schiff und einer erprobten Mannschaft und einer Ladung, die, nach meinen Weisungen zusammengestellt, ein Vielfaches ihres Wertes erbringen würde.

So dachte ich, so träumte ich in der Fremde, Bruder Anselmus. Und nun, welch bitteres Erwachen: Meine Heimkehr erregte nicht das mindeste Aufsehen! Ich kam nach Lübeck zurück wie einer, der morgens die Segel setzt und mittags durch widrige Winde zur Umkehr gezwungen wird. Der einzige, der meine Abwesenheit bemerkt zu haben schien, war ein Schauermann, denn er begrüßte mich mit der einfältigen Frage, ob ich wieder da sei.

An der Stadt waren die Jahre scheinbar spurlos vorübergegangen. Die Menschen gingen in gewohnter Weise ihren Verrichtungen nach; ich traf sie an denselben Orten wieder, wo ich ihnen früher begegnet war. Statt Neuigkeiten auszutauschen, wechselten wir belanglose Worte. Alles erweckte den Eindruck, als ob die Zeit stehengeblieben sei.

Jakob Veckinchusen bestand darauf, noch am Tage unserer Ankunft meinen Vater aufzusuchen. Er hatte sich sorgfältig gekleidet, womit ich sagen will, daß seine Kleidung von Wohlstand zeugte, ohne den

Standesunterschied zwischen Hinrich Gronewech und ihm zu verwischen. Bevor wir uns auf den Weg machten, ließ er ein Fäßchen französischen Weins in das Haus am Koberg bringen. Das Geschenk, versehen mit Veckinchusens Hausmarke, tat seine Wirkung: Wir wurden sogleich vorgelassen.

Ein Kaufgeselle führte uns die knarrende Treppe zur Schreibkammer hoch. Der Speicher war in einen weiträumigen, mit dunklem Holz getäfelten Saal verwandelt worden; von den Waren, die hier gelagert hatten, zeugten nur noch ihre Düfte. Der Kaufgeselle klopfte an die Tür und wartete, bis eine brüchige Stimme zum Eintreten aufforderte.

Nach kurzem Zögern entschied sich Jakob Veckinchusen, als erster die Schreibkammer zu betreten. Hinter seinem Rücken verborgen, sah ich, wie mein Vater mühsam aufstand und eine Hand zur Begrüßung ausstreckte.

»Ist es Jakob Veckinchusen, der mir seine Aufwartung macht?« fragte er.

»Der bin ich«, bestätigte der Kaufmann. »Ich hätte jedoch nicht gewagt, Euch einen Besuch abzustatten, läge dafür nicht ein besonderer Grund vor.«

»Euer Name wäre Grund genug, Euch in meinem Hause willkommen zu heißen«, entgegnete mein Vater. »Er hat in Kaufmannskreisen einen guten Klang. Auch von Euren Söhnen hört man Erfreuliches. Hält sich nicht einer von beiden in Venedig auf?«

»Hildebrand sieht seine Zukunft im Orienthandel«, antwortete Veckinchusen. »Die nötigen Kenntnisse kann er sich nirgendwo besser aneignen als im *Fondaco dei Tedeschi.*«

»Die jungen Leute müssen sich den Wind um die Nase wehen lassen«, sagte mein Vater. »Ich habe meinen Sohn zur Ausbildung nach Brügge geschickt; dort hat er in einem Jahr mehr gelernt als andere in ihrem halben Leben.«

Veckinchusen blickte sich verwirrt nach mir um. Offenbar war ihm entfallen, daß Hinrich Gronewech noch einen zweiten Sohn besaß. Im gleichen Augenblick sah mein Vater mich. Auf seinen Lippen gefror das Lächeln, das der Vaterstolz hervorgerufen hatte. Es wurde so still in der Schreibkammer, daß ich die Geräusche des Hafens hören konnte.

»Seht, wen ich Euch bringe, Hinrich Gronewech«, sagte Veckinchusen, obwohl es der Aufforderung nicht mehr bedurfte.

»Ja«, sagte mein Vater mit einer Stimme, die keinerlei Empfindung verriet.

»Ich bringe Euch Euren Sohn zurück«, sagte Veckinchusen etwas nachdrücklicher.

»Ja«, sagte mein Vater im gleichen Tonfall wie zuvor.

»Wahrscheinlich möchtet Ihr mit ihm allein sein«, sagte Jakob Veckinchusen und schickte sich an, die Schreibkammer zu verlassen.

»Bleibt!« befahl mein Vater. Er schlurfte zu dem Schrank, in dem er seine Barschaft verwahrte, entnahm ihm eine Kassette und machte sich an dem Vorhängeschloß zu schaffen. »Wieviel schulde ich Euch, Jakob Veckinchusen?«

»Es geht mir nicht um Geld, Herr«, erwiderte der Kaufmann. »Die Ehre, Euch einen Gefallen zu erweisen, ist mir Lohn genug.«

»Gebt mir eine Aufstellung aller Kosten, die Euch seinetwegen entstanden sind«, beharrte mein Vater. »Rechnet auch das Fäßchen Wein hinzu, Ihr sollt Eure Auslagen auf den Pfennig erstattet bekommen.«

»Ich bin ein ehrbarer Kaufmann, Hinrich Gronewech«, sagte Veckinchusen gekränkt. »Was ich für Euren Sohn getan habe, geschah nicht, um Gewinn daraus zu schlagen. Ich weiß sehr wohl, zwischen Geschäften und Christenpflicht zu unterscheiden.«

»Nun gut, nun gut«, lenkte mein Vater ein. »Dann will ich dafür beten, daß der Himmel Euch belohnt. Und falls ich Euch in irgendeiner Weise zu Diensten sein kann, laßt es mich wissen.«

»Das sind die Worte, die ich von Euch zu hören erwartete, Hinrich Gronewech«, sagte der Kaufmann und trat, ohne mir noch einen Blick zu gönnen, auf den Flur hinaus.

Mein Vater begann, zerstreut in den Geschäftsbüchern zu blättern. Dabei murmelte er halblaut vor sich hin und schloß zuweilen die Augen, als übe er sich im Kopfrechnen. Vielleicht hoffte er auch, ich könnte bei nochmaligem Hinsehen verschwunden sein. Er war in den Jahren seit unserer letzten Begegnung zum Greis geworden. Sein Kopf war kahl, bis auf ein Haarbüschel über dem rechten Ohr. Die nach innen gestülpten Lippen zeigten an, daß er keine Zähne mehr besaß. Seine Hände waren von Altersflecken übersät, ihre Haut ähnelte zerknittertem Pergament. Ich konnte mich nicht dagegen wehren, daß mich beim Anblick des vorzeitig gealterten Mannes Mitleid ergriff. So verfiel ich auf den Gedanken, ihm etwas Tröstliches mitzuteilen: Ich gestand ihm, daß ich, nachdem ich mich in der Welt umgetan hätte, die Neigung zu einem seßhaften Leben verspüre und die Gründung eines eigenen Hausstands ins Auge gefaßt habe. Weiß der Kuckuck, wie ich auf den eigenen Hausstand kam! Der Einfall überraschte mich selbst, aber einmal ausgesprochen, schien er mir trefflich geeignet, die Ernsthaftigkeit meiner Worte zu untermauern.

Jählings richtete er sich auf. »Wo ist das Schiff, das Mulich dir gab?« fragte er mit bebender Stimme. »Wo ist der Erlös für die Ladung Korn, die Nikolaus Hagenauer dir anvertraute?«

Unter seinem bohrenden Blick brachte ich nur ein Stammeln hervor, eine wirre Aneinanderreihung von Worten, die, obschon sie der Rechtfertigung dienen sollten, durch mein Stottern zum Schuldgeständnis gerieten.

»Sieh her«, sagte mein Vater, einen Stoß engbeschriebener Zettel vor mir aufblätternd. »Das sind die Rechnungen, die mir der Gauner ins Haus geschickt hat. Er droht mir Klage an, falls ich nicht für deine Schulden aufkomme. Er beruft sich darauf, daß du mich als deinen Bürgen angegeben hast.« Er raffte die Zettel zusammen und drückte mir den Packen in die Hand. »Ich habe nicht für dich gebürgt. Gott ist mein Zeuge, daß ich nicht für dich gebürgt habe! Nimm das und steh selbst für deinen Leichtsinn ein, ich habe damit nichts zu tun!«

»Mulich lügt, Vater«, sagte ich. »Von einer Bürgschaft war zwischen uns nie die Rede.«

»Ich will nicht wissen, wer von euch lügt«, entgegnete mein Vater barsch. »Es sind deine Schulden. Bezahl sie oder bezahl sie nicht, aber rechne nicht darauf, daß ich dir aus der Patsche helfe!«

Da spürte ich, wie sich eine Hand auf meine Schulter legte. Ich wandte mich um. Hinter mir stand Detlef. Er war nach flandrischer Mode ganz in schwarzes Tuch gekleidet, nur den Hals umschloß ein weißer Spitzenkragen. In seinem Gesicht erkannte ich, deutlicher als jemals zuvor, die Züge meines Vaters wieder.

»Willkommen daheim, Simon«, sagte er. Ich warf mich ihm, von Rührung ergriffen, in die Arme. Mein Halbbruder, der Bastard, fand die Worte, die ich mir von meinem Vater erhofft hatte.

»Laß mich die Sache mit Mulich regeln«, sagte Detlef. »Ich werde dafür sorgen, daß er nicht mehr bekommt, als ihm zusteht.«

»Du willst ihn von meinem Geld bezahlen?« fragte mein Vater fassungslos.

»Von unserem Geld, Vater«, antwortete Detlef. »Mulich soll sich nicht damit brüsten, daß wir bei ihm in der Kreide stehen.«

»Barmherziger Gott!« rief mein Vater mit himmelwärts gerichtetem Blick. »Gib mir die Weisheit zu erkennen, weshalb ich für etwas geradestehen soll, das ich nicht verschuldet habe!«

»Du bist sein Vater«, entgegnete Detlef. Er nahm mir die Rechnungen ab, sah sie flüchtig durch und warf sie in den Kamin.

»Was tust du?« fuhr mein Vater auf. »Wie willst du mit Mulich verhandeln, wenn du keine Zahlen zur Hand hast?«

»Ich habe sie im Kopf«, sagte Detlef.

»Laßt mich allein«, stöhnte mein Vater. »Ich will Gott bitten, daß er mich aus dieser Welt nimmt, bevor ihr mein Eigentum verschleudert habt.«

»Ist er auf seine alten Tage fromm geworden?« fragte ich, als wir die Tür der Schreibkammer hinter uns geschlossen hatten.

»Reymburga hat ihn zu Gott geführt«, schmunzelte Detlef. »Sie steht im Geruch einer Heiligen, sie heilt Kranke durch bloßes Handauflegen, und manche wollen sogar gesehen haben, daß sie blutige Tränen weint. Das Domkapitel schwankt indessen noch, ob es sie zur Seligsprechung vorschlagen oder der Teufelsaustreibung unterziehen soll. Willst du sie sehen?«

Ich winkte ab. Die Erinnerung an Reymburgas strengen Blick machte es mir leicht, meine Neugier zu zügeln. So gingen wir in Detlefs Schreibkammer. Sie war geräumiger als die meines Vaters und besaß ein großes Fenster, durch das man auf die Giebel der gegenüberliegenden Häuser blickte.

»Ich ertrage es nicht, mit Vater in einem Raum zu sitzen«, sagte mein Halbbruder. »Unser Handelshaus gehört mittlerweile zu den zehn größten der Stadt, aber er feilscht noch immer um jeden Witten.«

»Mir fiel auf, daß du von eurem Geld sprachst. Hat Vater dich zu seinem Teilhaber gemacht?«

»So ist es«, nickte Detlef. »Und seither führe ich auch seinen Namen. Ich bin jetzt ein Gronewech, wie du.«

Das verschlug mir die Sprache. Die Teilhaberschaft mochte mit geschäftlichen Erfordernissen zu begründen sein, aber daß mein Vater dem Bastard seinen Namen gegeben und ihn damit auf eine Stufe mit mir gestellt hatte – welche andere Absicht konnte sich dahinter verbergen, als mir mein Recht streitig zu machen und mich um mein Erbe zu prellen? Ich fühlte mich hintergangen, betrogen, ja, um es rundheraus zu sagen: Ich kam mir wie ein Verstoßener vor. Um meiner Erregung Herr zu werden, trat ich ans Fenster. Aus einer Seitengasse quoll ein lärmender Haufen hervor. Die Männer waren mit Äxten und Messern bewaffnet; an ihren langen Lederschürzen sah ich, daß es Knochenhauer waren.

»Du hättest dich nicht mit Balthasar Mulich einlassen dürfen«, hörte ich Detlef sagen. »Wenn es einen Menschen gibt, den Vater aus tiefster Seele haßt, ist er es. Sosehr es Vater auch widerstrebt, für deine Schulden aufzukommen, aber jedem anderen hätte er den Schaden anstandslos ersetzt.«

»War es meine Schuld, daß ich das Schiff verloren habe und mit ihm alles, was ich besaß?«

»Ich sprach von Schulden, nicht von Schuld«, warf Detlef ein.

»Es war ein Unglück, wie es jeden Kaufmann früher oder später trifft«, ereiferte ich mich. »Wäre ich nicht in diesen schrecklichen Sturm geraten, stünde ich jetzt als reicher Mann vor dir.« An seiner Miene sah ich, daß er an meinen Worten zweifelte, und so zeigte ich ihm, was von meinem Schatz übriggeblieben war.

Detlef wog die Schmuckstücke einzeln in der Hand und betrachtete, ans Licht tretend, ihre rätselhaften Ornamente. »Ich kenne einen Mann, der dir viel Geld dafür geben würde. Verkaufst du sie?«

»Nicht ums Verrecken!« entgegnete ich schroff und nahm die Geschmeide wieder an mich. »Sie sind der einzige Beweis, daß ich in Gegenden war, in die noch keiner von euch gekommen ist.«

»Hat von der Mannschaft keiner überlebt?«

»Nur Daniel Metz und ich.«

»Mulich hat dir ein Schiff angedreht, das aus mehreren Wracks zusammengeflickt war«, sagte Detlef. »Kein erfahrener Schiffer hätte sich mit ihm aufs Meer hinausgetraut. Er hat dich wissentlich ins Verderben geschickt, Simon. Das empört mich weit mehr als der Versuch, uns mit fadenscheinigen Gründen Geld abzuknöpfen.«

»Ich kann bezeugen, daß er mit den Raubrittern unter einer Decke steckt«, sagte ich. »Wahrscheinlich wollte er mich deswegen aus dem Weg räumen.«

»Von derlei Geschäften habe ich gerüchtweise gehört«, sagte Detlef. »Aber der schlaue Fuchs hat es bislang verstanden, seine Beteiligung zu verschleiern. Wärst du bereit, als Zeuge gegen ihn aufzutreten? Oder würdest du dich mit einer Aussage womöglich selbst belasten?«

»Gib mir Zeit, darüber nachzudenken«, entgegnete ich. »Einstweilen erscheint es mir dringlicher, mich um meine eigenen Angelegenheiten zu kümmern.«

Da Hinrich Gronewech offenbar beschlossen hatte, mich mit Nichtachtung zu strafen, übernahm Detlef die Rolle des fürsorglichen Vaters. Er ließ mir ein Zimmer neben dem Saal herrichten, wies mir zur persönlichen Aufwartung eine junge Magd zu, die neben ihren täglichen Pflichten gelegentlich auch nachts für mein Wohlbefinden sorgte, und stattete mich mit standesgemäßer Kleidung aus. Nur Geld gab er mir nicht. Vermutlich wollte er mich dadurch zu einem häuslichen Menschen erziehen. Doch ich fand keinen Gefallen daran, bei Tische Reymburga gegenüberzusitzen, deren frömmelndes Gehabe noch schwerer zu ertragen war als ihr strenger Blick. Mein Tatendrang erschöpfte sich nicht in einsamen Spaziergängen durch Haus und Hof. Und meinem Bedürfnis nach Zerstreuung genügten die Plaudereien mit Kaufgesellen und Gesinde nicht.

Ich schickte die Magd zu Daniel Metz und ließ ihm ausrichten, daß es mich nach seiner Gesellschaft verlange. Der Krüppel wurde seines abstoßenden Aussehens wegen von der Tür gewiesen, worauf er wie eine Katze an der Hauswand emporkletterte und durch das Fenster in mein Zimmer schlüpfte. Unter dem Gesinde verbreitete sich das Gerücht, ich hätte den Leibhaftigen ins Haus geholt. Detlef äußerte offen sein Mißfallen über den unerwünschten Gast, während Reymburga, kaum daß sie des Krüppels ansichtig wurde, auf die Knie fiel und sich mit einem Küchenbesen kasteite.

Daniel wußte von verschwörerischen Zusammenkünften in den Häusern wohlhabender Knochenhauer zu berichten. Es werde von einem Umsturz gemunkelt, der im Unterschied zu den Aufständen früherer Jahre sorgfältig geplant sei. Als Rädelsführer würde neben angesehenen Knochenhauern wie Lambert van dem Haghene, Peter Scherf, Nicolaus van der Wisch und Wilke Tralowe auch Hinrich Paternostermaker genannt.

»Was hat ein Kaufmannssohn unter den Knochenhauern zu suchen?« rief ich verwundert. Doch dann entsann ich mich Hinrichs aufrührerischer Reden. Hatte er damals in der Schilfhütte nicht von gewaltsamem Umsturz gesprochen? Falls Hinrich den Zeitpunkt für gekommen hielt, den Rat zu entmachten, konnte er der Unterstützung der Knochenhauer sicher sein. Diese bildeten seit jeher einen Unruheherd in der von den großen Familien beherrschten Stadt. Viele waren durch den Handel mit Vieh und Pökelfleisch zu beträchtlichem Wohlstand gelangt; im Krieg stellten sie als einziges Amt eine schlagkräftige Reitertruppe. Doch ungeachtet dessen verwehrte man ihnen im Rat Sitz und Stimme.

»Weißt du, wo ich Hinrich finde?« fragte ich den Krüppel.

»Laß dich nicht in die Sache hineinziehen«, warnte er mich. »Wenn andere sich die Köpfe einschlagen, soll man seinen nicht dazwischenstecken.«

Ich schlug den wohlgemeinten Rat in den Wind und machte mich sogleich auf die Suche nach Hinrich Paternostermaker. Als erstes begab ich mich in den *Pott.* Der Geheimbund hatte sich während meiner Abwesenheit merklich verjüngt; unter den Versammelten gewahrte ich kaum noch ein bekanntes Gesicht. Die jungen Herren redeten einander mit *Junker* an und übten sich in höfischem Benehmen. Hinrich Paternostermaker, wurde mir eröffnet, sei wegen rüpelhafter Äußerungen über den Hohen Rat ausgeschlossen worden. Man legte mir nahe, die Beziehungen zu ihm abzubrechen, sofern ich die Mitgliedschaft im Geheimbund aufrechtzuerhalten gedächte.

In den Vitten der Knochenhauer stieß ich auf eine Mauer des Schweigens, als ich nach Hinrich Paternostermaker fragte. Erst nachdem ich einige unserer gemeinsamen Erlebnisse zum besten gegeben und Verständnis für die Forderungen der Knochenhauer bekundet hatte, führte mich ein Geselle zu einem Haus in der Hundestraße. Dort übergab er mich einem finster blickenden Koloß. Dieser drohte, mir eigenhändig das Genick zu brechen, falls ich ein Spion sei. Dann beförderte er mich in den Nebenraum, wo Hinrich Paternostermaker gerade damit beschäftigt war, sich in einen Harnisch zu zwängen.

»Du kommst wie gerufen«, keuchte er. »Hilf mir, das verdammte Ding anzulegen!« Der Harnisch war offensichtlich für einen schmächtigeren Mann gefertigt worden; so dauerte es eine Weile, bis er am rechten Platz saß und Hinrich wieder genügend Luft zum Sprechen bekam.

»Wie sehe ich aus?« fragte er, einen Schritt zurücktretend.

»Wenn dir der Harnisch nicht nur als Schmuck dienen soll, hättest du dir vielleicht einen etwas größeren beschaffen sollen«, entgegnete ich.

»Mulich hatte keinen anderen vorrätig«, sagte Hinrich. »Dieser gehörte einem Florentiner Kaufmann, der den Raubrittern in die Falle ging.«

»Beliefert Mulich euch mit Waffen?«

Hinrich kam mir so nahe, daß sich unsere Nasenspitzen fast berührten. »Es war nicht klug von dir, hierherzukommen«, sagte er. »Schon einmal ist ein Aufstand der Knochenhauer an Verrat gescheitert. Man würde es mir daher übel ankreiden, ließe ich dich wieder gehen.«

Er brachte mich im Haus des Meisters Johann Vorloop unter und schärfte mir ein, es nur in seiner Begleitung zu verlassen. Andernfalls würden mich die Knochenhauer am erstbesten Fleischerhaken aufknüpfen. Johann Vorloop übte neben seinem Gewerbe auch das eines Geldverleihers aus, und das mit beachtlichem Erfolg. Er besaß in der Umgebung Lübecks mehrere Güter, die ihm von den Adeligen verpfändet worden und, da jene die Kredite nicht zurückzahlen konnten, in sein Eigentum übergegangen waren. Sein äußerlich so unscheinbares Haus in der Johannisstraße barg wahre Schätze an Möbeln, silbernem Geschirr und Teppichen. Die schönste Zierde des Hauses aber war Johann Vorloops Tochter Lyseke.

Sie mochte sechzehn oder siebzehn Jahre zählen, ihr Körper war wohlgeformt, ohne sich an irgendeiner Stelle ins Üppige zu runden. Ich könnte, sollte ich ihren Liebreiz in Worte fassen, keinen treffenderen Vergleich finden als den mit einer Rose, deren Knospe sich gerade zu öffnen beginnt. Bedarf es da noch der Erwähnung, daß ich Lyseke vom ersten Augenblick an liebte? Ich geriet in eine mir bis dahin unbekannte Verzückung, ich konnte nur mit äußerster Beherrschung dem Wunsch widerstehen, mich ihr zu Füßen zu werfen. Es war mein Glück, denn Lyseke selbst enthielt sich jeglichen Gefühlsüberschwangs und schätzte ihn auch bei anderen nicht. So verlief unsere erste Begegnung in einer Weise, die ich verheißungsvoll nennen will.

Johann Vorloop gab zu erkennen, daß er gegen eine eheliche Verbindung nichts einzuwenden hatte. Ein Schwiegersohn aus dem Kaufmannsstand hätte sein Ansehen noch gesteigert. Indessen fand ich in den Wirren jener Tage keine Gelegenheit, mich Lyseke oder ihrem Vater zu erklären.

Hinrich nahm mich zu den Versammlungen der Knochenhauer mit, die zu später Stunde in Hinterhöfen und Fleischkellern stattfanden. Bei diesen Zusammenkünften gewann ich mehr und mehr den Eindruck, daß man Hinrich die Rolle des Rädelsführers übertragen hatte, um mit seiner Hilfe an die Macht zu gelangen, aber nicht daran dachte, sie mit ihm zu teilen. Für die Knochenhauer war und blieb Hinrich Paternostermaker ein Angehöriger jenes Standes, dessen Alleinherrschaft sie brechen wollten. Hinrich dagegen sah sich als das Haupt der Verschwörung, als ihren *Kopf*, und erwartete nichts weniger, als daß man ihm den Stuhl des Bürgermeisters anbieten würde. Ach, hätte er doch in den Mienen der biederen Meister zu lesen verstanden! Sie lauschten geduldig Hinrichs hochtrabenden Reden von Gerechtigkeit und allgemeinem Wohl, doch in ihren Augen nistete Argwohn, in ihren Mundwinkeln Spott. Was hatten sie mit den Unterdrückten gemein, deren Los Hinrich zu bessern versprach? Den Knochenhauern ging es um handgreifliche Dinge, sie wollten die Fleischpreise selbst festsetzen, wollten nach eigenem Ermessen Handel treiben, und da ihnen diese Rechte vom Rat vorenthalten wurden, wollten sie die Macht.

Bei einer der Versammlungen eröffnete Hinrich den Meistern, er habe Verbindung mit den Rittern von Godendorp aufgenommen. Die Junker Gottschalk und Jochim würden zur festgesetzten Stunde mit ihren Knechten vor dem Burgtor warten, auf ein verabredetes Zeichen hin in die Stadt eindringen und sich mit den Knochenhauern vereinen.

»Ist einer unter uns, der davon gewußt hat?« fragte Peter Scherf. Sein Blick löste, wohin er sich auch wandte, Kopfschütteln aus.

»Sind wir nicht Manns genug, es mit den Pfeffersäcken allein aufzunehmen?« rief ein anderer.

»Vermutlich sollen uns die Ritter das Waffenhandwerk lehren«, scherzte Lambert van dem Haghene.

Hinrich Paternostermaker schoß die Röte ins Gesicht. Er war auf Lob und Anerkennung gefaßt gewesen, statt dessen bezichtigte man ihn eigenmächtigen Handelns, mutmaßte gar, er wolle die Stadt den Raubrittern ausliefern. Mit schneidender Stimme verschaffte er sich Gehör. Weder zweifle er am Mut der Knochenhauer noch an ihrer Entschlossenheit, die Ratsherren aus ihrem Ämtern zu jagen. Doch hätten die Aufstände früherer Jahre gezeigt, daß die Knochenhauer, mangelhaft ausgerüstet und auf sich allein gestellt, nichts gegen die Kaufleute ausrichten könnten, falls es zum Kampf käme.

»Bislang war von Überrumpelung die Rede, jetzt sprichst du von Kampf«, warf Wilke Tralowe ein.

»Die Ritter schlagen sich nur mit ihresgleichen zum Spaß«, sagte Johann Vorloop. »Was verlangen sie für ihre Hilfeleistung?«

»Sie werden sich am Vermögen derer schadlos halten, die sich auf eure Kosten bereichert haben«, antwortete Hinrich, was von den wohlhabenden Knochenhauern mit Stirnrunzeln vermerkt wurde.

»Ich hoffe, du wirst es nicht bereuen, daß du den Godendorps die Tore öffnest, Hinrich Paternostermaker«, sagte Peter Scherf. Wenig später sollte er sich vor Gericht auf diesen Satz berufen und ihm die Deutung abgewinnen, er sei dagegen gewesen, mit den Raubrittern gemeinsame Sache zu machen. Dadurch rettete er seinen Kopf.

Bevor sich die Versammlung auflöste, erläuterte Hinrich noch einmal seinen Plan. Er sah vor, daß die Knochenhauer am Tag des heiligen Lambert, das war der übernächste Tag, in das Rathaus eindringen und die dort versammelten Ratsherren gefangennehmen oder nötigenfalls erschlagen sollten. Um die Bevölkerung anzulocken und sie, sobald sie sich in größerer Zahl versammelt haben würde, gegen die Kaufleute aufzuwiegeln, sollte ein Haus am Klingenberg in Brand gesetzt werden. Dies war auch das Signal für die Ritter, die, versicherte Hinrich den Knochenhauern, schon durch ihr Erscheinen eine lähmende Wirkung auf die Kampfeslust ihrer Gegner ausüben würden. Daher diene das Bündnis mit den Rittern vornehmlich dem Zweck, unnötiges Blutvergießen zu vermeiden. Die Meister vernahmen es belustigt; einige hörte ich gar lachen.

Am nächsten Morgen wurden die Waffen ausgegeben. Man sah ihnen an, daß sie lange nicht mehr gebraucht worden waren; an manchen fraß schon der Rost. Hinrich wußte indes von günstigem Einkauf zu berichten; Mulich habe für die Waffen nur eine Anzahlung verlangt und den restlichen Betrag zu erlassen versprochen, falls der Rat zur Abdankung gezwungen würde.

Ich war im Begriff, Hinrich vor dem skrupellosen Geschäftemacher zu warnen, als dieser überraschend den Raum betrat. Er war ärmlich gekleidet, was, wie er mir augenzwinkernd verriet, nicht auf die schlechte Zahlungsmoral seiner Schuldner zurückzuführen, sondern ein Gebot der Vorsicht sei. Im Viertel der aufständischen Knochenhauer den Kaufmann hervorzukehren könne leicht zur Folge haben, daß man sich in einem Bottich mit Pökelfleisch wiederfinde. So überspielte er die für uns beide peinliche Begegnung mit scherzhaftem Geplauder.

»Ich komme nur vorbei, um mich zu erkundigen, ob du mit meiner Lieferung zufrieden bist«, sagte er zu Hinrich. Er ließ ihm jedoch keine Zeit zur Antwort, sondern trat neben mich und fuhr, mit großer Gebärde auf Hinrich deutend, fort: »Dort steht der künftige Bürgermeister dieser Stadt, mein lieber Simon. Und wir beide können uns schmeicheln, unser Scherflein zu Hinrich Paternostermakers Aufstieg beigetragen zu haben.« Ich hätte ihn gern gefragt, worin mein Scherflein bestünde, doch Mulich erinnerte sich, daß er zum Essen verabredet sei, und bat mich, ihn ein Stück Weges zu begleiten.

In den Straßen wimmelte es von Bewaffneten. Unterdessen hatten sich den Knochenhauern andere Handwerker angeschlossen, in der Mehrzahl Schmiede und Gerber. Sie musterten mich feindselig, denn an meiner Kleidung war ich unschwer als Kaufmann zu erkennen. Doch Mulich beschwichtigte sie mit gefälligen Worten und leutseligem Schulterklopfen. In der Johannisstraße zog er mich in einen Hauseingang. »Verschwinde, Simon Gronewech! Bring dich in Sicherheit, solange noch Zeit dafür ist«, flüsterte er. »Der Rat hat Wind von der Sache bekommen, seine Anhänger stehen schon unter Waffen.«

»Weshalb habt Ihr Hinrich Paternostermaker nichts davon gesagt?« fragte ich.

»Der kluge Mann läßt den Dingen ihren Lauf; er muß nur darauf achten, daß er nicht auf die Seite der Verlierer gerät«, erwiderte Mulich. »Wären die Ratsherren ahnungslos gewesen, hätte der Plan unseres Freundes gute Aussichten auf Erfolg gehabt. Aber nachdem sie gewarnt worden sind, werden sie sich nicht des Vorteils begeben, den ersten Schlag zu führen. Also mach dich aus dem Staub, bevor es den Knochenhauern an den Kragen geht!«

»Wenn Ihr Hinrich ins Messer laufen lassen wollt, warum dann nicht auch mich?« rief ich aufgebracht.

Er packte mich am Arm und brachte das Kunststück fertig, seiner Miene den Ausdruck völliger Aufrichtigkeit zu verleihen. »Die Gelegenheit, einen Mitwisser zu beseitigen, könnte kaum günstiger sein. Nun urteile selbst, was von den Gerüchten zu halten ist, die dein Bruder über mich verbreitet.«

Glaub mir, Bruder Anselmus, ich wäre schnurstracks zu Hinrich geeilt, um ihn zu warnen, hätte ich nicht just in diesem Augenblick am Fenster des gegenüberliegenden Hauses Lyseke bemerkt. Sie blickte zu mir herunter, sie lächelte, wedelte grüßend mit der Hand. Mich durchzuckte der Gedanke, daß sie sich in nicht geringerer Gefahr befand als Hinrich. Wenn es einen Aufstand niederzuschlagen gilt, pflegt die Obrigkeit auch mit den Familien der Aufrührer nicht viel Federlesens zu machen.

»Kommt mit zu Johann Vorloop«, sagte ich zu Mulich. »Ich will, daß er es erfährt.«

»Sei kein Narr, Simon«, versetzte er. »Es wäre bodenloser Leichtsinn, einem der Rädelsführer jetzt einen Besuch abzustatten. Ich habe dich jedenfalls gewarnt, vergiß das nicht.« Damit zog er sich den Hut tiefer ins Gesicht und tauchte in der Menge unter.

Johann Vorloop ließ mir ausrichten, daß er mich dringender Geschäfte wegen nicht empfangen könne. So ging ich zu Lyseke. Sie schien mich erwartet zu haben, denn sie öffnete mir die Tür, bevor ich geklopft hatte.

»Was geht da draußen vor?« fragte sie. »Warum tragen die Leute Waffen? Gibt es Krieg?«

Sie war völlig ahnungslos, Bruder Anselmus. Wie die Kaufleute waren anscheinend auch die Knochenhauer der Ansicht, daß Politik reine Männersache sei. Ich nahm ihre Hand und zog sie an mich. Sie sträubte sich nicht, aber sie legte die andere Hand auf meine Brust, um anzudeuten, daß damit ein gerade noch vertretbares Maß an Nähe erreicht sei. Ihre Augen waren grau mit bernsteinfarbenen Einsprengseln. In meinem Kopf wirbelten die Gedanken durcheinander. Der Wunsch, ihr meine Liebe zu gestehen, drohte zu verdrängen, was der eigentliche Grund meines Kommens war. Doch da schwoll der Lärm auf der Straße an, ich hörte Trommeln und hallenden Hufschlag. Im gleichen Augenblick stürzte Johann Vorloop herein, er war kreidebleich, mit zitternden Händen nestelte er an seinem Mantel.

»Verrat!« schrie er. »Wir sind verraten worden!« Er entriß mir Lyseke und eilte mit ihr davon. Ich folgte ihnen. Es ging zwei Treppen hinab in den Fleischkeller, von dort durch einen dunklen Gang in einen weiteren Keller, in dem, soweit ich es in der Eile wahrnehmen konnte, eine Sau mit ihren Ferkeln hauste. Schließlich gelangten wir in ein Gelaß, das recht wohnlich eingerichtet war. Auf dem Fußboden lagen Matten und rings an den Wänden eine Anzahl mit Stroh gefüllter Säcke. Auf einen ließ Johann Vorloop sich niedersinken und barg seinen Kopf in den Händen.

Kurz darauf hörten wir, wie die Haustür aufgebrochen wurde; über die Diele hasteten Schritte, das Haus füllte sich mit Stimmen und Waffengeklirr. Aus Lysekes lieblichem Gesicht starrten mich zwei angsterfüllte Augen an.

»Seid Ihr sicher, daß sie uns hier nicht finden werden?« fragte ich den Meister.

Durch seine gespreizten Finger traf mich ein abschätziger Blick. »Was habt Ihr zu befürchten, Simon Gronewech?« entgegnete er. »Ihr seid einer von denen. Sie werden es Euch danken, wenn Ihr mich an den Galgen bringt.«

Ich setzte zu einer Erwiderung an, als uns ein vielstimmiges Quieken zusammenfahren ließ. Es steigerte sich zu gellendem Kreischen, untermalt vom wütenden Grunzen des Muttertiers. Johann Vorloop holte eine Axt unter einem der Säcke hervor und stellte sich kampfbereit vor die Tür. Doch dann wurde es plötzlich wieder ruhig. Der Meister runzelte die Stirn, als er sah, daß ich die blanke Waffe in Händen hielt. Offenbar war er sich im ungewissen, ob ich ihm zu Hilfe eilen oder in den Rücken hatte fallen wollen.

»Wir können nicht hierbleiben«, sagte er zu Lyseke. »Sie kommen wieder, und das nächste Mal werden sie nicht vor dieser Tür haltmachen.«

»Weißt du ein besseres Versteck, Vater?«

Johann Vorloop wich ihrem Blick aus und schüttelte kaum merklich den Kopf.

»Hilf uns, Simon«, sagte Lyseke.

Ich wünschte, ich könnte diese Worte so wiedergeben, wie Lyseke sie sprach, Bruder Anselmus, mit dem gleichen Klang, der gleichen Innigkeit. Du würdest dann verstehen, weshalb ich bereit war, alles zu wagen, ja mein Leben herzugeben, um Lyseke und ihren Vater in Sicherheit zu bringen.

»Wartet hier auf mich«, sagte ich und eilte zur Tür.

»Halt!« rief Johann Vorloop. »Woher soll ich wissen, ob ich Euch trauen kann?«

»Ich liebe Eure Tochter«, erwiderte ich. Den Meister, schien mir, stellte die Antwort zufrieden.

Im Schweinestall stolperte ich über ein totes Ferkel und fiel der Länge nach in den Kot. Während ich mich notdürftig zu säubern versuchte, kam mir der Gedanke, daß es meinem Vorhaben womöglich dienlicher sei, die Spuren eines Kampfes auf Leben und Tod vorzutäuschen. So beschmierte ich mir Gesicht und Arme zusätzlich noch mit dem Blut des toten Tieres. Ein famoser Einfall, wie sich bald erweisen sollte.

Auf der Straße hatte sich eine Schar zerlumpter Hungerleider zusammengerottet – offenbar in der Absicht, Vorloops Haus zu plündern. Sie wichen entsetzt zurück, als sie mich hinter der zerschmetterten Tür hervorkommen sahen.

»Bei allen Heiligen!« schrie ich, »das sind keine Menschen da drinnen, das sind Teufel! Wer hilft mir, es ihnen heimzuzahlen?« Im Handumdrehen waren sie verschwunden. Am unteren Ende der Johannisstraße wurde noch gekämpft, daher schlug ich die entgegengesetzte Richtung ein. Hier und dort sah ich Tote. Da das Gesindel sie ihrer Kleidung beraubt hatte, konnte ich nicht erkennen, ob es Knochenhauer oder Anhänger des Rates waren. Am Fuß einer aus Hausrat und Pökelfässern errichteten Barrikade lag der Meister Wilke Tralowe. Zwischen seinen Schulterblättern ragte der abgebrochene Schaft einer Lanze hervor. Er hatte eine Hand nach einem Messer ausgestreckt, das wenige Schritte von ihm entfernt auf der Straße lag, und versuchte mit letzter Kraft, sich näher heranzurobben. Ich fragte ihn nach Hinrich Paternostermaker, doch statt zu antworten, wünschte er Hinrich unter Schmerzlauten die Pest an den Hals. Ich schob das Messer mit dem Fuß von ihm fort und wiederholte meine Frage.

»Er hat gekniffen, der Feigling«, keuchte er. »Als es brenzlig wurde, hat er sich ergeben.« Was er noch sagte, ging in einem Röcheln unter. Er brauchte das Messer nicht mehr.

Unterdessen war ich zu der Erkenntnis gelangt, daß es in dieser Stadt nur zwei Menschen gab, die Johann Vorloop und seiner Tochter Schutz gewähren konnten: Onkel Bertram und die Prötteltasch. Ich beschloß, als erstes meinen Onkel aufzusuchen.

Der Herr Dompropst befinde sich auf der Reise zu einem Konzil, teilte mir eine stattliche Frau mit. Doch dann, während sie sich schon anschickte, die Tür zu schließen, weiteten sich plötzlich ihre Augen.

»Um Gottes willen, bist du es, Simon?« rief sie. Aus der vertraulichen Anrede schloß ich, daß Mette Löding vor mir stand, Detlefs Mutter. Sie zog mich ins Haus, schickte Mägde nach heißem Wasser und Leinentüchern. Ich bat sie, sich wegen meines Aussehens keine Sorgen zu machen; es sei, so erbarmungswürdig es ihr auch erscheinen möge, nur Tarnung. Mette vernahm es mit mißbilligender Miene.

»Du hast uns schon früher mit abscheulichen Grimassen und allerlei Mummenschanz erschreckt«, sagte sie. »Nun, da du ein Mann bist, solltest du von solchem Humbug ablassen, Simon. Deinen Vater würde es sehr betrüben, wenn er davon wüßte.«

»Mein Vater ist Schlimmeres von mir gewohnt«, versetzte ich. »Außerdem könnte er es um so leichter verschmerzen, als er in Detlef einen Sohn hat, der es ihm in allem recht macht. Weißt du übrigens, daß Detlef neuerdings den Namen seines Vaters trägt?«

»Damit ist mein Herzenswunsch in Erfüllung gegangen«, antwortete Mette stolz. »Jetzt braucht er sich seines Namens nicht mehr zu schämen.« Nachdem sie mich eine Weile mitleidig gemustert hatte, fragte sie: »Kann ich etwas für dich tun, Simon? Seit ich Detlef geboren habe, ist mir, als müßte ich an dir etwas gutmachen. Wenn du also meinst, ich könnte dir in irgendeiner Weise behilflich sein, dann sag es mir. Dein Onkel, der Herr Dompropst, hat mir für die Dauer seiner Abwesenheit weitreichende Vollmachten erteilt.«

»Du magst im Hause des Dompropstes eine ähnliche Vertrauensstellung erlangt haben wie dein Sohn im Hause meines Vaters«, entgegnete ich gnatzig. »Aber mein Anliegen ist so heikel, daß Onkel Bertram nur selbst darüber entscheiden kann.«

An der Tür holte sie mich ein. »Verzeih mir, Simon«, sagte sie, während sich ihre Augen mit Tränen füllten.

Blieb also die Prötteltasch. Um nicht in die Kämpfe verwickelt zu werden, schlich ich mich durch Hinterhöfe und Gärten. Inzwischen hatte es zu dunkeln begonnen; auf tiefhängenden Wolken gloste der Widerschein brennender Häuser. Seit ich das Haus meines Onkels verlassen hatte, war ich niemandem mehr begegnet; die Menschen schienen sich in ihren Häusern verkrochen zu haben. Doch dann geriet ich beim Versuch, eine Gasse zu überqueren, in eine Horde flüchtender Knochenhauer. Aus Angst, von ihnen niedergetrampelt zu werden, lief ich mit. Hinter einer Straßenecke prallten die Vorderen gegen eine waffenstarrende Phalanx. Die Knochenhauer machten kehrt, aber unterdessen waren unsere Verfolger herangerückt, so daß wir in der Falle saßen. In dem Handgemenge wurde ich gegen eine Hauswand geschleudert, die mir, rücklings gegen sie gepreßt, eine vergleichsweise günstige Position bot, mich meiner Haut zu wehren. Dazu fand ich indes keinen Anlaß, denn während die Knochenhauer einer nach dem anderen niedergemetzelt wurden, blieb ich unbehelligt. Ich begann mich schon in der Hoffnung zu wiegen, daß man mich übersehen habe, als mir das Schwert aus der Hand geschlagen wurde und die Spitze einer Hellebarde meine Brust berührte.

»Haltet ein!« schrie ich, zu Tode erschrocken. »Ich bin einer von euch!«

Vor mir stand ein Mann in blutbefleckter Rüstung. »Losung?« fragte er mißtrauisch.

»Jodute«, antwortete ich auf gut Glück.

»Falsch«, sagte er. Aber dann bleckte er die Zähne. »Sei froh, daß ich es bin, Simon. Jeder andere hätte dich jetzt ins Jenseits befördert.«

Nun erkannte ich ihn. Es war Jost Stalbuk, mein Jugendgefährte, der einstige Ältermann des Geheimbundes. Ich sank vor Erleichterung auf die Knie. Was für ein Glück, daß mir der alte Ruf gerade noch rechtzeitig in den Sinn gekommen war!

»In Zeiten des Aufruhrs verliert man leicht die Übersicht«, sagte Jost. »Aber ich könnte schwören, daß ich dich nicht gesehen habe, als die Anhänger des Rates zu den Waffen gerufen wurden. Wo hast du gesteckt?« Und grinsend setzte er hinzu: »Hast du den Weibern der Knochenhauer die Zeit vertrieben, während ihre Männer die Messer wetzten?«

Sein scherzhafter Ton konnte nicht darüber hinwegtäuschen, daß er mich insgeheim verdächtigte, mit den Knochenhauern gemeinsame Sache gemacht zu haben. Daher schilderte ich im Ton der Entrüstung, wie die Knochenhauer mit mir umgesprungen seien, als ich mich nichtsahnend in ihr Viertel begeben hätte. Nur mit knapper Not, versicherte ich ihm, sei ich davor bewahrt geblieben, von ihnen wie ein Stück Vieh abgeschlachtet zu werden.

»Du siehst in der Tat arg zerschunden aus«, gab er zu. »Gehen wir in den *Pott*, um unseren Sieg zu feiern?«

Ich winkte ab. Nach allem, was ich durchgemacht hätte, sei mir eher an Ruhe und einem heißen Bad gelegen. Außerdem stimme es mich alles andere als fröhlich, daß Hinrich Paternostermaker, immerhin einer von uns, den Aufstand angezettelt habe.

»Die größte Gefahr für Ordnung und Sicherheit stellen nicht die unzufriedenen Handwerker dar oder der aufsässige Pöbel, sondern Leute unseres Schlages, die, weil ihnen der geschäftliche Erfolg versagt bleibt, auf andere Art zu Macht und Reichtum gelangen wollen«, sagte Jost. »Hinrich steckt bis zum Hals in Schulden; von den Häusern, die ihm sein Vater vererbt hat, besitzt er kein einziges mehr. Wie hätte er unter diesen Umständen auf einen Sitz im Rat hoffen können?«

»Ich habe gehört, daß man ihn gefangengenommen hat.«

Jost Stalbuk begann zu lachen. »Er hat das Schwert fortgeworfen, bevor es zum Kampf kam. Als Grund gab er an, sein Harnisch schnüre ihm die Brust derart ein, daß er selbst bei mäßiger Anstrengung zu ersticken fürchte.«

Vor dem *Pott* trennten wir uns. Ich hörte, wie Jost von den Mitgliedern des Geheimbundes mit tosendem Jubel empfangen wurde. Für einen Augenblick erwachte der Gaukler in mir, der nur schwer der Versuchung widerstehen kann, vom Nektar des Beifalls zu kosten. Doch der Gedanke an Lyseke und ihren Vater trieb mich zur Eile an. Wenig später stand ich vor dem Haus im Sniggengang. Dort, hatten mir Stimmen aus dem Dunkel zugeraunt, sei die Prötteltasch zu dieser Stunde anzutreffen.

Der Raum, in dem die Huren einst ihrem Gewerbe nachgegangen waren, bot ein völlig verändertes Bild. Die Stätte käuflicher Lust hatte sich in ein prunkvolles Schlafgemach verwandelt. In der Mitte des Zimmers stand ein Bett mit blauem Baldachin. Auf ihm thronte die Prötteltasch. Sie hatte sich ein goldfarbenes Tuch um den Kopf geschlungen, und auf ihrer halbentblößten Brust glitzerten Edelsteine in allen Farben des Regenbogens. Neben dem Bett knieten zwei Dienerinnen; die eine hielt einen Weinkrug in Händen, die andere eine Schale mit Gebäck.

»Du stinkst wie ein Kübel Scheiße«, sagte die Prötteltasch, auf übertriebene Art die Nase rümpfend. »Zieh die Plünnen aus, bevor du mir das ganze Haus verpestest!«

»Ich bin nur gekommen, Euch um einen Gefallen zu bitten.«

»Runter mit den Plünnen!« herrschte sie mich an. Wenn die Prötteltasch diesen Ton anschlug, war es ratsam, sich zu fügen. Also entledigte ich mich meiner Kleidung.

»Bringt das Zeug hinaus und wascht es!« befahl sie den Dienerinnen. Dann lüpfte sie die Bettdecke, und als sie mein Zaudern bemerkte, lachte sie auf: »Komm schon, ich will dir nichts. Meine Fud hat ausgedient.« Ich kroch zu ihr und sah mich alsbald von einem ihrer fleischigen Arme umfangen.

»Darf ich jetzt auf mein Anliegen zu sprechen kommen?« fragte ich artig.

»Lang erst mal tüchtig zu, sonst esse ich alles allein auf«, entgegnete die Prötteltasch.

Während wir uns an Rotspon und Backwerk labten, erzählte sie vom erfolgreichen Gang ihrer Geschäfte. Neben den Frauenhäusern, deren Zahl sich inzwischen verdreifacht habe, unterhalte sie eine Reihe von Badstuben, wo außer gewöhnlichem Volk auch angesehene Kaufleute und Ratsherren verkehrten. Letztere suchten dort vor allem das vertrauliche Gespräch unter ihresgleichen. Sie habe Herren im Badezuber freundschaftlich miteinander plaudern gesehen, die sich auf den Ratssitzungen keinen Blick, geschweige denn ein Wort gönnten. Es verstünde sich von selbst, daß sie darüber strenges Stillschweigen bewahre, teils aus Gründen der Berufsehre, teils, weil sich die Herren ihr dafür auf mancherlei Weise erkenntlich zeigten. Alles in allem, schloß sie, habe sich bestätigt, was sie von Anfang an gewußt habe: Daß man Reichtum nicht mit Arbeit erwerbe, sondern indem man andere für sich arbeiten lasse. Darauf stupste sie mich mit dem Ellbogen an: »Worum geht's denn, Bübchen?«

Ich tat mein Bestes, Bruder Anselmus. Ich schilderte die Lage, in der sich Johann Vorloop und seine Tochter befanden, in den düstersten Farben, doch die Prötteltasch gab keinerlei Anteilnahme zu erkennen. Als ich sie schließlich bat, die beiden unter ihre Fittiche zu nehmen, ließ sie einen Furz. Deutlicher hätte sie mir kaum zu verstehen geben können, wie gleichgültig ihr das Schicksal anderer war.

»Was hab ich davon, wenn ich denen helfe?« fragte sie. »Ist die Kleine wenigstens hübsch?«

Erst jetzt wurde mir bewußt, daß ich im Begriff stand, Lyseke der Obhut einer Puffmutter anzuvertrauen. Daher setzte ich mich auf und teilte der Prötteltasch feierlich mit, daß ich Lyseke zu heiraten gedächte.

»Ich hätte Lust, dir eins aufs Maul zu geben«, murrte die Prötteltasch. »Was redest du für ’n dummes Zeug! Ich kann vielleicht dafür sorgen, daß Johann Vorloop am Leben bleibt. Aber von seinem Vermögen wird er keinen Pfennig wiedersehen. Willst du eine Frau heiraten, die nichts in die Ehe bringt als ihr Jungfernhäutchen?« Sie bohrte mir ihren Zeigefinger in die Rippen: »Hör zu, Bübchen! Wenn dir so viel daran liegt, will ich dir den Gefallen tun. Aber ich verlange dafür, daß du dir die Kleine aus dem Kopf schlägst. Was du brauchst, ist eine Frau mit Geld!«

Dank meiner mimischen Begabung gelang es mir, meine Entscheidung als das Ergebnis eines zähen Ringens zwischen Gefühl und Verstand darzustellen. Unter Tränen erklärte ich mich bereit, auf ihre Bedingung einzugehen. Selbstredend dachte ich nicht daran, sie zu erfüllen.

Die Prötteltasch rief einen Mann aus der Küche und flüsterte ihm etwas ins Ohr. Er grinste derart verschlagen, daß mich ein schrecklicher Verdacht beschlich: Was, wenn die Prötteltasch ihm den Auftrag erteilte, Lyseke und ihren Vater aus dem Weg zu räumen?

»Thiderik wird sich um die beiden kümmern«, sagte sie, als der Mann hinausgegangen war.

»Wo bringt er sie hin?«

»Das werd ich dir grad auf die Nase binden«, erwiderte die Prötteltasch. »Du bleibst hier, bis wieder Ruhe eingekehrt ist. Wenn du willst, kannst du in Peter Molnes Kammer schlafen; er beguckt sich die Radieschen von unten.« Und mit einem bitteren Lachen setzte sie hinzu: »Meister Hans hat seinen letzten Knoten für sich selbst geknüpft.«

»Er war ein guter Mensch«, sagte ich, da ich nicht sicher war, ob Beileidsbezeugungen angebracht seien.

»Zu gut für diese Welt«, antwortete sie. »Kein Wunder, daß er übergeschnappt ist.«

Die Kammer war inzwischen von den Hühnern in Beschlag genommen worden. Sie empfingen mich mit ärgerlichem Gackern und bekundeten auch an den folgenden Tagen lautstarke Empörung über den unerwünschten Besuch. Im Bett hatte sich ein kräftiger Hahn mit seinem Harem niedergelassen; er verteidigte die Lagerstatt mit allen Mitteln. Nachdem er mir Gesicht und Hände zerkratzt hatte, packte mich die Wut: Ich beförderte den widerborstigen Gockel und seine Hennen an die Luft.

Jeden Abend brachte die Prötteltasch Neuigkeiten aus der Stadt mit. Gerüchten zufolge waren die Knochenhauer von ihren adeligen Verbündeten verraten worden. Die Ritter hätten Boten und Briefe an den Rat geschickt, um ihn zu warnen. Bis auf Johann Vorloop waren die Anführer des Aufstands gefaßt worden. Achtzehn von ihnen wurden hingerichtet. Hinrich Paternostermaker beging im Kerker Selbstmord. Sein Leichnam wurde aufs Rad geflochten und vor den Augen jener Knochenhauer, die glimpflicher davongekommen waren, in Stücke gehauen.

Mit einer Nachricht hielt die Prötteltasch hinter dem Berg, bis ich durchblicken ließ, daß ich ihre Gastfreundschaft nicht länger in Anspruch nehmen wollte: Während des Prozesses gegen die Rädelsführer sei auch mein Name gefallen. Nach Mitwissern befragt, hätten die Meister ausgesagt, daß ich bei einigen ihrer Versammlungen zugegen gewesen sei. Die Richteherren hätten indes bislang keine Anklage gegen mich erhoben, weil Jost Stalbuk die Meinung vertreten habe, ich sei Gefangener der Knochenhauer gewesen.

»Wenn du etwas auf dem Kerbholz hast, tätest du besser daran, noch eine Weile bei mir zu bleiben«, sagte die Prötteltasch.

Ich versicherte ihr, daß ich nichts getan hätte, dessentwegen mich der Rat zur Rechenschaft ziehen könnte. Daher sähe ich keinen

Grund, mich verborgen zu halten. Es sei sogar zu befürchten, daß mir dies als Schuldgeständnis ausgelegt würde.

»Du willst gehen, also geh!« versetzte sie schroff. Aber dann rief sie mich zurück und sagte in milderem Ton: »Meine Tür steht dir immer offen, Bübchen.«

Im Haus am Koberg war nichts davon zu spüren, daß die Stadt sich noch vor wenigen Tagen in Aufruhr befunden hatte. Mein Vater saß wie immer in der Schreibstube, den Kopf über die Geschäftsbücher gebeugt. Das Kratzen seiner Schreibfeder – oder war es die Angst? – rief ein Frösteln auf meiner Haut hervor.

Plötzlich richtete er seinen Blick auf mich. Sein Gesicht war grau, leblos, wie das eines Toten. »Daß du es noch wagst, mir unter die Augen zu treten«, sagte er. »Nie zuvor ist der Name Gronewech auf einer Ratssitzung in unrühmlichem Zusammenhang genannt worden, niemals zuvor! Mein Sohn der Komplize von Verschwörern! Du hättest unserem Namen keine größere Schande antun können! – Nein, schweig!« schrie er, obwohl ich keinerlei Anstalten machte, ihm ins Wort zu fallen. »Ich bin es leid, mir deine Ausflüchte anzuhören! Das Maß ist voll! Geh deiner Wege, ich will dich nicht mehr sehen!«

Das war kein Ausbruch väterlichen Zorns, wie ich ihn schon mehrfach erlebt hatte, Bruder Anselmus. Diesmal hatte er eine unabänderliche Entscheidung getroffen. Er sagte sich von mir los, für jetzt und alle Zeiten. Jedes weitere Wort wäre verschwendet gewesen. So wandte ich mich zum Gehen.

»Morgen läuft ein Schiff nach Wisby aus«, hörte ich meinen Vater sagen. »Der Schiffer erwartet dich bei Sonnenaufgang an Bord. In Wisby wendest du dich an Jacob Swerting. Ich habe dich bei ihm eingekauft, du wirst sein Teilhaber.« Dann beugte er sich wieder über die Bücher. »Geh jetzt! Ich habe zu tun.«

»Gib dem Schiffer Bescheid, daß er auf mich nicht zu warten braucht«, sagte ich.

Er hatte nicht damit gerechnet, bei mir auf Widerspruch zu stoßen. Vor Staunen vergaß er, daß er die Feder soeben ins Tintenfaß getunkt hatte. Ein schwarzer Tropfen zerplatzte auf dem säuberlich beschrifteten Papier. »Du gehst nicht nach Wisby?« flüsterte er kaum vernehmbar.

»Du kannst mich aus dem Haus weisen, Vater«, entgegnete ich. »Aber du wirst es ertragen müssen, mit mir in einer Stadt zu leben.«

Wenig später verließ ich das Haus am Koberg, um es nie wieder zu betreten. Es war kein schmerzlicher Abschied, Bruder Anselmus. Erstaunlicherweise fühlte ich mich wie befreit; mir war, als ob mir eine Bürde von den Schultern genommen sei. Von jetzt an war ich nur mehr mir selbst verantwortlich. Ich allein entschied, welchen Weg ich einschlagen wollte. Führte er zum Erfolg, war es mein Erfolg, und du kannst daran ermessen, wie durchdrungen ich von Zuversicht war, daß ich die Möglichkeit des Scheiterns gar nicht erst in Erwägung zog. Mit einem Wort: Ich befand mich in einer Stimmung, die mir meine Zukunft in rosigem Licht erscheinen ließ.

Wie die Erfahrung lehrt, folgt diesem Zustand, den man unter Gebildeten *euphoria* nennt, die Ernüchterung auf dem Fuß. Es begann mit der einfachen Frage, wo ich für die nächste Zeit unterkommen sollte. Im Hause meines Onkels? Schon die Erinnerung an Mette Lödings Mutterstolz flößte mir Unbehagen ein. Bei der Prötteltasch? Sollte ich mich, nachdem ich das eine Joch abgeworfen hatte, einem anderen beugen? Und wenn ich eine Bleibe gefunden hatte: Wie sollte es weitergehen? Welcher Kaufmann würde mich, den verstoßenen Sohn, den mutmaßlichen Verschwörer, zum Teilhaber machen? Den Gedanken, ein eigenes Geschäft zu gründen, verwarf ich rasch wieder. Mein Vermögen mochte ausreichen, einen Hökerladen in einem der Handwerkerviertel zu erwerben, aber für ein Handelsunternehmen wäre ein Vielfaches an Kapital erforderlich gewesen. Fragen über Fragen, von denen sich keine auf zufriedenstellende Weise beantworten ließ. Dazu kam noch die Sorge um Lyseke. Wo mochte sie geblieben sein? Ich sah sie in einem finsteren Gotteskeller inmitten zwielichtigen Gesindels. Eine schreckliche Vorstellung, aber immer noch die hoffnungsvollere, wenn ich mir Thideriks meuchlerisches Grinsen ins Gedächtnis rief.

Um es kurz zu machen: Nach einigen Umwegen landete ich wieder bei der Prötteltasch. Sie fragte nicht, wie es mir ergangen war. Vermutlich hatte sie an ihren Badezubern gelauscht oder auf andere Weise erfahren, daß mein Vater mich vor die Tür gesetzt hatte.

Die nächsten Wochen verbrachte ich in tiefer Niedergeschlagenheit in der Dachkammer. Außer einer Magd, die mir morgens einen Topf Grütze brachte, besuchte mich niemand. Meine einzige Gesellschaft war das Federvieh. Hast du gewußt, daß Hühner mitfühlende Wesen sind? Ich hörte sie, während sie mich seitwärts beäugten, vor Rührung seufzen. Selbst der streitbare Hahn erbarmte sich meiner und überließ mir freiwillig eine Hälfte des Bettes. Es war, alles in allem, eine ruhige Zeit. Ich sollte indessen bald gewahr werden, daß es die Ruhe war, die dem Sturm vorauszugehen pflegt.

Eines Morgens erschien statt der Magd die Prötteltasch selbst. Sie verkündete, daß es mit der Faulenzerei jetzt ein Ende habe, und befahl mir, ihr zu folgen. Als erstes begaben wir uns in eine Badstube, wo zwei Dirnen mir die Kleider vom Leib rissen und mich in einen Zuber mit brühwarmem Wasser warfen. Dann schrubbten sie mich, als ob ich mit Pech und Schwefel behaftet sei. Halb ohnmächtig zogen sie mich aus dem Bottich, rieben meinen krebsrot angelaufenen Körper trocken und brachten mich in einen Nebenraum. Dort erwartete mich ein Schneidermeister mit seinen Gehilfen. Diese streiften mir verschiedene Kleidungsstücke über, zogen sie mir auf Geheiß des Meisters wieder aus, und dies ging so weiter, bis der Meister durch ein Lächeln Zufriedenheit bekundete. Er hatte einen Gecken aus mir gemacht.

Die Prötteltasch gab dem Meister ein Goldstück und scheuchte alle hinaus. »Ich habe inzwischen deine Schmucksachen verkloppt«, sagte sie. »Von den vierzig Mark, die ich dafür erlöst habe, hast du zwanzig allein der Tatsache zu verdanken, daß ich die Prötteltasch bin.« Sie reichte mir einen Beutel: »Hier sind zehn, den Rest bewahre ich für dich auf. Geh jetzt ins Rathaus und laß dich bei Marquard Brömse melden. Alles weitere erfährst du von ihm.«

Ich war wie vor den Kopf geschlagen. Während ich die ruppige Waschung über mich ergehen ließ, hatte sie meinen einzigen Besitz verkauft. Vor Entrüstung brachte ich kein Wort heraus. Es hätte allerdings auch nichts gefruchtet, denn die Prötteltasch schien felsenfest überzeugt, daß sie ein gutes Geschäft gemacht hatte.

Marquard Brömse bekleidete zu jener Zeit das Amt eines Richteherren. Er war im Handel mit Stockfisch zu Geld gekommen und stellte es gern als unverdiente Ehre hin, daß man ihm, der über keinerlei Schulbildung verfügte, ein so hohes Amt anvertraut hatte. Man sagte ihm nach, daß er ohne Umschweife zur Sache käme, und diesem Ruf wurde er vollauf gerecht, als ich sein Zimmer betrat.

»Gebt Ihr zu, auf seiten der Knochenhauer am Aufstand teilgenommen zu haben?« schnaubte er mich an.

»Nein, Euer Gnaden.«

»Warum nicht?«

»Weil es nicht wahr ist.«

»Gut«, sagte er und reichte mir die Hand. »Daraus ergibt sich mit zwingender Logik, daß der Verdacht, Ihr hättet mit den Aufrührern gemeinsame Sache gemacht, jeglicher Grundlage entbehrt.«

»Ich bewundere Euren Scharfsinn, Euer Gnaden«, sagte ich.

»Gesunder Menschenverstand«, entgegnete Marquard Brömse, indem er gegen seine Stirn tippte. »Bleibt noch die Frage, was Ihr zu jenem Zeitpunkt im Viertel der Knochenhauer zu suchen hattet, Simon Gronewech. Denn Ihr müßt zugeben, daß das Pack Euch nicht in seine Gewalt hätten bringen können, wenn Ihr nicht dort gewesen wärt.«

»Das gebe ich zu.«

»Also?«

Ich deutete an, daß es sich um eine Angelegenheit rein persönlicher Natur gehandelt habe und ich daher die Aussage zu verweigern geneigt sei.

»Nichts da!« donnerte der Richteherr. »Ich bin dafür bekannt, daß ich mich nicht mit Halbheiten abspeisen lasse, wenn es darum geht, die Wahrheit zu ergründen.«

»Es war«, antwortete ich stockend, »es war wegen einer Frau.«

»Eine Weibergeschichte, hast du's vermerkt?« fragte er den Schreiber. Und als dieser nickte, entließ er ihn mit einer ungeduldigen Gebärde. »Wo es um Weiber geht, läßt auch der strengste Richter Milde walten«, fuhr er gönnerhaft fort. »Andererseits gilt zu bedenken, daß im Rat Leute sitzen, die Euch mit Vergnügen baumeln sehen würden, Simon Gronewech. Damit Ihr den Ernst der Lage erkennt, erwähne ich die Namen Wickede und Clendenst. Diese höchst achtbaren Bürger tragen es Euch nach, daß Ihr Euch in Bergen zu einer Falschaussage habt hinreißen lassen.«

»Wie kann man von einer Falschaussage sprechen, wenn es die reine Wahrheit war?« rief ich empört.

»Eine Aussage vor einem fremden Gericht, die einem Bürger Lübecks schadet, ist eine Falschaussage«, belehrte mich Marquard Brömse. »Das hättet Ihr wissen müssen, Simon Gronewech. Ließe ich Euch nun gänzlich ungeschoren davonkommen, würde sich der Unmut besagter Familien auch gegen mich richten. Ihr werdet verstehen, daß ich daher gezwungen bin, Euch mit einer Strafe zu belegen.«

»Wegen welchen Vergehens, Euer Gnaden?« fragte ich. »Eben noch habt Ihr einleuchtend dargelegt, daß man mich zu Unrecht verdächtigt.«

»Wir wollen uns nicht mit Haarspaltereien aufhalten«, erwiderte der Richteherr. »Wenn jemand bestraft werden soll, findet sich immer ein Grund. Dieses Gespräch hätte schon vor Wochen stattfinden müssen. Weshalb seid Ihr nicht während des Prozesses vor Gericht erschienen und habt Euch gegen die Verdächtigungen zur Wehr gesetzt? Aber nein, Ihr zieht es vor, Euch bei einer Person von zweifelhaftem Ruf zu verkriechen. Dies nennt man Mißachtung des Gerichts, Simon Gronewech! Dafür verurteile ich Euch zu einer Geldstrafe von zehn Mark! Ich hoffe, Ihr habt so viel bei Euch, andernfalls müßte ich Euch in Haft nehmen, bis die Buße entrichtet ist.«

»Der Zufall will es, daß ich einen Betrag in ebendieser Höhe eingesteckt habe«, sagte ich und händigte ihm den Beutel aus.

Er machte sich nicht die Mühe nachzuzählen, bevor er den Beutel in einem Schubfach verschwinden ließ. »Damit ist die Angelegeneit bereinigt, junger Freund«, sagte er. »Ihr solltet gleichwohl Gott dafür danken, daß Ihr an einen Richteherren geraten seid, der sich bei der Urteilsfindung vom gesunden Menschenverstand leiten läßt.«

Vor dem Rathaus nahm mich Thiderik in Empfang und führte mich zu einem Haus in der Glockengießerstraße, unweit St. Katharinen. Rückblickend denke ich oft, in mir hätte zumindest eine dunkle Ahnung aufsteigen müssen, daß der Schritt über die Schwelle dieses Hauses der Schritt in einen neuen Lebensabschnitt sein würde. Tatsächlich regte sich in mir nichts außer Neugier. Es war ein stattliches Haus, anscheinend erst vor wenigen Jahren erbaut. Wie die Fassade, der Treppengiebel und die mit schweren Beschlägen versehene Tür vermittelte auch das Innere den Eindruck gutbürgerlichen Wohlstands.

Am oberen Treppenabsatz kam mir die Prötteltasch entgegen. Sie war derart züchtig gekleidet, daß niemand in ihr die Herrin aller Huren vermutet hätte. »Ist gut, verschwinde!« zischte sie zur Diele hinunter. Thiderik machte auf dem Absatz kehrt.

»Ich will dich einer Frau vorstellen, die es vornehm liebt«, wisperte die Prötteltasch. »Also rede nicht einfach drauflos! Zeig ihr, daß du was Besseres bist! Es geht um die Wurst, Bübchen!«

Ohne meinen gleichfalls im Flüsterton vorgebrachten Fragen Gehör zu schenken, schob sie mich in ein dämmriges Gemach. Am Fenster saß, halb vom Tageslicht und halb von einer Kerze beleuchtet, eine Frau in schwarzer Kleidung. Sie hielt sich sehr aufrecht, was man für den Ausdruck von Selbstbewußtsein und herrischem Wesen hätte halten können, wäre diese Pose nicht durch ihre Körperfülle bedingt gewesen. Denn keine andere Haltung hätte ihrem mächtigen Busen und dem prallen Bauch genügend Raum geboten. Ihr Gesicht war von der Haube bis zur Nasenspitze beschattet; ich sah nur schmale Lippen und ein breites Kinn.

Die Prötteltasch machte uns miteinander bekannt, und so erfuhr ich, daß ich im Haus der Brauerswitwe Zamme Hunt zu Gast war. Die Witwe bat uns, Platz zu nehmen, und ließ ein Getränk bringen, das, ihren Worten zufolge, dem seligen Gatten noch lieber gewesen sei als das eigene Bier. Es schmeckte widerlich süß.

Auf einen Blick der Prötteltasch hin begann ich zu reden. Ich kann mich nicht entsinnen, was ich sagte. Ich weiß nur, daß ich mich in Wendungen erging, die mich selbst nicht weniger entzückten als die Prötteltasch. Auch Zamme Hunt äußerte Wohlgefallen, indem sie mit einem Mundwinkel lächelte.

»Erwartet nicht, daß ich Euch auf die gleiche Weise antworte, werter Herr«, sagte die Witwe. »Bartholomäus Hunt, Gott sei seiner Seele gnädig, vertrat die Meinung, daß eine Frau im häuslichen Tun Erfüllung finden solle und daher nicht des geselligen Umgangs bedürfe. So habe ich nie gelernt, mich in anderen als einfachen Worten auszudrücken.«

»Wozu auch?« sagte die Prötteltasch. »Ihr habt es nicht nötig, Euch mit Worten dickzutun.« Und zu mir gewandt, fuhr sie fort: »Der selige Bartholomäus Hunt hat seine Witwe zu einer der reichsten Frauen dieser Stadt gemacht.«

»Nur daß ich ihn selbst nun schon seit zwei Jahren entbehren muß«, seufzte Zamme Hunt. »Ich komme mir verloren in diesem Haus vor. Die vielen Stunden des Tages, da ich sonst für sein leibliches Wohl sorgen durfte, gehen nutzlos dahin. Manchmal wünsche ich mir, dieses Leben möge bald ein Ende haben.« Vermutlich trug ihr fortgeschrittenes Alter dazu bei, daß mir der Doppelsinn ihrer Worte verborgen blieb.

»Laßt uns für einen Augenblick allein, junger Herr«, sagte die Prötteltasch zu mir.

»Wenn Ihr wollt, könnt Ihr Euch einstweilen im Haus umsehen«, schlug die Witwe vor.

Als ich das Speisezimmer durchquert hatte, stand ich unversehens vor einem Ungetüm von Bett. Mit seinen bis zur Decke emporragenden Eckpfeilern und der reichverzierten Umrandung aus dunklem Holz ähnelte es einem Katafalk. Am Kopfende des Bettes lagen zwei ungewöhnlich große Kissen, von denen das eine leicht zerknittert war, während das andere schon lange nicht mehr benutzt worden zu sein schien. Indessen war auf dieser Seite des Bettes ein Zipfel der Brokatdecke hochgeschlagen. Es wirkte wie eine Aufforderung hineinzuschlüpfen. Und da durchfuhr es mich wie ein Blitz: Ich sollte den Platz des seligen Bartholomäus Hunt einnehmen!

»Hast deine Sache gut gemacht, Bübchen. Die Witwe hat angebissen«, vernahm ich wie aus weiter Ferne die Stimme der Prötteltasch.

Mich packte ein unwiderstehlicher Drang, das Weite zu suchen. Um ein Haar hätte ich die Prötteltasch über den Haufen gerannt. Doch sie wankte zwar, hielt dem Aufprall aber stand und schloß mich in ihre kräftigen Arme. »Ruhig Blut, Bübchen«, sagte sie. »Was ich eingefädelt habe, bringe ich zu Ende, darauf kannst du Gift nehmen.«

»Ihr glaubt doch nicht im Ernst, daß ich die Witwe heiraten werde!« preßte ich hervor. »Sie ist doppelt so alt wie ich!«

»Was zählt das Alter, wo's um Zaster geht?« versetzte sie garstig. »Für jedes Jahr, das sie älter ist, bringt sie einen Sack voll Geld in die Ehe! Was du sonst noch brauchst, kannst du dir dann kaufen, du Trottel!«

So stritten wir uns, während sie mich noch immer umklammert hielt, bis ich einsah, daß mir keine andere Wahl blieb, als Zamme Hunt zu heiraten, wenn ich jemals auf einen grünen Zweig kommen wollte. Überdies wußte die Prötteltasch mir die Ehe mit der ältlichen Witwe mit der Aussicht schmackhaft zu machen, daß jene eines nicht allzu fernen Tages das Zeitliche segnen würde und ich dann nach Belieben über ihr Vermögen verfügen könne.

Zamme Hunt hatte unterdessen die Witwenhaube gegen eine kleinere ausgetauscht, die mehr von ihrem Gesicht sehen ließ. Es war das Gesicht einer braven Bürgerin; der Biedersinn sprang ihr förmlich aus den Augen. Nur eines verstörte mich schon am ersten Tag, obwohl ich es zu diesem Zeitpunkt noch nicht zu deuten wußte: Zuweilen musterte sie mich mit verschleiertem Blick und leckte sich die dünnen Lippen.

»Zamme Hunt ist dem Gedanken nicht abgeneigt, mit Euch eine zweite Ehe einzugehen, Simon Gronewech«, erklärte die Prötteltasch. »Wie steht Ihr dazu?«

Ich könne mich gleichfalls für den Gedanken erwärmen, antwortete ich getreu der alten Kaufmannsregel, daß ein schneller Handschlag selten ein gutes Geschäft besiegelt.

Sie sei gewiß nicht mehr die Jüngste, räumte die Witwe ein. Zudem stamme sie aus einfachen Verhältnissen und sei erst durch die Heirat mit dem seligen Bartholomäus Hunt in bessere Kreise aufgestiegen. Die Beschränkung auf das Häusliche habe jedoch in ihr den Ehrgeiz geweckt, sich darin von niemandem übertreffen zu lassen. So achte sie auf Ordnung und peinlichste Sauberkeit und habe es in der Kochkunst zu solcher Fertigkeit gebracht, daß der verwöhnte Gatte selten woanders als daheim gespeist und im Laufe von zwanzig Ehejahren beträchtlich an Leibesumfang gewonnen habe.

»Euer künftiger Gemahl wird das zu schätzen wissen«, sagte die Prötteltasch. »Mehr noch als an Reinlichkeit und gutem Essen ist ihm allerdings daran gelegen, seine kaufmännischen Fähigkeiten unter Beweis zu stellen.«

»Nur immer zu«, entgegnete die Witwe. »Bartholomäus Hunt, Gott hab ihn selig, hat mir außer Grundbesitz eine Reihe von Beteiligungen hinterlassen. Ein erfahrener Kaufmann könnte da noch wesentlich mehr herausholen.«

»So wollen wir dem Herrgott danken, daß er Euch zusammengeführt hat«, sagte die Prötteltasch. Ja, sie scheute sich nicht, ihre Kuppelei als das Werk Gottes hinzustellen, das alte Luder! Ich konnte nur mit Mühe ein Lachen unterdrücken, während Zamme Hunts Lippen ein stummes Amen formten.

Unsere Trauung fand auf beiderseitigen Wunsch in St. Katharinen statt. Für Zamme Hunt war es ein kurzer Weg, und ich hoffte, dort weniger Aufsehen zu erregen als in der Kirche der Kaufleute. Um es rundheraus zu sagen: Ich fürchtete, mich lächerlich zu machen. Denn abgesehen von dem augenfälligen Altersunterschied gaben wir ein höchst ungleiches Paar ab. Ich war zu jener Zeit noch gezeichnet von den Entbehrungen der Kerkerhaft, während Zamme Hunt, um zwei Haupteslängen kleiner als ich, einer wandelnden Kugel glich. Zu meiner Erleichterung gewahrte ich unter den Anwesenden jedoch kein bekanntes Gesicht. Es war im übrigen das einzige Mal, daß ich mich mit meiner Angetrauten in der Öffentlichkeit sehen ließ. Sie äußerte indes auch keine derartigen Wünsche; nach den langen Ehejahren mit Bartholomäus Hunt nahm sie es für gottgegeben hin, daß ihre Welt an der Haustür endete.

Zamme, nunmehr Zamme Gronewech, war nicht geiziger als andere Frauen ihres Standes. Aber es kostete mich viele wohlgesetzte Worte, bis ich sie davon überzeugt hatte, daß es mit der Würde eines hansischen Kaufmanns unvereinbar sei, seine Frau um ein Taschengeld anzubetteln. So legte sie mir jeden Sonntagabend eine Mark auf das Kopfkissen. Sie tat dies nicht etwa heimlich, sondern vor meinen Augen – und leckte sich dabei die Lippen. Ich maß dem so wenig Bedeutung bei wie einer anderen, scheinbar absichtslosen Geste: Manchmal tätschelte sie mir nachts die Wange. Wenn ich dann auffuhr und eine Erklärung forderte, murmelte sie schläfrig, dies sei im Traum geschehen. Ich nahm es in meiner Arglosigkeit für bare Münze. Wie konnte ich auch ahnen, daß sie, die dem Alter nach meine Mutter hätte sein können, mit dem Tätscheln und Lippenschlecken bestimmte Absichten zu erkennen gab?

Der Brauherr Bartholomäus Hunt war mir bis dahin schon dem Namen nach bekannt gewesen. Man rühmte sein starkes und süffiges Bier; auch hieß es, daß einige wohlangesehene Kaufleute bei ihm in der Kreide stünden. In der Schreibstube fand ich ein genaues Verzeichnis seiner Beteiligungen an Handelsunternehmen, Brauereien und Schiffen sowie der Liegenschaften, die ihm ganz oder teilweise gehörten. Nach überschlägiger Schätzung konnte sich sein Vermögen durchaus mit dem meines Vaters messen. Im Gegensatz zu jenem hatte Bartholomäus Hunt seine Beteiligungen jedoch breit gestreut, so daß er, aufs Ganze gesehen, zwar keine Einbußen erlitt, aber auch selten große Gewinne erzielte.

Ich wünschte, du hättest die ehrbaren Kaufleute sehen können, als ich einen Blick in ihre Geschäftsbücher zu werfen verlangte. Wie sie katzbuckelten und mich mit schmeichlerischen Reden von meinem Vorhaben abzubringen suchten. Wer könne besser beurteilen als ich, selbst ein Kaufmann und ein weitgereister dazu, wie schlecht es um den Handel bestellt sei, wie schwer es falle, auf seine Kosten zu kommen. Man halte sich so eben und eben über Wasser, indem man vom Ersparten zehre, von Gewinnen keine Spur, und demzufolge sei auch kein Schilling mehr für den Anteilseigner abzuzweigen. Ich ließ sie reden, um schließlich in forschem Ton zu fragen, was ihnen lieber sei: die Erträge zu erhöhen oder mir ein Mitspracherecht einzuräumen. Die Folge war blankes Erstaunen und unverhohlene Ratlosigkeit, doch letztlich entschieden sie sich dafür, etwas draufzulegen. Offenbar setzten sie kein großes Vertrauen in meine kaufmännischen Fähigkeiten. Zamme hingegen vermerkte mit stiller Genugtuung, wie tatkräftig ich zu Werke ging. Daher willigte sie auch ohne langes Zögern ein, als ich vorschlug, einen Teil der Außenstände einzutreiben und mit dem Geld ein eigenes Handelshaus zu gründen. Sie bestand allerdings darauf, daß es außer meinem Namen auch den des seligen Gatten trage; ferner verlangte sie, daß vor dem Abschluß größerer Geschäfte ihre Zustimmung eingeholt werde.

Bartholomäus Hunt hatte gute Geschäftsverbindungen nach

Mecklenburg und Pommern, von wo er das für die Bierherstellung erforderliche Getreide bezog. Ich schloß mit seinen Lieferanten neue Verträge ab und orderte statt der Gerste Weizen. Diesen lagerte ich in Hunts Kornspeichern, bis ich aus sicherer Quelle erfuhr, daß in Norwegen wieder Hunger herrschte. Der Weizen traf zum Zeitpunkt der größten Not in Bergen ein und erzielte einen über Erwarten hohen Preis. Im Spätsommer ließ ich vom Erlös des Weizens Stockfisch kaufen und diesen nach Flandern verschiffen, wo er zur Fastenzeit reißenden Absatz fand. Ein halbes Jahr später nahm ich eine Ladung feinsten flandrischen Linnens in Empfang. Die Kosten für Schiffsraum und Vermittlerdienste abgerechnet, betrug mein Gewinn gut das Doppelte der Summe, die ich für den Weizen gezahlt hatte.

Man sollte nun annehmen, daß meine Standesgenossen mich nach diesem geschäftlichen Erfolg mit anderen Augen gesehen hätten. Doch ob es aus Neid oder Unkenntnis geschah: Sie gaben mir zu verstehen, daß sie mich auch weiterhin nicht zu ihresgleichen zählten. So beschloß ich, mir gleichsam im Handstreich Anerkennung zu verschaffen. Eines Abends trat ich vor die Runde der Bergenfahrer und bat um Aufnahme in die Bruderschaft. Die Handelsherren hüllten sich in Schweigen. Schließlich erhob sich Thomas von Wickede, der Vater des an anderer Stelle erwähnten Arent von Wickede, und fragte die Versammelten, ob zwei von ihnen, wie es die Regel vorschreibe, für mich zu bürgen bereit seien. Niemand meldete sich. Ich habe mich selten so gedemütigt gefühlt, Bruder Anselmus. Dem großspurigen Auftritt folgte ein schmählicher Abgang; wie ein geprügelter Hund schlich ich mich davon. Es dauerte Tage, bis ich die Enttäuschung überwunden hatte. Doch dann erwachte der Trotz in mir. Ich wollte ihnen beweisen, daß in dem vermeintlichen Liederjan ein mit allen Wassern gewaschener Kaufmann steckte. Der Dreieckshandel hatte mir einen ungewöhnlich hohen Gewinn beschert. Was lag also näher, als ein zweites Mal mein Glück zu versuchen, zumal der Weizen infolge guter Ernten billig war und aus Norwegen wiederum von Nahrungsmangel berichtet wurde? Angesichts solch günstiger Voraussetzungen orderte ich vier Schiffsladungen Getreide und vertraute darauf, daß Zamme mir die benötigte Summe vorstrecken würde.

Aber wie sie sich zierte und hilflos die Augen verdrehte! »Woher, um alles in der Welt, soll ich das Geld nehmen?« fragte sie scheinheilig. »Was mir an Barem zufließt, reicht gerade hin für die Bedürfnisse des Leibes und die Handvoll dienstbarer Geister. Seit ich dich zum Mann habe, leert sich meine Schatulle überdies schneller als zu den Zeiten des seligen Bartholomäus Hunt, obwohl er es, im Unterschied zu dir, bei Tische üppig liebte.«

Ich erwiderte unwirsch, daß ich statt törichter Ausflüchte eine klare Antwort erwarte. Nun fuhr sie sich mit der Zungenspitze über die Lippen, bat um Nachsicht für ihr kleinliches Verhalten und trug mir auf, einen Garten zu verkaufen, der zwar wenig Nutzen bringe, dafür aber günstig gelegen sei.

Seine vorteilhafte Lage ergab sich daraus, daß er beiderseits an die Grundstücke zweier Kaufleute grenzte, die einander nicht das Schwarze unterm Fingernagel gönnten. Indem ich einen gegen den anderen ausspielte, gelang es mir, den Preis weit über den tatsächlichen Wert des Gartens hochzutreiben. Mit einem Schlag hatte ich das Geld für den Weizen beisammen. Die prompte Bezahlung wiederum flößte den Eignern der Kornschiffe so viel Zuversicht ein, daß sie sich erboten, das Getreide selbst nach Norwegen zu bringen und sich auch des weiteren am Dreieckshandel zu beteiligen. Dies bedeutete nicht nur eine beträchtliche Minderung der Kosten, es bot auch die Gewähr, daß sie aus schierem Eigennutz den größtmöglichen Gewinn herausschlagen würden. Kurz: Das Geschäft ließ sich auf eine Weise an, die zu den schönsten Hoffnungen berechtigte.

Da es schon gegen Herbst ging, war mit der Rückkehr der Schiffe frühestens in einem Jahr zu rechnen. Um mir die Wartezeit zu verkürzen, begleitete ich Jakob Veckinchusen auf einer Reise nach Frankfurt, wo er Perlen, Gold- und Silbergerät, Samt aus Mailand und Genua, Waffen, Rüstungen und Gewürze einkaufte. Veckinchusen erfreute sich unter den Kaufleuten von nah und fern hohen Ansehens. Dies verdankte er neben seinem weltläufigen Auftreten und seinen Sprachkenntnissen vor allem seinem Verhandlungsgeschick: Er wußte es stets so hinzudrehen, daß der Geschäftspartner sich im Vorteil wähnte. Auf der Heimreise bat ich ihn, mir einen Teil der Waren zum Weiterverkauf zu überlassen. Nach kurzer Bedenkzeit lehnte er ab. Als Neubürger müsse er bei der Wahl seiner Geschäftspartner größte Sorgfalt walten lassen. So könne er seine Augen nicht davor verschließen, daß ich bei den Familien Clendenst und Wickede, immerhin zwei der einflußreichsten unserer Stadt, in Ungnade gefallen sei. Auch das Zerwürfnis mit meinem Vater rücke mich in ein schlechtes Licht. Man sei allgemein der Ansicht, daß ich ohne schwerwiegende Gründe nicht von ihm verstoßen worden wäre. Zu allem Überfluß ginge noch das Gerücht, ich sei der Geliebte der Prötteltasch und leiste ihr als solcher Dienste, die selbst eine ausschweifende Phantasie sich schwerlich auszumalen vermöge. Von alledem habe er hintenherum erfahren, niemand beschuldige mich offen irgendwelcher Vergehen, doch ihm sei dies Anlaß genug, sich nicht zu sehr mit mir einzulassen.

Die Abfuhr traf mich hart, aber sie entmutigte mich nicht. Gleich nach meiner Rückkehr trat ich in Geschäftsbeziehungen zu einer Reihe kleinerer Kaufleute, die, weil ihnen das Wasser bis zum Hals stand, keinen Anstoß an meinem schlechten Leumund nahmen. Aus ähnlichen Gründen ließ sich ein alteingesessenes Handelshaus herbei, mich an seinen Geschäften zu beteiligen. All dies brachte nicht viel ein; oft reichten die Einnahmen gerade hin, die Kosten zu decken, doch meine Tage waren ausgefüllt mit emsiger Tätigkeit. Häufig sah man mich schon im Morgengrauen zum Hafen eilen, um als erster mit den Eignern der am Vorabend eingelaufenen Schiffe ins Geschäft zu kommen. Ganze Nächte verbrachte ich in der Schreibstube, mäßige Gewinne errechnend und Pläne schmiedend, wie größere zu erzielen seien. Für eine Weile erlag ich der Täuschung, daß ich die mir gemäße Rolle gefunden hätte: die eines strebsamen, Pfennig auf Pfennig häufenden Kaufmanns. Aber war es wirklich eine Täuschung? Wäre es nicht denkbar, daß sich damals eine Seite meines Wesens offenbarte, die zur beherrschenden hätte werden können, wäre mein Eifer reichlicher belohnt worden? Doch genug solch müßiger Gedankenspiele, er wurde nicht belohnt, der Gewinn war kläglich. Und langsam begann ich mich zu fragen, ob ich mir die Zeit nicht besser vertreiben könne als mit nutzloser Geschäftigkeit.

Der Zufall wollte es, daß ich eines frühen Morgens auf dem Weg zum Hafen Thiderik begegnete, dem Knecht der Prötteltasch. Er taumelte aus einer dunklen Ecke hervor und klammerte sich an mich. Sein Atem roch nach Bier und billigem Fusel. »Zamme Hunts Bettwärmer«, grölte er. »Kommt, junger Herr! Wir wollen auf das Wohl der dicken Witwe trinken.«

Betrunkene sind mir zuwider. Ich hätte ihn daher abgeschüttelt, wäre er nicht der Mann gewesen, der Lyseke und ihren Vater fortgebracht hatte. Die Aussichten, etwas über ihren Verbleib zu erfahren, konnten kaum günstiger sein. So fand ich mich bald darauf in einer jener Spelunken wieder, wo lichtscheues Gesindel den Tag totzuschlagen pflegt. Thiderik ließ Bier auftischen und stellte mich dem Wirt mit den Worten vor, ich pflüge nunmehr den Acker, der trotz langjähriger Bemühungen des verstorbenen Brauherrn Hunt unfruchtbar geblieben sei.

»Nimmt sie Euch tüchtig ran?« fragte er. »Oder warum seid Ihr sonst so spiddelig, daß man Euch das Vaterunser durch die Rippen blasen kann?«

»Ich bezahle dieses Bier und vielleicht noch ein weiteres, wenn du dich sputest«, sagte ich frostig. »Meine Zeit ist knapp bemessen.«

»Oh, ich weiß, ich weiß«, entgegnete Thiderik. »Die Prötteltasch kann sich gar nicht genug über Euch wundern. Was plackt sich das Bübchen ab, sagt sie, wo er doch 'ne Henne hat, die goldene Eier legt?«

Angewidert von dem trunkenen Geschwätz, legte ich eine Silbermünze auf den Tisch und fragte: »Wo sind sie, Thiderik?«

Er verstand mich sofort. Den Blick auf das Geldstück geheftet, murmelte er: »Der Alte ist nicht mehr.«

»Und was ist mit seiner Tochter geschehen?«

»Die Prötteltasch kriegt jede kirre«, erwiderte er, mühsam die Worte formend. »Die Kleine frißt ihr auch bald aus der Hand.«

Da übermannte mich der Zorn. Ich packte Thiderik am Hals und schrie: »Wo ist sie? Wo hast du sie hingebracht, du Hundsfott?!«

Unter Keuchen und Würgen brachte er das Wort *Pogghetze* hervor. Dann warf sich der Wirt zwischen uns und beförderte mich auf die Gasse hinaus.

Pogghetze war der Name einer weitverzweigten Knochenhauersippe, aber ich erinnerte mich, daß Meister Hans von einem Schinderknecht gleichen Namens erzählt hatte. Dieser wurde *der Engelmacher* genannt, weil er Neugeborene, die aus diesen oder jenen Gründen unerwünscht waren, auf Nimmerwiedersehen verschwinden ließ. Von Meister Hans wußte ich, daß Pogghetze im Gängeviertel wohnte. Mein Gefühl sagte mir, daß ich auf der richtigen Spur war, doch das Gängeviertel ist ein gefährliches Pflaster für einen Fremden, der neugierige Fragen stellt. Daher zog ich Daniel Metz ins Vertrauen und bat ihn, mich zum Haus des Engelmachers zu führen.

Der Krüppel zeigte mir eine Bude am unteren Ende des Sniggengangs. »Du wartest besser, bis der Vogel ausgeflogen ist«, riet er mir. »Pogghetze ist ein frommer Mensch, jeden Abend geht er in die Kirche.« Das war kein Scherz, wie sich bald erweisen sollte. Denn als die Turmglocken zur Vesper zu läuten begannen, trat ein ungeschlachter Mann aus der Bude und verlor sich im Gewirr der Gassen.

Die Tür war verriegelt; sie hing jedoch so locker in den Angeln, daß ich sie mit einem Fußtritt aufsprengen konnte. Die Bude war bis zur halben Höhe mit Rauch gefüllt. Daniel wirbelte die Schwaden auf; sie wallten wie ein löchriger Schleier zur Decke empor. Durch den Dunst erblickte ich Lyseke.

Sie hockte in einer Ecke, die Knie zu den Schultern hochgezogen. Ihr Gesicht war leichenblaß. Mit weit aufgerissenen Augen starrte sie an mir vorbei, als sähe sie dort etwas, das ihr namenloses Entsetzen einflößte.

»Lyseke!« rief ich leise.

Kaum daß sie ihren Namen vernommen hatte, spreizte sie die angewinkelten Beine und hob ihren Rock. Die Geste einer Hure. Doch sogleich bedeckte sie sich wieder und wimmerte: »Ich will nicht, ich will nicht!« Sie trug noch das Kleid, in dem ich sie zuletzt gesehen hatte; es war zerrissen und starrte vor Schmutz. Auf ihren Armen gewahrte ich blutige Striemen. Und wieder und wieder stieß sie die Worte »ich will nicht« hervor.

Ich warf mich vor ihr auf die Knie, nahm ihren Kopf zwischen meine Hände. »Erkennst du mich, Lyseke?« fragte ich. Ihre Augen waren leer; es schien, als ob alles Leben aus ihnen gewichen sei.

»Die ist nicht bei sich«, hörte ich Daniel sagen.

Plötzlich begann Lyseke zu schreien. Ich streichelte sie, sprach begütigend auf sie ein, es half nichts: Sie schrie, daß mir die Ohren gellten. Ratlos blickte ich mich nach Daniel um. Er nahm ein Holzscheit in eine seiner Klauen, und ehe ich's mich versah, hatte er Lyseke einen Hieb in den Nacken versetzt. Ihr Kopf sank gegen meine Brust; ich fühlte, wie ihre Glieder erschlafften.

»Keine Bange, sie lebt noch«, kam der Krüppel meiner Frage zuvor. »Aber was machen wir jetzt mit ihr?«

»Ich bringe sie zu meinem Onkel«, sagte ich kurzentschlossen, hüllte Lyseke in meinen Mantel und lud sie mir wie einen Sack auf die Schulter.

Im Haus des Dompropstes schien alles zu schlafen. Erst nach längerem Klopfen öffnete Mette Löding die Tür. »Dein Onkel fühlt sich nicht wohl, er hat sich zur Ruhe begeben«, sagte sie.

»Richte ihm aus, daß ich ihn in einer dringenden Angelegenheit zu sprechen wünsche«, versetzte ich barsch.

»Der bleibt aber draußen«, sagte Mette, auf den Krüppel deutend.

Onkel Bertram kam aus dem Schlafgemach. Er hatte sich eine

Decke übergeworfen, unter der seine für den massigen Leib viel zu dürren Beine hervorschauten. »Keine langen Tiraden, ich bin leidend«, knurrte er. »Was bringst du mir da ins Haus?«

Seine Miene verfinsterte sich, während ich meine Bitte vorbrachte. Inzwischen hatte Lyseke das Bewußtsein wiedererlangt. Sie kauerte am Boden und betastete mit zittrigen Händen ihr Gesicht.

»Du bist allmählich alt genug, deine Torheiten selbst auszubaden«, entgegnete der Dompropst ungehalten. »Was, glaubst du, würde der Rat dazu sagen, daß ich der Tochter eines Aufrührers Unterschlupf gewähre? Weshalb sollte ich es mir ihretwegen mit der Prötteltasch verderben, dem bösartigsten aller Weiber?«

»Wäre es nicht ein Gebot der Nächstenliebe, Onkel?«

»Sprich du nicht von Nächstenliebe!« donnerte er. »Ist es Nächstenliebe, wenn du Wasser auf die Mühlen meiner Feinde lenkst?« Voller Wut griff er in Lysekes Haar und zog ihren Kopf hoch. »Sieh sie dir an! Was liegt dir an dem armseligen Bündel Mensch, daß du mich seinetwegen in Schwierigkeiten bringst?« Lyseke schrie vor Schmerz auf. »Verzeih mir, ich wollte dir nicht weh tun«, sagte Onkel Bertram und löste seine Finger behutsam aus ihrem Haar.

»Ich habe sie geliebt«, stammelte ich.

Die Worte erweichten sein Herz. Er rief Mette herein und trug ihr auf, Lyseke zu waschen und mit sauberer Kleidung zu versehen. Im Hinausgehen streifte mich Lysekes Blick. Mir war, als regte sich etwas in ihren Augen, ein spärlicher Funke des Erkennens. Doch schon einen Herzschlag später war er wieder erloschen.

»Die Priorin des Johannisklosters schuldet mir einen Gefallen; sie wird das Mädchen in ihre Obhut nehmen«, sagte Onkel Bertram. »Möge sie unter den frommen Schwestern ihre seelische Ruhe wiederfinden, amen.« Darauf setzte er mir einen Kapaun vor und sah angeekelt zu, wie ich ihn verzehrte.

»Ich beneide dich um deinen guten Magen«, sagte mein Onkel. »Mir hat das Vieh so viel Ungemach bereitet, daß ich schon mein Ende nahen fühlte. Doch wie es scheint, wollte Gott mich für diesmal nur zur Mäßigung mahnen.« Sein Gesichtsausdruck verriet indessen, daß noch nicht alles überstanden war. Er stakte ins Schlafgemach zurück und setzte sich auf den Nachtstuhl. »Sing mir etwas vor, es lindert meine Qualen«, bat er mit gepreßter Stimme.

»Was möchtest du hören, Onkel?«

»Etwas Lustiges.«

So sang ich das Seeräuberlied von den Mädchen auf Bornholm und den Königen aus dem Morgenland, von Liebeslust, Weihrauch und Myrrhe. Währenddessen erleichterte sich Onkel Bertram, und seine Seufzer flochten sich wie eine zweite Stimme in die Melodie.

»Ein hübsches Lied, wenn auch arg anstößig und somit kaum der Erbauung dienend«, sagte Onkel Bertram. »Kennst du noch mehr solcher Lieder?«

»O ja, ein halbes Dutzend«, sagte ich. »Sie sind indes allesamt nicht von der Art, die dir gefallen dürfte.«

»Sei dessen nicht so sicher«, schmunzelte mein Onkel. »Irgendeiner unserer Vorfahren, denke ich oft, muß ein Gaukler gewesen sein. Wie sonst wäre zu erklären, daß unsere Familie beinahe in jeder Generation einen Sproß hervorbringt, der von dem Drang besessen ist, sich zur Schau zu stellen und die Leute, je nach Talent, zu erheitern oder in Erstaunen zu setzen? Von einem meiner Großväter wird erzählt, er sei aus der Lehre fortgelaufen, habe sich mit okkulten Wissenschaften befaßt und später als Scharlatan zweifelhaften Ruhm erlangt. Mein Onkel Eggherd wurde in Florenz aufs Rad geflochten, weil er sich auf Jahrmärkten für den Heiligen Geist ausgab. Dies bedenkend frage ich mich, ob der alte Gaukler nicht in einem von uns oder gar in uns beiden seine Wiedergeburt erlebt.«

»Die Vermutung kann ich, soweit sie mich betrifft, nicht ganz von der Hand weisen«, erwiderte ich. »Aber was hast du, ein Mann Gottes und nächst dem Bischof der höchste geistliche Würdenträger dieser Stadt, mit einem Gaukler gemein?«

Der Dompropst horchte in sich hinein, lauschte dem abklingenden Aufruhr seiner Därme. »Als ich in deinem Alter war«, hob er wieder an, »schickte mich mein Vater zur Ausbildung nach Köln. In der Nähe von Münster traf ich auf eine Gauklertruppe, die mich mit allen Mitteln an der Weiterreise zu hindern suchte. Ich sei, erklärten sie mir, ihre letzte Rettung, da der Darsteller des Erzengels Michael an den Blattern erkrankt sei und ein Spiel ohne diesen beim Bischof von Münster keinen Anklang finden würde. Ich ließ mich nicht lange bitten; tags darauf spielte ich den Erzengel. Als solcher hatte ich nichts weiter zu tun, als hin und wieder die Flügel zu schwenken und auf ein Fingerschnippen der Muttergottes hin *Hosianna* zu rufen. Etwas weniger wäre nichts gewesen, und dennoch spürte ich, wie ich aus der menschlichen Gestalt in die ungleich größere des Erzengels hineinwuchs und sie mit himmlischer Erhabenheit füllte. Dies war der Augenblick, in dem ich meine wahre Bestimmung erkannte. So wurde ich Priester.« Er lächelte verschmitzt. »Denn in der Rolle des Priesters, lieber Neffe, erlangt der Gaukler seine höchste Vollendung.«

Mette Löding kam ins Zimmer, half dem Dompropst vom Stuhl und betrachtete den Inhalt des Nachtgeschirrs mit besorgter Miene. »Soll ich den Bader rufen, damit er Euch zur Ader läßt?«

»Deine Sorge um mein Wohlbefinden hat zuweilen etwas Erdrückendes«, grollte Onkel Bertram, worauf Mette wortlos hinausging.

»Nun zu dir, Simon«, sagte der Dompropst. »Mir ist zu Ohren gekommen, daß du mit ungewohntem Eifer deinen Geschäften nachgehst und neuerdings einen tugendhaften Lebenswandel führst. Du sollst dich sogar verehelicht haben. Das ist löblich, gewiß. Doch entspricht dies deiner wahren Natur? Glaubst du, daß es dir bestimmt ist, dein Glück als Kaufmann zu machen?«

»Die Leute, die mich für einen Nichtsnutz halten, allen voran mein Vater, sollen eines Besseren belehrt werden«, fiel ich ihm ins Wort. »Ich habe ein gutes Geschäft im Dreieckshandel gemacht und ein weit größeres angebahnt.«

»Laß gut sein, Neffe«, winkte Onkel Bertram gähnend ab. »Ich höre dich lieber lästerliche Lieder singen als von Geschäften reden. Hilf mir ins Bett.« Ich verließ sein Haus, ohne Lyseke noch einmal zu sehen. Dem Vernehmen nach wurden ihr im Kloster niedere Arbeiten zugeteilt. Es hieß, sie füttere die Schweine und Gänse, grunze wie diese und schnattere wie jene, wohingegen sie in menschlicher Sprache nur zwei- oder dreimal ein unverständliches Wort hervorgebracht habe. Manchmal denke ich, es könnte mein Name gewesen sein.

Im Frühsommer erhielt ich Nachricht aus Bergen, daß die vier Kornschiffe dort bislang nicht eingetroffen seien. Eine Zeitlang gab ich mich der Hoffnung hin, sie könnten einen anderen norwegischen Hafen angelaufen haben oder, meinem Beispiel folgend, nach Island weitergesegelt sein. Ich hoffte vergeblich, die Schiffe kehrten nicht zurück, nicht in jenem Jahr und nicht im nächsten. Niemand wollte sie auf See oder in einem der Häfen rund um die Westsee gesehen haben. Ich redete mir ein, daß sie vom Meer verschlungen worden seien. Denn wo hätte ich Trost finden können, wenn nicht darin, daß mein Unglück das Werk einer höheren Macht war? Es sprach mich frei von Schuld; ich war nicht das Opfer meiner Leichtgläubigkeit, das Schicksal selbst hatte mir einen Strich durch die Rechnung gemacht. Beim nächsten Mal würde es mir günstiger gesinnt sein. Wie in den Köpfen vieler Menschen spukte auch in meinem die Vorstellung, daß man das Tal der Tränen durchmessen muß, um auf die Höhen des Erfolgs zu gelangen. Doch einstweilen befand ich mich noch unten, tief unten, und in dieser Lage ergreift man unbesehen jede Hand, die sich einem entgegenstreckt.

Eines Tages betrat Balthasar Mulich meine Schreibkammer und legte mit bedeutungsvoller Miene einen Beutel auf den Tisch.

Ich schnürte ihn auf. Er enthielt Salz. Mulich bat mich, davon zu kosten.

»Nun, wie schmeckt es?« fragte er gespannt. »Schmeckt es wie Lüneburger Salz?«

»Ich würde es ohne weiteres dafür halten«, antwortete ich. »Aus Eurer Frage schließe ich indessen, daß es woanders herstammt.«

»Erraten«, grinste Mulich. »Das Salz stammt aus den Baien von Brouage. Es ist so weiß und rein wie das Lüneburger; hin und wieder hat es einen leichten Beigeschmack, aber dafür kostet es auch nur die Hälfte. Bei einer Schiffsladung von zweihundert Last können wir die Preise der Lüneburger gut um ein Drittel unterbieten.«

»Wir, Mulich?«

»Wie man hört, laufen deine Geschäfte derzeit nicht sonderlich gut«, sagte er. »Da dachte ich mir, ich sollte dir ein wenig unter die Arme greifen.« Er bohrte seinen feisten Zeigefinger in den Salzbeutel: »Dieses Geschäft, mein lieber Simon, wird uns beide reich machen!«

Balthasar Mulich hatte sich alles gut überlegt: Da die Einfuhr von Baiensalz auf Betreiben der Lüneburger verboten war, sollte das Salz auf der Umlandfahrt nach Riga gebracht werden und von dort auf dänischen Schiffen zu den Heringsplätzen in Schonen gelangen. Dies verteuere den Transport zwar geringfügig, sei jedoch nötig, damit die Herkunft des Salzes im dunkeln bleibe. Für die Fahrt um Skagen seien allerdings größere und seetüchtigere Schiffe erforderlich als jene, die im Verkehr zwischen den Ostseestädten Verwendung fänden. Kurzum: Er brauchte Geld.

»Und dann kommt Ihr zu mir?« fragte ich. »Meine Vermögenslage ist so beklagenswert, daß sie selbst einen hartgesottenen Gauner wie Euch zu Tränen rühren müßte.«

»Mein lieber Simon«, lachte er, »ich mag dich! Weißt du, warum ich dich mag? Weil du in allem das Gegenteil deines Vaters bist, des überaus redlichen Hinrich Gronewech. Wie seltsam, daß sein ehelicher Sohn völlig aus der Art geschlagen ist, während jener, den er mit der Magd zeugte, nach ihm gerät. Er ist übrigens in den Rat berufen worden, dein Halbbruder, und man munkelt, er werde demnächst das Amt des Kriegszeugmeisters übernehmen. Aber damit erzähle ich dir sicherlich nichts Neues.«

Oh, er kannte den Stachel, der mir im Fleisch saß! Und er trieb ihn noch ein Stück tiefer, indem er die Bemerkung fallen ließ, Detlef werde in die Familie Coesfeld einheiraten. »Nun ja«, setzte er hinzu, »die Coesfelds stellen etwas dar, ihr Reichtum ist schier unermeßlich, doch die Frauen dieser Familie gelten als eitel und kratzbürstig. Mir scheint, du hast eine bessere Wahl getroffen, mein lieber Simon. Bei reifen Frauen weicht das Launenhafte einer mütterlichen Sanftmut, und wenn sie so wohlhabend sind wie deine Zamme, übersieht man gern die Vorboten des Alters.« Mulich spitzte die Lippen wie zum Kuß, bevor er sie schmatzend auseinanderriß. »Was hältst du davon, deine Gemahlin um ein Darlehen zu bitten?«

Er nannte einen Betrag, der sich vergleichsweise bescheiden ausnahm gegenüber den Gewinnen, die er auf Mark und Pfennig errechnet hatte. Wie kein zweiter verstand es Mulich, mit Zahlen zu jonglieren. Gleichviel ob er vom günstigsten Fall ausging oder einer Häufung widriger Umstände Rechnung trug, ob er Unwägbarkeiten mal mit dieser, mal mit jener Summe veranschlagte: Unter dem Strich seines virtuos hingezauberten Zahlenwerks blieb jedesmal ein stattlicher Gewinn.

»Laßt die Katze aus dem Sack, Mulich«, sagte ich. »Wenn so viel dabei herausspringt, kann es doch nicht schwierig sein, einen zahlungskräftigen Partner zu finden. Weshalb seid Ihr ausgerechnet auf mich verfallen?«

Seine Antwort war von entwaffnender Offenheit: »Sie scheuen mich wie der Teufel das Weihwasser, Simon. Kein Kaufmann in Lübeck oder anderswo würde mir einen Witten anvertrauen. Wenn deine Frau dir das Geld nicht gibt, muß ich auf ein Geschäft verzichten, von dem ich weiß, daß es das größte meines Lebens werden könnte.«

Wir saßen beim Abendbrot, als ich, vom reichlichen Genuß des Huntschen Bieres ermutigt, auf Mulichs Angebot zu sprechen kam. Zamme nahm es erstaunlich gefaßt auf, ja ich erinnere mich, daß sie verhalten nickte. »Wieviel verlangt er?« fragte sie.

Ich nannte ihr die Summe und setzte im gleichen Atemzug hinzu, daß sie sich, verglichen mit dem zu erwartenden Gewinn, geradezu lächerlich ausnehme.

Das Wort hätte ich besser vermeiden sollen. »Lächerlich?« rief sie, während ihr das Blut in die Wangen stieg. »Ich müßte eines meiner Häuser verkaufen! Wie stehe ich vor Bartholomäus Hunt da, wenn wir uns dereinst wiedersehen?« Jählings brach sie in Tränen aus; ihr Gesicht verwandelte sich in einen flammendroten Fleischklops, der unter fortwährendem Zucken Wäßriges ausschied und schrille Töne. War es Mitleid, war es Abscheu vor dem greulich entstellten Gesicht – was immer in mir vorging, ich trat zu ihr und sprach tröstend auf sie ein. Sie beruhigte sich merklich; ihr Kreischen ging in Schluchzen über, und damit auch dieses noch versiege, streichelte ich ihre runden Schultern. Ach, Bruder Anselmus, hätte ich gewußt, was ich damit bewirkte!

Sie griff nach meiner Hand und zog mich zu sich herunter, bis mein Ohr ihre Lippen berührte. »Willst du, daß ich ein Haus verkaufe?« hörte ich sie flüstern. »Willst du das, mein Lieber?«

»Ich habe dich um Geld gebeten, von einem Hausverkauf war nicht die Rede«, sagte ich, notgedrungen in der gebückten Haltung verharrend.

»Gedulde dich ein wenig«, hauchte sie mir ins Ohr. Darauf gab sie meine Hand frei und strebte eilig zur Tür. Ich nahm an, daß sie sich entschlossen hatte, mir die benötigte Summe bar auszuhändigen. Meine Geduld wurde indessen auf eine harte Probe gestellt. Ich leerte derweil mehrere Krüge und gelangte allmählich in jene entrückte Stimmung, mit der sich die Trunkenheit anzukündigen pflegt.

Und dann stand Zamme unversehens in der Tür. Sie hatte sich von Kopf bis Fuß in einen schleierähnlichen Stoff gehüllt, der an Busen und Bauch rosafarben schimmerte. Ich hätte sie mit einer rundlich geformten Wolke verglichen, wäre damit nicht die Vorstellung schwebender Leichtigkeit verknüpft. Sie aber schlurfte behäbig näher und überschwemmte mich mit dem Duft überreifer Äpfel. »Ein Haus, wie?« wisperte sie, die Lippen schleckend. Dann umstrich sie mich in steter Berührung, wobei sie mir zwischen albernem Gekicher mal ins eine, mal ins andere Ohr hineinflüsterte: »Ein Haus, wie?« Ich saß wie zum Stein erstarrt. Ich ließ es geschehen, daß sie mir den Nacken küßte, mich ins Ohrläppchen biß, mein Gemächt befingerte. Ich war ein willenloses Opfer ihrer Lüsternheit.

Du wirst es mir gewiß nicht verargen, wenn ich den Mantel des Schweigens über das Folgende breite. Es gäbe auch nicht viel zu erzählen. Ich dachte an die einäugige Grete und wie wir es miteinander getrieben hatten. Dies und Zammes Fingerfertigkeit versetzten mich in hinreichende Erregung. Glücklicherweise schien der selige Bartholomäus den Freuden der Tafel mehr zugetan gewesen zu sein als denen des Bettes. So fiel der Vergleich mit meinem Vorgänger zu meinen Gunsten aus. Tags darauf verkaufte Zamme ein Haus in der Aegidienstraße an einen Vetter.

Balthasar Mulich fiel mir um den Hals, als ich ihm das Geld übergab. Er küßte mich nach russischer Art und rief: »Wohl dem, der ein solches Weib hat! Was für ein Glückspilz du bist, mein lieber Simon!« Ich sah ihm mit gemischten Gefühlen nach, wie er klein, rund und wieselflink zum Hafen eilte. Sein hastiger Aufbruch ähnelte dem eines Diebs, der mit seiner Beute das Weite sucht. Meine Befürchtungen erwiesen sich indessen als unbegründet. Ein halbes Jahr später tauchte er wieder auf, fremdländisch gekleidet und guter Dinge. Er händigte mir einen Betrag aus, der, wie er versicherte, lediglich als Vorschuß zu betrachten sei; eine ungleich größere Summe stünde in Aussicht. Danach blieb er für längere Zeit fort.

Unterdessen widmete ich mich lustlos meinen Geschäften. Ich gewöhnte mir an, morgens länger zu schlafen. Was machte es für einen Unterschied, ob ich in aller Frühe oder erst gegen Mittag einen mäßig ertragreichen Handel abschloß? Außerdem wurde ich es leid, mit Krämerseelen um Pfennige zu feilschen, wo Mulich jeden Tag mit einem Haufen Geld zurückkehren konnte.

Hin und wieder traf ich Detlef. Er hatte sich zu einem ansehnlichen Mann entwickelt. Ein Kinnbart zog sein Gesicht in die Länge, so daß die Ähnlichkeit mit unserem Vater nicht mehr so ins Auge stach. Für einen Ratsherren trug er sich ausnehmend schlicht, und doch strahlte er etwas aus, das Respekt einflößte, eine mit Leutseligkeit verquickte Würde. Meistens wechselten wir nur ein paar belanglose Worte; er war stets in Eile, und ich täuschte Geschäftigkeit vor. Aber einmal nahm er mich beiseite, teilte mir mit, daß er Margarete Coesfeld heiraten werde, und lud mich zur Hochzeit ein.

Es war das, was man eine große Hochzeit nennt. Die ganze Stadt war auf den Beinen; seit dem Besuch des Kaisers hatten nicht mehr so viele Menschen die Straßen gesäumt. In der Marienkirche sah man alle versammelt, die in unserer Stadt den Ton angeben: Die Pleskows, Warendorps, Clendensts, Wickedes, Klingendorps, Mornewegs. Auch der Adel war vertreten, denn die Coesfelds waren weitläufig mit den Ahlefelds verwandt. Die Braut war die älteste der Coesfeld-Töchter. Keine Schönheit, wenn du mich fragst. Aber ihre Haltung war die einer Königin, und das Funkeln ihres Schmucks überstrahlte das schon etwas schlaffe Gesicht. Nach dem Hochzeitsschmaus begab sich das Brautpaar auf das Landgut der Coesfelds bei Bardowiek. Ich ging in den *Schweinskopf* und betrank mich.

Zwei Jahre vergingen, ohne daß ich etwas von Balthasar Mulich hörte. Dann war er plötzlich wieder da und häufte Gold- und Silbermünzen vor mir auf. »Du siehst, mein lieber Simon, ich habe dir nicht zuviel versprochen«, sagte er stolz. In Falsterbo und Skanör hätten sich die Heringshändler um das billige Salz gerissen, während die Lüneburger auf ihren Beständen sitzengeblieben seien. Aus dem Geschäft sei noch weit mehr herauszuholen, doch bedürfe es dazu eines weiteren Schiffes. Meiner Zustimmung gewiß, habe er bereits eine Anzahlung geleistet; den restlichen Betrag aufzubringen obliege nun mir. So war ich abermals genötigt, Zamme um Geld anzugehen.

Sie schmollte. Schon seit längerem quäle sie der Verdacht, daß ich es nur auf ihr Geld abgesehen hätte. Mein Verhalten ihr gegenüber entbehre aller Zärtlichkeit; sie fühle sich betrogen um die Zuwendungen, auf die sie als Gattin Anspruch habe. Eine Handvoll Beiwohnungen seit der Eheschließung, noch dazu halbherzig vollzogen: Das sei es nicht, was sie sich von der Ehe mit einem jüngeren Mann erhofft habe.

Sie hatte ja recht, Bruder Anselmus. Wie konnte ich erwarten, daß sie mich an ihrem Reichtum teilhaben ließ und selbst leer ausging? Zamme wollte umworben sein, wollte um ihrer selbst willen begehrt werden, und wenn dies auch nur vorgetäuscht sein mochte, wollte sie es glauben können.

Dieses Mal gefiel sie sich in der Rolle der Spröden. Stocksteif erduldete sie meine Liebkosungen, scheinbar ungerührt vernahm sie meine Schmeicheleien, innerlich schon bebend vor Leidenschaft, entwand sie sich meinen Händen. Glücklicherweise bestand sie nicht darauf, daß ich sie ins Bett trage. Doch entkleiden mußte ich sie, Stück für Stück, bis sie in ihrer ausladenden Körperfülle vor mir stand. Nein, sei unbesorgt, ich werde mich nicht in weiteren Einzelheiten ergehen. Ich bekam das Geld, lassen wir es dabei bewenden.

Indessen schien Zamme nicht geneigt, sich danach wieder in Enthaltsamkeit zu üben. Sobald wir abends allein waren, legte sie aufreizende Gewänder an und musterte mich mit klebrigen Blicken. Hatte ich mich, Müdigkeit vorschützend, ins Bett begeben, streichelte sie mein Bein mit ihren Zehen. Sie ließ mir keine Ruhe, sie stellte mir nach mit einem geilen Gehabe, das um so abstoßender war, als sie es mit jungfernhafter Schüchternheit bemäntelte. Ich vermute gar, daß sie mir Aphrodisiaka unters Essen mischte, denn öfter als sonst mußte ich mir eigenhändig Befriedigung verschaffen. Mit einem Wort: Ihre Bemühungen, mich zum Liebesdienst zu verlocken, bewirkten das Gegenteil. Ich kam abends erst heim, wenn ich sicher war, daß Zamme schon schlief. Später verbrachte ich ganze Nächte außer Haus und holte den versäumten Schlaf in der Schreibkammer nach.

Ungeachtet der vom Rat verfügten Sperrstunde bot das nächtliche Lübeck mancherlei Zerstreuungen. Da gab es verschwiegene Spelunken in Hinterhöfen und Kellern, und da waren vor allem die Frauenhäuser und Badstuben der Prötteltasch. Man nannte sie nach wie vor die *Königin des Gängeviertels*, doch inzwischen hatte sie ihr Gewerbe auf die ganze Stadt ausgedehnt. Wo immer Lust für Geld verkauft wurde, die Prötteltasch verdiente mit. Und im selben Maß, wie sie ihr Imperium vergrößerte, wuchs ihr Einfluß. Die Stimmen derer, die ihr das Handwerk zu legen forderten, wurden spärlicher; sowohl der Rat wie auch die hohe Geistlichkeit fanden sich stillschweigend damit ab, daß die Prötteltasch gewissermaßen die dritte Macht in unserer Stadt verkörperte.

Eine ihrer Badstuben befand sich in der Beckergrube, einen Steinwurf von meinem Elternhaus entfernt. In der Diele standen Bottiche, die, bis zum Rand mit warmem Wasser gefüllt, jeweils fünf oder sechs Menschen Platz boten. Nachdem man sich entkleidet hatte, wurde man von weiblicher Hand einer gründlichen Waschung unterzogen. Hernach konnte man sich entweder einer Herrenrunde zugesellen oder in einen jener Bottiche steigen, in denen sich Männlein und Weiblein tummelten. Es wird dich vielleicht erstaunen, daß es dort sittsamer zuging, als die Tugendwächter wahrhaben wollen. Man erfreute sich an scherzhaftem Geplauder, genoß den Kitzel einer heimlichen Berührung, doch wenn dadurch Wünsche geweckt wurden, erfüllte man sich diese in einem der angrenzenden Zimmer.

Die Badstube in der Beckergrube zog mich besonders an, weil ich dort regelmäßig eine Anzahl meiner alten Feunde versammelt fand, darunter auch Jost Stalbuk. Während sie mich auf der Straße kaum noch grüßten: Hier war ich wieder einer von ihnen. Denn die Badstube ist der Ort, wo man mit jedermann von gleich zu gleich verkehren kann, ohne seinem Ruf zu schaden. Überdies erhoffte man sich von mir, dem Weitgereisten, eine unterhaltsame Schilderung meiner Abenteuer.

Ich erkannte mich selbst nicht wieder, Bruder Anselmus. Das Gefühl, im Mittelpunkt zu stehen, berauschte mich so sehr, daß ich alle Scheu fallenließ. Hinter den Bottichen war ein Steg, von dem aus die Mägde heißes Wasser nachzuschütten pflegten. Auf diesen sprang ich und bat um Gehör. Der Lärm in der Badstube verebbte; wohin ich blickte, las ich gespannte Aufmerksamkeit in den Mienen. Mein Instinkt sagte mir indes, daß dieses Publikum nicht an einer schlichten Erzählung Genüge finden werde. Daher begann ich alsbald, den Bericht mit schauspielerischen Einlagen aufzulockern. So führte ich meinen Zuhörern die Gewalt eines Orkans vor Augen, indem ich auf dem Steg hin und her taumelte und mich mit letzter Kraft an einen unsichtbaren Mast klammerte. Oder ich ahmte das Todesröcheln des Broder Meyenschin so täuschend echt nach, daß sich auf den knapp aus dem Wasser ragenden Gesichtern blankes Entsetzen malte. Die Leute waren hingerissen von meinen Darbietungen und sagten, sie hätten dergleichen noch nie gesehen.

Wie nicht anders zu erwarten, erfuhr die Prötteltasch davon. Eines Abends kam sie in die Badstube und mischte sich unter die Zuhörer. Als ich meine Darbietung beendet hatte, gab sie mir ein Zeichen, ihr in eines der Nebenzimmer zu folgen.

»Wozu hab ich dich mit Zamme Hunt verheiratet, wenn du hier den Possenreißer machst!« fuhr sie mich an.

»Gefiel es Euch nicht?« fragte ich.

»Beinah hätte ich mich bepinkelt«, lachte die Prötteltasch. »Es sieht verdammt komisch aus, wie du da splitternackt auf dem Brett umherhüpfst. Aber führt sich so ein ordentlicher Kaufmann auf? Wer soll dich denn noch für voll nehmen, Bübchen?«

»Ich habe mich redlich bemüht, als Kaufmann Anerkennung zu finden«, entgegnete ich. »Leider ist sie mir versagt geblieben. Wenn ich von Geschäften rede, hört mir kaum einer zu. Hier in der Badstube dagegen hängen die Leute an meinen Lippen; noch nie ist mir solche Aufmerksamkeit zuteil geworden. Ich glaube nicht, daß mich ein gutes Geschäft glücklicher machen könnte.«

»Also meinetwegen«, sagte die Prötteltasch. »Wer sich zwingt, etwas zu sein, das er nicht ist, wird seines Lebens nicht froh. Gib mir einen Kuß, Bübchen.«

Ich wollte sie auf die Wange küssen, doch sie bot mir ihre Lippen dar. Ich wußte, was dieser Kuß bedeutete: Sie vergab mir, daß ich Lyseke entführt hatte.

Die Badstube hatte von Abend zu Abend größeren Zulauf. Bald mußten schon kurz nach Einbruch der Dunkelheit die Türen geschlossen werden, weil in den Bottichen kein Platz mehr war. Sosehr es mir schmeichelte, daß die Leute meinetwegen kamen: Ich sah mit Schrecken dem Abend entgegen, da ich meine Darbietungen mangels weiterer Erlebnisse abschließen mußte. Denn ich weilte in meiner Erzählung bereits im Kerker auf Lundy, und danach war nur noch von der ereignislosen Heimreise zu berichten. Doch als ich mich schon dem Abschied von Mary näherte, fielen mir Llewellyns Geschichten ein. So nahm meine Erzählung eine überraschende Wendung, indem es mich von der winzigen Insel in die unendlichen Weiten des Ostens verschlug. Dies bescherte mir Stoff für viele Abende, ohne daß ich meine Phantasie groß zu bemühen brauchte. Ich wünschte, du hättest miterleben können, wie ich Llewellyns weite Reise zu meiner eigenen machte, wie ich Timur, Budomel und seinen Koch, den Einzigen Sohn, ja selbst den auf ihren Weibern reitenden Kriegern sichtbare Gestalt verlieh und sie zum Ergötzen meiner Zuhörer Arabisch reden ließ. Du hättest einen glücklichen Menschen gesehen, Bruder Anselmus.

Nach einer meiner Vorstellungen zog mich Jost Stalbuk in ein vertrauliches Gespräch. Er war kürzlich in die vornehme Zirkelgesellschaft aufgenommen worden und hatte von den Schaffern den Auftrag erhalten, das nächste Fastnachtsspiel auszurichten. Im Unterschied zu anderen Städten wurden die Fastnachtsspiele in Lübeck von Angehörigen der Ratsfamilien aufgeführt. So blieb die Obrigkeit von den rüden Scherzen verschont, mit denen sich der Unmut des Volkes anderenorts Luft verschafft, und konnte ihrerseits erzieherisch auf die Bürger einwirken. Damit das Volk aber auch etwas zu lachen habe, trat in den Pausen ein Spaßmacher auf, der über das Domkapitel herzuziehen pflegte. Diese Figur, meinte Jost, könne niemand besser verkörpern als ich. Denn ich besäße erwiesenermaßen nicht nur schauspielerische Begabung, sondern kenne mich als Neffe des Dompropstes auch am besten in der hohen Geistlichkeit aus. Die Schaffer hätten ihm erlaubt, ausnahmsweise von der Regel abzuweichen, nach der sämtliche Rollen nur von Zirkelbrüdern gespielt werden durften. Sie hätten lediglich die Sorge geäußert, ich könnte mich zu Seitenhieben auf den Rat hinreißen lassen.

»Nun, wie ist es, Simon«, schloß Jost Stalbuk. »Willst du einem alten Freund den Gefallen tun?«

»Ich fürchte, mir fällt nichts ein, was dagegen spräche«, antwortete ich augenzwinkernd.

Für den Spaßmacher waren drei Auftritte vorgesehen. Ich entschloß mich, jeweils einen anderen Domherren darzustellen: Der erste war ein Säufer, der zweite ein Schürzenjäger und der dritte ein verkappter Ketzer. Alle drei waren der Wirklichkeit entlehnt und dem Volk einschlägig bekannt. Ich brauchte daher nur im Ornat eines Domherren auf die Bühne zu torkeln, um von den Zuschauern johlend als Dekan Krummedick begrüßt zu werden. Für den Trinker und den Weiberhelden bekam ich den größten Beifall, denn das Volk liebt es, die Mächtigen mit den eigenen Schwächen behaftet zu sehen. Für den Ketzer hatte ich mir den Domherren Clemens Warendorp zum Vorbild genommen. Dieser verstand sich meisterhaft auf die Kunst der doppelbödigen Rede. Man mußte schon genau hinhören und das Gesagte vom Gemeinten unterscheiden können, um Clemens Warendorp auf die Schliche zu kommen. Doch das hätte bei den einfachen Menschen keinen Anklang gefunden; sie wollen es lieber ungeschminkt. So ließ ich den Domherren in der derben Sprache des Volkes seine ketzerischen Ansichten kundtun. Die Wirkung war überwältigend! Ein Sturm der Begeisterung schlug mir entgegen!

Der Beifall wurde mir indessen übel vermerkt. Nicht vom Domkapitel, wie man vermuten sollte, sondern von meinen Mitspielern.

Die Jungherren mit den großen Namen neideten es mir, daß das Volk nach meinen Auftritten vor Vergnügen raste, während sich für ihre hölzernen Darbietungen keine Hand rührte. Sie weigerten sich, weiterhin gemeinsam mit mir aufzutreten. Die Schaffer beugten sich ihrem Willen; sie ließen mir durch Jost Stalbuk mitteilen, daß meine Possen lübischer Wesensart fremd seien und daher künftig zu unterbleiben hätten.

Diese dümmliche Begründung, dachte ich mir, sollte ich den Zuschauern nicht vorenthalten. Ich löste einen Tumult aus. Mit knapper Not gelang es den Zirkelbrüdern, sich vor der tobenden Menge in Sicherheit zu bringen. Mich hingegen umbrandete ein nicht enden wollender Jubel.

Mit einem Schlag war ich der bekannteste Mann der Stadt. Das Verbot, als Spaßmacher im Fastnachtsspiel aufzutreten, machte mich berühmter, als ich es durch meine Darbietungen jemals hätte werden können. Die Leute drängten sich vor den Badstuben, wo ich statt meiner Erzählungen nun die drei Domherren zum besten gab. Übrigens sah ich eines Abends Onkel Bertram in einem Bottich sitzen. Er lachte, daß das Wasser ringsum überschwappte.

Nachdem ich die Runde durch sämtliche Badstuben gemacht hatte, trat ich im Wirthaus *Zu den drei Tonnen* auf. Die Gaststube bot Raum für vierzig, höchstens fünfzig Menschen, sofern sie nicht allzu beengt sitzen wollten. Wenn ich auftrat, quetschten sich hier jeweils weit über hundert zusammen. Sie standen auf Bänken und Tischen, das Gedränge war beängstigend und die Luft zum Schneiden. Doch der Stimmung tat dies keinen Abbruch, im Gegenteil: Die drangvolle Enge schuf eine eigene Art von Vergnügen, eine Heiterkeit, die sich gewissermaßen an sich selbst entzündete.

Es versteht sich, daß ich in dieser Zeit keinen Gedanken an die Geschäfte verschwendete. Ich hatte Besseres zu tun, ich sonnte mich in meinem Ruhm. Einmal hörte ich, daß Balthasar Mulich von den Lüneburgern aufgebracht und gefangengesetzt worden sei. Es berührte mich nicht weiter; mir war, als lebte ich nicht mehr in derselben

Welt wie Mulich. Ähnlich verhielt es sich mit Zamme. Sie machte mir Vorhaltungen, daß ich mich weder um sie noch um meine Geschäfte kümmere. Sie schwor, mir keinen Pfennig mehr zu geben, wenn ich dem liederlichen Lebenswandel nicht entsage. Ich gelobte leichtherzig Besserung. Anderentags verkaufte ich ohne ihr Wissen einen von Hunts Kornspeichern. Vom Erlös beglich ich meine Zechschulden.

Jost Stalbuk wußte zu berichten, daß die Lüneburger Balthasar Mulich an die Lübecker ausgeliefert hätten und diese ihn wegen Hehlerei und unerlaubten Waffenhandels vor Gericht stellen wollten. Vermutlich zog man ihn wegen dieser alten Vergehen zur Rechenschaft, weil einige einflußreiche Kaufleute unserer Stadt selbst heimlich mit Baiensalz handelten. Mulich wurde in allen Punkten für schuldig befunden. Gleichwohl setzte man ihn auf freien Fuß. Ich hatte ihn schon wieder vergessen, als er eines Tages in das Hinterzimmer trat, wo ich mich von meinen Auftritten und den anschließenden Saufgelagen auszuruhen pflegte.

»Erlaubt mir, daß ich Euer Gnaden meine Glückwünsche ausspreche«, sagte er mit einer übertrieben tiefen Verbeugung. »Wie man hört, schwimmst du auf der Woge des Erfolgs. Ich hoffe nur, daß es dir gelingt, dich oben zu halten, mein lieber Simon.«

»Notfalls werdet Ihr es mich lehren«, erwiderte ich. »Die Kunst beherrscht keiner so gut wie Ihr.«

Für das Lob bedankte er sich mit einer weiteren Verbeugung. »Ich bringe schlechte Nachrichten«, sagte er.

»Wir sind pleite«, kam ich ihm zuvor.

»Schlimmer, mein lieber Simon, schlimmer. Ich muß binnen einer Woche zweihundert Mark Silber zahlen, wenn ich nicht in den Kerker gehen will. Und da ich mein ganzes Vermögen in die Schiffe und das Salz gesteckt habe, mußt du mir aus der Klemme helfen.«

Ein grimmiger Humor erfaßte mich: »Ich soll zweihundert Mark dafür berappen, daß mir das Vergnügen entgeht, Euch im Kerker zu sehen, Mulich?«

Er zwang sich zu einem Lächeln. »Du hast dir einen bösen Witz zugelegt, Simon. Kein Wunder, daß Clemens Warendorp vor Wut schäumt. Aber vergiß nicht, daß wir Partner sind.«

»Mein Geld ist futsch! Damit hat unsere Partnerschaft ein natürliches Ende gefunden.«

»So einfach wirst du mich nicht los«, grinste er. »Ich weiß Dinge von dir, die dich den Hals kosten könnten. Beispielsweise, daß du die Seeräuber mit Waffen beliefert hast.«

»Davon habe ich nichts gewußt!« rief ich entrüstet.

»Den Scherz solltest du dir für deine nächste Vorstellung aufheben, mein lieber Simon«, sagte Mulich. »Die Leute werden Tränen lachen.«

Diesmal versetzte ich ein Wohnhaus im Fegefeuer. Ich verlangte zweihundert Mark und bekam sie prompt, was ein sicheres Zeichen war, daß ich bei dem Handel schlecht abgeschnitten hatte. Aber die Sache eilte, und die Lust am Feilschen war mir ohnehin vergangen. Balthasar Mulich nahm das Geld in Empfang und verschwand für immer aus Lübeck. Erst Jahre später sollte ich ihm wiederbegegnen.

Zamme geriet in hellen Zorn, als sie erfuhr, daß ich hinter ihrem Rücken einen Teil ihrer Liegenschaften verkauft hatte. Sie beschimpfte mich mit Ausdrücken, die sittsamen Bürgersfrauen eigentlich nicht geläufig sein sollten. Das Hinscheiden des seligen Bartholomäus Hunt, schrie sie, sei nichts im Vergleich zu dem Unglück, das ihr durch unsere Ehe widerfahren sei. Ach, wäre sie doch Witwe geblieben, statt einen gewissenlosen Schmarotzer zu heiraten! Wie hart sei sie gestraft worden für die Hoffnung auf ein spätes Glück. Kurzum, jetzt sei endgültig Schluß!

Vielleicht wäre es mir trotz allem gelungen, sie nach bewährter Art zu besänftigen. Doch wozu noch den Schein eines bürgerlichen Daseins wahren, nachdem der Gaukler in mir den Kaufmann in den Schatten gestellt hatte? Ich schnürte mein Bündel und zog aus. Bald darauf erstickte Zamme an einer Fischgräte. Ihr gesamtes Vermögen vermachte sie der Kirche. Die Verfügung habe sie, verriet mir eine ihrer Mägde, am Tag nach Bartholomäus Hunts Begräbnis getroffen.

Für eine Weile kam ich im Hinterzimmer des Wirtshauses *Zu den drei Tonnen* unter. Noch immer füllte sich die Gaststube, wenn ich die Domherren spielte, aber die Leute traten sich gegenseitig nicht mehr auf die Füße, und gelegentlich hatte ich Mühe, mir Gehör zu verschaffen. Das Publikum vermag dem Bekannten nur für kurze Dauer Vergnügen abzugewinnen. Danach muß man ihm etwas Neues vorsetzen, um es bei Laune zu halten. So schlüpfte ich in die Rolle eines Ratsdieners, der treuherzig von den Sitzungen des Hohen Rats berichtete. Hermann, wie ich die schlichte Seele nannte, tat seine Meinung zu allem kund, was auf den Ratssitzungen verhandelt wurde, seien es tägliche Ereignisse, sei es die große Politik. Er äußerte sich stets zustimmend, ja er rühmte die Klugheit der Ratsherren in den höchsten Tönen, aber wie man weiß, ist nichts besser geeignet, jemanden der Lächerlichkeit preiszugeben als das Lob eines Toren. Kurz und gut: Mit Hermann kehrte der Erfolg zurück. Wieder strömten die Zuschauer in Scharen herbei, wieder herrschte allabendlich tosende Heiterkeit.

Es waren indes auch warnende Stimmen zu vernehmen. Jost Stalbuk riet zur Mäßigung. Hermann sei anfangs auch von Ratsherren belacht worden; inzwischen errege er jedoch Mißfallen. Seine Beliebtheit beim einfachen Volk würde vom Rat mehr und mehr als Ärgernis empfunden.

Eines Morgens rüttelte mich der Wirt der *Drei Tonnen* aus dem Schlaf. Der Rat habe angedroht, ihm das Schankrecht zu entziehen, wenn er mich weiterhin auftreten lasse. Am Abend spielte ich bereits im Gasthaus *Zum Weißen Schwan*. Auch dort wurde ich nach drei oder vier Vorstellungen mit der gleichen Begründung vor die Tür gesetzt. Schließlich landete ich in einer Kaschemme, die der Pröttel-tasch gehörte. Sie bekannte freimütig, daß es ihr allein darum zu tun sei, der Obrigkeit ein Schnippchen zu schlagen. »Hier kannst du deine Späße treiben, solange es mir gefällt, Bübchen«, sagte sie. »Die Herren werden sich hüten, mit mir Streit anzufangen.«

Sie irrte. Einer wagte es. Detlef, inzwischen zum Kriegszeugmeister ernannt, ließ eines Abends die Spelunke von der Stadtwache räumen. Als sich der Raum geleert hatte, schob er den Riegel vor die Tür. Er trug die Robe eines Ratsherren; auf seiner Brust blinkte das Zeichen der Zirkelgesellschaft.

»Ich bin gekommen, dich zu warnen«, sagte Detlef. »Im Rat erwägt man, dir wegen aufwieglerischer Reden den Prozeß zu machen.«

»Nur zu«, entgegnete ich. »Es würde meinen Vorstellungen größeren Zulauf denn je bescheren.«

»Nimm Vernunft an, Simon!« beschwor er mich. »Der Rat hat sich noch nie gescheut, Härte zu zeigen, wenn er sein Ansehen gefährdet sah. Denk an Johann Wittenborg, der wegen eines unehrenhaften Waffenstillstands den Kopf verlor. Meinst du, mit dir würde man glimpflicher verfahren?«

»Wittenborg hatte keinen Rückhalt im Volk«, sagte ich. »Mich liebt es.«

»Ach, das Volk«, versetzte Detlef. »Heute liebt es den und morgen jenen. Es wird dich vergessen haben, bevor deine sterblichen Überreste mit Erde bedeckt sind. Ich bitte dich, Simon, gib dich keinen trügerischen Hoffnungen hin! Wenn du fortfährst, den Rat zu verhöhnen, können dich weder das Volk noch die Prötteltasch davor bewahren, daß du am Galgen endest.«

»Ich habe es als Kaufmann zu nichts gebracht«, sagte ich. »Als Possenreißer hingegen bin ich über Nacht berühmt geworden. Soll ich mich jetzt selbst zum Gespött machen, indem ich vor dem Rat zu Kreuze krieche?«

Detlef trat nahe vor mich hin. »Es gäbe eine Möglichkeit, die es beiden Seiten erlaubt, das Gesicht zu wahren«, sagte er. »Ein Onkel meiner Frau, der Kämmereiherr Berend Coesfeld, ist den Mauren in die Hände gefallen. Die Schiffergesellschaft hat mich beauftragt, ihn auszulösen. Willst du mich begleiten?«

»Brauchst du einen Spaßmacher, der deiner Mannschaft unterwegs die Langeweile vertreibt?« fragte ich kratzbürstig. »Oder wie sonst könnte ich dir bei diesem Unterfangen nützlich sein?«

»Mir ist zugetragen worden, daß du Arabisch sprichst. Wie gut beherrscht du die Sprache?«

»So gut man sie in anderthalb Jahren Kerkerhaft erlernen kann«, erwiderte ich.

Er legte beide Hände auf meine Schultern und blickte mich fest an: »In drei Tagen erwarte ich dich an Bord, Simon.« Dann ging er. Erst im nachhinein wurde mir bewußt, daß es wie ein Befehl geklungen hatte.

Caspar Went

»Schick den Pfaffen hinaus, ich will mit dir allein reden.«

Der Mönch hebt fragend die Brauen.

»Ich habe vor Bruder Anselmus keine Geheimnisse, also sprich.«

»Der Kerkermeister sagt, du erzählst ihm Geschichten aus deinem Leben, und der Pfaffe schreibt sie auf.« Er holt mit spitzen Fingern eine Garnele aus der Schüssel und schiebt sie sich zwischen die Zähne: »Komme ich auch darin vor?«

»Es läßt sich nicht vermeiden. Du gehörst zu meinem Leben.«

»Unsere Wege haben sich oft gekreuzt, das ist wahr«, sagt Caspar Went. »Die Umstände ließen es leider nicht immer zu, daß ich mich von meiner guten Seite zeigen konnte.« Mit einem Seidentuch säubert er sich sorgfältig die Hände. »Vermutlich werde ich in keinem allzu günstigen Licht erscheinen?«

»Du würdest dich wiedererkennen, Caspar.«

»Dann erwähne aber auch, was aus mir geworden ist.« Er wirft sich in die Brust: »Vor dir steht ein ehrenwerter Bürger der Stadt Elbing. Was sagst du jetzt?«

»Wenn ich nicht wüßte, daß du ein geborener Lügner bist, würde ich von einer erstaunlichen Wandlung sprechen.«

Er lacht, ohne daß sich seinen Möwenaugen ein Hauch von Frohsinn mitteilt. »Ist die reine Wahrheit, Simon. Ich will dir auch erzählen, wie ich's gemacht habe: Vor Terschelling brachte ich einen Holländer auf, der neben allerlei Kleinkram ein Altarbild für eine Kirche in Florenz geladen hatte. Ein Prachtstück, sag ich dir, über und über vergoldet und so gebaut, daß man die Seitenteile wie Türflügel über dem Mittelstück zusammenklappen kann.«

»Ein Triptychon.«

»So nennt man es wohl. Zuerst wollte ich es stückweise verkaufen. Aber einer von uns, ein entlaufener Priester, riet mir, es einer Stadt zu schenken, die ein solch teures Altarbild nie und nimmer bezahlen könne und sich daher auf andere Weise erkenntlich zeigen würde. Ich entschied mich aus mancherlei Gründen für Elbing. Und siehe da: Die Stadtväter fragten nicht nach dem Woher, sondern dankten mir, indem sie mir das Bürgerrecht verliehen.«

»Hast du dein früheres Gewerbe aufgegeben?«

»Macht keinen Spaß mehr«, sagt Caspar. »Kaum hat man ein Schiff gekapert, schon sind sie einem auf den Fersen. Du hast doch selbst erlebt, wie sie uns jagen. Seit Störtebeker dran glauben mußte, geht es bergab mit uns. Nein, da lob ich mir ein sauberes Geschäft. Es nährt seinen Mann und verschafft einem obendrein die Wohltat eines guten Gewissens.«

»Willst du damit sagen, du hättest jemals ein schlechtes gehabt?«

»Ich bin kein Unmensch, Simon«, antwortet er. »Manches lastet schwer auf meiner Seele.« Er schlägt die Augen nieder, als fürchte er, sein gläserner Blick könne ihn Lügen strafen. »Aber nun zum Grund meines Kommens. Ich kann den Gedanken nicht ertragen, daß Simon Gronewech, mein Freund von Kindesbeinen an, wegen irgendwelcher Kinkerlitzchen den Kopf verlieren soll.« Aufschreckend starrt er Bruder Anselmus an: »Bist du sicher, daß er das Maul hält?«

»Ich kenne keinen Menschen, der so gut schweigen kann wie Bruder Anselmus.«

Er packt den Mönch an der Schulter: »Kein Sterbenswörtchen, wenn dir dein Leben lieb ist, Pfaffe!«

Bruder Anselmus wischt Caspars Hand wie eine lästige Fliege fort.

»Ich bin nicht allein gekommen«, flüstert Caspar Went. »Drei meiner Leute stehen unten vor dem Kerkertor. Gute Leute, Simon. Jeder von ihnen nimmt es mit fünfen auf. Sie sind bereit, dich hier rauszuholen. Aber nicht für umsonst, sie wollen Geld sehen.«

»Bei mir ist nichts zu holen. Ich besitze eine Flöte, ein Amulett und das, was ich am Leibe trage.«

»Versuch nicht, mich für dumm zu verkaufen«, sagt Caspar Went.

»Du warst bis zuletzt mit Störtebeker zusammen. Er hat dir vertraut. Wenn einer weiß, wo er seinen Schatz versteckt hat, bist du es. Du brauchst also nur zuzugeben, daß du es weißt, dann geh ich ans Fenster und pfeif den Anfang von Claas Howfootes Lied. Im Handumdrehen bist du frei, das schwör ich dir!«

»Ich weiß von keinem Schatz.«

In seinen Augen glimmt es boshaft auf. »Sie haben dir auf dem Markt ein prächtiges Schafott errichtet, Simon«, sagt er. »Fast zu prächtig für einen gewöhnlichen Seeräuber, aber damit ehrt man wohl mehr deinen Bruder als dich. Dieser Tage wird dein letztes Stündlein schlagen. Du wirst das Geheimnis mit dir in die Grube nehmen, schade um das schöne Geld. Dabei könntest du zur selben Zeit auf hoher See sein. Willst du nicht doch ein wenig in deinem Gedächtnis graben?«

Der Kerkermeister steckt seinen Kopf zur Tür herein. »Da sind welche am Tor«, sagt er zu Caspar Went. »Die wollen wissen, was nu mit den Mädchen von Bornholm ist?«

»Raus!« brüllt Caspar Went.

»Die warten aber auf Antwort«, murmelt der Kerkermeister und macht die Tür hinter sich zu.

»Das Gerücht, er habe den Mast seines Schiffes mit Gold ausgegossen, ist natürlich barer Unsinn«, hebt Caspar wieder an. »Kein Seemann würde so etwas tun. Aber man sagt, daß Störtebeker auf einer Kiste schlief, die mit Eisen beschlagen war und drei Schlösser hatte. Die Kiste war nicht mehr an Bord, als die Hamburger ihn schnappten. Wo ist sie geblieben, Simon?«

»Eine Kiste habe ich nie bei ihm gesehen. Störtebeker schlief auf den nackten Planken, wie alle anderen auch.«

»Dann fahr zur Hölle!« schreit er. Seine Züge verzerren sich vor Wut, Speichel sprüht aus seinem Mund. »Toren wie dir geschieht es recht, daß man ihnen den Kopf abschlägt! Denn ob es die Wahrheit gewesen wäre oder nicht: Mit einem einzigen Wort hättest du dein Leben retten können!« Doch schon hat er sich wieder in der Gewalt.

Umständlich tupft er seine Lippen ab. »Ich werde noch einige Tage in Lübeck bleiben. Damit die Reise nicht ganz für die Katz war, will ich dich sterben sehen.«

Neuntes Kapitel

An einem Sommermorgen des Jahres 1392 gingen wir in See. Der Hafen lag in tiefer Stille. Nur dann und wann ein Flüstern, ein gedämpfter Laut. Auf ein Handzeichen des Steuermanns wurde das Segel gesetzt. Es schien, als laste auf allen das Gefühl, zu einer Reise ins Ungewisse aufzubrechen.

Gegen Mittag hatten wir das offene Meer erreicht; von einer kräftigen Brise aus Südost erfaßt, ging unser Schiff auf nördlichen Kurs. Es war ein Schiff jener neuen Bauart, die den bauchigen Rumpf und das hohe Bugkastell des Holks beibehalten, von der Kogge aber den Kiel, den vorspringenden Vordersteven und das breite Heckkastell übernommen hatte. Als Handelsschiff konnte es an die zweihundert Last tragen, doch nur ein geringer Teil der Ladung bestand aus Waren. Der Schiffsraum barg vor allem den Proviant für die mehr als vierzig Köpfe zählende Mannschaft und ihre Waffen. Mochte es auch als ein solches nicht auf den ersten Blick zu erkennen sein: Es war ein Kriegsschiff, das die Schiffergesellschaft unter dem Befehl des Ratsherren Detlef Gronewech auf die Reise schickte, um Berend Coesfeld bei den Sarazenen auszulösen. Die Mannschaft setzte sich aus ebenso seerfahrenen wie kampferprobten Männern zusammen. Detlef hatte sie vom Steuermann bis zum Jungknecht selbst ausgewählt. In der Mehrzahl waren es Männer, die daheim Frau und Kind hatten und schon aus diesem Grund als zuverlässig galten.

Eine glückliche Hand hatte Detlef auch bei der Wahl des Steuermannes bewiesen. Es war Lüder Tralow von der Insel Rügen, ein besonnener Mann in mittleren Jahren. Er war bei Frithjof Karlsson in die Lehre gegangen und genoß nach dessen Tod den Ruf, der beste Steuermann zwischen Bremen und Danzig zu sein. Wie der alte Karlsson konnte auch Tralow füglich von sich behaupten, er habe die ganze Kunst im Kopf. Er kannte sich sogar in Gewässern aus, die er selbst nie befahren hatte. Dies verdankte er Karlssons genauen Schilderungen der Landmarken und Meeresströmungen, die er sich in allen Einzelheiten eingeprägt hatte. Über Kap Finisterre war Frithjof Karlsson indessen nicht hinausgelangt. Für die weitere Reise bedürfe es daher eines kundigen Lotsen, ließ Detlef mich wissen.

Anfangs vermochte ich mich nur schwer damit abzufinden, daß ich unter der Befehlsgewalt eines Schiffers stand, der mir an seemännischer Erfahrung nicht das Wasser reichen konnte. Hatte er überhaupt, abgesehen von kurzen Reisen nach Wismar oder Stralsund, jemals Schiffsplanken unter den Füßen gehabt? Detlef vermied es jedoch, mir gegenüber den Schiffsherren hervorzukehren; er behandelte mich wie einen Gast an Bord seines Schiffes und teilte seine Kajüte unter dem Schanzdeck mit mir. Obwohl es ihm sichtlich widerstrebte, hatte er sogar meinem Wunsch entsprochen, Daniel Metz mit auf die Reise zu nehmen. Er wies dem Krüppel einen Verschlag zu, in dem Tauwerk und Segeltuch lagerten, und bat mich, dafür zu sorgen, daß Daniel sich so wenig wie möglich an Deck blicken lasse.

Zur Mannschaft gehörten auch zwei Seeleute, die gemeinsam mit Berend Coesfeld von den Sarazenen gefangengenommen und später freigelassen worden waren, damit sie die Kunde von der Geiselnahme nach Lübeck überbrächten. Während der Wochen auf See kam ich des öfteren mit ihnen ins Gespräch, und da sie sich durch meine Wißbegier geschmeichelt fühlten, bedurfte es keiner großen Ermunterung, daß sie mir ihre Geschichte erzählten.

Westlich der holländischen Insel Texel, berichteten sie, habe ein seltsames Schiff ihren Kurs gekreuzt. Es habe ein dreieckiges Segel gehabt und große Augen beiderseits des Vorderstevens. Obgleich nur eine schwache Brise geweht habe, sei es schnell wie ein Vogel ihren Blicken entschwunden. Am nächsten Morgen sei es achtern wieder aufgetaucht, habe Berend Coesfelds schwerbeladene Kogge eingeholt und sich ihr bis auf Rufweite genähert. An Bord des Schiffes habe man lediglich den Rudergänger gesehen. Berend Coesfeld habe ihn in verschiedenen Sprachen nach dem Woher und Wohin gefragt, doch der Mann am Ruder sei ihm die Antwort schuldig geblieben. Fortan habe das fremde Schiff Katz und Maus mit ihnen gespielt; wie ein Raubtier, das sich seiner Beute sicher wähnt, sei es ihnen manchmal so nahe gekommen, daß man das Weiße in den Augen des Rudergängers habe sehen können, um gleich darauf wieder abzufallen und im Dunst zu verschwinden.

»Wir baten den Schiffer händeringend, den nächsten Hafen anzulaufen«, sagte der jüngere der beiden. »Aber Berend Coesfeld beschied uns, er wolle kein Pfahlgeld zahlen, weil wir die Hosen voll hätten. Vor Seeräubern und derlei Gesocks pflege ein lübischer Handelsherr nicht Reißaus zu nehmen.«

»In der Themsemündung geschah es dann«, fuhr der Ältere fort. »Sie rammten uns mittschiffs mit solcher Wucht, daß die Rah herunterkam. Im Nu wimmelte es auf Deck von halbnackten Mohren. Bevor wir uns zur Wehr setzen konnten, hatten sie die Hälfte von uns niedergemacht, die übrigen an Händen und Füßen gefesselt. Als alles vorbei war, trat Berend Coesfeld in blitzender Rüstung aus der Kajüte, stieg aufs Schanzdeck und hielt den Mohren eine donnernde Strafpredigt. Er zog so mächtig vom Leder, daß die Seeräuber, wenngleich sie kein Wort verstanden, betreten zu Boden blickten. Schließlich trat ihr Anführer, er nannte sich Hakim, zu Berend Coesfeld und gab ihm durch ein Schulterklopfen zu verstehen, daß er sich nicht noch mehr ereifern möge.«

Die Überlebenden, nahm nun wieder der Jüngere das Wort, seien auf einer Insel vor der Normandie an einen Sklavenhändler verkauft worden – bis auf Berend Coesfeld, seinen Kameraden und ihn selbst. Hakim habe offenbar aus dem herrischen Auftreten des Schiffers geschlossen, daß ihm ein Goldfisch ins Netz gegangen sei. Er sperrte ihn also mit den beiden Seeleuten in einen Käfig unter Deck und begab sich auf die Heimreise. Sie hätten dort unten eine schlimme Zeit durchlebt, klagte der Jüngere. Doch schwerer noch als Hunger, Durst und die schier unerträgliche Hitze sei Coesfelds selbstsüchtige Art zu ertragen gewesen. Darauf pochend, daß er von vornehmem Stand sei, habe er als erster zu essen und trinken verlangt, habe ihnen oft nur kärgliche Reste übriggelassen und gedroht, er werde sie daheim der Meuterei bezichtigen, falls sie sich ihm nicht fügten.

Nach einem Zeitraum, über dessen Dauer sie uneins waren – der eine sprach von drei, der andere von fünf Wochen – holte man sie an Deck. Das Schiff lag neben anderen von ähnlicher Art in einem Hafen. Er war von braunen Hügeln gesäumt, an deren Hängen sich unzählige kleine weiße Häuser drängten.

»Hakim übergab uns einem würdigen Mann, den er *Scheich* nannte«, erzählte der Ältere. »Der Scheich war sehr freundlich zu uns, er ließ es an nichts fehlen, damit wir wieder zu Kräften kamen. Dann gab er uns frische Kleidung und Geld und trug uns auf, in unsere Heimatstadt zurückzukehren und dort zu melden, daß Berend Coesfeld bei guter Gesundheit sei. Mit einem Handelsschiff gelangten wir nach Venedig, und von dort kehrten wir auf dem Landweg nach Lübeck heim.«

»Möge Gott verhüten, daß wir den Mohren abermals in die Hände fallen«, schloß der Jüngere.

Ich fragte Detlef, wie er anhand dieser spärlichen Auskünfte herausfinden wolle, wo Coesfeld sich aufhielt. Es sei in der Tat der Suche nach einer Nadel im Heuhaufen vergleichbar, gab er zu. Indessen hoffe er, daß die beiden Freigelassenen den Hafen wiedererkennen und sich an Ort und Stelle weiterer Einzelheiten erinnern würden. Überdies könne der Lotse ihrem Bericht womöglich Hinweise entnehmen, die ihm verborgen geblieben seien.

»Aber wie viele Piratennester wirst du anlaufen müssen, um den Hafen zu finden?« fragte ich weiter. »Befürchtest du nicht, selbst in Gefangenschaft zu geraten?«

»Man sagt, daß die Sarazenen gute Kaufleute seien«, erwiderte mein Halbbruder. »Ein guter Kaufmann denkt über den Tag hinaus,

Simon. Wer würde sich noch unterfangen, eine Geisel auszulösen, wenn er selbst dabei zur Geisel würde? Sollten sie sich jedoch feindselig verhalten, werde ich meine Haut so teuer wie möglich verkaufen.«

»Der Bericht läßt den Onkel deiner Frau in keinem guten Licht erscheinen«, sagte ich. »Ist dir wohl bei dem Gedanken, für ihn dein Leben und das deiner Leute aufs Spiel zu setzen?«

»Mein Auftrag lautet, den Kämmereiherren freizukaufen«, antwortete Detlef. »Ich habe mich nicht danach gedrängt, aber da man ihn mir erteilt hat, werde ich ihn, so gut ich kann, ausführen.«

So pflichtbewußt und uneigennützig dies klingen mochte: Mir schien, daß es Detlef nicht nur darum ging, einen angesehenen Bürger Lübecks aus der Gefangenschaft zu befreien. Er dachte auch an seine Zukunft. Rat und Schiffergesellschaft hatten ihm eine schwierige Aufgabe übertragen. Meisterte er sie, würden größere nicht auf sich warten lassen. Und so geschah es: Zwei Jahre nach seiner Rückkehr wurde Detlef zum Bürgermeister ernannt.

Bis die Küste von Norwegen in Sicht kam, steuerte Lüder Tralow den gleichen Kurs wie einst der alte Karlsson. Auf der Höhe von Mandal jedoch nahm er Kurs nach Süden. Einige Tage darauf bestand das Schiff seine erste Bewährungsprobe. Wir gerieten in einen Sturm aus Nordwest, der rings um uns her gewaltige Seen auftürmte. Du wirst dich inzwischen daran gewöhnt haben, daß ich von Schiffen wie von Lebewesen rede: Dieses Schiff unterschied sich von dem elenden Kahn, mit dem ich nach Island gefahren war, wie eine Schindmähre von einem Pferd edler Rasse. Es ritt die Wellen, statt sich ihrer Willkür preiszugeben, es durchschnitt die weißschäumenden Wellenkämme, bevor sie es mit sich in die Tiefe reißen konnten. Mich ergriff eine wilde Fröhlichkeit, als ich sah, wie dieses prächtige Schiff den Wellen trotzte. Ich brach jedesmal in lauten Jubel aus, wenn es aus gurgelnder Gischt emporstieg. Detlef vermochte meine Begeisterung nicht zu teilen. Er drückte mir besorgt einen Tampen in die Hand; wahrscheinlich fürchtete er, das Toben der See könnte meinen Geist verwirrt haben. Lüder Tralow hingegen nickte mir lächelnd zu. Er verstand mich.

Je weiter wir nach Süden kamen, desto häufiger begegneten wir anderen Schiffen. Zumeist waren es Kauffahrer, doch einmal hielt eine Kogge auf uns zu, die einen Stander mit den englischen Farben im Topp führte. Detlef befahl der Mannschaft, in voller Bewaffnung an Deck zu erscheinen. Der Engländer segelte eine Weile neben uns her, drehte dann aber ab und entschwand in Richtung auf die englische Küste.

Ich nahm dies zum Anlaß, Detlef daran zu erinnern, daß sich England und Frankreich im Krieg befänden und die Meerenge zwischen beiden Ländern demzufolge ein gefährliches Fahrwasser sei.

»Von den Unwägbarkeiten, die mit dieser Reise verbunden sind, ist das die geringste«, entgegnete Detlef. »Ich führe Empfehlungsschreiben an die Könige Englands und Frankreichs bei mir, ferner genügend Geld, um streitlustige Kapitäne friedlich zu stimmen. Und wenn es nicht anders geht, kämpfen wir, Bruder.«

»Dein Schwert sieht noch sehr neu aus«, bemerkte ich spitz. »Hast du es schon einmal gebraucht?«

»Bislang konnte ich meine Gegner davon überzeugen, daß es für beide Seiten ersprießlicher ist, den Verstand zu gebrauchen«, antwortete er.

In der Mündung des Swin gingen wir vor Anker. Der Fluß war zu seicht, als daß wir mit unserem Schiff nach Brügge hätten segeln können. Detlef meinte jedoch, die Stadt lohne einen Besuch, und lud mich ein, ihn zu begleiten. Von Sluis fuhren wir mit einer Schute den Swin hinauf.

Die Stadt Brügge verdiente eine ausführlichere Beschreibung, als ich ihr in meinem Bericht zuteil werden lassen kann. In vielem ähnelt sie Lübeck, nur stellt sie ihren Reichtum offener zur Schau. Alles an dieser Stadt atmet Wohlstand, Lebensfreude und Weltläufigkeit. Anders als bei uns schien die Kleidung der Bürger von Brügge keinen Vorschriften zu unterliegen; unabhängig vom Stand kleidete ein jeder sich, wie es ihm gefiel und sein Geldbeutel es erlaubte. Manche trugen auch fremdländische Gewänder, so daß es schwerfiel, die Einheimischen von den zahllosen Kaufleuten aus aller Herren Länder zu unterscheiden. Welch ein farbenfrohes Gewimmel auf dem Markt und in den Hallen, welch ein Sprachengewirr! Man wähnte sich am Nabel der Welt.

Detlef entging nicht, daß ich mich in dieser Umgebung meiner einfachen Kleider schämte. Er führte mich zu einem Schneider und ließ mich nach flandrischer Mode einkleiden. Hernach begaben wir uns in ein Gasthaus, wo vornehmlich Kaufleute aus den wendischen Städten verkehrten. Dort trafen wir Sivert Veckinchusen, einen der Söhne Jakob Veckinchusens, der sich nach längerem Aufenthalt in Nowgorod nun im Weinhandel betätigte. Er erzählte, daß er vor wenigen Tagen mit einer Ladung Wein von Porto gekommen sei. Der Krieg zwischen England und Frankreich werde wahrscheinlich noch Jahre dauern. Daher habe er beschlossen, bis auf weiteres in Brügge zu bleiben und den Wein in aller Ruhe reifen zu lassen. Damit uns der Doppelsinn seiner Worte nicht verborgen bleibe, fügte er hinzu, daß er den Lebensunterhalt im teuren Brügge allein davon bestreiten könnte, was seine Weinladung im gleichen Zeitraum an Wert gewänne.

»Seid Ihr unterwegs von Kriegsschiffen behelligt worden?« fragte Detlef.

»Man kann ihnen aus dem Wege gehen, wenn man sich dicht unter der englischen Küste hält und nach Möglichkeit nur nachts segelt«, antwortete Veckinchusen. »Aber dazu braucht es einen guten Steuermann.«

»Den habe ich«, sagte Detlef.

Mit unverhohlenem Staunen vernahm Sivert Veckinchusen, daß unser Ziel der maurische Süden war. Er beschwor Detlef inständig, von seinem Vorhaben abzulassen. Die Anhänger des Propheten seien wahre Teufel, eine einzige Bande von Räubern und Meuchelmördern. Es genüge schon, in ihrer Gegenwart den Namen Christi zu erwähnen, um aufs grausamste zu Tode gefoltert zu werden. Überdies sei ihre Sprache Tierlauten entlehnt und wie diese weder verständlich noch erlernbar.

»Mein Bruder beherrscht das Arabische«, entgegnete Detlef gleichmütig. »Aber da Ihr von Porto kommt: Ich habe gehört, daß dort ein Mann namens Agostinho lebt, der als Kaufmann die Küsten des Mittelmeeres bereist hat. Kennt Ihr ihn?«

»Es ist der Mann, der mir den Wein verkauft hat«, erwiderte Veckinchusen. »Ich habe es mir zur Regel gemacht, meinen Geschäftspartnern nichts Schlechtes nachzusagen. Da es über ihn auch nichts Gutes zu sagen gibt, werdet Ihr von mir keine weiteren Auskünfte bekommen.«

»Wo finde ich ihn?«

»Entweder im Freudenhaus oder im Kerker. Wenn Ihr das Glück habt, ihn im Freudenhaus anzutreffen, braucht Ihr nur die Huren zu bezahlen, der Kerkermeister kommt Euch teurer.«

»Seltsame Leute, mit denen Ihr Geschäfte macht, Veckinchusen«, sagte Detlef.

»Gegen seinen Wein ist nichts einzuwenden«, antwortete der Kaufmann.

Bevor wir nach Sluis zurückkehrten, erstand Detlef einen größeren Posten feinster Tuche und Spitzen sowie zwei Dutzend venezianischer Armbruste. An Bord wählte er unter der Mannschaft die besten Schützen aus und ließ sie vom Waffenmeister in der Handhabung der Armbruste unterweisen. Die Bolzen hatten eine ungeheure Durchschlagskraft; noch in einer Entfernung von hundert Fuß durchbohrten sie mühelos Harnische und Kettenhemden.

Wie Sivert Veckinchusen uns geraten hatte, nahmen wir von Sluis Kurs auf die englische Küste und segelten an ihr entlang jeweils vom Einbruch der Dunkelheit bis zur Morgendämmerung nach Westen. Tagsüber ankerten wir in versteckten Buchten oder im Schutz kleiner Inseln. An der Küste von Cornwall fanden wir eines Abends den Ausgang der Bucht durch ein fremdes Schiff versperrt. Einer von der Besatzung, dem Anschein nach der Schiffer, drückte in gezierter Rede sein Bedauern darüber aus, daß wir in der Falle säßen. Nicht minder höflich ersuchte Detlef ihn, den Weg freizugeben. Als der andere dies mit einem nachdrücklichen Kopfschütteln beantwortete, ließ sich Detlef eine Armbrust reichen und nahm den Mann aufs Korn. Er traf ihn mitten in die Brust. Von der Wucht des Bolzens wurde der Mann gegen das rückwärtige Schanzkleid geschleudert, wo er, ohne einen Laut von sich zu geben, zusammenbrach. Wenig später war das Schiff verschwunden.

Es war das erste Mal, daß ich Detlef einen Menschen töten sah. Er tat es mit der Kaltblütigkeit eines Jägers. Keine Spur von Mitgefühl, von innerer Bewegung. Seit jenem Tag begann ich, meinen Halbbruder mit anderen Augen zu sehen. Seine vielgerühmte Klugheit war nur eine Seite seines Wesens; sie war gepaart mit unerbittlicher Härte gegen jeden, der sich ihm in den Weg stellte.

Von den schroffen Felsinseln vor der Westspitze Cornwalls segelten wir eine Reihe von Tagen über das offene Meer. Es ist mir rätselhaft, wie sich Lüder Tralow auf der berüchtigten Biskaya mit ihrer gewaltigen Dünung und ihren jähen Wetterumschwüngen zurechtfand. Womöglich besaß er außer eigenen und übernommenen Erfahrungen noch einen sechsten Sinn. Eines Tages deutete er auf eine dunkle Masse, die voraus über der Kimm sich zeigte, und sagte mit ruhiger Bestimmheit, dies sei Kap Finisterre. Weiter als bis dort reiche sein Wissen nicht, denn das sei der äußerste westliche Punkt, den Frithjof Karlsson ihm beschrieben habe.

»Wir werden in Porto einen Mann an Bord nehmen, der über die nötigen Kenntnisse für die Weiterreise verfügt«, sagte Detlef. »Aber er wird Euch unterstellt sein. Ihr seid und bleibt mein Steuermann, Tralow.«

Porto liegt ein gutes Stück landeinwärts am Douroﬂuß. Die Stadt ist sehr alt und besitzt noch manche Gebäude, die aus der Zeit der maurischen Herrschaft stammen. Ihre Bewohner sind von gedrungener Gestalt und im allgemeinen schwarzhaarig und braunhäutig, was darauf schließen läßt, daß arabisches Blut in ihren Adern fließt. Im Unterschied zu ihren maurischen Verwandten sind sie indessen ein wortkarger Menschenschlag, mißtrauisch dem Fremden gegenüber und selten geneigt, sich einer ausgelassenen Stimmung hinzugeben. Daß es aber auch Ausnahmen gab, bewies jener Agostinho, dessentwegen wir Porto angelaufen hatten.

Unsere Erkundigungen ergaben, daß er im Schuldturm saß. Es hieß, Agostinhos Schulden hätten eine solche Höhe erreicht, daß er nicht darauf hoffen könne, jemals wieder in Freiheit zu gelangen. Wir trafen ihn dessenungeachtet bei guter Laune an. Er erriet sofort, was uns zu ihm führte, streckte uns seine Hände durch das Gitter entgegen, ergriff die unseren und versicherte unter fortwährendem Händeschütteln, daß er unser Mann sei.

Agostinho war nicht größer als seine Landsleute, hatte jedoch eine helle Hautfarbe, rötliches Haar und blaßblaue Augen. Sie erinnerten mich an die Augen Caspar Wents, und wenn es auch ungerechtfertigt sein mag, von einer äußerlichen Ähnlichkeit auf eine wesensmäßige Verwandtschaft zu schließen, nahm mich dies von Anfang an gegen ihn ein.

Detlef fragte ihn, auf welchen Betrag sich seine Schulden beliefen, und Agostinho nannte eine Summe, die mich bewogen hätte, ihn ohne Bedauern seinem Schicksal zu überlassen. Doch Detlef gelangte nach gründlichem Befragen zu der Ansicht, daß wir Agostinhos Dienste nicht entbehren könnten. Er versprach, ihn bei seinen Gläubigern auszulösen, und ersuchte ihn, sich nach seiner Freilassung unverzüglich an Bord unseres Schiffes einzufinden.

Um ihn auf die Probe zu stellen, verabschiedete ich mich auf arabisch von ihm. Er entgegnete in einer Sprache, von der ich, obwohl sie mir dem Arabischen verwandt schien, nur wenige Worte verstand.

»Was für eine Sprache ist das?« fragte ich.

»Es ist die Sprache des Volkes, Herr«, antwortete Agostinho. »Was Ihr sprecht, ist die Sprache der Dichter und Schriftgelehrten.« Und listig zwinkernd fügte er hinzu: »Man wird Euch für einen *Ulema* halten und als solchen achten, sofern Ihr Euch nicht als Christen zu erkennen gebt.«

Er kam in einer Sänfte und erregte durch seine Kleidung großes Aufsehen am Hafen. Wäre nicht alles an ihm, vom Turban bis zu den Schnabelschuhen, eine Spur zu pomphaft gewesen, hätte man ihn für einen festlich gewandeten Sultan halten können; so ähnelte er eher einem Schmierenkomödianten in der die Rolle des Kalifen Harun ar-Raschid. Immerhin ließ seine Aufmachung vermuten, daß er, kaum dem Schuldturm entkommen, nichts Eiligeres zu tun gehabt hatte, als erneut Schulden zu machen.

Es war ein seltsamer Vogel, den wir da an Bord genommen hatten. Obwohl man weiß, daß selbst alte Fahrensleute nicht gegen Seekrankheit gefeit sind, kam es mir doch eigenartig vor, daß Agostinho schon bei leichtem Wellengang von Übelkeit befallen wurde. Er schob die Schuld indes auf den Koch, der ungewohnte und für seinen Magen zu schwere Speisen bereite. Als sich sein Befinden gebessert hatte, stolzierte er wie ein Pfau an Deck umher, verteilte Lob und Tadel und gab erstaunliche Geschichten zum besten. So behauptete er, weit über die Inseln im Westen hinaus zu einem Land gelangt zu sein, wo es in den Städten nie dunkel sei. Tagsüber scheine die Sonne, und nachts strahlten die aus goldfarbenem Glas errichteten Gebäude das Licht aus, das sie während des Tages in sich aufgesogen hätten. Zum Beweis zeigte er einen durchsichtigen Stein, der tatsächlich eine Weile glühte, wenn man ihn vom Tageslicht ins Dunkel brachte. Des weiteren wußte er zu berichten, daß die Menschen in jenem Land nicht stürben, sondern sich, wenn sie des Lebens überdrüssig seien, in Bäume verwandelten. Daraus erkläre sich, daß mehr als die Hälfte des Landes von Wäldern bedeckt sei. Man mag solche Geschichten als Märchen abtun: durch die Art seines Erzählens gewannen sie an Glaubwürdigkeit. Und wenn man ihn doch einmal bei einer Lüge ertappt zu haben glaubte, zog er wie ein Taschenspieler irgendein Beweisstück aus den Falten seines orientalischen Gewands.

Auf Detlefs Geheiß nahm sich Agostinho die beiden Freigelassenen vor und entlockte ihnen manche Einzelheit, die sie bislang nicht der Erwähnung für wert befunden hatten oder die ihnen erst auf sein beharrliches Fragen hin wieder ins Bewußtsein kam. So erinnerte sich der Ältere, daß man ihn eines Morgens an Deck gebracht habe, weil er von der stickigen Luft ohnmächtig geworden sei. Als er wieder klaren Sinnes gewesen sei, habe er beiderseits des Schiffs Berge gesehen, wobei die an Steuerbord weiter entfernt, aber ungleich höher gewesen seien als jene auf der Backbordseite.

»Alles deutet darauf hin, daß sich Euer Landsmann in einem der Häfen an der afrikanischen Küste des Mittelmeers befindet«, sagte Agostinho. »Das trifft sich gut, denn dort habe ich eine Menge guter Freunde, während ich auf der dem Atlantik zugewandten Seite Afrikas niemanden kenne. Ihr müßt nämlich wissen, daß man bei den Arabern nur etwas erreicht, wenn man zu möglichst vielen Leuten freundschaftliche Beziehungen unterhält.« Ein Seeräuber namens Hakim sei ihm allerdings nicht bekannt. Offenbar handle es sich um einen der zahlreichen kleinen Piraten, die ihr Gewerbe auf eigene Faust betrieben. Andernfalls hätte er die Geisel auch nicht dem Scheich verkauft, sondern sie seinem Herrscher zum Geschenk gemacht.

Mehrere Tage mußten wir gegen den steifen Ostwind und eine starke Strömung aufkreuzen, bis wir die Meerenge von Gibraltar passiert hatten. Kurz darauf sahen wir uns von sechs Sarazenenschiffen umringt. Detlef legte seine Rüstung an und empfahl mir, es ihm gleichzutun. Ich begnügte mich indes mit einem flachen Helm, da ich aus eigener Erfahrung wußte, daß die Aussichten, sich schwimmend an Land zu retten, um so größer sind, je weniger man am Leibe trägt.

Auf ein Zeichen von Detlef befahl der Waffenmeister, die Armbruste zu spannen. Doch ungeachtet dessen ging eines der Schiffe längsseits. Neben dem Rudergänger stand ein hochgewachsener Mann. Er trug einen schwarzen Kaftan und hatte sich ein Tuch von gleicher Farbe um den Kopf geschlungen. Mit wachen Augen musterte er unsere waffenstarrende Mannschaft.

»Ist einer unter euch, der die Sprache des Propheten spricht?« fragte er.

»Ja, ich«, antwortete Agostinho beflissen und drängte sich an Detlef vorbei nach vorn. Dann hob er zu einer längeren Rede an, der ich entnahm, daß er, Agostinho, ein Busenfreund des Emirs von Tetouan sei.

»Kennst du mich?« unterbrach ihn der Sarazene.

Bedauerlicherweise sei dies nicht der Fall, erwiderte Agostinho. Doch zweifle er nicht im geringsten daran, daß er es mit einem Mann von hoher Herkunft zu tun habe.

»So ist es«, sagte der andere. »Und da es so ist, will ich nicht mit dir reden, Agostinho. Denn nach allem, was ich von dir gehört habe, bist du kein Mann von Ehre.«

Während Agostinho verstört nach Worten suchte, trat ich vor und redete den Sarazenen in jener Sprache an, die Benedikt mich gelehrt hatte. Der Araber lauschte mit andächtiger Miene, als ich ihn über den Zweck unserer Reise in Kenntnis setzte.

»Deine Worte sind Labsal für mein Ohr, Bruder«, sagte der Sarazene. »Allah bewahre dich vor einem bösen Ende.«

»Frag ihn, ob er weiß, wo Coesfeld sich befindet«, flüsterte Detlef mir zu.

Die Antwort des Arabers bestand darin, daß er beide Hände hob und die Augen himmelwärts wandte. Das Gespräch war damit beendet. Schnell entfernte sich das Schiff und steuerte, von den anderen gefolgt, der nahen Küste entgegen.

»Auf Fragen wie diese werdet Ihr von einem Araber nie eine Auskunft erhalten, Herr«, belehrte mich Agostinho. »Er fühlt sich um ein gutes Gespräch betrogen, wenn man ohne Umschweife etwas von ihm zu wissen begehrt. Ihr hättet mich mit ihm reden lassen sollen.«

»Er schien nicht darauf erpicht zu sein«, sagte ich und frohlockte im stillen. Das Schöne an Vorurteilen ist, daß man sie immerzu bestätigt findet.

Seit diesem Tag hielten sich die Sarazenenschiffe von uns fern, aber immer wieder tauchten an unterschiedlichen Punkten des Horizonts ihre dreieckigen Segel auf. Offenbar hatten sie die Aufgabe, uns zu beobachten, womöglich auch Befehl, Piraten vom Schlage eines Hakim daran zu hindern, sich der fetten Beute zu bemächtigen. Es blieb jedoch unerfindlich, weshalb sie uns in weitem Abstand folgten, statt uns, wie es nahegelegen hätte, ans Ziel zu führen.

An einer Reihe kleiner und größerer Häfen segelten wir vorüber. Agostinho gab vor, dort keine Freunde zu haben. Auf seine innige Freundschaft mit dem Emir von Tetouan angesprochen, verwies er auf die Besonderheiten arabischer Politik. Bei den Arabern könne man nicht damit rechnen, daß nach zwei oder drei Jahren noch derselbe Emir regiere, und da der Wechsel meist gewaltsam vor sich gehe, seien die Freunde des alten Emirs zwangsläufig die Feinde des neuen. Als Agostinho jedoch an Detlef deutliche Anzeichen des Unmuts bemerkte, erinnerte er sich eines Freundes, der in einer nahe gelegenen Hafenstadt das Amt des Marktaufsehers bekleide. Marktaufseher, versicherte er uns, seien nicht so leicht ersetzbar wie Emire und jener sei nicht nur ein besonders guter Freund, sondern darüber hinaus ein Mann mit weitreichenden Beziehungen.

Der Name der Stadt ist mir entfallen. Sie bestand aus einem einzigen großen Markt. Die Waren aufzuzählen, die zumeist im Tausch den Besitzer wechselten, ist schier unmöglich, denn nicht nur die Ladungen gekaperter Schiffe sah ich dort ausgebreitet, sondern auch die Beute von Überfällen auf Städte, Dörfer, Klöster und Kirchen. Was mich indessen noch mehr erstaunte als das überreiche Angebot, war die Ordnung, die auf dem Markt der Räuber herrschte. Dafür sorgte Hassan al-Araj.

Als *Muhtasib*, wie man dortzulande den Marktaufseher nennt, gehörte er zum Kreis der Rechtsgelehrten. Sein Äußeres entsprach jedoch so gar nicht den Vorstellungen, die wir uns von einem Mann der Wissenschaft machen. Hassan konnte schon deshalb den gesamten Markt im Blick behalten, weil er alle anderen um Haupteslängen überragte. Ein gewaltiger Bauch wölbte seinen Kaftan, und seine bis zu den Schultern entblößten Arme zeugten von ungeheurer Kraft. Einen Streit unter Händlern pflegte er damit zu schlichten, daß er die Kontrahenten beim Nacken packte und ihre Köpfe so lange zusammenschlug, bis sie Friedfertigkeit zu erkennen gaben. Kein Wunder also, daß Hassan unter den feilschenden Seeräubern höchste Achtung genoß.

Agostinho bedeutete uns, er wolle zunächst allein mit dem Muhtasib sprechen. Von einer freundschaftlichen Begrüßung, wie sie unter Mauren üblich ist, sah er anscheinend ab, weil er bei dem Größenunterschied genötigt gewesen wäre, Hassans Hüften zu umarmen. So dauerte es eine Weile, bis der Marktaufseher Agostinho wahrnahm. Nachdem sie einige Worte miteinander gewechselt hatten, schob Hassan den kleinen Portugiesen mit dem Bauch beiseite und ging seinen Geschäften nach.

»Hassan war außer sich vor Freude, mich wiederzusehen«, teilte uns Agostinho mit. »Er will uns zur Stunde des Sonnenuntergangs in seinem Haus empfangen. Aber denkt daran, daß er ein seinem hohen Amt angemessenes Geschenk erwartet.«

Das Haus des Muhtasib lag in einer verwinkelten Gasse am Hafen. Es war sehr schmal, besaß jedoch fünf Stockwerke. Das Erdgeschoß barg Waren aller Art, darunter zwei Fässer mit der Hausmarke eines Lübecker Kaufmanns. Wir stiegen eine knarrende Holztreppe hinauf und gelangten in einen winzigen Raum, der zu einem guten Drittel von Hassan selbst eingenommen wurde. Er saß auf einem Stapel kostbarer Teppiche und forderte uns mit einer Handbewegung auf, vor ihm auf dem Fußboden Platz zu nehmen. Mit einer weiteren Geste gab er Agostinho zu verstehen, daß er bereit sei, ihm sein Ohr zu leihen.

Soviel ich verstand, erkundigte sich Agostinho nach dem Befinden des Muhtasib, seiner Söhne und Brüder sowie weiterer Verwandter, erwähnte lobend die Namen etlicher Vorfahren unseres Gastgebers und erging sich in einer ausführlichen Schilderung ihrer bisherigen Begegnungen. Hassan vernahm die Rede des Portugiesen beifällig, wo es um ihn und seine Verwandtschaft ging, doch bei der Erwähnung ihrer freundschaftlichen Beziehungen umwölkte sich sein Blick. Dies wiederum veranlaßte Agostinho, von übler Nachrede zu sprechen und dem Neid derer, die in Geschäften nicht so erfolgreich seien wie er. Die Miene des Muhtasib verdüsterte sich jedoch mehr und mehr.

»Wärst du nicht mein Gast, ich würde dir das Maul stopfen, Agostinho«, grollte Hassan. »Mir sind zehn ehrliche Feinde lieber als ein Freund von deiner Art. Du bist eine Natter, die den beißt, der sie am Busen wärmt.« Dann wandte er sich mir zu und sagte: »Sprich du, Bruder. Ich weiß, daß du unserer Sprache mächtig bist.«

Alles hing nun von meiner Beredsamkeit ab. Denn eher noch als mit Geschenken gewinnt man die Zuneigung des Mauren durch wohlgesetzte Worte. Er liebt es, den eigentlichen Gegenstand des Gesprächs in schöne Wendungen und lehrreiche Abschweifungen eingebettet zu sehen. Eine gute Rede, heißt es im Arabischen, öffne viele Türen und so manches Herz. Ich muß meine Sache gut gemacht haben, denn Hassan zeigte sich geneigt, uns weiterzuhelfen. Zwar wisse er nicht, wo unser Landsmann weile, doch sei anzunehmen, daß er sich im Besitz einer Person von hohem Rang befinde. Andernfalls wäre nicht die Weisung ergangen, uns unbehelligt nach ihm suchen zu lassen. Nähere Hinweise hoffe er, von einem Mann zu bekommen, der verschiedentlich mit Hakim auf Raub ausgefahren sei. Nur erfordere dies ein wenig Geduld.

»Aber wozu die Geheimnistuerei? Weshalb führt man uns nicht schnurstracks zu dem, der unseren Landsmann in Gewahrsam hält?« fragte ich.

Über Hassans Gesicht glitt ein Lächeln. »Es würde die Zahl derer unnötig verringern, die ihr auf der Suche nach ihm mit Worten und Geschenken erfreut, Bruder.«

Ich gab den Wink an Detlef weiter, und er überreichte dem Muhtasib eine silberne Waage von jener Art, wie sie hansische Kaufleute am Gürtel tragen. Das Geschenk versetzte Hassan in Entzücken. »Möge Allah euch Gutes angedeihen lassen!« rief er, während er die Waage mit Hilfe eines Gewichts und eines Dirhams flugs auf ihre Zuverlässigkeit hin prüfte. Dann bewirtete er uns mit Pfefferminztee und gezuckerten Früchten.

An Bord zurückgekehrt, versuchte ich, Detlef davon zu überzeugen, daß wir in Agostinho allem Anschein nach einem notorischen Betrüger aufgesessen seien.

»Das mag sein«, entgegnete er. »Doch ohne ihn hätten wir nicht die Bekanntschaft des Marktaufsehers gemacht. Vor die Wahl gestellt, im dunkeln zu tappen oder mich mit aller gebotenen Vorsicht einem Schwindler anzuvertrauen, ziehe ich letzteres vor.« Vielleicht tue ich Detlef unrecht, aber als ich ihn dies sagen hörte, war mir, als habe er dabei nicht nur Agostinho im Sinn.

Da es der Stadt an anderen Sehenswürdigkeiten mangelte, streifte ich mit Daniel Tag für Tag auf dem Markt umher. Anders als hierzulande erregte der Krüppel bei den Arabern keinen Abscheu. Sie schienen in ihm vielmehr ein Geschöpf zu sehen, mit dem Allah ihnen vor Augen führen wollte, wie trefflich sie selbst geraten waren. Wie sonst wäre zu erklären, daß die Mauren, sobald sie des Krüppels ansichtig wurden, ihrem Gott zu danken begannen?

Eines Abends machte der Muhtasib uns einen Gegenbesuch. Er kam in Begleitung einer Schar stattlicher Jünglinge, die, wie er mit Stolz bemerkte, allesamt seine Söhne seien. Die Gäste ließen sich im Kreis auf den Decksplanken nieder und sprachen fleißig dem lübischen Bier zu. Nachdem Hassan die Namen seiner Söhne genannt, die Vorzüge jedes einzelnen beschrieben und Allah dafür gepriesen hatte, daß er ihn so sichtlich gesegnet habe, empfahl er, den Hafen von Biserta anzulaufen, wo einer seiner Vettern namens Mohammed uns erwarte. Er wohne neben der Moschee und führe den Titel eines Scheichs, woraus wir jedoch nicht schließen dürften, daß er der Scheich sei, dem Hakim seinen Gefangenen verkauft hatte. Schon im Gehen begriffen, ließ er uns wissen, daß Vetter Mohammed ein Freund fremdländischer Waffen sei.

Während wir, stets in Sichtweite der afrikanischen Küste, weiter ostwärts segelten, heimste Agostinho zum ersten und einzigen Mal auf dieser Reise Lob ein. Mochte er auch ein Prahlhans sein, ein Mann ohne Ehre, dem Vernehmen nach gar ein Betrüger: der Gerechtigkeit halber muß vermerkt werden, daß er ein ausgezeichneter Lotse war. Ich stehe nicht an zu behaupten, daß wir ohne seine genaue Kenntnis der tückischen Gewässer nie ans Ziel gelangt wären. Als Detlef ihm jedoch seine Anerkennung aussprach, blies er aus gespitztem Mund über seine Handfläche. Vermutlich wollte er damit andeuten, daß es ein Kinderspiel für ihn sei.

Beim Anblick der Stadt Biserta und ihres Hafens erklärten die beiden Freigelassenen, daß dies unzweifelhaft der Ort sei, an dem sie damals mit Berend Coesfeld an Land gebracht worden seien. Sie erboten sich, uns zum Haus des Scheichs zu führen, doch Detlef hielt es für geraten, zunächst Hassans Vetter aufzusuchen.

Mohammed al-Hadi al-Sayyid erwarte uns in seinem Garten, verkündete der Türsteher, nachdem er mit großer Würde einen Dirham in Empfang genommen hatte. Der Garten war eine von hohen Mauern umschlossene Oase inmitten der Stadt; unter Palmen breitete sich ein Teppich aus Blumen und üppigem Grün. Der Hausherr hockte am Rand eines Teichs und sprach zu den Fischen. Einem fetten unter ihnen riet er zur Mäßigung, den dünnen, sich am Futter gütlich zu tun. Weil dies jedoch nichts zu fruchten schien, schlug er mit einem Zweig auf das Wasser und drohte dem dicken Fisch, er werde ihn noch an diesem Abend verspeisen.

»Sieh dir meinen Garten an, ich habe ihn selbst angelegt«, sagte er zu mir. »Du kannst daraus entnehmen, wie alt ich bin. Es steht aber auch geschrieben, daß, wer den Garten eines Menschen sieht, in seiner Seele lesen kann. Was offenbart dir mein Garten über mich?«

Ich bat um Nachsicht, da ich im Gebrauch des Arabischen noch ungeübt sei, und zeichnete das Charakterbild eines weisen, großzügigen, mit Gott und der Natur in Einklang lebenden Mannes. Der Scheich vernahm es mit sichtlicher Rührung. »Allah segne deine Worte«, sagte er. Nun hieß er uns willkommen und lud uns ein, sein Mahl mit ihm zu teilen.

»Ich kenne das Land, aus dem ihr kommt«, sagte Mohammed. »In jungen Jahren war ich längere Zeit im St.-Johannis-Kloster in Schleswig zu Gast. Dort habe ich nicht nur viel Gutes erfahren, eure Priester heilten mich auch von einer Krankheit, die am Fleische frißt.« Zum Beweis zeigte er uns seine linke Hand, an der zwei Finger fehlten und ein dritter verstümmelt war. »Wenn ich nun einen Teil der Dankesschuld abtragen kann, indem ich euch helfe, will ich es tun. Was euer Vorhaben indessen erschwert, ist, daß sich euer Landsmann nicht mehr in dieser Stadt befindet. Scheich Abu al-Ansari, Allah habe sein Wohlgefallen an ihm, hat ihn dem Sultan geschenkt, damit dieser ihm die Ehre erweise, eine von Abus Töchtern in seinen Harem aufzunehmen. Der Erlauchte hat seiner Bitte zwar nicht entsprochen, das Geschenk aber gleichwohl angenommmen. Daher werdet ihr euch in eurer Angelegenheit an keinen Geringeren als Seine Herrlichkeit selbst wenden müssen.«

Ich übersetzte Detlef die Worte des Scheichs, und er bat mich, ihn zu fragen, auf welche Weise wir mit dem Sultan in Verbindung treten könnten.

»Alle Wege zum Erlauchten führen über seinen Großwesir«, antwortete Mohammed. »Alnor, so lautet sein Name, ist ein mächtiger Mann. Ohne sein Wissen geschieht nichts im Reich der Hafsiden, und wenn der Herrscher eine Anordnung trifft, tut er dies durch Alnors Mund. Aber der Großwesir, Allah nütze uns durch ihn, ist seinerseits unerreichbar für Leute von geringerem Stand, es sei denn, man würde ihm durch einen Mann seines Vertrauens empfohlen.«

»Kennst du einen solchen, ehrwürdiger Scheich?« fragte ich.

»Laß mich nachdenken«, sagte er. Und während er nun in Grübeln versank, schloß er das eine Auge, während er das andere auf Detlefs Schwert richtete. »Erinnert mich daran, daß ich euch, bevor ihr geht, meine Waffensammlung zeige«, sagte er. »Außer dem Garten ist sie das einzige, an dem ich in meinem Alter noch Gefallen finde.«

»Erlaubt mir, Euch dies für Eure Sammlung zu schenken«, sagte Detlef und schnallte das Schwert von seinem Gürtel. »Es ist das Meisterstück eines Nürnberger Waffenschmieds und daher einmalig in seiner Art.«

Ich hob zu einer Übersetzung an, doch der Scheich winkte ab und anwortete in unserer Sprache: »Du machst mir große Freude. Ich danke dir, mein Sohn.« Dann sagte er auf arabisch: »Es gibt in Tunis einen Mann, der Alnors Gunst genießt, obwohl er beim Sultan, Allah gebe ihm ein langes Leben, in Ungnade gefallen ist. Sein Name ist Ibn Chaldun. Geht zu ihm und richtet ihm aus, Scheich Mohammed al-Hadi al-Sayyid, sein Lehrer, schicke euch. Er wird euch freundlich empfangen.« Auf meine Frage, wo Ibn Chaldun wohne, entgegnete er: »Des Nachts unterm Sternenzelt und über Tag im Schatten einer Palme. Ibn Chaldun besitzt kein Haus, obgleich er einen Palast haben könnte, wenn er dem Erlauchten mehr Achtung bezeigte.«

Tunis liegt ein Stück landeinwärts an einem See, den eine sandige Nehrung vom Meer trennt. In der Mitte der Nehrung hat man einen Kanal gegraben, so daß Schiffe mit geringem Tiefgang bis an die Mauern der Stadt gelangen können. Tunis ist eine der größten Städte, die ich gesehen habe. Es besitzt eine Menge prächtiger Gebäude, von denen etliche aus Steinen des alten Karthago erbaut sein sollen. Aus dem Häusermeer ragen die Kuppeln zahlreicher Moscheen und der burgähnliche Palast der Hafsiden-Sultane empor. Es ist nicht der größte und bei weitem nicht der schönste ihrer Paläste, doch übertrifft er die anderen an Wehrhaftigkeit.

Auf dem azurblauen Wasser der Lagune sahen wir eine große Zahl jener Sarazenenschiffe versammelt, die uns das Geleit gegeben hatten. Es war, als wollten sie durch ihre Anwesenheit bekunden, daß wir ans Ziel gelangt seien. Von Land her gab man uns Zeichen, am Kai anzulegen, aber Detlef befahl, in sicherer Entfernung von den Mauern auf Reede zu gehen. Nachdem er die Mannschaft zur Wachsamkeit ermahnt hatte, ließen wir uns in einem der Beiboote an Land rudern.

Nach Ibn Chaldun brauchten wir nicht lange zu suchen, denn schon der erste, den wir fragten, machte sich anheischig, uns zu ihm zu führen. Von der stetig wachsenden Schar unserer Begleiter erfuhren wir manches, das die Begegnung mit einem ungewöhnlichen Mann erwarten ließ. Ibn Chaldun, hieß es, sei im Dienst arabischer Herrscher zu hohen Würden gelangt; er habe es vom einfachen Schreiber zum Gesandten, Kadi und General gebracht, habe sich jedoch nicht minderen Ruhm als Rebell und Bandenführer erworben; er selbst nenne sich einen Philosophen. Aus eigener Kenntnis will ich ergänzen, daß Ibn Chaldun ein umfangreiches Werk über die Geschichte der Araber und Berber verfaßt hatte.

Wir fanden den berühmten Mann in einem der öffentlichen Bäder, wo er sich allmorgendlich in Gesellschaft einfacher Leute zu waschen pflegte. Er mochte um die Sechzig sein, und zahllose Narben an seinem hageren Körper bezeugten, daß der Mann des Geistes auch ein Mann der Tat gewesen war. Ich trat an das Marmorbecken, nannte unsere Namen und sagte, daß wir auf Empfehlung des ehrwürdigen Scheichs zu ihm kämen. Ibn Chaldun stieg aus dem Wasser, ließ sich ein Handtuch reichen und bedeutete uns, ihm in einen Innenhof zu folgen. Dort befand sich ein von antiken Statuen umgebener Brunnen. Wir setzten uns auf den Brunnenrand, und während Ibn Chaldun seinen Körper trockenrieb, berichtete ich ihm, was uns nach Tunis geführt hatte.

»Vierzig Jahre habe ich in die Breite gelebt«, sagte Ibn Chaldun. »Dann wurde ich am Euphrat von einem Fieber befallen, und als ich davon wider Erwarten genas, beschloß ich, den Rest meiner Tage in die Tiefe zu leben. Welche Hilfe erhofft ihr euch von einem Philosophen, Bruder?«

»Mohammed sagte uns, daß der Großwesir dich schätzt«, antwortete ich. »Daher möchten wir dich bitten, uns eine Audienz bei ihm zu verschaffen.«

»Was Alnor an mir schätzt, ist meine lästerliche Zunge«, sagte der Philosoph. »Denn benutzte ich sie dazu, den Arsch des Erlauchten zu lecken, säße ich an seinem Platz. Warum befreit ihr euren Landsmann nicht gewaltsam?«

»Hältst du es für aussichtsreich, mit vierzig Männern eine Burg zu berennen?« fragte ich verwundert.

»Bei Allah, wer spricht denn von Berennen!« entgegnete Ibn Chaldun. »Ihr dringt durch einen geheimen Gang von der Kasbah aus in den Palast ein, nehmt einen der Prinzen als Geisel und droht, ihn zu töten, falls man euch nicht mit eurem Landsmann entkommen läßt. So würde ich es machen, das schwöre ich beim Bart des Propheten!«

Da sprach der alte Abenteurer aus Ibn Chaldun. Ich nahm mir die Freiheit, es ihm zu sagen, und er blinzelte vergnügt. »Nun gut«, fuhr er fort, »ich kann es erreichen, daß der Großwesir euch empfängt. Aber alles Weitere liegt bei euch. Gelingt es, ihn davon zu überzeugen, daß ein guter Ausgang eures Vorhabens auch für ihn von Vorteil wäre, werdet ihr in ihm einen Fürsprecher finden. Wägt eure Worte also sorgfältig ab und vermeidet jegliche Schmeichelei. Alnor weiß selbst so vollendet zu schmeicheln, daß ihn darin niemand übertreffen kann.«

Detlef bat mich, ihn zu fragen, womit wir uns Alnors Wohlwollen erwerben könnten, und Ibn Chaldun erwiderte: »Falls es ihn nach Dingen gelüstet, wie ihr sie mit euch führt, wird er es euch wissen lassen. Alnor ist über eure Ladung so gut unterrichtet wie über die Stärke eurer Mannschaft und ihre Bewaffnung. Er bezahlt ein Heer von Spionen dafür, daß sie ihn auf dem laufenden halten, und einen davon habt ihr an Bord.«

»Agostinho!« entfuhr es mir.

»Ihr hättet euch fragen müssen, weshalb ein Gauner wie er noch Hände und Füße besitzt«, sagte Ibn Chaldun. »Die Antwort ist, daß er unter Alnors Schutz steht. Auch von unserer Begegnung wird der Großwesir in kürzester Zeit erfahren, denn von dreien, die dort drinnen im *Hamam* hocken, ist einer ein Spion.« Dann streifte er sich einen Kaftan über und forderte uns auf, ihm in die Kasbah zu folgen. Die Menschen wichen ihm ehrerbietig aus, viele verneigten sich vor ihm. Einer fiel gar auf die Knie und rief: »Gib uns vom Wein deiner Weisheit zu kosten, Ibn Chaldun!«

Ich bin sicher, daß Ibn Chaldun seine Sentenz bereits im Kopf hatte. Damit sie sich aber wie die Frucht des Augenblicks ausnehme, legte er seine Stirn in grüblerische Falten, bevor er antwortete: »Tue Gutes, soviel du vermagst, mein Freund. Doch enthalte dich nicht ganz des Bösen. Denn viel Gutes kann sich nur im Beisein eines kleinen Teils von Bösem verwirklichen.« Der Mann küßte ihm dankbar die Hand, und die Umstehenden gaben seine Worte im Flüsterton weiter.

Wir kamen an ein Tor des Sultanspalastes. Es wurde von schwarzen Hünen bewacht; auf den Zinnen waren Pfeilschützen postiert. »Seine Herrlichkeit lebt in ständiger Angst vor Überfällen«, schmunzelte der Philosoph. »Dabei lehrt die Geschichte, daß noch kein Hafsiden-Herrscher fremder Gewalt zum Opfer gefallen ist. In den meisten Fällen hatten sie ihre Mörder selbst in die Welt gesetzt.«

Obwohl er sich, wo er ging und stand, von Alnors Spionen belauscht wähnte, scheute Ibn Chaldun sich nicht, den Großwesir der Lächerlichkeit preiszugeben. So erzählte er die Geschichte, wie Alnor unter dem vorigen Sultan das Amt des Großwesirs erworben hatte: »Eines Tages begab sich der Sultan auf eine Reise und vertraute Familie und Besitz seinem treuen Sklaven Alnor an. Des Sultans Frau, die schon lange in Leidenschaft für den schönen Jüngling entbrannt war, versuchte Alnor zu verführen. Er aber wies sie ab und sagte, er würde lieber sterben als seinen Herren auf solch schändliche Weise zu betrügen. Sie hörte jedoch nicht auf, ihm nachzustellen, bis Alnor aus Furcht, er könne der Versuchung erliegen, sich selbst entmannte. Als der Sultan davon erfuhr, ließ er ihn pflegen, bis er geheilt war, schenkte ihm die Freiheit und ernannte ihn zu seinem obersten Ratgeber.«

Nach guter Gauklerart erzählte Ibn Chaldun die Geschichte mit todernster Miene, ja man glaubte, aus seinen Worten Bewunderung herauszuhören, und als nun Gelächter aufbrandete, rief er scheinbar empört: »Was gibt es zu lachen? Ihr solltet Allah dafür danken, daß ein Eunuch am Ohr des Erlauchten sitzt. Denn dies sagt euch der Philosoph Ibn Chaldun: Unerfüllte Begierde schlägt in Weisheit um.« Später vertraute er mir an, er habe die Geschichte aus Andalusien mitgebracht und lediglich die Namen ausgetauscht. Als ich ihn fragte, ob er sich nicht vor Alnors Rache fürchte, meinte er, der Großwesir sei viel zu klug, eine erlogene Geschichte dadurch als wahr erscheinen zu lassen, daß er den Erzähler zur Rechenschaft ziehe.

Fast ein Monat verging, bevor Alnor uns zu sich in den Palast bestellte. Ibn Chaldun wehrte unseren Dank mit den Worten ab, er sei im Zweifel, ob er uns einen guten Gefallen erwiesen habe.

Vor dem Tor des Sultanspalastes erwartete uns ein prächtig herausgeputzter Höfling. Er stellte uns anheim, von seinen zahlreichen Titeln den eines Ersten Schwertträgers auszuwählen und ihn als solchen anzureden. Als sich das Tor hinter uns geschlossen hatte, umgab uns völlige Stille. Erst nach und nach nahmen unsere vom Lärm der Kasbah betäubten Ohren das Plätschern der Brunnen wahr. Wir schritten auf ein weiteres Tor zu, das sich wie von Geisterhand bewegt vor uns öffnete. Dahinter befand sich ein kleiner Palmenwald. Nachdem wir diesen durchquert hatten, standen wir vor einem Gebäude aus grünem Marmor. Der Erste Schwertträger klopfte gegen die Tür, und als diese sich gleichfalls wie von selbst vor uns aufgetan hatte, kamen wir in einen Saal, an dessen anderem Ende ein weißgekleideter Mann saß. Er spiegelte sich in der glatten Marmorwand, so daß wir ihn gleichzeitig von vorn und hinten sahen. Der Erste Schwertträger hieß uns mit gedämpfter Stimme, das Haupt vor dem Großwesir zu beugen.

»Kommt näher«, sagte Alnor.

Ich hatte mir eine Redewendung eingeprägt, die mir zur Begrüßung hochgestellter Persönlichkeiten geeignet erschien, und so rief ich auf arabisch: »Allah sei gepriesen, Herr beider Welten ist er, des sichtbaren Diesseits und des verborgenen Jenseits.«

»Solange wir unter uns sind, brauchst du keinen Gott zu preisen, der unser beider Gott nicht ist«, sagte Alnor. »Es ist auch nicht nötig, daß du arabisch mit mir sprichst, ich beherrsche neben einem Dutzend anderer Sprachen auch die eure.«

»Seid Ihr Christ, Herr?« fragte Detlef.

»Ich gehöre zu den Sephardim, wie man jenen Teil des Volkes Israel nennt, den es nach Spanien verschlagen hat«, antwortete der Großwesir.

Er hatte ein scharfgeschnittenes längliches Gesicht, und seine Augen lagen so nahe beieinander, daß es den Anschein hatte, als schiele er. Hinter seinen Lippen zeichnete sich ein ungewöhnlich kräftiges Gebiß ab. Was mich an Alnor am meisten überraschte, war, daß aus seinen Zügen Güte sprach. Denn sein beispielloser Aufstieg vom Sklaven zum Großwesir legte eher die Vermutung nahe, daß wir es mit einem harten, rücksichtslosen und überaus fintenreichen Mann zu tun hatten. Wie du an den folgenden Ereignissen ersehen kannst, war er alles zusammen: gütig, grausam und gerissen. Die Höflinge nannten ihn einen Meister in der Kunst des Überlebens. Auch davon wird noch zu reden sein.

»Mein Freund Ibn Chaldun wird euch erzählt haben, daß ich für gewöhnlich gut unterrichtet bin«, sagte Alnor. »Wir können uns also gleich der Frage zuwenden, womit ihr euren Landsmann auslösen wollt.«

»Ich habe eine Menge wertvoller Waren an Bord«, entgegnete Detlef und machte Miene, einige davon aufzuzählen.

Der Großwesir unterbrach ihn mit einer Geste. »Säße dir der Kapitän eines Kaperschiffes gegenüber, würde er dir beipflichten, wenn du deine Waren wertvoll nennst. Du stehst aber vor dem Ratgeber eines Fürsten, der täglich eine Summe im Wert deiner gesamten Ladung den Armen schenkt. Wie soll ich dem Erlauchten begreiflich machen, daß ihr ihm nicht mehr anbieten könnt als das, was er als Almosen gibt?«

»Da Ihr den Wert meiner Waren für zu gering erachtet, Herr: Weshalb habt Ihr uns nicht schon vorher wissen lassen, daß wir mit dem Sultan nicht ins Geschäft kommen können?« fragte Detlef.

»Eine kluge Frage; sie verdient zwei Antworten«, entgegnete der Großwesir. »Die erste ist, daß ich euch kennenzulernen wünschte. Man kann sich erst ein Bild von einem Menschen machen, wenn man ihn in Augenschein genommen hat. Ich sehe in dir einen mutigen und ehrgeizigen Mann, Detlef Gronewech. Du würdest es als eine Schande betrachten, ohne Berend Coesfeld nach Lübeck zurückzukehren. Du, Simon Gronewech, scheinst mir etwas leichtsinniger geartet zu sein. Aber ich halte dies nicht unbedingt für einen Nachteil. Denn die Erfahrung lehrt, daß man einem Menschen ohne Fehler nicht trauen kann. Kurzum: Ich finde an euch beiden Gefallen.«

»Dürfen wir also hoffen, daß Ihr beim Sultan ein gutes Wort für uns einlegen werdet?« fragte Detlef.

»Vorerst dürft ihr euch glücklich schätzen, daß ich euch wohlgesonnen bin«, erwiderte Alnor. »Doch nun die zweite Antwort: Der Kämmereiherr tut alles, sich bei Hofe unbeliebt zu machen. Der Erlauchte ärgert sich über sein respektloses Benehmen und bedauert zutiefst, daß er ihm gegenüber die Formen arabischer Gastfreundschaft zu wahren verpflichtet ist. In schlichten Worten ausgedrückt: Am liebsten wäre er ihn los. Andererseits kann er ihn euch nicht ohne weiteres ausliefern, weil dies den Gepflogenheiten widerspräche. Ihr seht, wir befinden uns in einer vertrackten Lage.«

»Ich habe gleichwohl den Eindruck, daß unsere Sache bei Euch in guten Händen ist, Herr«, entgegnete Detlef.

»Damit hätte dieses Gespräch seinen Zweck erfüllt«, sagte der Großwesir. »Im Namen des Erlauchten heiße ich euch willkommen an seinem Hof. Ich werde euch einen Pavillon im Park herrichten lassen; ihr habt es dort bequemer als auf eurem Schiff. Aber von der Mannschaft darf euch nur der Krüppel begleiten. Die Mutter Seiner Herrlichkeit hat eine Schwäche für absonderliche Kreaturen.«

»Wann kann ich mit Berend Coesfeld reden?« fragte Detlef.

»Wann immer du willst«, antwortete der Großwesir. »Du findest ihn um diese Stunde im Park, wo er wie üblich mit dem Schicksal hadert.« Darauf gab er uns durch ein Kopfnicken zu verstehen, daß die Audienz beendet sei.

Der Park umschloß weiträumig den Palast des Sultans. Er quoll förmlich über von Blumen und blühenden Sträuchern. Das Element, an dem in jenem Teil der Welt steter Mangel herrscht, hier war es in überreichem Maß vorhanden: Wasser sprühte himmelwärts, ergoß sich schäumend über Felsen, sammelte sich in Teichen und träge dahinfließenden Bächen. An Tümpeln sah ich große Vögel reglos auf einem Bein stehen; sie hatten krumme Schnäbel und ein rosafarbenes Federkleid und betrachteten versonnen ihr Spiegelbild. Zunächst dachte ich, es seien künstliche Geschöpfe, doch als ich in die Hände klatschte, stelzten sie, das zweite Bein zu Hilfe nehmend, würdevoll davon. Indessen erblickte ich auch täuschend echte Nachbildungen von Tieren, so einen Löwen, ein Nashorn und eine große Zahl kleiner Vögel aus farbigem Glas. Letztere hatte man in die Bäume gesetzt und in ihrer Nähe zarte Metallgebilde aufgehängt, die beim leisesten Windhauch ein dem Vogelzwitschern ähnliches Geräusch hervorbrachten. Nein, Bruder Anselmus, mit einem Fürsten, der einen solch wundervollen Park besaß, konnten wir keinen Handel abschließen! Er zeugte von einem Reichtum, gegen den sich alles, was wir an Bord führten, wie billiger Tand ausnahm. An Detlefs Miene las ich ab, daß ihm ähnliche Gedanken durch den Kopf gingen.

Schon von weitem hörten wir den Kämmereiherren zetern. Mal

wehklagend, dann wieder zornig beschuldigte er jemanden, ihm schweres Unrecht anzutun. Offenbar waren seine Worte an den Allmächtigen gerichtet, denn als wir zu ihm kamen, fanden wir ihn allein vor. Ich hätte Berend Coesfeld nicht wiedererkannt; er war nur noch Haut und Knochen und besaß keine Haare mehr, was vermutlich darauf zurückzuführen war, daß er sie sich allzuoft gerauft hatte.

Er sah uns an, wandte aber sogleich den Blick wieder ab und machte fortscheuchende Gebärden. »Weicht von mir, Satansbrut!« keifte er.

»Erkennst du mich nicht, Onkel?« fragte Detlef. »Ich bin es, Detlef Gronewech, der Mann deiner Nichte Margarete.«

Nun sah uns der Kämmereiherr ein zweites Mal an, und das Entsetzen auf seinem Gesicht wandelte sich in Verbitterung. »Ach ja«, sagte er, »du kommst, meinen Leichnam zu holen. Oder wiegt sich daheim jemand in der Hoffnung, ich könnte noch am Leben sein?«

»Ich bin froh zu sehen, daß es so ist, Onkel«, sagte Detlef.

Unvermittelt warf sich Berend Coesfeld an Detlefs Brust und krallte die dürren Finger in seinen Nacken. »Hol mich hier raus, hol mich hier raus!« wimmerte er.

»Deshalb bin ich hier«, entgegnete Detlef, indem er sich der Umarmung zu entziehen suchte. »Aber es sieht so aus, als stünden uns schwierige Verhandlungen bevor.«

»Mit den Mohren kann man nicht vernünftig verhandeln«, erwiderte der Kämmereiherr. »Sie bringen es fertig, einen Tag lang zu reden, ohne den Gegenstand des Gesprächs auch nur zu streifen, und wenn man ihnen klare Fragen stellt, rufen sie in tausend verschiedenen Wendungen ihren Gott an. Sie verstehen nur eine Sprache: die Sprache der Gewalt. Wie viele Schiffe hast du, Neffe, wie viele Männer stehen unter deinem Befehl?«

Die Antwort versetzte den Gefangenen in hellen Zorn. Er fühle sich verraten und verkauft, schrie er. Bedeute er dem Rat nicht mehr, als daß man ein Schiff mit vierzig Mann ausschicke, noch dazu unter dem Kommando eines Ratsherren, der über keinerlei Kampferfahrung verfüge? Die Familie Coesfeld und nicht zuletzt er selbst hätten sich um das Wohl Lübecks verdient gemacht. Wolle man ihn zum Dank dafür auf immerdar der Willkür von Barbaren ausliefern?

»Wir werden dich nach Lübeck zurückbringen, Onkel«, sagte Detlef. Ich weiß nicht, woher er die Gewißheit nahm, aber in seinen Worten schwang nicht der leiseste Unterton von Zweifel mit. So gewann denn Berend Coesfeld die Fassung wieder und ließ sich gar herbei, dem Sultan menschliche Züge zuzubilligen. Dieser behandle ihn nicht wie einen Gefangenen, sondern wie einen Gast an seinem Hof. Innerhalb der Palastmauern dürfe er sich frei bewegen. Nach dem Freitagsgebet pflege ihn der Herrscher, gemeinsam mit Abgesandten aus aller Welt, im Audienzsaal zu empfangen. Des weiteren habe er ihm zwei junge Sklavinnen geschenkt, deren er, Coesfeld, sich selbstredend nur zur Aufwartung bediene. In letzter Zeit habe sich das Verhalten des Sultans ihm gegenüber jedoch merklich abgekühlt, ja es sei vorgekommen, daß der Herrscher ihn des Saals verwiesen habe. Wahrscheinlich, mutmaßte Berend Coesfeld, mißfalle dem Sultan, daß er sich beim Erscheinen des Erlauchten nicht zu Boden werfe und das Wort an den Sultan selbst richte, statt, wie bei Hofe üblich, an den Großwesir.

»Bist du Alnor schon begegnet?« fragte der Kämmereiherr.

»Er hat mit uns gesprochen«, antwortete Detlef. »Wie es scheint, ist er uns günstig gesinnt.«

»Eine Schlange in Menschengestalt«, flüsterte Coesfeld. »Alnor soll schon dem Vater des Sultans als Großwesir gedient haben. Es heißt, dieser habe ihm blindlings vertraut. Doch eines Tages, geht das Gerücht, habe Alnor dem ältesten Sohn des Sultans empfohlen, seinem Vater flüssiges Blei ins Ohr zu träufeln, da dieser sich seinem Sohn gegenüber mit ähnlichen Absichten trage. Abdul Abbas befolgte den Rat und ließ sich selbst zum Sultan ausrufen. Als erstes bestätigte er Alnor in seinem hohen Amt, aber aus Furcht, ihm könnte das gleiche widerfahren wie seinem Vater, umgab sich der neue Sultan mit einer Leibgarde vom Stamm der Numider, die als treu und unbedingt zuverlässig gelten. Die Numider lassen den Herrscher keinen Augenblick allein, sie bewachen ihn Tag und Nacht, und Abdul Abbas hat ihnen befohlen, jeden zu töten, der sich ihm ohne seine Erlaubnis auf weniger als fünf Schritte zu nähern versucht. Dies gilt insbesondere für seine Söhne, von denen der Sultan acht besitzt, nicht gerechnet die große Schar derer, die er mit seinen Konkubinen gezeugt hat.«

Während wir dort im Park miteinander sprachen, sahen wir eine Anzahl unglaublich dicker Frauen. Einige wurden in Sänften getragen, die anderen schleppten sich, auf Dienerinnen gestützt, unter Keuchen und Stöhnen vorwärts. Der Schweiß floß ihnen in Strömen über die aufgequollenen Gesichter. Es seien dies die ausgedienten Haremsdamen Seiner Herrlichkeit, erläuterte der Kämmereiherr mit allen Anzeichen des Ekels. Wenn der Sultan ihrer überdrüssig werde, gingen sie in den Besitz seiner Mutter über. Die *Herrin der Welt*, so ihr offizieller Titel, mäste die Frauen mit Schleckereien aller Art, bis sie sich in wahre Fleischberge verwandelt hätten. Dies geschehe zum einen, weil die Mutter des Sultans am Widerwärtigen Vergnügen finde, zum anderen, damit sie im Kreise ihrer Hofdamen als die ansehnlichste erscheine. »Laßt euch also durch den äußeren Glanz nicht blenden«, schloß Berend Coesfeld. »Wie auch dieses Beispiel zeigt, befinden wir uns hier unter Barbaren.«

Als weitgereister Mann erlaubte ich mir einzuwerfen, daß man sich davor hüten möge, ein Volk, dessen Lebensgewohnheiten sich von unseren unterschieden, ohne weiteres den Wilden zuzurechnen. Berend Coesfeld nahm die Bemerkung mit sichtlichem Mißfallen auf.

»Wer ist dieser Naseweis?« fragte er Detlef.

»Ich dachte nicht, daß es nötig sei, dir meinen Bruder Simon vorzustellen, Onkel.«

»Einer wie er soll das Maul halten, wenn zwei Ratsherren miteinander reden«, murrte Berend Coesfeld. »Nach allem, was ich von ihm gehört habe, ist mir ein Dreck an seiner Meinung gelegen!«

»Simon begleitet mich als Dolmetscher und hat als solcher viel dazu beigetragen, dich ausfindig zu machen«, entgegnete Detlef. »Ich erwarte, daß du ihm mit der gleichen Achtung begegnest wie mir.«

Da wandte sich der Kämmereiherr brüsk von uns ab und kauerte sich im Schatten eines Granatbaums nieder.

Detlef begab sich an Bord zurück, um das Kommando für die Dauer seiner Abwesenheit Lüder Tralow zu übertragen. Ich suchte unterdessen den Pavillon auf. Es war ein achteckiger Bau aus rötlichem Holz, das nicht nur einen wunderbaren Duft ausströmte, sondern auch für wohltuende Kühle sorgte. Die Räume waren mit Teppichen ausgelegt, und in einem gab es zwei große Becken, das eine mit heißem, das andere mit kaltem Wasser gefüllt. Vom Gesinde erfuhr ich, der Pavillon diene als Gästehaus für Besucher, die sich der besonderen Wertschätzung des Großwesirs erfreuten.

Von der Mannschaft wußte Detlef zu berichten, alle seien wohlauf und hätten mit großer Freude vernommen, daß er die Heuer eines jeden zu verdoppeln beschlossen habe. Einer sei indessen des eintönigen Bordlebens müde geworden und habe sich klammheimlich davongemacht. Du ahnst wahrscheinlich, daß die Rede von Agostinho ist.

Alnor ließ es auch weiterhin nicht an Beweisen seines Wohlwollens fehlen. Er schickte uns Speisen von der Tafel des Sultans, darunter ein Gericht, das *Samusek* heißt. Es besteht aus kleingehacktem, mit Mandeln, Nüssen, Pistazien, Zwiebeln und Kräutern bereitetem Fleisch, das sich im Innern einer in Butterschmalz gebackenen Pastete befindet. Eine wahre Gaumenfreude, Bruder Anselmus – was denn auch wohl erklärt, daß ich dieses Gericht in Erinnerung behalten habe. Hin und wieder erschien Alnor selbst, jedesmal in ein Gewand von anderer Farbe gekleidet. Der Erlauchte sei von unserer Anwesenheit unterrichtet, tat er uns kund, doch er zögere noch, uns zu empfangen, da er befürchte, wir könnten von ähnlicher Wesensart sein wie Berend Coesfeld.

Eines Tages bat er Detlef, seine Waren in den Palast bringen zu lassen. Detlef dankte ihm überschwenglich, denn er glaubte, der Sultan habe sich wider Erwarten doch entschlossen, sie für den Kämmereiherren in Tausch zu nehmen. Alnor entgegnete jedoch, es sei nicht seine Absicht, die Waren vor dem Erlauchten auszubreiten; er wolle sie vielmehr einflußreichen Würdenträgern schenken, um sich deren Gewogenheit zu erhalten. Ein weniger wortgewandter Mann hätte vermutlich von Bestechung gesprochen.

Detlef gab sich unschlüssig. Er wandte ein, daß er dann nichts mehr besitze, mit dem er die Freilassung des Kämmereiherren erwirken könne.

»Du irrst, Detlef Gronewech«, sagte der Großwesir. »Das Wichtigste bleibt dir immer noch: dein Kopf.«

So trennte sich mein Halbbruder schweren Herzens von den Kostbarkeiten. Bald darauf bot sich das seltsame Bild, daß Höflinge bei sengender Hitze in Pelzen von Zobel und Hermelin einherstolzierten. Andere hatten sich Bernsteinketten umgehängt, und auch die Sultansmutter zählte zum Kreis der Beschenkten: Sie trug einen Kopfputz aus Brügger Spitzen.

Lange bevor ich den Sultan selbst kennenlernte, schloß ich Freundschaft mit einem seiner Söhne. Und das kam so: Als ich eines Morgens durch den Park wandelte, um mich am Glitzern des Taus auf Gräsern und Blättern zu erfreuen, setzte sich mir eine Eule auf die Schulter. Ich versuchte, sie fortzuscheuchen, doch sie blickte mich aus ihren großen gelben Augen befremdet, ja strafend an. Es war der gleiche Blick, mit dem Reymburga mir einst zu verstehen gegeben hatte, daß mein Benehmen ungehörig sei. Nun begann ich, der Eule gut zuzureden, ich schlug ihr in unserer Sprache, dann auf arabisch vor, sich einen anderen Ruheplatz zu suchen. Da hörte ich jemand sagen: »Sie fliegt nicht gern bei Helligkeit. Laß sie auf deiner Schulter sitzen und komm mit.«

Hinter mir stand ein graziler junger Mann. Er trug eine Pluderhose und ein buntbesticktes Lederwams. Was, frage ich mich noch heute, nahm mich auf Anhieb für ihn ein? Waren es sein Lächeln, sein sanfter Blick? War es seine zutrauliche Art, die mich in ihm alles andere als einen Prinzen vermuten ließ? Kurzum, ich empfand für diesen völlig fremden Menschen vom ersten Augenblick an eine unerklärliche Zuneigung.

Er führte mich zu einem hohen Gebäude, das ringsum mit Fluglöchern versehen war. Innen umfing uns tiefe Dunkelheit, und während wir dort standen, erzählte er, daß in diesem Haus seine Eulen wohnten. Er nehme sie, bevor sie flügge würden, aus den Nestern und zöge sie selber auf. Mit der Zeit verlören sie ihre Scheu; sie fräßen ihm aus der Hand und legten ihm, wenn sie im Morgengrauen von der Jagd heimkehrten, ihre Beute zu Füßen. Dann nannte er seinen Namen. Er hieß Kasim und war der jüngste Sohn des Sultans Abdul Abbas.

Kasim glaubte, daß jedes Geschehnis seine Bedeutung habe. So sah er auch darin, daß sich eine seiner Eulen auf meine Schulter gesetzt hatte, ein Zeichen. Die Eule, erklärte er, habe mich auf Weisung Allahs zu seinem Freund erwählt. Noch im Dunkel des Eulenhauses schwor er mir unverbrüchliche Treue und verlangte von mir, das gleiche zu tun. Ich sah keinen Grund, ihm das Gelöbnis zu verweigern, im Gegenteil: Es schmeichelte mir, der Freund eines Prinzen zu sein.

Die folgenden Tage vergingen damit, daß ich seine Wißbegier stillen mußte. Er war in den Mauern der Sultanspaläste aufgewachsen, umgeben von fürstlichem Prunk, aber ohne Verbindung zur Außenwelt. Kasims Welt waren die Mythen und Märchen des Orients, das Leben des Propheten, die Geschichte der Hafsiden und verwandter Fürstengeschlechter, der Hof des Sultans mit seinen Ränken, Machtkämpfen und ständig wechselnden Bündnissen. Mit einem Wort: Er lebte in einem goldenen Käfig abseits der Wirklichkeit.

»Allah sei gespriesen!« rief er ein ums andere Mal, wenn ich eine seiner Fragen zufriedenstellend beantwortet hatte. »Allah sei gepriesen, daß er dich zu mir geschickt hat, mein Freund!«

Er beließ es indessen nicht bei Lobpreisungen Allahs, er dankte mir auf mancherlei Art. Als ich einmal beiläufig erwähnte, daß ich die Kunst des Flötenspiels beherrsche, schenkte er mir eine *Mismar.* So nennt man dortzulande eine silberne Flöte, die sehr hohe Töne hervorbringt. Kasim gestand, daß er sie seiner Schwester Hafsa gestohlen habe, aber da sie Dutzende davon besitze, würde sie das Fehlen einer einzelnen nicht bemerken. Für mein Empfinden klang die Flöte ziemlich schrill, doch Kasim geriet in helle Begeisterung. Noch nie habe er jemanden so meisterhaft die Mismar spielen hören, rief er, kein Fakir, kein Schlangenbeschwörer könne mich darin übertreffen. Er wünsche nur, Hafsa könnte mich hören; sie würde augenblicks in Liebe zu mir entbrennen. Darauf nahm er mir die Flöte von den Lippen und fragte: »Willst du sie sehen? Soll ich dir zum Beweis meiner Freundschaft die schönste meiner Schwestern zeigen?«

Wir schlichen zu einer Mauer, die mit armdicken Weinreben bewachsen war. An diesen kletterten wir empor, und was ich von dort oben sah, hätte die Mühe gelohnt, einen Berg zu erklimmen. Selbst auf die Entfernung hin raubte mir Hafsas Schönheit den Atem. Sie war unverschleiert und schritt, sich allerliebst in den Hüften wiegend, vor einer Schar anderer Frauen her. Ach, Bruder Anselmus, wie soll ich dir meine Gefühle beim Anblick dieses wundervollen Geschöpfes beschreiben! Es fehlte nicht viel, und ich wäre vor namenlosem Entzücken von der Mauer gestürzt.

»Gefällt sie dir?« flüsterte Kasim. Ich ließ meine Ergriffenheit für mich sprechen. »Du darfst keinem Menschen sagen, wie schön Hafsa ist«, fuhr er fort. »Denn dies würde bedeuten, daß du sie unverschleiert gesehen hast. Und damit hättest du sie entehrt.«

Ich erzählte es niemandem, auch Detlef nicht. Aber fortan konnte ich Hafsa nicht mehr aus meinen Gedanken verbannen. Ja, warum soll ich es verschweigen: Ich begehrte sie mit allen Sinnen. Ich wünschte mir nichts sehnlicher, als sie wiederzusehen.

Durch Kasim machte ich auch die Bekanntschaft seiner sieben

Brüder. Sie lebten in einem streng bewachten Seitenflügel des Sultanspalastes mit eigener Dienerschaft und zahlreichen Frauen. Kasims Brüder waren allesamt im besten Mannesalter; einige begannen schon zu ergrauen. Ihre mürrischen Mienen, ihre oft in Streit ausartende Reizbarkeit zeigten an, daß es sie verdroß, zum Müßiggang verurteilt zu sein. Auf Befehl des Sultans durften sie keine Waffen tragen, nicht einmal den Krummdolch, der unter Arabern das Zeichen eines freien Mannes ist. Das Mißtrauen des Sultans hatte sie zu seinen Feinden gemacht; ich hörte sie gehässige Reden gegen ihren Vater führen. Auch auf Kasim waren sie nicht gut zu sprechen, denn er galt als Abdul Abbas' Lieblingssohn. Ob zu Recht, weiß ich nicht. Aber vielleicht glaubte der Sultan, daß ein Mann, der Eulen zähmt, nichts Böses im Schilde führen könne.

Sultan Abdul Abbas stellte Detlefs Geduld auf eine harte Probe; Woche um Woche wartete er vergebens auf die Nachricht, daß der Erlauchte ihn zu empfangen wünsche. Doch eines Tages bedeutete uns der Großwesir, Seine Herrlichkeit beginne sich für den Gedanken zu erwärmen, die Fremden aus dem Norden persönlich willkommen zu heißen. Vorher aber sei es uns vergönnt, den Erlauchten schon einmal aus der Ferne zu sehen.

Dies geschah, als sich der Sultan, wie an jedem Freitag, vom Palast zur El-Ksar-Moschee begab. Als frommer Mann legte er den Weg zu Fuß zurück, umringt von seiner numidischen Leibgarde und einer Schar ausgewählter Würdenträger. Schon Stunden zuvor hatte sich beiderseits der Straße das Volk versammelt. Als es nun des Herrschers ansichtig wurde, begrüßte es ihn mit dem Ruf »Achte auf die Stufe, Geliebter!« Da auf der Straße von einer Stufe oder auch nur einer Unebenheit nichts zu sehen war, bat ich Kasim um eine Erklärung. Er sagte, vor mehr als hundert Jahren sei einer seiner Vorfahren beim Verlassen der Moschee gestolpert. Seither pflege das Volk jedem Herrscher seine Liebe mit diesen fürsorglichen Worten zu bekunden – und dies selbst dann, wenn er zu Pferde säße oder in einer Sänfte getragen würde. Nach allem, was ich gerüchtweise über Abdul Abbas gehört hatte, erschien es mir zweifelhaft, daß er beim Volk beliebt sein könnte. Doch dies behielt ich wohlweislich für mich.

Eine Woche darauf erschien der Erste Schwertträger in Begleitung einiger Höflinge in unserem Pavillon und lud uns zur Audienz des Erlauchten ein. Nachdem wir uns festlich gewandet hatten – Detlef wählte den Ornat eines lübischen Ratsherren, ich die flandrischen Kleider –, geleitete uns der Erste Schwertträger zum Sultanspalast. Wir durchschritten eine Flucht prachtvoller Räume, bis wir in einen Saal gelangten, der sich vergleichsweise schmucklos ausnahm, dafür aber durch seine Größe beeindruckte. Im Hintergrund befand sich ein Marmorpodest, auf dem rote Kissen lagen. Er war im Abstand von zwei bis drei Manneslängen von einer goldenen Kordel umgeben; offenbar kennzeichnete sie den Bereich, in den unerlaubt einzudringen das Leben kosten würde.

Wir gesellten uns den Wartenden zu. Die meisten waren, ihrer Kleidung nach, Araber, ich sah aber auch Inder und Mongolen sowie die Abgesandten eines Volkes, das im Innern Afrikas wohnt. Letztere trugen große Schalen mit Sand auf dem Kopf. Fälschlicherweise nahm ich an, dies sei ein Teil ihrer malerischen Tracht. Etwas abseits standen die Söhne des Sultans. Kasim war nicht unter ihnen.

Aus Achtung vor dem Sultan sprach man, noch bevor dieser erschienen war, im Flüsterton miteinander. Daher schreckten alle zusammen, als sich plötzlich die Stimme des Kämmereiherren vernehmen ließ. »Gut, daß du zugegen bist, Neffe«, rief er über die Köpfe der Umstehenden hinweg. »Du wirst vor Rat und Bürgerschaft bezeugen, daß ich die Würde eines Lübecker Ratsherren zu wahren weiß.«

»Laß mich reden, wenn es etwas zu sagen gibt, Onkel. Ich bitte dich!« versetzte Detlef leise.

»O nein, ich pflege meine Meinung selber kundzutun«, erwiderte Berend Coesfeld. »Es soll später nicht heißen, ich hätte vor den Barbaren gekuscht.«

Ein Gong ertönte, und als sein tiefes Summen verhallt war, kündigte eine Stimme das Erscheinen Seiner Herrlichkeit an, des Sultans Abdul Abbas. Seinen Namen in voller Länge wiederzugeben, erspare ich mir; er bestand aus einer schier endlosen Aufzählung seiner Ahnen. Doch zunächst traten zwei baumlange Numider ein und postierten sich zu beiden Seiten des Portals. Dann kamen Alnor und Kasim, dieser in schwarzer Robe, jener im golddurchwirkten Gewand eines Prinzen. Ihnen folgten wiederum schwerbewaffnete Numider, und nun erst erschien Abdul Abbas selbst. Auf einen Schlag warfen sich alle zu Boden, nach kurzem Zögern auch Detlef und ich. Nur der Kämmereiherr blieb stehen und unterstrich sein unbotmäßiges Verhalten noch durch eine trotzige Miene.

Der Sultan nahm auf den roten Kissen Platz, und als die numidischen Leibwächter sich rings um den Podest aufgestellt hatten, die Spitzen ihrer Speere den Gästen zugekehrt, hob der Erlauchte die schweren Lider. Abdul Abbas sah kränklich aus; schon das Ersteigen der kleinen Treppe hatte ihn außer Atem gebracht. Seine Augen wanderten langsam über die gebeugten Rücken und blieben an Berend Coesfeld haften, worauf sich eine Zornesfalte in seine Stirn grub. Dann sagte er mit heiserer Stimme: »Gelobt sei Mohammed, Herr der Menschen, der Erste und Letzte, der Fürsprecher der Sünder und Übertreter, der Abgesandte und Prophet vom Stamme Haschim, aus dem Tal von Mekka.« Ihm antwortete ein vielstimmiges Gemurmel. Nun schnippte der Großwesir mit den Fingern, und alle erhoben sich.

»Da ist einer, den ich hier nicht sehen will«, sagte der Sultan. »Er soll gehen.«

»Seine Herrlichkeit erlaubt dir, dich zurückzuziehen, Berend Coesfeld«, übermittelte Alnor die Worte seines Herrn.

Der Kämmereiherr hatte jedoch eine Rede vorbereitet, die er unter allen Umständen zu Gehör bringen wollte. So hob er denn an, dem Sultan vorzurechnen, wie hoch der geschäftliche Verlust sei, den er, Coesfeld, dadurch erlitten habe, daß er nun schon zwei Jahre zur

Untätigkeit verurteilt sei. Unter ehrbaren Kaufleuten würde man Schadensersatz in klingender Münze zu fordern berechtigt sein. Da der Sultan jedoch kein Kaufmann sei und ehrbar allenfalls nach dem Verständnis der Mohren, verlange er statt einer Wiedergutmachung, daß man ihn unverzüglich an Bord des im Hafen liegenden Schiffes in seine Heimat zurückkehren lasse.

»Was redet er da?« fragte der Sultan den Großwesir.

»Der Fremde dankt Eurer Herrlichkeit für die Gastfreundschaft und drückt die Befürchtung aus, daß die Tage, sie noch in Anspruch nehmen zu dürfen, gezählt sein könnten«, antwortete Alnor.

»Wenn es Euch aber nicht beliebt, mich im guten gehen zu lassen«, fuhr Berend Coesfeld, an den Sultan gerichtet, fort, »werdet Ihr den Zorn der großen und mächtigen Stadt Lübeck auf Euch ziehen. Denn dort bekleide ich ein Amt, das dem Eures Großwesirs vergleichbar ist, und meine Familie gehört zu den vornehmsten der Stadt. Was wird also geschehen?« fragte Coesfeld, indem er seiner Stimme einen drohenden Klang verlieh. »Der Rat wird eine Flotte ausschicken mit Hunderten unserer besten Kämpfer. Sie werden Stadt und Palast in Schutt und Asche legen, sie werden unter euch ein Blutbad ohnegleichen anrichten, sie werden Euch lehren, wie die Stadt Lübeck mit Barbaren verfährt, die einen ihrer angesehensten Bürger der Freiheit berauben!«

»Wenn mir auch der Sinn seiner Worte verborgen ist, ihr Ton gefällt mir nicht«, sagte der Sultan. »Ich hätte nicht übel Lust, ihm die Zunge ausbrennen zu lassen.«

»Euer Gast, Erlauchter, erging sich in Schilderungen seiner Heimatstadt und geriet darüber ins Schwärmen«, entgegnete der Großwesir. Und zu Berend Coesfeld sagte er: »Geh jetzt! Du redest dich um Kopf und Kragen.«

»Du hast es gehört, Neffe«, sagte der Kämmereiherr. »Schreib meine Worte auf und verlies sie im Rat. Alle sollen erfahren, wie Berend Coesfeld diesen Wilden die Stirn geboten hat.« Darauf entfernte er sich gemessenen Schrittes.

Nun gab Alnor Detlef und mir einen Wink vorzutreten. »Das sind die Brüder, die vom anderen Ende der Welt gekommen sind, Eurer Herrlichkeit ihre Aufwartung zu machen«, sagte der Großwesir. »Nehmt sie gut auf, Erlauchter, denn es ist ihr erklärter Wille, den Ruhm Eurer Herrlichkeit in den Ländern des Nebels und der Finsternis zu verbreiten.«

Der Sultan legte den Kopf in den Nacken, damit er uns unter seinen schweren Lidern hervor besser betrachten konnte. »Welcher von beiden ist der, den mein Sohn Kasim seinen Freund nennt?« fragte er.

»Dieser, Euer Herrlichkeit«, antwortete, auf mich deutend, der Großwesir.

Abdul Abbas sah mich lange, sehr lange an. Mir war, als durchbohre mich sein Blick bis ins Innerste. Dann sagte er: »Ich will ein andermal mit ihnen reden. Ich bin heute nicht bei Laune. Sorge dafür, daß sie sich bessert, Großwesir.«

Auf ein Zeichen von Alnor traten die Abgesandten aus dem Innern Afrikas an unsere Stelle. Sie nahmen die Schalen von den Köpfen, legten sich bäuchlings auf den Boden und warfen mit beiden Händen Sand über ihre Schultern. Damit fuhren sie fort, bis der Sultan ihnen Einhalt gebot und Alnor fragte, was das seltsame Gebaren zu bedeuten habe.

Es seien dies die Ältesten eines Volkes, das am Südrand der Großen Wüste lebe, erläuterte der Großwesir. Das Volk habe seinen König getötet, weil dieser drei Jahre lang nicht für Regen gesorgt habe. Nun wären die Ältesten übereingekommen, Seiner Herrlichkeit mit den landesüblichen Unterwerfungsgesten die Königswürde anzutragen.

»Wozu rätst du mir?« fragte Abdul Abbas.

»Die Gesundheit Eurer Herrlichkeit würde in der Hitze dort unten Schaden nehmen«, entgegnete Alnor. »Die Häuptlinge haben sich jedoch bereit erklärt, statt Eurer Herrlichkeit auch mit einem Eurer Söhne vorliebzunehmen.«

Da belebten sich die Züge des Erlauchten. »Gepriesen sei der

Herr der Welten!« rief er aus. »Ahmed soll ihr König sein.« Und zu seinem Ältesten, den man trotz seiner dunklen Hautfarbe erbleichen sah, sagte er: »Geh mit ihnen, mein Sohn, und bitte Allah, daß er es regnen läßt.«

Vor Bestürzung brachte Ahmed kein Wort hervor. Erst nachdem er mehrmals geschluckt hatte, raffte er sich zu der Erwiderung auf, er habe solche Ehre nicht verdient; jeder seiner Brüder sei besser zum König geeignet als er. Doch die Jüngeren lobten ihren Vater dafür, daß seine Wahl auf Ahmed gefallen war. Denn er sei ein überaus frommer Mann, so daß Allah seine Gebete zweifellos erhören werde.

»Es ist damit beschlossen«, sagte der Sultan. »Gibt es noch etwas, Großwesir?«

»Erlaubt mir, Eurer Herrlichkeit eine kleine Freude zu machen«, antwortete Alnor. Er nickte den Wachen an der Tür zu, worauf diese einen Mann hereinließen, der ein Messer in der Hand hielt. Mir schwante, daß etwas Schreckliches geschehen würde. Der Sultan schien jedoch nicht im geringsten um das eigene Wohl besorgt zu sein; er forderte den Mann sogar auf, näher zu kommen. Dieser trat also an die Kordel, legte das Messer an seinen Hals und sagte etwas zum Sultan. Dann packte er das Messer mit beiden Händen und schnitt sich den Kopf ab.

Der Sultan schien bemerkt zu haben, wie sehr ich über das Geschehen erschrocken war. »Hast du so etwas schon einmal gesehen?« fragte er mich.

»Nie im Leben, Euer Herrlichkeit«, stammelte ich.

»Er tat es aus Liebe«, lächelte Abdul Abbas. »Meine Untertanen bringen sich aus Liebe zu mir um.« Und zu Alnor sagte er: »Du verstehst es doch immer wieder, mich aufzumuntern, Großwesir. Jetzt fühle ich mich wohl.« Vergleichsweise milde fielen denn auch die Urteile aus, die der Sultan noch zu fällen hatte. Es ging um zwei Männer, von denen der eine der Wucherei, der andere der widernatürlichen Unzucht mit einer Eselin angeklagt war. Den Wucherer befahl er mit einer Wurfmaschine in die Luft zu schleudern, während der Liebhaber abartigen Verkehrs das eigene Gemächt verspeisen sollte. Hernach wusch sich der Sultan die Hände und gab einigen Ausgewählten von dem Wasser zu trinken. Dies galt bei Hof als ein Zeichen höchster Gunst.

Von nun an wurden Detlef und ich jede Woche zur Audienz des Erlauchten geladen, ohne daß dieser jedoch das Wort an uns richtete. Nach einer der Audienzen nahm der Großwesir meinen Halbbruder beiseite und fragte, ob ihm aufgefallen sei, daß die Leibwächter jedesmal genau die gleichen Plätze einnähmen. Als Detlef verneinte, empfahl Alnor, diesem Umstand künftig besondere Beachtung zu schenken.

Bevor ich mich dem Ereignis zuwende, das die Machtverhältnisse am Sultanshof entscheidend veränderte und meinem Leben eine unvermutete Wendung verlieh, will ich erzählen, wie ich zu einem arabischen Namen kam.

Unter den Frauen am Hof nahm die Mutter des Sultans den höchsten Rang ein. Bei festlichen Umzügen wurde ihre Sänfte hinter der des Erlauchten und vor jenen seiner vier Ehefrauen getragen. Ihr Titel lautete, wie schon erwähnt, *Herrin der Welt*. Dies war angesichts der Größe des Hafsidenreiches zwar eine maßlose Übertreibung, ließ jedoch erahnen, wie groß ihr Einfluß auf die Geschicke des Landes war. Der Sultan, hieß es, befolge häufiger ihren Rat als den des Großwesirs. So nimmt es nicht wunder, daß Alnor Gerüchten zufolge mehrfach versucht haben sollte, die Sultansmutter aus dem Weg zu räumen.

Wahrscheinlich war ihr zu Ohren gekommen, daß man mich in Begleitung eines Menschen von absonderlicher Gestalt gesehen hatte. Denn eines Tages richtete mir Kasim aus, seine Großmutter wünsche meine Bekanntschaft zu machen und bäte mich, den Krüppel mitzubringen.

Die Sultansmutter wohnte in einem Palast, der dem des Herrschers an Größe und Pracht kaum nachstand. Eine ihrer Frauen – es war, wie sich wenig später herausstellte, die einzige, die noch ohne fremde Hilfe zu gehen vermochte – führte uns in einen Saal, wo die Herrin der Welt bis zu den Brüsten in einer Wanne mit Stutenmilch saß. Ihre Haut hing in schlaffen Beuteln von Wangen und Kinn und ähnelte altem, rissig gewordenem Leder. Sie schien sich jedoch weder ihrer Häßlichkeit noch ihrer Blöße zu schämen, denn als wir unschlüssig an der Tür stehenblieben, winkte sie uns herbei und sagte zu Kasim: »Wen bringst du mir da, mein Augapfel?« Kasim stellte uns vor, wobei er Daniel meinen Sklaven nannte.

»Seht euch dieses Scheusal an«, sagte die Sultansmutter hingerissen zu ihren Frauen, die, vom eigenen Gewicht niedergezwungen, ringsum auf Matten lagen. »Schenkst du ihn mir?« fragte sie mich.

»Herrin der Welt«, antwortete ich, »Ihr bringt mich in große Verlegenheit. Er gehört mir nicht. Daniel ist mein Gefährte und ein freier Mann.« Der Blick der Sultansmutter wurde eisig, ein peinliches Schweigen trat ein. Plötzlich begann Daniel zu hüpfen, aus dem Hüpfen wurde ein Purzelbaum, aus diesem ein zweiter, und dann wirbelte er mit einer Geschwindigkeit von einem Ende des Saals zum anderen, daß man nur noch ein kreisendes Durcheinander menschlicher Gliedmaßen sah.

Daniels Kunststücke wurden von der Sultansmutter und ihren Frauen beifällig vermerkt; einige rappelten sich gar auf, um in die Hände zu klatschen. Nun erwachte auch in mir der Gaukler. Ohne lange zu überlegen, schlüpfte ich in die Rolle des Dekans Krummedick, und da es keinen großen Unterschied macht, in welcher Sprache man lallt, nahm ich mir nicht die Mühe, seine Worte ins Arabische zu übersetzen.

Du wirst von mir möglicherweise schon gehört haben, mein Publikum habe sich vor Lachen gewälzt. Diesmal bitte ich dich, es wörtlich zu verstehen, Bruder Anselmus: Die dicken Weiber wälzten sich prustend, wiehernd, nach Luft schnappend am Boden. Einige drohten an ihrem Lachen zu ersticken, und es hätte nicht viel gefehlt, daß die Sultansmutter vor unbändiger Heiterkeit in der Stutenmilch ertrunken wäre. Abermals fand ich bestätigt, daß die Menschen nichts belustigender finden, als einen anderen mit den eigenen Lastern behaftet zu sehen. Denn die Herrin der Welt und ihr Hofstaat waren dem Trunk verfallen.

Als wieder Ruhe eingekehrt war, ließ die Sultansmutter ein Getränk auftragen, das aus dem Saft der Palme hergestellt war. Es wurde in silbernen Schalen dargereicht, und eine dieser Schalen leerte die Sultansmutter über meinen Kopf aus, indem sie die Worte sprach: »Du sollst *El-Kalb el-Farih* heißen.« Der Name bedeutet *Das fröhliche Herz*, und ich fand, daß dadurch zumindest eine Seite meines Wesens treffend gekennzeichnet war. Diesem Akt – von einer Taufe zu reden käme dir vermutlich blasphemisch vor – folgte ein Saufgelage, wie ich es bis dahin noch nicht erlebt hatte. Der Palmwein wurde in Kübeln hereingebracht, und da ich dem berauschenden Getränk selber fleißig zusprach, erinnere ich mich nur noch dunkel, daß die Sultansmutter, inzwischen dem Bade entstiegen, mit ihren Frauen auf allen vieren umherkroch und allesamt wie Schweine aus den Kübeln soffen. Die nächsten zwei Tage und Nächte verbrachte ich in bleiernem Schlaf.

Eines frühen Morgens weckte mich die Stimme des Großwesirs. Er stand, in einen einfachen Kaftan gehüllt, neben meinem Lager und sagte: »Hol deinen Bruder, ich muß mit ihm reden.« Detlef war schon wach, als ich in sein Gemach trat. Er kleidete sich hastig an und folgte mir in den Raum, wo ihn der Großwesir erwartete.

»Du hast große Geduld bewiesen, Detlef Gronewech; dafür sollst du jetzt belohnt werden«, sagte Alnor. »Begib dich unverzüglich an Bord, beschreibe deinen Armbrustschützen aufs genaueste, wo die Leibwächter des Erlauchten während der Audienz stehen, und teile jedem einen der Numider zu. In der nächsten Nacht kommst du mit deinen Leuten an die Pforte neben dem östlichen Tor. Du wirst sie unbewacht und unverschlossen finden. Führe deine Männer zu dem

Haus, in dem ich euch zuerst empfangen habe. Dann kehre hierher zurück und harre der Dinge.«

»Plant Ihr einen Umsturz, Herr?« fragte Detlef geradeheraus.

»Abdul Abbas ist ein alter morscher Baum«, erwiderte der Großwesir. »Bevor er vom Sturm umgeweht wird, muß man ihn fällen und einen jungen Schößling an seine Stelle setzen. Ich verbürge mich dafür, daß der neue Sultan dir den Kämmereiherren ausliefern wird.«

»Wer wird es sein?« fragte ich.

»Nicht jener, der es zu werden hofft«, antwortete Alnor. »Aber ich rate dir, mit niemandem darüber zu reden, El-Kalb el-Farih – auch nicht mit deinem Freund Kasim.«

Alles geschah so, wie der Großwesir es angeordnet hatte. Am Freitag waren wir wiederum zur Audienz geladen. Im Empfangssaal fanden wir eine größere Zahl arabischer Würdenträger als sonst versammelt, darunter einige einflußreiche Emire. Seitwärts hatten sich die sieben älteren Söhne des Sultans aufgereiht. Ahmed, dem Erstgeborenen, stand der Schweiß auf der Stirn.

Das Erscheinen des Erlauchten zögerte sich diesmal länger hinaus. So fand ich Zeit, der Frage nachzugehen, wo Alnor die Armbrustschützen postiert haben mochte. Ich kam zu dem Schluß, daß sie sich hinter der Balustrade verbergen mußten, von der aus die Frauen des Sultans gelegentlich den Audienzen beiwohnen durften.

Sultan Abdul Abbas wurde diesmal auf einer Sänfte hereingetragen, wiederum gefolgt von Alnor und Kasim. Man setzte die Sänfte auf dem Podest ab, und nachdem die Numider in gewohnter Weise Aufstellung genommen hatten, eröffnete der Sultan die Audienz mit der Lobpreisung des Propheten. Die Emire hieß er einzeln willkommen und sparte nicht mit Worten über ihre Verdienste um das Wohl des Reiches. Dann schien er einzunicken, und es wurde so still im Saal, daß ich von der Balustrade den singenden Ton einer straff gespannten Sehne zu vernehmen glaubte. Auf ein Hüsteln des Großwesirs hin öffnete der Sultan die Augen – gerade noch rechtzeitig genug, seine numidischen Leibwächter wie vom Blitz gefällt zu Boden sinken zu sehen.

Im Saal breitete sich lähmendes Entsetzen aus. Der Sultan dagegen nahm es mit erstaunlichem Gleichmut hin, daß er nun als nächster dem Tod ins Auge blicken mußte.

»Ist meine Zeit gekommen, Alnor?« hörte man ihn flüstern.

»Ja, Euer Herrlichkeit«, antwortete der Großwesir.

Aus der Reihe seiner Brüder trat Ahmed hervor. Langsam entblößte er den linken Arm, wo ein Dolch mit Schnüren befestigt war. Bedächtig knüpfte er die Schnüre auf, nahm den Dolch in die Rechte und durchschnitt die goldene Kordel. Dann stieg er ohne Hast auf den Podest und rammte den Dolch in die Brust seines Vaters. Es hatte den Anschein, als geschähe alles im Einvernehmen zwischen Mörder und Opfer.

»Sultan Abdul Abbas ist tot«, sagte Alnor in die atemlose Stille. Sodann wandte er sich an die Söhne des Sultans und fragte: »Soll euer Bruder an die Stelle dessen treten, den er getötet hat?«

»Allah möge uns davor bewahren!« riefen die sechs wie aus einem Mund.

»Dies wäre auch nicht der Wille eures Vaters. Er hat euren Bruder Kasim zu seinem Nachfolger bestimmt«, fuhr Alnor fort, während er vor den Augen aller ein Pergament entrollte. »Hört, was der Erlauchte verfügt hat.«

Als er die Erklärung verlesen hatte, kniete der mächtigste der Emire vor Kasim nieder und küßte seine Schuhspitzen, und die anderen Würdenträger, schließlich auch Kasims Brüder, taten es ihm nach. Einzig Ahmed weigerte sich, dem neuen Sultan zu huldigen. Er sollte es bald darauf mit dem Tode büßen.

Ich kann mir nicht denken, daß Kasim eingeweiht war. Nur ein guter Schauspieler vermag Überraschung vorzutäuschen, ohne daß es gekünstelt wirkt, und Kasim beherrschte die Kunst der Verstellung nicht. Seine Überraschung war echt. Alnor trat zu ihm und flüsterte ihm etwas ins Ohr. Kasim nickte, worauf der Großwesir die Audienz für beendet erklärte. Aus den halblaut geführten Gesprächen der Höflinge war zu entnehmen, daß der neue Sultan lediglich als Steigbügelhalter des nächsten zu betrachten sei.

Doch schon bei seiner ersten Audienz wurden sie eines Besseren belehrt. Kasim übernahm die Rolle des Herrschers, als ob sie ihm gleichsam auf den Leib geschneidert sei. Mit einer Rede, die alle zu Tränen rührte, gedachte er seines Vaters. Er reihte Abdul Abbas unter die großen Hafsidenherrscher ein, pries seine Weisheit und Güte. Hohes Lob zollt er dann dem Großwesir, der schon seinem Großvater und Vater treue Dienste geleistet habe und auch ihm als oberster Ratgeber zur Seite stehen werde. Seinen Brüdern gegenüber räumte er bekümmert ein, sie hätten nicht immer zu Recht die harte Hand des Vaters zu spüren bekommen. Es sei sein fester Wille, die Einschränkungen aufzuheben, denen jener sie unterworfen habe, doch müßten zuvörderst die näheren Umstände des Vatermords geklärt werden.

Dann hellte sich seine Miene wieder auf. Er rief Detlef und mich zu sich und begrüßte uns mit den Worten: »Der Segen ist herabgestiegen. Seid unbesorgt, ich werde euch Wohltaten erweisen und euch Gunstbezeigungen zukommen lassen, damit eure Landsleute davon hören und euch aufsuchen werden.« Und zu Detlef sagte er: »Dein Landsmann ist frei. Du kannst, wann immer du willst, mit ihm in deine Heimatstadt zurückkehren. Dich aber, El-Kalb el-Farih«, fügte er an mich gewandt hinzu, »möchte ich in meiner Nähe haben, sofern dies auch dein Wunsch ist.«

Nach der Audienz zeigte mir Kasim die Sultansgemächer. Ihre kalte Pracht machte mich frösteln; ihr Zierat mit seinem verwirrenden Formenreichtum vermittelte mir das Gefühl, durch einen Garten zu wandeln, der im Augenblick seiner üppigsten Blüte zu Stein erstarrt war. In diesem Raum war Kasim geboren, in jenem hatte er als Kind gespielt, in einem dritten war ihm, als er ins Mannesalter gekommen war, die erste Frau zugeführt worden. Erst jetzt wurde mir recht eigentlich bewußt, wie sehr sich Kasims Welt von jener draußen unterschied.

»Hierher ist noch kein Fremder gelangt; du bist der erste, mein Freund«, sagte Kasim. »Ich würde dir auch den Harem zeigen, wenn es dort etwas zu sehen gäbe. Aber ich habe Abdul Abbas' Frauen meiner Großmutter geschenkt.« Dann bat er mich, ihm etwas vorzuspielen. In dem weiträumigen Gemach klangen die Töne der Mismar lieblicher als unter freiem Himmel, und so gab ich nach und nach alle Weisen zum besten, die mir geläufig waren. Kasim lauschte voller Entzücken, und als ich die Flöte endlich absetzte, sagte er leise: »Sie hat dich gehört.« Er deutete auf ein kleines vergittertes Fenster und wiederholte: »Sie hat dich spielen gehört, mein Freund.« Und unvermittelt fragte er: »Willst du sie zur Frau haben?«

Mir stockte der Atem. »Hafsa?«

»Nun, ich habe noch mehr Schwestern, aber sie sind bei weitem nicht so schön«, entgegnete Kasim. »Du sollst die schönste bekommen.«

Vor Erregung stotternd, gab ich zu bedenken, daß Hafsa eine Frau aus fürstlichem Geblüt sei, eine Prinzessin, ich dagegen ein nicht übermäßig erfolgreicher Kaufmann von bürgerlichem Stand. Zudem sei ich in den Augen der Araber ein Ungläubiger.

»Du bist mein Freund, dagegen ist alles andere nichtig« versetzte Kasim. »Meine Vorfahren haben ihre Töchter mit Spaniern, Normannen, Mongolen und Indern verheiratet, ohne je danach zu fragen, welchen Gott sie anbeteten. Weshalb sollte ich in diesen Dingen kleinlicher denken als meine Ahnen?«

Wisch also die Besorgnis von deiner Stirn, Bruder Anselmus. Ich bin kein Muselmann geworden. Kasim nahm weder an meiner Religion noch an meiner Mittellosigkeit Anstoß. Damit ich am Tage nach der Hochzeit nicht mit leeren Händen dastünde, gab er mir ein Geschmeide von unschätzbarem Wert. Zum Zeichen meiner Dankbarkeit warf ich mich ihm zu Füßen und küßte die Spitzen seiner Schuhe. Darauf begab ich mich eilends in den Pavillon, um Detlef zu eröffnen, daß er ohne mich nach Lübeck zurückkehren müsse. Als ich ihm den Grund nannte, glaubte ich zum ersten Mal so etwas wie Neid in seinen Zügen auszumachen.

»In drei Tagen gehen wir in See«, sagte er. »Du solltest die Zeit nutzen, dir alles reiflich zu überlegen, Simon. Es mag für dich schmeichelhaft sein, der Schwager eines Sultans zu werden. Aber bedenke, daß du unter Menschen leben mußt, deren Wesensart dir auf immer fremd bleiben wird. Und halte dir vor Augen, wie Abdul Abbas ums Leben kam. Was wird aus dir, wenn deinem Freund Kasim das gleiche widerfährt?«

»Dein Schiff könnte auf der Rückreise in einen Sturm kommen und untergehen mit Mann und Maus«, entgegnete ich. »Würdest du dieser Gefahr wegen auf das Erlebnis einer triumphalen Heimkehr verzichten?«

»Der Unterschied ist, daß ich einen Auftrag auszuführen habe, während du dich von deiner Abenteuerlust leiten läßt«, antwortete Detlef. Es waren die letzten persönlichen Worte, die wir miteinander wechselten.

Am Tag der Abreise kam Kasim mit großem Gefolge zum Hafen. Er bat mich, meinem Bruder auszurichten, daß er dem Sultan von Lübeck ein Geschenk machen wolle. Ich sehe noch, wie Detlef beim Anblick des Geschenks zusammenfuhr. Es war ein Elefant, noch nicht ausgewachsen zwar, aber von beachtlicher Größe. Detlef beschwor mich, dem Erlauchten klarzumachen, daß es sträflicher Leichtsinn wäre, ein lebendes Tier von solchen Ausmaßen an Bord zu nehmen. Doch Berend Coesfeld hielt dem entgegen, es würde seiner Rückkehr den Rang eines historischen Ereignisses verleihen, wenn er den Boden der Heimatstadt in Begleitung eines Elefanten betrete. Dies sei das mindeste, was er als Entschädigung für die zweijährige Gefangenschaft bei den Wilden verlangen könne. So ging es eine Weile hin und her, bis Alnor dem hitzigen Wortwechsel ein Ende machte. Das Geschenk Seiner Herrlichkeit abzulehnen, belehrte er Detlef, stelle eine unerhörte Beleidigung dar. Er rate ihm dringend, nicht auf seiner Weigerung zu beharren. Da gab Detlef zähneknirschend nach. Er ließ das Zwischendeck herausnehmen, damit der Elefant im Schiffsbauch genügend Platz finde. Nachdem man das graue Ungetüm aber mit unendlicher Mühe in den Laderaum geschafft hatte, sprengte es eine der Luken auf und reckte Kopf und Rüssel daraus hervor.

Was weiter mit dem Elefanten geschah, will ich dir nicht vorenthalten, wenngleich ich mich für den Wahrheitsgehalt der Geschichte nicht verbürgen kann. Bereits nach wenigen Tagen verendete das Tier an der ungewohnten Nahrung. Detlef befahl, den Kadaver über Bord zu werfen, doch der Kämmereiherr widersetzte sich dem aufs heftigste. Er drohte Detlef lebenslange Feindschaft an, ja er schwor, ins Wasser zu springen, falls man das Tier dem Meer übergebe. Detlef scheint die Drohung ernst genommen zu haben, denn er fügte sich abermals Coesfelds Willen. In der glühenden Hitze ging der Kadaver rasch in Verwesung über; ein entsetzlicher Gestank durchdrang das Schiff bis in seine entferntesten Winkel. Beim Anblick des Madengewimmels, erzählt man, habe sich selbst hartgesottenen Seeleuten der Magen umgedreht. Trotz alledem war Coesfeld nicht bereit, sich von den Überresten des Elefanten zu trennen. Als das Schiff in den Lübecker Hafen einlief, war nur noch das Skelett vorhanden. Der Kämmereiherr ließ die Gebeine einzeln an Land schaffen und sie von einem als sachkundig geltenden Magister der Lateinschule wieder zusammenfügen. Dieser schuf in wochenlanger Arbeit ein Knochengebilde, das, wenn man es sich mit Fleisch und Haut bekleidet dachte, eher einem Meeresungeheuer als einem Elefanten ähnelte. Coesfeld ersuchte den Rat um ein klärendes Diktum, doch wider Erwarten entschieden die Ratsherren, es handle sich zweifelsfrei um das Gerippe eines Wals. Um es seinen Standesgenossen heimzuzahlen, schenkte Berend Coesfeld das Skelett der Pröttel-tasch. Es wird dich nicht wundern zu hören, daß sie auch aus Elefantenknochen Geld zu machen wußte. Aber das ist schon wieder eine andere Geschichte.

Die Vorbereitungen zu meiner Hochzeit traf Kasim selbst. Er widmete sich ihnen mit einem Eifer, als gelte es, ein spätes Mädchen unter die Haube zu bringen. Indessen berief er sich auf ein arabisches Sprichwort. Drei Dinge, lautet es, erfordern Eile: eine Jungfer, ein Toter und ein Gast.

Das Fest zog sich über mehrere Tage hin, ohne daß ich Hafsa zu Gesicht bekam. Es begann mit der Speisung der Armen und Kranken. Hernach gab sich die Hochzeitsgesellschaft unbelastet von dem Gedanken, daß andere derweil hungern müßten, den erlesensten Tafelfreuden hin. Zwischen den Gängen, von denen jeder aus zwölf Schüsseln mit köstlichen Speisen bestand, erging man sich im Park und lauschte dem Gesang der gläsernen Vögel. Kasim hatte mir das Gewand geschenkt, das er als Prinz getragen hatte. Ich konnte der Versuchung nicht widerstehen, mein Spiegelbild in einem Weiher zu betrachten. Es schmeichelte meiner Eitelkeit.

Ich erlebte die Tage wie im Traum. In meiner Erinnerung zieht eine Folge rasch wechselnder Bilder an mir vorüber. Manche sind verschwommen, andere haben sich meinem Gedächtnis mit einer Fülle von Einzelheiten eingeprägt. Ich erinnere mich an farbenprächtige Reiterspiele, an Schaukämpfe, bei denen echtes Blut floß, an Feuerschlucker, Rasseltänzer, Keulenschwinger und nackte Fakire. Diese hatten sich stachelige Eisenringe um ihr Geschlechtsteil schmieden lassen, was den Beischlaf zu einer Qual, wenn nicht unmöglich machte. Der Anblick war nicht dazu angetan, lustvolle Erwartungen zu wecken. Ohnedies verspürte ich gegen Ende des Festes ein stärkeres Verlangen nach erholsamem Schlaf als den Wonnen einer Hochzeitsnacht. Doch den heiligen Männern folgten leichtbekleidete Tänzerinnen. Eine bedrängte mich mit aufreizenden Hüftschwüngen, bis ich mich herbeiließ, ihr einen Edelstein aus dem Nabel zu pflücken. Darauf nahm Kasim meine Hand und führte mich in den Sultanspalast. Von fern hörte ich die Töne einer Mismar. Kasim schloß mich in die Arme und sagte: »Hafsa erwartet dich, mein Freund.« Dann ließ er mich allein.

Die spitzen Töne der Mismar lockten mich durch eine Reihe weitläufiger Säle in einen Raum, der voller Schleier hing. Sie waren so fein gesponnen, daß sie sich beim leisesten Hauch bauschten und himmelwärts laufenden Wellen glichen. Ich irrte zwischen den Schleiern umher, bis ich etwas zu erkennen glaubte, das in all dem Gewoge einen festen Platz einnahm. Näher tretend sah ich, daß es Hafsa war. Sie hielt die Flöte noch in der Hand und musterte mich mit unverhohlener Neugier. Welch ein Glück, daß ich sie schon einmal gesehen hatte! Sonst wäre ich, von ihrer Schönheit überwältigt, keiner Regung, geschweige denn eines Wortes fähig gewesen. So gelang es mir immerhin, ihrem prüfenden Blick mit einem Lächeln zu begegnen. Und siehe da: Sie erwiderte es. Hafsa schenkte mir ein Lächeln. Was konnte ihr Lächeln anderes bedeuten, als daß ich ihr gefiel?

Nun tauchten zwischen den Schleiern Hände auf und begannen, uns zu entkleiden. Als wir nackt voreinander standen, machten sich die körperlosen Hände an unseren Leibern zu schaffen, wuschen sie, besprühten sie mit duftenden Ölen, salbten sie, salbten besonders sorgfältig jene Teile, die der körperlichen Vereinigung dienen. Dann schoben sie uns sanft, aber unnachgiebig zu einem Lager aus Teppichen und seidenen Kissen, betteten uns Körper an Körper, vergewisserten sich mit kundigen Griffen, ob wir für das Kommende hinlänglich gerüstet seien, und gaben uns durch ein Abschied nehmendes Tätscheln zu verstehen, daß wir weiterer Handreichungen nicht mehr bedürften.

Da ich aus Rücksicht auf dein keusches Gemüt ohnehin davon absehen muß, bei der Schilderung unserer Hochzeitsnacht ins einzelne zu gehen, will ich es bei einem Satz bewenden lassen: Ich war nie glücklicher als in dieser Nacht, Bruder Anselmus. Noch in der Erinnerung verspüre ich den Nachhall dieses Glücks.

Es ging schon gegen Morgen, als wir nach unzähligen stummen Liebkosungen die ersten Worte wechselten.

»Du bist in der Liebe nicht unerfahren«, sagte Hafsa. »Bei wie vielen Frauen hast du vor mir gelegen?«

Aufs Geratewohl nannte ich eine Zahl, von der ich annahm, daß sie einen Mann meines Alters weder als Hagestolz noch als Weiberhelden erscheinen ließ. Ich beeilte mich indes hinzuzufügen, daß keine dieser Frauen es mit ihr hätte aufnehmen können.

»Kasim wird dir einen Harem schenken«, fuhr Hafsa fort. »Die Frauen sind geübt in der Kunst, einen Mann zu betören. Sie werden danach trachten, daß du mich nicht mehr begehrst, wenn du bei ihnen warst. Laß es nicht dazu kommen, Geliebter.«

Dies entbehrte, wenngleich zärtlich in mein Ohr gehaucht, nicht eines drohenden Untertons. So schwor ich, daß meine ganze Liebe ihr gehöre.

»Ich rede nicht von Liebe, ich rede von Lust«, entgegnete Hafsa. »Wie könntest du dich noch vor Lust nach mir verzehren, wenn deine Manneskraft erschöpft ist? Versprich mir, daß du mich, wann immer dir danach ist, als erste beglücken wirst.«

Ich versprach es, nur zu gern versprach ich es ihr. Ich wollte mit Blindheit geschlagen werden, falls ich jemals den Reizen einer Haremsfrau erliegen sollte. Doch Hafsa verschloß mir mit einem Kuß die Lippen und sagte: »So war es nicht gemeint, Geliebter. Ich will wissen, was sie tun, damit du Wollust empfindest, ich will von ihnen lernen. Du sollst dich in meinem Bett nicht nach ihren Umarmungen sehnen.« So sprach sie, die gazellenschöne Hafsa, bevor sich unsere Glieder aufs neue verflochten.

Um die Mittagsstunde weckte uns das Rauschen der Schleier. Von einem starken Luftzug erfaßt, flatterten sie über unseren Köpfen und gaben die Sicht frei auf eine Schar festlich gewandeter Frauen. Aus ihrer Mitte trat Hafsas Großmutter hervor. Sie bedeutete uns, unsere Blöße zu bedecken, zog das Bettuch von unserem Lager und stieß, nachdem sie es flüchtig betrachtet hatte, ein durchdringendes Trillern aus. Darauf erschien Kasim an der Spitze seines Hofstaats. Als er die Blutflecken sah, rief er: »Allah sei gepriesen!« und verkündete, daß unsere Hochzeitsnacht erfolgreich verlaufen sei. Nun drängten die Hofschranzen herbei, begafften das Tuch, beschnüffelten es und bedeuteten einander mit verstohlenen Blicken, daß man künftig mit mir zu rechnen habe.

»Du bist mir ein guter Freund, sei mir ein ebenso guter Schwager«, sagte Kasim, während er mich mit ungestümer Herzlichkeit umarmte. Als nächster nahm der Großwesir meine Hände. »Ihr seid über Nacht zu höchsten Würden emporgestiegen, Simon Gronewech«, tuschelte er. »Erinnert Euch gelegentlich dessen, dem Ihr dies zu verdanken habt.« Dann brachten mir die Emire kniefällig ihre Glückwünsche dar, beschrieben umständlich ihren Platz im verwandtschaftlichen Geflecht, baten mich, sie Onkel oder Vetter zu nennen. Kasims Brüder hingegen machten kein Hehl daraus, daß sie in mir einen lästigen Eindringling sahen. Unwillig entboten sie mir den Bruderkuß und wandten sich ab, bevor ich ihn erwidern konnte. Die übrigen verharrten in unterwürfiger Haltung, stumm einen Wink erflehend, der es ihnen erlauben würde, sich mir zu Füßen zu werfen.

Um die Erinnerung wachzuhalten an die Zeit, als die Hafsiden noch ein Nomadenleben geführt hatten, war in einem entfernten Winkel des Parks ein Zelt für Hafsa und mich errichtet worden. Es ähnelte einer Burg mit Zinnen und Türmen, nur daß die Mauern aus goldgrün schimmernder Seide bestanden. In dem luftigen Gebilde verbrachten wir die folgenden Tage und Nächte ganz für uns allein. Wir liebten uns, wann immer uns danach verlangte. Wir liebten uns in den Schlaf, um uns erwachend schon wieder mit Blicken zu streicheln. Statt Hafsa in der Kunst der Liebe zu unterweisen, lernte ich von ihr, daß wahre Leidenschaft aus Zärtlichkeit erwächst. Kurzum: Wir schwelgten in Glückseligkeit.

In einer der Nächte erwachten wir von lautem Donnerschlag. Blitze tauchten unser Zelt in grelles Licht. Hafsa klammerte sich an mich, ich spürte, wie sie am ganzen Körper bebte. »Hast du keine Angst, Geliebter?« flüsterte sie. Nein, ich hatte keine Angst, ich war bereit zu sterben, wenn es vom Schicksal so bestimmt sein sollte. Ich malte mir aus, wie ein Blitz unsere Körper durchfuhr und sie für immer miteinander verschmolz. Konnte mir ein schönerer Tod beschieden sein? Aber ich behielt den Gedanken für mich. Hafsa wollte leben und Leben schenken. Einige Wochen später vertraute sie mir an, daß sie guter Hoffnung sei.

Als Schwager des Sultans war ich seinen Brüdern gleichgestellt. Daher gesellte ich mich vor Beginn der nächsten Audienz zu ihnen. Sie schlossen jedoch so eng auf, daß mir nur die Wahl blieb, mich an den Anfang oder das Ende der Reihe zu stellen. Wohlweislich entschied ich mich für letzteres. Obwohl Kasim mich sofort bemerkte, als er hereinkam, fragte er, nachdem er die Emire und Abgesandten fremder Fürstenhäuser begrüßt hatte, scheinheilig in die Runde, ob El-Kalb el-Farih, sein Freund und Schwager, erkrankt oder durch andere Umstände gehindert sei, an der Audienz teilzunehmen.

Alnor lenkte Kasims Blick auf mich und sagte: »Dort steht er, Euer Herrlichkeit.«

»Was tust du bei denen, die nichts vorzuweisen haben als den ererbten Titel eines Prinzen?« fragte Kasim. »Komm zu mir, mein Freund.« Und als ich vor ihn hingetreten war, sagte er: »Ich habe beschlossen, dir das Amt des Obersten Kadis zu übertragen, El-Kalb el-Farih.« Unter den Anwesenden löste dies großes Erstaunen aus, selbst Alnor gelang es nur mit Mühe, die Fassung zu bewahren.

Aus Kasims Blick entnahm ich, daß er von mir eine Antwort erwartete. So sagte ich: »Du siehst mich beschämt von deiner Großmut, Erlauchter. Wie könnte ich, ein einfacher Kaufmann, dies hohe Amt zu deiner Zufriedenheit versehen?«

»Die Frage beweist, daß ich eine gute Wahl getroffen habe«, entgegnete Kasim. »Denn ein Kadi sollte vor allem darauf bedacht sein, es dem Herrscher recht zu machen.« Dann hieß er mich, zu seinen Füßen Platz zu nehmen, und fuhr fort: »Widme dich als erstes einem Fall, bei dem die Schuld offen zutage liegt, würdiger Kadi. Du hast mit eigenen Augen gesehen, wie Ahmed meinen Vater tötete. In drei Tagen will ich dein Urteil hören.«

Konnte sich dahinter eine andere Absicht verbergen als die, mir seine Brüder zu Feinden zu machen? Mußte es die Rechtsgelehrten nicht empören, daß der Sultan nicht einen der ihren zum Obersten Kadi ernannt hatte, sondern einen Fremden und, weit schlimmer noch, einen Ungläubigen? Zu welchen Mitteln würde Alnor greifen, der gefährlichste von allen, um seine Stellung im Machtgefüge zu behaupten? All dies fragte ich Kasim im vertraulichen Gespräch. Er aber lachte und lobte meinen Scharfsinn. »Je größer die Zahl deiner Feinde, desto unentbehrlicher wird dir ein Freund«, sagte er. »Und siehe, Schwager, dieser Freund bin ich.«

»Wie soll das Urteil lauten?« fragte ich in gereiztem Ton.

»Du bist der Kadi«, gab Kasim zur Antwort. »Möge Allah dir Weisheit schenken.«

Im Schutz der Dunkelheit schlich ich mich aus dem Palast und suchte Ibn Chaldun auf, den Philosophen. Er hatte, wie schon an anderer Stelle erwähnt, im Verlauf seines wechselvollen Lebens auch das Amt eines Kadis bekleidet. Ich schilderte ihm also meine Lage und bat um Rat.

»Nach der Scharia mußt du Ahmed zum Tode verurteilen«, antwortete Ibn Chaldun. »Bei Vatermord ist es üblich, den Schuldigen zu enthaupten, wie das Schwertgehänge läuft.« Und mit einer Geste verdeutlichte er, daß damit gemeint war, dem Delinquenten außer dem Kopf einen Arm und einen Teil der Brust abzuschlagen. »Du könntest ihn vor der Hinrichtung auch häuten oder seinen Leib mit glühenden Nägeln spicken lassen, die Hafsiden lieben solche Späße. Der Gerechtigkeit wäre indessen nicht damit Genüge getan, nur den Mörder zu bestrafen. Die gleiche Strafe verdient der Anstifter.«

»Sprichst du vom Großwesir?« fragte ich erschrocken.

»Jeder weiß, daß Ahmed nicht nur aus eigenem Antrieb gehandelt hat«, antwortete Ibn Chaldun. »Wenn du also den Verdacht hegst, daß Alnor dahintersteckt, mußt du auch ihn unter Anklage stellen.«

»Verzeih, Ibn Chaldun«, versetzte ich ungehalten. »Ich hatte mir von dir einen klügeren Rat erhofft als den, mich dem Großwesir ans Messer zu liefern.«

»Ich dachte mir, daß du im Streben nach Gerechtigkeit nicht das eigene Wohl aus dem Auge verlierst«, schmunzelte der Philosoph. »Höre also meinen Rat. Kasim hat dir das Amt des Obersten Kadis aufgezwungen, damit du für ihn die Kastanien aus dem Feuer holst. Aber sein Arm ist nicht lang genug, dich vor den Anschlägen deiner Feinde zu schützen. Was folgert daraus? Du mußt das Joch abschütteln, bevor es dich erdrückt. Dreh den Spieß um, Simon! Schlag dich auf die Seite derer, die sich von dir bedroht fühlen! Tu dich mit Ahmed und seinen Brüdern zusammen und entmachte Kasim! Hernach sieh zu, wie sie sich untereinander zerfleischen. Es wird ein hübsches Gemetzel geben.« Er rieb sich vergnügt die Hände, der alte Rebell. Und seine Augen blitzten vor Tatendrang, als er fortfuhr: »Ich wünschte, ich wäre an deiner Stelle. Wie gern wechselte ich aus der Rolle des Philosophen noch einmal in die des Umstürzlers über!«

Im Unterschied zu ihm sei ich ein friedfertiger Mensch und als solcher darauf bedacht, mit allen in gutem Einvernehmen zu leben, wandte ich ein. Da mir dies aber offensichtlich verwehrt sei, reife in mir der Gedanke, mein Heil in der Flucht zu suchen.

»Bislang hielt ich dich für einen klugen Mann, jetzt höre ich einen Toren reden«, erwiderte Ibn Chaldun. »Du befindest dich zwischen einem Meer aus Wasser und einem aus glühendem Sand. Wohin du auch fliehst, du wirst nicht lebend entkommen. Soll die schöne Hafsa nach einer kurzen Spanne ehelichen Glücks schon deinen Tod betrauern?«

An Hafsa, mußte ich mir beschämt eingestehen, hatte ich nicht gedacht. Wie konnte ich sie, die ich über alles liebte, ihrem Schicksal überlassen? So verwarf ich den Gedanken an Flucht und verschloß mich nicht länger der Erkenntnis, daß mir nur die Wahl blieb, mich Kasim zu fügen oder ihn zu verraten. Ich will mich nicht in Vermutungen ergehen, wofür ich mich entschieden hätte, wäre ich auf dem Heimweg nicht in die Hände derer gefallen, die Ibn Chaldun mir als Bundesgenossen empfohlen hatte.

In den dunklen Gassen der Kasbah sah ich mich plötzlich von Kasims Brüdern umringt. Sie zerrten mich in eine Ecke und mißhandelten mich dort auf eine Weise, die näher zu beschreiben ich mich immer noch schäme. Niemals bin ich tiefer gedemütigt worden, Bruder Anselmus. Als sie endlich von mir abließen, drohten sie, daß mich noch weit Übleres erwarte, falls Ahmed nicht glimpflich davonkommen würde. Wenn sie geahnt hätten, daß ich ihn in diesem Augenblick schon zum Tode verurteilt hatte!

Am Tage der Urteilsverkündung bestellte mich Kasim in den Innenhof des Sultanspalastes. Dort fand ich außer ihm, seinen Brüdern und dem Großwesir die Häupter der Hafsidensippe versammelt. Man saß unter Palmen in angeregtem Gespräch, tauschte Erinnerungen an gemeinsame Erlebnisse aus, erzählte von Eheschließungen, Geburten und Sterbefällen, kurz: Es herrschte die aufgeräumte Stimmung eines Familientreffens. Kasim selbst gab sich am ungezwungensten; er ging zwischen den Verwandten umher, scherzte mit Gleichaltrigen, lauschte ehrerbietig den Worten der Älteren, er ließ es gar zu, daß ein hochbetagter Onkel ihn, den Sultan, in die Wange kniff. Doch dann trübte sich Kasims Miene. Bedauerlicherweise müsse man sich noch mit einer ernsten Angelegenheit befassen, tat er den Anwesenden kund. Lange, viel zu lange habe er gezögert, Ahmed wegen des Mordes an Sultan Abdul Abbas zur Rechenschaft zu ziehen. Heute nun wolle er sich der lästigen Pflicht entledigen. Da er aber nicht seines Bruders Richter sein wolle, habe er den Obersten Kadi ersucht, das Urteil zu fällen. Nun winkte er mich aus der Menge und fragte: »Du hast drei Tage Zeit gehabt, mit dir zu Rate zu gehen. Wie lautet dein Urteil, Ehrwürdiger?«

Ahmed grinste mich herausfordernd an. Dann wandte er sich seinen Brüdern zu und sagte etwas, das bei ihnen johlende Heiterkeit auslöste. Ich ließ sie lachen, ich war so erfüllt von dem Gedanken an Rache, daß mich ihr Spott nicht verletzen konnte.

Als das Gelächter verebbt war, sagte ich: »Den Mord an Eurem Vater, Herrlichkeit, muß Ahmed mit dem Tode büßen. Er soll enthauptet werden, wie das Schwertgehänge läuft.«

Nach einem Augenblick lähmender Stille erhob sich lautes Geschrei. Während Ahmed selbst noch nicht begriffen zu haben schien, daß er zum Tode verurteilt worden war, bestürmten seine Brüder den Sultan, das Urteil auf der Stelle für ungültig zu erklären.

Doch Kasim gebot ihnen zu schweigen, küßte meine Stirn und pries sich glücklich, das Gehäuse der Weisheit mit den Lippen berühren zu dürfen. Darauf rief er die Palastwache herbei und fragte den Hauptmann: »Weißt du, was es heißt, einen zu enthaupten, wie das Schwertgehänge läuft?«

»Wie sollte ich das nicht wissen, Euer Herrlichkeit«, erwiderte der Hauptmann.

»Dann tu's«, sagte Kasim.

Mit einem einzigen Hieb spaltete der Hauptmann Ahmeds Körper von der rechten Schulter zur linken Hüfte. Der Teil, an dem der Kopf saß, stürzte sogleich zu Boden, während jener, der auf den Beinen stand, noch ein wenig hin und her schwankte, bevor er umfiel. Von allen Seiten wurde dem Hauptmann Lob gespendet für seinen meisterhaften Hieb, und Kasim versprach, ihm das Schwert in Gold aufzuwiegen.

»Nun wollen wir hören, wie der Oberste Kadi mit jenen zu verfahren gedenkt, die von dem Mordplan gewußt, aber nichts unternommen haben, ihn zu vereiteln«, sagte Kasim. Und mit gedämpfter Stimme setzte er hinzu: »Ich will nicht, daß alle meine Brüder dran glauben müssen. Greif dir zwei heraus, mein Freund.«

Ich sah, wie die Prinzen ängstlich zusammenrückten, wie sie um ihr Leben bangten. Aber die Erinnerung an das, was sie mir angetan hatten, war noch zu frisch, als daß ich meinen Rachedurst allein an ihrer Angst hätte stillen können. So deutete ich auf zwei, die es besonders arg mit mir getrieben hatten: »Von diesen weiß ich, daß sie in den Mordplan eingeweiht waren, Erlauchter. Dafür haben sie den Tod verdient. Man schlage ihnen die Köpfe ab.«

»So sei es«, sagte Kasim und gab dem Hauptmann einen Wink, das Urteil zu vollstrecken. Willst du wissen, was ich empfand, als ich ihre Köpfe vor mir im Staub liegen sah? Eine tiefe Zufriedenheit, eine von Schadenfreude durchsetzte Genugtuung. Ich sage dies, damit du bei der Wiedergabe meines Berichts nicht die Vermutung einfließen läßt, ich sei von Gewissensbissen geplagt worden. Nichts dergleichen, Bruder Anselmus.

Nun aber ließ Kasim den Zeigefinger über den Köpfen seiner Gäste kreisen und fragte: »Hast du noch einen der Anwesenden im Verdacht, daß er an dem Mord beteiligt war?«

Für die Dauer eines Herzschlags kreuzte sich Alnors Blick mit meinem. Er hob die Brauen und schürzte die Lippen, was seinem Gesicht den Ausdruck spöttischer Neugier verlieh. Aber in seinen Augen lag etwas, das mich warnte.

»Nein, Euer Herrlichkeit«, antwortete ich.

»Was ist mit Alnor?« flüsterte er mir ins Ohr.

»Ich habe nichts gegen ihn in der Hand«, gab ich ebenso leise zurück.

Von diesem Tag an überhäufte mich Kasim mit Beweisen seiner Gunst. Er schenkte mir einen Palast mitsamt Harem und einer nach Hunderten zählenden Dienerschaft. Ferner ernannte er mich zum Ersten Siegelbewahrer, zum Hüter der Heiligen Quelle und zum Statthalter einer fernen Provinz, um mir im nächsten Atemzug zu versichern, daß die Ämter ihrem Inhaber keinerlei Pflichten auferlegten, sondern eigens dazu geschaffen worden seien, ihn mit regelmäßigen Einkünften zu versehen. Immer häufiger auch zog er mich ins Vertrauen. Er liebe die Frauen wegen ihrer Schönheit, gestand er mir einmal, doch schon beim Gedanken an die Beiwohnung wandle ihn Übelkeit an. Daher habe er die Heiratsangebote mächtiger Fürstenhäuser bislang abschlägig beschieden, wohl wissend, daß er damit böses Blut schaffe.

Was ihn noch mehr zu bedrücken schien war seine Unwissenheit. Ihm sei das Reich so unbekannt wie seine Bewohner, klagte er. Nie sei er gewöhnlichen Menschen außerhalb der Palastmauern begegnet. Wie lebten sie, was dächten sie, was dächten sie insbesondere über ihn? Und dann überraschte er mich mit der Frage, ob ich ihn begleiten wolle, wenn er sich wie einst Harun ar-Raschid unters Volk mische, um es kennenzulernen und seine wahre Meinung zu erforschen. Du kannst dir sicher denken, daß ich kein Wort darauf verschwendete, ihm das Schelmenstück auszureden. So hüllten wir uns in Lumpen, rieben die Wangen mit Asche ein und schwärzten einige Zähne, um ein lückenhaftes Gebiß vorzutäuschen. Damit nicht genug, klebte ich Kasim einen Bart ins knabenhafte Gesicht. Er sah zum Gotterbarmen aus. Niemand, dessen war ich mir sicher, würde in ihm den Sultan erkennen.

Auf dem Weg durch den Park begegneten wir dem Ersten Schwertträger. Er rief die Torwache und drohte ihr Prügel an, weil sie im Dienst geschlafen hätte. Unter Schlägen und Beschimpfungen jagten uns die Wächter aus dem Palast. Wir zwinkerten einander zu: Die erste Bewährungsprobe war bestanden.

In der Kasbah herrschte jedoch ein solches Gedränge, daß Kasim es mit der Angst zu tun bekam. Er war es gewohnt, daß jedermann vor ihm zurückwich, daß sich überall, wo er ging und stand, ein freier Raum um ihn bildete. Hier aber sah er sich zwischen Menschen eingekeilt, war er ihnen so nahe, daß er ihren Atem roch, die Ausdünstungen ihrer schwitzenden Körper. In seinen Zügen malte sich blankes Entsetzen.

Vor dem Laden eines Kupferschmieds gelang es uns, aus dem Menschenstrom auszuscheren. Der Meister hielt in seiner Arbeit inne und blickte Kasim voller Mitleid an: »Geht es dir nicht gut, Bruder?«

»Mein Freund leidet unter der Hitze«, antwortete ich.

Der Meister lud uns ein, unter sein Dach zu treten, bat seine Frau um feuchte Tücher und legte sie Kasim auf Stirn und Nacken. »Ihr seid nicht von hier, sonst würde ich euch kennen«, sagte er. »Woher kommt ihr, Brüder?«

»Aus einem Land, wo es strafbar ist, sich seinen Lebensunterhalt zusammenzubetteln«, erwiderte ich. »Wir haben gehört, daß man in dieser Stadt mit den Ärmsten der Armen nicht gar so streng verfährt.«

»Oh, beileibe nicht!« rief der Meister. »Unser allerhöchster Herr, Allah gebe ihm ein langes Leben, hat sich wegen seiner Mildtätigkeit schon jetzt unsterblichen Ruhm erworben. Er gibt den Armen mit vollen Händen und vertraut im übrigen darauf, daß wir, die Handwerker und Kaufleute dieser Stadt, uns an ihm ein Beispiel nehmen.« Sodann schenkte er Kasim und mir je einen Dirham.

»Das ist viel Geld für einen, der von seiner Hände Arbeit lebt, Meister«, gab ich zu bedenken.

»Nehmt es, nehmt es nur«, sagte der Kupferschmied. »Ich kann das Geld entbehren, denn uns Handwerkern ist es nie so gut gegangen wie unter der Herrschaft des neuen Sultans.«

Die Worte taten Kasim sichtlich wohl. Er küßte dem Meister die Hände und erbat Allahs Segen für sein Haus. »Präge dir seinen Namen ein«, sagte er, als wir weitergingen. »Er soll für jeden Dirham hundert Dinare bekommen.«

Kurz darauf wurden wir Zeugen einer ehelichen Auseinandersetzung. Die Frau vergoß bittere Tränen, während der Mann mit zornrotem Gesicht und drohenden Gebärden auf sie einsprach. »Er soll Schihab heißen«, rief der Mann. »In meiner Familie war es schon immer Brauch, daß der Erstgeborene nach dem Vater seines Vaters benannt wird, und dem hast du dich zu fügen!«

»An alten Bräuchen muß man festhalten«, pflichtete ihm einer der Umstehenden bei.

»Welchen Namen möchtest du ihm denn geben?« fragte ein anderer die Frau.

»Kasim«, brach es unter Schluchzen aus ihr hervor. »Ich möchte, daß unser Sohn den gleichen Namen trägt wie der Erlauchte, damit Allah ihm hilft zu werden wie er, so weise, gütig und gerecht.«

Dies leuchtete allen ein, nur dem Vater nicht. So begannen die Leute, ihm gut zuzureden, ihm vorzuhalten, daß er um eines alten Brauches willen nicht das Glück seines Sohnes aufs Spiel setzen dürfe. Schließlich gab der Vater nach und erklärte zur Freude aller, daß sein Erstgeborener Kasim heißen solle.

»Versuch herauszufinden, wo mein kleiner Namensvetter wohnt. Ich will dafür sorgen, daß seine Mutter stolz auf ihn sein kann«, sagte Kasim. Seine Beklommenheit hatte sich in heiteren Gleichmut gewandelt. Seine Haltung straffte sich, sein Schritt wurde beschwingter, so daß ich mich bemüßigt sah, ihm in Erinnerung zu rufen, daß er einen Bettler verkörpere.

Vor der Großen Moschee staute sich der Menschenstrom. Der Lärm wurde von einer einzelnen Stimme übertönt, jemand hielt eine Rede. Die Stimme kam mir bekannt vor, und als wir uns durch die Menge gezwängt hatten, sah ich, daß es Ibn Chaldun war, der, auf dem Sockel einer Säule stehend, zu den Leuten sprach. Er redete von Anmaßung und Willkür, er fragte, woher einer das Recht nehme, über andere zu herrschen. »Hat Allah, mächtig und herrlich ist er! hat Allah ihn gesandt und verkündet: Seht her, diesen habe ich auserwählt, ihm seid untertan? Nein, ihr beugt euch dem Sproß einer Kameltreibersippe, die gewaltsam an die Macht gelangt ist, einem bartlosen Jüngling, einem Brudermörder!«

»Sprich nicht so von unserem Sultan, wir lieben ihn«, brüllte ein Lastträger.

»Ja, wir lieben ihn!« schrie es aus der Menge.

»Eure Dummheit kotzt mich an«, grollte der Philosoph. »Ihr wollt fressen, saufen und euch paaren, dafür verkauft ihr eure Freiheit.«

»Stopft ihm das Maul!« riefen die Leute. »Wir wollen sein Geschwätz nicht mehr hören!« Der Lastträger warf eine Melone nach Ibn Chaldun. Sie zerbarst an seiner Schulter und bespritzte ihn mit rotem Brei. Wie war es zu erklären, daß ein Mann, dem man sonst mit größter Achtung begegnete, solche Kränkungen erdulden mußte?

Spätestens in diesem Augenblick kam mir der Verdacht, daß etwas faul an der Sache sei.

Kasim hingegen lauschte verzückt den Rufen aus der Menge. »Sie lieben mich. Hörst du's, mein Freund: Das Volk liebt mich! Dies ist der schönste Tag meines Lebens«, murmelte er. Selbstvergessen zupfte er sich den Bart vom Gesicht. Einer von denen, die ihm am nächsten standen, sah ihm voller Staunen dabei zu. Und als Kasim es bemerkte, fragte er ihn: »Weißt du, wer ich bin?«

Der Mann schüttelte den Kopf.

»Der Sultan«, sagte Kasim.

Sogleich warfen sich alle zu Boden und riefen: »Achte auf die Stufe, Geliebter! Achte auf die Stufe, Geliebter!« Und während Kasim nun zwischen den gebeugten Rücken umherschritt und huldvolle Worte sprach, eilten Diener mit zwei Sänften herbei. Sie mußten hinter der nächsten Straßenecke gewartet haben, damit der Erlauchte nicht genötigt sei, zu Fuß in den Palast zurückzukehren. Doch auch dies weckte Kasims Argwohn nicht. Er setzte sich in eine der Sänften und winkte seinen Untertanen noch einmal zu, bevor er im Laufschritt davongetragen wurde.

Als ich in der zweiten Sänfte Platz genommen hatte, sah ich zu meiner Verwunderung, daß Alnor mir gegenübersaß.

»Ich hoffe, es hat euch beiden Spaß gemacht«, lächelte der Großwesir. »Man geht mit solchem Schabernack allerdings ein nicht unbeträchtliches Wagnis ein. Denkt Euch, Seine Herrlichkeit wäre an den Falschen geraten. Meine Leute haben ihr möglichstes getan, aber wer wüßte besser als Ihr, Prinz, daß ein eilig geprobtes Stück nicht perfekt sein kann. Dem Himmel sei Dank, daß dennoch alles nach Wunsch verlaufen ist.«

»Laßt uns die Dinge beim Namen nennen, Alnor«, sagte ich, gleichsam von Gaukler zu Gaukler. »Ihr habt den Sultan geleimt, Ihr habt einen Narren aus ihm gemacht.«

»In der Staatskunst zählen nicht die Mittel, sondern allein der Erfolg«, belehrte mich der Großwesir. »Habt Ihr den Erlauchten jemals so vergnügt gesehen? Und dies sagt Euch ein Mann, der im Dienst zweier Sultane ergraut ist: Wer das Volk vor Schaden bewahren will, muß den Herrscher bei guter Laune halten. Denn ein mißgestimmter Herrscher verwandelt sich unweigerlich in einen Tyrannen.« Nach diesen Worten befahl er den Trägern stehenzubleiben und sagte, während er aus der Sänfte stieg: »Solltet Ihr einmal Hilfe brauchen, dann denkt daran, daß ich Euch einen Gefallen schulde.«

In den folgenden Tagen verbreitete sich das Gerücht, der Erlauchte drohe den Verstand zu verlieren. Er führe sich wie ein ausgelassener Junge auf, treibe Unfug mit den Würdenträgern und verwirre seine Diener durch törichte Weisungen. Selbst die ältesten Hofleute konnten sich nicht an einen Sultan erinnern, der sich so närrisch gebärdet hatte. Was indessen noch größere Besorgnis hervorrief, war Kasims Verschwendungssucht. Bedenkenlos plünderte er die Schatzkammer; mit vollen Händen streute er über Stadt und Land die Reichtümer aus, die die Hafsiden in Jahrhunderten zusammengerafft hatten. Auf die behutsamen Vorhaltungen seiner Ratgeber erwiderte Kasim, er könne nicht ruhig schlafen, solange in seinem Reich noch Armut herrsche. Daraufhin kamen die Ratgeber zu mir und ersuchten mich, den Erlauchten zur Mäßigung zu mahnen. Wie sein Verhalten jeglicher Würde ermangle, so spotte seine Freigebigkeit aller Vernunft. Eine der Säulen des Staates sei bekanntlich der Gegensatz von Arm und Reich, und ein Sultan, der diesen zu verwischen trachte, schaufle sich sein eigenes Grab. Ich hielt dagegen, mir seien schon schlimmere Klagen über einen Herrscher zu Ohren gekommen, als daß er lustig sei und sein Geld den Armen schenke. Gleichwohl bat ich Kasim um ein Gespräch unter vier Augen. Er ließ mir ausrichten, daß er mich um Mitternacht im Eulenhaus erwarte. Als ich Hafsa davon erzählte, flog ein Schatten über ihr Gesicht.

Im Dunkel des Eulenhauses empfing mich Kasim mit den Worten: »An diesem Ort nahm unsere Freundschaft ihren Anfang, erinnerst du dich?«

»Wie könnte ich es vergessen haben«, antwortete ich.

»Du bist mein einziger Freund«, fuhr er fort, wobei mir schien, daß seine Stimme jetzt aus einer anderen Richtung kam. »Ich würde alles dafür geben, mir deine Freundschaft zu erhalten.«

»Du gibst schon zuviel, Kasim«, sagte ich. »Am Hof macht man sich Sorgen wegen deiner Großzügigkeit.«

»Das Volk liebt mich«, erwiderte er. »Und ich danke ihm für seine Liebe, indem ich es beschenke.« Plötzlich war seine Stimme ganz nah. »Wie gern würde ich auch von dir hören, daß du mich liebst. Mein Glück wäre vollkommen.« Zärtliche Finger kraulten meinen Nacken. »Was kann ich tun, damit du mich liebst?« Er schmiegte seine Wange an meinen Hals, seine Zungenspitze umspielte mein Ohr. »Was muß ich tun, El-Kalb el-Farih?«

Ich fuhr herum, mein Ellbogen traf auf etwas Weiches. »Von Hafsa weiß ich, wie zärtlich du bist«, flüsterte er. »Warum kannst du es nicht auch zu mir sein?« Und wieder begann er mich zu streicheln, und abermals stieß ich ihn zurück. Von jäher Wut erfaßt, schrie ich: »Willst du die Wahrheit wissen?«

»Die Wahrheit?« kam es zaghaft aus dem Dunkel.

»Du bist einem Schwindler auf den Leim gegangen«, sagte ich. »Er hat die Leute dazu gebracht, dir eine Posse vorzuspielen. Sie haben ihre Sache so gut gemacht, daß selbst ich darauf hereingefallen bin.«

Eine Weile war es still. Dann fragte er kaum vernehmbar: »Alnor?«

»Wenn man ihm glauben darf, tat er es in der Absicht, dir eine Freude zu bereiten.«

Wieder trat ein lastendes Schweigen ein. Es war, als ob sich zwischen uns ein dichtes Gewebe aus Dunkelheit und Stille herabsenkte.

»Geh«, sagte er dann mit einer von Tränen erstickten Stimme, »ich will allein sein.«

Bald machte ein anderes Gerücht die Runde. Der Sultan, hieß es, sei verschwunden. Man habe die Paläste durchsucht, den Park, das Eulenhaus, habe in Bächen und Teichen gestochert, sei in die Grüfte seiner Ahnen hinabgestiegen: Nirgends habe man ihn gefunden. Kasims Brüder gerieten in den Verdacht, den Sultan ermordet und seinen Leichnam verscharrt zu haben, doch sie zerstreuten ihn mit der einleuchtenden Begründung, eine Tat wie diese vor der Öffentlichkeit geheimzuhalten, so viel Bescheidenheit sei ihnen fremd. Daraufhin wurden Stimmen laut, der Großwesir sei der Urheber des spurlosen Verschwindens. Böse Zungen behaupteten, er habe den Sultan in den Schlangenkäfig gesperrt, wo ihn das Gewürm mit Haut und Haaren verspeist hätte. Weshalb aber setzte er dann nicht einen der Prinzen an Kasims Stelle? Strebte er womöglich selbst nach der Sultanswürde?

Des Rätsels Lösung war, daß Kasim noch in derselben Nacht, als wir im Eulenhaus miteinander gesprochen hatten, zu seinem Vetter Abu Hamid geritten war. Der Emir war Statthalter einer Grenzprovinz; um das Reich gegen Überfälle schützen zu können, unterhielt er ein kleines, aber schlagkräftiges Heer. An der Spitze dieses Heeres kehrte Kasim nach Tunis zurück.

Die Soldaten schlugen ihr Lager im Park auf. Es waren Tuareg vom Stamm der Kel-Ajer, wilde Wüstenkrieger mit verhüllten Gesichtern und den geschmeidigen Bewegungen von Raubtieren. Nachts sah man sie zu dumpfem Trommelschlag um ihre Feuer tanzen. Sie erlegten die rosafarbenen Vögel und aßen das rohe Fleisch. Ihre Freßlust machte auch vor den Zierfischen nicht halt, und es hätte niemanden gewundert, wenn ihr als nächstes die dicken Frauen zum Opfer gefallen wären.

Ungeachtet der Hitze erschien Kasim, wo immer er sich sehen ließ, in voller Rüstung und behängt mit Waffen. Sein Blick war finster, über der Nasenwurzel hatte sich eine senkrechte Falte in seine Stirn gegraben, und seine Stimme war rauh und männlich. Aus dem zarten Jüngling, dem Eulenzähmer und Liebhaber des Flötenspiels, war ein Krieger geworden. Gemessen an der kurzen Dauer seiner Abwesenheit hatte er eine erstaunliche Wandlung durchgemacht, und du wirst gleich hören, daß es nicht nur eine äußerliche war.

Mitten im Lager der Soldaten ließ sich Kasim ein Zelt errichten. Dort verbrachte er die Nächte und den größten Teil des Tages. Wer von ihm empfangen werden wollte, wurde zuvor nach Waffen durchsucht. Offenbar fürchtete sich Kasim neuerdings vor Mordanschlägen. Von Höflingen erfuhr ich, daß er sich mit Schriften befaßte, die vom Kriegshandwerk und dem Verlauf berühmter Schlachten handelten. Mich bat er nicht zu sich, und ich unternahm auch meinerseits nichts, eine Begegnung herbeizuführen.

Die Audienzen beraumte er kurzfristig und zu ungewohnter Stunde an, spätabends oder am frühen Morgen. Eine der Audienzen eröffnete Kasim anstelle der Lobpreisung des Propheten mit den Worten, daß der Krieg der Vater aller Dinge sei. »Oder ist einer unter euch anderer Meinung?« fragte er die Anwesenden. Als sich erwartungsgemäß kein Widerspruch regte, wandte er sich an Alnor: »Wann hat unser Land zum letzten Mal einen Krieg geführt, Großwesir?«

Alnor glaubte sich zu erinnern, daß dies zur Regierungszeit des Großvaters Seiner Herrlichkeit der Fall gewesen sei.

Die Folgen seien mit Händen zu greifen, fuhr der Sultan fort. Das Volk vermehre sich wie Heuschrecken, während die Nahrungsmittel begrenzt blieben. Eine Hungersnot stünde vor der Tür, womöglich gar ein Aufruhr. Bedenklicher noch erscheine ihm der allgemeine Sittenverfall, der von Verweichlichung herrühre und der weitverbreiteten Ansicht, daß der Sinn des Leben darin liege, seine Schäfchen ins trockene zu bringen. Wer übe sich heute noch in Manneszucht, wer sei noch um Höheres zu kämpfen bereit als das eigene Leben, die eigene Habe? Das einzige Mittel, den drohenden Niedergang aufzuhalten, schloß Kasim, sei der Krieg.

Die Rede hinterließ bei den Zuhörern einen nachhaltigen Eindruck. Mochte man ihren Inhalt auch nur mit halbem Ohr wahrgenommen haben: hier hatte ein Mann gesprochen, der zum äußersten entschlossen war, ein Mann der Tat.

Einer der Emire, uralt und der Wirklichkeit schon fast entrückt, gab dem Sultan indes zu bedenken, daß es für einen Krieg mit vielen

Toten und Verstümmelten zuvörderst eines Feindes bedürfe. Ein Krieg ohne Gegner sei nichts Halbes und nichts Ganzes.

»Wie recht du hast, Onkel«, entgegnete Kasim. »Abu Hamid hat mir berichtet, daß Sultan Abu al-Hassan zum Krieg gegen räuberische Nomadenstämme rüstet. Er soll in mir einen ebenbürtigen Gegner finden.«

»Abu al-Hassan ist einer von uns!« krächzte der Greis. »Er ist ein Hafside wie du, Erlauchter!«

»Das ist wohl wahr«, räumte Kasim ein. »Doch sein Reich grenzt an meines, Onkel. Soll ich erst die Große Wüste durchqueren, um auf einen Gegner zu treffen, der nicht mit mir verwandt ist?«

»Hört die weisen Worte Seiner Herrlichkeit«, rief Abu Hamid, von dem bekannt war, daß er Strapazen scheute.

»Ich habe also beschlossen, Abu al-Hassan anzugreifen«, sagte Kasim. »Dafür brauche ich ein Heer von zehntausend Mann.«

»Verzeiht, Herrlichkeit«, sagte Alnor, »die Staatskasse ist beinahe leer. Woher wollt Ihr das Geld nehmen?«

»Beschaff es!« herrschte ihn der Sultan an. »Nimm es von denen, die nicht willens sind, mit mir in den Krieg zu ziehen. Wer nicht für sein Land kämpfen will, soll zahlen!« Dann ernannte er Abu Hamid zum General und verkündete, daß man in ihm selbst den Feldherren zu sehen habe. »Ihr, liebe Brüder«, wandte er sich an die Prinzen, »sollt nicht länger über Müßiggang klagen, ihr werdet mich auf dem Feldzug begleiten. Und du, mein Freund und Schwager«, sagte er zu mir, »wirst dich für eine Weile von deiner Frau trennen müssen; ich will dich auch im Krieg in meiner Nähe haben.« Darauf gab er den Anwesenden mit einer herrischen Gebärde zu verstehen, daß die Audienz beendet sei.

Ich weiß nicht, ob ich mich getraut hätte, Kasim anzusprechen, wenn er mich nicht kurz zuvor noch seinen Freund genannt hätte. So aber faßte ich mir ein Herz und fragte, ob ich ihm ein persönliches Anliegen vortragen dürfe.

»Gehen wir ein Stück«, sagte er.

Auf dem Weg zum Lager der Tuareg eröffnete ich ihm, daß Hafsa gesegneten Leibes sei und ich mir nichts sehnlicher wünsche, als in den kommenden Monaten bei ihr zu sein.

»Deinem Ersuchen kann ich nicht stattgeben«, entgegnete er. »Wollte ich jeden vom Kriegsdienst befreien, der seiner Frau ein Kind zu machen imstande ist, müßte ich mit Knaben und alten Männern in die Schlacht ziehen.«

»Kasim, ich liebe sie!« ereiferte ich mich. »Ich habe noch keine Frau so sehr geliebt wie deine Schwester!«

»Glückliche Hafsa«, sagte Kasim.

»Wenn ich nicht bei ihr bleiben darf, dann erlaube mir, sie mitzunehmen«, bat ich.

Unvermittelt stockte sein Schritt. »Die Liebe muß deinen Geist verwirrt haben, El-Kalb el-Farih«, sagte er. »Krieg ist Männersache. In unserer mehr als hundertjährigen Geschichte hat noch nie eine Frau an einem Feldzug teilgenommen, es sei denn, sie war eine Hure. Willst du, daß Hafsa sich meinen Soldaten hingibt?«

Voller Empörung wandte ich mich ab. Er aber packte mich an den Schultern und zwang mich, ihm ins Gesicht zu sehen. »Hör zu, mein Freund«, sagte er mit kalter Stimme. »Du kannst meinetwegen den Krüppel mitnehmen, damit du dich nachts nicht so allein fühlst. Hafsa bleibt hier!«

Am nächsten Tag ließ Abu Hamid die Stadt von den Tuareg umstellen. Währenddessen setzten Alnors Spitzel das Gerücht in Umlauf, der Feind stünde vor den Toren. Da man sich von Feinden schaurige Vorstellungen zu machen pflegt und die Wüstenkrieger diesen aufs Haar entsprachen, gerieten die Bürger in Angst und Schrecken. Alnor gab bekannt, daß die Stadt sich entweder selbst verteidigen oder dem Sultan genügend Geld zur Verfügung stellen müsse, damit er ein Söldnerheer anwerben könne. Binnen weniger Tage war die erforderliche Summe aufgebracht.

Das Heer sammelte sich am Rand der großen Sümpfe im Süden

von Tunis. Tag für Tag strömten Hunderte in das Lager, angelockt von einem guten Handgeld und der Aussicht auf reiche Beute. Abu Hamids Krieger unterwiesen sie im Gebrauch der Waffen, während der Feldherr und sein General über Plänen brüteten.

Dann kam die Stunde des Abschieds. Ich versuchte, es uns beiden leicht zu machen, indem ich eine erzwungene Fröhlichkeit an den Tag legte. Hafsa jedoch blickte auf ihren schwellenden Bauch und fragte: »Wie soll das Kind heißen, wenn es ein Knabe wird?«

»Liebste Hafsa«, erwiderte ich, »am Tage seiner Geburt werde ich längst zurück sein.«

»Ich möchte ihn nach dir nennen«, sagte sie. »Er soll so heißen, wie du hießest, bevor meine Großmutter dir den arabischen Namen gab.«

»Simon klingt sehr fremdartig für eure Ohren«, wandte ich ein. »Überdies soll es Unglück bringen, wenn Vater und Sohn den gleichen Namen tragen. Einer von beiden, heißt es, würde bald sterben.«

Darauf füllten sich ihre Augen mit Tränen. Ich dachte, sie würde nun einlenken, und schlug vor, das Kind nach einem ihrer Vorfahren zu nennen. Aber sie sagte: »Er soll Simon heißen.« Da wußte ich, es war ein Abschied für immer. Als ich mich an der Tür noch einmal nach ihr umsah, las ich aus ihrem Blick, daß auch sie es wußte.

Bevor ich den Palast verließ, ging ich zu Alnor und bat ihn, Hafsa in seine Obhut zu nehmen, falls mir etwas zustoßen sollte.

»Euer Anliegen ehrt mich, Prinz. Ich will alles tun, Eurer Bitte zu entsprechen«, sagte der Großwesir. »Doch Ihr wendet Euch an einen Mann, der einem ungewissen Schicksal entgegensieht. Es steht zu befürchten, daß der Sultan mich meines Amtes entheben wird, wenn er siegreich aus dem Krieg heimkehrt.«

»Wird er es, Alnor?« fragte ich in vertraulichem Ton.

»Das liegt in der Hand Gottes«, antwortete er. »Man kann ihm allenfalls ein wenig zuarbeiten. So habe ich Sultan Abu al-Hassan ein Schwert übersandt. Ich hoffe, daß er den Wink zu deuten weiß.«

Hierauf nahm er meine Hände in seine und sagte: »Leb wohl, Simon. Und denke nicht schlechter von mir, als ich es verdient habe.«

Anderentags brach Kasim auf. Er ritt dem Heer auf einem Schimmel voran, gefolgt von einem Trupp gepanzerter Reiter, denen Leib und Leben des Erlauchten zu schützen oblag. Der Weg führte südwärts zwischen Bergen und Meer durch eine fruchtbare Landschaft. Es gab dort Früchte in Hülle und Fülle und Abertausende von Schafen, so daß an Nahrung kein Mangel herrschte. Nach zehn Tagesmärschen gelangten wir zu Abu Hamids Burg, deren Mauern aus mit Stroh vermengtem Lehm bestanden. Jenseits eines ausgetrockneten Flußbetts lag das Reich des Sultans Abu al-Hassan.

Abu Hamid lud Kasim, dessen Brüder und mich in seine Burg ein und bewirtete uns mit Hammelfleisch, gebratenen Hühnern und kandierten Früchten. Nach dem Essen durfte Daniel Metz einige seiner Kunststücke vorführen. Es erregte große Heiterkeit, wie er aus seinem Körper eine Kugel formte und so geschwind durch den Raum rollte, daß man ihm kaum mit den Augen folgen konnte. Er brachte es sogar fertig, in kreisender Bewegung über unseren Köpfen zu schweben. Kasim schenkte ihm einen Golddinar und fragte mich: »Hast du mir nicht erzählt, daß er ein geschickter Messerwerfer ist?« Als ich es bestätigte, ließ er dem Krüppel ein Messer reichen und sagte, auf einen seiner Brüder deutend: »Jamels rechtes Ohr ist größer als das linke. Er soll es ihm ein wenig stutzen.«

Ich übersetzte die Worte des Sultans, und während Daniel nun das Messer zwischen seine Zehen klemmte, faßte sich Jamel zu Tode erschrocken ans rechte Ohr.

»Nimm die Hand fort, sonst verlierst du sie«, warnte Kasim ihn. Die Brüder zerrten Jamels Hand von seinem Ohr, und schon warf Daniel das Messer. Es trennte ein fingerbreites Stück von Jamels Ohr ab, bevor es federnd in der Wand hinter ihm steckenblieb.

»Jetzt gefällst du mir besser, Jamel«, sagte Kasim. »Aber schickt den Krüppel fort. Es liegen hier zu viele Messer herum.«

Früh am nächsten Morgen überschritt das Heer die Grenze. Die ersten Dörfer fanden wir verlassen vor. Es sah nicht nach einer übereilten Flucht aus, denn die Bewohner hatten ihre Häuser und Ställe bis in den letzten Winkel leergeräumt.

»Was hat das zu bedeuten?« hörte ich Kasim den General fragen.

»Es ist nichts weiter als eine dumme Gewohnheit, Erlauchter«, sprach Abu Hamid aus seiner Sänfte. »Sobald sie meine Krieger sehen, laufen sie davon.«

Die Antwort schien den Sultan nicht völlig zu überzeugen. Er sandte Späher aus, und diese berichteten, die ganze Gegend sei verlassen. Jenseits der Hügelkette läge jedoch eine befestigte Stadt; es sei zu vermuten, daß die Bewohner des Landstrichs sich dorthin geflüchtet hätten. Darauf gab Kasim Befehl, zu der Stadt vorzurücken.

Sie lag auf einem leicht ansteigenden Gelände, so daß man in die Straßen blicken konnte. Diese wimmelten von Menschen. Dem Augenschein nach waren es Tausende, die hinter den Mauern der Stadt Zuflucht gesucht hatten.

Um kundzutun, daß man sich in friedlicher Absicht nähere, ließ Kasim die Musikanten aufspielen. So wälzte sich der Heerwurm unter den Klängen von Pauken, Hörnern, Oboen und Trompeten der Stadt entgegen. Von den Bewohnern zeigte sich jedoch keiner auf den Zinnen, und als der Erste Schwertträger ans Tor klopfte und im Namen Seiner Herrlichkeit Einlaß begehrte, rührte sich nichts. Nun begann Abu Hamid die unsichtbaren Häupter des Gemeinwesens dringlich zur Vernunft zu mahnen. Der Sultan verfüge nur über ein begrenztes Maß an Geduld; es könne sich daher äußerst schädlich für die Stadt auswirken, ihn noch länger vor dem Tor warten zu lassen. Ihm wurde Antwort zuteil. Sie bestand aus einem Kübel, der vor seinen Füßen zerbarst und den General sowie eine Anzahl von Würdenträgern mit einer stinkenden Brühe bespritzte. Kasim blieb verschont, aber seine Empörung hätte nicht größer sein können, wenn er selbst beschmutzt worden wäre. Er riß sein Schwert aus der Scheide und schrie: »Allah ist mein Zeuge, daß ich euch aus der Knechtschaft befreien wollte! Jetzt bekommt ihr Krieg!« Noch immer schäumend vor Zorn, befahl er dem Heer, rings um die Stadt in Stellung zu gehen.

Nach Einbruch der Dunkelheit unternahmen die Tuareg einen ersten Vorstoß. Sie hängten sich unter ihre Kamele und ließen sie zum Tor traben. Ein Pfeilhagel trieb sie zurück. Nachts versuchten es die Krieger ein zweites Mal. Mit katzenhafter Gewandtheit kletterten sie an Mauer empor. Doch als sie sich auf halber Höhe befanden, ergoß sich eine Flut kochenden Teers über ihre Köpfe. Ich höre noch ihre Schreie von den Hängen widerhallen.

Kasim beschloß, die Stadt auszuhungern. Da die Zahl ihrer Bewohner unversehens um ein Vielfaches angewachsen war, konnte es nicht lange dauern, bis die Vorräte aufgezehrt waren und die Stadt ihm kampflos in die Hände fallen würde. Er ahnte nicht, daß er damit seine Niederlage besiegelte.

»Ich sehe, Ihr seid beschäftigt«, sagt er. »Darf man gleichwohl hereinkommen, es wird nicht lange dauern.«

»Kommt nur, Meister Rosenfeld.«

Behutsam zieht er die Tür hinter sich zu. Er wartet, bis sie fast geräuschlos ins Schloß gefallen ist. Dann stellt er, als handle es sich um einen äußerst zerbrechlichen Gegenstand, einen Holzkasten vor seine Füße. »Mein Werkzeug, soweit ich es für diesen Zweck benötige.«

Er holt ein Meßband aus dem Holzkasten hervor. »Wollt Ihr so gut sein, Euch zu erheben, Simon Gronewech? Ich habe es mir zur Regel gemacht, vor jeder Hinrichtung das Gewicht des Delinquenten zu errechnen und danach einen Strick entsprechender Stärke auszuwählen. Hierfür brauche ich außer Eurer Größe von Kopf bis Fuß den Brustumfang sowie den Umfang Eures Leibes in Höhe des Nabels. Wenn Ihr also erlaubt?«

»Hat man Euch nicht gesagt, daß ich zum Tode durch das Schwert verurteilt worden bin?«

»Man hat es schon erlebt, daß die Richteherren sich im letzten Augenblick anders entschieden haben«, antwortet der Scharfrichter. »Ich möchte jedenfalls für beides gewappnet sein. Könntet Ihr gefälligst einmal tief Luft holen?«

»Es ist ein beruhigendes Gefühl, sich in den Händen eines Mannes von Eurer Erfahrung zu wissen, Meister Rosenfeld.«

»Selbst mir unterlaufen manchmal Fehler. So habe ich noch bis vor kurzem mit trockenen Hanfseilen gearbeitet. Die Schlingen zogen sich zu langsam zu oder stockten mitunter gar. Seither lege ich den Strick zuvor in heißes Wasser. Das macht ihn glatt und geschmeidig, so daß er dem Delinquenten das Genick bricht, statt ihn qualvoll zu erwürgen.« Er wickelt das Meßband sorgfältig auf und entnimmt dem Kasten einen kleinen Holzhammer. »Ich werde jetzt, wenn Ihr erlaubt, Eure Halswirbel abklopfen. Auf diese Weise stellt man fest, wo sie am weichsten sind und der Klinge mithin den geringsten Widerstand bieten. Hernach werde ich die Stelle markieren, sofern Ihr nichts dagegen habt. Beugt den Kopf ein wenig vor.«

»Seid Ihr bei Störtebeker auch so umsichtig zu Werke gegangen, Meister?«

»Ich dachte mir, daß Ihr früher oder später auf ihn zu sprechen kommen würdet«, sagt der Scharfrichter verdrossen. »Überall und von jedem werde ich nach Störtebeker gefragt. Es hat den Anschein, als ob ich mir nur dadurch einen Namen gemacht hätte, daß ich Störtebeker hingerichtet habe. Niemand spricht von all den anderen, die ich enthauptet, gehenkt, verbrannt, ertränkt, aufs Rad geflochten habe. War das nicht auch gute, saubere Arbeit, für die man Anerkennung verdient hätte?«

»Verzeiht, Meister Rosenfeld, ich wollte Euch mit meiner Frage nicht erzürnen.«

»Und dann diese haarsträubenden Geschichten«, grollt er. »Er sei kopflos an seinen Spießgesellen vorbeigelaufen und habe ihnen dadurch das Leben gerettet! Ich hätte mich anheischig gemacht, auch noch den Richteherren die Köpfe abzuschlagen! Beides hängt mir nun an und gibt mich der Lächerlichkeit preis. Noch nie hat einer, den ich enthauptet habe, danach noch einen Schritt getan. Und niemals würde ich die Obrigkeit mit üblen Scherzen verprellen!« Unter seinen Ohren mahlen die Kiefer. Er fühlt sich in seiner Berufsehre tief gekränkt, der gute Meister Rosenfeld. »Was war eigentlich Besonderes an ihm?« fragt er. »Was hob ihn so sehr über die anderen Seeräuber hinaus, daß ich vermutlich nur deswegen in die Geschichte eingehen werde, weil ich sein Henker war? Ihr habt Störtebeker doch gekannt, Simon Gronewech. Was, meint Ihr, hat ihm diesen Nimbus verliehen?«

»Die Geschichten, Meister Rosenfeld. Was man ihm auch andichtete, es gewann durch ihn Wahrscheinlichkeit. Der große Störtebeker ist die Summe seiner Geschichten.«

Der Scharfrichter gibt durch ein Nicken zu verstehen, daß die Antwort gründlich bedacht zu werden verdient.

»Er hatte ein ungemein starkes Genick. Ich habe daher die Nacht vor der Hinrichtung damit verbracht, eigenhändig mein Schwert zu schleifen«, fährt er fort. »Die Mühe hat sich gelohnt; die Klinge fuhr so glatt durch seinen Hals, daß sie auch noch den Richtblock spaltete. Die Richteherren waren voll des Lobes. Statt der üblichen neun Schillinge gaben sie mir zehn für diesen Hieb.«

»Wieviel zahlt man Euch für meine Hinrichtung, Meister Rosenfeld?«

»Es kommt auf die Art der Vollstreckung an«, entgegnet er. »In Lübeck zahlt man für Hängen sieben, für Köpfen acht Schillinge. Ich habe mir indes ausbedungen, daß mein Henkersgewand auf Kosten des lübischen Rates gewaschen wird. Ich pflege vor jeder Hinrichtung ein sauberes Gewand anzulegen, darin bin ich eigen.« Er nimmt eine Schere aus dem Kasten. »Darf ich Euer Nackenhaar ein wenig kürzen? Erfahrungsgemäß trieft es unmittelbar vor der Hinrichtung von Schweiß, und dieser könnte die Markierung verwischen.«

Das Klicken der Schere schreckt Bruder Anselmus aus seinen Gedanken auf. Er zieht die Schultern hoch, als fröstelte ihn.

»Ich bin froh, Euch so gefaßt zu sehen«, sagt der Scharfrichter. »Das erleichtert mir die Arbeit. Ich denke, Ihr werdet einen schönen Tod haben, Simon Gronewech.«

Zehntes Kapitel

Eines Nachts erhob sich ein heftiger Tumult im Lager. Der Sultan, hieß es, sei einem Mordanschlag zum Opfer gefallen. Sein Bruder Jamel habe die Wachen niedergemacht und den schlafenden Sultan mit dem Schwert durchbohrt. Das Gerücht wurde jedoch durch Kasim selbst augenfällig widerlegt: Er trat aus dem Zelt und zerrte den Körper seines Bruders hinter sich her. Jamel blutete aus mehreren Wunden, sein rechter Arm war bis auf den Knochen durchtrennt, aber es schien, daß noch Leben in ihm war.

»Bringt meine Brüder her!« schrie Kasim seiner Leibwache zu. Und als man die Prinzen aus ihren Zelten geholt hatte, fragte er sie: »Habt ihr gewußt, daß Jamel mich töten wollte?« Wie nicht anders zu erwarten, beteuerten sie, Jamel habe keinen von ihnen eingeweiht. Doch als Kasim ihnen die Fingernägel ausreißen ließ und zugleich versprach, ein rasches Geständnis werde sie vor härterer Folter bewahren, gaben sie zu, von Jamels Mordplan gewußt zu haben. Kasim befahl, sie aneinanderzufesseln und streng zu bewachen; für den Rest der Nacht wolle er mit sich zu Rate gehen. Am nächsten Morgen sagte er zu seinen Brüdern: »Bei Allah, ich wünschte, ich könnte euch verzeihen. Aber mein Herz ist nicht dazu bereit. Ihr müßt sterben, Brüder.« Sie wurden auf der Stelle hingerichtet. Für Jamel hatte er sich etwas anderes ausgedacht: Sein Körper wurde hinter ein Pferd gebunden und nach Tunis geschleift. Man erzählt, daß nur ein Bein dort angekommen sei.

Einige Tage später sollte ich Zeuge eines noch entsetzlicheren Ereignisses werden. Die Stadtväter schickten eine Abordnung zu Kasim, um zu erfahren, unter welchen Bedingungen er die Belagerung aufzuheben bereit sei.

»Wer von euch ist der Angesehenste?« fragte Kasim.

»Das bin ich, Erlauchter«, sagte ein weißbärtiger Mann. Er sei der oberste Priester der Stadt und werde, hiesigem Brauch gemäß, mit *Gebieter* angeredet.

»Dann höre, Gebieter«, sagte Kasim. »Ihr habt mich nicht in eure Stadt hineingelassen. Jetzt will ich, daß ihr herauskommt, und zwar alle, einschließlich der Lahmen und Kranken. Wer dieser Aufforderung Folge leistet, wird am Leben bleiben, das gelobe ich bei Allah und dem Propheten.«

»Und was wird mit der Stadt geschehen?« fragte der Priester.

»Wenn ihr euch sogleich und vollzählig hier draußen versammelt, will ich von Plünderungen und Brandschatzungen absehen«, entgegnete Kasim.

»Ihr habt es gehört«, sagte der Priester zu seinen Begleitern. »Der Sultan hat bei Allah und dem Propheten gelobt, unser aller Leben zu schonen. Wir sollten uns seinem Willen fügen.« Diese bekundeten ihr Einverständnis, und die Abordnung begab sich eilends in die Stadt zurück.

Bald darauf quoll ein unablässiger Strom von Menschen aus dem Tor. Nach meiner Schätzung waren es fünf- bis sechstausend, die schließlich schweigend und voll ängstlicher Erwartung zwischen Mauern und Heerlager standen.

»Sind das alle?« fragte Kasim.

»Ja, Euer Herrlichkeit«, antwortete der Priester.

»Ihr seid mir nicht mit der nötigen Achtung begegnet, dafür habt ihr eine Strafe verdient«, sagte Kasim. »An dir, Gebieter, soll sie als erstem vollstreckt werden.«

Nun packten die Tuareg den Priester und stachen ihm die Augen aus. Und so – noch heute sträubt sich meine Zunge dagegen, das grausige Geschehen in Worte zu fassen –, so erging es allen! Gleichgültig, ob es Männer oder Frauen, Kinder oder Greise waren, allen wurden die Augen herausgeschnitten. Das Schreien und Wehklagen der Geblendeten, die Hilferufe derer, die vergeblich zu entrinnen suchen, gellten mir in den Ohren. Aber was mir noch größeres Grauen einflößte, waren die Tausende von Augäpfeln, die knöchelhoch den Boden bedeckten. Es war, als habe die Erde Augen bekommen, als glotze sie mich aus unzähligen Augen an. Ach, könnte ich dieses schreckliche Erlebnis aus meiner Erinnerung tilgen, Bruder Anselmus!

Nachdem er seinen Rachedurst an den Bewohnern gestillt hatte, gab Kasim die Stadt zur Plünderung frei. Dazu sollte es indessen nicht kommen, denn die scharfäugigen Tuareg meldeten, sie hätten auf dem Hügelkamm oberhalb der Stadt einen einzelnen Reiter gesichtet. Seiner Kleidung nach zu urteilen, sei es ein Mann von hohem Stand.

»Sehen wir ihn uns aus der Nähe an«, sagte Kasim und ritt mit Abu Hamid und einer kleinen Schar von Würdenträgern den Hügel hinauf. Ich schloß mich ihnen an.

Der Reiter rührte sich nicht von der Stelle. Doch als wir uns ihm auf Rufweite genähert hatten, gebot er uns mit einer Handbewegung stehenzubleiben und sagte: »Laß uns auf diese Entfernung miteinander reden, Vetter.«

»Abu al-Hassan!« rief Kasim verwundert.

»Als wir uns das letzte Mal sahen, warst du ein Milchgesicht; jetzt siehst du fast schon wie ein Mann aus«, sagte der Sultan. »Wie geht es unserer gemeinsamen Großmutter und deinen sieben Brüdern?«

Von der Herrin der Welt wußte Kasim zu berichten, daß sie nach wie vor fleißig dem Palmwein zuspräche und großes Vergnügen daran finde, ihre Frauen zu mästen. Über das Befinden seiner Brüder ließ er sich nicht aus. »Was aber, Vetter, veranlaßt dich, allein in der Gegend umherzustreifen?« fragte er. »Oder bist du nicht allein?«

»Nicht ganz«, erwiderte Abu al-Hassan und wedelte mit der Hand, worauf hinter Büschen und Felsbrocken schußbereite Bogenschützen hervortraten. »Mir war, als hätte ich Geschrei von der Stadt her vernommen. Hast du mit meinen Untertanen Streit gehabt?«

»Ich habe sie dafür bestraft, daß sie mir die Achtung versagten, auf die ich als Sultan und Vetter ihres Herrschers Anspruch habe«, antwortete Kasim.

»Dagegen ist nichts einzuwenden«, sagte Abu al-Hassan. »Doch wäre es nicht ein Gebot der Höflichkeit gewesen, mir deinen Besuch anzukündigen, damit ich dich in allen Ehren empfangen kann?«

»Sieh ins Tal, Vetter«, sagte Kasim. »Meinst du, ich würde mit zehntausend Mann zu einem Verwandtenbesuch aufbrechen?«

»Die Frage habe ich mir auch gestellt«, versetzte der Sultan. »Und wenn du dich umblickst, wirst du erkennen, daß ich auf alles vorbereitet bin. Ich habe die Zeit genutzt, die du mit dieser Stadt vergeudet hast.« Auf ein Zeichen von ihm wuchs ringsum aus den Hügeln ein Wald bunter Fahnen hervor. »Hinter jedem Fahnenträger stehen hundert Mann; du kannst also aus ihrer Zahl die Stärke meines Heeres errechnen«, fuhr Abu al-Hassan fort. »Richte dich darauf ein, daß ich in Kürze angreifen werde.« Damit wandte er sein Pferd und ritt gemächlich den jenseitigen Hügelhang hinab.

Im Lager beriet sich Kasim mit Abu Hamid und einigen Vertrauten. Aus dem erregten Wortwechsel war zu entnehmen, daß Abu Hamids Vorschlag, sich in der Stadt zu verschanzen, von Kasim entschieden abgelehnt wurde. Wie lange würde man sich dort halten können, nachdem die Bewohner alles Eßbare verzehrt hätten? Nein, er werde sich weder verkriechen noch um Gnade flehen. Er werde kämpfen und sein Leben so teuer wie möglich verkaufen. Nach diesen mannhaften Worten wies er die Ratgeber aus dem Zelt.

Dann ließ er mich zu sich rufen. Ich fand ihn damit beschäftigt, die Ringe von seinen Fingern zu streifen. Einen gab er mir und sagte: »Zum Andenken an unsere Freundschaft. Es war töricht, mehr von dir zu erhoffen. Aber jetzt empfinde ich nichts mehr für dich. Du kommst in meinen Träumen nicht mehr vor.«

Kurz vor Sonnenuntergang brach der schrille Gesang der Zikaden unvermittelt ab. Aus der Ferne ertönte Trommelschlag und steigerte sich zu dröhnendem Lärm. Von den Hügeln flutete eine ungeordnete Masse von Reitern und Fußvolk ins Tal. In mehreren Wellen überschwemmte sie das Lager, riß mit sich, was ihr Widerstand zu bieten suchte, und brandete gegen die Mauern der Stadt. Als sich die Heere miteinander vermengt hatten, waren Freund und Feind nicht mehr zu unterscheiden. Denn die Soldaten beider Heere gehörten dem Stamm der Kel-Ajer an und ähnelten einander daher in Aussehen und Kleidung. Die Folge war ein heilloses Durcheinander. Jeder schlug auf jeden ein, gehorchte allein dem Drang zu töten, damit er nicht selbst getötet werde.

Ich geriet an einen Tuareg, der meinen Beteuerungen, wir stünden auf derselben Seite, keinen Glauben schenken wollte. Zurückweichend stolperte ich über ein totes Pferd, ich sah ihn mit der Speerspitze auf mein Herz zielen, doch plötzlich begann er mit den Armen zu flattern und brach zusammen. Im Fallen bohrte er mir den Speer in den Schenkel. Gleich darauf verspürte ich einen schmerzhaften Griff im Nacken. Etwas zerrte mit solcher Kraft an meinem Hals, daß mir die Sinne schwanden.

Das erste, was ich, aus der Ohnmacht erwachend, wahrnahm, war Daniels schweißüberströmtes Gesicht. Er keuchte vor Erschöpfung. Der Krüppel hatte mich aus dem Kampfgewühl geschleppt. Wir lagen in einem Zelt, dessen Dach von Schwerthieben zerfetzt war. Durch die Löcher sah ich Soldaten vorüberhasten, es roch nach Blut, Fliegenschwärme verdunkelten den Abendhimmel.

Daniel schlug die Zeltplane auf und spähte nach allen Seiten. Dann lud er mich auf seinen Buckel und hüpfte in großen Sprüngen über das Schlachtfeld. Hinter einem Dornbusch warfen wir uns zu Boden. Niemand schien unsere Flucht bemerkt zu haben. Als es dämmrig zu werden begann, krochen wir den Hügel empor. Von dort oben war der Kampfeslärm nur noch schwach zu hören, mit hereinbrechender Dunkelheit versiegte er ganz.

»Was tun wir jetzt?« fragte ich.

»Wir verdrücken uns«, versetzte er grantig. »Wir hauen ab, so schnell uns die Füße tragen.«

Ich sei verwundet, gab ich zu bedenken und zeigte ihm die Stelle, wo mich der Speer getroffen hatte. Sie befand sich knapp über dem Knie, ein daumennagelgroßer Einstich, umgeben von geschwollenem Fleisch.

»Besser ein Loch im Bein als tot«, versuchte mich der Krüppel auf seine bärbeißige Art zu trösten. Er riß ein Stück von meinem Hemd ab und wickelte es um mein Knie. »So wird es gehen«, grummelte er. »Du mußt selber laufen, dein Gewicht hat mir fast das Kreuz gebrochen.« Danach tauchte er hüpfenden Schrittes ins Dunkel. Ich folgte ihm, so rasch ich konnte. An den Sternen sah ich, daß er eine südliche Richtung einschlug. Flüchtig streifte mich der Gedanke, daß dort die Große Wüste liegen mußte.

Im ersten Morgenlicht gelangten wir an den Fuß eines kahlen Höhenzugs. Sein Gestein sah aus, als ob es in Urzeiten von reißenden Flüssen ausgewaschen worden war. Wir erstiegen einen der Gipfel, und da breitete sie sich nach Süden hin vor uns aus, purpurfarben schimmernd und von unermeßlicher Weite: Die Große Wüste, die bei den Arabern *Die Rötlichgelbe* heißt. Ich mußte Ibn Chaldun recht geben: Mit ihren wellenförmigen Dünen glich sie einem Meer.

»Da sollten wir uns besser nicht hineinwagen«, murmelte der Krüppel. »Aber hier gibt es eine Menge Schlupflöcher, wo wir uns eine Weile verkriechen können.«

Wir fanden eine Höhle, deren feuchte Wände die Vermutung nahelegten, daß es tiefer in ihrem Innern Wasser geben müsse. Sie hatte die Ausmaße eines Kirchenschiffs; ihr hinterer Teil verlor sich im Dunkel. Kaum daß ich zur Ruhe gekommen war, begann die Wunde zu schmerzen. Das entzündete Fleisch hatte sich bläulich verfärbt. Nachts wurden die Schmerzen so heftig, daß mein Stöhnen Daniel aus dem Schlaf weckte. Er entblößte mein Bein, und als er die Schwellung sah, bemerkte ich zum ersten Mal den Ausdruck von Ratlosigkeit in seinen Zügen. Nun erst wurde mir bewußt, wie ernst es um mich stand.

»Du mußt Hilfe holen, Daniel«, drängte ich ihn. »Versuch dich nach Tunis durchzuschlagen und berichte Alnor, was geschehen ist. Wenn mir einer helfen kann, ist er es.«

»Ich soll dich hier allein lassen?« fragte er unschlüssig.

»Uns bleibt keine andere Wahl«, gab ich zurück. »Ich wäre dir ein Klotz am Bein; ohne mich bist du um vieles schneller.«

Er drückte mir ein Messer in die Hand. »Könnte sein, daß du es brauchst«, sagte er. Im nächsten Augenblick war er verschwunden.

Gegen Morgen ließen die Schmerzen nach. Ich fiel in unruhigen Schlaf. Mir träumte, ich läge in glühender Hitze auf einem Felsen im Meer. Vermutlich war es der Durst, der mir diesen Traum eingab, denn als ich erwachte, klebte mir die Zunge am Gaumen. In der Hoffnung, dort Wasser zu finden, kroch ich ein Stück tiefer in die Höhle hinein. Doch der Boden neigte sich, und aus Furcht, ich könnte unversehens ins Leere stürzen, sah ich davon ab, noch weiter in das Dunkel vorzudringen. So schrabte ich mit dem Messer den feuchten Belag von der Höhlenwand. Es reichte gerade, die Zunge ein wenig zu netzen.

Wie soll ich dir mein Erstaunen beschreiben, als ich, abermals aus wirren Träumen erwachend, eine irdene Schale mit Wasser neben mir stehen sah. Mein Durst war indessen so quälend, daß ich von dem Wasser schon getrunken hatte, bevor ich meiner Verwunderung Herr geworden war. Nachdem ich die Schale aber bis auf den Grund geleert hatte, überkam mich das unbehagliche Gefühl, nicht allein in der Höhle zu sein.

»Wer immer du bist, der mir zu trinken gab, hab Dank!« rief ich.

Aus dem Dunkel kam keine Antwort.

Bald darauf streifte mich ein Lufthauch. Jemand mußte an mir vorübergegangen sein. Neben meinem Lager ertastete ich etwas Weiches, Haariges. Es war ein großes Fell. An seiner Innenseite war es klebrig von Blut.

»Es ist das Fell eines Löwen. Ich habe ihn erschlagen, damit du dich zudecken kannst«, hallte es dumpf aus dem Innern der Höhle.

»Du hast einen Löwen erschlagen?« fragte ich. »Wer bist du? Warum zeigst du dich mir nicht?«

»Ich will dich nicht erschrecken«, sagte die Stimme.

»Bist du ein Mensch?« fragte ich.

»Nein.«

»Was dann?«

»Ein Halbmensch«, sagte die Stimme. »Oder ein halbes Tier, je nachdem.«

Dann verdichtete sich das Dunkel und gebar ein ungeschlachtes Wesen. Von den Schultern abwärts war es ein Tier mit zottigem Fell und krallenbewehrten Pranken, oben ein Mensch. Der plumpe Kopf mit dem zerfurchten Gesicht konnte ebensogut der eines Mannes wie der einer Frau sein. Aber ob Mann oder Frau: Der menschliche Teil des zwitterhaften Wesens war noch abstoßender als der tierische.

»Du findest mich häßlich«, erriet es meine Gedanken.

Mir erschien es nicht angebracht, dies ohne weiteres zu bejahen. So antwortete ich: »Was ist häßlich, was schön? Darüber gibt es von Land zu Land und von Mensch zu Mensch recht unterschiedliche Vorstellungen.«

»Die Worte höre ich gern«, sagte der Halbmensch. »Ich denke, wir werden uns gut verstehen. Mein Leben lang habe ich mir einen Gefährten gewünscht, einen menschlichen Gefährten. Jetzt bist du da.« Er ließ sich schnaufend in meiner Nähe nieder und wischte sich mit einer Pranke über das Gesicht. Etwas Wäßriges versickerte in seinen Runzeln. »Bist du ein Mann oder ein Weib?« fragte er dann. »Du mußt nämlich wissen, daß ich noch nie einen ganzen Menschen gesehen habe.«

»Ein Mann«, antwortete ich. Und da er das Thema nun schon angeschnitten hatte, fragte ich, welchen Geschlechts er sei.

»Aus bestimmten körperlichen Merkmalen schließe ich, daß ich beides bin«, erwiderte der Halbmensch. »Wenn du also ein Mann bist, kannst du mich besteigen. Wärst du ein Weib, könnte ich das gleiche bei dir tun. Wollen wir es gleich einmal versuchen?« Darauf wälzte er sich herum und streckte mir sein abscheuliches Hinterteil entgegen. Um ihn auf andere Gedanken zu bringen, fragte ich, ob es von seiner Art noch mehr gäbe.

»Früher waren wir ein ganzer Stamm«, antwortete er, indem er sich wieder umdrehte. »Doch eines Tages brach ein Streit darüber aus, ob wir mehr Mensch oder mehr Tier seien, und dieser Streit endete damit, daß nur wenige von uns am Leben blieben. Von diesen wenigen bin ich der letzte.« Nachdem er ausgiebig geseufzt hatte, fügte er hinzu: »Nun liegt es an uns, Mensch, ob meine Art mit mir aussterben wird oder nicht.« Daraufhin musterte er mich mit solch geilen Blicken, daß ich unwillkürlich nach dem Messer griff.

»Was hast du da?« fragte der Halbmensch.

»Ein Messer.«

»Kann man es essen?«

Und ehe ich noch Zweifel an seiner Eßbarkeit äußern konnte, hatte er mir das Messer abgenommen und sich in den Mund gesteckt. Das Krachen und Splittern ging mir durch Mark und Bein. Aber noch mehr erschreckte mich der Anblick seiner fürchterlichen Zähne. Sie zermalmten das Messer wie trockenes Brot, und als er es hinuntergeschluckt hatte, sagte er: »Schmeckt nach Eidechse. Magst du Eidechsen, Mensch? Ich ziehe Löwenfleisch vor. Löwenfleisch ist nahrhafter. Ich werde uns einen Löwen holen. Du mußt tüchtig essen, damit du immer gut bei Kräften bist. Wo ich es so lange entbehrt habe, will ich es jeden Tag, hörst du?« Dabei entblößte er lüstern seine Fangzähne.

Etwas später hörte ich ihn aus der Höhle tappen. Als das Geräusch seiner Schritte in der Stille versickert war, schlich ich ihm nach. Die Sonne war eben aufgegangen, das Gestein atmete noch die Kühle der Nacht. Der Halbmensch stieg zu der Ebene ab, die Daniel und ich durchquert hatten. Mein Entschluß war schnell gefaßt: Wenn ich dem Scheusal entkommen wollte, mußte ich die entgegengesetzte Richtung einschlagen. Die haushohen Sandwellen boten ein gutes Versteck; im Schutz der Dunkelheit würde ich weiterfliehen.

Mit äußerster Anstrengung schleppte ich mich in eine Schlucht hinab. Sie schlängelte sich in zahllosen Windungen nach Süden, zur Großen Wüste hin. Die Sonne stand schon hoch am Himmel, als ich ihren Ausgang erreichte. Von dort erstreckte sich eine sandige Fläche bis zur nächstgelegenen Düne. Ohne mich zu besinnen, rannte ich los. Die Hitze traf mich wie ein Keulenschlag, aber die Angst verlieh mir ungeahnte Kräfte; ich lief, als ob mir der Halbmensch schon auf den Fersen wäre. Das letzte Stück legte ich auf Händen und Füßen zurück; vom Dünenkamm ließ ich mich in das jenseitige Tal hinabrollen. Fürs erste war ich in Sicherheit.

Doch wie lange konnte ich hier ausharren, schutzlos den unbarmherzigen Strahlen der Sonne preisgegeben? Es gab keinen Strauch, keinen Stein, nirgendwo auch nur eine Handbreit Schatten. Ich kauerte mich auf den Boden nieder und bedeckte mich, so gut es ging, mit meinem Kaftan. Die Hitze wurde dadurch nicht erträglicher. Eine stumpfe Teilnahmslosigkeit ergriff von mir Besitz. Mochte das Schicksal entscheiden, ob es mich dem Halbmenschen oder der Wüste ausliefern wollte.

Dann vernahm ich seine Stimme. Aus tierischen Lauten formten sich Worte. »Mensch, wo bist du?« brüllte der Halbmensch. Seine Stimme schien mich zu umkreisen, mal war sie entfernt zu hören, mal ganz nah. »Hörst du mich, Mensch?« rief er. »Du mußt kein Löwenfleisch essen, wenn du nicht magst. Sag mir, was du lieber ißt, du wirst es bekommen! Du sollst es gut bei mir haben!« Und immer wieder hörte ich ihn rufen: »Lauf nicht fort! Bleib bei mir, Mensch!« Nach einer Weile schien seine Stimme sich stetig zu entfernen. Bald lösten die Rufe ein schwaches Echo aus; er mußte ins Gebirge zurückgekehrt sein.

Als es Nacht wurde, raffte ich mich auf und floh weiter in die Wüste hinein. Die Kühle vertrieb die Benommenheit; ich verspürte weder Schmerzen noch Durst. Voraus sah ich knapp über dem Horizont einen rötlichen Stern; ihn wählte ich mir zum Ziel. Mitunter glaubte ich, im Augenwinkel ein Tier wahrzunehmen, das mich in geduckter Haltung begleitete. Wenn ich aber stehenblieb, um nach ihm Ausschau zu halten, war es verschwunden. Die Stille wich mehr und mehr einem gleichmäßigen Rauschen. Es schien aus dem Sand zu kommen oder aus der Leere zwischen Wüste und Himmel. Oder aus meinem Kopf. Ich empfand es als ein weißes Rauschen.

Einmal kreuzte eine Karawane meinen Weg. Auf gemessen dahinschreitenden Kamelen hockten von Kopf bis Fuß vermummte Männer; ihre Augen blickten aus schmalen Schlitzen hervor. Ich rief sie an, schwenkte die Arme. Doch sie zogen weiter, als hätten sie mich nicht bemerkt.

Ich wanderte Tag und Nacht. Wenn der Mond schien, war es beinahe so hell wie am Tag. Und in einer der Mondnächte sah ich eine Stadt vor mir liegen. Sie bestand aus einer großen Zahl würfelförmiger Bauten. Die Straßen waren regelmäßig angeordnet; sie stießen im rechten Winkel aufeinander und bildeten an ihren Schnittpunkten Plätze von gleicher Länge und Breite. Daß keine Menschen zu sehen waren, schrieb ich der späten Stunde zu. Als ich die Stadt aber vom einen Ende zum anderen durchquert hatte, betrat ich kurzerhand das erstbeste Haus. Ein beißender Geruch schlug mir entgegen. Er entströmte einem Topf, in dem Hammelfett angebrannt war. Der Boden des Hauses war mit Sand bestreut, hier und da bemerkte ich die Abdrücke bloßer Füße. Rings an den Wänden lagen Kissen; eines war eingedrückt, als ob dort noch vor kurzem jemand gesessen hätte. Im Nachbarhaus fand ich eine Schüssel mit dampfendem Hirsebrei, im nächsten einen Hahn, dem man gerade den Kopf abgeschlagen haben mußte; er zuckte noch mit den Flügeln. Nirgends traf ich Menschen an, aber in beinahe jedem Haus stieß ich auf Anzeichen, daß es eben erst von seinen Bewohnern verlassen worden war. Allem Anschein nach waren sie Hals über Kopf geflohen. Der Gedanke erheiterte mich, daß sie womöglich vor mir Reißaus genommen hatten. Um sie aus ihren Verstecken zu locken, setzte ich mich auf einen der Plätze und spielte die Mismar. Menschen ließen sich indes auch jetzt nicht blicken. Statt dessen senkten sich große

Vögel vom Himmel herab und umringten mich wie eine Schar schweigsamer Pilger. Ihr Gefieder war schwarz, auf ihren langen kahlen Hälsen saßen Köpfe mit hakenförmigen Schnäbeln. Als ich das Lied von den Mädchen auf Bornholm spielte, begannen sie sich schwerfällig im Takt zu wiegen. Dann watschelte einer der Vögel auf mich zu und vertraute mir an, daß er der Scheich Ata Awliya sei, was in meiner Sprache *Vater der Heiligen* bedeute. Während er sprach, verwandelte er sich in einen alten Mann, und ich fand mich in der Wüste wieder, wo der Greis von Strichen im Sand ablas, daß er inzwischen dreihundertneunzig Jahre zähle. Alle hundert Jahre bekäme er frische Haut und neue Haare, so daß er in zehn Jahren wieder zu einem Mann mittleren Alters würde. Er lud mich ein, seiner Verjüngung beizuwohnen, aber dann gingen seine Worte in dem weißen Rauschen unter, und er selbst verschmolz mit der Sandwüste.

Daraufhin bemerkte ich zwei gelbe Augen. Sie gehörten dem Tier, das mir nachgeschlichen war. Es umstrich mich, der ich rücklings am Boden lag, in enger werdenden Kreisen. Ich versuchte, es fortzuscheuchen, doch es fehlte mir an Kraft, auch nur einen Finger zu rühren. Ich wollte schreien, doch der Schrei blieb mir im Halse stecken. Als es mich so hilflos sah, kroch es langsam näher und begann, die gelben Augen starr auf mich gerichtet, an meinen Zehen zu knabbern. Ich spürte nichts; ich sah zu, wie das Tier meinen Fuß fraß und Stück für Stück mein Bein verschlang. Als es jedoch beim Knie angelangt war, durchzuckte mich ein schneidender Schmerz. Das weiße Rauschen wuchs zu einem Donnern an, es prasselte mit ungeheurer Wucht auf mich nieder, preßte mich zusammen, schleuderte mich in tiefe Finsternis.

Als nächstes nahm ich ein Gesicht wahr. Das Gesicht des Scheichs Ata Awliya. »Sind die zehn Jahre herum?« fragte ich, da mir schien, daß seine Haut sich gestrafft hatte und sein Haar voller geworden war.

»Er redet noch irre, aber er ist wieder bei Bewußtsein«, sagte der Scheich. Er sprach zu zwei Männern, die am Ausgang der Höhle kauerten. Zu meinem Entsetzen erkannte ich, daß ich wieder in der Höhle des Halbmenschen war.

»Wo ist er?« flüsterte ich. »Wißt ihr nicht, daß hier ein schreckliches Wesen haust, halb Mensch, halb Tier?« Ich versuchte, mich aufzurichten, um ins Dunkel zu spähen. Doch zwei krallenartige Hände drückten mich auf den Boden zurück.

»Laß gut sein! Du hast dich genug mit irgendwelchen Teufeln herumgeschlagen«, hörte ich Daniel murren. Ich kann dir nicht sagen, wie froh ich war, den Krüppel in meiner Nähe zu wissen!

»Wie hast du mich gefunden?« fragte ich.

»Wo ich mal war, finde ich auch wieder hin«, versetzte er. Sodann erzählte er, daß er schon vor acht Tagen mit den Männern, zwei von Alnors Leuten, in die Höhle zurückgekehrt war und mich dort mehr tot als lebendig vorgefunden hatte. Seine Begleiter schlugen vor, Scheich Ata Awliya zu Rate zu ziehen, der einen Tagesritt entfernt in einer Oase wohnte und großes Ansehen wegen seiner Heilkunst genoß. Der Scheich sattelte sogleich seinen Esel, füllte die Packtaschen mit Kräutern, Körnern, Wurzeln und allerlei Gerätschaften und nahm Abschied von seinen Frauen. Bei der Behandlung wollte Ata Awliya mit mir allein sein; er duldete keine Zuschauer. Am dritten Tag hörte man mich wie am Spieß schreien, was den Scheich jedoch zuversichtlich zu stimmen schien. Zwei Tage darauf verkündete er, daß er nicht genötigt sei, mir das Bein abzusägen.

»Sieh es dir an, Fremder«, nahm jetzt Ata Awliya das Wort, »Ich habe, denke ich, gute Arbeit geleistet.« Er hatte mein Bein vom Knöchel bis zum Oberschenkel aufgeschnitten, die Wunde ausgebrannt und mit groben Stichen wieder vernäht. Es schillerte in allen Farben, nur nicht der des Fleisches.

»Glaubst du, ich werde mit dem Bein wieder gehen können?« fragte ich.

»Ich habe getan, was in meiner Macht steht, alles Weitere liegt bei Allah«, antwortete er.

Es ist mir bis heute ein Rätsel geblieben, wie ich eine Spanne von fast zwanzig Tagen ohne Essen und Trinken überlebt habe. Mochte alles andere – die Begegnung mit dem Halbmenschen, die Flucht durch die Wüste – ein Fiebertraum gewesen sein: Hunger und Durst kann man schwerlich mit Trugbildern stillen. Die einzige Erklärung finde ich darin, daß jemand bei mir gewesen war und mich mit dem Nötigsten versorgt hatte. Ich will keine Vermutungen anstellen, wer es gewesen sein könnte. Erwähnt sei jedoch, daß ich tags darauf, als ich auf den Krüppel gestützt aus der Höhle hinkte, in eine irdene Schale trat.

Einer von Alnors Leuten setzte mich vor sich auf sein Pferd, und so ritten wir einen Tag und eine Nacht lang nach Osten. Erst allmählich wurde mir bewußt, daß wir auf diesem Weg nicht nach Tunis gelangen würden. Ich versuchte, dem Mann klarzumachen, daß wir die falsche Richtung eingeschlagen hätten, doch er schüttelte den Kopf. In der Morgendämmerung kamen wir zu einem niedergebrannten Dorf. Die Männer fanden einen Brunnen mit genießbarem Wasser, und während sie die Pferde tränkten, berichteten sie, daß Tunis von Sultan Abu al-Hassan eingenommen worden sei. Die Stadt selbst sei lediglich geplündert worden, unter den Bewohnern des Palastes hingegen habe er ein Blutbad angerichtet. Von den Höflingen sei nur Alnor noch am Leben. Diesen habe Abu al-Hassan, der sich nunmehr *Herrscher beider Reiche* nenne, ersucht, auch ihm als Großwesir zu dienen.

Ich wagte nicht, die Männer nach Hafsa zu fragen. Ihr Bericht ließ das Schlimmste befürchten, aber ich wollte nicht mit der Gewißheit leben, daß sie tot sei. Ich wollte mir ein Fünkchen Hoffnung bewahren.

»Unser Herr läßt dir ausrichten, daß du das gleiche Schicksal wie dein Schwager erleiden mußt, wenn du nicht schleunigst außer Landes gehst«, sagte einer der Männer. Kasim, fügte er hinzu, sei von Abu al-Hassans Kriegern gesteinigt worden.

Nach einem weiteren Tagesritt kamen wir ans Meer. Eine halbe

Meile vom Ufer entfernt ankerte ein Schiff. Es hatte ein dreieckiges Segel und war auf beiden Seiten des Bugs mit Augen bemalt. Alnors Leute ritten durch das seichte Wasser bis an das Schiff, wo uns ein gutes Dutzend buntgekleideter Sarazenen erwartete. Ohne ein Wort zu verlieren, hievten sie Daniel und mich an Bord und sperrten uns in einen kistenartigen Verschlag. Hier fanden wir einen Menschen vor, den wiederzusehen ich weder erwartet noch gehofft hatte. Daher fiel meine Begrüßung auch recht karg aus, während er mich umarmte, auf beide Wangen küßte und mich den besten seiner zahlreichen Freunde nannte. Es war der zwielichtige Agostinho.

»Was für eine Freude, Euch wiederzusehen, Prinz El-Kalb el-Farih!« rief er und schickte sich an, ungeachtet der Enge vor mir das Knie zu beugen. »Ich habe viel von Euch gehört. Ihr seid zu hohen Ehren gelangt, wohingegen ich vom Unglück verfolgt worden bin. Es scheint mir bestimmt zu sein, daß ich immer wieder der eigenen Vertrauensseligkeit zum Opfer falle. Ihr aber, Prinz, seid ein Glückspilz, ein Liebling der Götter.«

Mein Hinweis, daß wir derzeit in derselben Kiste säßen, vermochte seinen Überschwang nicht zu dämpfen. »Wartet zwei Jahre oder drei«, sagte er, »dann wird unser Gönner den Sultan durch einen anderen ersetzt haben, und dieser wird Euch mit offenen Armen aufnehmen, Prinz.« Wahrscheinlich wäre ich seines unaufhörlichen Geschwätzes, seiner Schmeicheleien und plumpen Anbiederungen bald überdrüssig geworden, hätte es nicht an jeglicher Abwechslung gefehlt. Morgens schob man uns eine Schüssel mit Bohnenbrei und einen Krug Wasser in den Verschlag, sonst ereignete sich über eine Reihe von Tagen nichts.

Wir mußten die Meerenge zwischen Spanien und Afrika schon passiert haben, als man uns aus dem Verschlag holte und auf das Achterdeck brachte. Dort empfing uns ein schmächtiger Mann mit den Worten: »Nächst Allah, mächtig und herrlich ist er, verdankt ihr es dem Großwesir, daß ich euch an Bord genommen und damit das Leben gerettet habe. Wir pflegen einander hin und wieder einen Gefallen zu erweisen. Was aber weiterhin mit euch geschieht, hängt von euch selber ab. Wißt ihr, wer ich bin?«

»Wer wüßte das nicht, Malik al Muhagir!« rief Agostinho, indem er sich tief verneigte. »Ich hatte sogar schon einmal das Vergnügen, ein Geschäft mit dir zu machen.«

»Mag sein, ich kann mich nicht an jedes Geschäft erinnern«, sagte der Sarazene. »Wenn du mich also kennst, wird dir auch bekannt sein, daß ich Menschen danach beurteile, ob sie mir nützlich sind oder nicht. Welchen Nutzen könnt ihr mir bringen?«

In atemloser Hast zählte der Portugiese seine Kenntnisse und Fähigkeiten auf. Danach hätte der Sarazene Daniel und mich getrost über Bord werfen können, denn wenn man Agostinho glauben wollte, wog seine Nützlichkeit für drei. Malik schien jedoch ein guter Menschenkenner zu sein; er schmunzelte verhalten und richtete dann den Blick auf mich. »Alnor sprach gut von dir, das nimmt mich für dich ein«, sagte er. »Du bist ein Kaufmann, höre ich.« Und als ich dies bestätigt hatte, setzte er hinzu: »Ich betreibe mein Gewerbe auf ähnliche Art, dabei könnte mir dein Rat dienlich sein.«

Der Sinn seiner Worte ging mir erst später auf. Malik al Muhagir war dafür bekannt, daß er mit Vorliebe Kirchen und Klöster plünderte und die Beute den Beraubten hernach zum Kauf anbot. Bislang war der Handel fast immer zustande gekommen, weil der Sarazene den Preis für die gestohlenen Kirchenschätze stets so niedrig anzusetzen pflegte, daß man dafür keine neuen hätte beschaffen können. Überdies mußte man nicht damit rechnen, ein zweites Mal von ihm behelligt zu werden. Denn Malik war ein äußerst vorsichtiger Mann; er mied die Orte, die er schon einmal überfallen hatte. Daher war er gezwungen, seine Beutezüge immer weiter auszudehnen, so daß er die meiste Zeit auf dem Meer verbrachte. Dies hatte ihm den Beinamen *Der Umherziehende* eingetragen.

Ohne Aufenthalt segelten wir an der Küste Portugals entlang nach Norden. Agostinhos Vorschlag, seiner Heimatstadt, wo es viele reiche Kirchen und Klöster gebe, einen Besuch abzustatten, fand beim

Schiffsherrn kein Gehör. Er hatte dort bereits vor zwei Jahren die Kirche des heiligen Martin geplündert. Von Kap Finisterre nahmen wir Kurs auf die Irische See. Ein Sturm versetzte uns jedoch nach Osten. Unweit der englischen Küste sichteten wir eine Insel, auf der ein hohes, von einer Mauer umgebenes Gebäude lag. Malik erkannte mit geübtem Blick, daß es ein Kloster war, augenscheinlich kein sehr reiches, aber dafür auch kein besonders wehrhaftes. Als es dunkel geworden war, ließ Malik das Schiff mit umwickelten Riemen ans Ufer rudern. Die Landung verlief ohne das leiseste Geräusch. Ebenso lautlos ging der Überfall vonstatten. Die Mönche hatten sich zum Gebet versammelt; sie nahmen uns erst wahr, als die Sarazenen ihnen auf die Schultern tippten. Einer sprang auf, riß das Kruzifix vom Altar und forderte uns in lateinischer Sprache auf, zur Hölle zu fahren; im Hause Gottes sei kein Platz für Nachtmahre und teuflisches Gelichter.

Ich mahnte ihn, gleichfalls auf Latein, zur Mäßigung. Aus derlei *iniuriae* könne sich kein ersprießliches Gespräch entwickeln. Nun erhob sich ein anderer Mönch und bat um Nachsicht für das unbeherrschte Benehmen seines Konfraters. Seit Menschengedenken habe man in diesem Kloster keine Besucher von derart befremdlichem Aussehen gehabt.

»Dies gilt natürlich nicht für Euch, Herr«, fügte er vertraulich hinzu. »Abgesehen von der Kleidung, scheint Ihr mit diesen Heiden wenig gemein zu haben. Glaubt Ihr, sie werden uns umbringen?«

»Ihr habt Glück, daß Malik al Muhagir keinen tötet, mit dem er ein Geschäft machen kann«, entgegnete ich. »Gebt ihm, was er verlangt, und er wird euch kein Härchen krümmen.«

Unterdessen hatten die Sarazenen begonnen, die Kirche zu plündern. Malik ließ sich jedes Stück zeigen und bat mich, seinen Wert zu schätzen. Bei dem Altargerät aus Gold und Silber fiel es nicht sonderlich schwer, doch was sollte ich für einen Span vom Kreuze Christi veranschlagen oder für ein Brusttuch der Jungfrau Maria? Ich nannte aufs Geratewohl Beträge, die die Reliquien als nahezu wertlos erscheinen lassen mußten. So nahm Malik nur die Gehäuse und warf den Inhalt fort. Die Mönche vermerkten es mit stummer Empörung.

»Sag ihnen, sie können alles zurückkaufen, wenn es ihnen gelingt, binnen zweier Tage genügend Geld zu beschaffen«, trug mir Malik auf. »Ich werde so lange vor der Küste ankern.«

Als ich seine Worte übersetzt hatte, sagte der Mönch, der allem Anschein nach der Prior war: »Wäre es nicht einfacher, sogleich miteinander ins Geschäft zu kommen? Wir haben für Notzeiten eine Summe zurückgelegt, die möglicherweise ausreichen könnte.«

»Sancta simplicitas!« rief ich. »Der Sarazene würde euch bedenkenlos eurer Ersparnisse berauben.«

»Wir wollen sehen«, sagte der Prior.

Bald darauf stellte er eine Schale mit Gold- und Silbermünzen vor Malik ab. Der Sarazenenhäuptling betrachtete das Geld verzückt. »Meinst du, sie haben davon noch mehr versteckt?« fragte er mich.

»Damit wollen sie dir die Beute abkaufen«, sagte ich.

Er ließ sich auf die Knie nieder und wühlte im Geld. Ich ahnte, was in ihm vorging: Der Räuber rang mit dem Händler. Und, o Wunder, der Händler siegte!

»Ich habe mir den Ruf eines verläßlichen Geschäftspartners erworben«, sagte der Sarazene. »Es wäre unklug, ihn aus reiner Habgier aufs Spiel zu setzen. Gib dem Schwarzrock zu wissen, daß er den Handel mit Malik al Muhagir abgeschlossen hat.«

Fortan vereinfachte Malik den Handel. Wenn er nicht gezwungen war, mit der Beute schleunigst das Weite zu suchen, schätzte er mit meiner Hilfe ihren Wert und ließ sich an Ort und Stelle in barer Münze abgelten. Was der schlaue Sarazene indessen nicht bedacht hatte, war, daß auch einige der geistlichen Herren kaufmännisch zu denken vermochten. Statt ihn dafür zu bezahlen, daß sie im Besitz ihres Eigentums blieben, konnten sie sich für eine geringere Summe wirksamen Schutz erkaufen. Ich will es bei dieser Andeutung bewenden lassen, da sich alles Weitere aus meiner Erzählung ergibt.

An einem stürmischen Herbsttag segelten wir mit auflaufendem Wasser in eine Flußmündung. Malik hatte in der Nacht zuvor geträumt, flußaufwärts läge eine große Abtei. Es wundert dich vielleicht, daß sich ein nüchterner Geschäftsmann wie Malik von Träumen leiten ließ. Aber wie die meisten Araber maß er den *Botschaften der Nacht* greifbare Bedeutung bei. Mit Einbruch der Dämmerung erblickten wir tatsächlich eine Abtei, die in allem Maliks Traum entsprach: Sie lag oberhalb eines Steilhangs, ein stattliches Bauwerk mit fünf oder sechs Kirchen und einem Kranz von Wirtschaftsgebäuden. Es sollte Malik zum Verhängnis werden, daß er nicht noch ein Stück weitergeträumt hatte.

Als wir durch den zähen Uferschlamm gestapft waren und uns anschickten, den Steilhang zu erklimmen, ließ uns ein Schrei herumfahren. Für einen Augenblick dachte ich, unser Schiff habe sich verdoppelt: Neben ihm lag ein anderes von gleicher Form und Größe. Doch dann füllte sich das Deck des anderen Schiffes mit dunkelhäutigen Gestalten. Einige sprangen auf unser Schiff hinüber und überwältigten die Wachen.

»Allah bewahre uns vor unseren eigenen Leuten!« hörte ich Malik stöhnen. Er stieg wieder zum Ufer ab und näherte sich in würdiger Haltung dem fremden Schiff.

»Was tut ihr hier?« fragte er seine Glaubensbrüder. »Ich mag es nicht, wenn man mir ins Gehege kommt.«

»Mach dich fort, Bruder, es setzt gleich Hiebe«, sagte einer vom Bug des anderen Schiffes.

»Wer ist euer Herr? Ich will mit eurem Herrn sprechen!« brüllte Malik.

»Nimmst du auch mit einer Herrin vorlieb, Bruder?« fragte der Mann am Bug.

An dieser Stelle endete das Gespräch, weil eine Schar säbelschwingender Sarazenen aus dem Uferdickicht hervorbrach. Ich ergriff die Flucht, was besagen will, daß ich eilends davonhumpelte. Doch die Sarazenen, unsere wie die fremden, rannten mich über den

Haufen. Bäuchlings im Schlamm liegend, fühlte ich einen Fuß im Rücken. Und eine Stimme, die Stimme einer Frau sagte: »Dreh dich um, ich will sehen, ob du es wirklich bist.«

So traf ich Hildrun wieder, die Tochter des Ritters von Godendorp. Sie trug abgewetzte Männerkleidung, ihr Körper war mit allerlei Waffen behängt, von ihrer Wange bis zum Hals hinunter verlief eine gezackte Narbe, doch dies konnte ihrer Schönheit keinen Abbruch tun. Mir schien, daß sie in der Reife ihrer Jahre sogar noch schöner geworden war.

»Simon Gronewech«, lächelte sie. »Ich wähnte dich im Kontor des väterlichen Handelshauses. Statt dessen treibst du dich mit gottlosen Räubern herum. Wie gerät ein Lübecker Kaufmann auf solche Abwege?«

»Das ist eine lange Geschichte«, antwortete ich. »Doch befriedigt zunächst meine Neugier: Was veranlaßt Euch, Malik al Muhagir ins Handwerk zu pfuschen?«

»Man bezahlt mich dafür«, versetzte Hildrun.

Inzwischen hatten ihre Leute Maliks Mannschaft wie eine Herde Vieh zusammengetrieben. Die Sarazenen leisteten ihren Landsleuten keinen Widerstand, sie warfen ihre Waffen fort und ließen sich schicksalsergeben die Hände fesseln. Nur Agostinho schrie Zeter und Mordio. Er habe mit den räuberischen Muselmännern nichts zu tun, er sei ihr Gefangener, Prinz El-Kalb el-Farih alias Simon Gronewech könne dies bezeugen.

»Höre ich recht, du bist ein Prinz?« lachte Hildrun.

»Auch das gehört zu meiner Geschichte«, sagte ich. »Aber was wird jetzt mit den Gefangenen geschehen?«

»Wir liefern sie an die Mönche aus. Ich bekomme für jeden fünf Golddukaten. Soll ich den Schreihals laufenlassen?«

»Mir läge mehr daran, wenn Ihr den Krüppel freiließet. Er hat mir schon oftmals das Leben gerettet.«

»Wie du willst«, sagte sie. »Dann schuldest du mir fünf Dukaten.«

Als Malik an uns vorbeigeführt wurde, blieb er stehen und musterte Hildrun voller Abscheu. »Wer ist dieses Weib, das es wagt, einem Malik al Muhagir Fesseln anzulegen?« fauchte er.

Die Antwort gab ihm einer von Hildruns Leuten: »Du kannst dich rühmen, der Meerkönigin begegnet zu sein, Bruder.« Dann zog man Malik und seine Leute einzeln die Uferböschung empor. Mögen sie in den Mönchen gnädige Richter gefunden gehaben!

Hildrun befahl, Maliks Schiff in Brand zu setzen. Bald loderte ein mächtiges Feuer auf und erhellte in weitem Umkreis das Dunkel. »Weck Albrecht, es gäbe etwas zu sehen«, sagte Hildrun zu einem ihrer Leute. Und gedankenverloren murmelte sie: »Er sieht es für sein Leben gern brennen.«

»Von wem sprecht Ihr?« fragte ich.

»Du wirst ihn gleich kennenlernen«, antwortete sie. »Albrecht hat sich beim Zweikampf verausgabt, deshalb habe ich ihn schlafen lassen.«

Wenig später kehrte der Sarazene in Begleitung eines Mannes zurück, dem die Rolle eines Helden auf den Leib geschrieben war. Ein blondgelockter Herkules, breitschultrig, schmal in den Hüften und pralles Muskelspiel, wohin das Auge blickte. Dieser Hüne, bei dessen Anblick sich jeder andere Mann ins Mittelmaß verwiesen sah, trat nun also an das brennende Schiff und starrte wie gebannt in die Flammen.

»Ich habe einen alten Freund wiedergetroffen«, sagte Hildrun zu ihm. »Er heißt Simon Gronewech und kommt aus Lübeck.«

»Herrlich!« sagte Albrecht, womit er zweifellos das Feuer meinte. Dann streifte er mich mit einem Seitenblick. »Seid Ihr von Adel?«

»Nein, Herr.«

»Bedauerlich. Wärst du meinesgleichen, hätte ich dich zum Zweikampf gefordert.«

»Ich bin eine Godendorp, mich kannst du fordern«, warf Hildrun ein.

»Mit dir will ich mich im Bett messen«, entgegnete Albrecht und lachte selbstgefällig.

»Den Wunsch werde ich dir bald erfüllen, mein schöner Hengst«, sagte Hildrun.

Noch in derselben Nacht ließen wir uns vom Ebbstrom aufs Meer hinaustragen. Für die Fahrt entlang der Küste übernahm Hildrun selbst das Ruder. Es wehte noch immer kräftig; mitunter brach der Mond durch eilig dahinjagendes Gewölk und tauchte ihre Gestalt in ein geisterhaftes Licht. Erinnerungen bedrängten mich, als ich sie dort mit flatterndem Haar auf dem Schanzdeck stehen sah: wie sie in der Schilfhütte lag, die Schenkel besudelt mit Blut. Wie Hinrich sagte: Sie will es selbst tun. Wie sie als Mönch verkleidet an Bord meines Schiffes kam. Wie der verstümmelte Leib ihres Opfers an der Rahe hing. Wie sie sagte: Jetzt sind es noch zwei.

»Warum schläfst du nicht?« fragte Hildrun, als ich mich zu ihr gesellte.

»Mir geht so viel im Kopf herum«, sagte ich. »Wie erklärt Ihr es Euch, daß wir uns nun schon zum dritten Mal begegnet sind?«

»Jemand scheint es so einzurichten, daß sich unsere Wege in entscheidenden Augenblicken kreuzen«, antwortete sie. »Aber sprich nicht so gestelzt mit mir, Simon. An Bord eines Seeräuberschiffes gibt es keine Standesunterschiede.«

»Glücklicherweise ist Albrecht anderer Ansicht, sonst hätte er mich wahrscheinlich in Stücke gehauen.«

»Daran kann kein Zweifel sein. Albrecht hat bislang noch jeden Zweikampf gewonnen.«

»Liebst du ihn?« erkühnte ich mich zu fragen.

Sie maß mich mit einem Blick, aus dem ich Erstaunen zu lesen glaubte. So beeilte ich mich, ihr zu versichern, daß mir noch nie ein Mann begegnet sei, den die Natur so reich mit äußeren Vorzügen ausgestattet habe, ja ich bekannte, daß er mir nachgerade als die Verkörperung männlicher Schönheit erscheine. Was Wunder also, wenn Albrecht ihr Herz erobert hätte?

»Er hat nur einen Mangel«, entgegnete Hildrun leichthin. »Ihm fehlt eine Brustwarze.«

»Eine Brustwarze?« fragte ich verdutzt. Im gleichen Moment kehrte es wie ein Blitz in mein Gedächtnis zurück. Albrecht war der dritte! Der dritte von den Männern, die sich an ihr vergangen hatten. Und dann kam mir auch Llewellyns Prophezeiung wieder in den Sinn: Ich würde dabeisein, wenn sie den dritten zur Strecke brächte.

»Er ahnt nicht, daß ich sie ihm abgebissen habe«, sagte sie. »Er hat mich nicht wiedererkannt, während ich sofort wußte, daß er es ist.« Sie war ihm am dänischen Königshof begegnet, wo Albrecht im Auftrag seines Vaters, des Herzogs von Mecklenburg, geheime Verhandlungen mit Königin Margarete führte. Margarete, selber Liebesabenteuern nicht abgeneigt, hatte den Herzensbrecher ermuntert, der als unnahbar geltenden Meerkönigin den Hof zu machen. Albrecht war daraufhin nach einem Zechgelage in Hildruns Gemach eingedrungen und hatte ihr seine Liebe gestanden. Vor ihren Augen, erzählte Hildrun, habe er sich entkleidet und damit den letzten Zweifel ausgeräumt, daß er der Gesuchte war. Indessen sei er so betrunken gewesen, daß er sich weitere Zudringlichkeiten habe versagen müssen. »Die nächste Nacht verbrachte ich an Bord meines Schiffes«, fuhr sie fort. »Wie ich erwartet hatte, suchte er mich dort auf, um die Scharte auszuwetzen. Ich stellte ihn vor die Wahl, mich entweder auf meiner Reise in die Westsee zu begleiten, damit ich mich von der Ernsthaftigkeit seiner Liebesschwüre überzeugen könne, oder alle Hoffnungen zu begraben. Du siehst, wofür er sich entschieden hat.« Sie deutete mit einer Kopfbewegung auf den schlafenden Recken. Er lag mitten auf dem Deck, einen Arm um den Mast geschlungen.

»Mich wundert, daß er noch lebt«, flüsterte ich. »Bei den anderen hast du nicht so lange gezögert.«

»Schau dir das prächtige Mannsbild an«, sagte sie leise.

Während der folgenden Wochen brachte Hildrun noch weitere Piratenschiffe auf. Unter den Freibeutern hatte es sich offenbar noch nicht herumgesprochen, daß die Meerkönigin die Seite gewechselt hatte. Daher fielen ihr die Schiffe und Mannschaften zumeist kampflos in die Hände. Wenn sich aber Widerstand regte, nahm Albrecht nur zu gern die Gelegenheit wahr, sich als Draufgänger hervorzutun. Manches Mal mußte Hildrun ihm mit dem blanken Schwert Einhalt gebieten, damit er nicht auch jene erschlüge, die sich schon ergeben hatten.

Als die Winterstürme einsetzten, lief Hildrun einen kleinen Hafen an der englischen Südküste an. Er gehörte zu einem der Klöster, die sich unter den Schutz der Meerkönigin gestellt hatten. Der Abt bewirtete uns mit selbstgebrautem Bier und mancherlei Gesottenem, und als er sah, daß die Sarazenen das Schweinefleisch verschmähten, erwachte in ihm der Wunsch, aus den gottlosen Mohren Christen zu machen. Er hielt ihnen eine Predigt, die von glühendem missionarischem Eifer erfüllt war, bei den Sarazenen indes nicht die erhoffte Wirkung erzielte, weil sie weder des Englischen noch des Lateinischen mächtig waren. So erbot ich mich, seine Predigt ins Arabische zu übersetzen, doch Hildrun kam mir zuvor, indem sie den Abt fragte, was er es sich kosten lassen würde, der Heiligen Kirche zwei Dutzend brauner Schäfchen zuzuführen. Der Abt beriet sich kurz mit den Mönchen und erklärte sich bereit, fünf Golddukaten pro Kopf zu zahlen.

»Ist Euch ein Christ nicht mehr wert als ein Seeräuber?« fragte Hildrun.

Nach nochmaliger Beratung erhöhte der Abt den Preis für jeden Taufwilligen um zwei Dukaten, worauf Hildrun ihrer Mannschaft befahl, dem Abt in die Klosterkirche zu folgen. Später erfuhr ich, daß die Sarazenen das Sakrament der Heiligen Taufe empfangen hatten, ohne den Sinn der feierlichen Zeremonie zu ergründen. Was schüttelst du den Kopf, Bruder Anselmus? Muß der Mensch wissen, damit seine Seele gerettet werde?

Die winzige Ortschaft, bewohnt von Fischern und ausgedienten

Seeleuten, bot wenig Zerstreuung für einen Mann wie Albrecht, der den größten Teil seines Lebens im Krieg oder im Wettstreit um die Gunst edler Frauen verbracht hatte. Häufig sah man ihn im einzigen Wirtshaus sitzen, wo er vergeblich nach ebenbürtigen Gegnern Ausschau hielt. Statt dessen entdeckte er mit fortschreitender Trunkenheit unter den Weibern das eine oder andere, dem beizuwohnen ihm als ein annehmbarer Zeitvertreib erschien. Albrecht verfuhr in Liebesdingen jedoch nicht anders als im Krieg: Hatte er eine Burg erstürmt, traf er schon Anstalten, die nächste zu belagern. Im Handumdrehen hatte er das ganze Dorf gegen sich aufgebracht. Gehörnte Ehemänner und erboste Väter rotteten sich am Hafen zusammen und forderten Hildrun auf, ihnen den Wüstling auszuliefern. Das Geschrei drang an die Ohren des Abtes, worauf dieser sich bemüßigt sah, nach dem Grund der Unruhe zu fragen. Die Beschwerden über das zügellose Treiben des Edelmannes stimmten ihn sehr verdrießlich. Doch der Oberhirte entstammte dem Landadel und mußte daher befürchten, daß Albrecht ihn wegen allzu barscher Worte zum Zweikampf fordern würde. So ersuchte er den Ritter höflich, bei der Wahl seiner Beischläferinnen künftig darauf zu achten, daß er nicht göttlichem Gebot zuwiderhandle.

Albrecht sprang an Land und trat unerschrocken vor die Dorfbewohner. »Wo sind die Frauen, die mir zu Willen waren?« rief er. »Hat sich eine von ihnen darüber beklagt, daß ich es ihr nicht ordentlich besorgt habe?«

»Mäßigt Euch, Herr!« zischte der Abt. »Solche Worte sind nicht dazu angetan, die Leute zu besänftigen.«

»Ich werde sie, wenn nötig, auf meine Art besänftigen«, entgegnete Albrecht und zog sein Schwert.

»Vergeude deine Kraft nicht, du wirst sie heute nacht brauchen«, ließ sich Hildrun vernehmen.

»Was ist heute nacht?« fragte Albrecht.

»Unsere Nacht, mein Lieber«, sagte Hildrun.

Mit einem Satz war Albrecht wieder an Bord. Er stürzte vor Hildrun auf die Knie und umschlang ihre Hüften. »Ist es endlich soweit?« jubelte er. »Heute nacht wirst du mir gehören?«

»Du sollst mich erkennen, wie es in der Bibel heißt«, entgegnete sie, indem sie ihren Leib gegen sein Gesicht preßte.

Da sie den Schürzenjäger nun in festen Händen glaubten, legte sich die Empörung der Dorfbewohner. Der Abt dankte Gott, daß er zwei Menschen, die augenfällig füreinander geschaffen seien, zusammengeführt habe, und machte sich anheischig, dem Paar noch am selben Tag den Segen der Kirche zu erteilen. Hildrun winkte mit einer knappen Gebärde ab.

Als es zu dämmern begann, befahl sie, die Leinen loszuwerfen und das Schiff treiben zu lassen. Am Bug und Heck des Schiffes wurden in eisernen Körben Feuer entfacht. Es war ein für die Jahreszeit ungewöhnlich windstiller Abend; im glatten Wasser des Hafenbeckens spiegelte sich der Sternenhimmel. Hildrun trug ein langes weißes Kleid, ihr Haar hatte sie zu einem Zopf geflochten, auf ihren nackten Armen schimmerten goldene Reifen. Eine jungfräuliche Braut hätte kaum züchtiger aussehen können. Albrecht hingegen ähnelte einem heidnischen Meeresgott. In der Gewißheit, daß sein Körper ihn schon genug schmücke, hatte er sich lediglich mit einem Lendenschurz und einem offenen Wams bekleidet.

Nachdem wir einige Krüge Wein geleert hatten, zog ich die Mismar hervor und spielte zum Tanz auf. Die Sarazenen schlugen mit den Füßen den Takt dazu, und das Brautpaar, wenn ich es so nennen darf, übte sich in gezierten Schritten. Danach versuchte ich mich an einer arabischen Weise, und nun hättest du die Sarazenen sehen sollen, wie sie vor Freude aufjauchzten und in wilden Sprüngen über das Deck wirbelten. Währenddessen zupfte Daniel mich am Ärmel und bedeutete mir, daß Hildrun und Albrecht in die Kajüte gegangen seien. Ich spielte wie besessen weiter, ich gab mich der Hoffnung hin, die Töne der Mismar könnten das Herz der Meerkönigin erweichen, ich dachte: Solange du spielst, geschieht es nicht.

Doch alsbald erschütterten heftige Stöße das Schiff, es erbebte bis in die Mastspitze, und zwei Stimmen vermengten sich zu atemlosem Keuchen. Die Seeleute zwinkerten einander zu; einen sah ich im Takt der schneller werdenden Stöße auf seinen Schenkel klopfen. Plötzlich begann Albrecht zu brüllen. Aber es klang nicht nach Wollust, sondern nach ohnmächtiger Wut. Das Brüllen ging in wortloses Stammeln über und verstummte.

Kurz darauf kam Hildrun aus der Kajüte. Ihr Kleid war blutbefleckt, das Gesicht mit schweißnassem Haar bedeckt. »Holt ihn her!« rief sie ihren Leuten zu.

Albrecht waren an Armen und Beinen die Sehnen durchschnitten, in seinem Mund steckte ein Knäuel Segelgarn. Hildrun befahl, ihn an den Mast zu binden. Dann zwängte sie ihm einen der Feuerkörbe zwischen die Beine.

»Deine Kumpane habe ich mit eigener Hand entmannt«, sagte sie. »Bei dir soll es das Feuer tun, mein schöner Hengst.«

Albrecht warf den Kopf hin und her, die Adern an seinem Hals schwollen zu daumendicken Schnüren an, er pumpte seine Brust auf, um zu schreien, doch er brachte nur ein dumpfes Stöhnen hervor. Als sein Schamhaar Feuer fing und knisternd verglühte, konnte ich nicht länger an mich halten. Ich beschwor Hildrun, Albrecht zu töten, statt ihn so grausam zu quälen.

»Zwickt es dich im eigenen Schwanz, wenn du seinen brennen siehst?« fragte sie spöttisch. Ich schloß die Augen, aber meine anderen Sinne nahmen dafür um so deutlicher ein entsetzliches Zischen und Brutzeln wahr, den widerwärtigen Gestank verbrannten Fleisches. Ich erbrach mich. Jemand schleppte mich zur Bordwand. Ich sah die Sterne im schwarzen Wasser funkeln, vom Kloster hörte ich Glockenläuten, mir war, als ob ich aus einem Alptraum erwacht sei. Doch dann klatschte ein Körper neben mir ins Wasser und verschwand, sich langsam um die eigene Achse drehend, in der Tiefe.

Spät in der Nacht trat Hildrun an mein Lager. Sie trug wieder Männerkleidung, in der Hand hielt sie eine Schere. »Schneid mir die Haare ab«, sagte sie.

»Warum?«

»Sie riechen nach ihm.«

Das Haar fiel ihr büschelweise auf die Schultern. Es war noch klebrig von Schweiß. Längere Zeit schwiegen wir; jeder hing seinen Gedanken nach. Dann sagte sie: »Ich fing an, ihn zu lieben. Meine Liebe wäre stärker geworden als mein Haß, hätte ich ihn heute nicht getötet.« Unversehens sprang sie auf und schrie: »Er hat kein Mitgefühl verdient! Auch deines nicht, Simon Gronewech! Geh mir aus den Augen!« Ihre Leute fuhren aus dem Schlaf hoch. »Der lübsche Herr will uns verlassen«, rief sie. »Wir setzen ihn und den Krüppel an Land.«

Ich erhob keine Einwände. Nach dem grauenvollen Erlebnis war meine Zuneigung einem unüberwindlichen Abscheu gewichen. Am Ufer gingen wir wortlos auseinander. Ich habe Hildrun nicht wiedergesehen.

Den Winter über fanden wir im Kloster Unterschlupf. Viele Abende verbrachte ich damit, dem Abt von meinen Reisen zu erzählen. Er war ein ebenso wißbegieriger wie scharfsinniger Mann. Oftmals machte er mich auf Widersprüche aufmerksam und trieb mich mit seinen Nachfragen in die Enge. Er wollte nicht gelten lassen, daß wahre Geschichten an ihren Ungereimtheiten zu erkennen sind.

Ich denke gern an die Monate im Kloster zurück. Es war eine Zeit der Ruhe und Besinnung. Immer wieder drängte sich mir der Gedanke auf, daß mein unstetes Leben die Folge ständigen Scheiterns sei. Das Verlangen, hinter den Horizont zu blicken, der ungestüme Drang in die Weite: entsprangen sie nicht im Grunde dem Wunsch, den Ort des Versagens und des Mißgeschicks einzutauschen gegen den des hoffnungsvollen Neubeginns? War mein Leben womöglich bislang eine einzige Flucht gewesen?

Dem Abt schienen diese Gedankengänge nicht fremd zu sein. Er selbst, vertraute er mir an, sei von Unrast erfüllt gewesen, bevor er seine wahre Bestimmung erkannt habe. Er gab mir den väterlichen

Rat, im Kloster zu bleiben und eines nicht allzu fernen Tages die niederen Weihen zu empfangen. Wieder stand ich, bildlich gesprochen, vor einer Weggabelung. Der eine Weg führte in klösterliche Abgeschiedenheit, der andere verlor sich im Ungewissen. Ich erbat mir Bedenkzeit.

Im Frühjahr begleitete ich den Abt zu einem Konvent in Exeter. Daniel durfte sich uns anschließen, nachdem ich versprochen hatte, daß der Krüppel bei den Zusammenkünften der geistlichen Herren nicht in Erscheinung treten werde. Mich hingegen hatte der Abt gebeten, in geselliger Runde von meinen Erlebnissen am Sultanshof zu erzählen.

Für den Auftritt lieh ich mir bei einem Trödler ein Kostüm aus, das der Darsteller eines der Weisen aus dem Morgenland beim Adventsspiel getragen hatte. Die kirchlichen Würdenträger belustigte es sehr, mich in solcher Gewandung zu sehen, und als der Abt mich obendrein noch als Prinz El-Kalb el-Farih vorstellte, steigerte sich ihre Heiterkeit zu lautem Lachen. Bevor ich aber zu Wort kam, hörte ich jemand aus dem Publikum sagen: »Glücklicherweise spricht der Prinz ein gutes Latein, so daß wir nicht auf die Hilfe eines Dolmetschers angewiesen sind.«

Es war der Prior des Klosters, das Malik al Muhagir überfallen hatte! Und als man ihn nun mit Fragen bestürmte, berichtete der Prior, wie er meine Bekanntschaft gemacht hatte. Dies rief unter den geistlichen Herren Verwirrung hervor. Offensichtlich fiel es ihnen schwer zu glauben, daß der vermeintlich falsche Prinz ein echter Seeräuber sein sollte. Mit dem Gespür des Gauklers merkte ich sofort, daß die Gunst des Publikums im Schwinden begriffen war. Unbemerkt stahl ich mich davon.

Daniel riet mir, das Kostüm zu behalten. Dadurch ging ich zwar meines Ringes verlustig, den ich als Pfand hinterlassen hatte, aber mir leuchtete ein, daß ich als Weiser aus dem Morgenland oder arabischer Prinz auf den Frühjahrsmärkten großen Zulauf haben würde. In

Guildford schlossen wir uns einer Gauklertruppe an, die Ritterspiele aufführte, darunter eines, das von einem Kreuzzug ins Heilige Land handelte. In diesem übernahm ich die Rolle des Kalifen, und Daniel spielte meinen Hofnarren. Der Kalif war ein ausgemachter Bösewicht, allerdings von der grobschlächtigen Art, wie man sich in England einen orientalischen Despoten vorstellt. Ich stattete ihn nach und nach mit der abgefeimten Bosheit eines echten Sultans aus. Die Wirkung übertraf meine kühnsten Erwartungen. Einmal, ich glaube, es war in Leicester, bewarfen mich die Zuschauer mit Steinen. Zum Glück war mein Bein inzwischen geheilt, sonst wäre ich nicht unbeschadet entkommen.

Nach diesem Erfolg bekam ich die Rolle eines Burgherren, der auf Betreiben seiner ebenso schönen wie machthungrigen Frau den König ermordet und sich selbst zum Herrscher aufschwingt. Das Stück spielte eigentlich in Schottland; weil die Zuschauer mich aber in dem morgenländischen Kostüm zu sehen gewohnt waren, wurde die Handlung nach Bagdad verlegt. Die Rolle des Königsmörders konnte es zwar an Boshaftigkeit nicht mit der des Kalifen aufnehmen, bot jedoch genügend Möglichkeiten, mein Talent zu entfalten, da der Mörder nach der Tat dem Wahnsinn verfällt. Von den Gauklern schien mir indessen keiner geeignet, die Rolle meiner Gemahlin zu spielen, ohne sie der Lächerlichkeit preiszugeben. Da wollte es der Zufall – ich sollte wohl besser vom Schicksal sprechen –, daß mir in Boston Jan Velhove über den Weg lief.

»Ich kenne dich«, grübelte er. »Gib mir etwas Zeit, in meinem Gedächtnis zu graben.«

Ich pfiff das Lied von den Mädchen auf Bornholm, worauf er mich am Arm packte und in das nächste Wirtshaus schleppte. Nach dem zweiten Krug Bier verriet er mir, daß Caspar Went ihn in die Stadt geschickt habe, um allerlei Schmuckgegenstände zu versetzen. Caspar läge mit seinem Schiff in der Mündung des Welland, wo er sich sicherer wähne als im Hafen von Boston. Ich folgerte daraus, daß sich der Taschendieb unterdessen zum Seeräuber gemausert hatte.

»Nun ja, er betreibt sein Geschäft im kleinen«, näselte Jan abschätzig. »Meist überfällt er Küstenfahrer und Fischerdörfer, wenn die Männer auf See sind. In unserem Gewerbe wird der sich nie einen Namen machen.«

»Immerhin hat ein so berühmter Mann wie du bei ihm angeheuert«, wandte ich ein.

Jan Velhove führte dies auf die ewigen Streitereien unter den Vitalienbrüdern zurück. Im Bestreben, mit allen gut Freund zu sein, sei er gewissermaßen zwischen die Mühlsteine geraten. Kurzum, er sei bei den Großen derzeit nicht gern gesehen und habe sich daher vorübergehend Caspar Went angeschlossen. »Oder hast du etwas Besseres für mich?« fragte er.

»Ich bin auf der Suche nach einem, der in Frauenkleidern Männerherzen zum Schmelzen bringen kann«, entgegnete ich.

»Er sitzt vor dir«, sagte Jan Velhove.

Die Kleider beschaffte er selbst. Sie mußten ihn ein Vermögen gekostet haben, denn sie waren aus feinstem Tuch und schienen eigens für ihn gefertigt zu sein. Die Gaukler verhalfen ihm mit Puder, Farbe und Knetmasse zu einem anmutigen Gesicht, und als sich der Seeräuber solcherart in eine schöne Frau verwandelt hatte, drängte es ihn mit aller Macht auf die Bühne. Ich legte ihm dringlich nahe, sich zuvor den Wortlaut der Rolle einzuprägen, doch Jan erwiderte, das Lernen sei noch nie seine Stärke gewesen, und aus dem Stegreif gesprochen wirke ohnehin alles viel natürlicher.

Die Zuschauer empfingen ihn mit verblüfftem Schweigen. Gewohnt, sich an Gauklern zu ergötzen, die trotz der Frauenkleidung unschwer als Männer zu erkennen waren, glaubten sie in Jan eine echte Frau auf der Bühne zu sehen. Er ging wie eine Frau, sprach wie eine Frau, jede seiner Gebärden war die einer Frau. Dieser vollendeten Verkörperung weiblicher Schönheit war ich nicht gewachsen. Vergeblich bot ich mein ganzes Können auf, um die Blicke der Zuschauer auf mich zu lenken. Selbst als ich in geistige Umnachtung verfiel, wurde dies kaum wahrgenommen. Alle starrten wie gebannt auf Jan Velhove. Darob packte mich ein solcher Ärger, daß ich kurzerhand ein anderes Stück zu spielen begann, in dem es um eine treulose Gattin und ihren aus dem Krieg heimkehrenden Mann ging. Nachdem ich meinen Nebenbuhler umgebracht hatte, schickte ich mich an, auch sie zu töten. Doch die Zuschauer erhoben lauthals Einspruch. Einige sprangen auf die Bühne, um mir den Dolch zu entreißen. Wahrscheinlich hätte mir noch Schlimmeres geblüht, wäre nicht der Büttel mit seinen Gehilfen erschienen. Er genoß in Boston offenbar großen Respekt, denn auf ein Zeichen von ihm trat augenblicks Ruhe ein.

»Ist doch alles nur Spiel, Leute«, sagte er und heftete dann den Blick auf Jan Velhove. »Aber was hat das Weib auf der Bühne zu suchen? Wißt ihr nicht, daß ihr damit gegen Sitte und Gesetz verstoßt?«

»Gefalle ich Euch nicht, Herr?« fragte Jan, indem er an die Rampe trat und sich aufreizend in den Hüften drehte.

»Ich wäre kein Mann, wenn ich das leugnen würde«, erwiderte der Büttel. »Doch in dieser Stadt ist es bei Strafe verboten, daß sich Weiber öffentlich zur Schau stellen, gleichviel ob sie schön sind oder häßlich.«

»Womit kann ich Euch nur besänftigen, gestrenger Herr?« hauchte Jan. »Soll ich Euch mein Allerheiligstes zeigen?« Mit diesen Worten hob er die Röcke und entblößte vor aller Augen sein Geschlecht.

Nach einem Augenblick betretener Stille brach ein ohrenbetäubender Lärm los. Daß sie hinters Licht geführt worden waren, den Schein für bare Münze genommen hatten, versetzte die Zuschauer in maßlose Wut. Der Büttel tat sein Bestes, die aufgebrachte Menge zu beschwichtigen. Er stellte sich ihr mit ausgebreiteten Armen entgegen, ermahnte sie nachdrücklich, sich nicht zu Gewalttätigkeiten hinreißen zu lassen, doch er wurde nicht Herr der Lage. Immerhin verschaffte er uns einen kleinen Vorsprung. Wir liefen, so schnell es die Kostüme erlaubten, zum Hafen. Dort krochen wir unter einen Haufen alter Netze und warteten, bis die Meute an uns vorübergetobt war.

»Habe ich etwas falsch gemacht?« tuschelte Jan Velhove.

»O nein, du warst großartig«, versetzte ich grimmig. »Der Einfall, den Leuten deinen Schwanz zu zeigen, wird mir für den Rest meines Lebens in Erinnerung bleiben.«

»Unglaublich, mit welch einfachen Mitteln man eine so ungeheure Wirkung erzielen kann«, sinnierte er. »Ich hätte nicht übel Lust, mein Brot künftig als Gaukler zu verdienen.«

Nachdem wir die Nacht über in den unwegsamen Marschen umhergeirrt waren, gelangten wir zu Caspar Wents Schiff. Die achtköpfige Mannschaft hockte am Strand und aß gekochtes Seehundfleisch. Kaum daß er sich im Mittelpunkt ihrer erstaunten Blicke sah, streckte Jan Velhove die ausgestopften Brüste hervor und säuselte: »Wer von euch möchte mir für ein Stück Fleisch die Unschuld rauben?«

»Komm her, Jan Velhove!« rief eine zornige Stimme.

»Geh schon, er brennt darauf, dich wiederzusehen«, grinste einer der Männer.

Hinter einem Gebüsch saß Caspar Went splitternackt in einem dampfenden Bottich. Seine wasserhellen Augen sprühten vor Zorn.

»Schau, wen ich bringe, Caspar«, sagte Jan und schob mich als lebenden Schutzschild vor sich her.

»Was soll der Mummenschanz?« schrie Caspar Went. »Wo treibst du dich herum? Habe ich dir nicht Prügel versprochen, wenn du mich länger als drei Tage warten läßt?«

»Erkennst du ihn? Es ist dein Freund Simon Gronewech«, erwiderte Jan in der Hoffnung, Caspar versöhnlicher zu stimmen.

»Hättest du mir statt seiner den Ratsherren Detlef Gronewech gebracht, würde ich vielleicht ein Auge zudrücken. Der da ist keinen Pfifferling wert«, sagte Caspar Went. Er befahl seinen Leuten, Jan die Kleider vom Leibe zu reißen und ihn auszupeitschen. Wie bald darauf seinem gellenden Geschrei zu entnehmen war, befolgten sie die Weisung überaus gewissenhaft. Währenddessen rieb Caspar seinen Körper mit duftenden Salben ein und hüllte sich hernach in leinene Tücher. »Das schlimmste bei der Seefahrt ist, daß man mit einem

Haufen ungewaschener Kerle zusammengepfercht ist«, sagte er. »Ich hasse es, ihren Gestank mit mir herumzutragen.«

Als sich seine Laune gebessert hatte, rückte ich mit der Bitte heraus, Daniel und mich an Bord zu nehmen. Er musterte mich verächtlich: »Den Krüppel kann ich gebrauchen, das ist einer von meiner Sorte. Aber was soll ich mit dir anfangen? Wie könnte einer, der nicht mal zum Kaufmann taugt, ein guter Seeräuber sein?«

»Du schuldest mir einen Gefallen«, entgegnete ich.

»Ach, scher dich zum Teufel!« blaffte er und hinkte davon. Als die Mannschaft aber das Schiff seeklar gemacht hatte, beugte er sich über die Reling und sagte: »Na, komm schon! Du sollst den Lübeckern erzählen, was aus Caspar Went geworden ist.«

Sein Schiff war eine Schnigge, ein leichter Segler, der, wenn es die Umstände erfordeten, auch gerudert werden konnte. Bei gutem Wind und mäßigem Wellengang übertraf sie die schwerfälligen Koggen beträchtlich an Schnelligkeit. Die Schnigge hatte eine winzige Kajüte an der Back; sie beherbergte Caspar Went und ein Sammelsurium von Beutestücken. Die Besatzung dagegen war Tag und Nacht dem Wetter preisgegeben.

Während der Tage auf See erzählte Caspar, daß er ein halbes Jahr nach unserer Rückkehr aus Schonen nach Gotland geflohen war. Über die Gründe der Flucht ließ er sich nicht aus. Die Insel befand sich zu jener Zeit in der Hand der Vitalienbrüder, einer nach Hunderten zählenden Bande von Freibeutern, die anfangs in Diensten des Herzogs von Mecklenburg gestanden hatte, darauf in die der dänischen Königin Margarete übergewechselt war und seither auf eigene Faust Seeraub betrieb. Als Mann von einfacher Herkunft habe er unter den überwiegend adeligen Freibeutern einen schweren Stand gehabt, sagte Caspar. Seine Stunde sei erst gekommen, als Männer aus dem Volk wie Klaus Schedel und Heinrich Corte zu Einfluß gelangt seien. Sie hätten in ihm den Seeräuber von echtem Schrot und Korn erkannt, und er sei ihnen den Beweis nicht schuldig geblieben. Bald habe man ihm ein eigenes Schiff gegeben, mit einer Mannschaft, die zur Hälfte aus holsteinischen und mecklenburgischen Edelleuten bestand. Da habe er es den adeligen Herren heimgezahlt, indem er sie zweimal am Tag das Deck habe schrubben lassen. Ob ich mir ausmalen könne, welch ein erhebendes Gefühl es für ihn, den Jungen aus dem Gotteskeller, gewesen sei, einem Henning Manteuffel oder Marquard Preen von Davermoor in den Hintern zu treten.

An dieser Stelle warf ich ein, daß ich in seiner Erzählung zwei Namen vermisse, die sonst jeder Seeräuber zu nennen pflege.

»Mit Klaus Störtebeker habe ich nichts zu tun gehabt. Der war sich zu gut für Unternehmungen, bei denen man keinen Ruhm ernten kann«, antwortete Caspar Went. »Dem anderen kann ich nur Schlechtes nachsagen, deshalb halte ich lieber das Maul.« Und mit gesenkter Stimme fuhr er fort: »Er nimmt es mir bis heute krumm, daß ich ihm den Ohrring gestohlen habe. Godeke hat in seinem Leben mehr zusammengeraubt als jeder andere Pirat, aber daß ich ihm einen lumpigen Ohrring gestohlen habe, vergibt er mir nicht.« Der Beschimpfungen und Sticheleien müde, habe er, Caspar, sich eines Tages klammheimlich davongemacht. Seitdem sei er sein eigener Herr, die Geschäfte liefen gut, und es erfülle ihn mit besonderem Stolz, daß er die Schnigge bar bezahlt habe.

»Das ist ein neuer Zug von dir«, sagte ich.

»Der Verkäufer ahnte nicht, daß ich das Geld zuvor aus seiner Lade genommen hatte«, griente Caspar Went.

Über das Ziel der Reise hüllte er sich in Schweigen. Aus dem Kurs schloß ich jedoch, daß er Kap Skagen zu runden gedachte. Einige Tage später sichtete ich steuerbords die flache Landzunge, die Westsee und Ostsee voneinander scheidet. Inzwischen war das Trinkwasser zur Neige gegangen, was nicht zuletzt darauf zurückzuführen war, daß Caspar Went jeden Morgen einen Eimer voll für seine Waschungen verbrauchte. Von meinen früheren Reisen war mir in Erinnerung geblieben, daß es nahe der Mündung des Limfjords eine Quelle gab. Ich schlug Caspar also vor, uns dort mit frischem

Wasser zu versorgen. Was ich nicht bedacht hatte, war, daß unweit der Quelle ein Fischerdorf lag.

Während seine Leute das Wasserfaß füllten, stellte Caspar Went fest, daß keine Boote im Hafen waren; die Männer mußten demnach zum Fischfang ausgefahren sein. Mit knappen Gebärden wies er seine Mannschaft an, rings um das Dorf auszuschwärmen. »Du kommst mit«, sagte er zu mir. »Aber versuch nicht, mir ins Gewissen zu reden, auf dem Ohr bin ich taub.«

Das Dorf bestand aus einem Dutzend armseliger Hütten, die im Halbkreis den kleinen Hafen umgaben. Es wirkte wie ausgestorben, doch aus den Reetdächern stieg Rauch hervor; in einer der Hütten kläffte ein Hund. Unterdessen waren Caspars Männer von mehreren Seiten in das Dorf eingedrungen. Von den Bewohnern hatte sich bislang keiner blicken lassen.

»Holt sie aus ihren Löchern!« brüllte Caspar Went.

Bald darauf standen sie in einem dichtgedrängten Haufen vor uns: Frauen, Kinder, eine Handvoll alter Männer. Aus ihren Gesichtern sprach die nackte Angst. Ein Greis fiel auf die Knie und begann, laut zu beten. Jan Velhove brachte ihn mit einem Fußtritt zum Schweigen. Nun trat eine Frau vor, die ein kleines Kind auf dem Arm hielt, ein stattliches Weib mit feuerrotem Haar. »Was wollt ihr von uns?« fragte sie Caspar. »Wir haben nichts außer dem, was wir am Leibe tragen.«

»Erzähl den Leuten, mit wem sie es zu tun haben«, forderte Caspar mich auf.

Von düsteren Ahnungen bedrängt, entfaltete ich meine ganze Beredsamkeit. Ich beschrieb Caspar Went als den gnadenlosesten aller Seeräuber, malte seinen Charakter in den schwärzesten Farben, nannte ihn einen Teufel in Menschengestalt. Was ein anderer als Kränkung empfunden hätte, Caspar vernahm es mit Wohlgefallen. Bei den Dorfbewohnern dagegen löste meine Rede tödlichen Schrecken aus. Eine Frau nestelte ihr Kruzifix vom Hals und gab es Caspar Went. Er warf es fort, als er sah, daß es aus Bronze war.

»Ich fange an, mich über euch zu ärgern, und das ist noch keinem gut bekommen«, sagte Caspar. Darauf entriß er der rothaarigen Frau das Kind und setzte ihm sein Messer an den Hals. »Seht her, was ich mit euch allen machen werde, wenn ich mit leeren Händen abziehen muß.«

»Warte!« schrie die Frau. Sie stürzte in ihre Hütte und kehrte mit einer Kette zurück. Ihre Rechte hielt sie hinter dem Rücken verborgen.

Caspar biß auf die Kette. »Billiger Tand«, sagte er. »Was hast du da noch?«

Die Frau zeigte es ihm. Es war eine Axt. »Wenn du mein Kind tötest, bringe ich dich um«, sagte sie, am ganzen Körper bebend.

»Ruhig Blut, ich hab's nicht ernst gemeint«, murmelte Caspar, indem er vor ihr zurückwich. Doch die Frau folgte ihm, die Axt mit beiden Händen zum Schlag erhoben.

»Da hast du das Balg«, sagte Caspar und warf ihr das Kind zu. Die Frau ließ die Axt los, um es aufzufangen. Im gleichen Augenblick fielen die Seeräuber über sie her und rissen sie zu Boden. Einer schleuderte das Kind gegen eine Hauswand. Caspar stellte sich breitbeinig über die Frau und öffnete den Hosenlatz. »Haltet sie gut fest, ich will ihr gleich ein neues machen«, rief er seinen Männern zu. Als er jedoch ihre Schenkel auseinanderzwängte, bäumte sich die Frau mit aller Kraft auf und versetzte ihm einen Stoß, daß er Hals über Kopf ins Hafenbecken stürzte. Das brackige Wasser schlug über ihm zusammen, dann tauchte er wieder auf, bis zur Unkenntlichkeit mit schwarzem Schlamm bedeckt. Es hätte eines übermenschlichen Maßes an Selbstbeherrschung bedurft, bei Caspars Anblick Gleichmut zu bewahren. Seine Leute brachen in Gelächter aus, und selbst auf den Mienen der Dorfbewohner bemerkte ich hier und da ein verstohlenes Schmunzeln.

Scheinbar gelassen stapfte Caspar Went an Land. Er ließ eine Schüssel Wasser bringen und wusch sich das Gesicht. Dann sagte er, ohne die Stimme zu erheben: »Schlagt sie tot, alle.«

»Erst wollen wir unseren Spaß mit den Weibern haben«, sagte einer der Männer.

»Ihr habt euren Spaß gehabt, macht euch an die Arbeit«, entgegnete Caspar. »Wo willst du hin?« fragte er, als er sah, daß ich mich zum Gehen wandte.

»Ich will es nicht sehen«, antwortete ich.

Er hob die Axt auf und fuhr mit dem Daumen über die Schneide. »Du hast die Wahl, dir's anzusehen oder selber ins Gras zu beißen«, sagte er.

So schaute ich zu, wie Caspars Männer die unschuldigen Menschen niedermetzelten. Aus Angst um das eigene Leben unternahm ich nichts, dem sinnlosen Morden Einhalt zu gebieten. Ich klammerte mich an den Gedanken, daß es mir nicht zukomme, etwas zu verhindern, das Gott geschehen ließ. Erst als wir zum Schiff zurückgekehrt waren, brachte ich den Mut auf, meinen Abscheu vor seiner hemmungslosen Mordgier in Worte zu fassen.

Er lachte mich aus. »Was ist schon dabei, ein paar Hungerleider aus der Welt zu schaffen? Es gibt zu viele davon, Simon. Wer sonst nichts hat, muß mit dem Leben zahlen.«

»Du warst selbst ein Hungerleider«, ereiferte ich mich. »Ich habe das Dreckloch gesehen, aus dem du kommst. Und ausgerechnet du maßt dir das Recht an, andere Menschen umzubringen, weil sie arm sind?«

»Ich hasse die Armen«, sagte Caspar Went. »Ich hasse ihren Schmutz, ihren Gestank, ihre gottverdammte Demut. Ich hasse sie, weil sie mich an all das erinnern, was ich hinter mir gelassen habe.«

In den folgenden Wochen wurde ich noch mehrfach Zeuge seiner unmenschlichen Grausamkeit. Auf einer Insel im Kleinen Belt trieb er die Einwohnerschaft in die Kirche und ließ diese in Brand setzen. Weiter südlich, an der Küste von Fünen, ertränkte er eine Bauernfamilie in der Jauchegrube. Und ich, Bruder Anselmus, was tat ich? Nichts, um es mit einem Wort zu sagen. Ich schaute zu.

Die Kunde von Caspar Wents Schandtaten verbreitete sich nur

langsam, da er vornehmlich abseits gelegene Ortschaften überfiel. Aber gegen Ende des Sommers begann man, ihn zu jagen. Auf der Höhe von Vordingborg konnten wir nur mit knapper Not einem dänischen Kriegsschiff entkommen. Es verfolgte uns bis zum Dunkelwerden. In dem schmalen Sund zwischen den Inseln Mön und Falster lauerten uns zwei weitere Schiffe auf. Sie hatten sich quer in die Fahrrinne gelegt; vom einen Schiff zum anderen war eine Kette gespannt. Dessenungeachtet hielt Caspar auf die Lücke zwischen den Schiffen zu. Ich sah, wie sich die Kette straffte und die Schiffe aufeinander zu glitten. Offenbar hatte Caspar ebendies erwartet, denn kaum einen Steinwurf von den Schiffen entfernt halste er und steuerte die Schnigge hart am Bug des einen Schiffes vorbei. Es war ein bewundernswertes Manöver, das muß ihm der Neid lassen!

Von Mön segelten wir nach Schonen hinüber. Den Plan, Falsterbo anzulaufen, um dort, wie er es ausdrückte, wieder einmal unter Menschen zu sein, ließ Caspar fallen, als er sah, daß ein Geschwader lübischer Kriegsschiffe auf der Reede lag. Daraufhin beschloß er, unter der schwedischen Küste weiter nach Osten zu segeln. Rund um Gotland, meinte er, gehöre die See noch den Vitalienbrüdern.

Wir erblickten schon in der Ferne die Türme von Wisby, als sich uns von Süden her ein Schiff näherte. In der Annahme, daß es ein Freibeuter sei, ließ Caspar Went beidrehen. Bald war deutlich zu erkennen, daß das Schiff ein großes Kreuz im Segel trug. Caspar wollte dem keine Bedeutung beimessen; dies sei, belehrte er mich, einer der Kniffe, mit denen man Kauffahrer zu täuschen pflege. Indessen konnte er mir nicht erklären, weshalb das fremde Schiff einen Kurs hielt, der unweigerlich zum Zusammenstoß führen mußte. Während Caspar aus Leibeskräften brüllte und wild mit den Armen ruderte, riß ich das Segel herum, worauf sich die Schnigge träge in Bewegung setzte. Um Haaresbreite verfehlte uns der mächtige Bug. An Deck des vorbeirauschenden Schiffes standen behelmte Krieger mit gezückten Schwertern, auf ihren Schilden prangte das Kreuz der Ordensritter.

Caspar Went war bleich vor Schreck. »Was tun die hier?« stammelte er.

»Frag sie selbst«, versetzte ich hämisch. »Sie kommen schon zurück.«

Es war unser Glück, daß die feindliche Kogge, nachdem sie gewendet hatte, gegen den Wind aufkreuzen mußte. So konnten wir ihr mühelos entwischen. Doch gleich darauf kamen uns von Wisby her zwei andere Schiffe entgegen. Als er das Kreuz auf ihren Segeln sah, beschloß Caspar umzukehren. Jan Velhove schlug vor, die Erbseninseln anzusteuern, eine Inselgruppe nordöstlich von Bornholm. Dorthin habe er selbst sich hin und wieder zurückgezogen, wenn ihm das Pflaster andernorts zu heiß geworden sei. Caspar überließ ihm wortlos das Ruder.

Die Erbseninseln waren seit eh und je ein beliebter Schlupfwinkel für Seeräuber und andere Gesetzesbrecher. Sie bestehen aus einer Anzahl flacher Klippen, die selbst bei guter Sicht schwer auszumachen sind. Ihre Bewohner gelten als die Nachkommen von Seeräubern, und es heißt, daß sie sich ihrer Herkunft keineswegs schämten. Ich schicke dies voraus, damit du nachempfinden kannst, wie groß unsere Enttäuschung war, als die Bewohner der Erbseninseln uns mit Steinwürfen empfingen. Wir sollten uns fortscheren, riefen sie, von unseresgleichen hätten sie genug. Es half auch nichts, daß Jan Velhove die Einheimischen an seine früheren Besuche erinnerte und ihre geradezu sprichwörtliche Gastfreundschaft rühmte: Sie verharrten in feindseliger Haltung.

Da ertönte aus dem Hintergrund eine rauhe Stimme: »Laßt sie an Land!« Die Leute bildeten eine Gasse, und durch diese stampfte ein kaum mittelgroßer, vierschrötiger Mann herbei. Sein Gesicht war von Narben zerfurcht; das zu Zöpfen geflochtene Haar hatte er wie einen Turban um den Kopf geschlungen. Der Beschreibung nach, die einst der Heringshändler Wibbeking von ihm gegeben hatte, mußte es Godeke Michels sein.

Detlef

Der Kerkermeister reißt die Tür auf, daß sie scheppernd gegen die Mauer schlägt: »Der hochlöbliche Herr Bürgermeister!« Er knickt in den Hüften ein und taucht unter Verbeugungen ins Dunkel.

»Simon, mein Bruder!« Die Stimme droht ihm zu versagen, in seinen Augen schimmert es feucht. Auf dem pelzverbrämten Mantel gleißt die goldene Amtskette, das Zeichen seiner Würde. Ein stellenweise schon ergrauter Bart umgibt sein hageres Gesicht; er betont den Ausdruck von Willensstärke.

Bruder Anselmus erhebt sich und erwartet gesenkten Hauptes Detlefs Begrüßung.

»Gelobt sei Jesus Christus«, sagt Detlef.

Der Mönch bewegt lautlos die Lippen.

»Kennst du Bruder Anselmus?«

»Ich habe viel Gutes von ihm gehört«, antwortet Detlef. »Meister Detmar schätzt ihn so sehr, daß er sich erst auf mein dringliches Ersuchen hin bereitfand, ihn eine Zeitlang von der Mitarbeit an der Stadtchronik freizustellen.«

»Auch das verdanke ich dir?«

»Du wolltest Bruder Anselmus haben, du hast ihn bekommen. Doch weder dafür schuldest du mir Dank noch für andere Vergünstigungen. Ich wünschte, ich hätte mehr für dich tun können.«

»Was denn noch, Detlef?«

Er senkt den Blick. »Du bist mein Bruder. Es tut mir in der Seele weh, daß du sterben mußt. Mir ist, als stürbe damit auch ein Teil meiner selbst.«

»Ich hätte nicht gedacht, daß es dir so nahegehen würde. Du weißt doch, daß ich dich nie leiden konnte.«

»Du hast es mich oft spüren lassen«, sagt er. »In deinen Augen bin ich immer der Bastard gewesen, der dich um die Liebe unseres Vaters betrogen hat. Aber dessenungeachtet liebe ich dich, wie man einen Bruder nur lieben kann. Oder habe ich dir jemals Grund gegeben, daran zu zweifeln?«

»Im Gegenteil: Du hast mich durch deine Großmut beschämt.«

»Als Bürgermeister bin ich indessen verpflichtet, dem Recht ohne Ansehen der Person Geltung zu verschaffen«, fährt Detlef fort. »Die Richteherren haben meinem Wunsch nunmehr endgültig stattgegeben: Du wirst mit dem Schwert vom Leben zum Tode befördert, und zwar auf dem Markt. Das bin ich meinem Amte schuldig. Den Bruder des Bürgermeisters Gronewech knüpft man nicht wie einen Dieb vor dem Burgtor auf.«

»Wirst du bei der Hinrichtung zugegen sein?«

»Bliebe ich ihr fern, würde man es mir als Schwäche auslegen. Meine Gegner im Rat, die Herren aus den großen Familien, warten nur darauf, daß ich mir eine Blöße gebe. Sie werden sich täuschen! Niemand soll mir nachsagen können, ich hätte mich von Gefühlen leiten lassen, wo es Härte zu zeigen gilt.« Zornesröte schießt ihm in die Wangen. »Was haben sie nicht alles unternommen, meinem Ansehen zu schaden! Man hat mir unterderhand sogar nahegelegt, deine Begnadigung zu erwirken.« Seine Züge spiegeln tiefen Abscheu vor solcher Niedertracht. Er stützt sich mit beiden Händen auf den Tisch, beugt den Oberkörper weit vor. »Einen Seeräuber begnadigen? habe ich erwidert. Ich, der das Seeräuberpack aus der Ostsee vertrieben hat, soll für einen Spießgesellen von Störtebeker und Godeke Michels um Gnade bitten? Gibt es zweierlei Gesetz: eines für gewöhnliche Seeräuber und ein anderes für Seeräuber, die Verwandte von Patriziern sind?«

»Gut gesprochen, Detlef.«

»Nun, es war lediglich die Quintessenz einer längeren Rede.« Er richtet sich auf und setzt, halb an den Mönch gewandt, hinzu: »Sie ist in den Protokollen der Ratssitzungen nachzulesen. Vielleicht könnte man ihrer in einem Postskriptum Erwähnung tun.« Mit zusammengekniffenen Lidern versucht er, Bruder Anselmus' Notizen zu entziffern. »Du solltest allmählich zum Schluß kommen, Simon.«

»Wieviel Zeit bleibt mir noch?«

»In Kürze wird dich ein Priester aufsuchen. Mehr zu sagen verbietet mir die Schweigepflicht. Oder willst du bei Bruder Anselmus beichten?«

»Seit Tagen tue ich nichts anderes, Detlef.«

»Wie schön, daß du trotz allem noch lächeln kannst«, sagt er. »Hast du sonst noch einen Wunsch?«

»Ja, aber ich wage kaum, ihn auszusprechen.«

»Laß hören.«

»Mein Leben lang hat mich ein Lied begleitet, ein altes Seeräuberlied. Ich möchte es auf dem Schafott noch einmal spielen.«

Seine Miene versteinert jäh. »Das Schafott ist keine Gauklerbühne«, entgegnet er schroff. »Ich habe nicht auf eine ehrenvolle Hinrichtung gedrungen, damit du zu guter Letzt eine Posse daraus machst. Nein, Simon, den Wunsch kann ich dir nicht erfüllen.«

»Dann leb wohl, Detlef. Und verzeih mir, daß ich dir Schande gemacht habe.«

»Ach, Simon«, seufzt er, während sich sein Blick umflort. Er breitet die Arme aus, läßt sie aber nach zwei Schritten wieder sinken, ein kraftloser Flügelschlag.

Elftes Kapitel

Man schrieb das Jahr 1398, als wir auf den Erbseninseln landeten. Für die Vitalienbrüder war es ein schwarzes Jahr. Der Ordensmeister Konrad von Jungingen war an der Spitze eines Ritterheeres in Gotland eingefallen und hatte die Freibeuter vernichtend geschlagen. Von den mehr als tausend Vitalienbrüdern waren die meisten ums Leben gekommen, der Rest, immerhin noch einige hundert an der Zahl, hatte auf den Erbseninseln Zuflucht gefunden. Bedenkt man, daß die Bewohner knapp drei Dutzend zählten, wird verständlich, weshalb sie uns so garstig empfangen hatten: Auf jeden Einheimischen kamen zehn Seeräuber.

Die Vitalienbrüder hatten die größte der Inseln in Beschlag genommen, wo ihnen die Hütten der Inselbewohner und die Gewölbe einer verfallenen Burg dürftigen Unterschlupf boten. Zu ihrem Anführer hatten sie Godeke Michels gewählt. Er nahm indes nur die Stellung eines *primus inter pares* ein und konnte keine wichtige Entscheidung treffen, ohne die Zustimmung aller einzuholen. Das Prinzip der Gleichheit sollte auch bei der Aufteilung der Beute gelten; daher nannten sich die Vitalienbrüder neuerdings *Likedeeler.*

Unsere Ankunft mußte sich in Windeseile auf der Insel herumgesprochen haben, denn als wir zu den Ruinen der Burg gelangten, kamen die Seeräuber von allen Seiten herbeigeströmt.

»Seht mal, wer uns mit seinem Besuch beehrt!« rief Godeke Michels. »Paßt gut auf euren Schmuck auf, Leute, Caspar Went ist wieder unter uns!«

»Wen bringst du uns da?« fragte ein geckenhaft gekleideter Mann, indem er Daniel und mich ins Auge faßte. Jan Velhove raunte mir zu, daß es Hans von Weddemunkel sei.

»Zwei Gaukler, die ich unterwegs aufgegriffen habe«, antwortete

Caspar. »Ich dachte mir, daß ihr vielleicht ein wenig Abwechslung braucht.« Und mit einem Seitenblick auf Godeke Michels setzte er hinzu: »Man kann nicht immer über dieselben Späße lachen.«

»Mit dir habe ich noch ein Hühnchen zu rupfen«, entgegnete Godeke. »Mir kommt es sehr merkwürdig vor, daß du dich gerade noch rechtzeitig aus dem Staub gemacht hast, bevor es uns auf Gotland an den Kragen ging.« Darauf wandte er sich an mich und sagte: »Euch brauchen wir hier nicht, verschwindet!«

»Nichts da!« rief ein Mann, dessen Gesicht bis auf die Augen und die knollige Nase von rabenschwarzem Haar überwuchert war. »Die Gaukler würden uns verraten. Im Handumdrehen hätten wir die Ordensritter auf dem Hals.«

»Du hast keinen Sinn für Humor, Boniface«, griente Godeke Michels. »Dafür müßten die beiden verdammt gute Schwimmer sein. Oder glaubst du, ich gebe ihnen ein Boot?«

»Witzbold!« knurrte Boniface. Schon dieser kurze Wortwechsel ließ erkennen, daß Godeke Michels in den eigenen Reihen Widersacher hatte. Der schwarzbärtige Haudegen aus Aragon war der Wortführer jener Likedeeler, die in Godeke einen Wolf im Schafspelz sahen: Sie verdächtigten ihn, insgeheim nach unumschränkter Macht zu streben. Nicht zu Unrecht, wie sich bald darauf erweisen sollte.

Die ersten Nächte schliefen wir im Freien. Als es aber in Strömen zu regnen begann, krochen wir in einer Hütte unter, die bereits an die zwanzig Seeräuber beherbergte. Wir lagen auf dem nackten Erdboden nach der Art, wie man Heringe in Salzfässer packt: den Kopf jeweils am Fußende der Nachbarn. Die meisten unserer Schlafgenossen hatten in den Kämpfen mit den Ordensrittern schwere Verletzungen davongetragen. Der Gestank ihrer eiternden Wunden schwängerte die Luft; oftmals schreckte mich ihr Stöhnen aus dem Schlaf.

Es war eine bunt zusammengewürfelte Gesellschaft. Vom zweitältesten Sohn des Herzogs von Pommern bis zum Schinderknecht war jeder Stand vertreten. Die Mehrzahl stammte aus den Ländern rund um die Ostsee, aber es waren auch Engländer, Holländer, Spanier und Portugiesen darunter. Mein Nachbar zur Rechten war ein Isländer, der wegen Brudermordes für immer von der Insel verbannt worden war. Auf der anderen Seite lag ein entlaufener Galeerensklave. Da wir neu in der Runde waren, waren wir genötigt, uns Nacht für Nacht ihre Geschichten anzuhören. Fast alle erzählten von vergeblichem Bemühen, im bürgerlichen Leben Fuß zu fassen, von Mißerfolgen und Familienzwist; nur selten schien pure Abenteuerlust der Grund gewesen zu sein, sich den Vitalienbrüdern anzuschließen. Ich konnte nicht umhin, in ihren Geschichten meine eigene wiederzufinden.

Was die Niederlage betraf, die man auf Gotland erlitten hatte, war man allgemein der Ansicht, daß sie der Unfähigkeit ihrer Anführer zuzuschreiben sei. Klaus Schedel und Heinrich Corte, beides tüchtige und erfahrene Piratenkapitäne, hätten als Heerführer jämmerlich versagt. Nur einer, Klaus Störtebeker nämlich, hätte dem Ordensmeister das Wasser reichen können.

»Wo war denn der große Mann, als die Ordensritter euch zu Paaren trieben?« fragte Caspar Went.

»Ein Feldherr braucht absolute Befehlsgewalt«, erwiderte Heinrich von Pommern. »Als sie ihm verweigert wurde, tat Klaus, was jeder Mann von Ehre getan hätte: Er ließ die Klugscheißer ins Verderben rennen.«

»Hoffentlich kommt er bald zurück und holt uns von dieser gottverdammten Insel«, nuschelte einer, dem ein Schwerthieb Lippe und Kinn abgetrennt hatte. »Sonst bringen wir uns vor lauter Langeweile noch gegenseitig um.«

Wie das beifällige Gemurmel anzeigte, sprach er aus, was viele dachten. Schon bald nach ihrer Ankunft auf den Erbseninseln hatten sich die Likedeeler in zwei Lager gespalten. Das eine hatte sich um den Aragonier geschart, das andere, das vornehmlich aus Adeligen bestand, um Hans von Weddemunkel und den Ritter Hinrich Moltke. Da sie beschlossen hatten, keine Raubzüge zu unternehmen, um die Schiffe der Ordensritter und ihrer Verbündeten nicht auf ihre

Fährte zu locken, erschöpfte sich ihr Tatendrang in gegenseitigen Beschuldigungen und Streitereien. Kaum ein Tag verging ohne Schlägerei. Es waren Kämpfe auf Leben und Tod: Zum Sieger wurde ausgerufen, wer seinem Gegner, mit welchen Mitteln auch immer, den Garaus gemacht hatte.

Inzwischen war die Zeit gekommen, da man nach nordischem Brauch das Mittsommerfest zu feiern pflegt. Godeke Michels hatte mehrere Fässer Bornholmer Bieres beschafft und die Likedeeler zum Umtrunk in den Burghof geladen. Bis auf einige wenige fanden sich alle ein. Sogar der alte Wichmann, Ziehvater fast aller heutigen Seeräuber von Rang und Namen, schleppte sich tatterig herbei.

Daniel Metz und mich hatte Godeke Michels aufgefordert, einige unserer Kunststücke zum besten zu geben. Obwohl wir uns redlich bemühten, fanden unsere Darbietungen kaum Beachtung. Erst als der Krüppel sich ein Schwert reichen ließ und dieses bis zum Griff verschluckte, malte sich Erstaunen auf den vom Trunk geröteten Gesichtern. Der Wunsch wurde laut, der Krüppel möge die Hosen herunterlassen, damit man sehen könne, ob die Schwertspitze hinten herausschaue. Und, wahrhaftig, er tat es! Damit nicht genug, ließ er sich zu einem derben Angebot hinreißen. Es löste unter den Likedeelern johlendes Gelächter aus – ein sicheres Zeichen, daß dieses Publikum für feinsinnige Gauklerkunst nicht empfänglich war. Ich verzichtete auf weitere Auftritte und ertränkte meinen Mißmut im Bier.

Godeke Michels hockte abseits auf einem Mauerrest. Im schrägen Licht der Abendsonne ähnelte sein zernarbtes Gesicht tatsächlich einem alten Hauklotz. Wenn er seinen Humpen geleert hatte, kehrte er ihn um, worauf Jan Velhove ihm beflissen einen vollen reichte. Einmal war mir, als hefte sich sein Blick auf mich. Und als ich wieder zu ihm hinschaute, sah ich, wie Jan ihm etwas zuflüsterte. Darauf winkte er mich zu sich.

»Aus Lübeck?« fragte er.

»Ja, Herr.«

»Nenn mich nicht Herr«, sagte Godeke Michels. »Bei uns Likedeelern gibt es keine Herren, wir sind alle gleich. Ich bin nur der Anführer, damit sie mir die Schuld zuschieben können, wenn etwas fehlschlägt.«

»Mich wundert, daß Ihr Euch dafür hergebt«, entgegnete ich dreist.

Er musterte mich aus den Augenwinkeln. Ein spitzbübisches Lächeln huschte über seine entstellten Züge und erstarb sogleich wieder. »Ich bin nie in Lübeck gewesen, aber ich weiß, daß ein Fluß die Stadt mit dem Meer verbindet«, fuhr er fort. »Wenn also jemand auf dem Seeweg anreist, muß er den Fluß hinauffahren, hab ich recht?«

»Ihm bleibt keine andere Wahl«, antwortete ich.

»Ich sehe, du kennst dich aus«, sagte Godeke Michels. »Kann sein, daß ich einen ortskundigen Mann brauchen werde.«

Unterdessen hatte sich der alte Wichmann erfolglos Gehör zu verschaffen versucht. Aus Wut, daß ihm die Aufmerksamkeit versagt blieb, riß er einen Stein aus dem Gemäuer und warf ihn in die lärmende Menge.

»Ich glaube, Wichmann will uns etwas sagen«, rief Godeke Michels. »Sprich, lieber Freund und Meister.«

»Elendes Pack!« zeterte der Greis. »Ihr seid es nicht wert, daß ich das Wort an euch richte, aber wenn ich es dennoch tue, dann hört mir gefälligst zu!« Er strich sich den Geifer vom Kinn und straffte seinen Rücken. Ihm kämen die Tränen, wenn er sähe, was aus den stolzen Vitalienbrüdern geworden sei, hob er an. Er rief ihnen ihre glanzvolle Vergangenheit in Erinnerung, sprach davon, wie sie das belagerte Stockholm mit Lebensmitteln versorgt hatten, sprach von der Waffenbrüderschaft mit mächtigen Herrschern und der kühnen Eroberung Gotlands. Damals sei es niemandem in den Sinn gekommen, sie mit gemeinen Räubern über einen Kamm zu scheren. Sie hätten mit Königen und Fürsten zu Tisch gesessen, die Bürgermeister der wendischen Städte hätten von gleich zu gleich mit ihnen verhandelt. All dies sei dadurch erreicht worden, daß er, Wichmann, bedingungslosen Gehorsam gefordert habe. Wo aber alle das Sagen hätten, führe dies unweigerlich zum Niedergang. Wer daran zweifle, brauche sich nur diesen verlotterten Haufen anzusehen, ein Bild des Jammers. Danach versagte ihm die Stimme.

»Wasser auf deine Mühle, wie?« sagte Boniface zu Godeke Michels.

»Ich kann Wichmann nicht hindern, seine Meinung kundzutun«, erwiderte dieser. »Aber es lohnt sich immer, über seine Worte nachzudenken.«

»Er hat mir aus der Seele gesprochen«, warf Heinrich von Pommern ein. »Mir kann keiner einreden, daß dreihundert Köpfe klüger sind als einer.«

Unter Bonifaces Anhängern rief dies einen Sturm der Entrüstung hervor. Der Schwarzbart brüllte, die Zeiten, da man sich auf Gedeih und Verderb der Willkür eines einzelnen preisgegeben habe, seien vorbei. Er werde jeden, und sein Blick richtete sich nicht von ungefähr auf Godeke Michels, zum Zweikampf fordern, der sich zum Herren über Leben und Tod aller aufzuschwingen trachte.

»Dann frage ich mich, weshalb ihr so sehnlich Störtebekers Rückkehr erwartet«, entgegnete Heinrich von Pommern. »Klaus ist der letzte, der sich dem Willen der Mehrheit beugen würde.«

»Notfalls werden wir ihn zwingen!« schrie der Aragonier.

»Zwingen? Klaus Störtebeker zwingen?« hörte man den alten Wichmann rufen. »Der Mann, der Störtebeker zu etwas zwingen kann, muß erst noch geboren werden.«

»Wer sagt uns, ob er überhaupt zurückkommt«, gab Wilmer Pilgrimson, ein Engländer, zu bedenken. »Womöglich weiß er gar nicht, wo wir sind.«

Er sei des Gezänks so überdrüssig wie der Langeweile, verkündete Bartholomäus Voet, der, obwohl noch jung an Jahren, wegen seiner Tollkühnheit von allen geachtet wurde. Er habe sich nicht den Likedeelern angeschlossen, um auf den Erbseninseln herumzulungern und zuzusehen, wie sie sich gegenseitig die Köpfe einschlügen.

»Hast du einen besseren Vorschlag?« fragte Heinrich von Pommern.

»Unsere Feinde denken, sie hätten uns in die Knie gezwungen«, erwiderte der junge Draufgänger. »Womit sie am wenigsten rechnen, ist, daß wir jetzt angreifen. Versalzen wir ihnen die Siegesfreude, indem wir unerwartet zurückschlagen.«

»Bei aller Wertschätzung, Barthel«, sagte Hans von Weddemunkel, »was können wir mit dreihundert Mann gegen die Ordensritter ausrichten, wo sie uns geschlagen haben, als wir noch tausend waren?«

Man müsse es ja nicht unbedingt mit dem stärksten Gegner aufnehmen, sprang Hinrich Moltke ein, als er den Heißsporn um eine Antwort verlegen sah. Es gäbe ja noch die Mecklenburger und die Dänen, die sich neuerdings gegen die Freibeuter verbündet hätten. Und die Lübecker seien bekanntlich im Begriff, eine Flotte auszurüsten, um den Likedeelern ein für allemal das Handwerk zu legen. Bei so vielen Feinden falle es nicht schwer, einen auszuwählen, dem man mit größerer Aussicht auf Erfolg zu Leibe rücken könne.

»Ich hätte da einen Plan«, ließ sich nun endlich Godeke Michels vernehmen. Augenblicks trat Stille ein. »Mir ist zu Ohren gekommen, daß demnächst wieder ein Hansetag stattfinden wird. Daran nehmen bekanntlich die Bürgermeister und Ratsherren der Hansestädte teil, aber auch fremde Gesandtschaften und nicht selten einzelne Fürsten mit ihrem Hofstaat. Sofern sie aus dem Norden oder Osten kommen, wählen sie den Weg über See. Auf dem offenen Meer können wir sie nicht angreifen, weil sie unter starker Bewachung reisen. Um aber nach Lübeck zu gelangen, müssen sie einen schmalen Fluß befahren.«

»Da schnappen wir sie uns!« krähte der alte Wichmann.

»Einen Plan auszuhecken ist eine Sache, ihn durchzuführen eine andere, lieber Freund und Meister«, dämpfte Godeke Michels den Überschwang des Alten. »Doch wenn es uns gelingt, auch nur ein einziges Schiff zu kapern, ist die Schlappe von Gotland vergessen, und wir sind wieder in aller Munde. Überdies pflegen die hohen Herren nicht mit leeren Taschen auf Reisen zu gehen.«

»Wie wird die Beute aufgeteilt?« fragte Boniface argwöhnisch.

»Du kannst meinen Anteil dazubekommen, mir geht es um die Ehre«, antwortete Godeke Michels. »Allerdings muß ich darauf bestehen, daß bei einem derart gefährlichen Unternehmen nur einer die Entscheidungen trifft.«

»Laß mich raten, an wen du denkst«, sagte Boniface.

»Godeke Michels wird die Führung übernehmen, wer sonst?« versetzte Hinrich Moltke. »Es ist sein Plan, folglich haben wir uns nach seinen Weisungen zu richten.«

»Überleg es dir gut, Godeke«, sagte der Aragonier, die Hand schon am Schwertgriff. »Du weißt, daß ich keine leeren Drohungen ausstoße.« Die feindlichen Lager rückten auseinander, hier Bonifaces Anhänger, bei weitem in der Überzahl, dort die Seeräuber von Adel. Alle warteten darauf, was Godeke Michels entgegnen würde. Er aber nahm einen kleinen Lederbeutel vom Hals und führte diesen ans Ohr.

»Was soll das?« fragte Boniface.

»Er lauscht der Zunge des Märtyrers«, flüsterte Jan Velhove.

Godeke Michels nickte mehrmals ergeben. Dann sagte er: »Ich brauche fünfzig Mann. Wer sich mir anschließen will, komme morgen früh an Bord. Wir dürfen keine Zeit verlieren, die ersten Schiffe sind schon unterwegs nach Lübeck.« Darauf stieg er in das Gewölbe hinab und überließ seine Kumpane ihrer Verblüffung.

»Also sprach die Zunge des heiligen Vicentius«, sagte Jan Velhove in salbungsvollem Ton. Einige von Bonifaces Leuten bekreuzigten sich verstohlen. Der Aragonier beschwor seine Anhänger, sich durch derlei Humbug nicht beirren zu lassen. Er predigte tauben Ohren: Am nächsten Morgen versammelten sich Freund und Feind einträchtig am Ufer. Schließlich erschien auch Boniface, angetan mit einer verbeulten Rüstung und sichtlich verbittert. Godeke Michels verteilte die Likedeeler auf drei Koggen; die Schwerverwundeten empfahl er der Obhut der Einheimischen. Schon bald waren die Erbseninseln hinter der Kimm versunken.

Tags darauf sichteten wir Rügen. Godeke Michels erzählte, daß Störtebeker und er früher manches Mal auf der Insel Zuflucht gesucht hätten. Damals seien sie unzertrennlich gewesen; gemeinsam seien sie auf Raub ausgefahren, und gemeinsam hätten sie die Beute verpraßt. Ihre Freundschaft habe allen Anfechtungen widerstanden; weder Gold noch Weiber hätten sie entzweien können. Bis dann, und nun umwölkte sich seine zerschundene Stirn, Magister Wigbold aufgetaucht sei, der neunmalkluge Heuchler. Er habe Klaus, diesen Riesen mit dem Gemüt eines Kindes, für sich einzunehmen gewußt. Seither begegne der alte Freund ihm mit verletzender Kühle. Ich sah ihn ehrlich bekümmert, und dennoch belustigte es mich insgeheim, den berüchtigten Schlagetot wie einen enttäuschten Liebhaber reden zu hören.

»Es heißt, Störtebeker habe in einem Erdloch auf Rügen einen riesigen Schatz versteckt«, sagte ich, um ihn auf andere Gedanken zu bringen.

»Dummes Geschwätz!« erwiderte Godeke Michels. »Klaus säuft und hurt viel zu gern, was soll er da noch verbuddeln?«

»Aber solche Gerüchte entstehen doch nicht von selbst«, wandte ich ein.

»Leuten wie uns wird alles mögliche angehängt«, sagte er. »Manchmal erkenne ich mich kaum noch wieder in dem Wust von Gerüchten und Geschichten, die über mich in Umlauf sind. Als wir Wisby erobert hatten, baten mich vier ehrbare Bürger, bei ihren Sprößlingen Pate zu stehen. Sie erhofften sich davon, daß ihre Söhne so wohlhabend und edelmütig würden wie ich.« Die Erinnerung an diese Begebenheit stimmte ihn wieder heiter.

Bei günstigem Wind segelten wir entlang der mecklenburgischen Küste nach Westen. In Sichtweite der Travemündung übergab mir Godeke Michels das Ruder. Jetzt hätte es in meiner Hand gelegen, das Schiff auf eine der Sandbänke zu setzen und damit das ganze Unternehmen zu vereiteln. Doch Godeke sah mir in die Augen und schüttelte kaum merklich den Kopf.

Im Morgendunst liefen wir in die Trave ein und legten uns hinter einer kleinen Halbinsel mit hoher Uferböschung auf die Lauer. Godeke ließ die Koggen mit Schilf und Zweigen tarnen; drei Männer schickte er mit einem Beiboot zum jenseitigen Ufer hinüber, damit sie nach Schiffen Ausschau hielten.

Die Geduld der Seeräuber wurde auf eine harte Probe gestellt. Am ersten Tag segelten zwei Handelsschiffe seewärts an uns vorbei. Dann setzte eine Flaute ein. Zwischen Steilhang und Uferdickicht stand eine brütende Hitze; Wolken von Mücken fielen über uns her. Wir durften jedoch kein Feuer entfachen, da der Rauch unser Versteck verraten konnte. Aus dem gleichen Grund verbot uns Godeke, im Fluß zu baden. Unter den Likedeelern regte sich Unmut. Bonifaces Anhänger steckten ihre Köpfe zusammen und bedachten Godeke Michels mit feindseligen Blicken. Böses schien auch Caspar Went zu sinnen, der es nicht verwinden konnte, daß er seine Schnigge auf den Erbseninseln hatte zurücklassen müssen. Kurzum: Es herrschte die gereizte Stimmung, die einer Meuterei vorauszugehen pflegt.

Ich war meiner Vaterstadt nach Jahren wieder so nahe, daß ich von der nächsten Flußbiegung aus ihre Türme hätte sehen können. Ich kannte hier Weg und Steg. Was hinderte mich, im Schutz der Dunkelheit zu fliehen und hinter ihren Mauern Schutz zu suchen? Ich habe darauf keine andere Antwort, als daß ich, wie schon so oft, nicht der Stimme der Vernunft gehorchte, sondern dem Schicksal seinen Lauf ließ. Der Gedanke, daß ich, der Sohn des rechtschaffenen Hinrich Gronewech, eine gute Stunde Weges von ihm entfernt mit Seeräubern auf der Lauer lag, focht mich nicht weiter an. Er bereitete mir sogar ein gewisses Vergnügen. Ich fand, es geschähe ihm ganz recht.

Nach etlichen Tagen vergeblichen Wartens entlud sich die Hitze in einem heftigen Unwetter. Während es über unseren Köpfen tobte, meldeten die Posten vom jenseitigen Ufer, daß sich zwei Schiffe von See her näherten. Wenig später schoß eines von ihnen hart an der Spitze der Halbinsel vorbei, wurde von einer seitlichen Bö erfaßt und trieb geradewegs auf unser Versteck zu. Der Wind drückte es der Länge nach ins Schilf, wo es sich mit flatterndem Segel zur Seite neigte. Es war, als ob uns ein schöner großer Vogel vom Himmel vor die Füße gefallen sei. An Deck krochen vornehm gekleidete Männer umher. Ein Jüngling, dem der Helm ins Gesicht gerutscht war, flehte die Heiligen in dänischer Sprache um Beistand an. Godeke Michels hob ihn von Bord und nahm ihm den Helm ab, worauf der Jüngling beim Anblick seines Retters in Ohnmacht fiel.

»Wer seid Ihr?« fragte ein beleibter Herr.

»Bei uns ist es Brauch, daß der Ankömmling zuerst seinen Namen nennt«, entgegnete Godeke Michels.

»Ich bin Frederik Rosenkrantz, Bevollmächtigter des dänischen Hofes beim Hansetag und oberster Ratgeber unserer Hohen Frau Margarete«, erwiderte der Dicke.

»Wenn Ihr Euch denn gütigst an Land bemühen wollt, Euer Wohlgeboren«, sagte Godeke mit einer Verbeugung, die eher guten Willen als Übung verriet.

Unterdessen war auch das zweite Schiff herangekommen. Hinter dem Schanzkleid drängten sich Bewaffnete. Allem Anschein nach war es ein Kriegsschiff, das der Gesandtschaft Begleitschutz geben sollte. Der Kapitän ließ beidrehen und fragte, ob man Hilfe benötige.

»Sagt ihm, ihr bekommt das Schiff allein wieder flott«, flüsterte Godeke Michels dem Dicken zu.

In diesem Augenblick erlangte der Jüngling das Bewußtsein wieder und stammelte: »Tut um Himmels willen, was er verlangt! Es ist Godeke Michels!«

Daraufhin kam der Gesandte der Forderung eilfertig nach. Das Kriegsschiff wandte den Bug und segelte flußaufwärts davon.

»Ich habe viel von Euch gehört«, sagte Rosenkrantz und reichte

Godeke die Hand. »Obwohl Ihr einem anrüchigen Gewerbe nachgeht, sollt Ihr ein ritterlicher Mann sein.«

»Es kommt auf die Umstände an, Euer Wohlgeboren«, antwortete Godeke Michels, während er dem Gesandten beiläufig die Ringe von den Fingern streifte.

Die Likedeeler hatten sich bislang verborgen gehalten. Doch als sie sahen, daß ihr Anführer bereits mit dem Plündern begonnen hatte, brachen sie aus dem Dickicht hervor und stürmten das gestrandete Schiff. Angesichts der wilden Horde entschlossen sich die Herren, es nicht zum Äußersten kommen zu lassen. Sie legten ihre Waffen nieder und begaben sich fügsam an Land. Nach höfischer Sitte nannte Frederik Rosenkrantz Rang und Namen seiner Begleiter. Ich erinnere mich an einen königlichen Kammerherrn namens Reventlow, an Claus und Henning Poggwisch, zwei Brüder aus holsteinischem Adel, an Bogislav von Putbus, den Truchseß des Herzogs von Mecklenburg, und Cornelius Oxenstierna, der sich, wie Rosenkrantz hervorhob, Margaretes besonderer Gunst erfreue. Fürwahr eine erlauchte Gesellschaft, die den Likedeelern da ins Netz gegangen war. Doch Godeke Michels konnte mit nicht minder klangvollen Namen aufwarten, und da die Adelsgeschlechter von Pommern bis Seeland sämtlich miteinander versippt sind, sah man die Edelleute beider Seiten alsbald in brüderlicher Umarmung. Dies wiederum mißfiel Boniface und seinen Anhängern. Zwar hatten sie reiche Beute gemacht, ein ganzer Haufen kostbarer Dinge stapelte sich am Ufer, doch sie verlangten, daß die Gefangenen bis aufs Hemd ausgeplündert und sodann erschlagen würden.

»Nehmt euch von der Beute, soviel ihr wollt«, entgegnete Godeke Michels. »Aber den Herren wird kein Härchen gekrümmt. Jeder einzelne von ihnen ist mehr wert als der ganze Plunder.« Und damit auch dem letzten klar werde, was er im Schilde führte, fügte er zwinkernd hinzu: »Es war schon immer mein Wunsch, mit einer Königin ins Geschäft zu kommen.«

»Ich errate Eure Absicht, Kapitän«, sagte der Bevollmächtigte der

Regentin. »Doch muß ich zweierlei zu bedenken geben: Zum einen wird es Lübeck nicht hinnehmen, daß eine Gesandtschaft Dänemarks auf lübischem Boden der Freiheit beraubt wird, zum anderen hat sich die Hohe Frau, wer wüßte das besser als ich, noch nie eine Entscheidung aufzwingen lassen.«

»Es lohnt jedenfalls den Versuch, Euer Wohlgeboren«, antwortete Godeke Michels. »Wenn aus dem Geschäft nichts wird, bleibt uns immer noch das Vergnügen, euch die Kehlen durchzuschneiden. Und der junge König Erich wird sich sicher freuen, seinen Bruder wiederzusehen.« Hierzu sei angemerkt, daß Margarete den minderjährigen Bruder Heinrichs von Pommern unlängst zum König von Dänemark, Norwegen und Schweden hatte krönen lassen.

Nach langwierigem Kreuzen über das noch immer aufgewühlte Meer lagen wir einige Tage später vor Schloß Kronborg auf Reede. Heinrich von Pommern ließ sich an Land setzen und kehrte gegen Abend mit der Nachricht zurück, die Hohe Frau erwarte eine Abordnung der Likedeeler im Hafen von Helsingör. Dort werde sie, sobald es die Regierungsgeschäfte erlaubten, in eigener Person die Verhandlungen aufnehmen. Wie nicht anders zu erwarten, kam es über die Frage, wer der Abordnung angehören sollte, abermals zum Streit. Schließlich entschied Godeke Michels salomonisch, daß alle der Zusammenkunft beiwohnen dürften, aber nur er allein das Wort führen werde.

Die drei Koggen gingen eine Schiffslänge vom Ufer entfernt vor Anker, die Segel wurden in den Wind gedreht. Falls Gefahr drohte, brauchte man nur die Ankerleinen zu kappen, um rasch das offene Meer zu gewinnen. Am Kai drängten sich die Einwohner des Städtchens. Wann bot sich ihnen sonst schon Gelegenheit, die berüchtigten *Wölfe des Meeres* von Angesicht zu Angesicht zu sehen, ohne für Leib und Leben fürchten zu müssen? Die Seeräuber gebärdeten sich denn auch, wie man es von ihresgleichen erwartete: Sie klemmten sich Messer zwischen die Zähne und erschreckten die Bürger mit mörderischen Fratzen. Doch nach und nach verlor sich die Scheu vor den Piraten; scherzhafte Reden flogen hin und her, Händler breiteten auf dem Kai ihre Waren aus, Bäcker priesen ihr frisches Brot an, Brauer ihr Bier, und auch die Dirnen wollten nicht zu kurz kommen. Sie wateten mit geschürzten Röcken zu den Schiffen, wo man sie für ihre lange entbehrten Dienste reichlich belohnte.

So war für Zerstreuung gesorgt, bevor Margarete nach gut einer Woche selbst im Hafen erschien. Sie kam in Begleitung einer Hofdame, zweier zum Kampf gerüsteter Ritter und einiger Diener; letztere trugen eine eisenbeschlagene Kiste. In einem der Ritter erkannte ich den Herren von Bassewitz wieder, der mir einst angedroht hatte, mich bei der nächsten Begegnung aufzuschlitzen.

Die Königin war eine kleine füllige Frau. Ihr pausbäckiges Gesicht strahlte mütterliche Wärme aus; behäbig wie ihr Gang waren auch die Gesten, mit denen sie ihren Untertanen für den freundlichen Empfang dankte. Sie zählte zu jener Zeit schon fünfundvierzig Jahre, ein Alter, in dem Tatkraft und Ehrgeiz nach landläufiger Meinung zu schwinden beginnen. Margarete Waldemarsdatter, *Hohe Frau, Herrscherin und mächtiger Vormund der Reiche*, war der lebende Gegenbeweis.

»Mein guter Rosenkrantz«, sagte die Königin, als sie ihres obersten Ratgebers ansichtig wurde. »Hat das Lumpenpack euch gut behandelt?«

»Es hätte schlimmer kommen können, Hohe Frau«, antwortete Rosenkrantz. »Glücklicherweise befinden sich unter den Herren etliche von Adel.«

»Trotz allem vergessen wir nicht, wer wir sind, Tante«, warf Heinrich von Pommern markig ein.

»Halunken seid ihr, Mörder und Diebe, niederträchtiges Gesindel«, versetzte Margarete, wobei sich ihre mütterliche Miene in Strenge wandelte. »Ginge es nicht um das Wohl meiner edlen Herren, würde ich kein Wort an euch verschwenden. Wer ist der Rädelsführer?«

»Das bin ich, Frau Königin«, sagte Godeke Michels, indem er sein umflochtenes Haupt ehrerbietig neigte.

»Es ist Godeke Michels, Hohe Frau; dem Namen nach sicherlich bekannt«, ergänzte Frederik Rosenkrantz.

Königin Margarete trat zwei Schritte näher: »Dieser Hanswurst ist Godeke Michels? Was hat er da auf dem Kopf, einen Bienenkorb?«

»Ihr solltet Euch nicht über mich lustig machen, Frau Königin, das erhöht den Preis«, entgegnete Godeke brummig. Wie die meisten Spötter konnte er es nicht leiden, wenn er selbst verspottet wurde. »Laßt uns, wenn es Euch gefällig ist, zum Geschäftlichen kommen.«

Auf einen Wink der Königin wurde die Kiste herbeigeschafft und in ein Fischerboot verladen. »Ich handle nicht mit Seeräubern«, sagte sie. »Gebt meine Herren frei und nehmt dafür, was in der Kiste ist. Mehr bekommt ihr nicht.«

»Das ist ein fauler Trick, sie will uns übers Ohr hauen!« rief Boniface.

»Mir liegt es fern, Euch zu mißtrauen, Frau Königin«, wand sich Godeke Michels, »aber vielleicht erlaubt Ihr uns, zuvor einen Blick in die Kiste zu werfen?«

»Komm her und schau hinein«, sagte die Königin.

Godeke kratzte sich unschlüssig an der Nase. Der alte Fuchs schien eine Falle zu wittern. »Geh du«, sagte er zu mir. So stapfte ich durch das seichte Wasser zu dem Boot und öffnete die Kiste. Sie war zur Hälfte mit Silbermünzen gefüllt. Ich schätzte ihren Wert auf fünfhundert lübische Mark, was gewiß nicht zu hoch gegriffen war. Die Seeräuber vernahmen es mit andächtigem Schweigen. Der alte Wichmann faßte sich als erster und beschwor Godeke Michels, das Geschäft nicht an unbilligen Forderungen scheitern zu lassen; nicht einmal in den glorreichen Zeiten der Vitalienbrüder sei ihnen so viel bares Geld in die Hände gefallen. Daraufhin warf mir Godeke ein Tau zu, hieß mich, es am Bugsteven des Fischerbootes zu befestigen, und während nun die Gefangenen nacheinander ans Ufer wateten, holte er das Tau unter dem Jubel seiner Spießgesellen ein. Für einen Augenblick erwog ich, das Weite zu suchen, die Gelegenheit hätte kaum günstiger sein können. Doch als ich den forschenden Blick des Ritters Bassewitz auf mich gerichtet sah, verwarf ich den Gedanken und kehrte an Bord zurück.

»Seid froh, daß ihr nicht mit mir gefeilscht habt; es hätte euch nur Zeit gekostet«, sagte Margarete. »Aber nun solltet ihr euch schleunigst davonmachen, die Lübecker kommen.« Sie deutete aufs Meer hinaus: Ostwärts schimmerten weiße Segel vor dem Grau der schwedischen Küste.

»Woher wißt Ihr, daß es Lübecker sind, Tante?« fragte Heinrich von Pommern.

»Heinrich, du bist ein Dummerjan«, erwiderte die Königin. »Wie gut, daß ich dich nicht zum König gemacht habe.«

In seltener Einmütigkeit befanden die Likedeeler, daß Eile geboten sei: Sie kappten die Ankerleinen und stoben aus dem Hafen. Der auflandige Wind zwang uns zu kreuzen, um in freies Fahrwasser zu gelangen. So kamen uns die Lübecker Schiffe rasch näher. Es waren neun Koggen mit ungewöhnlich hohen Kastellen. Die größte hielt auf uns zu, die übrigen schwärmten nach beiden Seiten aus. Ihre Absicht war unschwer zu erkennen: Sie wollten uns den Weg nach Norden oder Süden abschneiden und zur Küste zurücktreiben. Godeke Michels entschloß sich, in nördlicher Richtung durchzubrechen. Daraufhin drehten vier der feindlichen Schiffe bei und machten sich zum Kampf bereit. Was nun geschah, ging schneller vonstatten, als ich es mit Worten wiedergeben kann. Godekes Schiff rammte eine der Koggen knapp vor dem Heck, ein ungeheurer Stoß schleuderte mich auf das Deck, Holz zerbarst mit ohrenbetäubendem Krachen, ein mannsgroßes Stück von einer Rahe bohrte sich in die Planken. Vorn am Bug schlugen Männer mit Schwertern und Äxten aufeinander ein. Hans von Weddemunkel stellte einem Angreifer ein Bein und hieb ihm das Schwert in den Nacken. Jan Velhove hing bäuchlings über dem Schanzkleid, er schrie wie am Spieß. Zwei Männer stürzten in tödlicher Umklammerung über Bord. Ein

Kopf rollte auf mich zu und blieb unmittelbar vor mir liegen; das Gesicht zuckte wie unter Qualen. Obwohl unser Schiff von zwei Koggen bedrängt wurde, machte es noch Fahrt. Mit schrillem Quietschen zwängte es sich zwischen den feindlichen Schiffen hindurch. Und dann hörte ich eine Stimme, die meinen Herzschlag stocken ließ. Detlefs Stimme. Er stand auf der Back der großen Kogge, von seinem Brustharnisch sprangen Lichtsplitter, ein heller Mantel bauschte sich um seine hochgereckte Gestalt. Niemals habe ich deutlicher empfunden, wie hart mich das Schicksal gebeutelt hatte: Dort stand mein Halbbruder, der Bastard, in der Pose des Befehlshabers, und hier lag ich, der Seeräuber, dem bestenfalls der liebe Gott abnehmen würde, daß er ein Seeräuber wider Willen war. Ich verkroch mich hinter dem Schanzdeck, damit er mich nicht sähe.

Ringsum mit Enterhaken gespickt, kam unser Schiff von den lübischen Koggen frei. Einem weiteren Seeräuberschiff war es gleichfalls gelungen, die Sperre zu durchbrechen. Das dritte hingegen, das unter dem Befehl Heinrichs von Pommern stand, hatte sich hoffnungslos mit den feindlichen Schiffen verkeilt; auf seinem Deck tobte ein erbitterter Kampf. Doch auch wir waren noch nicht außer Gefahr. Armbrustbolzen pfiffen uns um die Ohren, durchsiebten das Segel, streckten ein Drittel unserer Mannschaft nieder, darunter den vor Schmerzen halb wahnsinnigen Jan Velhove. Godeke Michels saß geduckt hinter dem Ruder, seine Zöpfe hatten sich gelöst und ringelten sich schlangengleich um sein Haupt. »Alles, was recht ist, der lübsche Admiral versteht sein Handwerk«, stieß er zwischen den Zähnen hervor. »Weißt du, wer es ist?«

Es fehlte nicht viel, und ich hätte mich damit gebrüstet, daß der Admiral mein Bruder sei. Aber ich bezwang mich und schüttelte den Kopf. War es schon so weit mit mir gekommen, daß ich mich in Detlefs Glanz sonnen mußte?

Sechs lübische Koggen nahmen die Verfolgung auf. Für Schiffe dieser Größe und Bauart waren sie erstaunlich schnell. Godeke Michels ließ die Fässer mit Trinkwasser und gepökeltem Fisch über

Bord werfen, dann den Notanker und überflüssiges Tauwerk, zuletzt auch die Toten. Dennoch blieben uns die Koggen auf den Fersen. Ich sah schon die Armbrustschützen ihre furchtbaren Waffen spannen. Doch zu unserem Glück schlug das Wetter um. Von Westen her verdunkelte sich der Himmel, Regenböen verhängten die Sicht mit strähnigen Schleiern, und der bald darauf einsetzende Wolkenbruch entzog uns gänzlich den Blicken unserer Verfolger.

»Was denkst du, lieber Freund und Meister«, fragte Godeke Michels den alten Wichmann, »sollen wir uns in die Westsee absetzen?«

»Mach, was du willst«, entgegnete der Alte. »Ich habe mein Leben hinter mir; wo ich sterbe, ist mir gleich.«

Um unsere Vorräte wieder aufzufüllen, liefen wir Anholt an. Wie du dich erinnern wirst, war ich dunkler Geschäfte halber schon einmal auf der Insel gewesen. Der Hafen lag voll modernder Wracks, die Häuser waren verfallen, nur eines schien noch bewohnt zu sein. Doch die Leute waren offenbar mitsamt ihrem Vieh in die Einöde geflüchtet.

Die Zahl der Likedeeler war auf die Hälfte zusammengeschrumpft; viele hatten Verletzungen erlitten. Boniface war der rechte Arm abgetrennt worden; er wurde nicht müde, der Jungfrau Maria dafür zu danken, daß er Linkshänder war. Ein Zimmermann sägte den Verwundeten die verstümmelten Glieder ab, damit kein Brand hineinkomme. Über das Schicksal Heinrichs von Pommern und seiner Mannschaft kann ich nur vom Hörensagen berichten. Es heißt, achtzig von ihnen seien in Gefangenschaft geraten und den *Faßtod* gestorben. Falls du nicht weißt, was darunter zu verstehen ist: Man steckt den Gefangenen in eine Heringstonne, so daß oben durch ein Loch im Deckel nur der Kopf herausschaut. Bei der Hinrichtung werden die Tonnen dann in einer Reihe nebeneinander aufgestellt, und der Scharfrichter mäht die Köpfe wie der Bauer das Korn.

Am Tage nach unserer Ankunft rief Godeke Michels die Likedeeler zusammen und händigte jedem einen gleich großen Teil vom Lösegeld aus. Sodann tat er seine Absicht kund, mit einem der Schiffe in die Westsee weiterzusegeln. Wer mit ihm kommen wolle, habe ihm bedingungslosen Gehorsam zu leisten. Jene aber, die lieber ihre eigenen Herren sein wollten, könnten über das zweite Schiff verfügen. Er hoffe nur, daß es genügend Platz böte für alle, die lübschen Hanf am Halse zu tragen wünschten. Nach dieser Rede entschieden sich knapp hundert Likedeeler dafür, mit Godeke Michels in die Westsee überzuwechseln; etwa fünfzig, darunter Caspar Went, scharten sich um den Aragonier.

»Was ist mit euch Gauklern?« fragte Godeke. »Kommt ihr mit mir, oder wollt ihr euch von den Lübeckern schnappen lassen?«

Während ich noch darüber nachsann, welches von beiden das kleinere Übel sei, packte der Krüppel meinen Arm und zerrte mich zu jenen hinüber, die sich Godeke Michels anschließen wollten.

Früh am nächsten Morgen stachen beide Schiffe in See. Eine Weile segelten wir in nördlicher Richtung nebeneinander her, später fiel das andere Schiff nach Osten ab und war bald außer Sicht.

»Die sehen wir nicht wieder«, sagte Godeke Michels. Gerüchten zufolge sind Boniface und seine Mannschaft bei einem Überfall auf die Insel Fehmarn von den Bauern in eine Falle gelockt und erschlagen worden. Nur einer muß den Braten gerochen haben, sonst hätte er uns nicht von seiner wundersamen Wandlung erzählen können.

Auf der Höhe von Skagen kreuzte eine Schute unseren Kurs. Godeke befahl dem Schiffer, längsseits zu gehen, und fragte, was er geladen habe.

»Kies«, sagte der Schiffer. Seine Stimme kam mir bekannt vor. Und als er sein Haupt entbößte, glaubte ich zu wissen, daß es der Mann war, dem ich damals die Fässer mit den Waffen übergeben hatte.

»Wie heißt du?« rief ich.

»Es ist Pedersen«, antwortete er.

»Laßt Euch nicht für dumm verkaufen«, flüsterte ich Godeke Michels zu. Mit einem Satz sprang er auf die Schute hinüber. Ich hatte richtig vermutet: Unter dem Kies waren Waffen verborgen, Schwerter und Streitäxte vor allem, aber auch Speere, Hellebarden und zwei Armbruste.

»Für wen ist die Ladung bestimmt?« fragte Godeke Michels.

»Du kennst ihn besser als ich«, entgegnete der Schiffer.

»Seinen Namen!« herrschte Godeke ihn an.

Pedersen zeigte ihm seine verkrüppelte Hand: »Das letzte Mal haben sie mir die Finger zerquetscht, weil ich den Namen eines Geschäftspartners nicht preisgeben wollte; trotzdem habe nichts gesagt.« Darauf blickte er zum Flüger empor. »Der Wind steht günstig. Gib mir eine Meile Vorsprung und komm hinterher. Dann siehst du, wer es ist.«

»Bist du Hellseher?« fragte Godeke, als er wieder an Bord geklettert war.

»Die Zunge des heiligen Vicentius hat es mir geflüstert«, gab ich keck zurück. Er stieß mir schmunzelnd seinen Ellbogen in die Seite.

Die Schute hielt geradewegs auf die Küste zu. Bald konnten wir voraus Dünen sehen und den Kirchturm von Skagen. Vor der Hafeneinfahrt setzte Godeke einen Mann an Land. Dieser berichtete, im Hafen lägen vier Holke, zwei davon mit backbords geführtem Seitenruder. Auf einem der Schiffe wollte der Mann Magister Wigbold bemerkt haben.

»Dann ist Klaus auch nicht weit«, sagte Godeke Michels mit einem Anflug von Bitterkeit in der Stimme.

Das Fischerdorf an der Nordspitze Jütlands glich einem Feldlager. Rund um den Hafen waren Zelte aus Segeln errichtet worden. Überall qualmten Feuer, dampften Kessel, umgeben von lärmenden Horden. Hier und da sah ich kriegerisch aufgeputzte Herren in kleinen Gruppen beisammenstehen. Dies seien Störtebekers Hauptleute, bedeutete Hans von Weddemunkel mir, sämtlich Träger berühmter Namen, wenn auch nicht alle von edlem Geblüt.

Godeke Michels wurde mit lautem Jubel empfangen. Alles drängte herbei, ihn von nahem zu sehen. Aus den Mienen der Seeräuber sprach Ehrfurcht; manche berührten ihn, als wollten sie sich vergewissern, daß er ein Mensch aus Fleisch und Blut sei. Erst jetzt wurde mir so recht bewußt, daß Godeke Michels eine lebende Legende war. Mochte sein Ruhm inzwischen auch neben dem seines alten Freundes verblaßt sein: Störtebeker und Godeke Michels waren immer noch zwei Namen, die man in einem Atemzug nannte.

Ohne daß ich sein Kommen bemerkt hatte, stand plötzlich ein hagerer Mann vor Godeke Michels. Über seinem bartlosen Gesicht mit den tiefliegenden Augen wölbte sich eine hohe Stirn. Sein Schädel war fast kahl, nur an den Ohren und am Hinterkopf sproß spärliches Haar. Im Kreis der malerisch gewandeten Freibeuter nahm er sich wie eine Krähe unter Pfauen aus, denn seine Kleidung war schlicht und entbehrte jeglichen Zierats. Ein unscheinbarer Mann, alles in allem. Wie kam es, daß er dennoch meinen Blick unwiderstehlich auf sich zog? Spürte ich schon bei der ersten Begegnung etwas von der Kraft, mit der dieser Mann andere Menschen in seinen Bann schlug?

»In letzter Zeit hat man wenig von dir gehört, Godeke. Daraus schloß ich, du seist tot«, sagte der Mann. »Um so erfreuter bin ich, dich bei guter Gesundheit zu sehen.«

»Die Freude steht dir ins Gesicht geschrieben, Wigbold«, spottete Godeke Michels. »Wo ist Klaus?«

»Wir dürfen ihn jetzt nicht stören«, antwortete der Magister. »Er liegt einer Jungfer bei, die unbedingt ein Kind von ihm möchte.«

»Ich stehe ihr auch gern zu Diensten«, sagte Godeke. »Das wär doch was, wenn sie Zwillinge kriegt, einen von Störtebeker und einen von mir.« Gelächter brandete auf, und Godeke selbst lachte am lautesten.

»Immer noch der Alte«, schmunzelte Wigbold. »Wie viele seid ihr?«

»Knapp hundert.«

»Gute Leute?«

»Nach jedem einzelnen würdet ihr euch die Finger schlecken.«

»Störtebeker hat große Pläne. Ich denke, daß er euch gebrauchen kann«, sagte Magister Wigbold. »Kommt und eßt mit uns. Aber betragt euch gesittet, wir sind hier zu Gast.«

Man bewirtete uns mit Schweinefleisch und Bier. Von beidem war reichlich vorhanden, denn Störtebeker hatte den Einwohnern von Skagen zugesichert, daß sie von Plünderungen verschont blieben, wenn sie seinen Leuten genügend zu essen und trinken gäben. Derartige Abmachungen, erzählte man uns, träfe Störtebeker häufiger; nicht selten habe er auch schon für Speis und Trank bezahlt.

»Kinners, hört auf zu flunkern«, sagte Godeke Michels. »Warum sollte er für etwas bezahlen, das er umsonst haben kann?«

»Hierin zeigt sich Störtebekers Größe«, erwiderte Magister Wigbold. »Er läßt die Armen nach Möglichkeit ungeschoren, dafür hält er sich an den Reichen schadlos.«

»Gediegen«, sagte Godeke Michels. »Früher fragte er nicht erst, wieviel einer hat, bevor er ihm die Taschen leerte.«

»Größe erwächst aus kleinen Anfängen, mein lieber Godeke«, belehrte ihn der Magister. »Und da du Störtebeker am längsten von uns allen kennst, wirst du auch am besten ermessen können, wie sehr er sich gewandelt hat.«

»Dat sall mi wunnern«, sagte Godeke, der, wenn er sich einem anderen rhetorisch nicht gewachsen fühlte, gern in seine heimatliche Mundart verfiel.

Der Zufall wollte es, daß Magister Wigbold und ich zu gleicher Zeit nach einer Schweinerippe griffen. Ich zog meine Hand zurück, doch er schnitt die Rippe aus dem Braten und reichte sie mir. Dabei nahm ich etwas an ihm wahr, das mich zutiefst verstörte: Er hatte verschiedenfarbige Augen! Eines war braun, das andere grünlichblau. Mir war, als blickten mich zwei Menschen aus ein und demselben Gesicht an. Ich fühlte mich wie gelähmt von diesem doppelten Blick. Wigbold weidete sich an meiner Verblüffung. »Eine Laune der Natur; manche schließen daraus auf einen zwiespältigen Charakter«, lächelte er. »Woher kommst du, mein Freund?«

»Aus Lübeck.«

»Vor Jahren hatte ich mich als Lehrer an der dortigen Lateinschule beworben«, sagte er. »Bei der Prüfung geriet ich mit dem Rektor in einen Disput über die Unfehlbarkeit des Papstes. Hätte ich mir seine Meinung zu eigen gemacht, wäre ich heute womöglich ein lübscher Bürger.«

Magister Wigbold zählte nicht zum Kreis der Hauptleute, aber als Störtebekers engster Vertrauter – manche nannten ihn seinen *Schatten* – genoß er unter den Freibeutern hohes Ansehen. Schon sein Äußeres gab zu erkennen, daß er keine Kämpfernatur war. Selten sah ich ihn Waffen tragen; ich glaube auch kaum, daß seine schmalen Gelehrtenhände imstande waren, ein Schwert zu führen. Gleichwohl äußerte niemand Zweifel an seinem Mut oder unterstand sich gar, ihn einen Schwächling zu schimpfen. Den Mangel an Körperkraft machte er durch die Schärfe seines Verstandes mehr als wett.

Ein rätselhafter Mensch, Bruder Anselmus. Obgleich ich mit Magister Wigbold über längere Zeit vertrauten Umgang pflegte, ist es mir nicht gelungen, ihn zu durchschauen. War er ein Menschenfreund oder ein Menschenverächter? War er klug, vielleicht sogar weise, oder nur über die Maßen schlau? Manchmal schien mir, als bereite es ihm Vergnügen, sich gauklerhaft hinter verschiedenen Masken zu verbergen. Oder fürchtete er nur, sich eine Blöße zu geben? Kurzum, Magister Wigbold ist mir ein Rätsel geblieben.

Was ich nach und nach über sein Leben in Erfahrung brachte, bot Stoff für eine abendfüllende Geschichte. Er hatte an der Universität zu Rostock den Titel eines *Magisters der Freien Künste* erworben und war später nach Oxford übergewechselt, wo er sich der Astronomie, der Erforschung algebraischer Gesetzmäßigkeiten, dem Studium der Kabbala sowie der Alchimie widmete. Damit seinen Erkenntnissen die gebührende Beachtung zuteil werde, faßte er sie in Thesen zusammen und verteidigte diese im akademischen Streitgespräch. Diese Disputationen erfreuten sich indessen solchen Zulaufs, daß er sich alsbald dem Vorwurf ausgesetzt sah, es handle sich dabei um wissenschaftlich verbrämte Spektakel. Dies veranlaßte ihn, der Alma mater den Rücken zu wenden. Er ließ sich von John Wyclif zum Laienprediger ausbilden und zog fortan als *Unkrautsäer*, wie man die Jünger des englischen Ketzers nannte, von Markt zu Markt. Die Saat fiel auf fruchtbaren Boden: Die Armen in den Städten und die Bauern erhoben sich gegen Kirche und Obrigkeit. Doch der Aufstand wurde blutig niedergeschlagen, und Magister Wigbold sah sich genötigt, bei Nacht und Nebel außer Landes zu gehen. Auf Schloß Gottorp im Schleswigschen wurde er Hauslehrer des jungen Grafen. Der Knabe war für Latein und Mathematik nicht zu begeistern, zeigte sich aber um so empfänglicher für ketzerisches Gedankengut. Die Folge war, daß Magister Wigbold in einem Käfig an den Schloßturm gehängt wurde. Der junge Graf seilte ihn jedoch nächtens wieder ab und floh mit ihm auf die Burg der Rantzaus. Hans Rantzau war ein glühender Verfechter der Wyclifschen Lehre. Aus der gemeinsamen Gesinnung erwuchs eine innige Freundschaft, und als eines Tages die Kunde von den wagemutigen Unternehmungen der Vitalienbrüder zu ihnen drang, machten sie sich nach Gotland auf, um Wichmann ihre Dienste anzubieten. Soweit, in großen Zügen nachgezeichnet, Magister Wigbolds Lebensweg – bis er auf den Mann traf, von dem ich nun erzählen will.

Er kam wiegenden Schrittes aus dem Dorf, die Arme über der Brust gekreuzt. Seine Haltung verriet, daß er mit sich zufrieden war. Nicht von ungefähr drängte sich mir der Vergleich mit einem Hahn auf, der soeben das Seine zur Fortpflanzung beigetragen hat. Genau so hatte ich ihn mir vorgestellt: Ein Kerl wie ein Baum, ein kraftstrotzender Hüne, eine Heldengestalt. Sein rötlichblondes Haar indes war an den Schläfen ergraut, auch der Bart spielte am Kinn schon ins Silbrige hinüber. Er war kein junger Mann mehr, der große Störtebeker. In diesem Punkt stimmte meine Vorstellung nicht mit der Wirklichkeit überein. Ich hatte ihn mir jünger gedacht; auf den Gedanken, daß auch Helden in die Jahre kommen, war ich nicht verfallen.

Die Gespräche verstummten, als er zu uns ans Feuer trat. Er ließ sich einen Humpen reichen und trank ihn nach seiner Gewohnheit in einem Zug leer. Alle erwarteten, daß er als nächstes seinen alten Freund begrüße. Aber Störtebeker hockte sich neben Magister Wigbold nieder und sagte: »Sie will mir zur linken Hand angetraut werden, was hältst du davon?«

»Ich bin nicht sicher, ob es deinem künftigen Schwager recht wäre«, erwiderte der Magister. »Bei den Friesen sind Nebenehen verpönt.«

»Verpönt«, wiederholte Störtebeker nachdenklich.

»Du solltest derzeit alles vermeiden, was Kenno ten Brokes Ärger erregen könnte.«

»Sollte ich vermeiden«, stimmte ihm Störtebeker zu.

Godeke Michels hatte sich bis dahin mühsam beherrscht. Doch nun schleuderte er einen Knochen ins Feuer und baute sich herausfordernd vor Störtebeker auf: »Was ist, Klaus? Kennst du mich nicht mehr?«

Störtebeker maß ihn mit einem Blick voll kindlichen Staunens: »Godeke!« Er erhob sich schwerfällig und umarmte den einstigen Weggefährten. »Ich habe nicht gedacht, daß du noch lebst«, sagte er. Dann blickte er sich aufmerksamer in der Runde um. Als er Wichmann gewahrte, ließ er Godeke Michels fahren, eilte zu dem Alten und schloß ihn so ungestüm in die Arme, daß dieser nach Atem rang. »Wichmann, unser aller Meister! Welche Freude, dich zu sehen!« rief er. »Wie hätte ich jemals werden können, was ich bin, wäre ich nicht durch deine Schule gegangen!«

»Verzeih, daß ich dir widersprechen muß, Störtebeker«, sagte Magister Wigbold. »Der verehrungswürdige Wichmann war dir sicherlich ein guter Lehrer, aber was aus dir geworden ist, verdankst du nur dir selbst.«

»Nun ja, ich habe etwas aus mir gemacht, das ist wohl wahr«, räumte Störtebeker ein. Darauf ging er umher, schüttelte jedem die Hand, umarmte alte Kampfgenossen. Als die Reihe an mich kam, legte er mir eine seiner Pranken auf die Schulter und sagte: »Sind wir uns nicht schon mal begegnet?«

»Ja, aber nur flüchtig«, antwortete ich verdutzt. »Mich wundert, daß Ihr Euch daran erinnert.«

»Ich vergesse nie ein Gesicht«, entgegnete er. »Wie heißt du?«

»Simon Gronewech.«

»Gronewech heißt auch der Admiral der lübischen Flotte«, warf Magister Wigbold ein. »Bist du mit ihm verwandt?« Wieder erfaßte mich sein doppelter Blick, noch prüfend das grünlichblaue Auge, schon wissend das braune.

»Er ist mein Bruder«, gestand ich.

»Hört euch den Gaukler an!« lachte Godeke Michels. »Er will uns auf den Arm nehmen!«

In Störtebekers Züge stahl sich ein Hauch von Wehmut; irgendeine ferne Erinnerung schien in ihm geweckt zu sein. »Ich mag Gaukler«, grummelte er. »Am liebsten wäre ich selbst einer geworden.«

»Störtebeker will damit sagen, daß in uns allen etwas von einem Gaukler steckt – ein geistreicher Gedankenblitz, nicht mehr und nicht weniger«, erläuterte Magister Wigbold. »Selbstredend hat er sich nie ernsthaft mit der Absicht getragen, ein Gaukler zu werden.«

»Nicht ernsthaft, da hast du schon recht«, pflichtete ihm Störtebeker etwas zögerlich bei.

»Erzähl uns von deinen Plänen, Klaus«, bat Godeke Michels.

Als Störtebeker daraufhin in dumpfes Brüten versank, nahm Magister Wigbold statt seiner das Wort. Störtebeker habe in den Friesen mächtige Bundesgenossen gefunden. Kenno ten Broke, dessen Schwester er in Kürze heiraten werde, habe ihm für Überfälle auf Bremer und Hamburger Schiffe seine Häfen geöffnet und jegliche Unterstützung zugesichert. Die Kunde von dem Bündnis habe sich wie ein Lauffeuer verbreitet; Freibeuter aus aller Herren Länder hätten sich Störtebekers Befehl unterstellt, darunter so berühmte wie Plukkerade, Peter Rumohr, Arnd Struck, Henning Ahlefeld, Bosse von Kaland und der Bretone Anguille. Mit einem Wort: Störtebeker sei im Begriff, die Herrschaft über die Westsee an sich zu reißen.

»Was tut ihr dann hier in diesem Fischernest?« fragte Godeke Michels.

»Störtebeker ist gern unter einfachen Menschen«, erwiderte Magister Wigbold. »Aus der Verehrung, die sie ihm entgegenbringen, schöpft er Kraft für neue Taten. Ist es nicht so, Störtebeker?«

Er bekam keine Antwort. Der Held war unterdessen eingenickt.

An den folgenden Tagen gingen noch weitere Freibeuterschiffe im Hafen vor Anker. Der kleine Ort wurde förmlich überschwemmt von Abenteurern aus aller Welt. Während Störtebeker mit seinen Hauptleuten zechte, unterzog Magister Wigbold die Neuankömmlinge einer strengen Musterung. Bewundernswert, wie er die Spreu vom Weizen zu sondern wußte! Allenfalls jeder dritte fand vor seinen Augen Gnade; den anderen empfahl er, auf eigene Faust ihr Glück zu versuchen.

Zu denen, die in Störtebekers Mannschaft aufgenommen wurden, gehörten auch einige Sarazenen. Wigbold bemerkte erstaunt, daß ich mit ihnen Arabisch sprach. »Der Bruder des lübschen Admirals, ein Gaukler und dazu noch einer solch fremdartigen Sprache mächtig«, sagte er. »Allmählich fange ich an, in dir etwas Besonderes zu sehen, Simon. Ich will Godeke fragen, ob er dich entbehren kann.«

So kam es, daß ich für die Fahrt nach Friesland auf Störtebekers Schiff überwechselte. Es besaß weder eine Kajüte noch eine Unterkunft für die Mannschaft. Zum Schlafen legte man sich auf die nackten Decksplanken; bei schlechtem Wetter schützte eine Persenning vor Regen und Gischt. Störtebeker liebte es, sich mit seinen Leuten gemein zu machen; er sprach ihre Mundart, aß das gleiche wie sie und ergötzte sich an ihren derben Späßen. Seine Ungezwungenheit wich jedoch einer gekünstelten Würde, sobald sich Magister Wigbold hinzugesellte. Dieser war auch der einzige, der Störtebeker nicht mit Vornamen anredete.

Unter den Seeräubern ging das Gerücht, Störtebeker habe früher einen anderen Namen gehabt. Eines Tages fragte ich Wigbold, wie er vorher geheißen habe. Der Magister tat überrascht: »Was redest du für einen Unsinn? Er ist der Sohn des Gerbers Johann Störtebeker aus Wismar. Also hat er den Namen von Geburt an getragen.«

Man munkle aber, wagte ich einzuwenden, daß er dem niederen Adel entstamme und in einem begüterten Elternhaus aufgewachsen sei.

»Manche behaupten gar, er sei ein Sprößling des Erzbischofs von Bremen«, versetzte er spöttisch. »In Wahrheit ist er armer Leute Kind. Der große Störtebeker stammt aus dem Bodensatz des Volkes!«

Er hätte es dabei bewenden lassen können. Doch wenig später vertraute er mir unter dem Siegel der Verschwiegenheit an, daß Störtebeker tatsächlich von adeliger Herkunft sei. Den Namen *Störtebeker* habe er sich in Bierlaune selbst zugelegt und damit eine überaus glückliche Wahl getroffen. Denn er zeuge nicht nur von mannhaften Trinkgewohnheiten, was beim Volk eo ipso Bewunderung erwecke, sondern sei zudem noch sehr einprägsam. Die Geschichte von seiner ärmlichen Herkunft indes habe er, Magister Wigbold, erfunden. Es war, um das an dieser Stelle einzuflechten, eine von vielen Geschichten, die der Magister über den Seeräuber in Umlauf gesetzt hatte.

In der Emsmündung überbrachte ein Abgesandter Kenno ten Brokes die Nachricht, daß sein Herr in Marienhafe weile und Störtebeker dort zu empfangen wünsche. Der Ort mit seinem weithin sichtbaren Kirchturm liegt ein gutes Stück landeinwärts an einem winzigen Fluß. Schiffe wie die unseren konnten ihn nur beim höchsten Wasserstand befahren; daher dauerte es zwei Tage, bis wir nach Marienhafe gelangten.

Kenno ten Broke erschien alsbald mit großem Gefolge im Hafen. Zur Begrüßung seines künftigen Schwagers hatte er eine schwere Rüstung angelegt. Unter dem hochgeklappten Visier gewahrte ich ein junges Gesicht mit fast noch kindlichen Zügen, und knabenhaft klang auch seine Stimme, als er Störtebeker willkommen hieß. Doch dann kräuselte Mißmut seine Stirn. »Du wolltest mit einem ganzen Heer zurückkehren«, sagte er. »Statt dessen bringst du mir eine Räuberbande. Wer soll sich denn vor denen fürchten?«

»Wenn du sie erst kämpfen gesehen hast, redest du nicht mehr abfällig von meinen Männern«, grollte Störtebeker. Darauf stellte er ihm seine Hauptleute vor, zuletzt auch Godeke Michels, und Kenno ten Broke konnte nicht umhin, bei der Aufzählung berüchtigter Namen respektvoll die Lippen zu schürzen. Schließlich bat er, ihm seine harschen Worte nicht zu verargen, und gab bekannt, daß die Hochzeit in drei Tagen stattfinden werde. Er habe dazu die vornehmsten friesischen Häuptlinge mit ihren Familien geladen, so daß der Raum für weitere Gäste verständlicherweise knapp bemessen sei.

»Dann sieh dich nach einem größeren Haus um«, sagte Störtebeker. »Wir kommen alle.«

»Wie du willst«, lenkte Kenno unwillig ein. »Aber wascht euch und wechselt eure Kleidung. Ihr riecht, als ob ihr in einer Heringstonne überwintert hättet.« Nach diesen Worten sprengte er klirrend davon.

Über die Trauung in St. Marien kann ich wenig berichten, denn nicht nur im Dom, sondern auch auf dem Platz davor herrschte ein solches Gewühl, daß ich gar nicht erst den Versuch unternahm, mir einen Weg durch die Menge zu bahnen. Die Trauung nahm Kaplan Almer vor, Kenno ten Brokes Beichtvater und Vertrauter. Von Störtebeker wird erzählt, daß er zwei Finger hinter dem Rücken gekreuzt habe, während er das Jawort sprach.

Die Braut sah ich erst, als sie an Störtebekers Arm zum Hochzeitsschmaus kam. Eilika ten Broke war lang und dürr; im Gegensatz zu ihrer Schwester Occa entbehrte sie jeglichen Liebreizes. Sie mochte zwanzig Jahre zählen oder dreißig: Ihr spitznäsiges Gesicht gab es nicht zu erkennen. Andererseits war sie als Schwester Kenno ten Brokes, des neben Edo Winneken mächtigsten friesischen Häuptlings, eine vielumworbene Jungfer; es hieß, daß sogar Graf Cordt von Oldenburg unlängst um ihre Hand angehalten habe, auf Betreiben ihrer Mutter Folke jedoch abschlägig beschieden worden sei. Von Folke, der Witwe Ocko ten Brokes, wird noch die Rede sein.

Da kein Haus in Marienhafe die große Zahl der Hochzeitsgäste fassen konnte, wurde das Fest auf dem Marktplatz gefeiert. Als es dunkel zu werden begann, entzündete man ringsumher an den Häusern Fackeln und bestückte die Tische mit unzähligen Kerzen. In der Mitte saßen die friesischen Häuptlinge mit ihren Frauen, Töchtern und Söhnen, darum herum in weitem Kreis die Freibeuter und die angesehensten Bürger von Marienhafe. Riesige Schüsseln mit gekochtem und gebratenem Fleisch wurden aufgetragen, und ein jeder, ob Mann oder Weib, sprach ihnen so fleißig zu wie dem starken dunkelbraunen Bier. Propst Hisko von Emden, auch er das Oberhaupt einer einflußreichen Sippe, nahm das Wort und sprach von der brüderlichen Eintracht, die fortan unter den friesischen Geschlechtern herrschen werde. Nachdem der große Störtebeker einer der ihren geworden sei, werde man mit seiner und der Vitalienbrüder Hilfe den Hamburgern und Bremern das Wasser abgraben. Dem stimmten alle Häuptlinge zu, selbst der stets mürrisch dreinblickende Edo Winneken.

Nun war es nach friesischer Sitte am Bräutigam, das Wort an die Hochzeitsgäste zu richten. Auf einen Wink von Kenno ten Broke erhob sich Störtebeker zu seiner vollen Größe. Er musterte die Anwesenden mit dumpfem Blick, griff nach seinem Humpen, hob ihn an die Lippen, legte den Kopf in den Nacken und goß sich das Bier in den Schlund, ohne daß man auch nur ein einziges Mal seinen Kehlkopf hüpfen sah. Als er den Humpen bis zum letzten Tropfen geleert hatte, horchte er eine Weile in sich hinein. Dann brach es mit Urgewalt aus ihm hervor und hallte wie Donnergrollen über den Platz.

Nach dieser eindrucksvollen Darbietung setzte er sich wieder neben die schamhaft errötete Braut.

»Was für ein Mann!« hauchte die schöne Occa, und auch die anderen bezeigten ihm auf mancherlei Art ihre Achtung. Wer so zu saufen, so gewaltig zu rülpsen verstand, mußte ein ganzer Kerl sein.

Das Fest währte bis zum nächsten Morgen und endete mit einem feierlichen Treueschwur. Bei den Schädeln ihrer Ahnherren Verritus und Malorix gelobten die Häuptlinge, nie wieder Krieg gegeneinander zu führen und im Kampf gegen äußere Feinde auf Gedeih und Verderb zusammenzustehen. Hernach ernannten sie Störtebeker zum Befehlshaber der friesischen Flotte. So konnte sich der Bräutigam, nachdem er die Gäste verabschiedet hatte, mit dem Titel eines Admirals geschmückt ins Brautbett legen.

Vorerst bestand die friesische Flotte indessen nur aus sieben Freibeuterschiffen und drei flachbodigen Holken, die Kenno ten Broke gelegentlich auf Kaperfahrten ausschickte. Wie schon sein Vater Ocko betrieb der junge Kenno in den Gewässern vor der Küste Seeräuberei. In den Augen seiner Mutter Folke war dies jedoch ein läppischer Zeitvertreib. Sie trachtete nach Höherem, und da sie an Kenno die nötige Reife vermißte, setzte sie sich mit Störtebeker ins Benehmen. Treueschwüre unter friesischen Häuptlingen seien soviel wert wie eine Handvoll Sand, wenn man nicht nachdrücklich auf Erfüllung poche, erklärte sie ihm. Als ersten müsse man den vollmundigen Propst Hisko beim Wort nehmen, denn sein Hafen sei der größte in ganz Friesland und eigne sich daher vorzüglich als Ausgangspunkt für weitere Unternehmungen. Woran sie dabei dachte, ließ sie offen. Es sollte sich aber bald erweisen, daß sie andere Pläne hatte als ihr Schwiegersohn.

Einige Tage später liefen wir mit zehn Schiffen in den Hafen von Emden ein. Hisko tat erfreut; er habe unsere Ankunft sehnlich erwartet. Um guten Willen zu zeigen, unterstellte er drei seiner Schiffe Störtebekers Befehl.

Hisko von Emden, Oberhirte und Häuptling in einer Person, war ein hochgebildeter Mann. Er sprach Latein so geläufig wie Griechisch, Französisch und Spanisch, kannte sich in den Schriften des Altertums aus und führte den Titel eines *Magister Artium*. Nichts schätzte er mehr, als aus dem Born seines Wissens zu schöpfen und andere Menschen damit in Erstaunen zu setzen. Bei Störtebeker und seinen Hauptleuten gelang es ihm mühelos, in Wigbold hingegen fand er einen ebenbürtigen Widerpart. Bald sah man die Magister ganze Nächte hindurch in geistreiche Gespräche vertieft, und da sie annahmen, daß ihnen ohnehin niemand zu folgen vermochte, wechselten sie in das beiden geläufige Latein über. Ich erinnere mich, daß oft von Vorbestimmung und freiem Willen die Rede war, von Sünde und Schuld. Ein andermal vertrat Magister Wigbold die These, das Universum sei ein sich selbst gebärender Raum, der sich am Ende der Tage wieder selbst verschlingen werde.

»Wo ist darin Gottes Platz?« entschlüpfte es mir.

»Gott ist die Leere vorher und danach«, antwortete der Magister. Dann stutzte er: »Latein sprichst du auch?«

»Es reicht fürs Alltägliche«, versetzte ich unbedacht.

»Simon, dir sitzt der Schalk im Nacken«, lächelte er. »Wie wär's, wenn du Störtebeker ein wenig aufzuheitern versuchst? Seit Propst Hisko und ich miteinander disputieren, ist er mißgelaunt.«

Ich fand ihn allein auf der Back seines Schiffes, den Rücken gegen das Schanzkleid gelehnt. Erst dachte ich, er schliefe. Als ich aber näher herantrat, sah ich, daß er trübsinnig vor sich hin starrte. Ich fragte, ob ich mich zu ihm setzen dürfe. Er antwortete nicht. So hockte ich mich neben ihm nieder.

»Was haben die beiden Wichtiges zu bereden?« murmelte er nach einer Weile, als spräche er zu sich selbst.

Ich weiß nicht, wie ich darauf kam: Plötzlich hörte ich mich mit Hiskos Stimme reden. Die Stimme zauberte Hiskos Mienenspiel herbei, seine Gebärden. Als ich Störtebekers Blick auf mich gerichtet sah, begann ich, das Eigentümliche an Hiskos Ausdrucksmitteln hervorzuheben – ganz so, wie ich einst meine Lehrer der Lächerlichkeit preisgegeben hatte und später die drei Domherren.

Was geschah, Bruder Anselmus? Störtebeker staunte, aus dem Staunen wuchs langsames Begreifen, aus dem Begreifen ein Schmunzeln, das Schmunzeln blühte zum Lachen auf. Unvermittelt hatte der Gaukler wieder von mir Besitz ergriffen, und er verlangte gebieterisch nach Fortsetzung des erfolgreich Begonnenen. Ich sprang also auf und gab den Dekan Krummedick zum besten. Nun hättest du erst Störtebeker lachen sehen sollen! Er trommelte mit den Fäusten aufs Deck, japste nach Luft, die Tränen liefen ihm über die Wangen.

Er hatte wahrhaftig ein kindliches Wesen, der große Mann! Es brauchte nicht viel, sein Gemüt zu bewegen. Wie er aus nichtigem Anlaß in flammenden Zorn geraten konnte, versetzte ihn schon ein harmloser Spaß in stürmische Heiterkeit. Seitdem ich ihn einmal zum Lachen gebracht hatte, sah er in mir den geborenen Spaßmacher, eine unablässig sprudelnde Quelle des Frohsinns. Ich konnte sagen, was ich wollte: Störtebeker lachte. Oft genügte eine absichtslose Geste, ja mein bloßer Anblick, ihm ein Kichern zu entlocken. Dies blieb verständlicherweise nicht unbemerkt. So kam es dazu, daß man mich bald *Störtebekers Narren* nannte.

Mittlerweile war die Zahl der Freibeuter auf gut anderthalbtausend angewachsen. Noch nie hatten Seeräuber in unseren Breiten über eine solche Streitmacht verfügt. Von den Hamburgern und Bremern wurde berichtet, sie hätten eilends begonnen, ihre Städte stärker zu befestigen. Offenbar befürchteten sie, die Piratenflotte könnte unversehens vor ihren Mauern erscheinen. Störtebeker gab auch derartige Absichten zu erkennen, ihn dürstete mehr nach Kriegsruhm als nach Beute, doch Magister Wigbold wußte ihn umzustimmen. Für den Ruhm werde er schon sorgen, hörte ich Wigbold sagen.

Nach einem ausgeklügelten Plan legten sich die Freibeuter auf die Lauer: sechs Schiffe hinter den Sandbänken zwischen Neuwerk und Scharhörn, drei bei der Insel Mellum und vier, darunter Störtebekers

Schiff, vor Helgoland. Auf diese Weise konnte den Seeräubern so leicht kein Kauffahrer entgehen, der von Bremen oder Hamburg kam oder den entgegengesetzten Kurs steuerte.

Innerhalb zweier Tage brachten Bartholomäus Voet und Anguille drei Handelsschiffe auf. Zwei hatten Pech, Harz und Teer geladen, das dritte Baiensalz. Der Salzhändler konnte seine Fahrt fortsetzen, nachdem er zehn Golddukaten gezahlt hatte; die beiden anderen Schiffe wurden in den Hafen von Dangast geschleppt und dort mitsamt ihrer Ladung an Edo Winneken verkauft. Noch reichere Beute machte Godeke Michels. Er kaperte ein Schiff aus Calais, das außer zwanzig Fässern Rotspon kostbare Meßgewänder für den Erzbischof und das Domkapitel von Bremen an Bord hatte. Godeke, wird erzählt, soll die Zunge des Märtyrers vor Dankbarkeit geküßt haben.

Eine Zeitlang schien es, als ob Störtebeker selbst leer ausgehen sollte. Er wurde mißmutig, und seine Laune verschlechterte sich von Tag zu Tag. Manchmal ließ er sich nach Helgoland übersetzen, um dort Zerstreuung zu suchen. Der Zufall wollte es, daß just während seiner Abwesenheit ein Segel westwärts über der Kimm auftauchte. Wigbold gab Befehl, hinter der Felsinsel in Deckung zu gehen, bis das fremde Schiff so nahe herangekommen war, daß es uns nicht mehr entrinnen konnte. Dazu wäre es jedoch kaum imstande gewesen, denn wie sich herausstellte, war es ein schwerfälliger, zudem noch überladener Kraier. Der Schiffer traf auch keine Anstalten, vor uns die Flucht zu ergreifen, sondern drehte auf Wigbolds Anruf fügsam bei.

Der Kraier hatte Fässer mit einer weichen, grauen, übelriechenden Masse geladen. Die Freibeuter mutmaßten, es müsse sich um Exkremente unbekannter Herkunft handeln, jedenfalls, der Farbe nach zu urteilen, nicht um menschliche. Der Schiffer ließ sie in dem Glauben. Und ich sah keinen Grund, die Seeräuber eines Besseren zu belehren. Denn ich wußte, daß es Ambra war, ein Stoff, den man aus dem Körper des Wals gewinnt. Die Araber verwenden ihn als Heilmittel gegen mancherlei Beschwerden sowie als Liebeselixier und schätzen seinen Wert höher ein als das gleiche Gewicht in Gold.

»Was machst du mit dem Zeug?« wollte Wigbold wissen.

Er habe dafür Abnehmer in etlichen Ämtern, vor allem unter den Gerbern, log der Schiffer. Die Masse diene überdies zum Einfetten von Stiefeln und Tauwerk.

»Er muß ein verdammt armer Schlucker sein, wenn er genötigt ist, mit Scheiße zu handeln«, sagte Henning Ahlefeld. »Laß ihn laufen, Wigbold.«

»Weißt du, mit wem du es zu tun hast?« fragte der Magister.

»Dat weit ick woll«, antwortete der Schiffer bedächtig.

»Wir sind Gottes Freunde und aller Welt Feinde«, sagte Magister Wigbold. »Aber wir wollen den Reichen ans Leder, an kleinen Leuten vergreifen wir uns nicht. Mach, daß du weiterkommst!«

Es war das erste Mal, daß ich aus Magister Wigbolds Mund den Spruch hörte, der bald darauf zum Schlachtruf der Vitalienbrüder werden sollte: *Gottes Freunde und aller Welt Feinde.* Bei genauerer Betrachtung ergab der Wahlspruch zwar keinen Sinn, denn Gott konnte an solcher Freundschaft kaum gelegen sein, und die Seeräuber suchten sich ihre Feinde zumeist recht sorgfältig aus, aber bekanntermaßen bewirkt oft gerade der Mangel an Logik, daß eine Sentenz breiteste Beachtung findet. Magister Wigbold besaß ein untrügliches Gespür für Worte, die in den Hirnen einfacher Menschen Wurzeln schlagen. Gelegentlich fügten sie sich auch zu ganzen Geschichten zusammen, wie du noch hören wirst.

Am gleichen Tag gingen den Freibeutern sechs Hamburger Koggen ins Netz. Die zwischen Neuwerk und Scharhörn liegenden Schiffe vereinigten sich mit denen von Mellum und trieben die Handelsflotte in nordwestlicher Richtung vor sich her; Störtebeker verlegte ihr mit seinen Schiffen den Weg. Doch diesmal setzten sich die Kauffahrer zur Wehr, ein sicheres Zeichen, daß sie wertvolle Fracht mit sich führten. Auf den felsigen Untiefen vor Helgoland kam es zum Kampf. Nun bewies Störtebeker, daß ihm zu Recht der Ruf eines todesmutigen Draufgängers anhaftete. Er sprang mit einem gewaltigen Satz auf eines der Schiffe hinüber und wütete wie ein Berserker unter der Besatzung. Im Nu hatte er das Schiff ganz allein in seine Gewalt gebracht.

»Sieh ihn dir an«, sagte Magister Wigbold mit einer Miene, in der sich Bewunderung und Spott die Waage hielten. »Da ist er in seinem Element: Störtebeker, wie er leibt und lebt.«

Die Beute übertraf alle Erwartungen. Neben Waren von vergleichsweise geringem Wert wie Korn, Grütze, Braumalz, Häuten, Leder und Bier hatten die Hamburger Schiffe Blei und Kupfer geladen, aber auch, und dies versetzte die Räuber in helles Entzücken, edles Pelzwerk von Marder, Fuchs, Eichhörnchen, Zobel und Hermelin. Nimmt man noch zwei Fässer Bernstein hinzu sowie eine Truhe mit Geld in verschiedenerlei Münze, wird verständlich, weshalb der alte Wichman ergriffen von einer Sternstunde in der Geschichte der Vitalienbrüder sprach.

Propst Hisko mußte von dem erfolgreichen Raubzug auf geheimnisvollen Wegen erfahren haben, denn als wir nach Emden zurückkehrten, hatte er bereits Vorkehrungen getroffen, die Beute ohne Aufsehen in andere Hände übergehen zu lassen. Das Gebiet um den Hafen war abgesperrt, und die Bewohner der umliegenden Häuser hatte man vorübergehend ausquartiert, damit sie nicht zu Zeugen verbotener Geschäfte würden.

Am Hafen hatten sich außer Hisko einige friesische Häuptlinge versammelt, darunter Kenno ten Broke, sein Schwager Luitet von Heeren sowie die Brüder Lubbe und Memme Sibets von Burhave. Etwas abseits in einem zweirädrigen Planwagen, halb im Dunkel verborgen, gewahrte ich noch ein bekanntes Gesicht. Da es hier um Hehlerei ging, wird es dich wahrscheinlich nicht allzusehr erstaunen, daß es Balthasar Mulich war. Kaum hatte er mich erblickt, als er, zwar sichtlich gealtert, aber immer noch wieselflink, auf mich zueilte und mit allen Anzeichen innerer Bewegung meine Hände nahm.

»Sollte es denn möglich sein!« rief er. »Sollte es möglich sein, daß du Simon Gronewech bist, mein Freund und Partner aus glücklicheren Tagen?« Dann zog er mich beiseite und fuhr im Flüsterton fort: »Wie hat es dich unter die Seeräuber verschlagen, bist du ihr Gefangener?«

»Halb und halb«, antwortete ich, was ja, bedenkt man es genau, der Wahrheit recht nahe kam.

»Simon, Simon«, sagte er mit vorwurfsvoller Miene, »wenn das dein Vater wüßte, der rechtschaffene Hinrich Gronewech, Gott hab ihn selig.« Vielleicht las er Betroffenheit aus meinen Zügen oder auch nur ein kurzes Erschrecken, denn er griff abermals nach meinen Händen, und in seine Augen trat ein feuchter Glanz. »Wie? Hat man es dir noch nicht erzählt? Bin ich es, der dir die traurige Nachricht überbringen muß? Nun denn: Dein Vater, mein lieber Simon, ist in die Ewigkeit abgerufen worden.« Er schaute mich prüfend, ja herausfordernd an. Dachte er, ich würde in Tränen ausbrechen?

»Wann ist er gestorben?« fragte ich.

»Es muß vor einem Vierteljahr gewesen sein«, erwiderte er. Und nach angestrengtem Grübeln setzte er hinzu: »Er starb am selben Tag, als die Gemahlin deines Bruders einen Sohn zur Welt brachte. Man weiß allerdings nicht, ob er die freudige Nachricht noch vernommen hat oder bereits geistig im Jenseits weilte.« Währenddessen glitt sein Blick schon zum Kai hinüber, wo die Seeräuber das Beutegut stapelten. »Aus naheliegenden Gründen konnte ich deinem Vater nicht das letzte Geleit geben, aber man erzählt, daß es eine große Beerdigung war; alle vier Bürgermeister sollen dem Sarg gefolgt sein. Ja, mein lieber Simon, so viel Ehre wird uns beiden dereinst wohl nicht zuteil werden.« Nun hielt es ihn nicht länger, denn er sah, daß die Häuptlinge bereits mit dem Feilschen begonnen hatten. »Laßt mir die Pelze«, schrie er, »ich zahle jeden Preis!«

Zum Ärger der Häuptlinge schnappte ihnen der gewiefte Händler den wertvollsten Teil der Beute vor der Nase weg. Balthasar Mulich bedachte ihre Gebote mit Hohn, er nannte sie Krämerseelen, die nichts anderes im Sinn hätten, als den tapferen Freibeutern das Fell über die Ohren zu ziehen. Doch nachdem er den Zuschlag erhalten hatte, entdeckte er an den gekauften Waren verborgene Mängel, wähnte sich von alten Freunden übervorteilt und hinters Licht geführt, woraufhin ihm nachträglich Preisnachlaß gewährt wurde.

Als er seinen Karren bis obenhin mit Pelzen beladen hatte, winkte er mich zu sich. »Wahrscheinlich werden wir uns nicht wiedersehen«, sagte er. »Ich habe mir in der Pfalz ein kleines Gut gekauft. Dort will ich meinen eigenen Wein keltern und darüber nachsinnen, weshalb es mir nicht vergönnt war, ein ehrbarer Kaufmann zu werden.«

»Vielleicht habt Ihr nicht ernsthaft genug danach gestrebt«, entgegnete ich.

»So wird es wohl sein«, blinzelte er schalkhaft. »Ich hätte mir an dir ein Beispiel nehmen sollen, mein lieber Simon.« Damit gab er dem Pferd die Peitsche und rumpelte gemächlich von dannen.

Alles in allem konnten die Freibeuter mit dem Handel zufrieden sein. Bis auf den Bernstein, für den sie andernorts einen besseren Preis zu erzielen hofften, wechselte die gesamte Beute den Besitzer. Die Meßgewänder kaufte Propst Hisko, um sie hernach dem Erzbischof von Köln anzubieten. Dieser soll sie, wohl wissend, daß sein Amtsbruder in Bremen bereits eine Anzahlung geleistet hatte, für eine stattliche Summe erstanden haben.

Während man sich nun an Bier und Rotspon gütlich tat, erschien unerwartet Folke ten Broke mit ihren Töchtern Occa und Eilika. Letztere warf sich Störtebeker an die Brust und tuschelte ihm etwas ins Ohr.

»Wenn nicht alle Anzeichen trügen, wird es ein Junge«, sagte Folke. »Jetzt liegt es allein bei dir, Störtebeker, ob dein Sohn ein mächtiger Häuptling wird oder ein Vasall des Rüstringers.«

»Wovon redet sie?« fragte Störtebeker den Magister.

»Edo Winneken ist im Begriff, sich ganz Friesland zu unterwerfen«, fuhr die Witwe fort. »Du allein kannst ihn daran hindern, Störtebeker. Schlag ihn aufs Haupt, bevor er uns zu seinen Knechten macht!«

»Schlag ihn aufs Haupt«, murmelte Störtebeker selbstvergessen vor sich hin, »schlag ihn aufs Haupt.« Die Worte taten ihre Wirkung; man konnte ihm förmlich vom Gesicht ablesen, wie sich seine Gedanken langsam zu der Erkenntnis bündelten, daß er im Grunde seines Wesens kein Seeräuber war, sondern ein Held. Unvermittelt sprang er auf, seine mächtige Gestalt reckte sich, Tatendurst blitzte ihm aus den Augen. »Auf die Schiffe!« brüllte er. »Wir schlagen Edo Winneken aufs Haupt!«

Wider alle Vernunft beschloß er, den Weg durch das Wattenmeer zu nehmen. Man kann sich kaum ein tückischeres Gewässer denken: Bei Ebbe fällt es zu einem großen Teil trocken und verwandelt sich in eine von Prielen durchzogene Schlammwüste. Unsere Schiffe blieben im Schlick stecken; immer wieder mußten wir die Flut abwarten, um die Fahrt fortsetzen zu können. Störtebeker geriet darüber in maßlose Wut; eines der Schiffe zertrümmerte er mit der Axt, als es sich nicht von der Stelle rühren wollte. Magister Wigbold sah seinem Toben gelassen zu; er wußte, daß es bald in Selbstmitleid und Trübsinn umschlagen würde. Als dies eingetreten war, begann er, behutsam auf Störtebeker einzureden. Er hielt ihm vor, daß er im Begriff sei, sich zum Werkzeug der machtlüsternen Häuptlingswitwe zu machen. Wenn Edo Winneken besiegt sei, werde die Sippe der ten Brokes die Macht über Friesland an sich reißen, und dann werde es nicht lange dauern, bis man die Vitalienbrüder aus dem Land jage. Denn Folke ten Broke, insbesondere aber Kaplan Almer, Kennos Vertrauter, sähen in den Seeräubern, ungeachtet gegenteiliger Beteuerungen, nichts weiter als eine lästige Plage.

Er könne das Unternehmen aber doch nicht sang- und klanglos abbrechen, nachdem er lauthals verkündet habe, er wolle Edo Winneken aufs Haupt schlagen, wandte Störtebeker ein. Abgesehen davon, daß es nicht seine Art sei, einem Kampf auszuweichen, setze er damit seinen Ruf aufs Spiel.

»Ruhm leitet sich nur zum Teil von Taten her«, entgegnete der Magister. »Zur Hauptsache entsteht er in den Köpfen der Menge. Ob jemand ein Held ist oder nicht, ist eine Frage des Glaubens, Störtebeker. Man muß es den Leuten also glaubhaft machen.«

Ich bezweifle, ob Störtebeker diesen Gedankengängen folgen konnte. Aber er gab zu verstehen, daß Magister Wigbold nach Gutdünken verfahren möge.

Zum Verständnis des Weiteren ist es unerläßlich, einige Worte über Edo Winneken zu verlieren. Er regierte sein Land mit eiserner Faust. Alles war bis ins kleinste geregelt. Ob es die Kleidung seiner Untertanen betraf oder ihre Eßgewohnheiten, den Aufwand für Tauffeiern, Hochzeiten und Beerdigungen oder den Besuch der Badstuben und Wirtshäuser: Für alles gab es Vorschriften, die aufs peinlichste beachtet werden wollten. Wer sich eines Vergehens schuldig gemacht hatte, fand in Edo Winneken einen unbarmherzigen Richter. Diebe endeten in aller Regel am Galgen; nur wenn es sich um Dinge von äußerst geringem Wert handelte, kam der Dieb glimpflicher davon, indem man ihn auspeitschte, schor und brandmarkte oder ihm ein Ohr abschnitt. Auch säumige Schuldner und Betrüger wurden wie Diebe bestraft, Falschmünzer in einer kupfernen Pfanne gebraten.

Die Geschichte lehrt, daß manche Völker ihre Despoten lieben. Nicht so die Friesen. Zwar wagten sie es nicht, das Joch abzuschütteln, aber in ihnen schwelte ein unbändiger Haß gegen ihren Unterdrücker. Dies war der Boden, in den Magister Wigbold nun das Gerücht säte, Störtebeker habe Edo Winneken in seinem Stammsitz, der Edenburg, belagert und ihn dreimal zur Übergabe aufgefordert. Als Edo statt dessen großtuerisch von der Mauer gepinkelt habe, sei Störtebeker an der Spitze seiner anderthalbtausend Mann auf die Burg losgestürmt, habe das mächtige Tor mit seiner Schulter aufgesprengt, den um Gnade winselnden Edo bei den Füßen gepackt und in die Abortgrube getunkt. Hernach habe man den von oben bis unten mit Kot Besudelten auf einem Esel festgebunden und ins Land hinausgejagt. Das Gerücht verbreitete sich in Windeseile, zumal es durch Berichte angeblicher Augenzeugen untermauert wurde. Aus weit voneinander entfernt liegenden Dörfern wurde gemeldet, man habe den Häuptling dort in seinem beschämenden Zustand gesehen. Daß er demzufolge zur selben Zeit an verschiedenen Orten gewesen sein mußte, machte niemanden stutzig. Magister Wigbold tat noch ein übriges: Er verteilte in den kleinen Häfen an der Küste Geld unter die Bedürftigen und verkündete, es sei ein Teil jener Summme, mit der ihr Häuptling sich freigekauft habe.

Als Edo Winneken von dem Gerücht erfuhr, ließ er zehn Untertanen, die mutmaßlich zu seiner Verbreitung beigetragen hatten, mit Hanfseilen in Stücke sägen. Dadurch räumte er die letzten Zweifel an der Glaubwürdigkeit des Gerüchtes aus. Erstaunlicherweise tauchte es später noch an ganz anderen Orten auf, wobei die Person des Gewaltherrschers jeweils wechselte, die Rolle des Helden jedoch in allen Fällen Störtebeker vorbehalten blieb.

Beiläufig und ohne ihr weiter nachgehen zu wollen, stellt sich mir die Frage, was überhaupt an Geschichte eigentlich wahr sei, Bruder Anselmus. Wäre es nicht denkbar, daß manches, das als unumstößliches Faktum überliefert wird, auf einem gut erfundenen Gerücht beruht?

Der Tod

Seine graue Kutte ist an den Ärmeln durchgescheuert und fadenscheinig auch dort, wo die Kapuze sich an seinen Bartstoppeln reibt. Er hat sehr große dunkle Augen, fast zu groß für das schmale, verhutzelte Gesicht.

»Gib mir zu trinken«, sagt er. »Ich habe lange keinen Wein mehr getrunken.«

»Mir ist, als kennte ich dich. Wo mögen wir uns schon einmal begegnet sein?«

»Oft und an verschiedenen Orten«, entgegnet der Alte. Zwei dünne Rinnsale sickern aus seinen Mundwinkeln. »Ich bin dir häufig nahe gewesen, ohne daß du mich indes körperlich wahrgenommen hast. Jetzt erblickst du mich in faßbarer Gestalt, Simon Gronewech. Ich bin der Tod.«

Bruder Anselmus bekreuzigt sich.

»Du ähnelst aber nur entfernt dem Bild, das man sich von dir zu machen pflegt.«

»Oh, es wäre ein leichtes, mich entsprechend herzurichten«, lächelt er. »Den Körper schwarz und weiß bemalt, so daß die Knochen grell hervorstechen, eine Sense in der Hand, schauriges Zähneklappern: schon wäre dem Bild entsprochen. Du warst ein Gaukler, Simon Gronewech. Du weißt doch, wie man's macht.«

»Jetzt fällt es mir ein: Ich habe dich in einem Fastnachtsspiel gesehen. Und ich erinnere mich vor allem deswegen daran, weil dein Auftritt Heiterkeit erregte.«

»Nun, ich wollte die Kinder nicht erschrecken«, sagt er. »Sie sollten nicht ihr ganzes Leben in Furcht vor mir verbringen. Daher spielte ich gern den Tolpatsch. Meistens stolperte ich über die Sense und schlug lang hin. Es nahm dem Tod etwas von seinem schaurigen Ernst.«

»Tratest du nicht unter dem Namen Wendelin auf?«

»Den habe ich schon vor langer Zeit abgelegt«, entgegnet er. »Seitdem ich in meiner Rolle aufgegangen bin, nenne ich mich bei meinem wahren Namen, der da lautet *Tod*, auch *Gevatter Tod*, *Freund Hein* oder, für Menschen mit hinreichender Bildung, *Thanatos*.« Er läßt das Glas im einen Ärmel verschwinden und zieht es aus dem anderen wieder hervor. »Derlei Kunststücke erfordern nur Fingerfertigkeit. Aber den Tod zu verkörpern – nein, eins mit ihm zu werden, das ist Gauklerkunst in ihrer höchsten Vollendung, eine Gauklerkunst, die keiner Bühne, keiner Verkleidung, keines Beiwerks bedarf.« Ein harter Husten erschüttert seinen Körper. »Schade, daß du deiner Hinrichtung entgegensieht, Simon. Du warst ein guter Gaukler, ich habe dich in verschiedenen Rollen erlebt. Du hättest in meine Fußtapfen treten können. Denn zu meinem Leidwesen bin ich sterblich.« Er spuckt blutigen Schleim in seine Handfläche und wischt ihn an der Kutte ab. »Zu wie vielen Menschen werde ich noch gehen können und sagen: ›Siehe, ich bin der Tod; gib mir deine Hand, ich werde dich hinüberführen.‹ Wie oft werde ich einen Sterbenden noch davor bewahren können, daß sein Abschied vom Leben zum Schrecknis gerät? Ach, diese Dankbarkeit in den Augen eines einzelnen, Simon – was zählt dagegen der Beifall einer hundertköpfigen Menge!«

Der Kerkermeister steckt seinen Kopf durch die Tür. »Wie bist du hier reingekommen?« krakeelt er. »Hab ich dir erlaubt, Simon Gronewech in seiner Zelle aufzusuchen?«

Der Alte wendet sich ihm zu und lüpft die Kapuze ein wenig.

»Ach, du bist's, Gevatter Tod«, grient der Kerkermeister. »Denn man nichts für ungut.« Leise schließt er die Tür.

»Er nennt mich so, ohne zu glauben, daß ich es bin«, sagt der Alte. »Einige halten mich für einen Scharlatan, andere für einen armen Irren. Alle tragen das Bild eines wandelnden Gerippes mit sich herum. Erst im Sterben wird es ihnen zur tröstlichen Gewißheit, daß der Tod in menschlicher Gestalt zu ihnen gekommen ist.«

»Du bist nun also hier. Soll ich daraus entnehmen, daß mein letztes Stündlein geschlagen hat?«

»Die Hinrichtung ist für morgen früh angesetzt«, sagt der Alte. »Hab keine Angst, Simon. Ich werde dasein.«

Zwölftes Kapitel

Nach gut einem Jahr entschloß sich Störtebeker auf Rat des alten Wichmann, die Hamburger und Bremer für eine Weile von weiteren Überfällen zu verschonen. Erfahrungsgemäß wöge sich der Kaufmann bald wieder in Sicherheit und scheue daher die Kosten, eine Kriegsflotte auszurüsten, erläuterte ihm der Greis. So könne man später in die alten Fanggründe zurückkehren, ohne eine starke Gegenwehr befürchten zu müssen.

Da es Störtebeker aber nicht behagte, sich dem Müßiggang hinzugeben, segelte er mit seiner Flotte nach Westen und legte sich vor der Zuiderzee auf die Lauer. Wir machten dort reiche Beute. Doch die Überfälle auf die Schiffe der Kaufleute von Amsterdam, Edam und Hoorn riefen einen Gegner auf den Plan, der den Vitalienbrüdern einige Jahre später endgültig das Handwerk legen sollte. Die Rede ist von Simon von Utrecht. Er hatte es im Käsehandel zu Reichtum gebracht und sich dem Grafen Albrecht als Befehlshaber der holländischen Flotte angedient. Seine Koggen waren eigens für den Seekrieg gebaut, schwimmende Burgen, bemannt mit kampferprobten Söldnern und ausgerüstet mit Wurfmaschinen, die Geschosse und Enterdraggen über große Entfernungen zu schleudern vermochten.

Ich habe noch das Bild vor Augen, wie die holländische Flotte geisterhaft aus dem Morgendunst auftauchte. Es ging ein schwacher Wind, so daß die klobigen Gebäude nur langsam von der Stelle kamen. Während die Freibeuter noch rätselten, ob die Schiffe sich uns in feindlicher Absicht näherten, durchschlug ein Enterdraggen das Schanzkleid. Störtebeker gab Befehl, sich zum Kampf zu rüsten.

»Bei aller Bewunderung für deinen Mut«, sagte Magister Wigbold. »Was versprichst du dir davon, dich mit einem Gegner zu messen, der uns augenscheinlich überlegen ist?«

»Sie scheinen nicht zu wissen, wer wir sind!« brüllte Störtebeker.

»Ich vermute, sie wissen es genau, sonst wären sie nicht mit solchem Aufgebot erschienen«, entgegnete der Magister. »Schau dir die Ungetüme von Schiffen an!« Er hatte es kaum ausgesprochen, als ein ganzer Hagel von Wurfgeschossen auf unser Deck niederprasselte.

Jetzt begann auch der alte Wichmann, Störtebeker gut zuzureden. Es sei keine Schande, sondern vielmehr ein Gebot der Vernunft, einer Übermacht zu weichen. Einen stärkeren Feind könne man allenfalls im unerwarteten Angriff schlagen, schwerlich dagegen in der Verteidigung.

»Überdies bist du ein Held, wozu es noch beweisen?« warf Magister Wigbold ein.

Es war ein bewegender, ja erschütternder Anblick, wie Störtebeker den Helden in sich niederzwang. Er schlug sich die Faust gegen die Stirn, keuchte wie unter schrecklichen Qualen, kämpfte mit den Tränen. Eine geballte, zu höchster Leistung angestaute Kraft verströmte gleichsam ins Leere. Danach hockte er sich neben den Mast und verfiel in dumpfes Schweigen.

Unterdessen waren uns die holländischen Koggen bedrohlich nahe gekommen. Da Störtebeker in völliger Teilnahmslosigkeit verharrte, übernahm der alte Wichmann den Befehl. Seltsam zu sehen, wie alles Greisenhafte von ihm abfiel, wie es ihn verjüngte, wieder das Kommando zu führen. Mit einer kühnen Wende brachte er das Schiff auf nördlichen Kurs und gab den versprengten Freibeuterschiffen Zeichen, ihm zu folgen. Bald darauf waren die schwimmenden Burgen unseren Blicken entschwunden.

Im Windschatten einer kleinen, unbewohnten Insel gingen wir vor Anker. Störtebeker watete an Land und verlor sich in den Dünen. Als er abends noch nicht zurückgekehrt war, bat Magister Wigbold mich, ihn zu suchen. Ich sei vermutlich der einzige, den er in seinem derzeitigen Gemütszustand sehen wolle.

Eine Weile irrte ich in dem unwegsamen Dünengelände umher, ohne eine Spur von ihm zu entdecken. Aber plötzlich hörte ich ihn singen. Störtebeker saß am Strand auf einem angeschwemmten Baumstumpf, den Blick meerwärts gerichtet, und sang mit tiefer, wohltönender Stimme. Das Lied kannte ich nicht; es war auch nur eine Melodie. Sie bestand aus einer Folge gedehnter, in gleichmäßigen Abständen wiederkehrender Töne. Etwas Naturhaftes lag darin. Als ob sie dem Wind abgelauscht sei.

Ich wartete, bis er geendet hatte. Dann trat ich zaghaft näher und fragte, was er gesungen habe.

»Ich weiß es nicht«, sagte er. »Die Weise kommt mir häufig in den Sinn, und so vertraut sie mir erscheint, ich erinnere mich nicht an die Worte. Ein Lied braucht aber Worte. Mach mir Worte dazu, Simon. Ich will es auf dem Schafott singen.«

»Dafür müßte ich ein Dichter sein«, entgegnete ich. »Doch Ihr kennt gewiß das Lied von den Mädchen auf Bornholm. Die Worte, scheint mir, passen auch auf Eure Melodie.«

Wir versuchten es gemeinsam, und siehe da, es ging. In Störtebekers Melodie kamen die Mädchen von Bornholm zwar behäbiger daher als bei Claas Howfoote, mehr wie Frauen gesetzten Alters, aber ein Lied, das auf dem Schafott gesungen werden soll, darf ja der Leichtigkeit entbehren. Ich gab indessen zu bedenken, ob er, wenn es soweit sei, noch Lust zum Singen haben würde.

»Wigbold meint, es stünde mir gut zu Gesicht«, antwortete er.

»Und was glaubt Ihr selbst?«

Er blickte mich verdutzt an: »Warum sollte ich etwas anderes glauben als der Magister? Manchmal verstehe ich ihn nicht gleich, aber wenn ich es mir dann recht überlege, hat alles Hand und Fuß. Wigbold ist ein höllisch kluger Mann. Er sieht sogar Dinge voraus, von denen unsereins noch gar nichts ahnt.«

»Hat er Euch prophezeit, daß Ihr auf dem Schafott enden werdet?«

»Das blüht uns allen«, versetzte er gleichmütig. Und dann sagte er etwas, Bruder Anselmus, was meinen Herzschlag stocken ließ: »Dir auch, Simon.«

Magister Wigbold hatte unterdessen die Hauptleute zu einer Beratung zusammengerufen. Als wir uns hinzugesellten, rief der alte Wichmann: »Was zankt ihr euch, wo die Entscheidung doch allein bei Störtebeker liegt? Wohin wenden wir uns jetzt, Klaus?«

»Nach Norden«, antwortete Störtebeker.

»England?« fragte Wilmer Pilgrimson, der bekanntermaßen unter Heimweh litt.

»Weiter«, sagte Störtebeker. Er pflegte sich im Kreis der Hauptleute kurz und bündig auszudrücken. Damit erweckte er den Eindruck, es handle sich um die Quintessenz gründlicher Überlegungen. Ich habe allerdings den Verdacht, daß er über die bloße Himmelsrichtung noch nicht hinausgekommen war. Denn als die Hauptleute Mutmaßungen über das Ziel anstellten, behalf er sich mit einem vieldeutigen Lächeln.

»Erlaube mir, daß ich dem Rätselraten ein Ende mache«, sagte Magister Wigbold. »Störtebeker trägt sich mit der Absicht, Bergen zu überfallen.«

Die Hauptleute tauschten erstaunte Blicke. Was immer in ihren Mienen zu lesen war, Begeisterung war es nicht. Schließlich brach Godeke Michels das Schweigen. »Könnte es sein, daß ich mich verhört habe?« fragte er Störtebeker. »Du willst hinauf nach Bergen, wo es gegen Herbst geht und dort in wenigen Wochen alles unter Eis und Schnee begraben ist?«

»Noch haben wir Sommer«, entgegnete Wigbold.

»Ich komme nicht mit!« sagte Godeke Michels. »Einmal sind mir im Packeis die Zehen abgefroren, seitdem kriegen mich keine zehn Pferde mehr in die Kälte. Außerdem – was gibt es da zu holen? Willst du den Norwegern ihren Stockfisch klauen?«

»Bergen ist eine reiche Stadt«, antwortete der Magister. »Die Hansestädte haben dort Niederlassungen, ebenso die Dänen, Holländer und Engländer. Störtebeker hätte keine bessere Entscheidung treffen können.«

»Läßt du ihn eigentlich hin und wieder auch selbst zu Wort kommen?« knurrte Godeke Michels.

Er fand genügend Leute, sein Schiff zu bemannen; gleich ihm grauste es etlichen vor der Unwirtlichkeit nordischer Winter. Hans von Weddemunkel, Hinrich Moltke und Bartholomäus Voet hingegen schlossen sich Störtebeker an. Und ich fand mich ein weiteres Mal zwischen Skylla und Charybdis. Der Gedanke, als Kumpan von Seeräubern nach Bergen zurückzukehren, bereitete mir ebensolches Unbehagen wie die Vorstellung, mein Los mit dem eines Mannes zu verknüpfen, dessen Stern offensichtlich im Sinken begriffen war. Daß ich mich für Störtebeker entschied, kann indes wohl nur ein Gaukler nachvollziehen: Als er mich grübeln sah – vielleicht rief der innere Widerstreit auf meinen Zügen einen ergötzlichen Ausdruck hervor – begann er herzhaft zu lachen. Sein Lachen gab den Ausschlag, Bruder Anselmus. Später sagte Wigbold, ich hätte die richtige Wahl getroffen. Denn er sei sicher, daß Godeke Michels als erster von den Großen des räuberischen Gewerbes seinen Kopf auf den Richtblock legen werde. Hierin irrte der Magister.

Auf der Fahrt nach Bergen zog mich Störtebeker in ein vertrauliches Gespräch. Für den Erfolg des Unternehmens sei es unabdingbar, sich zuvor genaue Ortskenntnis zu verschaffen und in Erfahrung zu bringen, mit welcher Gegenwehr man zu rechnen habe. Weder er selbst noch einer seiner Leute seien bislang in Bergen gewesen. Es erscheine ihm auch nicht ratsam, einige von ihnen als Kundschafter auszuschicken, da sie den Kaufleuten womöglich in unliebsamer Erinnerung sein könnten. Kurzum, er habe die Absicht, den Krüppel und mich vor Bergen an Land zu setzen und mit dem Angriff zu warten, bis wir ihm umfassend berichtet hätten.

Beinahe wäre mir entschlüpft, daß ich den Kaufleuten von Bergen auch kein unbeschriebenes Blatt sei. Doch unversehens eröffnete sich mir die Möglichkeit, mich reinzuwaschen vom Ruch der Ehrlosigkeit. Ich hatte die Brücke förmlich vor Augen, die mich aus dem Lager der Seeräuber in jenes der rechtschaffenen Bürger hinüberführen würde. So gab ich listig zur Antwort, diesen gefährlichen Auftrag zu übernehmen sei wahrscheinlich nicht ganz so närrisch, wie ihn zu verweigern. Störtebeker lachte.

Mit einem der Beiboote ruderten wir von den vorgelagerten Schären in die Bucht und gingen unweit der Handwerkersiedlung an Land. Ich hatte Daniel bis dahin nicht eingeweiht; erst als wir festen Boden unter den Füßen hatten, setzte ich ihm meinen Plan auseinander. Statt einer Antwort – oder war es eine? – schliff er seine Messer.

Wie schon bei meinem ersten Besuch in Bergen begab ich mich als erstes zum Haus des Āltermanns Thomas Witik. Der Türsteher führte uns in die Schötstube, wo der Handelsherr mit seinen Gehilfen zu Tische saß. Für einen Augenblick erlag ich der Täuschung, Thomas Witik habe sich um Jahrzehnte verjüngt, doch dann erkannte ich, daß sein Sohn den Platz des Hausherrn einnahm. Er ähnelte seinem Vater so sehr, daß ich mich unterfing, ihn wie einen guten Bekannten zu begrüßen. Witik übersah jedoch meine Hand und sagte: »Du siehst, wir sind beim Essen. Geh in die Schreibstube und warte dort auf mich.«

»Verzeiht, daß ich meinen Namen nicht genannt habe. Ich bin Simon Gronewech aus Lübeck«, entgegnete ich.

»Zeig ihm den Weg«, trug er einem der Gehilfen auf.

Nach geraumer Zeit kam er in die Schreibstube und blätterte geschäftig in Papieren. »Da ist noch eine Rechnung offen«, sagte er. »Mein Vater hat dein Schiff damals auf die Brabank setzen lassen. Ich vermute, du willst die Schuld begleichen.«

»Ihr irrt, Herr«, antwortete ich, aufgebracht über sein unhöfliches Gebaren. »Euer Vater hat mein Schiff auf eigene Kosten instand setzen lassen.«

»Davon finde ich hier nichts vermerkt«, sagte Witik. »Wenn du aber nicht deiner Schulden wegen gekommen bist, was willst du dann?«

»Mein Anliegen ist von höchster Wichtigkeit für das Bergener Kontor«, erwiderte ich. »Ich dachte, es Thomas Witik vorzutragen, weil er die Stellung eines Ältermannes bekleidet und mir als ein vertrauenswürdiger Mann in Erinnerung geblieben ist.«

»Mein Vater ist vor zwei Jahren gestorben«, sagte Witik. »Wenn du meinst, daß dein Anliegen so überaus wichtig sei, kannst du es mir mitteilen. Ich werde dann darüber befinden, ob es im Rat der Älterleute erörtert zu werden verdient.«

Ich war nahe daran, meinem Ärger Luft zu machen. Was gab ihm das Recht, mich wie einen Bittsteller zu behandeln? Doch eingedenk meiner guten Vorsätze beherrschte ich mich. »Richtet den Älterleuten aus, die Stadt und besonders die hier ansässigen Kaufleute schwebten in großer Gefahr«, sagte ich, meinen Verdruß in Würde wandelnd. »Das Weitere werde ich den Herren selbst darlegen, falls man mir noch diesen Tag Gehör schenkt.« Darauf verließ ich ihn mit der unter Leuten unseres Standes üblichen Verbeugung.

Die Norwegersiedlung *über Strand* war im Lauf der Jahre zu einer Stadt angewachsen. Die Zahl ihrer Bewohner, erzählte man uns, überträfe die der Südmänner inzwischen um das Sechsfache. Jarl Haakon habe eine eigene Handelsgesellschaft gegründet, so daß es nun nicht mehr allein im Belieben der fremden Kaufleute läge, ob die Einheimischen genügend zu essen oder zu darben hätten.

Von Hans Unverfehrt, dem selbsternannten Messias, ging die Rede, er sei auf Geheiß des Allmächtigen zu einer Wanderung ins ewige Eis aufgebrochen. Die Dachkammer, in der ich ihn zuletzt angetroffen hatte, war von seinen Jüngern zu einer winzigen Kapelle umgestaltet worden. Man pflegte sie Durchreisenden gegen Entgelt als den Ort zu zeigen, wo der Messias den Ruf Gottes vernommen habe.

Schließlich suchte ich den Bremer Kaufmann Johann Schütte auf, der mich damals bis zum Frühjahr bei sich aufgenommen hatte. Er war noch immer voller Groll gegen die *Osterlinge*. Obwohl auf dem Hansetag beschlossen worden sei, den Kaufleuten aus allen Städten des Bundes gleiche Rechte einzuräumen, gebärdeten sich die Lübecker und neuerdings auch die Hamburger, als seien sie die Herren der Deutschen Brücke. Während sie Reichtümer anhäuften, müsse er sich mit Geschäften begnügen, die jene des kargen Gewinns wegen verschmähten. Als er dieserhalb Klage vor den Geschworenen geführt habe, sei ihm das Amt eines Ältermannes angetragen worden, und er, wohl wissend, daß es sich um eine verschleierte Bestechung handelte, habe nach reiflicher Überlegung zugestimmt. Er hatte seine Rede kaum geendet, als ein Bote uns beide in den Schütting zu kommen bat.

Im Svensgården fanden wir die anderen fünf Älterleute bereits versammelt. Daß ich Witik dort begegnen würde, hatte ich erwartet. Aber nun male dir mein Erstaunen aus, als ich auf dem Platz des Vorstehers Hermann Clendenst sah! Du erinnerst dich, daß ich ihn und Arent von Wickede damals wahrheitsgemäß als Anstifter einer schändlichen Tat genannt hatte. Wieviel Ungemach war mir daraus schon erwachsen! Und jetzt saß mir derselbe Hermann Clendenst als Sprecher der Älterleute gegenüber. Meine erste Regung war, auf dem Absatz kehrtzumachen. Hätte ich ihr nur nachgegeben!

Ohne ein Wort der Begrüßung sagte Hermann Clendenst: »Steffen Witik hat uns von deinem Ersuchen unterrichtet. Aus Achtung vor deinem Bruder, dem Bürgermeister Detlef Gronewech, wollen wir dich anhören. Also sprich.«

»Da Ihr sitzt, will ich auch sitzen. Ich bin nicht zum Verhör geladen«, sagte ich. Man brachte mir einen Stuhl. Nun fragte ich, wie das Bergener Kontor gegen einen Angriff von See her gewappnet sei und ob es in kürzester Frist mindestens tausend bewaffnete Männer aufbieten könne. Die Älterleute blickten befremdet.

»Du weißt von deinem ersten Besuch in Bergen, daß die Verteidigung der Deutschen Brücke in Händen von Jarl Haakon liegt; daran hat sich nichts geändert«, entgegnete Hermann Clendenst. »Warum fragst du?«

»Ihr tätet gut daran, den Jarl unverzüglich davon zu unterrichten, daß in Bälde mit einem Überfall zu rechnen ist.«

»Ach ja?« sagte Hermann Clendenst.

»Draußen in den Schären«, fuhr ich fort, »liegt eine Flotte der Vitalienbrüder mit mehr als tausend Mann.«

»Was du nicht sagst«, versetzte Hermann Clendenst. »Und die haben dich hergeschickt, ihren Überfall anzukündigen?«

Darauf antwortete ich nach einigem Zögern, Daniel Metz und ich seien Gefangene der Seeräuber gewesen und hätten einen kurzen Landgang zur Flucht genutzt.

»Um von den Schären nach Bergen zu gelangen, müßt ihr ein gutes Stück geschwommen sein«, sagte Steffen Witik. »Sehe ich davon ab, daß das Wasser zu dieser Jahreszeit schon recht kalt ist, bleibt immer noch die Frage, wie du es gemacht hast, daß deine Kleider trocken blieben.«

»Wir fanden zufällig ein Boot im Ufergebüsch, mit diesem sind wir übergesetzt«, entgegnete ich.

»Willst du wissen, was ich glaube, Simon Gronewech?« sagte Hermann Clendenst. »Entweder bist du selbst ein Seeräuber oder ein Wichtigtuer. Nach allem, was ich von dir gehört habe, halte ich letzteres für wahrscheinlicher.«

»Ich bin gekommen, Euch vor einem drohenden Überfall zu warnen«, erwiderte ich, um Beherrschung bemüht. »Es liegt nun bei Euch, ob Ihr meine Warnung ernst nehmen oder in den Wind schlagen wollt.«

»Wir sollten es auf jeden Fall Jarl Haakon melden«, empfahl Johann Schütte.

»Die Seeräuber werden von keinen Geringeren als Störtebeker und Magister Wigbold angeführt«, setzte ich in der Gewißheit hinzu, daß diese Namen ihre Wirkung nicht verfehlen würden.

»Da entpuppt er sich als das, was er ist: ein Aufschneider«, sagte Hermann Clendenst. »Wenn er schon den Seeräubern in die Hände fällt, müssen es die berüchtigtsten sein. Uns liegen indessen Berichte vor, daß Störtebeker von den Danzigern gefangengenommen wurde und mit achtzig seiner Spießgesellen den Faßtod gestorben ist.«

»Ihr werdet sehr bald eines Besseren belehrt werden«, entgegnete ich.

»Wir müssen Jarl Haakon verständigen!« drängte der Bremer.

»Ich denke, wir sollten es uns reiflich überlegen, Johann Schütte«, versetzte Hermann Clendenst. »Falls es sich um blinden Alarm handelt, wird der Jarl uns die Kosten aufbürden. Oder erscheint Euch die Aussage eines Possenreißers so bedeutsam, daß Ihr sie allein tragen wollt?« Daraufhin meldete sich Johann Schütte nicht mehr zu Wort.

»Möglicherweise entschließt sich Simon Gronewech, seine Aussage zu widerrufen, wenn wir ihm etwas Bedenkzeit einräumen«, schlug Steffen Witik vor.

»Die Anregung greife ich dankbar auf«, sagte Hermann Clendenst. »Damit er ungestört nachdenken kann, wollen wir ihn für eine Weile vor allen Versuchungen abschirmen, die aus Geselligkeit erwachsen. Wie ich mich dunkel erinnere, erliegt er ihnen nur zu gern.«

»Das werdet Ihr bitter bereuen!« rief ich, während mich zwei Büttel in die Mitte nahmen und abführten. Zu meiner Erleichterung gewahrte ich, daß Daniel, der im Vorraum gewartet hatte, unterdessen verschwunden war.

Heute, im Abstand einiger Jahre, verspüre ich eine gelinde Heiterkeit bei dem Gedanken, daß ich mich, statt im Lager der ehrbaren Bürger, unversehens im Kerker wiederfand. Damals waren meine Empfindungen von ganz anderer Art. Sie schwankten zwischen Selbstmitleid und ohnmächtiger Wut.

Der Kerker war ein in den Felsen gehauenes Gelaß unter einem der Höfe. In seiner Decke befand sich ein hölzernes Gitter, durch das man hin und wieder Essensreste hinabwarf. Ich traf dort zwei bedauernswerte Kreaturen an. Die eine war ein Mann unbestimmbaren Alters. Sein Gesicht war von Rattenbissen verunstaltet; an einigen Stellen war die Haut bis auf die Knochen abgenagt. Er konnte sich nicht erinnern, wie lange er schon im Kerker saß. Die andere war ein glitschiges Ungetüm. Trotz seiner Körpermasse gelang es ihm durch halsbrecherische Verrenkungen, an seinen Zehen zu lutschen. Manchmal wiegte es sich zu einem brummenden Singsang; in solchen Augenblicken nahm es menschliche Züge an. Aber ich habe nicht herausgefunden, ob es wirklich ein Mensch war. Ebensogut kann es eine riesenhaft aufgeblähte Schnecke gewesen sein.

Wie soll ich dir meine Freude beschreiben, als ich nach zwei oder drei Tagen zunächst aus der Ferne, dann immer näher kommend, den Ruf *Gottes Freunde und aller Welt Feinde* vernahm! Kurz darauf wurde das Gitter fortgerissen, und Störtebekers Kopf erschien in der Öffnung. Es belustigte ihn ungemein, mich in diesem scheußlichen Loch zu finden. Prustend zog er mich aus dem Verlies empor, und als er mich mit Unflat besudelt sah, bog er sich vor Lachen.

Die Vitalienbrüder waren unterhalb der Norwegersiedlung gelandet und von dort, ohne auf Widerstand zu stoßen, zur Deutschen Brücke vorgedrungen. Jarl Haakon hatte die Zugänge nach Schloß Bergenhus versperren lassen, bislang aber keine Anstalten getroffen, den Kaufleuten zu Hilfe zu kommen.

Die Handelsherren und ihre Gehilfen hatte man auf dem Platz vor der Marienkirche zusammengetrieben. Unter ihnen gewahrte ich auch die sechs Älterleute. Sie blickten betreten beiseite, als sie mich in Störtebekers Begleitung daherkommen sahen. Ich gebe unumwunden zu, daß ich Schadenfreude empfand. Damit nicht genug, winkte ich Hermann Clendenst herbei. »Das ist der Mann, der mich in den Kerker geworfen hat«, sagte ich zu Störtebeker.

»Schlag ihn tot«, sagte er.

»Nein, ich will ihn begnadigen«, erwiderte ich. »Der Possenreißer schenkt dir das Leben, Hermann Clendenst.«

»Ich danke Euch«, murmelte er. Aber sein Blick strafte die Worte Lügen. Er war voller Haß. Sollte es allein dem Zufall zuzuschreiben sein, daß Hermann Clendenst jetzt über mich zu Gericht sitzt, Bruder Anselmus?

Störtebeker gab die Wohnungen und Speicher zur Plünderung frei. Die Beute war jedoch dürftig, denn in Bergen lebte man bescheiden und vermied es, geschäftlichen Erfolg in Form kostbarer, für den täglichen Gebrauch jedoch entbehrlicher Dinge zur Schau zu stellen. Statt dessen horteten die Kaufleute größere Mengen baren Geldes in schwer auffindbaren Verstecken. Was immer mich dazu bewog, ob es Rachsucht war oder nur der Wunsch, mich als ein gewitzter Kopf zu erweisen: Ich ließ eine entsprechende Bemerkung fallen. Diesmal begriff Störtebeker schneller, als ich erwartet hatte.

»Sie haben ihr Geld versteckt!« rief er seinen Leuten zu. »Los, macht euch auf die Suche!«

»Wozu die Mühe? Das können wir einfacher haben«, warf Magister Wigbold ein. »Die Herren werden uns ihre Verstecke zeigen.« Er deutete auf einen der Älterleute: »Du fängst an.«

»Ich habe kein Geld versteckt«, antwortete der Ältermann.

»Soll das dein letztes Wort sein?« fragte Wigbold.

»Ich schwöre es bei allen Heiligen!«

»Dann will ich an dir ein Exempel statuieren«, sagte der Magister. Auf ein Zeichen von ihm zog Bartholomäus Voet sein Schwert und hieb dem Ältermann den Kopf von den Schultern.

Wir verließen Bergen mit zwei Truhen voller Gold- und Silbermünzen. Keiner konnte sich erinnern, jemals so viel Geld auf einem Haufen gesehen zu haben. Daß bald von drei, fünf oder zehn Truhen die Rede war, ist mit dem Umstand zu erklären, daß Beute in den Erzählungen der Räuber immer eine wundersame Vermehrung erfährt. Hierin sehe ich auch den Ursprung des Gerüchts von Störtebekers riesigem Schatz. Es hieß, er habe ihn in mehreren Höhlen versteckt, weil eine einzelne nicht genügend Platz geboten hätte. Da Gerüchte kurzlebig sind und demzufolge genährt werden müssen, um zur Sage zu reifen, pflegte Störtebeker mit Geld um sich zu werfen, wo immer er sich unters Volk mischte. Du ahnst wahrscheinlich, daß er darin wie in so vielem anderem Magister Wigbolds Willen folgte.

In Gesprächen mit mir bediente sich der Magister häufig des Lateinischen. Als Grund gab er an, er wolle sich im Gebrauch der Sprache üben, doch ich glaube eher, daß seine Mitteilungen nicht für andere Ohren bestimmt waren. So eröffnete er mir einmal, daß er sich seit jeher mit der Frage beschäftigt habe, wie man der Vergänglichkeit entrinnen oder, anders ausgedrückt, seinem Wirken über den Tod hinaus Dauer verleihen könne. Daher habe er sich der Wissenschaft zugewandt, um mit Erfindungen oder wegweisenden Erkenntnissen Bleibendes zu schaffen. Nachdem es ihn aber aus der Gelehrtenstube in die Welt hinausgetrieben habe, sei ihm schmerzlich bewußt geworden, daß er, auf sich allein gestellt, unweigerlich der Vergessenheit anheimfallen werde.

»Euer Name ist in aller Munde, Magister«, widersprach ich. »Wie könnte ein so berühmter Mann in Vergessenheit geraten?«

»Hier an Bord wimmelt es geradezu von Berühmtheiten«, versetzte er spöttisch. »Schau dich um: Dort sitzt Plukkerade, er hat ganze Landstriche entvölkert. Dort der alte Wichmann, Tischgenosse von Königen und Fürsten. Dort Peter Rumohr, der zusammen mit Arnd Struck und Bosse von Kaland Nowgorod erobert hat. Und dort, damit ich ihn ja nicht vergesse, Störtebeker, der berühmteste von allen. Der Ruhm jedes einzelnen läßt die Mägde in den Spinnstuben erschauern, er treibt den Bürgern den Angstschweiß auf die Stirn. Aber was bleibt von ihnen, wenn sie in die Grube gefahren sind? Ein Vermerk in den Büchern eines hochwohllöblichen Rates, wieviel der Henker für seine Arbeit bekommen hat.« Er spuckte in weitem Bogen über das Schanzkleid: »Sic transit gloria mundi!«

»Mich wundert, daß Ihr Störtebeker in einem Atemzug mit den anderen nennt«, sagte ich. »Glaubt Ihr, daß nicht einmal ihn sein Ruhm überdauern wird?«

»Störtebeker ist von der Natur reich mit äußeren Vorzügen gesegnet«, antwortete Magister Wigbold. »Er ist groß, stark, mutig, ein

Draufgänger und ein ganzer Kerl – mithin wie geschaffen für eine Heldengestalt. Doch in seinem gewaltigen Schädel sitzt ein Spatzenhirn. Ihm fehlt der Sinn für wahre Größe. Er würde nie begreifen, daß sie aus einem wohldosierten Gemisch von Gegensätzen erwächst: hier der Räuber, dort der Wohltäter, hier der Schrecken der Meere, dort der Philantrop. Das eine überdauert nicht ohne das andere; erst aus beidem zusammen entsteht eine jener herzerhebenden Legenden, die das Volk in seinem Gedächtnis bewahrt. Und siehe, mein Freund: Für die Legendenbildung sorge ich, und in dieser Legende wird auch ihr Schöpfer weiterleben. Zwar nur als Störtebekers Schatten, als sein böser zudem, aber wie ein Schatten untrennbar mit ihm verbunden.«

In Emden fanden wir die Hafeneinfahrt mit schwerbeladenen Ballastprähmen versperrt. Störtebeker schickte nach Propst Hisko. Statt des Häuptlings kam einer seiner Diener auf die Mole hinaus und meldete, der Propst befinde sich nicht wohl, er müsse zur Ader gelassen werden.

»Schafft ihn her!« befahl Störtebeker seinen Leuten.

Kurze Zeit später hievten sie Propst Hisko, zum Bündel geschnürt, an Deck. Er sah tatsächlich sehr leidend aus, zeterte aber gleichwohl über die grobe Behandlung.

»Sind wir dir nicht mehr willkommen?« fragte Störtebeker.

In ihm könnten die Vitalienbrüder nach wie vor einen Freund sehen, entgegnete Hisko. Er müsse jedoch zuvörderst an das Wohl seiner Untertanen denken, und diesen drohe Plünderung, Brandschatzung sowie Gefahr für Leib und Leben, wenn er den Freibeutern seinen Hafen öffne. Indessen sei damit schon zuviel gesagt, denn er habe sich durch einen Eid zum Stillschweigen verpflichtet.

»Soll ich ihn zum Reden bringen, Klaus?« fragte Plukkerade, indem er aus einem Tau geschwind eine Halsschlinge knüpfte.

»Nun gut, was unter Zwang gelobt wurde, verliert nach Eratosthenes durch neuerlichen Zwang seine bindende Kraft«, sagte Hisko. Während unserer Abwesenheit hätten Edo Winneken, Lubbe und Memme Sibets sowie Kenno ten Brokes Halbbruder Widzel einen Pakt mit den Bremern geschlossen. Zweck des Bündnisses sei es, gemeinsam gegen die Vitalienbrüder vorzugehen, sie aus Friesland zu vertreiben und letztlich die Westsee von ihnen zu säubern. Damit es diesmal nicht bei leeren Versprechungen bleibe, hätten die Bremer ein Söldnerheer angeworben, dieses um ein großes Aufgebot an Einheimischen verstärkt und die gesamte Streitmacht um Schloß Wittmund zusammengezogen. Obwohl er sich dafür nicht verbürgen könne, sei die Rede von viertausend Mann.

»Wie viele Schiffe haben sie?« fragte Störtebeker.

Für die Schiffe kämen die Hamburger auf, wußte der Propst zu berichten. Simon von Utrecht, neuerdings in Diensten der Hamburger, rüste eine Flotte von Kriegskoggen aus, an Größe und Kampfkraft jenen vergleichbar, die er in Holland befehligt habe. Er selbst, schloß Hisko, halte sich aus allem heraus; er würde jedoch in Teufels Küche kommen, wenn er den Freibeutern in irgendeiner Weise Hilfe leiste oder gar in den Verdacht geriete, mit ihnen gemeinsame Sache zu machen.

»Wir segeln nach Marienhafe«, entschied Störtebeker nach kurzem Überlegen.

»Davon rate ich dringend ab«, erwiderte Propst Hisko. »Denn ebendies erwartet man. Sobald Ihr dort seid, wird man die Niederungen fluten. Dann sitzt Ihr in einer tödlichen Falle.«

»Was meinst du«, wandte sich Störtebeker an Magister Wigbold, »kann man ihm glauben?«

»Erinnert Ihr Euch, was Eratosthenes über die Kunst der Lüge sagt?« fragte Wigbold den Propst auf Latein.

»Sie besteht darin, der Wahrheit so nahe wie nur möglich zu kommen«, antwortete Hisko in derselben Sprache.

»Wir sollten ihm vertrauen«, sagte Magister Wigbold zu Störtebeker. »Im übrigen werden die Friesen dich schon bald auf Knien bitten, ihnen die Bremer vom Hals zu schaffen. Du brauchst also nur ein wenig zu warten.«

Daraufhin beschloß Störtebeker, Helgoland anzulaufen und sich dort den Winter über einzunisten. Zieht man die Lage der Insel sowie ihre natürliche Beschaffenheit in Betracht, hätte er kaum eine bessere Wahl treffen können. Denn Helgoland liegt vor den Mündungen von Elbe und Weser und bietet mit seinen nach allen Seiten steil abfallenden Felswänden guten Schutz vor Angreifern. Störtebeker wußte zudem von einem weitverzweigten Höhlenlabyrinth im roten Gestein, das schon vor undenklichen Zeiten Seeräubern als Versteck und Stapelplatz für ihre Beute gedient haben soll.

Die Helgoländer rechnen sich zu den Friesen, sie sprechen auch eine ähnliche Mundart. Durch Vermischung mit Seefahrern vieler Völker und Rassen ist jedoch im Laufe der Jahrhunderte ein eigener Menschenschlag entstanden. Sie gelten als die besten Seeleute in unseren Breiten, aber auch als gerissene Händler und fintenreiche Strandräuber. Ihre Frauen, heißt es, seien von einer oft fremdartigen Schönheit und nicht über Gebühr tugendsam. Vielleicht war auch dies ein Grund, daß Störtebeker sich für Helgoland entschied.

Wir ankerten zwischen der vorgelagerten Düne und dem sandigen Unterland, wo die Mehrzahl der Bewohner in Hütten aus Steinen und Treibholz hauste. Anders als die Bewohner der Erbseninseln nahmen uns die Helgoländer freundlich auf. Sie hatten von dem Überfall auf Bergen gehört und hofften auf gute Geschäfte. Der Dorfälteste erwies Störtebeker die Ehre, ihm seine Frau anzubieten. Als Störtebeker die füllige Matrone sah, schenkte er ihr ein Goldstück und bat, den Beischlaf damit als vollzogen zu betrachten.

Der Winter kam mit Unwettern und tobenden Stürmen. Vier unserer Schiffe wurden von den Wogen auf den Strand geworfen und zu Kleinholz zertrümmert. Wir suchten in einer Höhle Zuflucht, die einen sehr schmalen Eingang hatte, sich jedoch weiter im Innern zu einer Halle weitete. Sie schützte uns zwar vor Regen und Schnee, aber da sie mehrere Ausgänge besaß, pfiff der Wind mit solcher Macht hindurch, daß kein Feuer ihm zu trotzen vermochte. Die Helgoländer verkauften uns für teures Geld Decken und Strohsäcke.

Über Wochen sichteten die Wachposten kein einziges Schiff. Bei der rauhen See wäre es auch mehr als leichtsinnig gewesen, sich aus dem Windschatten der Insel hervorzuwagen. Wie ich es schon einmal auf den Erbseninseln erlebt hatte, griff Langeweile um sich, und wie dort führte sie auch hier zu Zank und blutigen Händeln. Störtebeker war nicht der Mann, einen Streit mit Worten zu schlichten; er warf sich mit dem blanken Schwert ins Gemenge und teilte tödliche Hiebe aus.

Wenn ich mich recht erinnere, war es der Bretone Anguille, der das Gespräch auf das ferne Land im Westen brachte, wo, Agostinho zufolge, nie Dunkelheit herrschte und die Menschen sich nach ihrem Tode in Bäume verwandelten. Anguille behauptete zwar nicht wie jener, daß er selbst dort gewesen sei, wußte aber vom Hörensagen Erstaunliches zu berichten. Da dort alles im Überfluß vorhanden sei, lebten die Menschen in Eintracht und Frieden miteinander. Verbrechen seien unbekannt, weil es keine Gesetze gäbe und demzufolge der Anreiz fehle, gegen sie zu verstoßen. Außerdem sei es dort das ganze Jahr über so warm, daß man Kleidung allenfalls des Vergnügens halber trage. Ähnliches war auch anderen Seeräubern über das Land im Westen zu Ohren gekommen, und sie überboten einander in schwärmerischen Schilderungen. So entstand allmählich das Bild eines Landes, das dem Garten Eden glich, ja ihn in manchem noch übertraf. Denn gab es im Paradies gläserne Bauten, die das tagsüber aufgesogene Licht nachts wieder ausstrahlten? Du ersiehst aus letzterem, daß auch ich mit meinem Wissen nicht hinter dem Berg hielt.

Kurz nach der Jahreswende tat Hans von Weddemunkel Störtebeker kund, daß eine Schar von dreihundert Vitalienbrüdern unter seiner und Anguilles Führung nach Westen aufbrechen werde, sobald es das Wetter erlaube. Wider Erwarten erhob Störtebeker keinen Einspruch; vermutlich hatte er sich zuvor mit Magister Wigbold beraten.

»Ich halte euch nicht auf«, sagte er. »Aber euren Anteil an der

Bergener Beute müßt ihr zurücklassen. Es wäre schade um das Geld, wenn es mit euch im Abgrund am Ende der Welt verschwände.« Er gab ihnen die beiden Schiffe mit dem backbords geführten Seitenruder, und als das Meer sich nach einem schweren Sturm wieder beruhigt hatte, stachen sie in See. Während ich ihnen nachblickte, beschlich mich das Gefühl, daß ich die letzte Gelegenheit versäumt hatte, mein Schicksal zu wenden.

Im Frühjahr brachten wir einen Kraier auf, dessen Schiffer ein Freund von Magister Wigbold zu sein behauptete. Wigbold ließ sich den Mann vorführen, und nachdem er ihn leutselig begrüßt hatte, bedeutete er mir näher zu treten. So wurde ich Zeuge eines denkwürdigen Gesprächs.

»Was erzählt man sich in Danzig von den Vitalienbrüdern, Egghert Schoef?« fragte Wigbold den Schiffer.

»Eine Menge Geschichten, aber man weiß nicht, was dran ist«, antwortete dieser. »Auf der Reise von Danzig bis hierher ist mir keiner begegnet. Die Lübecker sollen ihnen die Suppe gründlich versalzen haben.«

»Das ist wahr«, erwiderte der Magister. »Und die Hamburger und Bremer stehen ihnen darin nicht nach. Du hast sicherlich davon gehört, daß sie Störtebeker hingerichtet haben?«

»De Deuker sall mi halen!« rief der Schiffer verblüfft. »Sie haben Klaus geschnappt, wie konnte das geschehen?«

»Da jeder weiß, daß Störtebeker im ehrlichen Kampf unbesiegbar ist, haben sie zu einer schmählichen List gegriffen«, sagte Magister Wigbold. »In der Elbmündung bat ihn ein Fischer eines Abends, am Heck seines Schiffes festmachen zu dürfen, um sich einen Dorsch zu kochen. Störtebeker erlaubte es ihm nicht nur; gutmütig, wie er nun mal ist, reichte er ihm noch einen Krug Bier, damit der Fisch besser schwimmen könne. Was aber tat der Mann, als man sich an Bord zur Ruhe begeben hatte?« Hier legte der Magister nach Art geübter Erzähler eine Pause ein und brachte dabei das Kunststück zuwege, daß sein braunes Auge in Tränen schwamm, während das grünlichblaue Bitterkeit versprühte.

»Was, um Himmels willen, tat er denn?« drängte Egghert Schoef vor Neugier berstend.

»Er schmolz Blei in seinem Topf und goß es in den Ruderkoker«, versetzte Magister Wigbold. »Als am Morgen die Hamburger kamen, war das Blei hart, und Störtebekers Schiff trieb ihnen steuerlos entgegen. Den Rest kannst du dir denken. Störtebeker kämpfte wie ein Löwe, aber sie enterten sein Schiff von allen Seiten zugleich. Wie sollte er sich dieser Übermacht erwehren?«

»Gegen so viel Falschheit ist kein Kraut gewachsen«, entrüstete sich der Schiffer. »Un nu is hei dood?«

»Jetzt ist er tot, der große Mann«, nickte Magister Wigbold. »Fehlte es mir nicht an Zeit, würde ich dir auch von seiner Hinrichtung erzählen. Aber früher oder später wirst du davon hören. Leb wohl, Egghert Schoef. Und halt die Augen offen; in dieser Gegend treiben sich ein paar üble Seeräuber herum.« Darauf nahm er mich beiseite und fragte: »Nun, was sagst du zu der Geschichte?«

»Sie gefällt mir«, antwortete ich. »Der Haken ist nur, daß Störtebeker noch lebt.«

»Erzählungen entstehen üblicherweise aus Ereignissen«, entgegnete der Magister. »Da ich aber, wenn sie uns erst erwischt haben, keine Gelegenheit mehr haben werde, Geschichten in Umlauf zu bringen, muß ich die Reihenfolge eben umkehren.«

»Aber wird es die Leute nicht stutzig machen, von Störtebekers Gefangennahme zu hören, wo sie andererseits beinahe täglich Nachricht von seinen Überfällen bekommen?«

»Wer kann im nachhinein schon unterscheiden, was an diesem Tag geschah und was an jenem; das verwischt sich«, sagte Magister Wigbold. »Bis meine Geschichte die Runde gemacht hat, wird Störtebeker auf jeden Fall tot sein.«

»Und Ihr, Magister Wigbold?«

»Wie könnte der Schatten bleiben, wenn der Schattenspender über den Jordan geht?« lächelte der Magister.

Damit nach der hübschen Geschichte von dem bleikochenden Fischer auch die Wahrheit Eingang in meinen Bericht finde, will ich erzählen, wie sich Störtebekers Gefangennahme wirklich zugetragen hat.

Ich war an jenem Tag auf der Insel geblieben, weil ein arabischer Händler meiner Dolmetscherdienste bedurfte. Um Mittag meldete der Wachposten eine Flotte von zwölf Schiffen, die sich der Insel aus südlicher Richtung nähere. Ich stieg mit Daniel auf das Oberland hinauf; es herrschte eine klare Sicht, so daß wir die See bis zur Kimm überblicken konnten. Die Flotte bildete die Form eines Dreiecks, an dessen Spitze drei kleinere Schiffe segelten, während die folgenden um einiges größer waren, aber bei dem kräftigen Wind die gleiche Geschwindigkeit zu halten vermochten. Bald konnten wir erkennen, daß die drei vorderen Schiffe Holke waren, unter ihnen jener, den Störtebeker führte, die anderen Hamburger Kriegskoggen. Vor der Düne halsten die Freibeuterschiffe, und jetzt gab es für sie kein Entrinnen mehr. Die Koggen schlossen sie ein, und hinter den dicht an dicht gedrängten Segeln geschah nun, was ich dem Bericht eines Überlebenden entnehme: Störtebeker verhedderte sich in der Leine eines Enterdraggens, stürzte auf das Deck und wurde von vier Hamburgern überwältigt. Als die Freibeuter ihren Anführer in Fesseln sahen, ergaben sie sich oder versuchten, schwimmend das Ufer zu erreichen. Die Freibeuterschiffe wurden in Brand gesetzt, Störtebeker, Magister Wigbold sowie neunzig weitere Seeräuber von den Hamburger Koggen an Bord genommen. Auf dem Rückweg entledigte man sich der Verwundeten, so daß rund siebzig Vitalienbrüder in Hamburg anlangten und dort auf dem Grasbrook geköpft wurden.

Als die Kunde von Störtebekers Hinrichtung zu ihnen drang, machten sich die übrigen Seeräuber als erstes über die Bergener Beute her. Auf die Insel ging ein Strom von Gold- und Silberstücken nieder, und die Helgoländer taten alles, ihn in ihre Taschen zu lenken. Sie verkauften ihre Vorräte, ihre Habe, ihre Frauen. Da sie aber auf diese Weise nur einen Teil der Beute in ihren Besitz bringen konnten, schafften sie vom Festland herbei, wonach es die Seeräuber verlangte, vor allem Huren und Bier. Ich bezweifle, ob auf der Insel jemals zuvor ein solcher Trubel geherrscht hatte wie in jenem Sommer. Sieben Tage und Nächte gaben sich die Seeräuber ausschweifenden Vergnügungen hin, dann war die Beute verpraßt. Es war, als würfen sie eine Bürde ab. Jetzt hatten sie nur noch ihr Leben zu verlieren.

Unterdessen hatte Godeke Michels wieder von sich reden gemacht. Helgoländer Fischer berichteten, er läge mit seinem Schiff bei Neuwerk und scheffle Geld, ohne seine Hände mit Blut zu beflecken. Wie das zu verstehen war, erläuterte Godeke Michels uns selbst, als er eines Tages im Hafen von Helgoland anlegte. Er sei es schon lange leid gewesen, unter Einsatz seines Lebens etwas zu erbeuten, für das ihm die Hehler hernach einen Spottpreis zahlten. Andererseits büßten die Kaufleute bei Überfällen außer der Ladung oft auch das Schiff ein oder kämen, wenn sie sich zur Wehr setzten, gar zu Tode. Dies habe ihn bewogen, den Hamburger und Bremer Kaufleuten einen Handel vorzuschlagen, wonach sie ihm eine Art Wegezoll entrichteten und somit vor Plünderung bewahrt blieben. Ein derartiges Abkommen habe er inzwischen mit sechs Hamburger und vier Bremer Kaufleuten geschlossen, und mit weiteren sei zu rechnen. Indessen könne er nicht umhin, die auf Helgoland weilenden Vitalienbrüder in ihre Schranken zu verweisen. Denn kein Kaufmann sei bereit, ihm eine Abgabe zu entrichten, wenn er einige Seemeilen weiter von anderen Seeräubern überfallen würde.

»Soll das heißen, wir sollen Däumchen drehen, damit du dir eine goldene Nase verdienen kannst?« fragte Plukkerade.

»Die Zeit der großen Raubzüge ist vorbei«, sagte Godeke Michels. »Wenn ihr klug seid, steigt ihr in das Geschäft ein. Wenn ihr aber so weitermacht, bekommt ihr es mit mir zu tun. Ich werde mir das Geschäft durch euch Grünschnäbel nicht verderben lassen.«

Nachdem sie mit sich zu Rate gegangen waren, erschien es den Freibeutern nicht mehr gar so unehrenhaft, fortan die Hand aufzuhalten, statt sie zum Hauen oder Stechen zu gebrauchen. Nur der alte Wichmann wollte nicht mit ansehen, wie sich die Vitalienbrüder durch solch kaufmännisches Gebaren der Lächerlichkeit preisgaben. Mühsam erstieg der Greis das Oberland und stürzte sich von den Klippen.

Wie jeder weiß, beruht ein guter Handel darauf, daß beide Seiten aus ihm Vorteil ziehen. Solange Godeke Michels allein den Wegezoll erhob, blieb den Kaufleuten immer noch ein beträchtlicher Gewinn. Als sie nun aber gezwungen waren, mehrmals während ein und derselben Reise Abgaben zu entrichten, schmolz mit ihrem Profit auch die Bereitschaft dahin, die Seeräuber gewissermaßen als stille Teilhaber zu dulden. So kam es, daß etwa ein dreiviertel Jahr später die Hamburger Kriegskoggen unter dem Befehl der Hauptleute Nikolaus Schocke und Hermann Lange abermals vor Helgoland erschienen. Sie trieben die Freibeuterschiffe in den Hafen und legten sich Bordwand an Bordwand vor die Einfahrt.

Von der Back seiner Kogge forderte Nikolaus Schocke die Seeräuber auf, die Waffen zu strecken. Den Helgoländern empfahl er, nach Kräften dazu beizutragen, daß man der Schurken habhaft werden könne; andernfalls würden sie als Mitwisser und Hehler das Los der Piraten teilen. Damit seine Worte nicht ungehört verhallten, ließ er einen Hagel von Wurfgeschossen auf den kleinen Ort herniederprasseln. Einige Hütten stürzten unter der Wucht der eisernen Kugeln ein. Daraufhin beschworen uns die Helgoländer, den Streit mit den Hamburgern nicht in ihrer Siedlung auszutragen. Vom Oberland aus könnten wir uns ohnehin viel besser verteidigen; es sei schlechterdings unmöglich, die steilen Felsklippen gegen Widerstand von oben zu erklimmen.

Das Oberland gleicht tatsächlich einer schwer einnehmbaren Festung. Es gibt nur einen einzigen in den Fels gehauenen Pfad, auf dem man gefahrlos hinaufgelangen kann. Vom Rand der ebenmäßigen Hochfläche, wo nur hier und da in Senken windzerzaustes Buschwerk gedeiht, blickt man ringsum in schwindelerregende Tiefen.

Um den Gegner im Auge zu behalten, lagerten wir uns auf der dem Hafen zugewandten Felskante. Als erste lief die von Nikolaus Schocke befehligte Kogge in den Hafen ein. Simon von Utrecht hatte sie auf eigene Kosten bauen und ausrüsten lassen. Sie ähnelte in allem den schwimmenden Burgen, die uns von der Zuiderzee vertrieben hatten, und hieß *Bunte Kuh*. So nennt der Volksmund hierzulande eine Dirne. Wollte Simon von Utrecht damit andeuten, daß dieses Tod und Verderben speiende Schiff für jeden zahlungskräftigen Kunden zu haben sei?

Von unserem luftigen Ausguck sahen wir, wie nach der Bunten Kuh auch die übrigen Koggen in den Hafen vordrangen, wie unsere Schiffe in Flammen aufgingen, wie Scharen schwerbewaffneter Söldner an Land fluteten. Auf Geheiß der Hamburger Hauptleute begannen die Helgoländer, Strickleitern zu knüpfen.

Godeke Michels gelangte zu einer späten Einsicht. »Ich hätte«, knurrte er, »dem Pack eigenhändig den Garaus machen sollen. Dann wäre mir das erspart geblieben.« Gemeint waren offensichtlich seine Spießgesellen, denn als von diesen der Vorschlag gemacht wurde, Felsbrocken auf die Feinde zu werfen, brüllte er, sie sollten statt dessen besser selbst hinunterspringen, er habe von ihnen die Schnauze voll.

»Da fädelt man ein gutes Geschäft ein«, fuhr er fort, »gewinnt das Vertrauen der Kaufleute, und dann machen einem diese Hornochsen alles zunichte. Schlimmer noch: Jetzt muß ich meinen Kopf für sie hinhalten!« Danach trat er an den Abgrund und rief: »Hört Ihr mich, Nikolaus Schocke?«

»Ich höre jemanden reden, aber ich weiß nicht, wer es ist«, kam es aus der Tiefe zurück.

»Ich bin Godeke Michels«, entgegnete der Seeräuber. »Was haltet

Ihr davon, wenn wir uns zu einem Gespräch unter vier Augen zusammensetzen?«

»Komm unbewaffnet herab. Sobald ich dich in Eisen gelegt habe, können wir ein wenig plaudern«, rief Nikolaus Schocke.

»Da hörst du's«, sagte Godeke Michels zu mir. »So spricht kein Geschäftsmann, der mit sich handeln läßt. Nikolaus Schocke gibt nicht eher Ruhe, bis er unsere Köpfe in einer Reihe vor sich liegen sieht.« Selbstvergessen begann er, seine Zöpfe zu lösen. Er wickelte sie einen nach dem anderen ab und entblößte einen Schädel, der so schrundig war wie sein Gesicht. Ich wußte, was diese Geste bedeutete: Godeke Michels gab sich verloren.

In den Nächten war es empfindlich kühl auf dem Fels. Wir suchten in den Senken Schutz vor dem feuchtkalten Meerwind und verbrachten dort die Stunden bis zum Morgengrauen. In einer der Mulden fanden Daniel und ich den von Gesträuch überwucherten Eingang einer Höhle. Der Krüppel riet mir, die Entdeckung vor den anderen geheimzuhalten. Mehrfach stieg er in den dunklen Schacht hinab und blieb für längere Zeit fort. Einmal brachte er ein zappeliges Schalentier und bedeutete mir, daß es davon noch mehr zu holen gäbe. Ich schloß daraus, daß er in dem zerklüfteten Gestein am Felssockel gewesen war, denn dort hatte ich bei Ebbe Hunderte dieser krebsartigen Meeresbewohner gesehen. Daniel brach die Schalen auf und gab mir von dem Fleisch zu kosten. Es schmeckte nach brackigem Wasser, stillte jedoch, in größeren Mengen genossen, den Hunger.

Nikolaus Schocke und Hermann Lange ließen sich Zeit. Ihnen war für die Ergreifung der Seeräuber eine hohe Belohnung zugesagt worden, und da sie zudem noch eigenes Geld in das Unternehmen gesteckt hatten, wollten sie den Erfolg nicht durch vorschnelles Handeln aufs Spiel setzen. Es dauerte eine gute Woche, bis sie die Wurfmaschinen an Land gebracht und so aufgestellt hatten, daß sie die Geschosse in die Höhe schleudern konnten. Bald krallten sich die ersten Enterdraggen an den Felsrand. Doch das bröcklige Gestein bot nicht genügend Halt, daß ein Mann oder gar mehrere an den Strickleitern hätten hinaufklettern können. Überdies war es für die Freibeuter ein leichtes, die Taue zu kappen. Immerhin waren sie vollauf beschäftigt, einen vom Unterland her drohenden Angriff abzuwehren. Ebendarauf hatten die Hamburger Hauptleute gesetzt. Denn währenddessen war ein Teil des Söldnerheeres unbemerkt in das Höhlenlabyrinth eingedrungen und zu den Ausgängen im Oberland emporgestiegen.

Godeke Michels sah sie als erster. Er deutete auf die aus den Löchern hervorkriechenden Söldner und sagte: »Der Einfall hätte von mir sein können.«

Mit dem Ruf *Gottes Freunde und aller Welt Feinde* warfen sich die Freibeuter auf den Gegner. Doch die kriegserfahrenen Söldner hielten dem Ansturm stand und gingen ihrerseits zum Angriff über. Daniel zerrte mich hinter das Gebüsch, das den Höhleneingang verdeckte. Dort hockte er sich nieder und klemmte die Messer zwischen seine Zehen. »Unten liegt ein Boot«, grummelte er. »Geh schon voraus, ich werde sie aufhalten.« Und als er mich zögern sah, schrie er: »Mach, daß du wegkommst!«

Es war stockfinster in der Höhle. Ich tastete mich Schritt für Schritt an den glitschigen Wänden entlang. Plötzlich neigte sich der Weg steil nach unten; ich glitt aus und rutschte in rasender Fahrt abwärts. Danach sah ich in der Ferne einen schwachen Lichtschimmer. Auf diesen kroch ich zu. Unmittelbar vor dem Ausgang der Höhle lag ein Fischerboot. Die Riemen waren an den Dollen festgezurrt. Ich löste die Knoten und ruderte auf das Meer hinaus. Ich sah noch, wie Menschen an Seilen von der Felsplattform herabgelassen wurden, dann bohrte sich mit ohrenbetäubendem Krachen der Steven einer Kogge in mein Boot. Man fischte mich aus dem Wasser und warf mich in den Laderaum. Im Hafen von Helgoland kettete man mich mit den anderen Gefangenen zusammen. Unter ihnen traf ich Godeke Michels wieder.

»Du hast Klaus so oft zum Lachen gebracht«, sagte er griesgrämig. »Warum versuchst du's nicht mal bei mir?«

Ich fragte ihn, was aus Daniel Metz geworden sei. Er zuckte die Achseln. Hingegen wußte er von Plukkerade und Bartholomäus Voet zu berichten, sie seien ins Meer gesprungen. Er bezweifle indes, ob sie den Sturz lebend überstanden hätten.

Die Hamburger Hauptleute vermerkten mit sichtlicher Genugtuung, daß bei dem Kampf nur ein Drittel der Vitalienbrüder umgekommen war. Dem Rat ihrer Heimatstadt war ein toter Seeräuber zwar soviel wert wie ein gefangener, doch Nikolaus Schocke und Hermann Lange wußten aus Erfahrung, daß kein Ereignis so viele Menschen auf die Beine bringt wie eine Hinrichtung. Und da dem Volk, wenn es in Scharen zusammenströmt, das Geld bekanntlich locker in den Taschen sitzt, waren die beiden Hauptleute übereingekommen, rings um die Richtstätte Buden zu errichten, in denen Naschwerk und Erfrischungen feilgeboten werden sollten. Ein rechter Kaufmann, ersiehst du daraus, verliert auch in der Stunde des Triumphes das Geschäft nicht aus dem Auge.

Ich habe die von einer riesigen Menschenmenge umlagerte Richtstätte noch gesehen. Ich sah die Freibeuter in langer Reihe das Schafott besteigen. Der Scharfrichter war Meister Rosenfeld. Er verrichtete seine Arbeit sauber und gewissenhaft. Mit jedem Schwertstreich fiel ein Kopf. Ich saß derweil auf einem Karren, gefesselt und streng bewacht von sechs lübischen Stadtsoldaten. Als die Reihe an Godeke Michels kam, ging ein Raunen durch die Menge. Ich wandte mich ab, ich wollte ihn nicht sterben sehen.

Laß mich jetzt allein, Anselm. Ich habe erzählt, was zu erzählen war. Du magst es nun in dir gemäße Worte kleiden. Ich wünsche mir nur, daß das Ende dem Anfang gleiche. Es soll lauten: Dies war die Lebensgeschichte des Simon Gronewech aus Lübeck, von ihm selbst erzählt im Jahre seines Todes vierzehnhundertzwei.

Glossar

Alkoven	Nische mit Bett
Amt	alte Bezeichnung für »Handwerkerzunft«
Back	Aufbau auf dem Vorderdeck eines Schiffes
Baiensalz	Meersalz von der französischen Westküste
Ballastböter	Transporteure von Ballast (Steine oder Sand)
Bisharin	edle Kamelrasse
Brabank	entspricht einem Schiffsdock
Bude	kleines Haus, meist mit der Traufseite zur Straße
Dinar	ursprünglich Goldeinheit der verschiedenen arabischen Münzsysteme; zuerst 4,25 g, dann mit zwischen 2,20 g und 18,50 g wechselndem Gewicht; später auch in Silber und Kupfer geprägt
Dirham	von den ersten Kalifen eingeführte Silbermünze im Gewicht von 3,98 g, später 2,97 g, nach dem Vorbild der Sassanidischen Drachme geprägt
Dolle	hölzerne oder eiserne Gabel an der Bordwand zur Aufnahme des Ruders

dwars	quer; querab
Emir	Fürst in islamischen Gebieten
Enterdraggen	Wurfgeschosse, die sich an anderen Schiffen festhakten
Faden	Maßeinheit, etwa 1,80 m, besonders zur Angabe der Wassertiefe
Fegefeuer	Straße in der Lübecker Altstadt
Feind der Midgadschlange	gemeint ist der nordische Gott Thor
Ferge	alte Bezeichnung für »Fährmann«
Fibel	kunstvolle Spange oder Nadel aus Metall
Flüger	Wimpel im Masttopp
Fondaco dei Tedeschi	Niederlassung der deutschen Kaufleute in Venedig
Fronknecht	Gehilfe des Büttels
Gaelkaer	königlicher Statthalter
Gode	nordischer Häuptling und Priester
Gotteskeller	unterirdische Behausung der Armen
Grum	Abfall bei der Fischverarbeitung

halsen — beim Kreuzen das Schiff mit dem Heck durch die Richtung drehen, aus der der Wind kommt

Hamam — maurisches Badehaus, vergleichbar den römischen Thermen

Hansetage — repräsentierten die Gesamtheit der Hanse und waren das leitende Organ der Gemeinschaft; die Versammlungen fanden nicht zu bestimmten Zeiten oder in regelmäßigen Abständen statt, sondern wurden nur aus besonderen Anlässen einberufen; meistens fanden die Hansetage in Lübeck statt

Hausmarke — Symbol, mit denen die Kaufleute ihre Waren beim Versand versahen, so daß sie jederzeit als ihr Eigentum zu identifizieren waren

Holk — seit dem 14. Jahrhundert neuer Großschifftyp, breiter als die Kogge; begann diese ab 1400 zu verdrängen

Hundeschläger — fing streunende Hunde ein und tötete sie

Jarl — Angehöriger des nordischen Adels; später wurde daraus der englische »Earl«

Jodute — Alarmruf, wenn sich Feinde der Stadt näherten

Jungknecht — Anfänger im seemännischen Gewerbe; vergleichbar dem Leichtmatrosen

Kabbala — mit Buchstaben- und Zahlendeutung arbeitende jüdische Geheimlehre und Mystik

Kadi	Richter in islamischen Ländern
kalfatern	einen Schiffsrumpf mit Pech, Teer und Werg abdichten
Kasbah	Altstadt in nordafrikanischen Städten
kielholen	der Delinquent wurde, an Seilen befestigt, unter dem Kiel des Schiffes hindurchgezogen
Kimm	seemännischer Ausdruck für »Horizont«
Knochenhauer	Schlachter, Metzger
Kraier	kleines, hochseefähiges Frachtschiff
Krammetsvogel	Wacholderdrossel
Kriegszeugmeister	Ratsherr; verantwortlich für die Ausrüstung der Stadtsoldaten und Söldner
Kunst	hier gemeint: alles Wissen, über das ein Steuermann verfügen muß
Lamprete	im Meer lebendes Neunauge
Last	alte Maßeinheit für das Fassungsvermögen eines Schiffes; entspricht etwa 2 Tonnen
Lee	die dem Wind abgekehrte Seite
Leggefrauen	Arbeiterinnen, die die Heringe ausnahmen, salzten und in Fässer packten

Mark in kaiserlichen Urkunden von 1188 und 1226 war Lübeck ein eigenes Münzrecht verliehen worden; vorwiegend wurde Silbergeld geprägt, in lübischer Münze machten 192 Pfennige = 48 Witten = 16 Schillinge = 1 Mark aus; im hansischen Bereich entsprach die Lübische Mark um 1400 ihrem Silberwert nach etwa 40 Reichsmark von 1900, war aber von weit höherer Kaufkraft

Minderbrüder Angehörige des Franziskaner-Ordens

Njörd Meergott in der nordischen Mythologie

Noor flache, oft versumpfte und mit Schilf bewachsene Bucht

Osterlinge Bezeichnung für Kaufleute aus dem Ostseeraum

Persenning festes, wasserdichtes Segeltuch

Pfahlmeister wies den Schiffen ihre Liegeplätze zu

Pfahlgeld Liegegebühr

Pötenitzer Wiek Bucht vor der Travemündung

Prahm Lastkahn

Pütz Eimer aus Holz oder Leder

Rah, Rahe waagerechte Stange am Mast, an der ein rechteckiges Segel befestigt ist

Richteherr	Vorsitzender des städtischen Gerichts
Roof	Mannschaftslogis auf dem Vordeck
Rotspon	französischer Rotwein (Faßwein)
Ruderkoker	Öffnung im Schiffsdeck für den Ruderschaft
Schaffer	Vorstand kaufmännischer Vereinigungen
Schanzdeck	achterster Teil des Oberdecks
Schanzkleid	schützende Umrandung des Schiffsdecks; Reling
Scharia	religiöses Gesetz des Islam
Schauermann	Hafenarbeiter, zuständig für das Be- und Entladen der Schiffe
Schnigge	leichter, schneller Segler
Schötstube	in Bergen: allen Bewohnern zur Verfügung stehender Tages- und Aufenthaltsraum
Schute	hochseegängiges Frachtschiff
Schütting	siehe »Schötstube«; außer in Bergen auch in anderen Städten gebräuchlich
Schüttraum	Schuppen, in denen die Fische gelagert, ausgenommen, gesalzen und verpackt wurden
Spezereien	überseeische Gewürze

Spökenkieker — niederdeutsch: Geisterseher, spintisierender Mensch

Surtur — auf Island: Gott des Feuers

Tampen — Endstück eines Taus, einer Leine

Topp — Spitze eines Mastes

Troll — Unhold aus der heidnischen Sagenwelt

Ulema — islamischer Rechts- und Religionsgelehrter

Umlandfahrt — die Seereise um Kap Skagen herum

Vitte — Verkaufsstand der Zünfte; in Falsterbo das Grundstück einer Stadt

Vorsprake — Verteidiger; Rechtsbeistand

Want — Seil zur seitlichen Verspannung des Mastes

Wendische Städte — die Hansestädte des Ostseeraumes

Weinherr — zuständig für den Ratskeller und das städtische Monopol des Weinhandels

Wesir — Minister eines islamischen Herrschers

Wetteherr — führte die Aufsicht über den Markt, die Handwerksämter, den Hafen, die Straßen und alle polizeilichen Aufgaben

Witten siehe »Mark«

Zirkelgesellschaft elitäre Bruderschaft, deren Mitglieder vorwiegend den großen Kaufmannsfamilien entstammten. Das äußere Zeichen war ein »Zirkel«, also ein Kreis, das Symbol der göttlichen Dreieinigkeit

Vor Beer

Primo Johanne Koldenbeken ij bruwels
bende lvj tonne elke tonne vor xviij ß
persolutum est
Summa lxiij mrk xij ß

Item Hanse Rodeker j bruwels bende
iiij tonne elke tonne vor xviij ß solutum
Summa xxxiij mrk xviij ß

Item Ludeken Scholdorpe j bruwels elke
tonne vor xviij ß persolutum est
Summa xxxiij mrk j ß

Item Lodewighe van deme Hagen j
bruwels. elke tonne vor xvj ß solutum
Summa xxviij mrk ij ß

Item Johanne Schulten j bruwels. elke
tonne vor xvj ß persolutum est
Summa xxviij mrk ij ß

Item Mynmarcke Kemmygouwen bruwels